허용된 불온

식민지시기 검열과 한국문학

지은이 한만수(韓萬洙, Han Man Soo)_ 1958년생. 동국대학교 국어국문학과 및 대학원 박사. 1990년 『동아일보』 문학평론 당선. 경향신문 기자, 순천대 국어교육과 교수를 거쳐 현재 동국대 국문·문창학부 교수로 있으면서 인문학협동조합 조합원으로도 활동 중이다. 동국대 한국문학연구소장, 한국어문학연구학회 회장, 미 컬럼비아대 방문학자 등 역임. 저서로 『삶 속의 문학, 독자 속의 비평』(나남), 『삶 속의 비평』(새미), 『태백산맥 문학기행』(해냄), 『잠시 검열이 있겠습니다』(개마고원)를 냈으며, 검열에 관련한 공저로는 『식민지시기 검열과 한국문화』(동국대 출판부), 『식민지검열, 제도·텍스트·실천』(소명출판)이 있다.

허용된 불온—식민지시기 검열과 한국문학

초판 인쇄 2015년 5월 20일 **초판 발행** 2015년 5월 30일
지은이 한만수 **펴낸이** 박성모 **펴낸곳** 소명출판 **출판등록** 제13-522호 **주소** 서울시 서초구 서초중앙로 6길 15
전화 02-585-7840 **팩스** 02-585-7848 **전자우편** somyong@korea.com **홈페이지** www.somyong.co.kr

값 35,000원
ISBN 979-11-86356-15-9 93810

이 저서는 2009년 정부(교육부)의 재원으로 한국연구재단의 지원을 받아 수행된 연구임(NRF-2009-812-A00097)

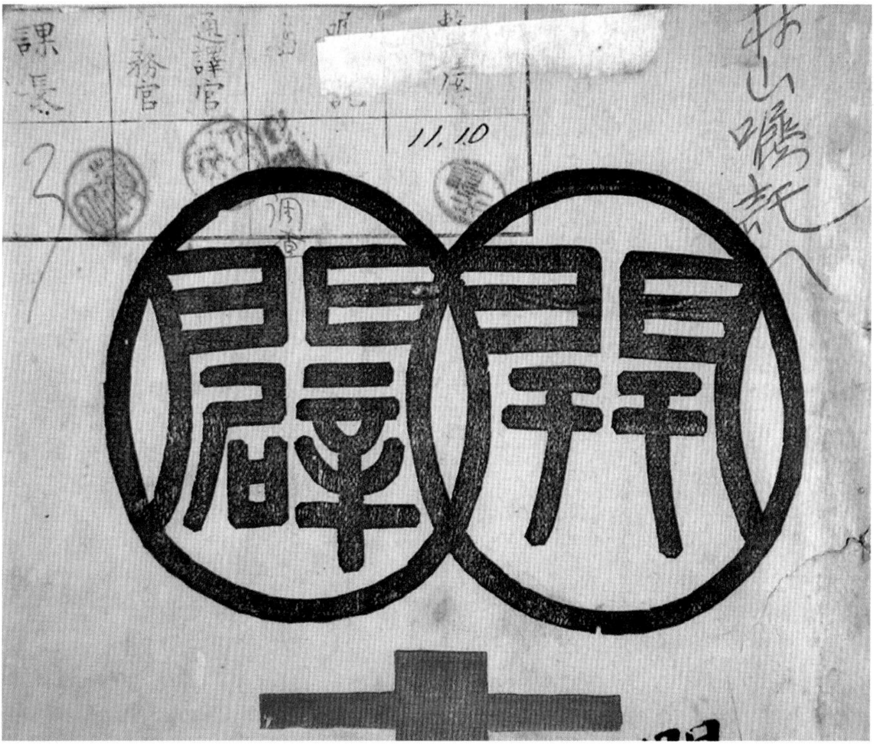

'결재' 받은 텍스트

『개벽』 41호(국립중앙도서관 소장 검열본) 표지에 찍힌 검열관들의 결재 도장들. 식민지시기 텍스트란 '쓸 수 있었던 것'이었음을 잘 보여준다. "정리계, 촉탁/속(屬), 통역관/사무관, (고등경찰과) 과장"의 결재 라인에 모두 도장이 찍혀있는 사례는 다른 잡지에서는 찾아보기 어렵다.

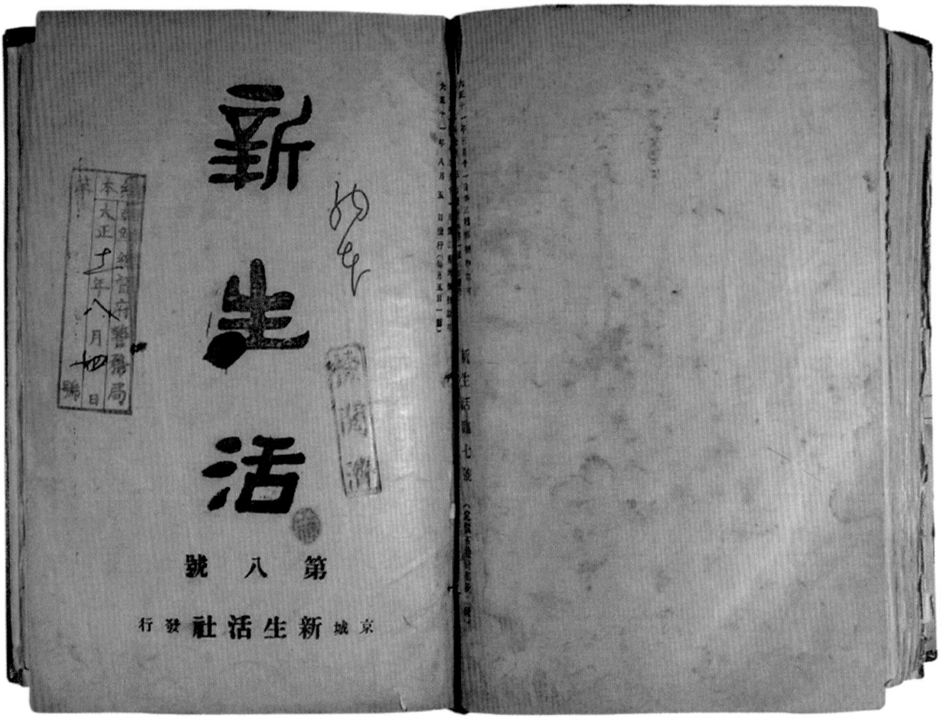

훨씬 간결한 결재 체계

『신생활』 8호 검열본 속표지. 납본 도장과 "검열제(檢閱濟)" 도장, 그리고 검열보조원(囑) 工藤正次의 도장이 찍혀있고, 육필로도 "납본"이라 써 놓았다. 『개벽』보다는 사뭇 간결한 결재체계이다.

危機に瀕せる朝鮮教育界　三四六

ならざるの外はないのである。然るに西洋の物質文明と共に輸入された教育に依つて、我々人間生活に於て深さが大分淺くなつてをるような感じがする。勿論廣さに於てはズツト擴張されてをるが、兎角近來の教育は平面的であるといふ譏は免れない。私は教育勅語を奉讀して新しい理想を發見して喜ぶものである。

×

[redacted]

×

（ロ）深さの教育

深さの教育とは何んであるかといへば、取りも直さず被教育者の自己に徹する教育である。即ち被教育者が、自己の姿

危機に瀕せる朝鮮教育界　三四七

꼼꼼한 붓질

『조선급조선민족』 1권(조선사상통신사, 1927)의 붓질복자(정근식 교수 제공). 삭제 지시가 내려진 범위는 『신생활』의 「소금」보다 더 넓지만, 붓질은 매우 꼼꼼하여 대조적이다. 「소금」의 붓질이 태업적 성격을 지닌다는 판단의 방증이 된다.

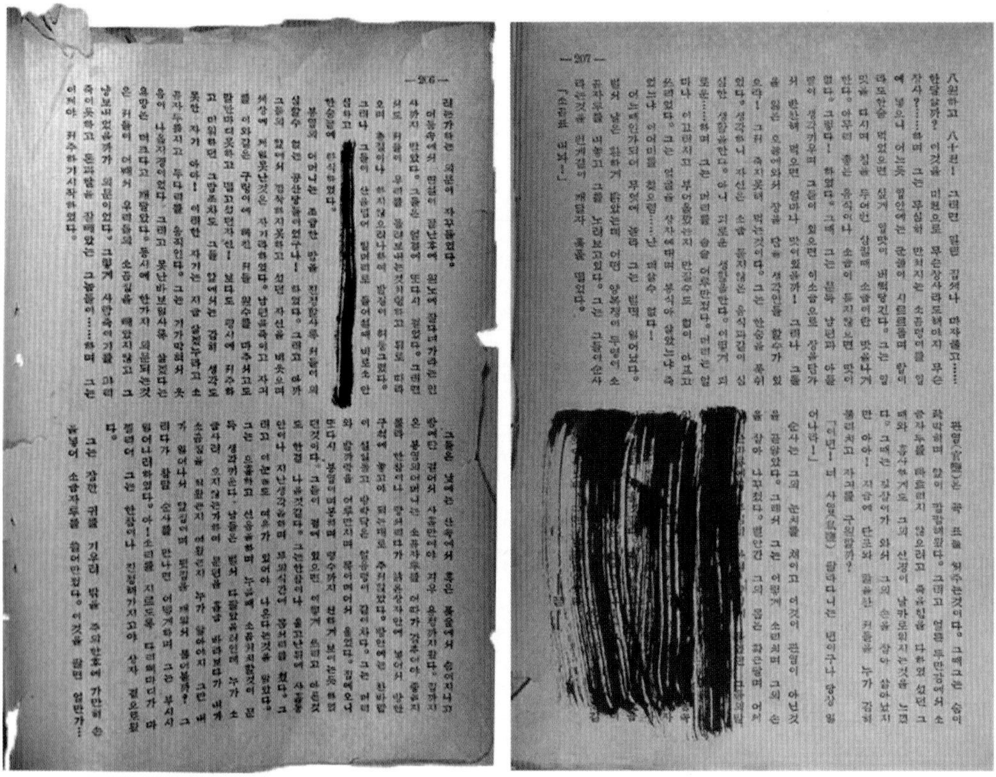

「소금」의 태업적 붓질

강경애의 「소금」이 수록된 『신가정』(1934.10) 검열본. 붓질로 삭제한 206쪽(왼쪽) 및 207쪽(오른쪽). 붓질이 무성의하여 일부 글자가 판독되는바, 이를 필자는 일종의 태업이라고 추정한다.

투과광에 의한 복원

강경애의 「소금」 결말 대목(『신가정』, 1934.10, 207쪽)의 붓질(왼쪽) 및 그 일부에 대해 투과광으로 처리하고 확대한 이미지(아랫쪽). 투과광 방식이란 붓질된 207쪽의 뒷면(즉 208쪽)에서 강력한 빛을 쏘여 얻은 이미지를 통해 지워진 정보에 대한 보충정보를 얻는 방식이다. 물론 208쪽과 207쪽의 인쇄 내용(잉크자국)이 겹쳐 보이지만, 붓질된 207쪽의 인쇄 정보를 보충할 수 있는 중요한 이미지를 얻을 수 있다.

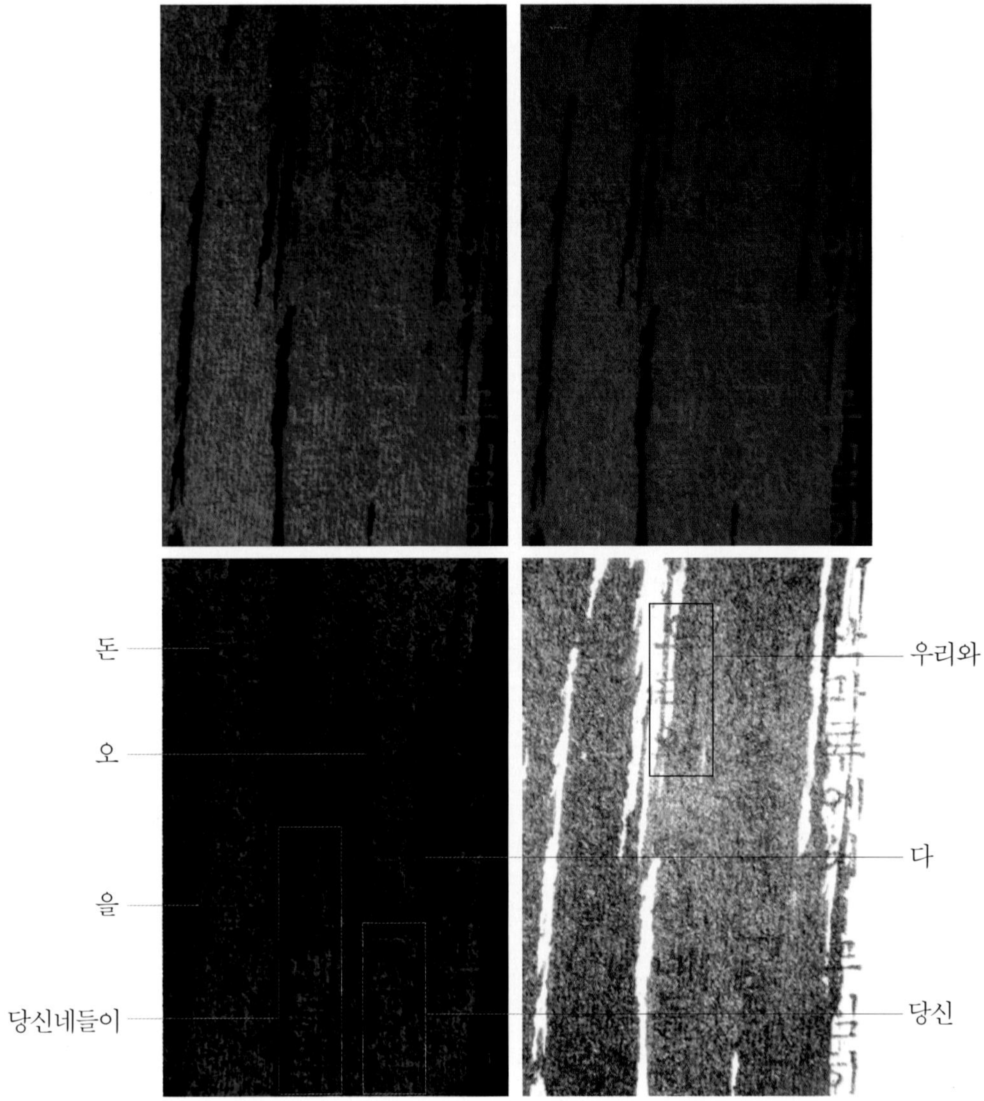

적외선과 자외선을 통한 복원

「소금」의 결말 대목(207쪽)의 붓질 부분 일부에 대해 적외선과 자외선을 찍어 재처리한 이미지들. 일부 글씨들이 훨씬 선명하게 판독된다.

압흔 추적에 의한 복원

『조선의 언론과 세상』(총독부 조사자료집 21집, 1927) 317쪽의 붓질복자에 대해 적외선과 자외선을 투사하는 등의 방식으로 압흔(壓痕)을 추적한 결과 복원에 성공했다(5부 2장 참조). 국과수의 복원 결과는 "慶北大邱府南山町四九 趙 楊 春"으로 붓질로 삭제되지 않은 일본 판본의 내용과 정확하게 일치했다.

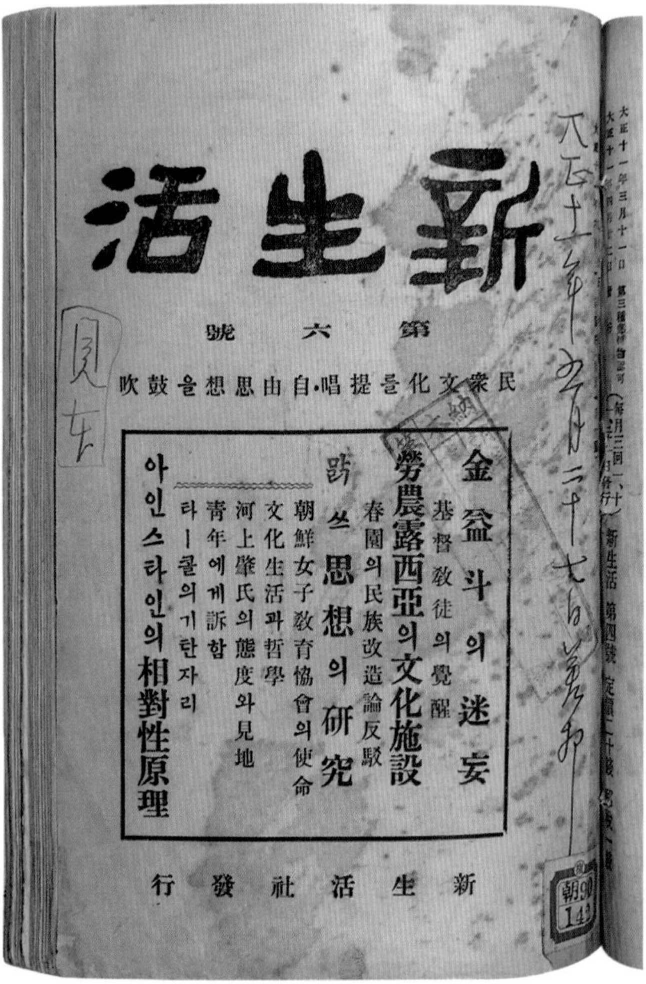

新生活

第六號

民衆文化를提唱·自由思想을鼓吹

金益斗의迷妄

基督敎徒의覺醒

勞農露西亞의文化施設

春園의民族改造論反駁

맑쓰思想의研究

朝鮮女子敎育協會의使命

文化生活과哲學

河上肇氏의態度와見地

青年에게訴함

타ㅡ골의기탄자리

아인스타인의相對性原理

新生活社發行

잡지 전체를 차압

『신생활』 6호 검열본 표지에는 납본 사실을 알리는 고무도장과 함께 "대정11년 5월 27일 차압"이라는 검열관의 육필이 선명하다.

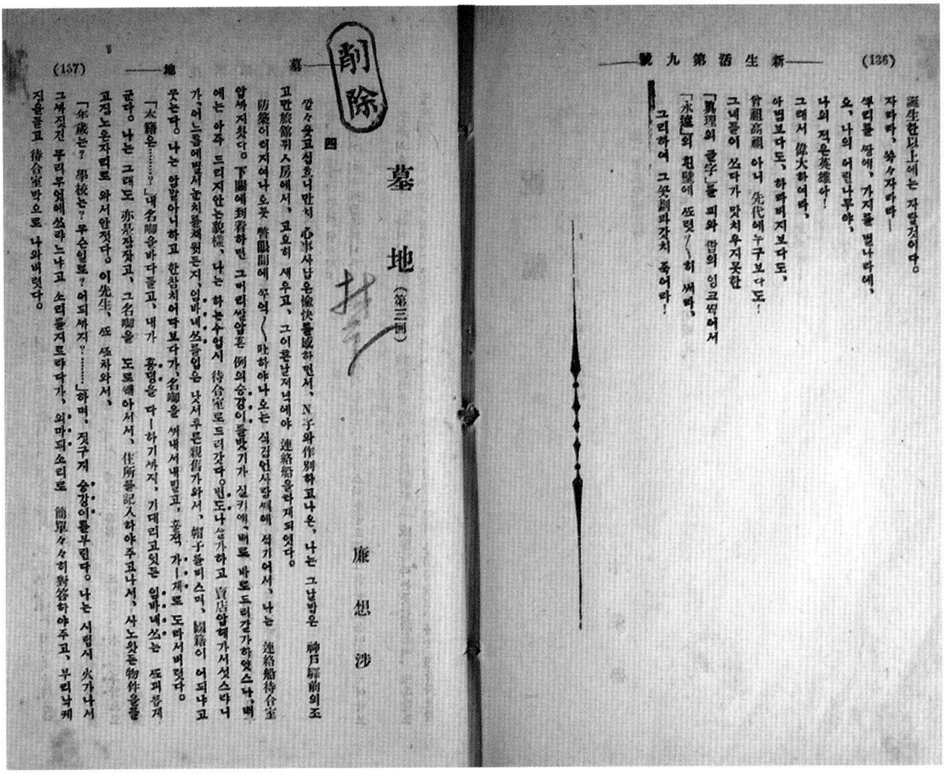

「만세전」 3회분 전문 압수

염상섭의 「묘지」 3회분이 실린 『신생활』 9호의 검열본. 글의 맨 앞에 '금(禁)'이라는 글씨와 함께 '삭제' 도장이 찍혀있다. 이 작품은 연재 중 전문 삭제당하고, 잡지까지 압수당하자 나중에 「만세전」으로 이름을 바꿔 『시대일보』에 연재되었다.

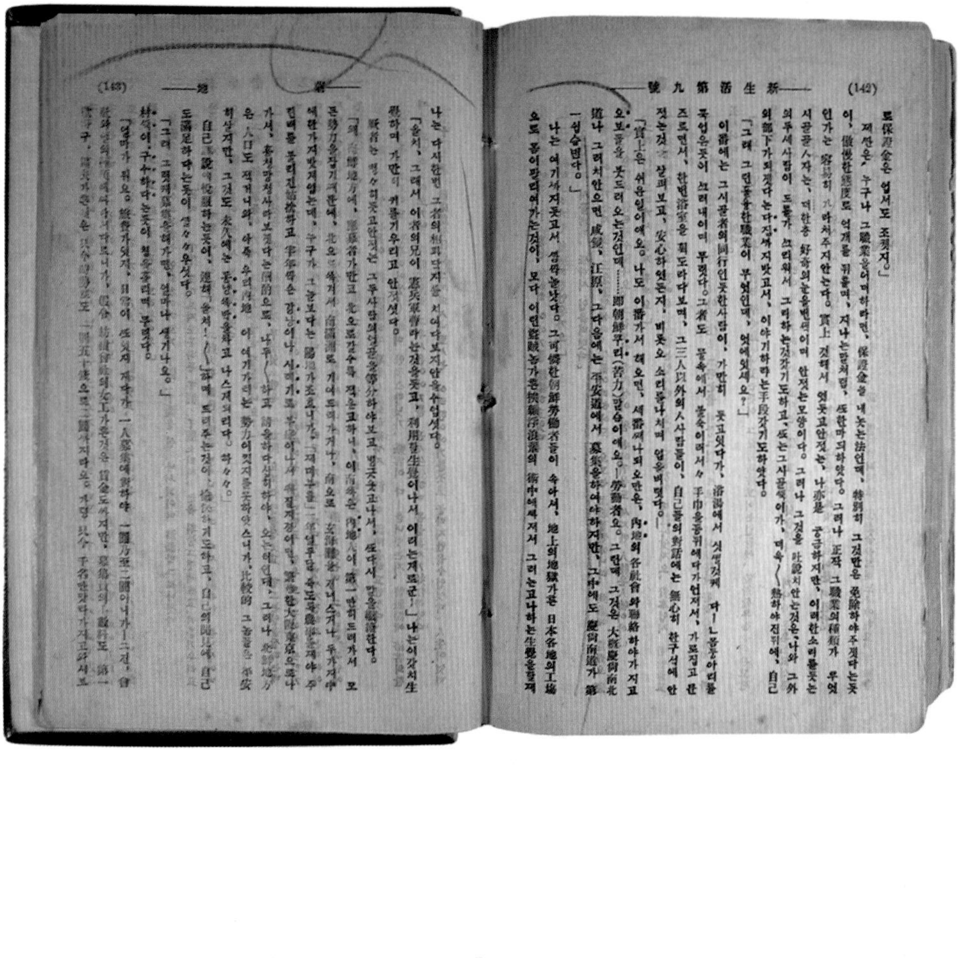

목욕탕 장면 시작 대목부터 붉은 줄

역시 「묘지」 3회분이 실린 『신생활』 9호 검열본. 널리 알려진 '목욕탕 장면'이 시작하는 대목(142쪽)부터 잉크로 표시되어 있다. 주의하여 검열해야 한다는 뜻이다.

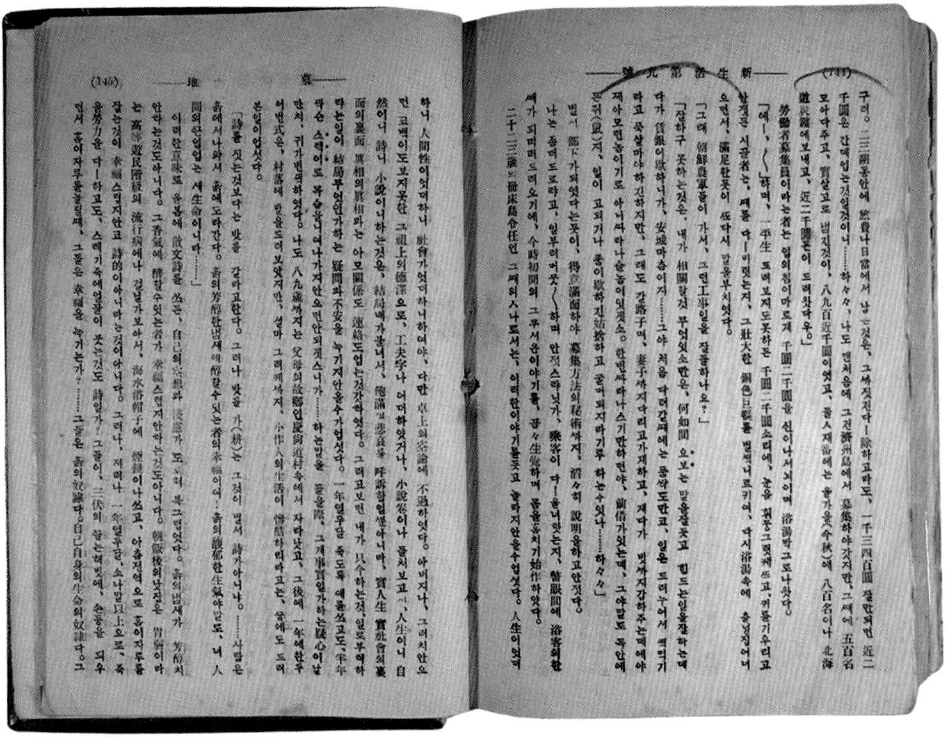

목욕탕 장면 끝부분까지 붉은 줄

「묘지」 3회분 검열본에는 목욕탕 장면이 끝나는 곳(144쪽)까지 잉크로 표시되어 있다. 이 작품이 전문 압수당한 것은 당시 커다란 사회적 이슈였던 신석현사건을 그렸기 때문이라는 주장에 설득력을 더해준다(4부 5장 참조).

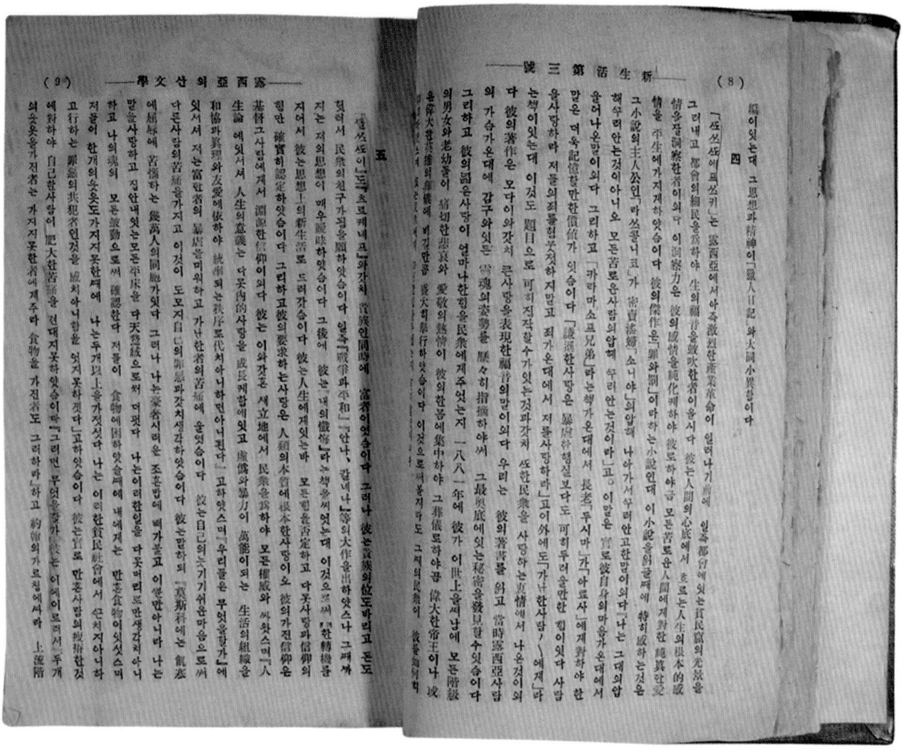

작가 이름에 붉은 줄

『신생활』 3호 검열본. 도스토예프스키(8쪽, 3째 줄)와 톨스토이(9쪽, 첫 줄)의 이름에 검열관이 붉은 줄을 쳐두었으며 뚜르게네프(9쪽, 첫 줄)에 대해서는 아무 표시가 없다. 검열당국이 국내외 필자별로 블랙리스트를 만들어 관리하였음을 시사한다.

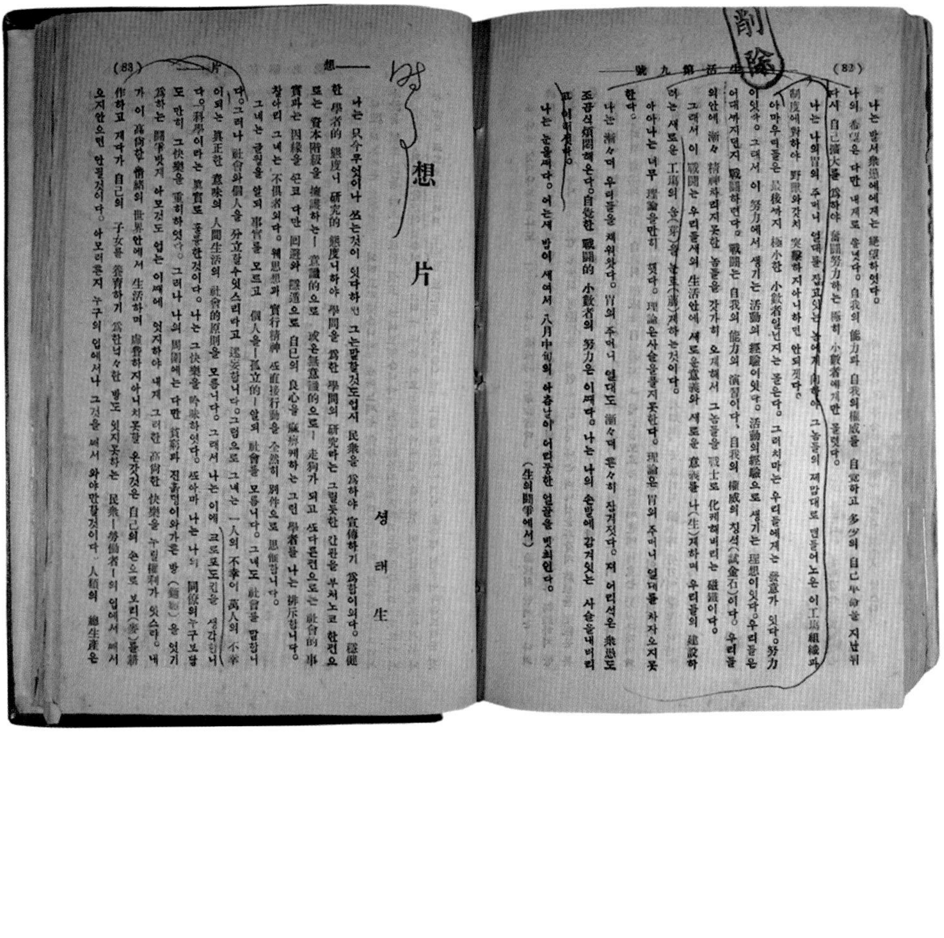

검열 보조관과 검열관의 분업

『신생활』 9호 검열본. 83쪽은 '시사'(신문지법잡지 중 일부에만 시사정치를 다루는 것이 허용되었다)라는 검열관 육필과 붉은 줄이 쳐있지만 실제로 삭제되지 않았고, 82쪽은 붉은 줄 부분이 실제로 삭제되었다. 검열보조관이 붉은 선을 그어두면 검열관이 이를 중심으로 검토하여 실제 삭제 여부를 결정했다는 증거이다.

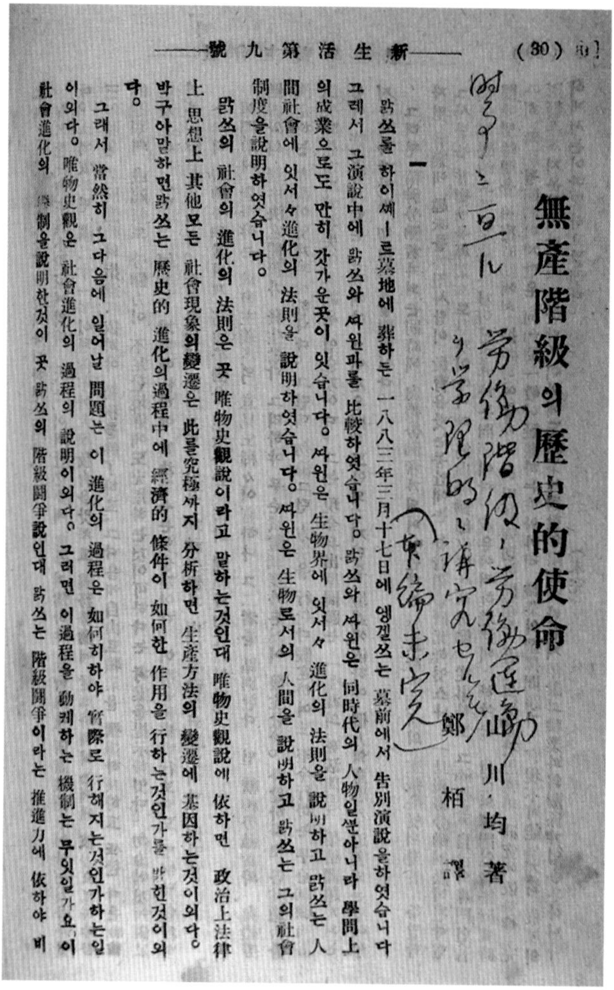
(30) 新生活第九號

無產階級의歷史的使命

山川均 著
鄭栢 譯

一

맑쓰를 하이세ー트墓地에 葬하든 一八八三年三月十七日에 엥겔쓰는 墓前에서 告別演說을하엿슴니다 그래서 그演說中에 맑쓰와 싸윈파를 比較하엿슴니다。맑쓰와 싸윈은 同時代의 人物일뿐아니라 學問上의成業으로도 만히 갓가운곳이 잇슴니다。싸윈은 生物界에 잇서々 進化의 法則을 說明하고 맑쓰는 人間社會에 잇서々進化의 法則을 說明하엿슴니다。싸윈은 生物로서의 人間을 說明하고 맑쓰는 그의社會制度을說明하엿슴니다。

맑쓰의 社會의 進化의 法則은 곳 唯物史觀說이라고 말하는것인대 唯物史觀說에 依하면 政治上法律上 思想上 其他모든 社會現象의變遷은 此를究極싸지 分析하면 生產方法의 變遷에 基因하는것이외다。박구아말하면맑쓰는 歷史的 進化의過程中에 經濟的 條件이 如何한 作用을 行하는것인가를 밝힌것이외다。

그래서 當然히 그다음에 일어날 問題는 이 進化의 過程은 如何히하야 實際로 行해지는것인가하는일이외다。唯物史觀은 社會進化의 過程의 說明이외다。그러면 이過程을 動케하는 機制는 무엇일가요,이社會進化의 [illegible]制을說明한것이 곳 맑쓰의 階級鬪爭說인대 맑쓰는 階級鬪爭이라는 推進力에 依하야 비

검열관의 '종합 평가' 의견

『신생활』 9호 검열본. 육필로 "시사에 걸친 노동계급의 노동운동을 학리적으로 강구(講究)한 것(본편 미완)"이라 써놓았다. 즉 '시사정치'를 다루고 있어 금지 대상이지만, 학술적 성격이 있음을 감안할 필요도 있다는 참조 의견을 덧붙인 듯하다.

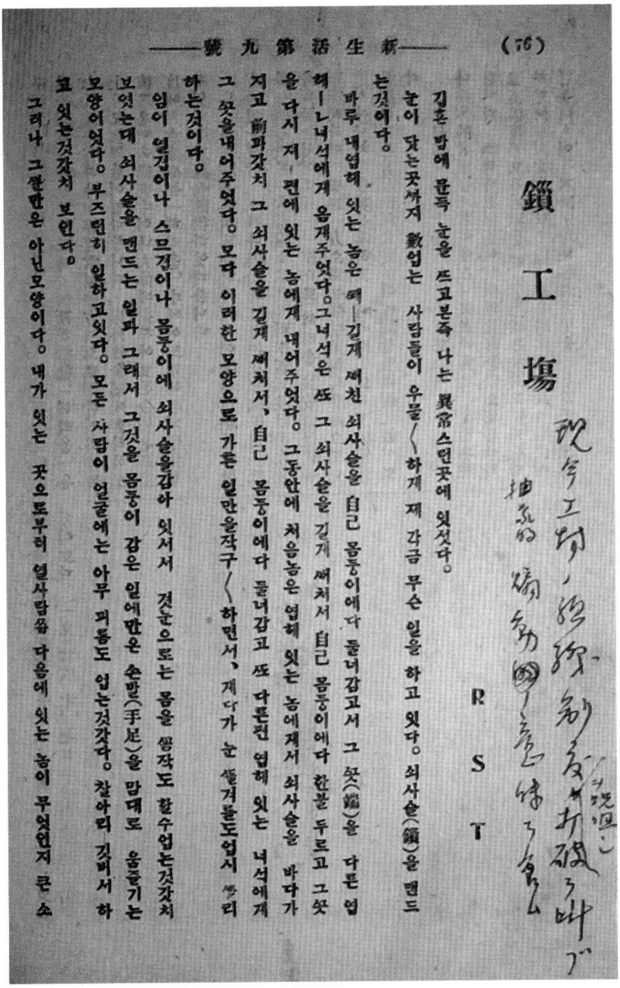

(76) ——新生活第九號——

鎖工場

RST

깁흔 밤에 문득 눈을 뜨고본즉 나는 異常스런곳에 잇섯다。눈이 닷는곳까지 數업는 사람들이 우물〳〵하게 재 각금 무슨 일을 하고 잇다。쇠사슬(鎖)을 맨드는것이다。

바루 내엽헤 잇는 놈은 예—길게 째친 쇠사슬을 自己 몸뚱이에다 둘너감고서 그 쯧(端)을 다른 엽헤—ㄴ너석에게 옴개주엇다。그너석은 또 그 쇠사슬을 길게 째처서 自己 몸뚱이에다 한볼 두르고 그 쯧을 다시 저—편에 잇는 놈에게 내어주엇다。그동안에 처음놈은 엽헤 잇는 놈에게서 쇠사슬을 바다가지고 前과갓치 그 쇠사슬을 길게 째처서, 自己 몸뚱이에다 둘너감고 또 다른편 엽헤 잇는 너석에게 그 쯧을내어주엇다。모다 이러한 모양으로 가튼 일만을작구〳〵하면서, 게다가 눈 쌀거볼도업시 빨리 하는것이다。

임이 열겹이나 스므겹이나 몸뚱이에 쇠사슬을감아 잇서서 겻눈으로는 몸을 꼼작도 할수업는것갓치 보엿는대 쇠사슬을 맨드는 일과 그래서 그것을 몸뚱이 감은 일에만은 손발(手足)을 맘대로 움즉기는 모양이엇다。부즈런히 일하고잇다。모든 사람이 얼굴에는 아무 괴롬도 업는것갓다。찰아리 깃버서 하고 잇는것갓치 보인다。

그러나 그뿐만은 아닌모양이다。내가 잇는 곳으로부터 열사람쯤 다음에 잇는 놈이 무엇인지 큰 소

저자 이름을 감추는 검열 우회

『신생활』 9호 검열본 76쪽의 검열보조관 육필. "현금(現今) 공장의 조직제도를 저주하고 타파를 절규하는 추상적 선동의 의미를 내포한다"는 의견이지만, 실제로 삭제되지는 않았다. 글의 원저자는 일본의 저명한 노동운동가 오스기 사카에(大杉栄)이지만 그 이름을 밝히지 않고, RST라는 사람이 쓴 것처럼 위장하여 검열 통과 가능성을 높였다.

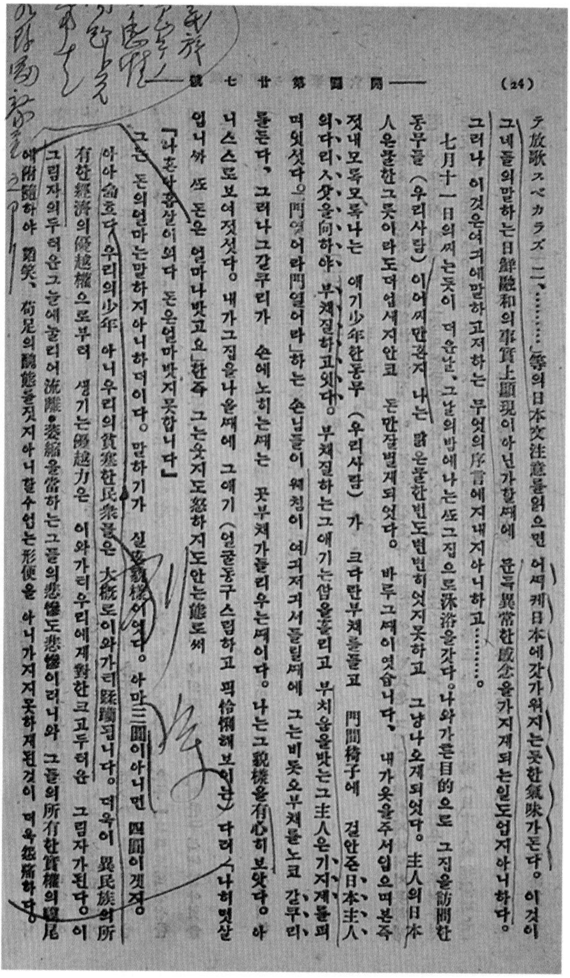

(24) 開闢第廿七號

テ放歌スベカラズ 二、……」等의日本文注意를읽으면 어찌케日本에갓가워지는듯한氣味가돈다。이것이 그네들의말하는日鮮融和의事實上顯現이아닌가할때에 문득異常한感念을가지게되는일도업지아니하다。

그러나 이것은여긔에말하고저하는 무엇의序言에지내지아니하고……。

七月十一日의찌는듯이 더운날、그날의밤에나는또그집으로沐浴을갓다。나와가튼目的으로 그집을訪問한 동무들(우리사람)이어찌만컷지 나는 맑은물한번도변변히엇지못하고 그냥나오게되엇다。主人의日本人은좋한그릇이라도더업새지안코 돈만잘벌게되엇다。 바루그때이엿습니다、 내가옷을주서입으며본즉 젓내모록모록나는 애기少年한동부(우리사람)가 크다란부채를들고 門間椅子에 걸안즌日本主人의다리ㅅ、、、、샷을向하야 부채질하고잇다。부채질하는그애기는삽옷을올리고 부치움을밧는그主人은기지개를피며외치엇다。「門열어라門열어라」하는 손님들이 웨칭이 여긔저긔서들릴때에 그는비둣오부채를노코 갈루리를돈다、그러나그갈루리가 손에노히는때는 곳부채가들리우는때이다。나는그貌樣을有心히보앗다。아니스스로보여젓섯다。내가그집을나올때에 그애기(얼굴동구스럽하고 퍽恰悧해보이는)다려「나히멋살입니까 또 돈은 얼마나밧고요」한즉 그는웃지도怒하지도안는態로써 「나혼나홉살이외다 돈은얼마밧지못합니다」

그는 돈의얼마는말하지아니하더이다。 말하기가 실흔貌樣이엿다。 아마三圓이아니면 四圓이겟졍

아아슯호다 우리의少年 아니우리의貧寒한民衆들은 大槪로이와가티跌躓됩니다。더욱이 異民族의所有한經濟의優越權으로부터 생기는優越力은 이와가티우리에게對한크고두터운 그림자가된다。이그림자의두터운그늘에눌리어流離·委縮을當하는그들의悲慘도悲慘이려니와 그들의所有한貧權의附尾에附隨하야 媚笑、苟足의醜態를짓지아니할수업는形便을 아니가지지못하게된것이 더욱悲痛하다。

잘려나간 검열 흔적

『개벽』 27호 24쪽. 검열관 육필의 일부가 잘려나가 판독이 어렵다. 귀중본 보관을 위한 하드커버 장정 과정에서 윗부분이 잘려나간 듯하다. 책은 인쇄된 내용만이 중요할 뿐 여백에는 아무런 정보가 없다는 잘못된 인식 때문에 검열에 관한 정보가 사라져버린 것이다.

허용된 불온

식민지시기 검열과 한국문학

THE ALLOWANCE ON REBELLION

: THE CENSORSHIP AND KOREAN LITERATURE THROUGH THE PERIOD OF JAPANESE COLONIALISM

한만수

소명출판

일러두기

- 모든 인용은 현대 맞춤법으로 바꾸고, 한자는 꼭 필요할 경우에만 괄호 속에 병기한다. 단지 문학작품의 경우에는 원문대로 인용한다.
- 필자가 이미 발표한 글이 이 책에 실린 경우, 참조 표기는 이 책에서의 위치를 '○부 ○장'으로 표기한다. 단지 연구사를 정리할 때는 첫 발표 서지를 밝힌 뒤 이 책에서의 위치를 병기한다.

1. 100년 동안의 검열

한국은 근대화 이후 거의 100년 동안 '검열국가'였다. 식민지시기는 물론, 해방 이후에도 미 군정기, 유신 시기, 1980년대 계엄 시기에 검열이 강제되었다. 이 시기에 신문·잡지·단행본·방송·영화·음반 등 모든 텍스트는 검열을 거쳐야 발표될 수 있었다. 따라서 검열이란 어떤 목적과 제도와 동력을 통해 이뤄졌는가, 구체적으로 어떤 텍스트가 왜 '결재' 도장을 받을 수 있었고 어떤 것은 불가 판정을 받았던가, 검열을 의식하면서 작자와 독자는 어떤 소통방식을 만들어냈으며 그 결과로서 텍스트에는 어떤 변화가 생겨났는가 등을 점검할 필요가 있다.

제도적 검열이 없었던 '간빙기'라 해도 검열이 사라진 것은 아니다. 제도가 폐지된다고 해서 곧바로 '검열의 기억'이 사라질 수는 없으니 저작자와 독자의 내면을 상당부분 지배했던 것이다. 이렇게 검열이 '흔적기관'처럼 남아있던 시기의 텍스트에 대해서는, 이 책이 다루는 제도적 검열의 시기와 비슷하면서도 다른 접근이 필요할 것이다. 이처럼 공식적 검열제도가 있었건 없었건 한국은 100년 동안 '검열국가'였으니, 한국의 근대 텍스트를 해석함에 있어서 검열에 대한 이해는 필수적이다.

이 책은 이런 인식 아래 근대적 검열의 기원을 찾아 식민지검열에 주목하며, 그 중요한 특징인 제도적 검열부터 시작한다. 하지만 제도연구란 검열연구의 중요한 시발점이긴 해도 종착역은 아니다. 제도적 검열이 폐지된 이후에도 다양한 검열이 작동되고 있는 현재 상황을 고려할 때 특히 그렇거니와, 식민지시기만을 따지더라도 이미 그러하다. 제도란 그 자체로 의미 있는 것이 아니라, 사람들이 그 제도에 대해 어떻게 반응하느냐에 따라 달라지기 때문이다. 예컨대 검열 받을 것임을 알고 있을 때 발신자는 검열자 및 수신자의 반응을 예상하면서 텍스트를 조정하게 되며, 수신자 역시 이를 감안하여 주체적이고 적극적으로 해석하게 된다. 발신자의 교묘한 검열우회 장치들이 고안되고 그 '암호'들을 해독하려는 독자의 능동적 독서가 생겨난다. 이처럼 검열이 강제하는 텍스트의 균열은 다시 발신자와 수신자들의 노력에 의해 여러 방식으로 메워지는 것이다. 때로는 불완전하게 때로는 오히려 더 생산적으로.

물론 검열권력은 이런 검열우회의 시도까지 완벽하게 차단하기 위해 새로운 제도를 만드는 등 지속적으로 노력하였지만, 피검열자들 역시 다시 새 검열제도에 대응하여 자신의 우회장치와 맥락을 바꿔나갔다. 검열권력은 또한 담론의 차단에 만족하지 않고 직접 발신에 나서기도 했으니, '온건'을 유포함으로써 '불온'을 차단하려는 선제적 검열은 그 대표적 사례이다. 피검열자들 또한 이에 대응했으니, 온건을 가장한 불온성이 생산되었고 온건 속에서 불온을 읽는 독법도 나왔다. 한편 권력은 늘 '선량한 대중'을 '불온'으로부터 보호하기 위해 검열한다는 명분을 내세우게 마련이니, 발신자와 권력 사이에는 다중의 동의를 획득하기 위한 경쟁도 벌어진다.

이처럼 검열은 흔히 생각하는 것처럼 권력이 지시하고 피검열자가 수용하는 일방향적인 것만은 아니었다. 아무리 강력한 검열권력이라 해도 의사소통 전체를 완벽하게 통제할 수는 없었다. 모든 의사소통은 늘 특정한 맥락 속에서만 의미를 발현하게 되므로, 검열이 도입되면 검열 자체가 새로운 의사소통의 맥락이 되게 마련이다. 작가와 독자는 검열제도 자체를 텍스트 생산과 수용의 새로운 맥락으로 재맥락화하면서 새로운 글쓰기와 독법을 만들어낸다. 검열을 통해 의사소통을 차단하고 훼손하려는 권력의 목적은 이러한 피검열자들의 재맥락화 과정을 통해 어긋나게 되는 것이다.

그러므로 검열이란, 통념과는 달리 이분법적으로 이해할 수 없고, 일방향적인 것도 아니었다. 선과 악, 흑과 백의 문제가 아니니, 차라리 무지개에 비유하는 것이 더 정확할 것이다. 좀 더 역동적인 비유를 찾자면 검열은 공진화(共進化, co-evolution) 같은 것이었다. 검열상황에서 발신자와 검열권력, 그리고 수신자들은 얽히고설켜 서로가 서로를 만들어가면서 지속적으로 변화해가는 것이다. 발신자와 검열자, 그리고 수신자의 텍스트는 그 공진화를 짐작케 해주는 '화석'이고, 우리는 그 화석들을 검토함으로써 검열이라는 공진화과정을 추정해볼 수 있다.

이 화석들 중에서도 특히 주목할 만한 것은, 온건도 불온도 아닌 '허용된 불온'이다. 불온은 어떤 방식으로 온건을 가장하고 검열을 통과했던가. 온건을 가장하는 과정에서 불온과 온건 사이에는 어떤 삼투작용이 일어났을까. 그 과정에서 텍스트의 생산과 소비에는 어떤 변화가 일어났을까. 또는 검열권력은 과연 불온임을 몰라서 통과시켰을까. 혹시 '덜' 불온한 것을 허용함으로써 '더' 불온한 것을 제압하려는 '이이제이'의 전략은 없었을까. 이 책에서 제시하는 세 편의 사례연구는 주로 '허용된 불온'에 대한 것이다.

2. '쓴 것'이 아닌, '쓸 수 있었던 것'일 뿐인

이 책은 일제 식민시기 검열과 한국 근대문학의 관계를 살핀다. 문학을 고른 이유는 필자의 전공분야이기 때문만은 아니다. 검열당국이 가장 예민하게 촉수를 곤두세우고 있던 것은 민족주의나 사회주의 담론이었으며, 문학은 비교적 느슨하게 검열되었다. 하지만, 오히려 그렇기 때문에 검열을 우회하기 위한 장르로서 적절하기도 했다. 그런 의미에서 문학은 장르 그 자체로서 '허용된 불온'이었던 셈이다.

정치적 담론을 집중적으로 억압하는 검열은 그 우회 장치로서 문학이 선택되도록 만드는 주요한 동력이었다. 이렇게 정치담론의 억압에 따른 '풍선효과'로서 문학이 부각되는 현상은 해방 이후 독재시기에도 이어졌으니, 1980년대까지 한국에서 문학이 세계적으로 드물게 융성을 보였던 중요한 원인은 여기에도 있을 것이다. 그러니 식민지 시기의 문학이란, 이중적 의미에서 '쓸 수 있었던 것'인 셈이다. 검열관의 '결재' 도장을 받아야 발표될 수 있었음은 식민지시기 산출된 모든 문자텍스트의 운명이었다면, 정치담론의 억압에 의해 문학이 부각되었음은 두 번째 의미의 '쓸 수 있었던 것'이라 할 수 있다.

검열 하의 텍스트를 '쓸 수 있었던 것'이라고 인식해야 한다면 자연스레 '쓸 수 없었던 것'은 무엇이었던가를 물어야 한다. 즉 총독부(경무국 도서과)의 갖가지 검열기준들을 연구대상으로 삼아야 한다. 검열기준은 초기에는 금지 위주였지만, 1930년대 이후 조선의 언론과 문학이 순치되면서 점차 권장 중심으로 이행되었다. 예컨대 책마다 '황국신민서사'를 인쇄해야 했고(해방후 독재정권에서도 책마다 국민교육헌장을, 음반마다 '건전가요'를 덧붙여야 했다), 지배담론에 충실한 문학을 산출하라는 요구에 직면하기도 했다. 검열은 또한 '써야 했던 것'이기도 했던 것이다.

'쓸 수 있었던 것'으로서의 문학이라는 인식은 이렇게, 쓸 수 없었던 것과 써야했던 것에 대해, 즉 권력의 금지와 권장에 대해 묻도록 요구한다. 게다가 이 세 가지로 충분하지도 않다. 그 속에서 작가가 '쓰고자했던 것'은 무엇인가 하는 물음이야말로 핵심적이다. 검열을 우회하기 위해서 작가들은 갖가지 방책들을 고안해냈으니, 제4부에서 분석하듯이, 검열을 의식하여 갖가지 표현을 바꾸기도 했고, 특정 인물을 만들어내기도 했으며, 플롯을 변형시키기도 했다. 심지어는 검열관이 좋아할 문구를 의도적으로 삽입하면서 검열우회를 시도하기도 했다. 따라서 식민지시기 산출된 모든 텍스트를 읽을 때, 문장 차원의 맥락에만 주목할 수 없으며 검열이라는 사회적 맥락 속에서 파악하여야 한다. 검열우회를 위해 만들어진 장치를 검열의 맥락을 제외한 상태에서 해석한다면, 자칫하면 정반대의 의도로 오독할 가능성까지 없지 않다.

그렇다면 어떻게 읽어야 할 것인가. 검열상황에서 텍스트가 '공진화 과정'이었다면, 그 '화석'을 검토함으로써 추정하는 방법이 바람직할 것이다. 어떤 화석을 골라야 할 것인가. 지금까지 연구는 대체로 발신자가 남긴 화석, 즉 현전하는 (문학)텍스트만을 대상으로 삼아왔다. 하지만 텍스트를 '쓸 수 있었던 것'으로서 이해해야 한다는 점에서, 검열자와 수신자가 남긴 화석들 역시 주요한 연구대상이 되어 마땅하다. 발신자의 텍스트(작품)와 검열자의 텍스트(각종 검열기준), 그리고 수신자의 텍스트(독자 투고, 독서 일기 등)를 겹쳐놓고 공시적으로 또 통시적으로 살펴야 한다. 이 세 텍스트를 공동텍스트(co-text)로 인정해야 하는 것이다. 검열국가에서 산출된, '쓸 수 있었던 것'으로서의 텍스트를 이해하는 독법은 그래야 마땅하다.

식민지시기 텍스트를 검열과 관련지어 이해하려는 시도는 2003년 검열연구회 발족 이전까지는 매우 부족하였다. 물론 독재정권 아래서 검열 연구 자체가 검열의 대상이 되어버렸기 때문이겠지만, 학문의 분업체제와도 관련될 것이다. 발신자 텍스트는 역사 철학 문학 등 각 분과학문의 연구대상으로 포착되기 쉬운데 비해 검열자와 수신자의 텍스트들은 그렇지 못하였다. 특히 발신자, 검열자, 수신자의 텍스트를 겹쳐놓고 읽는 작업이란 분과학문체제의 어느 하나에 속하기 어려운 것이다.

검열상황 속의 문학을 단순하게 '쓴 것'으로서 인식하고, 그래서 작가와 독자와 세계 사이의 관련 속에서만 파악하는 것은, 비유컨대 '달은 바라보지 않고 손가락만 바라보는' 잘못이다. 텍스트의 형태로 남아있는 그 '손가락들'의 여러 방향성을 잘 종합하면서 '달'은 어디에 있었던가를 추정해야 마땅하다.

그러나 찾아내야 하는 것은 '달' 뿐이 아니다. '달'을 보지 않고 손가락을 보게 되는 것은 우리 마음속에 있는 어떤 지향성, 즉 보고 싶은 것만을 보게 되는 마음자리 때문이기도 하다. 예컨대 인쇄자본의 문제가 그렇다. 식민지시기 인쇄자본은 검열의 객체이기만 했던 것이 아니며, '국가-자본검열'이라는 복합적 검열의 공동주체이기도 했다. 인쇄자본은 국가검열의 기능을 '아웃소싱' 받은 내부 검열자로 군림하기도 했지만, 검열 받은 저작임을 선전함으로써 더 많이 팔아보려는 시도도 없지 않았다. 이윤을 위해 어느 쪽이 유리한가를 저울질하면서 그렇게 움직였다. 그럼에도 이런 복합적 성격은 그동안 충분히 인식되지 못했는데, 그 주된 까닭은 '억압하는 식민권력 / 저항하는 조선지식인'이라는 민족주의적 이분법이 지나치게 강력했기 때문이었다. '보고 싶은 것', '보도록 길들여진 것'만을 보는 관성이다. 이럴 때 검열연구는 흑과 백의 이중주가 될 뿐이다.

'보도록 길들여진 것'만을 보는 인식적 관성이야말로 가장 강력한 검열관일 터이다. 식민지검열 역시 이 관성을 교묘히 활용하면서 검열을 합리화했으며, 새로운 관성을 만들어갔다. 검열권력은 늘 '다중의 동의에 기반한 검열'을 추구하지만 이는 쉽지 않은 목표이다. 식민지 담론통제 역시 3·1운동 직후의 수세적 국면에서는 금압적 검열에 치중할 수밖에 없었지만, 다중의 동의를 획득하려는 시도가 일정부분 성공하면서 금압보다는 권장, 검열보다는 선전으로 이행해갔다. 만주침공 등 침략전쟁에 힘입어 쇼와[昭和]공황에서 탈출하고 식민지를 확장하면서 얻어낸 제국의 경제적·정치적 성과를 선전하는 방식이었다. 이처럼 일본제국의 약탈 성과의 일부가 식민지 조선에도 이득이 된다는 식의 선전은 결국 국수적 민족주의와 경제 제일주의라는 관성적 인식을 조선의 다중의 내면에 정착시켰다. 식민지시기에 본격적으로 형성된 그 관성적 인식들은 오늘에도 상당부분 지속되고 있으니, 경제지상주의 또는 소위 '먹고사니즘' 담론은 그 보기 중 하나이다. 오늘날의 검열에서 핵심적인 것은 국가-자본검열이라고 필자는 주장하는 바, 이 변형된 검열은 다중의 동의를 일정부분 획득한 상태에서 이뤄지며 '보도록 길들여진 것'에 주로 의존하고 있다. 그런 의미에서라면 일본제국은 아직까지도 우리의 내면을 상당부분 장악하고 있는 셈이다.

사정이 이러하니 문학을 포함한 여러 예술에 더 많은 기대를 하게 된다. '불온'을 통해 시대의 주류적 가치관과 미학에 균열을 만드는 것은 오랫동안 예술이 해왔던 일 아니겠는가. 근대 한국에서 문학의 흥륭이 검열의 풍선효과로 만들어진 측면도 있지만, 그렇게 만들어진 문학은 검열권력의 요구를 정면으로 배반하기도 하지 않았던가.

3. 현재진행형의 검열

한국에서도 제도적 검열은 1996년 헌법재판소의 위헌판결로 음반검열이 폐지되면서 공식적으로는 사라졌다. 물론 영화 등급제라는 실질적 사전검열은 남아있고, 국가보안법의 찬양고무죄 · 통신비밀보호법 · 명예훼손죄 등 갖가지 변형된 검열제도도 지속되고 있긴 하지만, 그래도 진전이라 하지 않을 수 없다. 표현의 자유라는 민주주의의 핵심 덕목에 대한 사회적 인식이 고조된 덕분이며, 매체 또한 다양화되어 제도적 검열이 어려워지기도 했다. 예컨대 G20정상회담 때 쥐 그림을 그려 넣은 그래피티를 이명박정권은 사전에 차단할 수 없었으며, 그 작가에 대해서도 공용물손괴 혐의로만 뒤늦게 기소할 수 있었을 뿐이었다. 출판 · 방송 등 전통적 매체라면 사전검열에 의해 미리 봉쇄할 수 있었을 것이며, 처벌 또한 '쩨쩨하게' 공용물손괴 따위를 들고 나오지 않았을 것이다. 식민지시기라면 불경죄를, 독재시기라면 국가원수모독죄를 적용하여 징역형에 처할 수 있었다. 표현의 자유를 크게 후퇴시켜버린 이명박정권에서조차 국가권력이 할 수 있는 일에는 한계가 생겼다.

그렇다고 오늘날 검열이 위축된 것은 결코 아니다. 국가는 말썽 많은 제도적 검열을 없앤 듯하지만, 기실은 눈에 보이지 않는 검열로 변형되었을 따름이다. 예컨대 방송사 사장을 검열관으로 '파견'하는 것만으로도 훌륭하게 검열의 효과를 거두고 있으며, 판사 · 교원 등 공무원 임용에서 사상검증을 하는 일도 버젓이 자행된다. 한편 자본이나 각종 민간단체 등에 의한 다양한 차원의 민간 검열은 오히려 위세를 떨치고 있다. 각종 매체는 광고주를 의식하면서, 학자는 연구기금 제공자를 의식하면서, 보도와 연구의 내용을 조정하는 것이 거의 상식처럼 되어버렸다. 기업이 신입사원 면접 때 사상검증을 하는가하면, 전경련 쪽에서는 자신들이 문제교수로 낙인찍은 '특정 교수의 강의를 들은 학생은 취업에 불이익을 줄 수 있다'고 으름장을 놓기까지 했다. 재벌이 사회적 영향력이 큰 인사들을 정기적 뇌물로 '관리'해왔던 '삼성 X파일' 사건, 대통령의 수필을 찬양하는 글은 수록하면서 작가 이제하의 글을 정치적이라는 이유로 게재 거부했던 『현대문학』 사건 등은 극히 일부의 사례에 지나지 않는다. '조중동' 등 보수언론들은 지배이데올로기를 공급하여 정권에 꽤 큰 영향력을 행사하기까지 한다. 그들은 편집권 독립 없이 자본의 절대적 영향력 속에 안주하여 언론자유의 본질을 왜곡하면서 경영의 자유는 구가한다. 근대가 피 흘려 쟁취한 자유가 선택적으로 수용되고 왜곡될 때, 억압의 도구가 되어 버림을 나날이 입증하고 있다.

오늘날 자본은 검열에서도 힘이 꽤 세다. 오히려 국가보다 더 강력하다. 전통적인 국가검열이 강압적이고 눈에 명백히 보이는 것이라면, 변형된 국가검열과 자본검열 등 민간검열은 연구기금 · 광고 · 직업 등 각종 자원을 선택적으로 배정하는 등 '세련된' 방식으로 작동되며, 따라서 잘 드러나 보이지 않는다. 심지어는 검열인지 아닌지조차 판단하기 어려운 방식으로 작동된다. '주적'이 잘 보이지 않으므로 대응하기도 쉽지 않다.

지금까지 간략하게 살핀 것처럼 한국은 근대 100년 동안 매우 강력한 검열국가였으며 현재도 그러하다. 그럼에도 검열연구는 불충분하니 아쉬움이 아닐 수 없다. 이 책은 그 '100년 동안의 검열' 중 앞 토막, 즉 식민지 검열을 대상으로 삼아 국가 검열을 주로 다룬다. 한국에서 근대적 검열이 시작된 시기를 살피려니 이 시기를 고르게 되었다. 원래 계획으로는 10년쯤 안에 끝내고 현재적 검열로 넘어오고자 했으나 뜻 같이 되지 않았다. 식민지검열 연구가 워낙 미개척분야였기 때문이기도 했지만, 필자의 능력 부족 탓이 크다. 곳곳에서 검열이라는 망령의 부활을 목도하면서 더욱 아쉬움을 느낀다.

하지만 근대적 검열의 '기원'을 탐색하는 작업은 결코 '철지난 가랑잎 냄새'를 맡는 일이 아니다. 예컨대 1930년대에 이미 은폐적 검열제도가 존재했고 국가검열은 민간자본에 '아웃소싱'되기 시작했음을 밝힌 바, 이는 해방 이후 본격화된 변형적 검열의 기원이며, 오늘날의 검열에 대한 이해를 증진시키는 데 일정부분 기여할 수 있으리라. 또한 원론적인 말이 되겠지만, 아무리 당대의 문제가 시급하더라도 기원에 대한 탐색 또한 필수적이다.

우리의 정신적 유산인 근대적 텍스트들은 과연 '누가' 쓴 것인가. 어떤 과정을 통해 만들어지고 오늘날까지 읽히면서 우리의 내면을 만들어내고 있는 것인가. 예컨대 『자본론』 수업을 듣고 그 강사를 국가보안법 위반 혐의로 국정원에 고발했던 대학생의 내면은, 또는 먹고사니즘에서 자유롭지 못한 우리의 내면은, 어떻게 만들어졌는가. 개인을 비판하는 손쉬운 일에 골몰하기 보다는, 그 내면을 만든 '문화적 유전자'를 밝히는, 더 근본적인 작업이 절실하다. '기원'과 '과정'의 탐색은 역시 중요하다.

4. 나가며

인간은 어떤 동물보다도 많은 의사소통을 하는 동물이다. 구강구조가 복잡하게 진화된 것도, 인쇄술과 인터넷 등 매스미디어 기술을 만들어냈던 것도, 복잡하고 많은 생각을 널리 공유할 필요 때문이었다. 이를 통해 개체의 경험은 공동체로 확산되고 세대를 넘어 전달될 수 있었으니, 매머

드나 호랑이보다 강력한 힘으로 지구를 '지배'할 수 있게 되었고 자유와 평등이라는 민주주의적 보편 가치를 확립할 수 있었다. 이 의사소통이 의미 있는 것이 되기 위해서는 다양한 생각의 자유로운 소통이라는 전제조건이 필요하다. 하나의 생각만이 지배하는 사회에서라면 의사소통은 세뇌로 전락하게 되며, 전체주의를 불러올 위험이 매우 크다. 그러니 검열이란, 그 주체가 국가이건 자본이건, 보이건 보이지 않건, 다양한 생각들 사이의 의사소통을 통해 진전해온 인류의 역사에 대한 최대의 적(敵)일 수 밖에 없다.

이 책은 그 '최대의 적' 중 하나로서 식민지시기 검열에 대한 보고서이다. 물론 거의 100년 전 일이지만, 다양하게 변화된 형태로 진화한 '지금-여기'의 검열에 대해 이해하고 대응하는 데 한 톨이라도 도움이 되기를 바란다.

2015년,

남산에 있지만 빌딩과 스모그만 보이는 연구실에서,

지은이

차례

4부 검열우회로서의 1930년대 텍스트

5부 검열된 텍스트의 복원과 연구방법론

1부

식민지시기 문학검열 연구를 위하여

1부는 식민지시기 텍스트를 검열과 관련지어 연구해야 할 필요성과 의의, 연구사, 연구범위 등을 다룬다. 먼저 이 시기 텍스트 '쓸 수 있었던 것'으로서 인식해야 하는 이유와 효과에 대해 문학을 중심으로 살핀다. 텍스트 해석의 차원에서부터 문자화·환금화·탈(脫) 정치화 등 근대적 문학장의 핵심적 요소에 이르기까지 검열이 어떻게 관련되었는지를 개괄한다. 1장은 또한 학제적 연구와 통합교과적 교육을 검열연구가 추동할 가능성 등에도 주목한다.

2장에서는 검열연구가 왜 오랫동안 부진했는지, 그럼에도 불구하고 연구가 가능하다고 판단하는 근거는 무엇인지를 검토한다. 이어 주요 연구과제를 제시하고, 그 중에서 이 책이 다룰 부분을 밝힌다.

식민지시기 검열은 '제국의 차원'에서 시행되었으므로, 검열연구 역시 '제국의 범위'에서 이뤄져야 마땅하다. 따라서 연구사 검토 역시 일국적 차원에 그치면 곤란하다. 3장에서는 구(舊) 일본제국에 속했던 여러 나라의 검열연구사를 거칠게나마 정리하고, 이 지역들 사이의 비교연구가 필요한 까닭을 밝힌다.

'쓸 수 있었던 것'으로서의 문학

1. 들어가며

1919년 3・1운동을 주도했던 민족대표 33인이 기소될 때 그 법적 근거는 주로 출판법 위반 혐의였다. 검열을 거치지 않은 상태에서 출판물(독립선언서)을 인쇄 배포하였기 때문이다. 당시 검열관들은 매우 세밀한 기준에 의해서 출판물들을 검열하였으니, "벽돌신문", "마마자국" 등은 당시에 널리 사용되던 검열에 대한 은유였다. 오늘날 우리가 당시 자료들을 읽을 때마다 만나게 되는 '○○○', '×××', '이하 ○행 삭제' 등의 복자(覆字)[1] 표

1 복자란 말 그대로 활자가 뒤집혀 인쇄된 것을 말하지만 검열이 있었던 시기에는 맥락이 많이 다르다(자세한 설명은 5부 1장 참조). 영어로는 'fuseji'인바 이는 일본어 '伏せ字'를 음차(音借)한 것이다. 구 일본제국 지역의 경우 복자의 거의 대부분이 일본 권력에 의해 만들어졌으니, 그 억압의 징표를 표기하는 용어까지도 'fuseji'라는 일본어로 대표됨은 아이러니컬하다.

시들은 그 '벽돌'과 '마마자국'이다.[2]

이태준은 방정환의 죽음을 추도하면서 "이젠 그대에겐 검열난(檢閱難)의 고통도 없을 것이로다"[3]라고 말했으며, 채만식은 '독자가 몇 명이나 된다고 생각하느냐'는 설문에 대해 "가장 정확한 독자의 수는 나 자신과 문선(文選)직공 한 사람과 교정보는 이 한 사람과 검열관 한 사람 총합 네 사람입니다"[4]라고 답변했다. 김동인은 자신의 창작 중 3분의 1이나 4분의 1 쯤은 검열로 인해 잃어버렸다고 회고하고 있다.[5] 오늘날 우리가 읽고 있는 식민시대 텍스트는 단지 '3분의 2' 정도에 불과한, 불구적인 텍스트라는 것이다.[6]

이런 몇 가지 사례 만으로도 '입 속에서 혀가 굳어 가는' 당대 저작자들

---

2 '벽돌'이란 조판된 신문에서 검열된 부분의 활자를 뒤집어놓아 지면에 아무 의미 없는 검은 잉크자국들이 많아 마치 벽돌을 쌓아놓은 것처럼 보인다는 은유이다. '마마자국'은 천연두를 앓고 난 아이들의 얼굴에 생긴 흉터를 검열의 상흔과 연결시키는 수난의 은유이다. 덧붙이자면, 잉크자국으로 나타나는 '검은 벽돌'과는 대조적으로, 지면이 무의미한 하얀 공백으로 나타나는, '하얀 벽돌'도 있다. 이는 인쇄용 연판에서 해당 활자를 깎아내고 인쇄할 때 생기는 지면이다. 인쇄소에는 뒤늦게 발견한 오자를 교정하기 위한 넓적한 조각도처럼 생긴 연판 깎이 도구가 있게 마련인데, 1920년대라면 이 도구는 오자 수정보다는 검열결과 반영에 더 자주 쓰였을 것이다. 활자를 뒤집는 '벽돌'방식은 비교적 초기공정에서 검열지시를 받았을 때, 그리고 '연판 깎기'는 비교적 후기 공정에서 지시를 받았을 때 활용했을 것이다. 따라서 신문이 교정쇄검열을 적용받은 1920년 이후부터는 연판 깎기를 주로 활용했을 것으로 추정할 수 있다.

3 「평안할지어다」, 『별건곤』 43호, 1931.9, 3쪽. 한자는 한글로 바꾸되 꼭 필요한 것은 괄호 속에 한자를 병기함. 또한 맞춤법도 현행의 것으로 바꾸었음. 이하 마찬가지이지만 문학작품에서의 인용은 당대 표기대로 두었음.

4 설문 「다시 젊어지고 싶은가, 문사 심경」, 『삼천리』 8권 12호, 1936.12, 214쪽.

5 김동인, 「지난 시절의 출판물 검열」, 『해동공론』 1권 3호, 1946.12, 34쪽.

6 물론 이 회고는 광복 직후의 들뜬 분위기 속에서 나온 것이므로 액면 그대로만 받아들이기는 어렵다. 항일문학을 거의 산출하지 못한 문학사적 암흑기에 대한 자괴심 때문에 그 책임을 일제의 검열에 떠넘기려는 심리로 나타났을 가능성이 없지 않은 것이다. 게다가 김동인 특유의 과시벽 같은 것이 작용했을 수도 있다. 그러므로 '3분의 1'이라는 수치까지 액면 그대로 믿기는 어렵고, 단지 검열이 얼마만큼 심한 것이었는지를 보여주는 상징적 의미쯤으로만 받아들여야 할 것이다.

의 절박한 상황을 쉽게 짐작할 수 있다. 그들은 자신의 작품을 서랍 속에 넣어 두겠다거나 지하출판을 감행하겠다는 각오가 없다면, 글쓰기에 앞서 검열을 우회할 방법을 고민하지 않을 수 없었다. 우여곡절 끝에 발표된 작품들도 상당부분이 검열에 의해 변화될 수밖에 없었다.

1941년 이태준의 서술에서는 좀 더 사정이 복잡하다. "이용이 되는 줄 알면서도 쓰는 소설 만으로는 경제적으로 불리하니까 씨키는 소설에 붓을 대지 않을 수 없다"는 것이다.[7] '씨키는 것'이라는 피동태야 물론 식민지 말기의 검열상황을 잘 말해주는 것이지만, '쓰는 것'과 '씨키는 것', 즉 능동과 피동 사이에 있을 사동태들의 그 숱한 다양성을 상정하는 게 더 중요하다. 그 사동태들의 편차가 저작자와 텍스트의 질적 차이를 만들어내는 것이다. 그러니 오늘 우리가 읽는 식민지시기 텍스트란 단순하게 '쓴 것'이라고만 볼 수는 없다. 그것은 '쓰고자 했던 것'과 '금지/권장되었던 것' 사이에서 '쓸 수 있었던 것'이었다.

저작자만이 아니다. 인쇄자본 역시 상당한 경제적 타격을 각오하지 않는 한, 검열 통과 여부를 늘 염두에 두고 편집할 수밖에 없었다. 이 과정에서 조선의 인쇄자본은 검열자로서의 성격도 지니게 된다. 3부에서 자세히 보겠지만, 1930년대 이후 인쇄자본은 '국가'-자본검열의 한 주체로서의 성격이 훨씬 강해진다. '씨키는 소설'로 이행해가는 까닭이 '경제적으로 불리'하기 때문이었다는 이태준의 회고는 인쇄자본에도 적용될 수 있는 것이다.

오늘 우리는 국가 검열이 거의 사라진 시대를 살고 있으므로 식민지 시기 문학을 단지 문자텍스트로만 읽게 된다. 하지만 그 시기 작가들은 늘

7 이태준, 「조선의 소설들」, 『무서록』(1941), 깊은 샘, 1999, 68쪽. 이 회고는 식민 후반기를 주로 겨냥한 것이지만, 식민지기 전체에 대한 것으로 확대해도(물론 정도의 차이가 있고, 경제적 동기가 주된 것인가의 차이도 있겠지만) 대체로 적용될 수 있는 진술이라고 본다.

검열을 의식하면서 썼고, 독자들 역시 검열을 통과한 작품임을 염두에 두고 읽었다. 모든 의미는 그 맥락 속에서만 확정된다면, 검열을 제외하고 식민지시기 텍스트를 읽는 행위는 텍스트 생산 시기의 맥락을 폭력적으로 지워버리는 일이 된다.

그러므로 이 시기 모든 문자텍스트는 '쓸 수 있었던 것'으로서 이해해야 한다. 저자가 '쓰고자 했던 것'과 검열에 의해 '쓸 수 없었던 것' 사이의 길항관계 속에서 산출된 것이었으며, 독자들은 이런 길항관계를 염두에 두고 독서했었던 것이다. 설명의 편의를 위해 도식화의 우려를 무릅쓰고 물리학의 벡터 개념을 빌려 말하자면, 저작자의 '지향의 벡터'와 검열당국의 '금지의 벡터'가 결합된 결과라고 말할 수 있다. 따라서 당시의 모든 '합법적' 출판물을 읽는 기본적인 독법은, 피검열자와 검열자가 지니고 있었던 벡터들의 다양하고 복잡한 충돌 및 절충관계 속에서 찾아야 할 것이다. 그렇다면, 식민지시기 작품이란 '글쓰기의 지향'과 '금지/권장의 지향'이라는 두 벡터가 일정한 타협점을 찾은 '벡터 결합'이라고 인식해야 한다면, 구체적으로 어떻게 이 문제에 접근해갈 것인가.

우리가 현재 잘 알고 있는 것은 현존하는 문자텍스트, 즉 '벡터 결합' 뿐이다. 그러니 '금지'(및 '권장')를 확인하는 작업부터 검열연구는 시작해야 한다. 검열기준은 상당수가 남아있으므로 이를 체계적으로 정리하고 분석하면 된다.[8] 그 기준들이 실제로 적용된 사례에 대한 각종 자료도 분석

8 검열기준은 법적 기준과 행정적 기준으로 나뉠 수 있다. 법적 기준은 정진석의 『한국언론사연구』(나남, 1990), 『언론조선총독부』(커뮤니케이션북스, 2005), 최준의 『한국신문사』(일조각, 1960), 최기영의 「광무신문지법에 관한 연구」(『대한제국시기 신문연구』, 일조각, 1991(중판)), 스즈키 게이후[鈴木敬夫]의 『법을 통한 조선식민지 지배에 관한 연구』(고려대 민족문화연구소, 1989), 김창록의 「일제 강점기 언론 출판법제」(『한국문학연구』 30, 동국대 한국문학연구소, 2006.6) 등에서 정리하고 있다. 행정적 기준에 대해서는 계훈모의 『한국언론연표(1881~1945)』(관훈클럽 신영연구기금, 1979)에 기초자료가 충실하게 수록

해야 할 터인데, 여기저기 흩어져 있으니 조사 및 정리부터 해야 한다. 검열자와 피검열자(저작자, 독자, 인쇄 및 출판유통 담당자 등)가 검열에 대해 남긴 각종 회고라든가, 실제로 삭제된 작품들(좀 더 바람직하게는 검열삭제 이전의 내용들)을 한데 모으고 이를 분석해야 할 것이다. 이렇게 검열기준과 그 기준에 의해 실제로 삭제된 내용을 확인하고 정리한다면 우리는 '금지'의 벡터에 대해서 상당한 정도까지 파악할 수 있다.

그 결과에 실제로 '쓸 수 있었던 것', 즉 검열을 거쳐 발표된 텍스트(우리가 현재 연구 대상으로 삼고 있는 것)들을 중첩시켜 비교해야 한다. 이렇게 '금지'의 벡터를, '쓸 수 있었던 것'(벡터결합)과 중첩시킨다면, 나머지 하나의 벡터 즉 '쓰고자했던 것'에 대한 인식은 훨씬 진척될 것이다. 이렇게 '쓸 수 없었던 것'을 확인하는 작업에서 시작한다면, 식민지시기 저작자들이 실제로 '쓰고자 했던 것'이 무엇이었는지를 재구하고 추정하여 나갈 수 있을 것이다.

이처럼 검열이란, 오랫동안 학문적 관심의 대상에서 거의 벗어나 있었지만, 식민지시기 한국에서 생산된 모든 텍스트의 전제조건이라고 할 수 있다. 텍스트 자체가 검열 속에서 생산되었으므로 그 요인을 제외한 채로 연구할 수 없음은 자명하다. 또 그렇게 이해했을 때 텍스트의 결은 상당히 달라질 것이다.

식민지시기 텍스트의 핵심적인 생산조건은 검열이었으므로 연구 역시 그 맥락 속에서 진행되어야 함을 밝혔다. 식민지검열 연구의 의의를 몇 가

되어 있으며, 정근식의 「식민지적 검열의 역사적 기원」(『사회와 역사』 64, 2003.11), 정근식 · 최경희의 공동논문 「도서과의 설치와 일제 식민지출판경찰의 체계화, 1926~1929」(『한국문학연구』 30, 동국대 한국문학연구소, 2006.6)을 참조할 수 있다. 특히 정근식 · 최경희의 글은 『조선출판경찰월보』에 대한 충실한 정리를 통해 추후 많은 후속연구들을 산출하는 데 기여했다.

지 더 들어보자. 첫째, 권력 및 자본의 압박 속에서 지식인은 어떻게 대응할 수 있는가 하는 세계보편의 주제에 기여할 수 있다. 식민지시기 문인들은, 특히 1930년대 이후에는, 검열권력과 자본에 의해 포위되는 형국이었던 바, 이 압박 속에서 문인은(또는 지식인은) 어떤 방식으로 발화하고 이 텍스트들은 독자에게 어떻게 소통되는가를 점검해야 한다. 식민지시기 한국의 경우 어떤 특징적 자질을 보이는가를 추출하고 이를 다른 나라의 경우와 대조하여 세계 학계에 제출할 수 있게 된다. 이를 통해 한국학이 일국적 제한성에서 벗어나는 데에도, 또 장기적으로는 해외 학계에서 한국학의 '게토화' 현상[9]을 완화하는 데에도 일정부분 기여할 것으로 기대한다. 또한 한국문학을 번역 보급할 때도 어떤 판본을 저본으로 삼아야 할 것인가를 결정하는 데도 기여할 것이다.[10]

둘째, 검열연구를 통해 한국의 역사적 현실에서 출발하는 연구방법론과 이론의 탄생을 기대할 수 있다. 서구이론을 일방적으로 '수입'하여 적용하는 이론적 식민성에서 벗어나 '자생적' 이론을 확립하고, 나아가 세계보편이론에 기여할 수 있는 가능성이다. 특히 국제협동연구를 통해서 구일본제국의 검열체제에 대한 해석 틀이 마련되고, 이를 서구 선진제국주의 국가의 검열과 비교하는 데로 나아간다면, 그 가능성과 기여는 더욱 커질 것이다. 또한 한국문학연구의 이론주의적 편향[11]에서 벗어날 계기도

9 앙드레 슈미트(Andre Schmid) "Korean Studies on the periphery and as a potential form or mediator in Korean- Us relations"(국제한국문학/문화학회 제3회 국제학술대회 '한국/학의 근대성과 로컬리티' 발표논문), 2007.11.17.

10 한국 현대문학 연구 전반에서 판본의식이 매우 미흡한 편이지만, 특히 식민지시기 문학은 검열의 존재 때문에 판본의식이 더 절실하게 요청된다. 이에 대해서는 이 책의 5부 4장 및 최경희, 「출판물로서의 근대문학과 텍스트의 불확정성」(『'식민지 검열체제의 역사적 성격' 학술대회 자료집』, 성균관대 동아시아학술원, 2004.12) 참조.

11 방민호, 「한국근대문학 연구의 이론주의적 경향」, 『한국근대문학연구』 10, 한국근대문학회, 2001.4, 8~30쪽 참조.

마련할 수 있다. 이론적 식민성, 실증주의에 대한 과잉비판에서 비롯된 자료연구에 대한 과소평가, 철학이나 사회학 등 문학 외부의 담론을 선험적인 것으로 받아들이는 경향 등에서 탈피할 수 있는 중요한 계기를 검열연구는 마련할 수 있다.

셋째, 기존의 민족주의적 텍스트 해석을 수정할 한 계기를 마련할 수 있을 것이다. 식민지시기 검열에 대한 통념적 인식은 일제에 의한 사상탄압이라는 측면이 지나치게 강조된 반면, 조선자본의 검열기능은 과소평가되어 왔다. 자칫하면 검열연구가 민족주의를 확대재생산하는 결과를 불러올 수 있다. 그러나 검열이란 인류의 자유와 평등에 대한 권력의 억압이라는 점에서 민족이나 국가의 경계를 넘어서는 문제임은 자명하다. 필자가 제기하는 '국가'-자본검열이라는 개념은 이를 위해 유효할 것으로 기대한다. 특히 '국가'-자본검열이란 최근의 국사교과서 재검정 파동, 인터넷검열, 불공정언론 광고주 압박운동 등에서 보듯이 현재진행형의 문제이기도 하다.[12]

넷째, 검열연구의 현재적 의미도 크다. 구한말 시작된 근대적 검열제도는 해방 이후 미 군정기를 거쳐 대한민국 정부 수립 이후 1990년대까지 지속되었으며, 오늘날까지도 일부 장르의 경우는 실질적 검열제도가 지속되고 있다.[13] 국가보안법(특히 제7조의 고무 찬양죄)이 거의 내면적 검열로 정

12 자본 축적이 지속적으로 진행된 결과, '국가'-자본검열은 오늘날 세 가지 중요한 변화를 보이는 것으로 판단한다. 즉, 국가보다는 자본이, 일국적 차원보다는 세계적 차원이, 금지보다는 권장이 각각 더 높은 비중을 차지하게 되었다는 것이다. 이 문제는 물론 훨씬 자세한 논의를 필요로 한다.

13 법적으로는 광무신문지법이 공포된 1907년에 시작되었지만 통감부시기이던 1904년 일본 헌병부가 『제국신문』을 정간에 처하는 등 검열은 법적 근거가 없이 이미 이뤄졌다. 또 검열금지조항이 제2공화국 헌법에 명기되었으나 유신헌법에서 삭제되었으며, 1987년 제6공화국 헌법에서 다시 부활했지만 실질적으로는 납본제도 등을 빌미로 편법적 검열이 유지되었다. 문학부분에서 검열의 실질적 폐지는 1988년의 납월북작가 해금조치 또는 2009년의

착되어 버렸음을 염두에 둔다면, 모든 형태의 담론에서 제도적 검열이 지속되고 있다고 말할 수도 있다. 근대적 검열은 거의 100년에 가까운 기간 지속되었으며, 오늘날도 변형된 형태의 검열은 지속되고 있는 것이다. 또한 자본에 의한 검열이 점차 국가검열의 자리를 대신하고 있기도 하다. 그런 의미에서 근대적 검열의 기원에 해당하는 식민지시기 검열연구의 의의는 자못 크다 하겠다.

다섯째, 문학교육에도 적지 않게 기여할 수 있을 것이다. 예컨대, 현재 우리 교육현장에서는 일제의 검열이 엄혹했다는 일반론적 진술과, 이상화의 「빼앗긴 들에도 봄은 오는가」 같은 저항시를 동시에 가르치고 있다. 이 둘이 모순이라는 사실조차 제대로 인식되지 않고 있다. 검열이 엄혹했다는데 어떻게 이런 작품이 발표될 수 있었느냐고, 어떤 학생이 물어 온다면 우리는 어떻게 답변할 수 있을까. 단순히 검열관의 실수라고 설명하고 말 수는 없는 노릇 아닌가(3부 3장 참조).

이태준의 「패강랭」(1938)에 대해서는 지금까지의 설명으로 충분한가. 이 작품은 신채호의 한시 「백두산도중(白頭山途中)」과 가사 「황계사(黃鷄詞)」를 인용하면서 신채호의 죽음을 애도한다. 신채호는 물론 당시 블랙리스트에 올라있었을 작가였지만 일제 말기에 「패강랭」은 버젓이 검열을 통과하여 발표된다. 검열을 피하기 위한 교묘한 문학적 장치를 동원한 덕분이다. 그러나 이 사정은 최근에야 밝혀졌으며(4부 4장 참조), 따라서 교육된 바 없다. 검열관의 눈을 속이기 위한 이태준의 전략은 성공했지만, 유감스럽게도 후대의 연구 및 교육에서도 이를 간과하게 되어 버린 것이다.

도서 납본제 폐지를 계기로 잡아야 할 것이다. 그러나 영화 음반 인터넷 등에 대해서는 헌법재판소의 잇단 위헌판정에도 불구하고 '등급제' '민간심의' 등의 미명 아래 실질적인 (사전) 검열이 아직도 행해지고 있다.

검열된 실제의 텍스트를 시각적으로 보여주기만 하더라도 교육적 의미는 적지 않다. 그 대표적인 경우가 붓질복자이다. 인쇄 이후 재검열에서 삭제지시를 받았을 경우 붓질 등으로 지워야 했지만, 그렇다고 해서 충실하게 이행하기도 꺼렸던, 그 갈등과 절충의 결과로 반쯤만 지워버린 경우들이 적지 않다. 예컨대 총독부 내부 자료인 『조선의 언론과 세상[朝鮮の言論と世相]』(조사자료 21집, 1927)의 붓질복자와 시중에 유통되었던 『신생활』(1934.10)의 붓질복자는 매우 대조적이다. 총독부 공무원이 붓질한 『조선의 언론과 세상』의 경우는 치밀하고 꼼꼼한 붓질 때문에 한 글자도 알아볼 수 없지만, 출판사 직원이 붓질한 『신생활』의 경우는 성긴 붓질 사이로 일부를 알아볼 수 있다. 이것들을 보노라면 식민지시기 어느 출판사 직원의 내면이 떠오른다. 불충실한 삭제가 발각될 경우 그는 아마도 실직되거나 투옥을 각오해야 할지도 모른다. 하지만 그는 검열권력에 그대로 복종하기도 싫다. 이 모순과 갈등의 결과는 태업에 가까운 붓질, 즉 '일부는 알아볼 수 있는 삭제'로 나타난다. 검열권력의 금지와 피검열자의 저항 사이의 절충이란, 저작자의 텍스트에만 국한되는 것이 아니라, 출판사 직원의 붓질에까지 남아 있는 것이다(5부 3장 참조).

그러나 이런 흔적들은 원본을 읽는 극소수의 연구자들만 알고 있을 뿐 대중들은 알지 못한다. 현재의 문학교육 텍스트는 이 모든 맥락과 육필들이 사라져버린 산뜻한 인쇄물일 뿐이다. 치밀한 붓질과 무성의한 붓질, 위의 두 붓질을 나란히 보여주는 것만으로도 교육적 효과는 극대화될 수 있다. 검열의 흔적이 역력한 시각적 이미지를 교육자료로 활용한다면, 당대 문학의 조건을 생생하게 전달할 수 있게 될 것이다. 달리 말하자면, 검열 상황 속의 문학이란, 단순히 인쇄된 문자들만이 텍스트의 전부가 아니라는 인식이 필요하다.[14]

지금까지 살핀 대로 한국 근대문학은 검열의 맥락을 충분히 포함한 상태로 연구하고 교육할 필요가 있다. 그렇게 된다면, 권력의 표현 통제와 피검열자의 저항이라는 다층적 의미를 생생하게 보여주는 텍스트로 받아들여질 것이다. 권력이 어떤 내용에 대해 어떤 방식으로 입을 막으려 했는지, 이를 우회하기 위한 피검열자들의 노력은 또 얼마나 교묘하고 다양하고 때론 눈물겨운 것이었는지 추체험하고 이론화하며 이를 후속세대에 전하는 작업이 긴요하다.

2. 근대문학의 특성과 검열연구의 필요성

이제 문학으로 시야를 좁혀보자. 물론 문학도 문자텍스트의 일종이니, 앞서 검열연구의 의의로 제시한 여섯 가지는 모두 문학연구에도 해당되지만, 몇 가지를 덧붙여둘 필요가 있다. 첫째, 근대문학을 전(前)근대문학과 구분하는 여러 특성이 검열과 관련되는 문제이기도 했다는 점이다. 이 문제는 조금은 자세히 살필 필요가 있다. 근대문학은, 조동일에 따르면, 다음과 같은 다섯 가지 점에서 전근대문학과 변별된다.[15] ① 문학담당층의 변화(귀족에서 시민 또는 민중으로), ② 유통방식의 변화(구전 필사 비영리적 출판물 등에 의한 유통에서 영리적 출판물에 의한 유통만이 전면화), ③ 이념의 변화(중세적 보

14 최경희는 검열연구회의 위 두 차례 학술대회(성균관대(2004), 서울대(2006))에서 여러 가지 시각자료를 보여주면서, 인쇄되지 않은 텍스트의 중요성을 강조한 바 있다.
15 조동일, 『한국문학통사』 5권, 지식산업사, 2005(제4판), 10~15쪽 참조.

편주의 문학에서 민족주의 문학으로), ④ 언어의 변화(공통어문학의 쇠퇴와 민족어문학의 부상), ⑤ 갈래의 변화(교술갈래의 쇠퇴와 '순문예'의 주류화).

이 다섯 가지는 한국 근대문학에도 대체로 적용될 수 있는데, 검열과 관련하여 특히 중요한 것은 ②와 ⑤이다. 근대적 문학 검열이란 문자텍스트의 생산과 유통을 권력이 제어하는 방식으로 이뤄지게 마련이므로 인쇄물의 영리적 출판·유통 현상(②)이 중요하며, 교술에서 순문예로의 이행(⑤)은 검열에 의한 탈(脫)정치화와도 관련되기 때문이다. ②는 다시 둘로 나눠, 구술에서 문자로의 이행(이하 문자화)과 문학이 환금의 대상이 되는 현상(이하 환금화[16])으로 나누고자 한다. 요컨대 근대문학의 다섯 가지 특성 중에서 검열과 특히 관련 깊은 항목들은 문자화, 환금화, 탈정치화(순문예화)라고 재정리할 수 있다.

문자화, 환금화, 탈정치화는 모두 복잡한 문제들이고, 검열과 관련되는 대목만을 추려도 여전히 그러하므로 3부에서 자세히 다루겠지만, 다소 앞질러 개략을 살피자면 다음과 같다. 먼저 문자화에서는 총독부가 펼친 구술억압-문자장려 정책을 주목할 만하다. 문자문학이 구술문학보다 훨씬 통제하기 쉬웠으므로 자연스럽게 이 정책은 검열의 강화로 이어졌다. 즉 범죄즉결령(1907)을 통해 구비적 연행예술을 집회로 간주하며 억제하는 한편, 판권법·예약출판제·교정쇄 검열제 등 이윤을 보장하는 제도들을 통해 인쇄자본을 육성했는데,[17] 이와 동시에 다양한 방식으로 인쇄자본의

16 상품화라는 용어가 일반적이겠지만, 이 시기는 아직 상품화의 진행 정도가 미미하다고 보아 환금화라는 용어를 쓰기로 한다.

17 인쇄자본이란 신문자본과 출판자본을 통칭하는 의미로 사용한다. 식민지 시기 한국문학의 양대 발표 지면이었던 신문과 잡지를 발행하던 주체는 자본이었으며, 이는 근대 이전 문학과 근대 이후 문학을 변별하는 핵심적 지표이므로, 두 자본을 통칭하는 명칭이 필요하다. 물론 두 자본의 성격은 여러 점에서 다르다. 예컨대 광고료와 판매료 수입의 비중 차이, 주된 광고원이 일본인지 한국인지의 차이, 발행부수의 차이와 이에 따른 판매전략 및 구매

이윤을 조정하여 담론통제의 주요한 협력기구로 관리해나갔다.

한편 문학이 점차 환금의 대상으로 이행함에 따라 원고료나 인세를 매개로 하는 인쇄자본의 작가통제 역시 수월해졌다. 검열권력은 인쇄자본의 이윤을 조정함으로써 자본을 검열의 민간 소주체로 만들어갔으며 그 결과 자본을 경유하는 검열은 1930년대 이후 국가검열만큼이나 중요한 통제기능을 가지게 되었다. 문학의 환금화는 전문 작가를 탄생시키는데, 검열의 측면에서는 소수의 인간군(원고료 수입에 생계를 의존하는 저작자 또는 '기자-문인'[18])으로 통제의 대상이 축소되고 특정되는 효과를 불러온다. 즉 '국가'-자본검열이 통제해야 하는 발화대상은 작가와 독자의 미분화상태보다 훨씬 축소된다. 게다가 문인이란 작품 발표를 통해 사회적 존재의의를 찾는 동시에 주된 생계수단으로 삼는 사람들인 만큼 작품발표 기회의 조정을 통한 통제의 효율성이 높아지게 된다.

이렇게 '국가'-자본검열이 강화되고 일제의 검열이 독립과 사회주의에 집중되자, 사회정치 문제를 제대로 다룰 수 없게 되었다. 한기형이 『청춘』 『개벽』 등을 분석하면서 주장했던 것처럼 구한말이나 1920년대 문학은 억압된 정론성(政論性)의 대리보충물로서 선택된 측면이 강했지만,[19] 최수

계층의 차이, 열독률의 차이, 총독부의 매체에 대한 육성 및 통제정책의 차이 등에 따라서 그 자본의 성격은 달라진다. 하지만 인쇄된 형태의 문학을 제작 배포했고, 원고료와 인세라는 근대적 제도를 정착시킨 주체였다는 점, 또한 경제적 이윤과 작품발표 기회라는 두 가지 자원을 무기로 저작자들에 대한 통제력을 지닌다는 점, 또한 이 통제력을 바탕으로 인쇄자본은 '국가'-자본검열의 한 주체가 되었다는 점 등에서 동일한 성격을 지닌다.

18 박용규(「식민지시기 문인기자들의 활동과 검열」, 검열연구회, 『식민지검열, 제도 · 텍스트 · 실천』, 소명출판, 2011)가 개념화한 '문인기자'라는 용어를 필자는 이렇게 바꿔 쓰고자 한다. 그들 대부분이 기자보다는 문인 쪽에 자기정체성의 무게를 두었다는 점을 감안한 용어이다.

19 한기형은 여러 글을 통해 이 문제를 제기했다. 그는 최남선의 『청춘』을 분석하여, 근대과학의 보급을 위해 절실하게 요구되던 '도구적 지식'을 다루는 기사 못지않게 지식과 교육의 국적성을 중시하는 '민족적 지식'의 기사들의 비중이 높다고 했다. 그러나 민족적 지식이 정치검열에 의해 불가능해지자, 이 둘을 결합하여 검열을 우회하고 대중성도 확보하기 위해 문

일이 『개벽』 분석을 통해 보여준 것처럼 1920년대 중반부터 검열이 강화되자 문학 역시 점차 탈정치화의 추세를 보이게 된 것이다.[20]

지금까지 보았듯이 문자화, 환금화, 탈정치화 등은, 근대문학으로 이행하면서 세계 거의 모든 나라에서 발견되는 현상이지만, 한국의 경우 검열과 긴밀하게 관련을 맺으며 진행되었다. 그러므로 검열연구는 한국 근대문학이 다른 나라의 근대문학과 어떻게 같고 다른가를 검토하는 데도 기여할 수 있을 것이다.

둘째, 검열이란 개별 텍스트의 형성에 큰 영향을 주었으니 텍스트 해석에도 꼭 참조해야함은 모든 문자텍스트 연구에 해당되지만, 문학텍스트의 경우는 다음 두 가지 점에서 더 큰 의미를 지닌다. ① 앞서 살핀 것처럼 억압된 정론성의 대리보충물로서 문학이 선택되었다면, 식민지시기 문학과 다른 장르 텍스트 사이의 관계란 지금까지 인정해오던 것보다 더 긴밀한 것으로 파악할 필요가 있다. 예컨대 한국에서 문학은 오랜 흥성기를 거쳐 민주화 이후 쇠퇴되었던바, 이 현상을 검열에 의한 정론성의 억압과

학을 주요기사로 삼았다고 주장하면서 이를 '심미적 지식'이라 불렀다. 문학은 바로 심미적 지식으로서, 억압된 정론성의 '풍선효과' 같은 것이었다는 해석이다(「근대잡지와 근대문학 형성의 제도적 연관」, 한기형 외, 『근대어 · 근대매체 · 근대문학』, 성균관대 출판부, 2006). 비슷한 맥락에서 1910년대 "문학적인 것은 곧 정치적인 것"이었다고 주장했으며(「최남선의 잡지 발간과 초기 근대문학의 재편」, 같은 책, 340쪽), 이어 한글문체 등을 분석하면서 유사한 주장을 제기했다(「근대어의 형성과 매체의 언어전략」, 『역사비평』, 2005 여름). 또한 1920년대에도 사정은 비슷하면서도 달라졌음을 『개벽』을 분석하여 입증한다. 즉 천도교는 근대종교로의 변신을 위해 공론장의 핵심인 정치를 다루는 근대적 매체 『개벽』을 창간하는데, 그 결과 검열의 탄압과 대중의 지지를 동시에 얻을 수 있었다. "가장 정론적인 잡지가 가장 상업적일 수 있다는 역설"이 존재하던 당시 상황 때문이었다. 『개벽』이 문학을 중시했던 것은 "근대성과 정치성 그리고 문명의 권위를 동시에 지니고 있는 사회제도"라고 판단했기 때문이었는데, 은유적 정치성으로도 충분했던 1910년대와는 달리 이제 구체적 정치성이 필요했으므로 사회주의 문학이 그 주류를 차지하게 된다. 사회주의에 대한 검열이 강화된 1925년 이후 『개벽』에서는 그 대리보충물로서 문학의 비중은 더욱 높아졌다는 것이다(「『개벽』의 종교적 이상주의와 근대문학의 사상화」, 『상허학보』 17, 상허학회, 2006.6).

20 최수일, 『『개벽』 연구』, 소명출판, 2008, 56~72쪽 및 이 책의 3부 4장 참조.

그 풍선효과로서 해석할 수 있을 것이다. ② 검열우회의 필요성이 텍스트를 얼마만큼 변형시키는가 하는 문제에서도 차이가 있다. 다른 장르에서는 다소 표피적이라면 문학의 경우는 플롯이나 인물의 변화까지를 불러오는 훨씬 근본적으로 나타나는 경우가 적지 않다. 즉 검열우회의 정도가 훨씬 심하며, 이는 작품의 구조를 근원적으로 결정짓는 요소가 되기도 한다는 점이다.

셋째, 문학검열 연구는 학제적 연구에 동력을 제공할 수 있으며 통합교과적인 문학교육의 자료로서도 유용하다. 검열연구는 문학과 이웃 학문, 그리고 식민지시기와 오늘 사이의 관계성을 부각할 수밖에 없으므로 학제적으로 이뤄질 수밖에 없다. 또한 문학검열연구의 성과가 문학교육으로 이어질 경우 통합교과적 교육이 절로 가능해진다. 분과학문체제의 고착화와 논문 양산의 압박이 겹치면서 연구 및 교육이 끝없이 파편화되는 추세 속에서 학제연구의 중요성은 충분히 강조할 필요가 있다. 또한 식민지시기와 문학에 대한 젊은 세대의 관심이 점차 줄어드는 추세 속에서, 학제적 연구와 통합교과적 교육을 통해 100년 전 사람들의 고민을 생생하게 전달할 수 있음은 결코 작은 미덕이 아니리라.

검열연구의 과제와 원칙

1. 검열연구는 왜 부진했나

한국의 검열연구는 신문학이나 도서관학, 사회학 등에서 산발적으로 이뤄졌으며, 대체로 2000년대 들어서야, 즉 해방 이후 50여 년이 지나서야 비로소 활성화되었다. 물론 그 이후 많은 성과를 내었지만, 아직 더 밝혀야 할 대목들이 꽤 많다. 1990년대까지 한국에서 검열연구는 왜 부진했으며 그 부진의 원인은 어떻게 해결할 수 있을 것인지(1절), 어떤 원칙에 의존하여 연구해야 할 것인지(2절), 구체적으로 어떤 과제들을 연구해야 할 것이며 이 장에서는 그 과제들 중 어떤 것들을 해결하고자 하는지(3절)를 제시한다.

오랫동안 검열연구가 부진했던 이유는 다음의 몇 가지를 들 수 있다.

첫째, "검열이란 자명하게 나쁜 것일 뿐"이라는 식의 소박한 인식 때문이다. 즉 그 자명성의 인식이 검열을 연구대상으로 삼지 못하게 만드는 것이다. 특히 문학계에서는, 검열연구는 '문학'연구의 대상이 아니라는 고식적 인식이 적지 않았다. 물론 근본적으로는 과도한 분과학문체제 때문이기도 하지만, 문학과 정치를 엄밀하게 구분하는 편협한 문학관 탓이기도 하다. 탈정치적 문학관 자체가 식민지 검열의 영향 아래 만들어졌다는 점에서 매우 아이러니컬하다.

둘째, 자료 확보가 어렵기 때문이다. 기본적으로 검열행정은 비밀을 유지하였고, 1930년대 들어서면서 일부 공개하기 시작했을 뿐이다. 특히 한국의 검열관련 기록들은, 식민지시기 다른 기록들과 마찬가지로, 1940년대 용지난 속에서 재활용을 위한 대량 폐기, 1945년 해방을 전후한 의도적인 기록 폐기[1]에 의해 인멸되었다. 일부 살아남은 것들마저 1998년 정부문서기록보존소(현 국가기록원) 발족에 즈음하여 각 부처 별로 보존소로 보낼 문서를 정리하면서 상당 부분 폐기해버렸다. 민간자료 또한 남아있는 것이 신통치 못하다. 육필원고가 남아 있기 어려운 재래식 활판인쇄 방식의 특성 탓도 있고, 기록물들을 잘 보관하지 않는 관습 탓도 있다.

셋째, 입증의 어려움 때문이기도 하다. 검열연구는 결국 텍스트 및 저자에 대한 해석과 평가에 어떤 기여를 할 수 있는가 하는 문제가 관건일 터인 바, 특정 텍스트의 어떤 부분이 검열 때문에 어떤 변화를 겪었는지, 또는 검열이 없었을 경우 어떤 텍스트가 되었을지 등을 입증하는 일이란 만만치 않다. 추정은 가능하지만 명확한 증거를 찾을 수 없는 경우가 많

1 검열관 출신으로 제2대 국사편찬위원장을 역임한 김성균에 따르면 해방 직후 일제는 검열 관련 서류를 대대적으로 소각했다(이명재, 「일제의 검열이 신문학에 끼친 영향—식민지 시대 문학연구」, 『어문연구』 7·8호 합집, 한국어문교육연구회, 1975.5 참조).

다. 특히 검열우회 연구는 추론에서 크게 벗어나기 어렵다. 심지어는 저자가 생전에 남긴 회고를 증거로 든다고 하더라도, 특히 그 회고가 해방 이후의 것이라면, 그대로만 신뢰하기 어렵다.

그러나 잘못된 인식은 바꿔 나가야 할 것이며, 자료 역시 부족하긴 해도 연구가 불가능할 정도는 아니다. 논증의 어려움이라는 문제도 마찬가지이다. 기존의 방법들을 통해 시도는 해봐야 할 것이며, 만일 잘 되지 않는다면 새 방법을 개발해야 할 터이다. 이런 모색을 통해 새로운 연구방법론이 성립된다면 한국 학계에서 보기 드물게 자생적 이론을 만드는 셈이 된다. 특히 자료의 부족 및 입증의 어려움 문제에 대해서는 좀 더 자세히 설명할 필요를 느낀다.

다시 한 번 김동인의 회고를 들어보면 검열자료가 인멸되는 사정은 구조적임을 쉽게 짐작할 수 있다.

> 어떤 보조원(이름은 감추지만 검열 받아 본 사람은 대개 짐작할 것이다)은 자기가 맡아서 검열한 작품을 첫머리부터 꼬리까지를 죄- 제 뜻에 맞도록 고쳐 놓는다. 어떤 시인의 시를 통 고쳐 놓아서 말썽을 일으킨 일까지 있다. (…중략…)
>
> 나도 그 검열(보조)관 때문에 작품 몇 개를 잃었는지 모른다. 다만 '삭제'의 붉은 도장이나 꾹꾹 눌러 나온 것이면 그냥 보관해서 좋은 세월이나 기다리게 되지만, 작품 자체를 알아볼 수 없도록 지우고 제 마음대로 곁에 다시 쓴 원고는 아주 폐기하게 된다. 그것을 다시 정리하는 노력을 가졌으면 아주 새 것을 쓸 수가 있겠으므로 그것을 아주 휴지로 내 버린다.[2]

2 김동인, 「지난 시절의 출판물 검열」, 『해동공론』 1권 3호, 1946.12, 38쪽.

검열로 엉망이 되어버린 작품은 아예 원고 자체를 휴지통에 버리게 된다는 것이다. 이런 '정정가필' 식의 검열을 당하지 않고 단순 삭제만 당한 경우라도 사정은 크게 다르지 않다. 우리나라의 경우 저작자의 (검열 전·후)육필원고가 보존되어 있는 경우가 매우 드물기 때문이다. 결국 검열을 거쳐 복자로 처리되거나 삭제된 작품은 많지만, 원래의 작품이 어떤 모습이었는지를 알 수 있는 자료는 매우 희귀하다고 할 수 있다.

하지만 연구 자체를 불가능하게 만들만큼 자료가 없는 것은 결코 아니다. 필자가 확인한 것만도 다음과 같은 다섯 유형의 자료들이 남아있다.

① 검열의 흔적이 그대로 남아있는 육필원고가 물론 소수에 불과하지만 남아있다. 지금까지 알려진 것으로는 매천 황현, 농산 신득구(農山 申得求), 채만식, 오장환, 심훈의 것이다.[3]

② 검열과정에서 삭제되었지만 나중에 원본이나 번역본이 발견된 경우가 있다. 사전 발송된 『개벽』지에 실렸던 작품, 또한 일제가 남긴 『언문신문의 시가[諺文新聞の詩歌]』 등에 수록된 작품들이다.[4]

---

3 『총독부 검열본 매천전집』, 전주대 호남학연구소, 1984.
『농산선생문집』; 박경연, 「일제하 출판검열에 관한 사례연구－신득구(1850～1900)의 농산선생문집을 중심으로」 참조, 『서지학연구』 23집), 2002.6(이 문집의 실물은 확인하지 못했다. 박경연과 통화한 결과, 논문 발표 이후 교통사고로 인해 실물이 유실되었다고 한다).
채만식, 「과도기」; 방민호 편, 『채만식 문학 원문사진자료집』 1(「과도기」), 예옥, 2006.10, 13～441쪽.
오장환, (장시)『전쟁』; 「일제검열에 지워진 오장환의 육필원고 발굴」, 『한길문학』, 1990.7. 임헌영에 의하면 실물은 한길사에 보관되어있을 것이라고 했지만, 한길사에서는 현재 찾을 수 없다고 한다.
심훈, 『심훈시가집』 제1집(검열본 육필 원고); 심훈기념사업회, 『그날이 오면』(육필원고의 천연색 영인 및 활판인쇄), 차림출판사, 2000.

4 김근수, 『『개벽』 압수원본선집』, 영신아카데미, 1976.
『언문신문의 시가』(조선총독부 도서과 조사자료 20집), 1930; 이 책은 해방 뒤에 두 번에 걸쳐 다시 출판되었다(「30년대 무명 저항시 89선집」, 『문학사상』, 1980.3; 김종욱 편, 『빼앗긴 책－극비 일제강점기 한국문화 말살정책자료』, 아라, 2013).

③ 출판된 이후에 금서로 묶인 작품들(사전검열은 통과했지만 나중에 문제가 되어 발매금지된 것), 그리고 아예 '비합법'적으로 출판된 것들도 제법 있다.

④ 검열제도에 관한 자료는 (주로 총독부의 기록이긴 하지만) 비교적 풍부하게 남아있다. 일제가 남긴 검열제도 관련 자료들은 각종 검열표준, 관계법령, 시행규칙 등을 비롯해서, 검열관들의 각종 회고, 삭제기사 유형별 수집본, 각종 통계 등 매우 다양하다.

⑤ 피검열자의 자료도 있다. 저작자, 출판문화인, 기자 등이 식민지시기에 또는 해방후에 각종 기록을 남긴 바 있다. 물론 여기저기 흩어져있고, 검열자 자료에 비해 빈약하다는 점이 문제이다.

가장 행복한 것은 물론 이 다섯 가지 자료를 모두 겹쳐놓고 살필 수 있는 경우이다. 즉, 위 ①, ②, ③의 자료를 통해 검열과정에서의 텍스트 변화를 확인할 수 있고, 이를 입증하는 증거가 ④ 검열당국의 자료들에서 재확인되며, ⑤ 피검열자들의 회고에서도 또 확인되는 경우이다. 이 현상이 검열을 거친 다른 텍스트들에서도 광범위하게 확인되고, '비합법'적으로 출간된 자료들에서는 이와는 제법 대조적인 현상이 나타난다면, 이는 개별 텍스트를 넘어서는 차원에서 검열의 영향이라고 확증할 수 있을 것이다. 물론 현재 남아있는 자료의 수준으로 볼 때 이런 행복은 상상하기 어렵다. 불충분하더라도 현전하는 자료들을 모두 모으고 겹쳐 보면서 연구해야 할 것이다.

결국 검열연구의 부진은 단지 자료 탓만 할 수는 없는 상황이다. 자료가 모자라는 것은 사실이지만, 그렇다고 연구를 방기해버릴 수는 없는 노릇 아니겠는가. 오히려 자료의 추가 발굴 노력과 아울러, 모자란 자료나마 최대한 활용해야 마땅하다. 검열연구의 소홀은 오히려 학계의 오랜 연구경향에 더 큰 책임이 있다고 볼 수밖에 없다. 즉 텍스트 확정과 같은 '다리 품만 많이 팔고 성과를 내기는 어려운' 작업은 소홀히 여겨왔다던가, 연구 대상을 지나치게 작품 자체만으로 한정지으면서 작품을 산출한 사회문화적 제도에 대해서는 소홀히 하는 연구경향 때문이라는 판단이다. 1990년대 이전에도 (문학의 경우 작가론이나 작품론 속에서 부분적으로만 다루긴 했지만) 검열연구가 산발적으로라도 진행되었다는 점, 그리고 무엇보다도 1990년대 이후 검열연구가 실제로 활성화될 수 있었음은 그 방증이 된다. 자료 부족 그 자체가 문제라기보다는 자료에 대해 의미와 가치를 부여하는 안목의 부족이 문제였던 셈이다.

셋째, 텍스트의 특정 현상이 검열의 영향인지를 확증할 수 없다는 주장에 대해서도 반론이 가능하다. 텍스트 해석에서 확증이란 과연 어느 정도까지 가능할까. 인문학연구란 자연과학과는 달리 (잠정적으로나마) 유일한 해석의 권위를 고정할 수 없다. 그렇다면 오히려 검열연구는 텍스트의 물질성에 기반을 둔다는 점에서 다른 연구방법보다 더 명확한 근거를 제시하는 셈이다. 문학연구에서는 더욱 그렇다. 확증불가능성이란 기실 문학연구의 일반적 속성 아닌가. 저작자가 살아있어서 해석자의 견해에 동의한다고 하더라도 최종심급의 권위를 지니지는 못함은, 문학검열연구 뿐 아니라 모든 문학연구에 해당된다. 유일한 해석의 옹립이 아니라 논리적 타당성을 지닌 여러 개의 해석이 공존할 수 있으며 또 그 해석들 사이에서 타당성을 다투는 것일 뿐이라면, 검열연구 역시 그러하지 않은가.

새삼스럽기까지 한 이야기를 꺼내는 까닭은 무엇인가. 문학검열연구는 자칫하면 식민시기 작품의 특정한 표현들을 탄압과 저항으로 설명해 온 고식적 연구경향들('어둠' '겨울'은 식민지적 억압이요 '새벽' '봄'은 해방을 상징한다는 식)과 혼동될 우려가 있기 때문이다. 이 경우 근거가 부족한 채로 과잉해석을 낳을 우려가 크고, 민족주의적 국가주의적 해석으로 나아갈 가능성이 높으며 텍스트 해석의 다양성은 사라져 버린다. 자칫하면 검열결정론에 빠지게 될 가능성까지 없지 않다. 특히 고식적인 탄압-저항론과 혼동되기 쉬운 것이 (특히 필자가 주력해왔던) 검열우회에 관한 연구이다. 하지만 검열우회 연구는 은유적 해석에 의해 '쓰고자 했던 것'을 추정하는 데 그치는 것이 아니라 검열이 작품 속의 인물 사건 배경의 설정, 그리고 문장과 문단 구성에 영향 미친 바까지를 추적한다는 점에서 고식적 탄압-저항론과는 구분된다. 또한 막연한 추론에 의한 것이 아니라 구체적 근거를 제시하면서 상당한 수준의 개연성을 획득하고자 한다는 점에서 변별된다. 따라서 설혹 은유 해석의 차원에서 동일한 결론에 도달하는 경우가 있다 하더라도, 그 의미는 사뭇 다른 것이다. 게다가 문학검열연구는 단순하게 '쓰고자 했던 것'을 재구성하려는 것은 아니다. '쓰고자 했던 것'과 식민권력의 '금지 및 권장'이 충돌함으로써 이 시기 문학은 어떤 문제에 봉착하게 되었는가를 탐구하려는 것이며, 검열우회연구는 이 충돌에서 문인들이 고안해낸 다양한 기법들을 발견하고 평가하려는, 검열연구의 여러 영역 중 하나에 불과하다.[5]

---

5 검열우회에 대해서는 이 책의 4부 참조. 또한 '쓰고자 했던 것'에 도달하지 못함으로써 생겨나는 문제에 대해서는 박헌호, 「1920년대 전반기 『매일신보』의 반-사회주의 담론 연구」, 『한국문학연구』 제29집, 동국대 한국문학연구소, 2005; 한기형, 「문화정치기 검열체제와 식민지 미디어」, 『대동문화연구』 51, 성균관대 동아시아학술원, 2005.9 참조.

2. 연구방법의 기본원칙

검열연구가 필요하고 또 가능하다면 어떻게 해나가야 할 것인가. 물론 연구를 진행해가면서 얼마든지 바뀔 수 있고, 또 세부적 연구과제에 따라서도 달라질 수 있으니, 적절한 연구방법이란 선결되어 있다기보다는 스스로 만들어가야 할 성격의 것이다. 하지만 다음과 같은 몇 가지 기본적 원칙 정도는 공유해 두는 것이 바람직할 터이다.

첫째, 검열의 다양성과 불확정성을 늘 인식하면서 귀납적으로 연구해야 한다. 텍스트를 '쓸 수 있었던 것'으로서 인식하는 일은 매우 복잡한 작업이다. '쓰고자 했던 것'과 '금지/권장되었던 것' 사이에는 복잡한 길항관계가 존재했으며, 또한 그 둘 자체가 지속적으로 변화했으니 그러하다. 게다가 시기와 매체, 저자, 사회적 상황, 심지어는 검열관이 누구냐의 문제 등 매우 다양한 변수들이 작용했다. 그러므로 특정 텍스트에서 확증을 찾아내고, 그 확증의 수를 꾸준히 늘려나감으로써 다른 검열 텍스트 해석의 나침반으로 삼아갈 수밖에 없다.

둘째, 검열과 반(反)검열의 상호관계를 살피는 양방향적인 연구로 진행해야 한다.[6] 검열에 관한 선행연구들은 대부분 일제의 검열이 한국의 텍스트에 미친 영향만을 살피는 일방적인 시각에서 벗어나지 못하고 있다. 물론 검열자의 힘이 훨씬 강력했음을 부정할 수는 없다. 그러나 어떤 정치 사회적 규제가 사회적으로 정착되고 작동하게 되는 과정에서는 늘 그 규제의 대상이 되는 쪽의 존재와 반응을 함께 고려해야 한다. 이런 식의 일

6 검열연구의 최근 경향은 초기의 일방향성에서 벗어나 대체로 이런 양방향성을 중시한다.

방향적 검열연구는 민족주의를 강화할 뿐이기도 하다. 따라서 식민지시기에 존재했던 검열의 실상이란 이 두 요소가 서로 영향을 주고받는 역동적 관계 속에서 파악해야 할 것이다.

셋째, 연구자료 역시 두 방향 모두에서 가능한대로 균형 있게 채택해야 마땅하다. 비교적 풍부하게 남아있는 총독부 자료만을 주된 연구대상으로 삼기 쉽지만, 그리한다면 앞서 말한 양방향적 연구를 불가능하게 만들 뿐만 아니라, 기록하는 자의 입장에서 쓴 자료와 통계들을 맹신함으로써 사실판단 및 해석에 잘못을 저지를 가능성이 크다.[7] 검열을 받아야 했던 조선인 저작자들이 남긴 기록들을 광범위하게 조사하고 이 두 자료들을 겹쳐놓아야 하는 것이다. 물론 일제 당국의 자료는 풍성한데 비해 피검열자의 기록이 많지 않다는 점은 큰 어려움이다. 하지만 직접적이고도 집중적으로 검열을 다룬 글이 아니더라도 2차적 자료들은 적지 않다. 예컨대 당대의 출판인들이 이곳저곳에 남겨놓은 회고록이나 편집후기 등이 있으며, 당대 문학작품에도 검열문제와 관련하여 주목할 만한 언급들이 있다.

넷째, 검열이 당대 텍스트에 지대한 영향을 미쳤을 뿐만 아니라, 다른 식민통치기구나 정책과 결합하여 총독부의 이데올로기기구로서 기능했다는 점을 늘 고려해야 할 것이다. 이런 맥락에서도 검열연구란 어떤 한 분과학문의 과제에만 머물 수 없다.

다섯째, 식민지시기 검열은 일국적 차원이 아니라 일본제국의 차원에서 시행되었으므로 연구 역시 제국의 차원을 염두에 두고 진행하는 것이 바람직하다(1부 3장 참조). 제국의 차원에서 진행되었던 검열을 일국적 차

7 일제 총독부의 각종 조사자료를 맹신했을 때의 위험에 대하여서는 영남대 민족문화연구소 '식민지시대의 사회와 문화' 학술회의(1980.5) 발제문 참조(발제문 요약은 『월간조선』, 조선일보사, 1980.8, 187~195쪽).

원으로 환원시켜 연구한다면 왜곡된 결과에 도달하게 될 것이며, 또한 국가주의에 기반한 연구방식이면서 이를 확대재생산할 우려도 크다.

3. 어떤 일을 해야 하는가

앞서 살핀 연구의 필요성과 기본원칙을 참조하여 일제하 검열연구의 과제를 구체적으로 예시한다면 다음 여덟 가지를 손꼽을 수 있다. 첫째, 검열제도 연구이다. 제도는 우리의 일상생활과 의식을 규정짓고 항상화하여 반복재생산하는 힘을 지닌다. 일제의 검열이 어떻게 사회적 강제력을 획득해갔는지, 어떤 특성을 지니고 있으며 사회상황의 변화에 따라서 어떻게 변천되어갔는지 등 식민시대 검열의 실상을 실증적으로 파악하기 위해 제도연구란 기본적이고 필수적인 작업이다. 이를 토대로 삼아야 일제의 검열에 대한 저작자들의 다양한 대응들에 대한 검토가 가능할 것이다. 특히 식민지시기 검열은 총독부의 다른 식민제도 및 정책들과 긴밀한 연관을 맺으면서 식민체제를 유지해나가는 중요한 축을 이루었다는 점을 고려해야 한다. 검열제도에 관한 총독부 자료들이 비교적 풍부하게 남아 있으므로, 연구여건이 비교적 좋은 편이다. 검열제도는 사회학 법학[8] 정치학 경제학 문화연구 언론학 교육학 심리학 등 매우 다양한 영역에 관계되므로, 이를 제대로 연구하기 위해서는 이 분야의 전문적 지식을 갖추어

8 검열관련 법에 대해서는 김창록, 「일제 강점기 언론 출판법제」, 『한국문학연구』 30, 동국대 한국문학연구소, 2006.6 참조.

야 한다. 전형적인 학제적 연구의 과제인 것이다. 필자는 유감스럽게도 그런 학문적 훈련을 받지 못한 사람이지만 이 책의 제2, 3부를 통해 미흡하나마 시도했다.

둘째, 근대적 검열제도가 식민지적 자본주의와 함께 도입된다는 점을 중시한다면, 권력과 자본이 어떤 관련 속에서 검열제도를 운용했던가에 주목해야 한다. 자본주의의 도입에 따라 저자들은 점차 돈과 글을 바꾸는 행위를 자연스럽게 받아들이게 되며, 또 인쇄자본이 형성된 이후 인쇄자본은 자기보존과 이윤생성을 위해 민간 자율검열을 실행하게 된다. 결국 자본을 매개로 해서 총독부-인쇄자본-문인으로 이어지는 담론통제의 기제가 생겨나게 되는 것이다. 결국 검열제도란 단순히 총독부 경무국 도서과의 직접적인 행정행위로만 폭 좁게 생각해서는 안 되며, 식민지적 자본주의의 도입이라는 좀 더 큰 요인과 관련지어 이해해야 한다. 인쇄자본에 대한 총독부의 지원과 규제, 그리고 인쇄자본의 대응양상 등을 3부에서 다룬다.

셋째, 검열의 흔적이 있는 자료들을 한데 모아 검토하면서, 일제의 검열이 어디에 초점을 맞추고 있었는지, 또 그 원인과 효과는 무엇인지를 따지는 일이다. 이를 토대로 삼으면, 원고가 남아있지 않은 작품에 대해서도 검열복자를 가설적으로 복원하는 작업도 가능하며 나아가 텍스트해석 자체에도 좋은 참조가 될 것이다. 특히 월북작가 작품들의 경우 해방 뒤 북한에서 문학선집을 새로 내면서 검열삭제 부분을 상당수 복원했다고 하니,[9] 이런 자료들까지 함께 검토한다면 한국문학의 원본확정에 적지 않

9 예컨대 황동민 편, 『포석 조명희선집』(소련과학원 동방도서출판사, 1959) 편집자는 다음과 같이 밝히고 있다. "조선 작가동맹 현대 조선 문학 선집 편찬위원회는 1920년대에 활약하면서 현대 조선 문학의 초석을 쌓아놓은 포석 조명희 외 세 작가의 작품을 수록한 『현대 조선 문학 선집』(제일권)을 출판하면서 복자로 된 부분들을 많이 살리었다(살린 점은 방점으로

은 도움이 될 것이다. 물론 방대한 문헌 검토를 거쳐야 하므로 장기적인 작업이 될 것이지만, 작은 매듭이라도 짓자는 뜻으로 5부에서 다룬다.

넷째, 구체적으로 텍스트에 어떤 영향을 끼쳤는가를 점검해야 한다. 검열에 대한 저작자의 대응은 검열거부, 검열우회, 검열순응 등 세 가지로 나누어 볼 수 있겠는데, 그 중에서도 현전하는 텍스트들은 거의 모두가 검열우회에 해당한다. 문학의 경우라면 단어 수준에서부터 주인공의 설정이나 작품의 플롯에 이르기까지 다양한 검열우회의 기법들을 점검할 필요가 있다. 4부에서 주로 다룬다.

다섯째, 검열관들에 대해 연구할 필요가 있다. 그들은 어떤 사람들이었는지, 그들의 검열능력과 검열수행 방식은 구체적으로 어떠했는지 등을 살피는 작업이다. 일제가 펴낸 『조선총독부 직원록』(이하 『직원록』)[10]에는 당시 검열관들의 직책 이름 월급 등이 명시되어 있으므로 검열관연구의 기초자료가 된다. 검열관에 대해서는 2부에서 잠깐 살폈을 뿐이며, 정진석, 박광현, 정근식, 이민주 등을 참조할 수 있다.[11]

치었음). 독자들에게 알릴 것은 이 복자들을 살리는 과정에서 많은 부분들이 저자의 뜻을 잘 전달하였으리라고 믿으나 간혹 잘못된 것이 있다면 독자들의 양해를 구하는 바이다"(159쪽). "단편소설 「낙동강」은 출판 당시 일본정권 당국의 가혹한 검열로 인하여 복자가 된 그 자리에 작자가 1930년대에 친필로 다시 써 넣은 그 말들을 괘선으로 표시하였다"(319쪽).

10 조선총독부, 『조선총독부 및 소속관서 직원록』. 이 책은 일제가 매년 펴낸 것으로서 8년 치가 남아있다고 한다. 한국역사정보통합시스템에서 확인할 수 있으며, 필자는 소화 11년, 13년 치만을 실물로 확인했다.

11 필자는 비교적 이른 시기에 『직원록』 자료를 토대로 검열관 연구를 시도했으나(한만수, 「근대적 문학 검열제도에 대하여」, 『한국어문학연구』 39, 한국어문학연구학회, 2002.8) 본격적인 것은 못되었으며 이후 다음 논저에 의해 큰 진척을 보였다.
정진석, 『언론조선총독부』, 커뮤니케이션북스, 2005; 박광현, 「검열관 니시무라 신타로[西村眞太郎]에 관한 고찰」, 『한국문학연구』 32, 동국대 한국문학연구소, 2007.6; 정근식, 「구한말 일본인의 조선어교육과 통역경찰의 형성」, 동국대 한국문학연구소 편, 『식민지시기 검열과 한국문화』, 동국대 출판부, 2010; 정근식, 「일제하 검열기구와 검열관의 변동」, 검열연구회, 『식민지검열, 제도 · 텍스트 · 실천』, 소명출판, 2011; 이민주, 「일제시기 검열관들의 조선어 미디어와 검열업무에 대한 인식」, 『한국언론학보』 55, 한국언론학회, 2011.2.

여섯째, 내면적 검열이라는 측면에서도 살펴야 한다. 일제의 검열은 어느 정도까지 우리 문인들에게 내면화되었는지, 또 그 내면화는 어떤 방식으로, 어떤 매개를 통해서 이루어졌는지에 대해 살피는 일이다. 이 문제는 앞서 살핀 대로 자본주의의 진행과정에 따른 '국가'-자본검열의 정착과 긴밀한 관련을 맺고 있다. 물론 내면적 검열에 대한 명확한 증거를 작품에서 찾아 내기란 어려운 일이지만, 검열의 최종적인 목적이 내면적 검열에 있고 보면, 꼭 해야 할 작업이다. 이 문제는 제대로 다루지 못했으며, 다른 연구자들의 성과도 충분치 못하다.[12]

일곱째, 섹슈얼리티에 대한 검열 역시 중요한 연구과제이다. 식민지시기 '풍속괴란'을 사유로 하는 행정처분 건수는 결코 적지 않으며, '치안방해'를 사유로 하는 건수와 거의 엇비슷한 때도 있었다.[13] 이 문제를 외면해온 까닭이라면 민족주의적 또는 엄숙주의적 연구경향을 들 수 있을 것이다. 예컨대 일제의 검열이라면 항일적 내용을 반자동적으로 연상하게 되지만, 막상 만만치 않은 검열삭제 건수가 도색출판물에서 나오고 있다는 점은 한국의 연구자로서는 인정하기 싫은, 적어도 주요한 문제로 삼기는 꺼리게 되는 현상일 수 있다. 게다가 유교적 엄숙주의 또한 이런 문제에

12 단지 검열로 인해 문학이 정론성에서 벗어나 순문예로 이행하는 현상에 대한 연구는 몇몇 있다. 임경순, 「검열논리의 내면화와 문학의 정치성」, 『상허학보』 18집, 상허학회, 2006.12; 심선옥, 「1920~30년대 근대시의 정전화 과정-시인선집을 중심으로」, 『상허학보』 20집, 상허학회, 2007.6; 이봉범, 「검열의 내면화와 그 정치적 발현-1960년대 보수우익문학의 동향을 중심으로」, 『상허학보』 21집, 상허학회, 2007.10; 한기형, 「근대시가의 "불온성"과 식민지 검열-『諺文新聞の詩歌』(1931)의 분석」, 『상허학보』 25집, 상허학회, 2009.2; 채호석, 「검열과 문학장」, 동국대 한국문학연구소, 『식민지시기 검열과 한국문화』, 동국대 출판부, 2010.

13 예컨대 1937년 보통출판물 행정처분 사유의 경우 '치안방해'가 74건인데 비해 '풍속괴란'은 54건이었다. 물론 1930년대 총계로는 453건 대 80건으로 치안방해가 압도적으로 많긴 하다(경무국 도서과, 『조선출판경찰개요』, 조선총독부, 1940, 96쪽; 이명재, 앞의 글, 255쪽에서 재인용).

대한 접근을 삼가게 만들었을 것이다. 하지만 둘 모두 의미 있는 현상을 뚜렷한 근거 없이 외면하는 것이니 바람직한 연구자세가 아니다.[14] 이 책은 정치검열과 풍속검열의 관련성에 대해서 다루지 못했으며 권명아, 이혜령을 참조할 수 있다.[15]

여덟째, 식민지시기의 검열이 '오늘 우리'의 문학에 미치는 영향을 살펴야 한다. 우리에게 검열이란 현재 진행형의 사건이기 때문이다. 그 영향은 제도적인 것과 내면적인 것으로 나누어 생각할 수 있다. ① 제도적인 영향. 다른 모든 근대적 제도가 그렇듯이 검열 역시 식민지시기에 근대적이고 체계적인 형식으로 도입되었으며, 국가보안법 등의 형식으로 변형되어있는 오늘날의 검열제도에까지 그 골격은 이어지고 있다고 볼 수 있다. 따라서 식민지시기에서 미 군정기를 거쳐서 현재에 이르는 검열제도의 변천을, 사회변화의 양상과 함께 살피는 일은 우리 지성사의 한 부문을 밝히는 일이 된다. ② 내면적 검열의 문제. 이는 물론 제도적 변화양상과 함께 살펴야 할 일이지만, 그에 종속되는 일은 아니다. 내면적 검열을 수

14 음란물에 대한 검열이 지니는 정치사회적 의미에 대한 고찰은 매우 주요한 의미를 지닌다. 한 사회의 지배이데올로기에 대한 대항(반대)담론을 금압하는, 표현의 자유에 대한 제한이라는 점에서는 음란물에 대한 규제 역시 마찬가지의 성격을 지닌다는 점을 인정해야 할 것이다. 예컨대 빌헬름 라이히 등 프로이드 좌파 학자들은 성적 표현의 억압과 정치적 표현의 억압은 매우 긴밀한 연관관계에 있다고 주장한다. 실제로 유교적 봉건적 이데올로기가 강력했던 당시 식민지 조선사회에서 음란물에 대한 금압은 상당한 사회적 동의를 얻을 수 있었을 터이고, 이는 정치사회적 대항담론에 대한 억압을 포함한 검열제도 전반에 대한 지지로 이어질 수 있었을 터이다. 더구나 이런 음란물에 대한 억압의 정당성이 널리 인정될 때, 총독부는 원고나 출판물에 대한 직접 검열 말고도 각종 정책수단에 의한 인쇄자본 규제를 정당화할 근거를 얻게 된다. 인쇄자본에 대한 광범위한 규제력이란 곧장 정치사회적 반담론에 대한 민간 자율검열을 초래할 권력으로 이어지게 된다.

15 권명아, 『음란과 혁명』, 책세상, 2013; 이혜령, 「검열의 미메시스-염상섭의 광분을 통해서 본 식민지 예술장의 초규칙과 섹슈얼리티」, 『민족문학사연구』 51, 민족문학사연구소, 2013.4; 이혜령, 「식민지 섹슈얼리티와 검열-"도색"과 "적색", 두 가지 레드 문화의 식민지적 정체성」, 『동방학지』 164, 연세대 국학연구원, 2013.

행하게 될 때, 우리는 하나의 제도와 사상을 유일한 것으로 간주하게 된다. 변화와 발전의 가능성이란 원천 봉쇄되어 버리는 것이다. 특히 문학이란 인간의 이성뿐만 아니라 감성까지를 통괄하는 부문이므로, 다른 분야보다 더 중요성이 강하다. '검열국가' 100년의 경험이란 오늘 우리에게 어떤 내면을 만들고 물려주었을까? 예컨대 세월호 참사에서의 '가만히 있으라'와는 어떻게 관련될 것인가. 유감스럽게도 이 문제 역시 아직 본격적으로 탐구되지 못했다.

지금까지 일제 식민치하 한국문학의 검열문제를 이해하기 위해 필수적이라고 판단하는 여덟 가지 과제를 열거했다. 이 책은 그 중에서 앞의 네 가지에 대해서만 집중적으로 다룬다(앞의 둘은 검열연구 일반에 해당하며, 뒤의 둘은 주로 문학검열 연구의 영역이다). 필자의 능력과 준비가 두루 모자란 탓이다.

'일국' 차원에서 '제국' 차원으로

검열연구 약사(略史)와 비교연구의 필요성

1. 구 일본제국 지역의 검열연구 약사

식민지시기 한국의 텍스트가 결국 '쓸 수 있었던 것'이라면, 이런 사정은 남북한과 일본 대만 만주 등 구 일본 제국의 지역에서 마찬가지였다. 제국의 검열은 상호 정보교류 및 행정적 협조를 통해 서로 보완하고 협력하는 상호참조시스템을 갖추고 있었으므로, 연구 또한 '일국적' 차원이 아니라 '제국적' 차원에서 진행되어야 한다. 3장에서는 남북한, 일본, 대만, 만주 등 구(舊) 일본제국에 속했던 지역들에서 지금까지 이뤄진 검열연구의 현황을 문학부문을 중심으로 간략하게 점검한 뒤(1절), 비교연구가 나아가야 할 방향과 기대효과를 제시한다(2절).

검열연구가 제국의 단위를 염두에 두어야 한다면, 연구사 검토 역시 그렇게 해야 마땅하다. 물론 이 작업은 국제적 네트워크와 언어 능력 등이 겸비되어야 해낼 수 있는 일이고 필자의 능력으로 감당하기 어렵다. '약사'라는 군색한 형식을 빌 수밖에 없는 까닭도, 그럼에도 간략하게라도 점검해두기로 하는 까닭도 여기에 있다.[1]

남한의 경우 검열연구는 식민지시기 언론사를 전공하는 언론학자들 예컨대 최기영·정진석 등에서 시작되었으며,[2] 다른 분야에서는 그다지 주목되지 않았다.[3] 식민지시기 검열에 대한 학계의 성과가 미흡하다는 반성이 한국문학계에 본격적으로 제기된 것은 대체로 2000년대에 들어서였다. 한만수(2000) 최경희(2001)가 검열에 대한 자신의 첫 논문을 발표하였으며,[4] 이어 이 두 사람과 정근식(서울대, 사회학) 박헌호(현 고려대) 한기형(성균관대)이 결성한 '검열연구회'에서 2004년부터 국내 및 국제 학술대회를 잇따라 개최하였던 것이다.[5] 이 학술대회들을 계기로 검열연구는 종래의 언론학

1 해외 검열연구에 대한 조사는, 치밀한 조사를 거친 결론은 아니지만, 인터넷을 통한 조사와 각국 학자들의 자문을 거친 것으로서 대체로 사실에 근접할 것으로 생각한다. 한국의 식민지시기 검열연구에 대한 좀 더 세밀한 서지적 검토는 이민주의 글을 참조하기 바란다(이민주, 「일제시기 조선어 민간신문의 검열에 대한 연구」, 서울대 박사논문, 2010).

2 정진석, 『한국언론사연구』, 일조각, 1983; 최기영, 『대한제국시기 신문연구』, 일조각, 1991; 정진석, 『언론조선총독부』, 커뮤니케이션북스, 2005 참조.

3 2004년 검열연구회 학술대회 이전의 식민지시기 문학검열에 대한 본격적 연구로는 다음의 것들을 손꼽을 수 있을 뿐이다. 이명재, 「일제의 검열이 신문학에 끼친 영향－식민지시대 문학연구」, 『어문연구』, 한국어문교육연구회, 1975; 송민호, 「일제하의 한국저항문학」, 조용만 외, 『일제하의 문화운동사』, 현음사, 1982; 이재선, 「일제의 검열과 「만세전」의 개작」, 권영민 편, 『염상섭문학연구』, 민음사, 1987; 신덕룡, 「심훈, 맞섬과 반역의 정신－시의 복원과 시 정신을 중심으로」, 『문학과 진실의 아름다움』, 새미, 1998; 한만수, 「일제시대 문학검열 연구를 위하여」, 『배달말』 27, 배달말학회, 2000.12; 한만수, 「식민시대 문학의 검열 대응 방식에 대하여」, 『현대문학이론연구』 15, 현대문학이론학회, 2001.6; 한만수, 「식민지시대 출판자본을 통한 문학검열에 대하여」, 『국어국문학』 131, 국어국문학회, 2002.9; 한만수, 「근대적 문학검열제도에 대하여」, 『한국어문학연구』 39, 한국어문학연구학회, 2002.12; Kyeong-Hee Choi, "Impaired Body as Colonial Trope : Kang Kyung'ae's 'Underground Village'", *Public Culture*, vol.13, no.3(special issue 'Critical Limits of Embodiment : Reflections on Disability Criticism'), 2001.

4 한만수, 앞의 글, 2000.12; Kyeong-Hee Choi, ibid.

중심성에서 벗어나, 한국문학을 비롯한 사회학, 법학, 미술사, 음악사 등 다양한 분야로 확산되어 가고 있으니, 이를 그 첫 번째 경향이라 할 수 있다. 예컨대 이승희를 중심으로 연극검열 연구가 활성화되었고,[6] 영화분야에서도 영상자료원의 자료집[7] 등이 제출되었다.

두 번째 경향은 제도연구나 자료정리에 초기 연구가 집중되어 왔다는 점이다. 초창기 검열연구를 주도했던 정진석 등의 언론학자들의 작업이나, '검열연구회' 회원들(특히 정근식 한만수)의 초기 연구가 대체로 그러하다. 또한 정근식 · 최경희가 소개한 『조선출판경찰월보』[8]를 활용하여 이뤄진 이상경, 박헌호 · 손성준, 이혜령, 류진희, 문한별의 연구라든가,[9] 사

5 국내 학술대회로는 성균관대 동아시아학술원 학술대회 '식민지 검열체제의 역사적 성격'(2004.12), 동국대 한국문화연구단 학술대회 '식민지시기 검열과 한국문화'(2005.11), 서울대 한국학연구원 국제워크샵 '일제하 한국과 동아시아에서의 검열에 관한 새로운 접근'(2006.12)이 있다. 해외 학술대회로는 동경대 동양문화연구소-성균관대 동아시아학술원 공동 학술대회 '근대 동아시아의 검열 출판 문학'(2005.1.29, 동경대)이 있으며(한국에서는 정근식, 한기형, 박헌호, 한만수가 참가하였으며, 발표문은 동경대 동양문화연구소의 『동양문화』 86집(2006.3)에 논문으로 손질되어 발표되었다), 2005년 AAS(4.2, Chicago)에서 "Japanese Censorship System and Korean Responses in Colonial Korea"라는 제목으로 역시 정근식, 한기형, 박헌호, 한만수의 발표가 있었다. 2011년 『식민지검열, 제도 · 텍스트 · 실천』(소명출판)을 출간한 이후 검열연구회는 해산되었다.

6 이승희, 「식민지 조선 흥행시장의 병리학과 검열체제」, 『상허학보』 35집, 상허학회, 2012.6; 이승희, 「사실주의 극의 성립-사회주의의 번역과 검열의 역학」, 『한국극예술연구』 29, 한국극예술학회, 2009.4; 이승희, 「배우 신불출, 웃음의 정치」, 『한국극예술연구』 33, 한국극예술학회, 2011.4; 이승희, 「식민지시대 흥행(장) '취체규칙'의 문화전략과 역사적 추이」, 『상허학보』 29, 상허학회, 2010.6.

7 한국영상자료원 편, 『식민지시대의 영화검열-1910~1934』, 한국영상자료원, 2009.

8 정근식 · 최경희, 「도서과의 설치와 일제 식민지 출판경찰의 체계화, 1926~1929」, 『한국문학연구』 30, 동국대 한국문학연구소, 2006.6. 이 자료는 일본 교토[京都]대 미즈노 나오키[水野直樹] 교수가 발굴하여 두 사람에게 소개한 것이다.

9 이상경, 「『조선출판경찰월보』에 나타난 문학작품 검열양상 연구」, 『한국근대문학연구』 17, 한국근대문학회, 2008.4; 박헌호 · 손성준, 「한국 근대문학 검열연구의 통계적 접근을 위한 시론-『조선출판경찰월보』와 식민지 조선의 구텐베르크 은하계」, 『외국문학연구』 38, 한국외대 외국문학연구소, 2010.5; 이혜령, 「식민지 검열과 "식민지-제국" 표상-『조선출판경찰월보』의 다섯 가지 통계표가 말해주는 것」, 『대동문화연구』 72, 성균관대 대동문화연구원, 2010.12; 류진희, 「식민지 검열장의 형성과 그 안의 밖-『조선출판경찰월보』에

학자 장신의 작업[10]도 이에 해당한다. 연구 토대를 마련하기 위해 필요하기도 했고, 검열이란 실체적 제도로서 작동되었다는 점에서도 당연히 먼저 진행해야 했다.

세 번째 경향은 문학의 원본확정이나 텍스트 해석 등 '문학 고유의 영역'에 대한 연구결과들이 점차 쌓이고 있다는 점이다. 최경희는, 아직 국내에는 널리 알려지지 않았지만, 인물 스토리 시간 등 작품 전반에 걸쳐 검열의 영향력이 작동했음을 광범한 자료를 동원해 입증하는 작업을 정력적으로 진행해왔다.[11] 한만수는 1930년대 한일 양국의 고향담론의 형성과 유포과정을 비교하면서 검열의 효과에 대해서 살폈으며,[12] 강경애의 「소금」에 나타난 붓질복자를 국립과학수사연구소와 협력을 통해 복원하여 검열 이전의 상태를 확인했고,[13] 이태준의 「패강랭」과 염상섭의 「만세

있어 '지나'라는 메타범주」, 『대동문화연구』 72, 성균관대 대동문화연구원, 2010.12; 문한별, 「『조선출판경찰월보』를 통해서 고찰한 일제강점기 단행본 소설 출판 검열의 양상」, 『한국문학이론과 비평』 58, 한국문학이론과 비평학회, 2013.3; 문한별, 「일제강점기 번역 소설의 단행본 출간과 검열 양상－『조선출판경찰월보』 수록 단행본 목록과의 비교 고찰을 중심으로」, 『비평문학』 47, 한국비평문학회, 2013.3; 문한별, 「『조선총독부 금지단행본목록』과 『조선출판경찰월보』의 대비적 고찰－출판 금지 단행본 소설의 특징을 중심으로」, 『국제어문』 57, 국제어문학회, 2013.4; 정근식・최경희, 「도서과의 설치와 일제 식민지 출판 경찰의 체계화, 1926～1929」, 『한국문학연구』 30, 동국대 한국문학연구소, 2006.6.

10 장신, 「1920년대 조선의 언론출판관계법 개정 논의와 '조선출판물령'」, 『한국문화』 47, 규장각한국학연구소, 2009.9; 장신, 「한국강점 전후 일제의 출판통제와 '51종 20만권 분서(焚書) 사건'의 진상」, 『역사와 현실』 80, 한국역사연구회, 2011.6; 장신・황호덕, 「『신한자유종』(1910) 검열기록의 성격과 이광수의 초기 활동－안중근 정국과 한일병합 전후의 유학생 사회」, 『근대서지』 5, 소명출판, 2012.6.

11 최경희의 작업은 주로 학술발표나 특강 등의 구술적 형식으로 발표되었으며, 논문은 많지 않다. 머지않아 단행본을 출간할 예정이라고 한다(『붉은 잉크 아래에서－일본의 식민지 검열과 근대한국문학의 형성』; Kyeong-Hee Choi, *Beneath the Vermilion Ink : Japanese Colonial Censorship and the Making of Modern Korean Literature*, N.Y. Ithaca : Cornell University Press, forthcoming.

12 한만수, 「1930년대 '향토'의 발견과 검열우회」, 『한국문학이론과 비평』 30, 한국문학이론과 비평학회, 2006.3(이 책의 4부 2장 참조).

13 한만수, 「강경애 「소금」의 복자 복원과 검열우회로서의 '나눠쓰기'」, 『한국문학연구』 31,

전」에서 검열을 우회하기 위해 어떻게 텍스트를 변용시키고 있는 지를 검토한 바 있다.[14] 박헌호는 검열과 자본을 키워드로 삼아 염상섭의 「무화과」를 재해석했으며,[15] 이혜령은 염상섭의 「만세전」 등 여러 작품을 검열과 관련하여 검토하면서 괄목할 성과들을 산출했다.[16] 검열로 삭제된 작품에 대한 연구도 시도되었으니, 한기형은 정진석이 소개한 『언문신문의 시가』를 분석했으며,[17] 최수일은 검열로 삭제된 김기진의 소설 「Trick」을 발굴・해석했다.[18]

네 번째 경향은 초기 연구의 식민지시기 편중을 벗어나 점차 해방 후 검열로 확산되고 있다는 점이다. 근대적 검열의 기원인 식민지 시기에서 출발하는 것은 자연스럽긴 하지만, 오늘의 검열에 대한 관심으로 육박해올 필요가 있었으니 매우 긍정적이다. 해방 후 검열에 대한 연구는 대체로 2000년대 중반 이후 활성화되었는데, 이봉범을 비롯하여 유임하, 강진호, 임경순, 정근식・최경희, 이혜령, 김건우 등이 주목할 만한 성과를 제출

동국대 한국문학연구소, 2006.12(이 책의 5부 3장 참조).

14 한만수, 「이태준의 「패강냉」에 나타난 검열우회에 대하여」, 『상허학보』 19집, 상허학회, 2007.2; 한만수, 「「만세전」과 공동묘지령, 선산과 북망산」, 『한국문학연구』 39, 동국대 한국문학연구소, 2010.12(이 책의 4부 4장 및 5장 참조).

15 박헌호, 「소모로서의 식민지, [不姙]資本의 운명－염상섭의 『무화과』를 중심으로」, 『외국문학연구』 48, 한국외대 외국문학연구소, 2012.11.

16 이혜령, 「감옥 혹은 부재의 시간들－식민지 조선에서 사회주의자를 재현한다는 것, 그 가능성의 조건」, 『대동문화연구』 64, 성균관대 동아시아학술원, 2008.12; 이혜령, 「정사(正史)와 정사(情史) 사이－3・1운동 후일담의 시작」, 『민족문학사연구』 40, 민족문학사연구소, 2009.8; 이혜령, 「식민자는 말해질 수 있는가－염상섭 소설 속 식민지의 환유들」, 『대동문화연구』 78, 성균관대 대동문화연구원, 2012.6; 이혜령, 「소시민, 레드 콤플렉스의 양각－1950~60년대 염상섭과 한국리얼리즘론의 사정」, 『대동문화연구』 82, 성균관대 대동문화연구원, 2013.6.

17 한기형, 「근대시가의 "불온성"과 식민지 검열－『諺文新聞の詩歌』(1931)의 분석」, 『상허학보』 25, 상허학회, 2009.2.

18 최수일, 「식민지 제도와 지식인에 대한 새로운 통찰－김기진의 소설 「Trick」에 대하여」, 『상허학보』 15, 상허학회, 2005.8.

했으며,[19] 외국인 학자로는 고바야시 소메이[小林聰明]가 미 군정기 한국의 통신검열을 주제로 박사학위를 받았다.[20]

다섯 번째 경향이라면, 검열연구회 첫 학술대회 이후 여러 연구자들에 의한 다양한 분화와 심화를 들 수 있다. 정근식과 김인수는 검열에서 선전으로의 이행을 점검했으며,[21] 권명아와 이혜령은 풍속검열이라는 새로운 영역을 개척했다.[22] 최수일은 특유의 '편집증적' 치밀함으로 『개벽』, 『조

---

19 해방후 검열에 대해서는 두 개의 특집을 우선 주목할 만하다. 『상허학보』(15, 상허학회, 2005.8) '반공주의와 한국문학' 특집에는 유임하, 「마음의 검열관, 반공주의와 작가의 자기 검열」; 강진호, 「반공의 규율과 작가의 자기 검열」; 이봉범 「반공주의와 검열 그리고 문학」이 실렸다. 『대동문화연구』(74, 성균관대 대동문화연구원, 2011.6)에서도 '탈식민 냉전국가의 형성과 검열' 특집을 마련했는데, 정근식・최경희, 「해방후 검열체제의 연구를 위한 몇 가지 질문과 과제－식민지 유산의 종식과 재편 사이에서(1945～1952)」; 김학재, 「정부 수립 전후 공보부・처의 활동과 냉전 통치성의 계보」; 임경순, 「1960년대 검열과 문학, 문학제도의 재구조화」; 김건우, 「1960년대 담론환경의 변화와 지식인 통제의 조건에 대하여」 등이 실렸다. 특히 이봉범은 위 특집 논문 이외에도 활발하게 해방 이후 검열연구를 개척해왔다(이봉범, 「전후 문학장의 재편과 잡지 『문학예술』」, 『상허학보』 20, 상허학회, 2007.6; 이봉범, 「검열의 내면화와 그 정치적 발현－1960년대 보수우익문학의 동향을 중심으로」, 『상허학보』 21, 상허학회, 2007.10; 이봉범, 「1950년 문화재편과 검열」, 『한국문학연구』 34, 동국대 한국문학연구소, 2008.6; 이봉범, 「단정 수립후 전향의 문화사적 연구」, 『대동문화연구』 64, 성균관대 동아시아학술원, 2008.12; 이봉범, 「1950년대 문화정책과 영화 검열」, 『한국문학연구』 37, 동국대 한국문학연구소, 2009.12; 이봉범, 「해방공간의 문화사」, 『상허학보』 26, 상허학회, 2009.6; 이봉범, 「잡지 『신천지』의 매체전략과 문학」, 『한국문학연구』 39, 동국대 한국문학연구소, 2010.12; 이봉범, 「한국전쟁 후 풍속과 자유민주주의의 동태」, 『한국어문학연구』 56, 한국어문학연구학회, 2011.2; 이봉범, 「8・15 해방 후 신문의 문화적 기능과 신문소설－식민유산의 해체와 전환을 중심으로」, 『한국문학연구』 42, 동국대 한국문학연구소, 2012.6). 이밖에도 임경순, 「검열논리의 내면화와 문학의 정치성」, 『상허학보』 18, 상허학회, 2006.12; 이혜령, 「사상지리의 형성으로서의 냉전과 검열－해방기 염상섭의 이동과 문학을 중심으로」, 『상허학보』 34, 상허학회, 2012.2 등을 주목할 만하다.

20 『韓国通信検閲体制の形成』, 一橋大, 2010. 그의 한국어 논문으로는 「한국 통신검열체제의 기원－'제국 검열'과 식민지 조선」(『아세아연구』 54, 고려대 아세아문제연구소, 2011.3)이 있다.

21 정근식, 「식민지 전시체제하에서의 검열과 선전, 그리고 동원」, 『상허학보』 38, 상허학회, 2013.6; 정근식, 「검열에서 선전으로－일제하 조건에서의 베트남담론의 추이」, 『사회와역사』 80, 한국사회사학회, 2008.12; 김인수, 「1930년대 후반 조선주둔일본군의 대(對)소련, 대(對)조선 정보사상전」, 검열연구회, 『식민지 검열, 제도・텍스트・실천』, 소명출판, 2011.

22 권명아, 『음란과 혁명』, 책세상, 2013; 이혜령, 앞의 글, 2013.4 참조.

광』 두 잡지를 검토하면서 검열의 문제에 대해 유의하였고,[23] 이종호는 『개벽』의 국립중앙도서관 소장본과 천도교 자료실 소장본을 비교하면서 검열 때문에 생기는 여러 가지 판본의 차이들을 점검했다.[24] 서지적 연구는 그동안 중요성에 비해 중시되지 않던 분야인데다가, 특히 검열연구란 텍스트의 육체성을 다루는 만큼 서지검토가 필수적이라는 점에서 최수일과 이종호의 작업은 자못 큰 의의를 지닌다. 한편 이민주는 식민지시기 민간신문 검열 전반을 검토하는 박사논문을 최근 제출했으며, 유석환의 박사논문도 '문학시장'을 다루면서 검열과의 관련을 일부 다루었다.[25]

지금까지 살폈듯이 남한에서의 검열연구는 최근 20여 년 사이에 크게 활성화되었다. 제도연구를 토대로 작품 해석이 활발해지고 있으며, 식민지시기 이후에 대한 연구로 또 영화 연극 등 여러 학문분야로 확산되었고 연구의 수준 또한 심화되고 있다. 단지 학제적 연구는 본격화되지 않은 상태이며, 자료집도 아직 집대성되지 않았다. 또한 해방 후 검열에 대한 연구가 제법 제출되었지만, 각각의 시대에 대한 공시적 접근에 치중할 뿐 통시적 연구로는 미처 나아가지 못했다. 특히 검열연구의 확산은 근현대에 국한되고 있는 형편이어서 전근대적 검열과 근대 검열의 연속성과 차별성을 규명하는 작업은 찾아볼 수 없다. 요컨대 각 연구자들이 이미 관심을

23 최수일, 『『개벽』 연구』, 소명출판, 2008; 최수일, 「근대문학의 재생산회로와 검열-『개벽』을 중심으로」, 박헌호 외, 『작가의 탄생과 근대문학의 재생산제도』, 소명출판, 2008; 최수일, 「잡지 『조광』의 목차, 독법, 세계관」, 『상허학보』 40, 상허학회, 2014.2. 특히 최수일의 역저 『『개벽』 연구』는 검열제도와 『개벽』의 관련을 다루고 있는 2장은 물론, 『개벽』 필명 색인, 소장처 및 판본현황, 영인본 판본 현황, 호별 목차 등을 정리 수록한 부록만으로도 후속 연구자들에게 큰 도움이 되는, '『개벽』의 모든 것'이라 할 수 있다.

24 이종호, 「1920년대 식민지 검열시스템의 출판물 통제방식-『개벽』 담론을 중심으로」, 검열연구회, 앞의 책.

25 이민주, 앞의 글; 유석환, 「근대 문학시장의 형성과 신문·잡지의 역할」, 성균관대 박사논문, 2013.

기울여오던 다양한 개별 연구분야 안에 머물면서, 검열을 키워드로 삼는 새로운 접근을 시도하는 정도에 머무는 셈이다. 고립분산적 연구를 넘어 학제적, 통시적 연구와 자료집 집성이 이뤄져야 '한국(근현대)검열사' 같은 성과가 나오게 되리라 생각한다.

다음으로 일본의 검열연구는 요코테[橫手一彦], 에토준[江藤淳] 등의 주도로 미 군정기 연구에 집중되어 있다.[26] 이같은 편향은, 물론 '프랭(Prange)문고'[27]를 비롯하여 미 군정기 검열에 대한 자료가 풍부하게 존재하기 때문이기도 하지만, 그보다는 오히려 보수적 학자들이 검열연구에 적극적이었다는 사정이 더 많이 작동한 듯하다. 식민지기 검열연구에서는 '가해자로서의 일본 제국'이라는 입장에 설 수밖에 없는 반면 미 군정기 검열연구에서는 '피해자로서의 일본 저작가'를 강조하는 효과가 발생할 수 있다. 원폭의 피해자임을 강조하는 일이, 물론 정당한 일이지만 의제설정의 효과에서는, 식민지배에 대한 가해자로서의 책임론을 완화하게 되는 것과 마찬가지이다.

---

26 대표적 연구서로는 橫手一彦, 『敗戰期文學試論』, (有)イー・ディー・アイ, 2004를 들 수 있다.

27 공식명칭은 "Gordon W. Prange Collection : The Allied Presence in Japan, 1945~1952"이다. 프랭(일본에서는 독일식 발음으로 읽어 'プランゲ'로 표기하지만 그의 모국인 미국의 발음대로 표기한다. 이 표기는 최경희 교수의 도움으로 확인한, 메릴랜드대 프랭컬렉션의 공식 견해에 따른 것이다)은 미 메릴랜드대학 역사과 교수로 있던 1942년 휴직하고 해군장교로 복무하였으며 1945년 맥아더사령부의 문관으로 근무했다. 미 군정이 일본에서 실시했던 검열에 관한 각종 자료들은 다른 많은 검열자료처럼 소각될 운명에 처해 있었으나, 학술적 가치를 적극적으로 주장한 프랭에 의해 살아남아 메릴랜드대학에 소장되어 있다. 이 자료는 마이크로필름으로 만드는 작업이 완료되었지만 메릴랜드대학 등 극히 제한된 곳에만 소장되어 있다. 개략적인 내용은 『占領軍檢閱雜誌目錄・解題 : 昭和 20年-昭和 24年』(東京 雄松堂書店, 1982)를 참조할 수 있다. 이 해제를 비롯해 프랭문고를 정리하는 작업은 오쿠이즈미 에이자부로[奧泉榮三郎]가 주도했는데, 그는 메릴랜드대학 사서를 거쳐 시카고대학의 사서로 재직 중 별세했다. 프랭문고에 대한 한국어 논문으로는 도에다 히로카즈[十重田裕一], 「점령기 일본의 출판검열과 요코미쓰-프란게문고 조사를 통하여」, 『대동문화연구』 79, 성균관대 대동문화연구원, 2012.9 참조.

일본에서 식민지시기(戰前) 검열에 대한 연구는, 그동안 일부 진보적 학자들이 사회주의문학 연구의 일환으로 산출해온 고립 분산적 연구를 제외한다면, 역시 2000년 이후에야 본격적으로 제출되었다. 야마무로 신이치[山室信一], 카와하라 이사오[河原功], 고바야시 히데오[小林英夫], 사토 타쿠미[佐藤卓己], 다케야마 교우지[竹山恭二] 등의 연구가 있다.[28] 특히 주목할 것은 토미 스즈키[鈴木登美], 고노 겐스케[紅野謙介], 고영란의 작업이다. 토미 스즈키 등의 편저는 에도시기부터 패전 이후까지 일본 검열연구의 대표적 업적들을 묶어내어 에도 시기부터 패전 이후까지 일본 검열연구의 대표적 업적들을 묶어내어 일본 검열사의 구실을 부수적으로 해내고 있는데,[29] 아직 한국의 경우 근대 이후로만 집중하면서 통사적 검열사가 없다는 점과 대조적이다. 또한 고노 겐스케는 식민지시기 검열에 집중한 매우 예외적인 일본학자라는 점에서,[30] 고영란의 작업은 일본 제국 차원의 출판시장과 검열의 관계를 실체적으로 규명하고 있다는 점에서[31] 각각 주목

---

28 야마무로 신이치, 「出版・檢閱の樣相とその遷移 : 日本から滿洲國まで」, 『東洋文化』 86, 東京大 東洋文化研究所, 2006.3.
카와하라 이사오, 「日本統治期臺灣の'檢閱'の實態」, 위의 책.
고바야시 히데오・장지퀴앙[張志强], 『檢閱された手紙が語る滿洲國の實態』, 小學館, 2006.
사토 타쿠미, 『言論統制 : 情報官・鈴木庫三と教育の國防國家』, 中央公論新社, 2004.
다케야마 교우지, 『報道電報檢閱秘史』, 朝日新聞社, 2004.

29 토미 스즈키 외편, 『檢閱・メディア・文學-江戶から前後まで』, 新曜社, 2012(이 책에는 일본 검열에 관련된 다양한 주제의 논문 22편이 영어와 일본어로 실려 있으며, 일부는 식민지시기에 관한 것이다).

30 고노 겐스케, 『檢閱と文學 : 1920年代の攻防』, 河出ブックス, 2009.
고노 겐스케, 「검열의 각인과 문학의 형식 : 시마자키 토손[島崎藤村], 「舊主人」의 경우」, 『대동문화연구』 79, 2012.9.

31 고영란, 「제국 일본의 출판시장과 전략적 비합법 상품의 자본화 경쟁」, 『성균관대 동아시아학술원 '근대검열과 동아시아' 국제학술회의 자료집』, 2010.1. 재일학자인 고영란은 '전후' 검열을 다룰 때에도 미군정기를 벗어난 시대를, 또 한국과 관련된 주제를 고르고 있다는 점에서 주목된다(「'조선/한국전쟁' 혹은 '분열/분단'-기억의 승인을 둘러싸고」, 『대동문화연구』 79, 2012.9). 이밖에 한기형 역시 출판시장과 검열의 관련성을 살핀 바 있다(「중역되는 사상, 직역되는 문학-『개벽』의 번역관에 나타난 식민지 검열과 이중출판시장의 간

할 만하다. 덧붙이자면 일본에서는 제국주의 시기 검열 자료집들이 적지 않게 나와 있는 바, 한국의 경우 연구는 제법 진척되고 있지만 자료집은 아직 없는 것과 대조적이다. 자료를 중시하는 일본의 연구경향과 관련된 것일 터인데, 이 자료집들은 한국의 검열연구에도 꽤 도움이 될 것이다.

한편 외국학자들의 일본검열 연구서로는 제국주의시기 검열에 대한 미첼의 선구적 성과[32]와 함께 에이벌의 최근 저서를 특히 주목할 만하다.[33] 덧붙이자면 일본에서는 제국주의 시기 검열 자료집들이 적지 않게 나와 있는바, 한국의 경우 연구는 제법 진척되고 있지만 자료집은 아직 없는 것과 대조적이다. 자료를 중시하는 일본의 연구경향과 관련된 것일 터인데, 이 자료집들은 한국의 검열연구에도 꽤 도움이 될 것이다.

북한의 경우 검열관련 연구는 거의 없는 듯하다. 단지 식민지시기의 주요문인들이 대거 월북하였으므로 검열에 관한 회고자료들은 적지 않을 것으로 추정한다. 또한 검열삭제 부분에 대해서는 되살려낸 것이라면서 출판한 경우도 있고 아무 말 없이 적당히 재구성한 경우도 있다. 물론 해방 이후에 '복원'한 자료들은(남한에서건 북한에서건) 또 다른 자기검열이나 국가검열이 작동했을 가능성이 높으므로 맹신할 수 없긴 하지만, 정당한 자료비판을 거쳐 활용할 수 있을 터이니 적극 수집해야 할 것이다.[34]

극」, 『아세아연구』 54, 2011.12).

32 Richard H. Mitchell, *Censorship in Imperial Japan*, Princeton University Press, 1983. 미첼의 또 다른 책 *Thought Control in Prewar Japan*(Cornell University Press, 1976)은 김윤식 역, 『일제의 사상통제』(일지사, 1993)를 통해 널리 알려져 있다.

33 Jonathan E. Abel, *Redacted : The Archives of Censorship in Transwar Japan*, University of California Press, 2012. 에이벌(펜실베이니아 주립대)은 제국주의 시기와 미군정 시기를 함께 다루었으며, 또 검열이란 단순한 금지에 그치는 것이 아니라 권력과 저자 및 독자 사이의, 그리고 서로 다른 언어들과 장르들 사이의 매우 복잡한 길항관계를 만들어냈다고 주장한다. 내 책의 교정을 보는 중에야 에이벌의 저서를 알게 되어 그 성과를 미처 반영하지 못했음을 유감으로 생각한다.

34 예컨대 강경애의 「소금」 삭제부분의 북한 판본은 적당히 꾸며 넣으면서 아무런 언급도 하

중국, 대만 등에서도 검열연구는 거의 없는 듯하다. 만주 및 대만검열에 대한 연구는 오히려 야마무로 신이치, 고바야시 히데오, 카와하라 히사오 등 일본학자들, 그리고 정근식 등 한국학자가 산출했다. 이렇게 사회주의권 국가, 또는 권위주의 체제에서 갓 벗어난 지역에서 검열연구가 활성화되지 않는 것은, 물론 검열연구 자체를 검열하는 체제가 현재까지도 강력하기 때문이겠다. 이 지역에서 국가검열은 국가(당)의 사상적 주도성을 관철할 수 있는 유효하고도 합법적인 수단으로 간주되는 경향이 강하며 연구자들 역시 아직 이에서 자유롭지 못한 듯하다.

지금까지 매우 소략하게나마 구 일본제국 지역의 검열연구를 점검해보았다. 그 결과가 시사하는 바는 대체로 다음의 몇 가지로 요약할 수 있다. 첫째, 일본의 검열연구가 식민지시기보다는 훨씬 더 미 군정기에 집중되고 있다는 점은 피해자로서의 일본(패전 이후의 검열)을 강조하면서 가해자로서의 일본(제국주의 일본의 검열)을 외면하는 잘못이라고 볼 수 있다.[35] 이런 민족주의적 연구는, 일제의 검열이 타국인과 자국인에게 끼쳤던 영향을 모두 외면하게 되는 셈이다.

둘째, 검열연구가 한국에서는 식민지시기에, 일본에서는 미 군정기에 각각 집중되고 있음에 주목할 필요가 있다. 한국의 경우 미 군정기나 그 이

지 않았는데(5부 3장 참조), 소련에서 나온 황동민 편, 『포석 조명희선집』(소련과학원 동방도서출판사, 1959)의 경우는 복자를 그대로 남겨두고 있어 대조적이다.

35 필자는 동경에서의 위 학술대회를 통해 이 문제를 제기한 바 있다. 야마무로는 당시 발표원고를 보완해서 논문으로 발표하면서(야마무로 신이치, 앞의 글, 5~6쪽 참조) 미 군정청기 검열연구에 편중되었다는 사실 자체는 인정하였지만, '가해자로서의 일본'을 외면하는 효과를 가져온다는 필자의 비판을 명시적으로 수용하지는 않았다. 단지 한국에서 검열연구가 활성화되고 있는 것은 해방 이후에도 지속된 권위주의 정권에서의 검열의 존재와 관련될 것이라는 서술은 덧붙였다. 물론 한국에서 검열연구가 활성화되는 원인 중 하나가 여기에 있음은 부인할 수 없다. 하지만 그가 한국 검열연구가 활성화되는 까닭을 밝힌다면, 일본의 검열연구가 지니는 편중성의 원인도 함께 밝혀야 균형이 맞는 일이라고 생각한다.

후 독재정권의 검열에 대해 상대적으로 적은 관심을 기울이고 있으며, 일본 학계는 제국주의 시기나 그 이후의 자본검열에 대해 훨씬 더 소홀하다. 물론 한국의 검열연구가 활성화되면서 근대적 검열의 기원으로서 식민지 시기에 먼저 주목하는 것은 당연한 것이었으며, 그런 의미에서 일본의 검열연구가 그 기원인 제국주의시기를 외면하는 것은 아무래도 어색하다. 그러나 그 담론적 효과는 별 차이가 없을 수 있다. 즉 검열의 주체는 민족국가의 외부, 즉 일제나 미군정이라고만 상정하게 되는 것이다. 그 까닭은 여러 가지가 있겠지만 주로 민족주의와 유관할 터이며, 또한 민족주의를 재생산하는 기제로서도 작동할 것이라는 점에서 우려된다.

국가 단위의 연구는, 표현의 자유라는 개인적이면서도 세계보편적인 문제로서의 검열연구가 오히려 민족주의의 강화에 기여하게 되는 아이러니를 만든다. 한국의 경우 식민경험 때문에 민족주의가 과잉 성장했다면, 탈식민의 기획으로 시도된 검열연구가 민족주의의 재생산에 기여할 가능성은 경계해 마땅하다. 일본은 미군정기 치중이 더 심하며 그런 만큼 더욱 우려스럽다. 일본 제국주의의 기반이 되었던 민족주의가 다시 미 군정기에 집중된 검열연구를 만들고 그 검열연구가 다시 민족주의를 재생산하는 악순환이다. 구 일본제국에 속해있던 지역의 학자들 사이의 협동연구가 절실한 또 하나의 이유는 여기에 있다. 학자들 간의 상호 학문적 자극을 통해 자국의 연구경향을 반성할 수 있는 계기를 마련해나가야 할 것이다.

셋째, 일본 연구자의 몇 안 되는 식민지시기 검열연구 중에서 야마무로와 카와하라의 논문은 검열연구회가 주도한 동경대 검열학술대회를 계기로 작성된 논문들이다. 두 사람 모두 개인적으로는 첫 검열관련 논문이었으니 학자들의 국제적 협력을 통해 일본 검열연구의 편향을 일정부분 수정

할 수 있는 계기가 마련된 셈이다. 또한 주최 측의 청탁에 따라 길지 않은 기일에 작성된 논문임에도 주목할 만한 자료가 적지 않게 동원되었고 논의의 수준 역시 눈여겨 볼 만한 것이었다. 이는 물론 두 필자의 학문적 역량에 힘입은 성과이지만, 동시에 구 제국의 중심이었던 일본의 학자들이 누릴 수 있는 자료 접근의 용이성 덕분이기도 하다. 그러므로 이 시기 검열자료에 한정지어 말하더라도 일본 학자들과의 협동연구는 매우 중요하다. 이런 의미에서 최근 한·일 양국 학자의 공동연구에 의해 산출된 논문집『檢閱の帝國：文化の統制と再生産』(고노 겐스케·고영란·정근식·한기형·이혜령 편, 新曜社, 2014)은 주목할 가치가 충분한 작업이다.

2. 비교연구의 필요성과 기대효과

지금까지 살핀 대로 식민지시기 검열연구는 2000년대 이후 활기를 띠며 성과를 축적해 왔지만 앞으로 계속 연구의 깊이와 영역을 심화·확장해 나가야 할 것이다. '깊이'의 심화야 개별연구자들의 몫이 크겠고 또 영역 확장이 깊이의 심화를 추동할 것이기도 하므로, 영역 확장에 대해서만 살펴보자.

영역 확장의 방향은 시대적 확장, 검열 개념의 확대, 학문간 협동연구의 활성화, 그리고 지역적 확장의 네 가지를 들 수 있다. 첫째, 시대별로 본다면 전근대적 검열과 근대적 검열의 비교연구가 필요하며, 근대 이후만 해도 일제 식민시기, 미 군정기, 독재정권 시기, 그리고 무엇보다도 현재적 검열[36]에 이르는 통시적 연구로 확산되어야 한다. 전근대검열과 비교를 통해 근대 검열의 특성은 명확해질 것이며, 또한 현재적 검열에 대한 체계적 이해의 기초가 될 것이다. 둘째, 제도적 검열 못지않게 검열개념의 외연을 확대하는 일(예컨대 프로이트적 의미의 검열, 부르디외의 장(Field) 개념 등을 참조할 수 있겠다)도 긴요하다. 셋째, 학제 연구는 그 자체로도 필수적이지만 다른 세 가지를 추동할 수 있는 현실적 동력으로도 의미 있다. 언론·문학·영화·만화 등 다양한 영역의 검열을 비교하는 일, 그리고 언론학·사회학·법학·정치학·문화학 등 인접학문과의 협동연구가 절실히 필요하다.

마지막으로 지역적 확장은 몇 개의 절을 따로 베풀어, 자세히 살피기로 한다. 구 식민종주국으로서의 일본과 그 식민지(조선, 대만, 만주 등)의 검열을 비교하는 일, 또한 미 군정기 검열(한국과 일본이 공유했던 검열 경험이다)과 대비하는 작업, 나아가 영국 프랑스 등 선발 제국주의국가(그 식민지)에서의 검열과 비교하는 작업이 필요하다. 이를 통해서 근대 제국주의가 식민본국과 그 식민지에서 어떤 방식으로 담론들을 통제하면서 지배이데올로기를 관철시켜 갔는지에 대해 세계사적 지평에서 이해할 수 있게 될 것이다. 물론 이는 길고도 어려운 작업이므로 일단 구 일본제국 지역에서의 자료 및 연구결과 교류부터 시작해야 할 터이다. 여기서는 일단 구 일본제국 지역 내에 국한하여 개략적으로 논의한다.

---

36 현재적 검열에서 주목할 만한 현상은 국가검열에서 자본검열 및 대중의 자기(상호)검열로의 점차적 이행, 정치검열 위주에서 풍속검열 비중의 점차적 증대, 행정적 검열에서 사법적 검열로의 이행, 그리고 인터넷검열의 중요성 부각 등을 들 수 있을 것이다.

1) 제도연구의 측면

검열 제도연구에서 국제적 협력이 필요한 가장 직접적인 이유는 물론 식민지시기 문학과 그 검열체제가 단일국가의 영역을 훨씬 넘어서는 차원에서 작동되었다는 점에 있다. 주지하다시피 구 일본제국은 계속 팽창해나갔다. 오키나와, 대만, 조선, 만주, 그리고 중국 대륙과 동남아시아에 이르기까지 일본제국의 강점지역이 늘어남에 따라 검열체제 역시 확장되었다. 이 '제국의 검열'은 각 지역의 검열기구 사이에는 정보를 긴밀하게 공유하는 동시에, 각 지역의 피검열자 사이의 정보 및 자료의 유통은 차단함으로써 제국 전체의 담론통제를 효율화시키고자 했다. 이에 대해 좀 더 자세히 살펴보기로 하자.

먼저 각 지역의 검열기구들은 긴밀한 상호 정보교환을 통해 효율적인 사상통제를 시도했다. 이러한 '제국검열의 상호참조 시스템'[37]은 각 지역의 중앙정보위원회(조선중앙정보위원회, 일본 중앙정보위원회, 일본 내각 정보위원회) 등 사상통제기구가 각 지역 간의 연락기능을 강력하게 보유하고 있었음만 보아도 확인할 수 있다.[38] 이밖에 식민지시기 검열의 법적 근간을 이뤘던 광무신문지법이 일본의 신문법을 거의 그대로 모방하였음은 널리 알려진 사

37 야마무로 신이치는 각 식민지 지역의 검열제도가 일본의 그것을 토대로 삼고 있다는 점을 중시하여 이를 '검열제도의 제국적 천이(遷移)'라고 부르고 있다(야마무로 신이치, 앞의 글). 그러나 이는 제국-식민지의 관계를 상호적인 것이 아니라 제국 중심으로 이해하는 잘못을 불러올 우려가 있다. 실제로 일본 제국의 검열제도는 물론 상당부분 식민 본국의 것을 식민지에 이식했지만, 그 반대 방향으로 이행된 경우도 적지 않다. 예컨대 조선중앙정보위원회는 일본의 중정위보다 오히려 먼저 설립되었는데, 본국에의 적용을 위한 일종의 정책적 실험의 성격도 띠는 것이었다(이연, 『일제하의 조선중앙정보위원회의 역할-정보선전과 언론통제정책을 중심으로』, 서강대 언론문화연구소, 1993 참조). 따라서 일방적 '천이'라기보다는 상호참조 시스템이라고 보는 것이 좋겠다.

38 각 지역의 중앙정보위원회는 모든 정보의 수집 통제 보급을 총괄하는 기관이었으며, 특히 각 지역기관 사이의 긴밀한 연락기능을 보유하고 있었다(이연, 위의 책 참조).

실이며, 일본의 내열 제도와 한국의 교정쇄검열제도, 블랙리스트 제도[39] 등 세세한 검열제도의 차원에서도 밀접한 상호 연관성을 인정할 수 있는바,[40] 이는 바로 제국검열의 상호참조 시스템이 산출한 결과라고 하겠다.[41]

한편 각 지역의 피검열자 사이의 정보공유에 대한 차단은 두 가지로 나눠볼 수 있다. 첫째, 해당지역 외부에서 발신되는 정보의 입수에 대한 통제. 국제 통신사 등을 통해 들어오는 외국 뉴스를 통제하는 방식으로, 동맹통신사의 설립은 그 상징적인 사례라고 할 수 있다.[42] 둘째, 수이입물 검열. 제국의 외부에서 들어오는 인쇄물, 또는 제국 내부에서도 식민본국

39 블랙리스트제도와 관련된 공식문건은 남아있는 것 같지 않지만, 「각도 고등경찰과에서 '불온작가' 명부작성」(『동아일보』, 1933.5.12)이라는 기사는 주요 근거가 된다(이 전거는 이승희 박사가 알려준 것이다). 또한 최승만은 서재필의 글이 내용과 상관없이 그 이름 때문에 삭제기사를 받았다고 회고하였으며(「동아일보 시절」, 『나의 회고록』, 인하대 출판부, 1985, 286~288쪽 참조), 이기영도 월북 이후의 회고록에서 블랙리스트의 존재를 언급하고 있다(김홍균, 「최초공개 민촌 이기영의 자전적 수기 『태양을 따라』」, 『월간중앙』, 중앙일보사, 2000.10, 84쪽 참조). 한편 일본의 경우 블랙리스트 제도가 있었으며, 집필자 및 제목을 검열당국과 인쇄자본이 사전 협의하는 내열(內閱) 과정에서 이 리스트는 중요한 참고가 되었다고 한다. 일본의 블랙리스트 제도에 대해서는 G. J. Kasza, *The State and the Mass Media in Japan, 1918~1945*(Univ. of California Press, 1988)를, 내열에 대해서는 2부 3장 참조.

40 정근식·최경희, 앞의 글, 2006.6; 김창록, 「일제 강점기 언론 출판법제」, 『한국문학연구』 30, 동국대 한국문학연구소, 2006.6; 이 책의 1부 3장 참조.

41 실제로 정근식은 조선과 일본 및 대만의 『출판경찰월보』 등을 비교하여 조선의 검열기준은 1920년대에는 조선의 특수사정이 더 중시되었지만, 1936년 이후로는 제국 공통적 검열기준을 더 많이 반영하고 있다고 분석한 바 있다. 이는 제국 내의 이질적 법역(法域)을 동질화하여 제국적 차원의 전시체제로의 전환을 위한 것이라는 주장이다(정근식, 「식민지검열과 "검열표준"－일본 및 대만과의 비교를 통하여」, 『대동문화연구』 79, 성균관대 대동문화연구원, 2012.9 참조). 야마무로 신이치 역시 만주의 검열이 일본에서 큰 영향을 받았음을 입증했다(야마무로 신이치, 앞의 글).

42 정근식, 앞의 글, 2013.6 참조. 이밖에 각종 검열기준에서도 해외정보의 차단을 위한 조항들을 확인할 수 있다. 예컨대 "사상범인 국외불령운동자 등의 행위를 과대하게 보도하는 등 암암리에 공산 혹은 민족주의를 선동하는 것 같은 일이 없도록 주의할 것"(「언문신문지면개선사항」, 『경무휘보』 362호, 1936.6; 계훈모 편, 『한국언론연표(1881~1945)』, 관훈클럽 신영연구기금, 1979, 1290쪽에서 재인용) "타민족의 독립사상 및 운동을 선전고취하거나 선동하며 또는 찬양함으로써 암암리에 조선의 독립사상 또는 운동에 이용코자 하는 기사"(「조선문간행물행정처분례」, 경무국, 『조선에 있어서 출판물개요』, 조선총독부, 1930; 계훈모 편, 앞의 책, 1292쪽에서 재인용) 등.

과 식민지, 또는 식민지들 사이의 인쇄물 유통에 대한 통제이다.[43] 이를 위해 조선총독부는 조선어 검열관 뿐만아니라 중국어 러시아어 등 언어권 별로 전문검열관을 배치하고 사상동향을 조사 분석하여 정책 자료로 삼는 한편 수이입물 검열을 전담시켰다. 또한 각 항만에도 검열기구의 분소를 설치 운용하여 금지된 책자의 반입을 통제하였다. 이런 사정은 일본제국의 다른 지역에서도 비슷할 것으로 추정한다.

지금까지 살핀 바와 같이 일본제국의 검열은, 지역별 검열기구 사이의 정보 공유도, 피검열자 사이의 정보 공유 차단도 제국 전체의 단위에서 실행되었다. 따라서 1945년 이후 독립된 여러 국가에서 제각각 자신의 국가 단위로만 연구범위를 잡아서는 온전히 파악하기가 불가능하다. 구 일본제국 권역에 속했던 여러 지역의 학자들 사이에 협업이 필수적이다.

통제란 항상 저항을 전제로 시작되며, 또한 다시 저항을 불러오게 된다. 일제가 검열을 통해 피검열자의 정보 공유와 소통을 철저하게 통제하고자 했음은 그런 시도가 존재했음을 말해주는 것이기도 하다. 실제로 피검열자들이 검열에 반발하거나 우회하려는 움직임은 꽤 활발했는데, 이는 단지 해당 지역 내에서만 작동한 것이 아니며 구 일본제국 전역에 걸쳐 진행되기도 했다. 예컨대 일제하 조선에서 점차 일본 출판물에 대한 독서 수요가 늘어갔던 까닭 중 하나 역시 조선보다 일본에서의 검열이 비교적 느슨했기 때문이기도 하다.[44] 이렇게 피검열자의 반검열활동이 제국 전반에 걸쳐 있었다는 점은, 검열연구가 구 제국 전반에 걸친 국제적 협업으

43 일본 대만 등 '제국' 내의 출판물이 조선에 들어오는 것을 '이입(移入)', 제국 외 지역의 출판물이 들어오는 것을 '수입(輸入)'으로 구분하였지만, '유입(流入)'이라는 용어도 함께 사용하는 등 엄밀하게 구분하지 않고 혼용하는 경우가 많았다.

44 한기형, 「선전과 시장-"문예대중화론"과 식민지 검열의 교착」, 『대동문화연구』 79, 성균관대 대동문화연구소, 2012.9 참조.

로 진행되어야 할 또 하나의 이유가 된다.

특히 제국검열의 제도적 특징 중 하나는 식민본국과 식민지, 그리고 식민지 별로 다양한 차별을 둔다는 데 있었으므로 비교연구는 더욱 중요하다. 널리 알려져 있다시피 식민본국은 비교적 느슨한 검열을 시행하였다. 그 결과 식민지에서는 본국과의 차별을 없애달라는 데에 반검열운동의 핵심이 놓여 있었다. 물론 검열의 철폐 자체를 주장하지 않은 것은 아니지만, 거의 선언적 의미에 그쳤다.[45] 다시 말해서 차별을 통해서 식민지에서 반(反)검열 요구의 수위 자체를 본국의 수준 정도로 낮출 수 있었던 것이다. 한편 식민본국에서의 반검열운동에 대해서는 식민지와의 형평성 문제로 대응할 수 있는 논리적 기반을 얻게 되기도 한다. 분할통치란 식민지정책의 전형적 방식 중 하나이지만, 식민지 내부에서만이 아니라 식민본국과 식민지 사이에도 작동되었던 것이다. 차별을 통해서 식민본국과 식민지 양쪽에서 검열을 효율화하였다는 점에서도, 비교연구를 통해서 접근하는 것이 타당하다.

2) 연구자료 확보의 측면

앞서 필자는 검열연구의 어려움 중 하나로서 자료의 부족을 들었다. 이 자료부족을 해소하는 중요한 실마리 역시 국제적 협동에서 찾을 수 있다.

---

45 '신문지법과 출판법의 개정 기성회'의 건의문(1923)은 그 대표적인 보기이다(최준, 『한국신문사』, 일조각, 1960, 231~233쪽 참조). 무명회(1921) 조선기자대회(1924) 조선잡지협회(1931) 등의 결의들 역시 이보다는 강력하게 검열철폐를 주장하지만 선언적 의미가 강하며, 실제적으로 무게 중심이 실려 있는 것은 건의사항(또는 요구사항)으로 나열되어 있는 세부적인 제도개선들이다.

앞서 설명한 대로 한국에서 자료 일실의 세 차례 계기 중 두 차례는 해방 이전에 이뤄진 것이었는데, 구 일본제국 지역의 식민지시기 자료들은 어슷비슷한 과정을 통해 사라졌을 터이다.[46] 완벽한 자료가 남아있는 곳이 없으므로, 연구를 위해서는 서로 도와야 한다. 구일본제국의 검열제도가 상호참조 시스템에 의해 형성되어 있었으므로 더욱 그러하다. 예컨대 만주 통신검열의 경우 관련 자료가 우연히 발굴됨에 따라서 고바야시 히데오의 연구서가 제출되었던 바,[47] 이는 필자가 아는 한 일본제국의 우편물 검열에 관한 연구로서는 첫 성과이다. 동시에 다른 구 일본제국 지역에서의 통신검열을 연구하기 위한 중요한 자료 및 연구성과가 될 것이다. 학자들 사이의 국제적 협력이 활성화된다면 각국의 자료 발굴 노력에 자극을 줄 수 있을 것이며, 다른 지역의 자료부족을 완화할 수 있다. 좀 더 자세히 살펴보자.

① 검열연구에서 핵심적인 사안 중의 하나는 검열이 무엇을 왜 어떻게 금지하고자 하였는가, 이에 대해 피검열자로서 저작자와 독자들은 어떤 방식으로 대응했는가에 있다. 이를 위해서는 검열이 '있는' 상황과 '없는' 상황, 서로 다른 검열기준이 적용된 상황 등 다양한 검열상황에서 출판된

46 일본의 검열연구가 주로 군정청기 검열에 집중되고 있는 이유 중 하나 역시 그 시기 자료들이 비교적 충실하게 남아있기 때문이다. 식민지시기 일본 자료는 일본 국립공문서관 아시아역사자료센터(http://www.jacar.go.jp)을 활용할 수 있다. 패전 이전에 산출된 '모든' 정부 문서들을 인터넷을 통해 원문을 볼 수 있고, 원문의 앞부분 300자에 대한 검색이 가능하므로 꽤 유용하다. 그러나 각 부처(특히 '힘 센' 부처일수록)에서는 정작 중요한 자료들은 여기로 내놓지 않았으며 따로 기밀문서로 보존하고 있다고 한다.

47 보고자인 고바야시 히데오에 따르면 이 자료를 전량 소각하라는 관동군의 지시가 있었지만 소련군의 진공이 예상 밖으로 너무 빨랐던 까닭에 소각할 겨를이 없자 일부 자료를 불태우지 않은 채로 묻어버렸던 것으로, 나중에 중국의 건축공사 과정에서 우연히 발굴되었다(고바야시 히데오 · 장지쿼앙, 앞의 책, 2~6쪽). 이 비밀문건에는 집중 감시해야 할 대상을 추출하여 블랙리스트를 운용했다는 등 제도적 측면, 그리고 우편물을 어떻게 뜯어보고 어떤 내용들이 많았으며 어떻게 조치를 취했는지 등에 대해 세세한 사례보고들이 풍부하다.

작품들을 서로 비교하는 일이 필요하다. 예컨대 특정 지역의 검열을 받아 출판된 텍스트와 다른 지역으로 원고를 보내 우회 출판하였던 텍스트를 비교할 수 있게 된다. 한마디로 여러 가지 조건들 아래서 출판된 다양한 텍스트들이 연구 자료로 필요하다. 이를 통해서 무엇을 금지했는지, 금지에 대해 어떻게 대응했는지를 구체적으로 확인할 수 있기 때문이다. 이 작업을 효율적으로 진행해가기 위해서도 비교연구는 중요하다. 제국검열의 목적은 비슷했지만 구체적 기준들은 지역과 시기에 따라서 달라지는 바, 그 중에서 지역적 차이는 국제적 비교연구를 통해 확인할 수 있는 것이다.

② 정보당국의 지역간 정보공유 시스템을 활용하여, 오히려 실제로 출판된 것보다 더 검열 이전의 상태에 근접한 텍스트를 확보할 수 있는 경우도 있다. 예컨대 『조선사상통신(朝鮮思想通信)』[48]은 한글을 읽을 줄 모르는 조선총독부 및 일본정부의 고위관료들에게 조선어 언론과 출판물의 중요한 내용들을 발췌·요약하여 번역·제공하는 잡지였던 바, 이 잡지는 초기에는 검열을 받지 않은 상태로 배포되었으므로 검열삭제 이전의 텍스트들이 실릴 수 있었다. 조선어로는 남아있지 않은 텍스트를 일본어 번역본으로라도, 또 발췌요약본으로라도 확인할 수 있는 것이다. 또한 조선총독부에서 펴낸 『조선의 언론과 세상』의 경우도 현재 국내 보유본은 예외없이 붓질로 삭제한 부분들이 있는데 비해 일본에는 붓질 복자가 없는 판본이 존재한다는 점 역시 좋은 사례이다(5부 2장 참조). 그밖에도 조선총독부에서 펴낸 각종 자료들은 식민통치를 위한 정보정리 작업이었지만, 역시 검열로 삭제되어 지금은 한국어로 읽을 수 없는 자료들을 다수 포함하고 있다.[49] 검열에 의해 지워진 텍스트를 아이러니컬하게도 검열당국의

48 이토 간도[伊藤韓堂]가 창설한 조선사상통신사에서 1926년~1943년 사이에 간행하였다.
49 그 대표적인 보기는 『빼앗긴 책—1930년대 무명 항일시선집』(단국대 출판부, 1981)이며, 정

자료를 통해서 확인할 수 있는 것이다.

③ 민간의 번역을 통해 공유된 작품 중에도 이런 사례는 있을 수 있다. 예컨대 나카노 시게하루[中野重治]의 시 「비 나리는 시라카와역[品川驛]」은, 일본어 텍스트는 검열되어 매우 불완전한 것만 남아있지만 한국어 번역본은 완전하게 남아있다.[50]

3) 해외에서 한국문학 교육의 측면

앞서 살핀 대로 검열연구는 대중들에 대한 문학교육에도 적지 않게 기여할 수 있는 바, 이는 꼭 국내 독자에 국한되는 일은 아니다. 식민지시기 한국문학은 검열로 인해 상당한 왜곡을 겪어야 했으므로, 이 왜곡에 대한 보충이나 설명이 없는 한, 이 시기 한국문학이 해외에서 널리 읽히는 데 크나큰 장애가 될 수밖에 없다. 예컨대 최경희(미국 시카고대 교수)가 검열연구를 시작하게 된 동기는 바로 이런 문제 때문이었다고 한다. 한국문학을 번역본으로 강의해왔는데, 외국인 수강생들은 한국작품이란 기본적으로 무슨 뜻인지를 이해하기조차 쉽지 않다는 식의 반응을 보였다고 한다. 그 이유는 주로 검열로 훼손된 한국문학 작품을 저본으로 삼은 번역본을 읽혔기 때문이라는 결론에 도달했으며, 그래서 검열연구를 시작하게 되었다는 것이다. 예컨대 식민지시기 작품에서 '××', '이하 ○행 삭제' 등의 복자를 자

진석의 노작 『일제시대 민족지 압수기사 모음』(1 · 2권, LG상남언론재단, 1998)에도 일부 문학작품들이 포함되어 있다.

50 최경희, 2005년 필자에게 보낸 사신. 최근 배상미 등이 이에 관한 논문을 썼다. 배상미, 「식민자와 피식민자의 연대(불)가능성 — 나카노 시게하루의 「비 내리는 시라가와역」과 임화의 「우산 받은 요꼬하마의 부두」」, 『민족문학사연구』 53, 민족문학사연구소, 2013.12.

주 만나며, 특히 후기로 가면 아예 검열로 삭제되었다는 표기 자체를 금지하였으므로 아무런 표시 없이 삭제된 경우도 적지 않다(3부 3장 참조). 이렇게 '누더기'가 된 작품을 검열연구에 의한 보정작업 없이 제공할 경우 외국인들이 어떻게 이해할 수 있겠는가.[51] 검열연구를 통해 이 시기 한국문학을 '쓸 수 있었던 것'으로 인식하고, '쓸 수 없었던 것'을 확인하여 제공하며, 이를 통해 '쓰고자 했던 것'을 추정하는 작업을 병행한다면, 이 시기 한국문학은 '불구적'이기 때문에 오히려 다양한 해석이 가능한, 좀 더 의미 있는 텍스트로서 이해할 수 있게 될 터이다.

한 걸음 더 나아가자면, 협동연구를 통해 협동교육으로 나아갈 수 있을 것이다. 현재 각국의 문학교육은 주로 자국문학을 중심으로 실시되고 있다. 그 결과 문학이 국가주의의 강화에 동원되는 역기능이 발생된다. 만일 여러 나라의 연구자들이, 비슷한 검열에 대해서 여러 국가의 저작자들이 어떻게 달리 반응했는가를 연구하고 이를 토대로 교육이 이뤄질 수 있다면, 문학교육의 국가주의적 성향을 완화하고 인류보편의 문학교육으로 나아갈 수 있는 발판이 될 수 있으리라. 특히 식민지시기 검열의 경우는, 연구와 교육 두 측면 모두에서, 자칫하면 일제의 억압과 민족어문학의 저항이라는 이분법에 빠지기 쉽다. 협동연구와 교육은 이런 이분법에 저항하기 위해서도 절실하다.

51 외국어 번역본은 우리가 현재 읽고 있는 식민지시기 문학의 판본과 거의 다를 바 없다. 그렇다면 동일한 텍스트를 놓고 외국인들은 이해하기 어렵다는 반응을 보이는 데 비해 우리의 독서반응은 그렇지 않다는 점은 어째서일까. 당대 조선 사회의 맥락에 대한 이해 수준이 다르기 때문이라고만 설명하기는 어려울 것이며, 교실에서 질문이 금기시되느냐 장려되느냐의 차이, 주입식 교육이냐 자기주도형 학습이냐의 차이 등이 작동할 것인 바, 이는 독자사회학의 흥미로운 과제가 되리라 생각한다.

3. 나오며

끝으로 불필요한 오해를 사지 않기 위해 벡터라는 비유를 든 것에 대한 설명을 덧붙여두기로 한다. 첫째, '벡터 결합'이라는 물리학 용어에서 연상되는 것처럼 이 작업이 간명한 것은 물론 아니다. 이 시기 한국문학을 '쓸 수 있었던 것'으로 인식하기 위해서 필요한 작업이 무엇인지를 효율적으로 설명하기 위해 빌려온 용어일 뿐이다. 두 힘이 부딪히고 절충하고 융합하는 다양한 양상들을 규명해야 한다는 점을 중시한다면, 오히려 화학적 결합현상에 비유하는 것이 더 효율적일 지도 모르겠다. 벡터라는 용어가 주는 선악의 대립 같은 이분법적 이미지를 지운채로 받아들여 주면 고맙겠다. 검열은 흑과 백의 대립이라기보다는 무지개 같은 현상을 만들어냈으니까.

둘째, '쓸 수 있었던 것'으로의 인식전환이 필요하다는 표현은 '쓰고자 했던 것'이야말로 이 시기 한국문학의 유일한 의미라거나, '쓸 수 있었던 것'이라는 인식이 모자란 상태에서 진행된 지금까지의 연구가 무의미하다는 뜻이 전혀 아니다. 오히려 지금까지의 국문학 연구성과는 검열연구를 위한 중요한 토대가 된다. 그동안 쌓아온 작가론, 작품론, 해외와의 영향 수수관계에 관한 비교문학적 성과 등은 검열연구를 위해 적극 활용해야 마땅할 성과들이다. 게다가 1930년대 이후 검열은 소극적인 담론금지의 방식에만 머물지 않고 더 적극적인 담론권장을 병행하였던 바, 이 '권장의 벡터'를 이해함에 있어서 최근 활발하게 제출된 파시즘론, 국민문학론, 전향론, 신체제론, 동양론 등에 관한 기존 성과에 의존하는 일이 필요하다.

필자는 단지 검열연구가 지금까지 지나치게 소홀해왔다는 반성 아래,

이 모자라는 지점을 채워 넣음으로써 지금까지의 연구성과에 깊이와 넓이를 더할 수 있는 계기를 마련하고자 할 뿐이다. 이를 통하여 '금지'라는 권력의 요구와 피검열자들의 '지향'이 충돌하고 절충하는 과정, 그리고 식민지 후기로 가면서 점차 '권장'으로 흡수되어 가는 과정에 대해 더 치밀하게 접근해볼 수 있길 기대한다. 이러한 중층적이고 역동적인 양상 속에서 '쓸 수 있었던 것'으로서 식민지시기 한국문학을 이해하고 싶은 것이다. 이렇게 파악할 때 한국문학연구는, 기왕의 성과를 더욱 의미 있는 것으로 만들어 나갈 수 있으며, 지나친 텍스트 중심주의나 문학 중심주의를 수정할 수 있고, 또한 일국적 차원을 넘어서는 보편이론의 진전에 이바지할 수 있는 가능성도 더 높아질 것이다.

2부

제도로서의 검열

근대검열의 중요한 특징은 행정적 검열제도의 완비라는 점에 있다. 전근대적 검열은 체계성이 약하고 행정과 사법의 미분화상태에서 이뤄졌다면, 근대 이후 검열은 행정적 검열 중심으로 엄밀한 감시체계를 만들었다. 물론 민주화 추세에 따라 행정적 사전검열은 점차 폐지되고 사법적 수단(또는 사후검열) 중심으로 이행했다. 특히 조선총독부는 행정수단에 압도적으로 의존하면서 사법수단은 주로 부가적인 가중처벌로 활용하였다. 행정검열은 공식적 전담부서를 만들고 그 관료조직과 치밀한 규정에 의해서 실행된다. 따라서 이 시기 검열이 어떤 제도 속에서 이뤄졌으며 그 제도는 어떤 정책적 목적을 지닌 것이었고, 그 효과는 무엇인지를 살피는 일이 필요하다.

이런 뜻에서 2부는 식민지 시기의 행정적 검열제도를 다룬다. 1 · 2장은 총론적 서술이다. 전체의 윤곽을 개관한 뒤에, 검열기준이 어떻게 구성되고 어떤 원리에 의해 작동되었는지를 살핀다. 이어 두 개의 각론을 베풀어 지금까지 별로 주목되지 않았던 사안들을 다룬다. 3장은 교정쇄검열의 존재를 입증하고 그 담론통제의 효과를 살피며, 4장에서는 근대적 과학기술이 국가검열을 어떻게 효율화하였는가를 점검한다.

근대적 검열제도 개관

식민지시기 검열제도에 대해, 즉 총독부의 검열 기구가 어떤 성격이었는지, 어떤 인력을 얼마나 확보하여 어떤 규칙과 방식에 의해 작동했던 것인지를 주로 살펴보고자 한다. 이 문제만으로 좁히더라도 광범한 자료조사를 토대로 치밀한 해석을 해야 하겠지만, 아직 필자의 준비는 이에 미치지 못한다. 특히 피검열자 자료가 충분치 못하다. 따라서 이 글에서는 일단 여기저기 흩어진 자료들을 한데 모아놓고 살피는 조사연구에 치중할 것이며, 해석 작업은 충분한 자료가 모일 때까지 유보할 수밖에 없다. 단지, 동학들의 비판을 도움으로 삼아 생각을 익히기 위해, 잠정적인 해석의 가능성에 그치는 대로 현재의 생각을 말미에 밝혀두기로 한다.

1. 근대적 검열 기구

한국에서 근대적 검열제도는 구한말부터 1990년대 무렵까지 약 100년 동안 공식적으로 지속되었으며, 매체에 따라서는 아직도 실질적인 사전 검열이 이뤄지고 있다. 그러므로 이 글에서 다루는 식민지시기 검열은 그 전반부 약 40년에 해당하며 공식적 검열만을 다루는 셈이다. 물론 제한적인 논의가 될 수밖에 없지만, 근대적 검열제도의 기원에 대한 탐색으로서의 의미는 있을 터이다.

식민치하 조선에서 문학검열을 담당한 기구는 총독부 경무국 도서과[1]이었던 것으로 널리 알려져 있다.[2] 하지만 이러한 인식만으로는 불충분하다. 첫째, 도서과는 단지 중앙검열기구일 뿐이며 검열기구는 지방에도 있었고, 둘째 도서과는 1926년에야 설립되었음을 놓치게 되는 것이다. 먼저

---

1 김동인(「지난 시절의 출판물검열」, 『해동공론』 1-3, 1946.12, 33~34쪽)에 따르면 정확하게는 '도서과 출판물검열계 조선문부'에서 담당했다. 종합컨대 도서과는 아마도 출판물검열계와 영화검열계, 그리고 일간지 검열계(일간신문의 정치적 중요성을 고려하여 이를 독립시켰을 가능성이 크다)로 나뉘고, 출판물검열계는 다시 조선문부와 일본문부로 나뉘었을 것으로 추측한다.

2 예컨대 송민호는 "합방후 일본의 대정 연간에 있어 우리나라 출판검열은 조선총독부 경무청 도서과장이 경무청장의 책임 아래 행하였다"고 서술하고 있다(송민호, 「일제하의 한국저항문학」, 조용만 외, 『일제하의 문화운동사』, 현음사, 1982, 228쪽). 하지만 '대정 연간'(1912~1926)에 도서과는 없었으니 고등경찰과장이 주무과장이었다. 필자는 비교적 일찍 검열기구에 대해 언급하긴 했지만(한만수, 「근대적 문학 검열제도에 대하여」, 『한국어문학연구』 39, 한국어문학연구학회, 2002.8) 초보적인 것이었을 뿐 후속연구를 진행시키지는 못했다. 검열기구의 실상을 규명하는 데 크게 기여한 것은 정근식(「식민지적 검열의 역사적 기원, 1904~1910」, 『사회와역사』 64, 한국사회사학회, 2003.11; 「일제하 검열기구와 검열관의 변동」, 『대동문화연구』 51, 성균관대 대동문화연구원, 2005.9; 「구한말 일본인의 조선어 교육과 통역경찰의 형성」, 『식민지시기 검열과 한국문화』, 동국대 한국문학연구소, 2010)과 정진석(『언론 조선총독부』, 커뮤니케이션북스, 2005), 정근식 · 최경희(「도서과의 설치와 일제 식민지출판경찰의 체계화, 1926~1929」, 『한국문학연구』 30, 동국대 한국문학연구소, 2006.6) 등이다.

지방의 검열기구에 대해 살펴보기로 하자.

염상섭의 「만세전」에서 주인공 이인화는 귀국하면서 모두 12차례에 걸친 검문 감시 미행을 경험한다. 이 중에서 2번, 즉 시모노세키와 부산항에서 있었던 검문에서는 서적 검열이 묘사되는데 , 이를 담당했던 곳이 바로 지방검열기구였다. 일제는 해외에서 발행된 출판물을 검열하고 '불온물'의 '수이입(輸移入)'과 유통을 막기 위해 각도 경찰부에 검열계를 두었다. 지방에서의 검열은 "수 명의 계원이 연락선 내에 올라가서 단시간 내에 초스피드로 검열을 시행하는"[3] 정도였다고 하니 「만세전」이나 이태준의 「고향」에 묘사된 것과 흡사하다. 속보성이 있는 신문잡지의 경우는 이런 식으로 약식 검열하고, 단행본은 대개의 경우 중앙의 도서과로 올려 보내 정식검열을 받도록 했다고 한다.

이같이 '불온도서 이입'을 차단하는 데 주력했던 까닭은 법역(法域)의 차이 때문이었다. 즉 일본과 만주국의 검열은 납본제(사후검열제)로 사전검열제였던 조선(정확하게 말하자면 조선 거주 조선인)보다 느슨했으므로 일본이나 만주에서 인쇄된 합법출판물이라 하더라도 조선에서는 다시 검열을 해야 하는 것이다. 더군다나 이런 법역의 차이를 이용하여 아예 원고를 일본이나 만주로 반출해 그곳에서 검열 받아 출판해 들여오는 편법이 동원되곤 했으므로[4] 수이입물 검열은 꽤 중요한 의미를 지니는 것이었다.[5] 하지만

---

3 「조선 오는 간행물의 취체 강화책 수립—불온한 서적 등을 방지코자 경남에 검열과 설치」, 『조선중앙일보』, 1935.6.15, 조간 2면, 1단.

4 예를 들자면 카프의 기관지 『예술운동』은 1927년 7월 동경에서 출판되었다. 또한 안수길의 회고에 따르면, 만주의 『만선일보』에 국내문인의 투고가 많았으며, 아예 만주에서 책을 출판해달라는 부탁이 적지 않게 왔고 실제로 정인택의 창작집을 만주에서 찍어내기도 했다고 한다(안수길, 「용정 신경시대」, 김동인 외, 『한국문단이면사』, 깊은샘, 1983 참조).

5 법역의 차이가 텍스트에 미치는 영향에 대해서는 한기형, 「법역과 문역(文域)—제국 내부의 표현력 차이와 출판시장」, 『민족문학사연구』 44, 민족문학사연구소, 2010.12 참조.

중앙에서 이뤄지는 검열에 비해서 지방에서의 수이입물 검열은 아무래도 허술했고, 이런 허점을 막기 위해 일제는 1936년 각도 경찰부의 검열계를 검열과로 승격시키고 인원도 늘려 검열을 강화했다.[6]

지방의 검열기구는 이렇게 주로 '비합법' 출판물의 유통차단을 주된 기능으로 삼고 있었지만, 중앙의 검열을 통과한 출판물에 대해 이의를 제기하는 기능도 부수적으로 갖추고 있었다는 회고도 있다.[7] 중앙 검열기구를 다시 감시하는 이중적 감시망의 체계를 확립하는 데 핵심적 기능을 했다는 것이다. 따라서 그 동안 중앙검열기구에 대해서만 관심을 보였던 것은 잘못이라고 하겠다.

다음으로 중앙의 검열기구에 대해 살펴보자. 도서과는 1926년에야 신설되며 그 이전에 검열을 담당했던 부서는 고등경찰과였다.[8] 널리 알려진 대로 고등경찰과는 "항일민족운동 탄압이 주임무였으며, 국내의 사찰정보업무 외에 만주, 노령, 중국, 미주 등지에까지 가서 정보수집과 독립운동세력을 검거, 탄압"하였던 악명 높은 기구로, "고등경찰과의 기밀계는 사찰 외에 집회, 군중운동, 결사, 외국인, 암호, 종교단체 등을 담당하였고, 도서계는 신문, 잡지, 출판물, 저작물에 관한 사항을 취급하였다."[9] 알

6 「조선 오는 간행물의 취체 강화책 수립—불온한 서적 등을 방지코자 경남에 검열과 설치」, 앞의 기사.

7 김동인은 "출판허가까지 되어서 출판 발행했던 책자가 지방경찰의 주의로서 갑자기 발매금지 혹은 압수되는 일도 자주 있었다"(김동인, 앞의 글, 36쪽)고 술회한다.

8 일제의 통치기구 편제가 시대에 따라 달라지므로 고등경찰과의 소속은 달라진다. 즉 1906년~1910년 통감정치기에는 경무부 고등경찰과였으며, 1910년 총독부가 설치되면서 경무총감부 고등경찰과로, 1919년 8월 19일 문화통치기를 맞은 편제개편 이후로 경무국 고등경찰과로 각각 변하는 것이다(1910년~1943년 『직원록』 참조). 『직원록』 자료는 국립중앙도서관 등에 흩어져있어 구해 읽기 어려웠는데, 한국역사정보통합시스템 사이트에 모아두어 쉽게 읽을 수 있게 되었다(초기화면-'한국근현대 주요문헌'-'직원록자료' 선택). 또한 이 사이트의 '조선 총독부직원록 해제'는 총독부 기구의 변화과정에 대한 요약 설명을 제공한다. 단지 한자가 많은 자료들을 입력하는 과정에서 생긴 오탈자가 더러 있으므로 주의해야 한다.

튀세의 구분에 따르면 기밀계는 국가경찰기구에, 도서계는 국가이데올로기기구에 대체로 해당한다. 고등경찰과에서 이 둘을 함께 담당했음은 일제가 이 두 기구가 상보적으로 기능하도록 하는 데 주력했다는 방증이 될 것이다.

1926년에 총독부는 기존의 고등경찰과 도서계를 도서과로 승격시켜 10명의 인원(니시무라는 보안과 겸임)으로 독립시킨다. 도서과 승격은 소위 대정데모크라시가 끝나면서 1925년의 치안유지법 등으로 사상통제가 강화되는 속에서 이루어진다. 특히 각 도 단위에서 시행하던 영화검열을 1926년 8월부터 총독부에서 직접 관장하게 되는 것[10]과 관련 있을 터이다. 검열해야 할 물량이 늘어나고, 그 기준 또한 강화되었으며, 장르 별 검열의 통일성도 높여야 할 필요성에 부응하는 기구확대인 셈이다.

창립 때의 도서과 구성원은 1925년 『조선총독부 직원록』(조선총독부; 이하 『직원록』으로 약칭)에 고등경찰과 소속으로 기록되어 있던 5명(福江鹿好 魏鍾冀 崔奎鎭 黃再洛 西村眞太郎),[11] 보안과 소속 2명(綿勇武雄 李源讚), 경무과 소속 1명(吉田正一), 그 밖의 2명(杉生榮三 小野綱方)이었으며, 과장(사무관급)도 없이 급조된 느낌이었다. 바로 이듬해에 과장(近藤常尙)이 부임하면서 인원도 15명으로 늘고, 28년 18명, 29년 22명으로 계속 늘어난다. 그 뒤 19~20명을 넘나들다가 34년에 24명으로 늘고 37년에는 31명으로, 40년 38명으로 각각 증원된다.[12] 결국 도서과 인력은, 연도에 따라 약간의 변동은 있지만,

---

9 한국역사정보통합시스템, 위 『직원록』의 「해제」 참조.

10 이연, 『일제하의 조선중앙정보위원회의 역할–정보선전과 언론통제정책을 중심으로』, 서강대 언론문화연구소, 1993, 69쪽.

11 『직원록』은 세분화된 소속을 밝히지 않은 채 '과' 단위로만 구분하고 있어 분명하지 않지만, 이들은 아마도 고등경찰과의 도서계 소속이었을 것이다.

12 연도별 인원은 다음과 같다. 괄호 안은 조선인으로 추정되는 인물의 수.
1926년 총10명(4명), 27년 15명(6명), 28년 18명(8명), 29년 22명(8명), 30년 21명(8명), 31년 22

계속 증원되는 추세에 있었던 것이다.

도서과 승격은 "1924년 12월 20일 '일반행정 재정정리' 방침에 따라 본부 관제를 개정하여(칙령 제411호), 기구를 줄이고 동시에 본부와 소속관서의 인원을 대대적으로 감축"[13]하는 추세 속에서 이뤄졌다는 점에서 더욱 주목된다. 기구축소와 인원감축의 와중에서도 검열 담당 부서를 독립시키고 그 이후 계속 증원시켜나가고 있는 것이다. 그 까닭에 대해서는 뒤에 다른 자료들과 겹쳐 놓으면서 생각해보기로 하자.

2. 검열 실무 담당자

일제치하 문인들의 검열 관련 회고에서는 검열관의 지적 수준에 대한 불만이 높다. 예컨대 김동인은 '한심하고 폭소할' 검열이 많다면서 검열(보조)관의 무지를 비난하고 있다. 특히 그는 조선인 검열보조원과는 이야기

명(7명), 32년 19명(5명), 33년 21명(5명), 34년 24명(5명), 35년 22명(5명), 36년 24명(5명), 37년 31명(7명), 38년 34명(7명), 39년 35명(7명), 40년 38명(8명), 41년 38명(4명). 단지 조선인인지 일본인인지를 일일이 밝혀내기는 현실적으로 매우 어려운 바, 지금으로서는 단지 이름이 일본식인지 여부를 통해 추정하여 구분할 수밖에 없겠다. 이 방식은 창씨개명을 염두에 둔다면 별로 효율적이지 않을 것 같지만, 뜻밖에도 검열관들은 일제 말기까지 상당수가 조선식 이름을 고수했던 것 같다. 예컨대 현재 남아있는 최후의 『조선총독부 인명록』인 41년치를 보면, 도서과 직원 중에 조선인 이름이 4명인 바 이 중에 3명은 40년에도 재직하고 있었던 사람이다. 다른 사정이 없다면, 최소한 이들은 창씨개명을 하지 않은 것으로 보아야 할 것이다. 30년대부터 시작하여 40년에는 시한까지 정하여두고 창씨개명을 강요한 일제의 시책으로 미루어보아 상당히 이색적인 일이라고 하겠는데, 이를 어떻게 보아야 할 지 현재로서는 짐작하기 어렵다. 여하간 사정이 이러하니, 이름을 기준으로 조선인과 일본인 검열관을 구분하는 일은 큰 무리는 없을 것이다.

13 한국역사정보통합시스템, 앞의 사이트, 해제.

가 통하지 않았지만 '서촌과장(西村課長)'[14]을 만나서 이야기하면 잘 해결되었노라고도 말한다.[15] 과연 식민치하 문학검열관들의 지적 수준은 그런 정도에 불과한 것이었을까.

도서과에서 실제 검열업무를 담당하던 검열관들은 어떤 사람들이었는가. 먼저 검열행정의 실무총책임자인 도서과장은 꽤 요직에 해당하는 고급관료였다. 정근식의 조사에 따르면 거의 대부분이 동경제대 출신으로 고시를 합격한 자들이었으며, 한두 단계를 거치면 도지사 급으로 영전해 가는 요직이었다.[16] 행정적 능력만이 뛰어난 것은 아니어서 사회 사상 문화나 글쓰기에 대한 조예 또한 상당했던 것으로 보인다.

일본인 검열관들 역시 대체로 그러했다. 예컨대 김동인이 함께 이야기를 나눌만한 상대라고 인정했던 니시무라 신타로[西村眞太郎]는 여러 한글 및 한국어와 일본어를 비교하는 체계적인 저술을 다수 남겼으며, 일본인 관리들을 대상으로 실시했던 조선어 능력시험의 출제 및 채점위원으로도 활동했다. 조선어 맞춤법의 성립과정에도 깊숙이 관련한 것으로 보인다. 니시무라 말고도 검열관들이 남긴 각종 글들을 검토해보면 그들의 지적 능력은 상당한 수준이었다고 인정할 수밖에 없다.

사상통제의 실무자인 검열관을 채용함에 있어 그들의 지적 능력을 중요하게 고려함은 상식적인 일이다. 예컨대 오스트리아 메테르니히체제 검열에 대한 연구는 좋은 참고가 된다.[17] 당시 검열의 완화를 요청하는 지식인들의 청원서는 "검열관의 무식함에 대해 비난하는 내용이 많았"지만,

---

14 니시무라 신타로[西村眞太郎]를 가리킨다. 니시무라는 조선어 검열의 핵심인물이지만 직위는 통역생, 통역관이었으며 '(도서)과장'이 아니었다. 김동인의 과시벽이 아닌가 싶다.

15 김동인, 앞의 글 곳곳에서 인용.

16 정근식, 앞의 글, 2005.9 참조.

17 김영완, 「메테르니히체제와 출판물검열」, 서울대 석사논문, 1986.

실제로는 검열관들의 "다양한 언어수준은 아주 높았으며 히브리어까지 능통한 사람들도 있었"고, 독자적인 "문학이나 학문활동도 활발하였다"는 것이다. 따라서 그들은 검열당국자의 의도를 잘 파악하고 검열을 수행할 수 있었으며, 좀더 적극적으로는 검열의 총책임자에게 "어떠한 주장들이 보호되거나 삭제되어야 오스트리아정부의 목적에 부합되는지를 직접 조언하기도" 할 정도였다고 한다. 물론 이렇게 능력 있는 검열관을 확보하기 위해서 "경찰검열청은 특정한 전문분야에 적합한 검열관의 확보를 언제나 고려하고" 있었다.[18]

일제 식민치하의 일본인 검열관들도 사정이 그다지 다르지 않았던 듯하다. 그들이 남긴 글을 검토해보면 자신을 '계몽의 주체'로 인식하고 있었음이 뚜렷하다. 검열 관료들이 자신의 검열행위의 정당성을 확신하도록 하는 일은 검열행정의 질과 효율성을 높이는 데 필수불가결한 요소이며, 총독부는 이런 검열관을 확보하는 데 대체로 성공한 듯 보인다.

물론 김동인의 비판은 일본인 검열관이 아니라 조선인 검열보조원에 집중되어 있다. 김동인에 따르면, 검열작업은 조선인 검열보조관이 1차적으로 예비검열을 하고 그 뒤에 일본인 검열관이 본검열을 수행하게 되어있었다.[19] 예비검열은 "한 자씩 한 자씩을 진실로 상세히 검사"하는 것

18 메테르니히체제 아래서 검열관의 교육수준은 최소한 검열대상이 되는 자유주의적 지식인에 대해 지적 열등감을 느끼지 않는 정도였으며, 자신이 공권력을 정당하게 행사하고 있다는 도덕적 확신을 지닌 채로 검열행위를 했다고 요약할 수 있겠다. 김영완, 위의 글, 46~48쪽 참조.

19 이종호는 『개벽』의 경우 조선인 보조관—일본인 검열관의 이원화된 검열체계가 아니었을 가능성이 있다고 주장한다(이종호, 「『개벽』의 원본 분석을 통한 1920년대 검열 제도 연구」, 동국대 석사논문, 2005, 각주 40 참조). 『개벽』의 초기 검열본(1920년 6월 창간호부터 1922년 12월 30호까지) 검열흔적을 검토한 결과, 검열과정의 필적이 거의 모두가 단일하며 게다가 니시무라의 도장이 찍힌 판본이 압도적으로 많다는 점을 근거로 삼고 있다. 대체로 필적이나 밑줄은 보조원이 남길 터이니 그럴싸한 추정이다. 그러나 니시무라의 필적을 알 수 없는 상황이고 보면, 밑줄과 필적은 모두 검열보조관의 것이고 도장만 니시무라가 찍었을 가능

이었다. "추호만치라도 수상한 곳이 있으면 붉은 줄[赤線]을 그어 놓는다. 이런 검열관 보조원(조선인)은 상관의 꾸중을 면하기 위하여 그들의 상식이며 판단으로 수상하다 생각되는 데는 함부로 적선의 필적을 하는지라, 한심하고 폭소할 표적이 부지기수다." 이 작업이 끝난 뒤에 일본인 검열관이 본검열을 수행한다. "조선인 검열보조원이 붉은 줄로 표적한 가운데서도 사실 삭제되는 것은 약 3분 내지 4분의 1이지 나머지는 그냥 패스가 된다."[20]

그렇다면 조선인 검열보조원의 지적 수준은 어땠을까. 조선인 검열(보조)관 중에서 그 경력을 개략적으로나마 파악할 수 있는 몇몇을 살펴보자. 김성균(金聲均)은 경성제대 법학부 출신이며 해방 뒤에 제2대 국사편찬위원장을 역임한다.[21] 김영세 역시 경성제대 법학부 출신이며,[22] 소설가 이효석(경성제대 영문과 졸업)은 1931년 여름에 1개월 동안 도서과에 근무했

성도 없지는 않다. 또한 『개벽』의 사례가 예외에 불과할 가능성도 있다. 즉 니시무라는 조선어 능력시험 출제자로 일할만큼 조선어 능력이 매우 탁월했던 사람이므로 별도의 보조원이 필요 없었을 수도 있으며, 『개벽』은 중요한 '불온'잡지이기 때문에 니시무라를 비롯한 일본인 검열관들이 직접 했을 가능성도 없지 않다. 요컨대 이종호의 지적은 중요한 이의제기이지만, 자료가 제한적이므로 확실하게 말하기 어려우며, 따라서 김동인의 회고를 배척하기는 어렵지 않을까 한다. 이중적 검열체계는 있었을 것이며, 단지 일본인/조선인의 문제라기보다는 직급의 문제였으리라 본다. 당시 검열부서에서 조선인들은 대부분 속/촉탁 등 낮은 직급(촉탁/속)등을 맡고 있었던 사정을 고려한다면, 김동인의 이 회고는 다소 과장은 있을지언정 대체로 신뢰할 수 있다.

20 김동인, 앞의 글, 35~36쪽 참조.

21 「일제 검열에 지워진 오장환의 육필원고 발견」, 『한길문학』, 1990년 7월호.

22 김동인(앞의 글, 41쪽)은 실명을 밝히지 않으면서 폭소할 검열을 일삼던 '검열관 K'가 해방 후에 출판사를 경영했다고 밝히고 있는 바, 정근식에 따르면 이 인물은 김영세였고 나중에 삼호각을 세워 박은식의 『한국통사』 등을 펴내기도 했다고 한다(앞의 글, 2005.9). 통문관 주인 이겸로 옹 역시 필자와의 인터뷰에서 그렇게 기억했다(2003.5.12 통문관). 경성제대 출신이 대거 검열보조관으로 취직했음은, "다수의 일인 학생을 교육하여 식민지 경영의 주체 내지는 지역전문가로 양성하는 반면, 소수의 한국인 학생을 수용하여 교육함으로써 일제의 식민지통치를 지원하고 한민족을 압살하는 친일분자를 양성하는 기능"(장세윤, 「일제의 경성제국대학 설립과 운영」, 『한국독립운동사연구』 6집, 1992, 61쪽)을 했던 경성제대의 성격과 잘 맞아떨어지는 대목이다.

다.[23] 이밖에도 정근식의 확인에 따르면, 김지연은 경성제대 법문학부 조수 출신이고, 김택원과 이능섭은 경성제대 철학과, 김영세는 경성법학전문학교, 이원찬은 일본 중앙대학을 졸업했다. 정근식은 조선인 검열(보조)관 18명 중에서 15명의 경력을 추적했는데 대체로 1920년대에는 경찰 및 관료 출신이, 1930년대에는 고학력 전문가들이 임용되었음을 밝혔다.[24] 이처럼 조선인 검열보조관들은 대부분의 조선인 저작자보다 결코 뒤떨어지지 않는 수준의 교육을 받은 사람이었다. 또한 이들은 각종 매체에 꽤 많은 글을 남겼는데,[25] 그 글의 수준 역시 만만치 않다. '한심하고 폭소할' 검열이라는 김동인의 표현은 검열자의 지적 수준에 대한 오해를 불러일으킬 가능성이 높지만, 조선인검열관의 학력과 지적 수준은 결코 그 표현과 어울리지 않는 것이었다.

김동인뿐만 아니라 많은 사람들의 회고가 식민지시기 검열을 희화화하여 비판하고 있다. 하지만 실제적 검열행위가 과연 어떤 것이었는가에 대해 우리가 얻을 수 있는 정보나 술회는 대부분 해방 뒤에 이뤄진 것이므로, 김동인과 비슷한 심리기제에서 왜곡된 평가들이 있을 수 있다. 만일 김동인이 회고하는 대로 희화적인 검열을 수행했었다면 그 검열은 성공적으로 이뤄질 수 없었을 터이다. 검열이란 논리적 일관성이 상당 수준에서 유지되지 않으면 그 행정적 합리성을 통한 효율화를 기할 수 없는 것이다. 일제

23 조용만에 따르면 이효석이 도서과에 취직하도록 도와준 사람은 은사였던 草深常治로서 그는 동경고등사범학교를 나와 제일고보에서 교편을 잡던 중에 이효석을 가르쳤으며, 나중에 고등문관시험에 합격하여 총독부 도서과에 근무하였다(조용만, 『30년대의 문화예술인들』, 범양사 출판부, 1988, 76쪽). 『직원록』에 따르면 그는 1929년부터 32년까지 도서과에서 사무관으로 근무했다.

24 정근식, 앞의 글, 2005.9, 50~59쪽 참조.

25 손지연, 「식민지 조선에서의 검열의 사상과 방법 – 검열자료집 구축 과정을 통하여」, 『한국문학연구』 32, 동국대 한국문학연구소, 2007.6 참조.

가 식민통치기를 통틀어 검열의 각종 세부 기준을 만들고, 검열행정의 통일성 유지를 위해 노력한 것 역시 그런 까닭에서였다. 검열의 실제 작업이 두 지식인 그룹 사이의 논리적 다툼이라면, 그 다툼은 최소한의 논리성과 일관성을 요구하는 것이며, 그렇지 못할 경우 검열의 효율성은 낮아질 수밖에 없었을 것이기 때문이다. 물론 검열의 통일성과 합리성이란 기준의 확립만으로 이뤄지는 것이 아니며 무수한 실제의 원고들이 그 기준에 비추어 제재대상이 되는가 아닌가에 대한 판단(즉 개개의 검열행위)의 합리성이 전제되어야 한다. 이 합리성은 검열관의 지적 능력에 의해 좌우되게 되는데, 앞서 보았듯이 검열관의 능력은 김동인의 회고와는 달리 폭소할 수준의 검열을 실행할만한 수준은 아니었다.

검열이 수준 이하라는 불만의 구체적 내용은 주로 이런 것들이었다. 검열할 때마다 검열결과가 달라진다, 중앙검열기구와 지방기구의 검열 결과가 너무 다르다, 왜 내 글이 검열되었는지 이해할 수 없다, 검열관이 내 글을 제대로 이해하지 못한다 등. 그런데 검열기구는 이런 불만들을 수용하여 점차 검열행정을 합리화해나갔다.[26] 특히 뒤에 보듯이, 식민지 검열은 점차 민간검열 내지는 '국가'-자본검열로 이어졌던바, 이런 이행에서 합리성이란 필수적으로 요청되는 것이기도 하다. 즉 국가 검열관이 수행할 작업을 민간에서 수행하는 일종의 '아웃 소싱' 과정에서는 합리성이 요구되며, 이는 매뉴얼과 그 용례들의 합리성에 근거를 두는 것이다. 검열기구로서 도서과가 지속적으로 지침과 용례들을 조사자료의 형식으로 펴냈던 것 역시 바로 이런 목적에 기여했다. 검열관이 지속적으로 확충되고

---

26 검열지침들을 세분화하고 문서화하는 작업, 이를 공개하고 간담회 등을 통해 민간 피검열자들에게 알리는 작업 등을 들 수 있다. 이에 대해서는 정근식 · 최경희, 앞의 글 및 이 책의 2부 2장 · 3부 2장 참조.

심지어는 민간검열관까지 생겨난 상황이라면, 누가 하더라도 비슷한 결과를 가져올 가능성이 높아야만 검열의 아웃소싱은 효율화될 수 있다. 또 그 덕분에 식민지검열은 폭증하는 검열 수요를 그런대로 소화할 수 있었다. 지침을 만들고 그에 적합한 용례들을 정리하고 이를 도서로 만들어 민간검열을 정착시키는 일이란, '폭소할 능력'만을 지닌 존재들이 성공적으로 해낼 수 있는 일은 아니었다.

결국 검열에 대한 해방 후 회고들은 식민지검열에 대한 기억 중에서 일부를, 주로 검열행정 합리화 이전의 초기 기억들을, 과장한 결과라고 보는 것이 합리적이리라. 그렇다면 왜 이런 식으로 기억의 선택적 복원이 이뤄졌던 것일까. 이 문제를 어떻게 이해해야 할 것인가. 몇 가지 가설적 해명을 시도하자면 다음과 같다. ① 해방 뒤 회고들은 검열을 희화화시키는 방식으로 자신의 분노를 해소시킴과 동시에 항일적 작품이 매우 빈약했던 문학적 암흑기를 합리화하려는 심리가 작용했을 가능성이 있다. ② 이 표현은 다소 과장이 섞였을 터이며, 피검열자로서 검열에 대한 불만을 (조선인) 검열관에게 투사시킨 결과이기도 할 것이다. ③ 검열관의 학력이 높았다는 말은 교양수준이나 논리력을 짐작케 해줄 뿐, 문학적 감식안까지를 보장하지는 않는다. 김동인이 검열자를 경멸하는 것은 주로 문학적 감식안의 부분에서일 것이다. ④ 식민지배에 대한 동의가 미약한 상황에서, 또 그에 대한 비판이 검열되는 상황에서 피검열자의 반발은 식민지배 자체에 대한 것보다는 사소한 절차적 합리성에 집중될 수밖에 없었다. 또한 해방 후 그 정면적 비판이 미약했음을 부정하기 어려운 상태에서 이뤄진 회고에서라면 역시 절차적 합리성에 대한 비아냥에 집중할 수밖에 없었을 것이다.

이 네 가지 추정 모두 아직 확증을 얻지 못한 것이지만, 해방 후 회고들이 보여주는 기억의 선택적 복원은 대체로 이런 여러 요인들이 중첩되어 나타났을 것으로 추정한다. 단지 김동인의 진술 중에서 검열관의 검열행위가 이중 삼중의 내부절차를 거쳐야 하는 엄격한 것이었다는 대목은, 모든 검열물에 대해서 그렇게 했던 것은 아닐 수 있다는 전제 아래, 대체로 믿을만하다. 그 근거는 다음 두 가지이다.

첫째, 결재 체계를 살펴보자. 고등경찰과에서 검열을 맡았던 시기에 무사통과한 검열물은 '주임 경시 고등경찰과장 경무청장' 등의 결재를 받은 것으로 되어 있으며, 이에 비해 완전 삭제의 경우는 단지 '사무관 2명'(아마도 고등경찰과의 내부결재였을 것이다)의 도장이 붙어있을 뿐이라고 한다.[27] 결국 불가판정은 실무자들이 재량에 따라 내릴 수 있지만, 무사통과 판정을 내리기 위해서는 좀 더 엄격하게 경무청장의 결재까지 받아야 하는 이중적 결재체계가 아니었을까 한다. 물론 자료가 워낙 부족하기 때문에 단언하기 어렵지만, 적어도 '무사통과'를 망설이게 만드는 힘만은 존재했었을 것이다. 이중적 결재체계 뿐이 아니다. 앞서 살핀 대로 지방의 검열기구에서 이의를 제기하기도 했으므로, 검열관들은 3중의 감시체계 속에 있었던 셈이며 일선 검열(보조)관들은 가능한 대로 엄격하게 검열을 할 수밖에 없었을 터이다.[28] 실제로 무사통과되었다가 헌병대에서 뒤늦게 문제 삼아 말썽이 되었던 적도 있었다.[29] 검열관도 역시 감시당하고 검열결과가 다시 검열되는, 이런 이중 삼중의 검열체계 속에서라면 검열관들은 더 엄격하게 검열할 수밖에 없었을 것이다. 엄격하게 삭제한 결과로 말썽이 될 일은 거의 없지만, 무사통과시킨 뒤에 문제가 생긴다면 그 책임은 자신이

---

27 송민호, 앞의 글, 228 참조. 『개벽』의 검열본을 조사한 이종호에 따르면 이 결재체계는 문화통치기에 오면 다소 흐트러진 것으로 보인다(이종호, 앞의 글, 21~28쪽 참조).

28 검열이 도서과 소관으로 이관된 1926년 이후의 결재 체계는 잘 알 수 없다. 단지 1935년 검열을 받은 오장환의 장시집 『전쟁』에는 검열담당자 김성균의 도장만이 찍혀 있지만, 이 자료만으로는 자세한 사정을 짐작하기 어렵다.

29 정진석, 「일제 말기 『매일신보』 필화의 전말」, 『문학사상』, 2005.7 참조.

질 수밖에 없기 때문이다.[30]

둘째, 조선인 검열보조관들은 단지 '상관의 꾸중'을 면하기 위해서 엄격한 검열을 한 것은 아니었다. 보조관들은 처음에는 대부분 촉탁으로 채용되었으며 그중 일부만이 일정 기간이 지난 뒤에 정식 직원으로 승진하고, 많은 사람들이 중도 탈락했다. 이 과정에는 업무(검열)능력에 대한 평가가 이루어졌을 가능성이 높다.[31] 관료제는 검열을 효율화하는 중요한 동력이었을 것이다.

검열관은 최소한 삼중의 감시를 받는 셈이며, 조선인 보조관의 경우는 4중의 감시를 당하는 행정체계 속에 있었다. 따라서 적어도 제도적으로 본다면, 검열관들은 매우 엄격한 검열을 하도록 강제되어 있었다. 요약컨대 일제의 검열은 엄격하게 하도록 제도화되어 있었지만, 조선인 피검열자들의 회고에서 희화화된 것처럼 비합리적인 경우는 그리 많지 않았다고 보아야 할 것이다.

검열관들이 실제로 어떤 마음가짐으로 검열에 임했는지를 좀 더 살피기 위해서 역시 김동인의 회고를 보자.

> 어떤 보조원(이름은 감추지만 검열 받아 본 사람은 대개 짐작할 것이다)은 자기가 맡아서 검열한 작품을 첫머리부터 꼬리까지를 죄- 제 뜻에 맞도록 고쳐 놓

---

30 한기형 역시 이에 유의하여 사전검열은 물론 더 엄격한 검열이지만 검열결과에 대한 책임을 검열기구가 나눠맡는 셈이라고 지적했다(한기형, 「문화정치기 검열체제와 식민지 미디어」, 『대동문화연구』 51, 성균관대 동아시아학술원, 2005.9 참조).

31 『직원록』 참조. 예컨대 황재락(黃再洛)과 최규진(崔奎鎭)은 1926년 모두 촉탁이었다. 월 수당은 황재락 73원, 최규진 113원으로 최규진이 훨씬 많이 받았지만, 황재락은 1928년에 정식 직원(屬)이 되었고 최규진은 1931년까지 촉탁으로 근무(월 수당 117원)하다가 1932년에는 명단에서 사라진다(아마도 해촉 당했을 것이다). 더 많은 수당을 받으면서 근무하던 최규진이 승진을 못하고 황재락은 승진하는 과정에서 직무능력에 대한 일정한 평가가 있었을 것으로 추정할 수 있다.

는다. 어떤 시인의 시(詩)까지 통 고쳐 놓아서 말썽을 일으킨 일까지 있다.

이것이야말로 질색이었다. 간간 이 곳 저 곳을 삭제나 해주면 '약(略)' 자를 끼어 가며 병신 작품이나마 출판할 수가 있지만, 이렇듯 고친 작품은 아주 폐문이 된다. 지금도 의심되거니와 그(검열보조원)는 문사보다도 자기가 조선문이 우수하다는 자신으로 그런 일을 했는지, 혹은 이렇게 작품을 망쳐 주어서 출판 불가능하게 하려고 그런 일을 했는지 모르거니와, 문장이며 문구까지를 죄 고쳐 놓는다. (…중략…)

지금 이런 글을 쓰는 나도 그 검열(보조)관 때문에 작품 몇 개를 잃었는지 모른다. 다만 '삭제'의 붉은 도장이나 꾹꾹 눌러 나온 것이면 그냥 보관해서 좋은 세월이나 기다리게 되지만, 작품○체(○는 원문대로임－인용자)를 알아볼 수 없도록 지우고 제 마음대로 곁에 다시 쓴 원고는 아주 폐기하게 된다. 그것은 다시 정리하는 노력을 가졌으면 아주 새 것을 쓸 수가 있겠으므로 그것을 아주 수지('휴지'의 뜻－인용자)로 내버린다.[32]

검열관이 자신의 작업을 직업적인 목적에서 검열지표들을 적용하는 단순 반복적 업무라고 인식하고 있었다면 이런 식으로 공들여 교정해 놓는 일은 하지 않았을 것이다. 따라서 이 'K씨(김영세)'가 "문사보다도 자기가 조선 문이 우수하다는 자신"에서 그런 작업을 했는지 모르겠다는 김동인의 술회는, 물론 비아냥거림이지만, 뜻밖에도 김영세의 심리적 동기를 잘 묘파한 말일 가능성이 높다. 즉 자신보다 '학벌'이 낮고 식민정책도 '제대로' 이해하지 못하는 조선저작자들을 계도하겠다는 심리, 앞서 살핀 메테르니히체제 하의 검열관들처럼 자신을 계몽의 주체로서 인식하는 성향이

32 김동인, 앞의 글, 38~39쪽.

있었던 것으로 짐작할 수 있다. 이러한 검열보조관들의 성향은 비단 김영세에 국한된 것은 아니리라고 짐작한다. 검열자의 학력이 대체로 조선인 피검열자보다 높은 편이라는 점, 그리고 식민정책의 핵심부에 근무하면서 자신을 식민화/근대화의 소주체로서 자임하게 되는 심리적 기제가 없지 않다는 점 등을 종합적으로 고려할 때 그러하다. 결국 조선인 검열보조관들이 피검열자를 바라보는 시각에는 일종의 계몽적 시각이 상당부분 있었으리라는 것이다.

이와는 반대되는 보기는, 세계 대공황기 극심한 생활고에 시달리면서도 고정된 월급이 보장되는 도서과 근무를 한 달 만에 그만두는 이효석의 사례에서 볼 수 있다. '검열관은 총독부의 개'라고 인식하는 경향이 당시에 폭넓게 퍼져 있었던 것으로 보이는바, 이효석이 검열관을 사직하는 까닭은 바로 이런 인식과 유관할 것으로 보아야 할 것이다.[33]

이효석과 김영세는 조선인 검열보조원의 내면을 짐작케 해주는 극단적인 두 경우라고 생각한다. 좀 더 많은 자료를 발굴해 신중하게 살펴야 할 문제이지만, 대체로 당대 조선인 검열보조관들의 내면은 이효석과 김영세의 중간 어름에 있었을 것으로 일단 추정한다. 결국 평균적인 조선인 검열보조원들은, 메테르니히체제 속의 검열관이나 일본인 검열관들처럼 계

---

33 이에 대한 회고는 이효석의 딸 이나미와 조용만 사이에 다소 엇갈리지만 대체로 분위기는 비슷하다.
"취직하여 얼마 지나지 않았을 때 이 사실이 알려지자 과격하기로 유명한 평론가 이갑기씨가 가만히 있을 리가 없었다. '어떻게 조선 작가가 총독부에 취직할 수가 있느냐' (…중략…) 아버지도 양심의 가책을 견딜 수가 없어 열흘 만에 사표를 내고 처가가 있는 경성으로 뒤따라 오셨는데"(이나미, 『마지막 날의 아버지 이효석』, 창미사, 1999, 84쪽).
"항간에서는 이갑기(李甲基)라는 젊은 좌익 평론가가 이효석을 만나 "너도 개가 되었구나!" 하고 매도하였다는 소문이 떠돌았지만 이것은 거짓말이었다. 이효석 본인이 이것을 부인하였으니 낭설임에 틀림없다. 이 사건이 있은 뒤 이(李)는 처가가 있는 경성(鏡城)으로 가족을 데리고 낙향하였다."(조용만, 앞의 책, 76쪽)

몽의 주체로서 자신을 인식하는 단계까지는 아니더라도, 적어도 김동인이 말하는 것처럼 '한심하고 폭소할' 검열행위를 일삼았다고 보기는 어려울 것이다.

요약컨대 조선인 검열(보조)원들은 당대로서는 최고 수준의 학력이었으며, 조선인으로서는 얻기 어려운 안정적 직업이었고,[34] 엄격한 상벌제도 속에서 작업을 했다. 이로 미루어 그들은 꽤 높은 직업적 성취동기를 지니고 있었을 것으로 추정할 수 있다. 또한 검열관들은 검열대상인 조선인 저작자를 '계몽'하겠다는 생각을 대체로 지니고 있었다. 이와 같이 높은 성취동기와 직업적 능력을 지닌 검열관들의 존재가 일제의 검열행위를 효율적으로 만들어 주는 커다란 힘이 되었음은 두말할 나위도 없다.

3. 검열인력의 부족과 민간검열로의 '아웃 소싱'

앞서 식민지검열이 매우 엄격하게 진행되었다는 서술은 대체로 믿을만하다고 말했다. 그런데 당시 한 검열관은 출판물만 따지더라도 매일 31건을 검열해야 하며, 1940년 1년 동안에 1인 평균 1만 건 정도를 검열했다고 불평한다.[35] 피검열자 쪽의 회고도 마찬가지 사정을 짐작케 해준다. 즉 검열물이 너무 많았으므로 그저 검열을 늦추기만 해도 검열의 효과를 볼 수

34 참고로 차범석의 회고에 따르면, 검열보조관을 포함한 총독부 말단관료에 대해서는 처음에는 부끄러운 일로 생각하는 분위기였지만, 점차 안정된 직장이라는 인식이 늘어갔다고 회고했다(2003년 2월 14일 15~16시, 서울 서초동 예술원회장실에서 필자와 인터뷰).

35 岸加四郎, 「出版檢閱餘滴」, 『國民文學』, 인문사, 1941.11, 102~106쪽.

있었다거나, 단지 검열을 빨리 받기 위해서라도 뇌물을 주는 등 비정상적인 경로를 통할 수밖에 없었다거나 했다고 일관되게 말한다.[36] 사실이라면 도저히 세밀하게 검열할 수 없을 만큼 업무 부담이 많다고 할 수 있다. 엄격하게 검열했는데, 도저히 세밀하게 할 수 없었다? 이게 무슨 말인가. 일손이 모자람에도 불구하고 검열이 제대로 작동할 수 있었단 말인가. 몇 가지 자료들을 통해 그 실상을 짐작해보기로 하자.

먼저 검열인력 부족을 확인하기 위해서, 검열 대상이 되는 당시의 언론 출판물은 어느 정도 분량이었는지를 살펴보자. 혹시 이 검열관의 말은 과장이 아닐까. 자신의 부서에 업무량이 너무 많다고 하소연하는 일이란 모든 행정조직의 속성 아닌가. 필자는 여러 자료들을 겹쳐놓음으로써 거칠게나마 검열관의 업무량을 추산한 바 있는데, 그 결과를 요약적으로 제시하자면, 한 사람이 매일 검열해야 할 분량은 664.9매(200자 원고지 기준, 1929~1939년 중 자료가 남아있는 8개 연도 평균) 정도였다.[37] 인쇄물 검열만을 추산한 것이니, 영화검열 업무, 그리고 조사자료집을 지속적으로 펴내는 업무 등을 고려하면 부담은 훨씬 더 많아진다. 앞서 살핀 검열관의 지속적 충원은 이런 맥락에서 이해할 수 있지만, 충원에도 불구하고 검열행정의 부담이 매우 컸다는 점만은 변하지 않는다.

한편 검열을 통해 실제로 불허가 판정을 받는 기사 건수는 1933년을 고비로 급격히 줄어든다. 정진석에 따르면 이는 불허 판정이 가장 많던 사상관계 잡지가 1933년 이후 급격히 감소했기 때문이기도 하지만, 다른 잡지들 역시 내용이 점차 온건해졌음을 의미하기도 한다.[38] 다시 말하자면

36 조용만, 앞의 책, 15~16쪽.
37 한만수, 앞의 글, 34~37쪽 참조.
38 정진석, 앞의 책, 1983, 388・394쪽의 표 참조.

삭제 당할 우려가 큰 내용은 애당초 검열에 넣지 않았기 때문에 삭제건수는 줄어들었다는 것이니, '국가'-자본검열이[39] 정착단계에 이르렀음을 말하는 것이라 할 수 있다.

지금까지 몇몇 자료들을 통해 얻은 결론을 겹쳐 놓으면 이렇게 된다. ① 총독부는 검열인력을 계속 늘리지만, ② 이 인력은 검열수요를 감당하기에 매우 부족하며, ③ 실제 검열삭제 건수는 1933년을 고비로 급격히 줄어든다. 이 세 현상들을 겹쳐 보면 두 가지 의문이 생긴다. 첫째, 검열인력이 모자라는 상황에서 삭제건수가 급감하는 것은 어떻게 해석해야 할 것인가. 둘째, 삭제건수가 급감하는데도 어째서 총독부는 그 이후로도 인력을 계속 보강했는가. 자료가 충분치는 못하지만(특히 첫 번째 문제가 그렇다), 가설적 설명이라도 시도해보자.

첫 번째 물음, 즉 공식기구의 인력이 모자라는 속에서도 삭제건수가 급감하는 현상에 대해 살펴보자. 검열인력은 항상 부족했다. 그러니 만성적

---

39 "국가'-자본검열'이란, 국가가 검열기능의 일정 부분을 민간자본에 위탁하여 검열행정의 효율화를 기하는 동시에 공식검열이 없는 것처럼 위장하는 '보이지 않는 검열'(3부 3장 참조)이다. 물론 검열기구는 이윤을 조정하는 방식으로 자본을 조정하며, 자본과 긴밀한 네트워크를 유지함으로써 정책목적에서 이탈하지 않도록 조정한다(3부 1장 참조). 검열의 주체로 '국가'와 자본을 상정하며, 저작자는 일단 주체가 아니라고 가정한다 점에서 내면적 검열과는 구분된다. 대부분의 저작자는 '국가'-자본검열에 의해 통제되는 검열의 객체로서의 성격이 강력하다는 점을 감안한 선택이다. 이미 발표한 논문(한만수, 「식민지시대 출판자본을 통한 문학검열에 대하여」, 『국어국문학』 131, 국어국문학회, 2002.9)에서는 이를 '민간 자기검열'이라고 명명한 바 있으나 이렇게 바꿔 부르기로 한다. 그 까닭은 '민간 자기검열'이라는 용어가, ① 자본과 저작자를 무리하게 묶어 검열의 객체로서 동일시하고, ② 그 결과 검열주체로서 자본의 성격이 드러나지 않으며, ③ 검열주체로서 국가와 객체로서 민간을 마치 대립되는 개념인 것처럼 인식되도록 만들고, ④ 그리하여 국가와 자본이 공동주체가 되었던 식민지시기 검열의 특징이 잘 드러나지 않는다는 반성 때문이다. 물론 '국가'-자본검열이라는 용어 역시, ① 인쇄자본이 검열의 객체로서 검열우회를 위해 노력했던 시기가 잘 보이지 않고, ② 저작자를 객체로만 간주하는 인상을 주게 되므로 불완전하다. 그러나 그 시기는 비교적 짧은 편이며 저작자들은 식민지 말기에까지 부분적으로나마 검열우회의 노력을 기울였음을 감안했다.

인 업무과다 속에서 검열행정을 효율화하려는 여러 가지 방식들이 시도될 수밖에 없었다. 그 유력한 방식은, 필자와 인쇄자본에 대해서 세분화된 상벌체계를 동원하는 것이었다. 필자들에 대한 상벌체계는 블랙리스트제도가 대표적이다. 이들에 대해서는 발표기회를 아예 차단하거나, 허용하더라도 더 많은 주의를 기울여 엄격히 검열했다. 또한 인쇄자본에 대해서도 총독부가 가진 각종 행정수단을 당근과 채찍으로 사용하면서 재배치하고자 했다. 교정쇄검열제도, 예약출판제도, 간담회 등 다양한 수단을 통해 인쇄자본의 자기보존과 이윤을 조정했으니, 이를 통해 인쇄자본의 내부적 검열을 조장할 수 있었다. 신문사 편집국장이 사실은 검열관 노릇을 했다는 주요한의 회고는 이런 맥락에서 나온 것이었다.[40] 부족한 행정력의 일부를 민간에 위임하는, 일종의 '아웃 소싱'인 셈이다. 이런 검열의 '아웃소싱'을 위해서는 권력과 인쇄자본 및 작가 사이를 연결하는 네트워크가 필요했으니 그 대표적인 것이 각종 연락기구였다. 예컨대 도서과는 '출판관계자 간담회' '문인간담회' 등을 수시로 개최하여, 검열의 취지와 실상을 설명하고 공식 검열에 넣기 전에 미리 검열을 수행하도록 요구하였다. 민간검열이란 인쇄자본이나 문인들이 주체가 되는 자체검열을 뜻한다고 했을 때, 총독부는 자본과 문인 두 주체에 대해 민간검열을 유도하는 직간접적인 연락기능을 확보하고 있었다고 보겠다.

두 번째 물음, 즉 삭제건수가 급감함에도 불구하고 일제가 검열인원을 확충하는 까닭은, 검열의 대주체로서 공식검열의 기능을 확보하지 않고서는 소주체로서 자본검열은 작동하기 어렵기 때문이었을 것이다. 자본검열이란 매우 효율적일 수도 있지만, 독자들이 반검열의 담론을 요구할

40 주요한, 「만보산 사건과 송사장(宋社長)과 그 사설」, 한국신문연구소, 『언론비화 50편』, 한국신문연구소, 1978, 110~111쪽 참조.

경우라면 오히려 자본은 시장을 통한 이윤을 위해 국가검열을 우회하려는 시도를 하게 마련이니,[41] 상황에 따라 그 효율성은 달라질 수밖에 없다. 결국 시장의 반검열 담론 수요가 미약하거나 국가검열기능이 충분히 강력하다는 전제에서만 '국가'-자본검열은 제대로 작동한다. 불허가 건수가 급감한 이후에도 검열인원을 증원한 것은 지속적이고 철저한 국가검열의 필요가 여전히 남아있다고 판단했기 때문이니, 총독부가 인쇄자본을 아직 신뢰할 수 없다고 판단했음을 뜻한다. 검열관의 만성적 부족에도 불구하고 엄밀한 검열이 가능했던 것은, 바로 이런 아웃 소싱에 의한 것이었다.

41 실제로 당시 상업적 인쇄자본은 독자들로부터(또한 일선기자 등 내부 구성원들로부터) 저항적 논조를 계속 유지하라는 압력을 받고 있었다(조용만, 앞의 책, 155~156쪽; 박용규, 「일제하 좌파 언론인에 관한 연구」, 『한국언론학회 학술발표회 논문집』, 한국언론학회, 1994, 93쪽 참조). 이 요구를 충족시켜야 시장에서의 이윤창출이 가능하므로 자본은 검열을 우회하려는 노력을 기울였는데, 국가검열이 비교적 약하거나 이런 우회 노력에 효과적으로 대응하지 못한다면 그 시도는 성공을 거두게 된다. 이러한 노력은 대체로 1920년대 말까지는 상당 수준으로 유지되었다(3부 2장 참조). 요약컨대 인쇄자본이 '국가'-자본검열의 한 주체로 이행하는 동기도 자본의 존립이나 이윤과 관련되지만, 검열우회 노력 역시 똑같은 요인과 관련되는 것이다. 이렇게 국가검열이 자본을 매개로 해서 효율화되기도 하고 제한적으로만 성공하기도 하는 현상은 근대의 특유한 것으로 주목할 만하다.

4. 식민통치 정책과 검열

1) 일제의 정보선전전략과 검열

지금까지 필자는 일제의 검열기구가 어떻게 구성되어, 어떤 기준과 어떤 기제로 작동했는지에 대해 개략적으로 살폈다. 하지만 검열기능만을 따로 떼어내어 살펴서는 충분치 못하다. 총독부는 황국신민화를 위해 체계적인 정보선전전략을 세워 실행에 옮겼으며, 검열은 그 전략의 하위 개념으로 설정되었던 것이기 때문이다.

3・1운동 이전에 이 거대한 흐름에 대한 사전정보가 거의 없었던 조선총독부는 정보 및 선전의 중요성을 절감했으며 1920년 11월 '정보위원회'를 비공식적으로 출범시켰다. 미즈노 렌타로[水野錬太郎] 정무총감이 위원장을 맡은 이 위원회는 "조선사정의 선전 뿐만 아니라, 조선인에 대한 첩보활동을 강화하여 독립운동에 관한 정보의 수집과 분석으로 조선인에 대하여 적극적인 회유와 설득작업을 전개하였던 기관"[42]이었다. 활동사진, 책자(조선어, 일본어, 영어), 사진첩, 지방강연회 등을 통하여 활발하게 정치선전 활동을 펼쳤다. 이 정보위원회의 선전기능은 경무국의 검열기능과 긴밀한 관련을 맺고 있었을 것으로 추정되며,[43] 적어도 두 기능이 병행되었음은 분명하다.

---

42 이연, 앞의 책, 28쪽.

43 선전기구와 검열기구의 연락기능이 구체적으로 파악되는 것은 이 정보위를 모델로 설립된 조선중앙정보위원회에서며, 아직 정보위원회 단계에서는 불명확하다. 그러나 정보위원회에는 경무국장이 당연직 위원이었고, 한성신보와 대동신보의 사장을 지낸 기쿠치 켄조오[菊池謙讓] 등 정보통들이 민간위원이었다는 점등은 그런 연락기능이 존재했다는 방증이 된다.

3·1운동의 열기가 어느 정도 가라앉은 1924년 12월에 폐지하였지만 1937년 중일전쟁 직후(1937년 7월 22일) 다시 공식 출범한다. 실무를 맡은 간사회는 매주 월요일 정례모임을 가져 1939년 10월 현재 200회가 넘는 회의를 개최할 정도로 활발하게 운용했다. 이때부터 금지와 권장의 병행은 좀더 유기적인 시스템을 갖추게 되었다.

이연에 따르면 조선중앙정보위원회는 정보, 보도, 계발선전의 세 부문으로 나누어 볼 수 있다. 정보부문은 정보를 수집하고 각 기구들(총독부 내부 및 일본 내각정보위, 대만총독부와의 정보 공유 등)사이에 연락 조정하는 일을 담당했다. 보도부문은 수집된 정보 중에서 공표할 만한 가치가 있는 것을 선별하고 그것만을 널리 알리는 기능이었는데, 다시 보도기구(신문사, 방송국, 통신사 등 민간을 이용한 보도, 그리고 문서과 보도계에서 담당하는 관청보도)와 검열기구(경무국을 통한 검열, 그리고 선전기관과 보도기관의 연락)로 나뉘었다. 계발선전은 일제가 정보선전전략에서 가장 역점을 둔 부문이다. 각급 행정기구, 국민정신 총동원 조선연맹 등 관제기구, 기타 총독부의 감독 아래 있는 각종 단체들을 통해 계발선전을 시행했다. 모든 언론의 협조를 받아 관제정보를 보도하는 것은 물론이며, 계발선전물을 직접 제작하여 배포하였다. 즉 영화를 제작하여 전국을 순회 상영하였고, 순회강연회, 좌담회, 각종 훈시, 포스터 및 삐라, 종이연극(紙芝居), 팜플렛, 뉴스사진 전람회, 전시회 등을 개최하였다. 그 중에서도 영화, 종이연극, 라디오는 신기한 신문명의 매체로 받아들인 대중들의 호응이 꽤 컸다고 한다.[44] 이 여러 기관들은 정보선전전략을 수행한다는 하나의 목적으로 만들어진데다가 긴밀한 연락체계를 갖추고 있었으므로, 기계적 분업이라기보다는 유기적

44 이연, 앞의 책, 5·6장 참조.

협조체계를 이루고 있었던 듯하다.

요컨대 총독부의 정보선전전략은 폭넓은 정보를 수집 가공하여 긍정적 정보를 유포하면서 부정적 정보를 차단하는 것이었다. 특정담론의 유포를 막는 소극적인 자세에만 머물지 않고 장려담론의 유포를 적극 권장하는 양면전략이었음은 중앙정보위원회의 구성에서부터 확인된다. 검열제도는 총독부의 정보선전전략 중에서 단지 담론금지의 기능에 불과하다. 따라서 검열이란 금지와 장려라는 두 기능 중의 하나라는 인식 아래, 즉 정보선전전략이라는 좀 더 큰 구조 속에서 살펴야 한다. 앞서 살핀 바대로 도서과의 공식적인 기능은 금압적 검열이었고 '검열표준' 역시 금압에 치중하고 있지만 긍정적 내용의 선전을 장려하는 각종 세부지침들을 여러 경로로 하달했음도 이와 관련될 것이다.

이처럼 검열은 정보선전전략의 세 부문 중에서 (보도기관과 함께) 보도부문에 속하는 검열기구, 즉 도서과에서 주로 담당했다. 도서과는 편제로만 보면 검열기구이지만, 정보선전전략의 유기성을 염두에 둔다면, 실제로는 보도기구 또는 계발선전기구의 기능을 겸했던 것이다. 특히 1933년 이후로 저항적 담론들이 급격히 소멸해가면서 도서과는 본연의 검열기능보다는 보도 및 계발선전기능이 강해졌고, 결국 일제 말기에 이르면 저항적 담론들은 거의 자취를 찾아보기 어렵게 된다. 그 주된 까닭은 물론 앞서 살폈듯이 만주침공 중일전쟁 등 전쟁기에 이르면서 검열이 더욱 강화되고, '국가'-자본검열 또한 정착되기 때문이라고 일단 판단할 수 있다. 그러나 이렇게만 해석한다면 한 측면만을 보는 잘못에 빠질 위험이 크다. 모든 책임을 일제 식민통치기구에 떠넘겨버린다면, 권력이나 자본만을 담론의 주체로 인정하는 셈이 된다. 저작자나 독자들의 문제를 함께 고려하는 설명이 보완되어야 할 것이다(제4 · 5부 참조).

2) 식민지적 근대화와 검열

근대민족국가의 형성에는 신문 소설 등 언론출판물의 급속한 보급을 통해 형성된 새로운 문화공동체의 존재가 매우 큰 구실을 했다고 한다.[45] 인쇄술의 발전에 따라 개인 사이의 각종 커뮤니케이션 기회가 비약적으로 증대되고, 광고를 통해 상품과 담론의 소비가 촉진되는 효과가 근대적 자본주의와 그에 기반하는 민족국가의 형성에 기여했다. 한편 국가권력으로서는 이러한 커뮤니케이션에 대해 검열할 필요성을 절실하게 느끼게 되며, 이에 따라 중세의 교회검열에서 점차 근대 국가검열로 넘어가게 된다.

한국의 경우도 근대적 출판은 일제 강점기에 비약적 성장을 이룬다. 특히 구한말부터 식민지 초기에 인쇄자본은 애국계몽운동의 일환으로 시작된다. 소위 '서구적 근대'를 압축적으로 달성해야 한다는 의지의 표현이며, 반(反)봉건과 반제(反帝)를 명제로 내걸고 있었다. 하지만 일제는 '식민지적 근대'를 지향하고 있었다. 서구적 근대와 식민지적 근대는 특히 문화영역에서 경쟁하기도 하며, 때로는 협조하기도 하면서 조선의 근대화와 식민지화를 추진해나갔다.[46] 즉, 애국계몽운동의 지향은, 반봉건이라는 명제에서는 총독부와 유사한 지향을 지니지만, 반제라는 명제에서는 이와 맞서는 형국이었다. 일제는 치밀한 정보선전전략에 따라 금지와 장려를 병행하면서 인쇄자본을 장악해가고 그 자본을 통하여 다시 개별 지식인 저작자의 자기 검열을 수행토록 한다. 봉건사회로서의 조선을 해체하기 위해 (조선어로 된) 근대적 언론출판물의 확대는 필요했지만 그것이 민

45 베네딕트 엔더슨, 윤형숙 역, 『민족주의의 기원과 전파』, 나남, 1991. 특히 2·3·4장 참조.
46 김진균·정근식, 「식민지체제의 근대적 규율」, 김진균 외역, 『근대주체와 식민지 규율권력』, 문화과학사, 1998 참조.

족독립국가 형성에의 요구로까지 진행되는 것은 막아야 했던 것이다.[47] 식민지 체제 속에서 인쇄자본에 의존하는 반제운동이란 한계가 있을 수밖에 없었고, 결국 인쇄자본은 1930년대 이후 급격히 저항성을 잃으면서 이윤추구라는 자본의 속성에 함몰된다. 이후 반봉건운동이라는 명맥만 유지되는 언론출판물은 결과적으로 식민통치의 수단으로 전락하고 만다.

근대적 언론출판과 그에 대한 검열이라는 길항작용은 비단 일제치하뿐만 아니라 해방 이후 독립국가 형성과정에서도, 또한 오늘날에도 국민통합이라거나 '권력의 내면화'라는 문제와 관련하여 매우 중요한 문제이다. 이렇게 본다면 근대적 검열체계의 시발점이 된 일제하 검열에 대한 연구는 문학부문 뿐만 아니라 우리의 근대국가 형성을 이해하는 데도 중요한 과제가 된다. 따라서 학제적 연구의 필요성이 매우 크다. 특히 문학의 경우는 이야기와 형상적 사유라는 특성에 힘입어 대중적 영향력을 적지 않게 지니고 있었으며, 또한 검열우회의 유효한 수단으로 간주되어 지식인사회에도 커다란 영향력을 행사해왔으므로, 학제간 연구의 한 핵심이 되어야 마땅할 것이다.

식민지시기 문학은, 총독부의 정보선전전략이나 조선 지식인들의 근대화운동이라는 좀 더 큰 담론장 속에서 어떤 구실을 담당했던 것일까. 이 문제는 중요하지만 너무 폭넓은 것이며 아직 필자의 준비 역시 미흡하다. 잠깐 가설적 설명을 시도하는 것에 머물 수밖에 없다. 혹시 일제 치하 문학인들은 검열을 과다하게 의식했던 탓에 오히려 문화의 현장에 대한 인식이 낮아지지는 않았을까. 검열권력과의 대립에서 주된 전선을 형성해

---

47 총독부가 초기에는 일본인 관료들에게 '조선어수당'을 지급하면서 조선어 능력을 키우려고 했지만 말기에는 조선어 말살정책으로 나아간 것도 이와 관련지어 설명할 수 있지 않을까 한다. 즉 반봉건을 위해서는 조선어로 된 인쇄문화의 확산이 필요했지만, 그것이 민족국가로의 요구로 발전되는 것은 차단해야 했던 것이다.

버린 나머지 막상 수용자의 현실이 어떤 것인가에 대한 인식은 놓쳐버렸을 가능성 말이다. 당대문인들은 혹시 검열관과의 싸움을 통해서, '조선민족을 위해 무엇인가를 하고 있다'는 자위를 얻는 데 만족하지는 않았을까. 그 표현이 예컨대 김동인을 비롯한 많은 당대문인들의 회고에서 보듯이 검열에 대한 희화화라는 일종의 투사현상으로 나타난 것은 아닐까. '쏠로민'의 길을 버리고 '뚜르게네프'의 길을 갔다는 김기진의 반성 역시 이와 유관한 것이 아닐까.

수용자와 소통하려는 욕구는 창작자로서 자연스럽지만, 그 소통이 어려워지는 것은 검열 때문만은 아니다. 검열관과의 대립을 너무 강조하다 보면 여러 다른 요인들은 보이지 않게될 우려가 크다. 예컨대, 일제의 정보선전전략과 조선문인들이 대중에 접근하는 방식을 비교해보자. 일제의 소위 '계도사업'이 일반대중들에게 상당한 호응을 얻는 까닭은, 수용자의 현실적 수용여건을 감안하여 종이연극, 영화 등의 매체를 선정했기 때문이기도 하다. 신기하고 쉽고 재미있는 매체를 통하여, 게다가 무료로 대중에게 다가갔던 것이다. 이에 비해 당대 조선문인들은 주로 시 소설 등 서구에서 유입된, 당대 대중에게는 낯선 장르를 상업적 출판유통행위를 통해 전달하고자 했다.[48] 그러나 당대 독자들은 문맹률이 매우 높았고 서구 장르에 대한 인식도 미약했으니, 거의 대부분은 시 소설을 읽을 수 없었을 것이다. 또 극도의 궁핍 속에 있었으니 신문이나 책을 사볼 여유 또한 없었다. 한편 문인들이 상업적 출판유통행위에만 매달린 결과, 자본이 소주체가 되는 검열에 얽매이게 될 수밖에 없었다. 만일 당대 문인들이 서

48 카프의 노농통신운동이나 연극 영화에 대한 강조, 초기의 브나로드운동 등 의미 있는 몇몇 예외는 있지만 대체로 그렇게 말할 수 있다. 예컨대 대중화논쟁에서 김팔봉의 패배는 상징적이다.

구 유입종의 장르와 상업적 출판유통이 지니는 한계를 직시하고 대안 찾기에 좀 더 적극적으로 나섰더라면, 독자 대중의 현실에서 출발했더라면, 그들의 활기찬 대응을 자기 것으로 흡수할 수 있었더라면, 우리 근대 문학은 뭔가 다른 모습으로 전개되지 않았을까.

이런 맥락에서 카프의 일원이었던 이량의 주장은, 그동안 거의 주목받은 바 없지만, 매우 의미있는 것이었다. 그는 이미 1926년에 문예물 유통의 대안적 시장을 마련하자는 주장을 펼쳤다. "우리는 원고 그대로라도 윤독(輪讀)을 하여야 되겠고 5전, 10전의 『리플렛』이라도 발간하여야 되겠다. 그것은 물질이 허(許)하는 범위에서 활자판이던지 등사판이든지 무엇이든지 좋겠다"[49]면서, 자본과 권력으로부터 독립된 문예물 유통구조로서 대안적 문예시장의 수립을 제창했다. 유감스럽게도 상세한 내용을 추적할 수는 없지만, 이 대안적 문예시장 역시 의미 있는 구실을 하지는 못한 듯하다.[50]

문자화/환금화된 식민지시기 문학이 매우 제한된 범위의 독자만을 지닐 수 있었음은, 이처럼 여러 요인들 때문이었다. 검열이란 그 요인들 중 하나일 따름이었지만, 문인들은 그 당시건 해방후이건 이를 지나치게 과대평가하는 경향이 있었다. 그 결과 '모든 악의 근본은 나쁜 일제, 나쁜 검열에 있었다'는 식의 설명이 자주 발견된다. 민족계몽의 소주체를 자임했던 당대 지식인들이, 식민권력의 정보선전전략이 거둔 성과에 비추어 너

49 이량, 「문예시장론에 대한 편언(片言)」, 『개벽』 69호, 1926.5, 116쪽.

50 한기형은 "서울 공평동 공중식당 옆에 가펄우남각(閣)이라는 원고시장을 설립했다"는 『동아일보』 보도(1926.1.16)에 근거하여 "프로문예의 직접 교환시장이 현실화되었던 것은 분명했다"고 판단한다(「선전과 시장—'문예대중화론'과 식민지 검열의 교착」, 『대동문화연구』 79, 성균관대 대동문화연구원, 2012.9, 각주 35 참조). 그러나 『동아일보』 보도보다 4개월 늦게 『개벽』에 실린 이량의 위 인용문에서도 그동안의 성과는 전혀 언급하지 않는 것으로 미루어, 이는 시도로만 그친 것이 아닌가 한다.

무도 보잘것없는 계몽의 효과만을 거둘 수 있었던 것은, 이런 맥락으로 설명해볼 수 있으리라. 즉 검열은 단지 여러 요인 중의 하나에 불과했지만, 그것이 가장 근본적인 것처럼 사고하는 경향이 일반화되면서, 실제로 그에 상당하는 힘을 지니게 되었을지도 모른다.

검열기준의 구성원리와 작동기제

1. 들어가며

앞서 필자는 식민지시기 한국문학을 '쓸 수 있었던 것'으로 인식해야 하며, 권력의 금지와 권장이라는 '벡터'에 대해 이해하는 일로부터 그 인식은 증진되기 시작할 것이라고 주장했다. 이 장에서는 기초적 수준에서나마 식민권력의 금지라는 벡터에 대해 살펴보고자 한다. 일제의 검열은 어떤 기준에 의존하여 어떤 구체적 실행방식을 통하여 작동되었는가. 이를 추적하려면 1930년대를 주목할 필요가 있다. 그 이유는 다음의 두 가지이다.

첫째, 통일된 검열기준으로서 오늘날 확인되는 것은 현재로서는 1930년대가 최초이기 때문이다.[1] 초기 검열은 명확한 기준 없이 검열자의 주관에 의해 진행되었지만,[2] 검열의 경험이 쌓이고 검열기구들 역시 전문화되면서(특히 1926년 도서과의 독립 이후) 점차 통일된 검열기준을 마련했다. 따라서 이 시기를 우선 주목할 필요가 있다.

둘째, 검열기준은 비밀에 붙여졌지만 1930년대에 들어 점차 공개된다는 점 역시 이 시기를 주목해야 할 이유이다.[3] '벡터의 결합'에 의존하여 이 시대 텍스트를 이해하기 위해서는, 저작자들이 무엇이 금지되는지를 비교적 명확하게 알고 있는 시기에서부터 시작하여야 할 것이기 때문이다.

결국 1930년대는 통일되고 체계화된 검열기준이 확정되어 적용되기 시작한 시기였으며 이 기준 중 상당부분이 일반에 널리 알려지는 시기이다. 따라서 '금지의 벡터'를 확인하기 위해 가장 먼저 주목해 마땅하다. 1930년대까지 다양한 검열기준들이 마련되고 이런저런 경로를 통해 공개되었지만 정작 가장 핵심적인 기준인 검열표준만은 공개되지 않았다. 이를 기준으로 본다면 검열기준은 둘로 나눠 볼 수 있다. 즉 비밀에 붙여졌던 공식적 검열표준과, 공개되었던 준-공식적 검열지침들이다. 1930년대에 공

---

1 정근식・최경희에 따르면 통일적 검열기준은 1917년 '내훈갑(內訓甲)' 제2호로 각 도에 통첩된 검열표준이 최초라는 증언이 있지만 현재 실물을 확인할 수 없다. 확인되는 자료를 기준으로 본다면 1924년 전국 도(道)경찰부장 회의에서 영화검열과 관련하여 검열기준 통일 논의가 제기되고 1925년 5개항으로 구체화되며, 1936년에는 일반검열표준(치안방해 및 풍속괴란), 특수검열표준으로 정립되었다(정근식・최경희, 「도서과의 설치와 일제 식민지출판경찰의 체계화, 1926~1929」, 『한국문학연구』 30, 동국대 한국문학연구소, 2006.6, 155~160쪽 참조).

2 한 검열관은 검열행위에 있어서 중요한 것은 '검열당사자의 감(感)'이라고 말하고 있다(카네다 카나메[兼田要], 「신문의 취체에 대하여」, 『경무휘보』, 1936.9, 55쪽). 검열업무의 특성 때문에 이는 당연한 노릇이지만, 주관성이 과잉되면 피검열자의 반발 역시 늘어날 수밖에 없다. 이런 주관성을 줄이기 위해 검열기준을 체계화할 필요가 생기게 되며, 검열행정이 체계화되면서 '감'의 중요성은 그 이전에 비해서는 줄어들 수밖에 없었을 것이다.

3 각종 검열기준은 도서과 발족 이후 자료집으로 묶여지기 시작했으나 비밀문서로 구분되어 내부 관계자들의 회람에 그칠 뿐 일반인들은 알 수 없었다. 그래서 "불허가하면 당국의 검열표준을 아지 못하여 그리 되얏다고 변명하는"(위종기, 「최근 조선보통출판물 개황」, 『조선』(조선문), 1928.4, 48쪽) 일이 생기게 되었다. 그러다가 1930년대에 이르면 각종 간담회를 통해 편집자나 저작자들에게 널리 알리는 것으로 방침이 바뀐다.

개되기 시작한 각종 검열지침들을 분석함으로써 검열기준의 구성원리와 작동기제를 파악해보자. 물론 이에 대한 피검열자의 대응을 함께 살펴야 하겠지만, 여기에서는 최소한의 언급에 머물 수밖에 없다.

미리 말하자면 1930년대 검열지침의 구성원리는 부분주의와 맥락주의의 병용이며, 그 작동기제는 공식적인 검열행위 외에도 도서과의 간담회, 그리고 담론금지와 담론권장의 상보적 작동에 큰 기능을 했던 조선중앙위원회 등을 추가로 고려해야 할 것이다. 이 과정에서 인쇄자본을 경유하여 작동되는 검열의 존재 또한 확인하고자 하는바, 그 근거 중 하나를 1930년대 검열 지침들을 통해서도 확인하려는 것이 이 장의 부수적인 목적이다. 공식적인 검열표준과 준-공식적인 각종 검열지침들(주로 '간담회'라는 방식을 통하여 전달되었다)을 비교 분석하는 과정에서 검열당국이 인쇄자본을 검열의 소주체로 만들고 관리하였다는 방증을 얻을 수 있을 것이다.

2. 각종 검열기준의 구성과 작동기제

1) 공식적 표준과 준(準)-공식적 세부지침

일제하의 검열은 28개항의 일반검열표준 및 6개항의 특수검열표준[4]을 기준으로 이뤄졌다는 것이 일반적인 인식이다. 이는 사실에 근접하지만

---

4 조선총독부 경무국 도서과 발행 『조선출판경찰개요』, 1936, 76~80쪽; 계훈모 편, 『한국언론연표(1881~1945)』, 관훈클럽 신영연구기금, 1979, 1285~1286쪽에서 재인용.

충분치는 못하다. 그 까닭은 다음의 세 가지이다. 첫째, 이 표준들은 1936년에 정리된 결과에 불과하여 그 이후 1945년까지 일제검열의 다양한 기준들을 포괄하지 못한다. 둘째, 이 표준들은 도서과에서 정리한 것일 뿐, 지방 경찰부나 각 군(各 軍) 별로 이뤄진 다양한 검열 기준도 아우를 수 없다. 셋째, 당시의 검열은 위와 같은 공식적 기준뿐만 아니라 준(準)-공식적인 채널에 의한 준-공식적 기준들에 의해서도 이뤄졌음을 인식하지 못하게 된다. 이렇게 다양한 검열기준이 있으므로 이들을 함께 살피는 작업이 필요하며, 이를 위해서는 먼저 이 기준들을 세부적으로 분류하고 따로 명명할 필요가 있다. 도서과의 일반검열표준 및 특수검열표준을 '(검열)표준'으로, 기타 다른 기관들의 공식적 기준을 '(검열)지침'으로, 간담회 등을 통하여 전달된 준-공식적 성격의 기준을 '(검열)세부지침'으로 각각 부르기로 한다. 물론 '검열기준'이란 이 셋 모두를 뭉뚱그리는 뜻으로 사용한다.

특히 세부지침을 주목할 필요가 있다. 도서과는 간담회 등의 연락기구를 통해 인쇄자본 및 문필가들과 접촉하면서 검열의 취지와 세세한 지침들을 알리는 채널을 유지하였던바, 세부지침들은 주로 이 과정에서 전달되었다. 간담회라는 준-공식적인 방식으로 전달되는 것이었으므로 검열상황(정치사회적 상황의 변화(소위 '시세 변천')와 피검열자의 검열우회 시도에 대한 대응 필요성 등)의 필요에 맞춰 기동성 있게, 그리고 구체적으로 대처하는 일이 가능했다. 즉 세부지침은 검열표준에 근거하여 만들어졌겠지만, 그때그때 대두되는 검열상황에 대처하여 그 표준을 검열당국이 구체적으로 어떻게 적용할 것인가를 피검열자에게 시시콜콜 전달함으로써 검열의 아웃소싱과 효율화를 기하기 위해 마련한 것이었다. 일종의 피검열자에 대한 검열행정의 브리핑 또는 '예습 자료'라 할 수 있다.

따라서 공식적인 기준(표준 및 지침)과 준-공식적 기준(세부지침)을 함께 살피는 작업이 필요하다. 정근식-최경희의 작업은 검열표준의 성립과정 연구에 큰 진전을 이뤘지만, 1929년까지로 한정하여 성립과정에만 주목했고 세부지침에 대해서는 소홀했다.[5] 이를 보완하는 뜻에서 이 글은 검열표준이 성립된 이후인 1930년대의 검열기준들, 그 중에서도 세부지침에 대해서 주로 살피고자 한다. 이 작업을 통해 위에서 제기한 세 가지 문제점 중에서 일부(주로 첫째와 셋째)에 대해서는 진전된 설명을 할 수 있을 것으로 기대한다. 현재 확인되는 1930년대 각종 검열세부지침 중에서 비교적 내용이 자세한 것으로는 다음을 들 수 있다.[6]

①「언문신문 지면개선 사항」(이하「개선사항」)[7]

②「언문신문 지면쇄신 요령(1937년 6월 이후)」(이하「쇄신요령」)[8]

③「편집에 관한 희망 및 그 지시사항(1)」(이하「지시사항1」)[9]

④「편집에 관한 희망 및 그 지시사항(2)」(이하「지시사항2」)[10]

---

5 정근식・최경희, 앞의 글, 155~160쪽 참조. 이 글은 도서과와 검열표준의 설립과정을 본격적으로 다룬 최초의 논문으로 한국과 일본의 자료를 광범위하게 동원한 노작이다. 그러나 시기적으로 1929년까지로 한정되어 있으므로 그 이후에 대한 후속작업이 필요하다. 1930년대에 들어서면 비밀로 유지하던 검열기준의 공개, 금지 위주에서 권장 위주로의 변화, 국가검열과 자본검열의 본격적 결합 등 중요한 변화들이 나타나기 때문이다.

6 ③은「도서과 주최 문인간담회」에서 시달된 것으로『조광』지에 명시되어 있으며, ④ 역시『비판』지에 '당일 당국에서 지시한 희망 및 지시사항은 약(略)한다'로 되어 있어, 이러한 연락기구를 통해 하달된 것이 분명하다. 또한 ①, ②의 경우는 명확하지는 않지만, 그 내용과 문체 등으로 미루어 국가기구의 공식적인 내부문건이라기보다는 연락기구를 통해 민간에 하달하는 준-공식적인 문건이었다고 판단한다.

7 『경무휘보』 제362호, 1936.6, 45~46쪽; 계훈모, 앞의 책, 1290쪽에서 재인용.

8 廣瀨四郎,「언문신문의 역사 및 현황」,『경무휘보』 제362호, 1936.6, 36~46쪽; 계훈모, 위의 책, 1290~1291쪽에서 재인용.

9 「도서과 주최 문인간담회」,『조광』, 1939.9, 158~160쪽; 계훈모, 위의 책, 1293쪽에서 재인용.

10 「문사 출판관계자가 회동 시국인식 간담회를 개최」,『비판』, 1939.9, 19쪽(이 세부지침을 실은 첫 문건이지만, '희망 및 주의사항'은 생략하고 있으며 상세한 내용을 밝힌 첫 문건은 최준, 앞의 책이다); 계훈모 위의 책, 1294쪽에서 재인용.

공개문서임이 확실한 뒤의 두 가지부터 설명하자. ③은 「도서과 주최 문인간담회」에서 시달된 것이라고 『조광』지에 명시되어 있으며, ④는 이를 처음 알린 최준에 따르면 "1939년 6월 30일 지시한 「편집에 관한 희망 및 주의사항」"이며, "46배판의 단행본을 이룬 주의사항에 관한 책자"로서 공개적 문건이었다고 한다.[11] 서지사항도 불충분하고 현재로서는 실물을 확인할 수도 없지만 이 책자가 존재했다는 점 자체는 믿을 수 있다. 거의 비슷한 내용이지만 ④가 좀 더 상세하며, 또한 두 문건의 공표 날짜가 같다. 이로 미루어 『조광』지에 보도된 ③은 간담회 등을 통해 배부된 단행본 ④를 적당히 가공하여 기사로 만들어 낸 것이라고 추정한다.

한편 ①은 ②를 요약한 내용인데, 둘 모두 일반인들이 쉽게 볼 수 없었던 「경무휘보」에 수록되어 있지만, 그 내용이 편집자와 문인에 대한 지시 및 주의사항들이라는 점으로 미루어 역시 간담회 등의 각종 연락기구를 통해 출판 관계자들에게 전달된 반(半)공개적 자료라고 추정할 수 있다.[12] 더욱이 문체를 검토하면 반공개적인 것이었음이 좀 더 명백해진다. 검열 관련자의 내부 참고문건(즉 비공개문서)이면서 ①, ②와 비슷한 정도로 상세한 「조선문간행물행정처분례」[13]와 비교해보면, ①, ②의 문체는 「조선문

11 최준, 『한국신문사』, 일조각, 4293(단기; 서기 1960), 309~310쪽.

12 『경무휘보』는 일반인을 대상으로 한 잡지는 아니었지만 비밀로 분류되지는 않은 데다가, "2만에 가까운 조선의 경관(警官)을 상대로 만들어 의무적으로 강독시키고"(「京城の新聞雜誌界」, 『朝鮮及滿洲』 245, 1928.4) 있었다면 그 많은 부수로 미루어 일반에도 알려졌을 가능성이 매우 높다.

13 경무국, 『조선에 있어서 출판물 개요』, 1930, 85~131쪽; 계훈모, 앞의 책, 1292 ~1293쪽에서 재인용. 정치검열 풍속검열 각 군별(軍別) 검열 등 각종 검열표준이나 검열기준에 의해 실제로 행정처분을 내린 사례들을 유형화하여 소개한 것으로 공개자료가 아닌 것 중에서는 가장 상세하다. 이 자료는 검열행정의 효과로서 피검열자들이 보인 반응을 종합 정리한 결과물로서 내부 참고자료로 제작된 것이라고 판단된다. 1930년에 취합한 이 문서(또는 아직 공개되지 않은 이와 유사한 문서)를 토대로 삼고 위 ①~④의 지침들을 적당히 가공하여 만들어 낸 것이라고 추정한다.

간행물행정처분례」와는 사뭇 다르며, ③, ④와 매우 유사한 것이다. 결국 위 네 문건은 실질적으로는 두 가지이며, 모두 공개적인 성격이었던 것으로 추정할 수 있다.

'국가'-자본검열이라는 아웃소싱을 위해서는 훨씬 자세한 검열정보를 민간에 제공할 필요가 있었으니 위의 세부지침은 이를 위해 작성되었을 터이다. 1930년대 이후 검열의 상당부분은 민간 주체가 담당했으므로 마땅히 세부지침을 함께 살펴야 한다. 그렇다면 공식적인 검열표준과 위의 준-공식적 세부지침들은 어떤 차이가 있는가. 공개 여부 말고도 다음과 같은 세 가지 점을 더 들 수 있다.

첫째, 검열표준이 거의 금지로 일관하고 있는 데 비해, 세부지침들에는 앞서 살핀 바와 같이 권장사항이 상당히 많이 포함되어 있다. "황실 및 국가 국기 군기 신사 등을 존중하여 국체명징 국위선양에 노력하여 국가의 경절(慶節) 그 연중행사의식 제례 등의 기사는 정중히 취급, 이를 크게 보도할 것. 또 될 수 있는 대로 그 사진을 게재할 것"(「쇄신요령」 1조) 등이 그 보기이다. 세부지침의 권장사항 역시 부분주의와 맥락주의가 상보적으로 구성되어 있다.[14]

14 부분주의적 규정으로는 "황실기사는 특히 그 취급을 정중히 하여 지면의 상단 중요한 장소에 근기(謹記)하고 또 오자 탈자 등 불경스러운 일이 없기를 기할 것"(「언문신문지면쇄신요항」 1조, 계훈모, 앞의 책, 1290쪽) 등을, 맥락주의적 규정으로는 "성의를 가지고 보도할 것" "대일본제국의 신문으로서 그 사명을 다할 것"(「언문신문지면쇄신요항」 5조 및 16조) 등을 들 수 있다. 이처럼 금지와 권장에 모두 부분주의와 맥락주의가 병행되었으므로 이 지침들이 그대로 지켜진다면 모든 반(反)검열적 기사는 불가능하다. 그러나 끝없이 규정이 강화됨은 그 규정이 제대로 이행되지 않는다는 현상의 다른 표현이기도 하다. '성의를 가지고 보도하라'는 요구는 '성의 없이 보도하는 일이 있다'는 현실의 한 표현이다. 뒤에 자세히 보겠지만, 검열 삭제된 부분을 그대로 살려 인쇄하곤 하는 일이 빈번했다는 증언도 그 증거가 된다(츠네 미도리[恒綠], 「조선에 있어서의 출판물 고찰(3)」, 조선총독부, 『경무휘보』, 1930.12, 38~41쪽; 정진석, 『일제시대 민족지 압수기사 모음』 1권, LG상남언론재단, 1998, 30쪽에 일부 번역).

둘째, 검열표준보다 세부지침들이 구체적이고 치밀하다. 앞서 맥락주의적 검열의 예로 들은 사안들은 단적인 보기이다.

셋째, 검열표준보다 세부지침이 순발력 있게 규정한다. 전문인용을 하지 않은 「주의사항(1)」에서만 보더라도 총독진퇴에 관한 사항을 일절 금지하고 있으며(제2조 제1항), '일본내지'를 금지어로 추가하고(제2조 제3항), '독이(獨伊)는 절대지지 영소(英蘇)는 절대배격 미(米)에는 우호적'으로 다루라는 요구(제6조), 일본어 사용을 적극 권장하며(제8조 제5항) 일본인 명의를 빌리거나 지방 사람이 경기도에 출판허가를 제출하지 말라는 지시(제8조 제7항) 등 매우 구체적인 내용들을 포함하고 있는바 이는 정세의 변화와 피검열자의 검열우회 시도에 대응해서 세부지침이 기동성을 발휘하는 단적인 보기가 된다. 검열표준이란 추상성을 일정부분 띠게 마련이므로 이런 세세한 내용을 감당하기 어려우니, 그 빈틈을 세부지침들에 의해 보완하고 있는 것이다.

결국 일제의 검열은 공식적인 검열표준에 근거하는 국가권력의 검열행정을 근간으로 삼으면서, 이와 동시에 각종 연락기구를 통해 자본과 저작자에게 준-공식적 세부지침을 전달하여 '국가'-자본검열을 활성화하는 방식으로 작동했던 것이다. 공식적 검열기구에만 의존하는 경우 과다한 행정수요를 유발하게 마련이며 효율적이지 못하다. 게다가 공식적인 검열표준의 제정 및 개정에는 일정한 시간이 요구되는 만큼 상황의 변화에 따른 순발력 있는 검열을 수행하기 어렵기도 하다. 따라서 검열행정은 민간기구에 그 기능의 상당부분을 위탁했으며 그 덕에 모자란 인력으로도 검열을 제대로 수행할 수 있었을 것이다.

당시 문인들의 회고에 따르면, 세부지침은 검열당국의 문서로 확인되는 것 말고도 더 있었던 것으로 보인다. 예컨대, 압수당한 원고가 전체의 반(半)이 될 때는 그 달 치 원고를 모두 압수한다거나,[15] 삭제 당한 기사의 행수(行數)를 세어서 '성적'을 매기고 그 '성적'이 불량한 것은 폐간시킨다는 경고를 내렸다[16]는 것이다. 이렇게 잡지 별로 호수 별로 미세한 사항까지 기록하고 계량화하여 관리하는 방식은, 푸코의 설명대로라면 근대적 내면규율의 확립에 필수적인 요소 중 하나이다.[17] 지배 대상을 단자화하고, 합리적이고 세분된 측정에 의해 상벌을 가할 수 있을 때 권력은 효율적으로 작동한다는 것이다.

결국 세부지침들은 단순한 금지가 아니라 권장의 기능이 강하며, 구체적이고, 기동성 있다는 점에서 검열표준과 구별된다. 이 세 가지는 효율적인 검열을 위해서라면 매우 절실한 요구라고 할 수 있다. 이렇게 본다면 검열표준이 성립된 1936년 이후에도 이를 굳이 공개하지 않은 까닭도 추정할 수 있다. 이미 공개된 세부지침들이 훨씬 더 효율적으로 작동하고 있었다면 굳이 표준을 공개할 이유가 없었기 때문이리라.[18]

준-공식적 세부지침들을 좀 더 자세히 살펴보자. 지면을 아끼기 위해서 위 4가지 중에서도 가장 상세한 편인 ④(「주의사항(2)」)만 전문인용하고 나머지는 필요에 따라 부분 인용한다.

---

15 조용만, 앞의 책, 15~16쪽.

16 김동인 외, 앞의 책, 220쪽. 검열표준은 일반검열표준과 특수검열표준으로 양분되는바, 특수검열표준에 '불온항목의 개수'라는 항목이 있음은 이 진술의 신빙성을 높여준다.

17 미셸 푸코, 오생근 역, 『감시와 처벌』(나남, 1994) 중 「상점과 벌점의 이중적 체계」 항목 참조.

18 물론 이는 추정에 불과하며 더욱이 1936년 이전에도 검열기준을 비밀로 한 이유에 대해서는 아직 확정하기 어렵다. 정근식 · 최경희는 이를 "검열기준이 세부적으로 공개되지 않을수록 출판경찰의 권위와 강도가 더 효과를 낼 수 있었고 출판인들과 작가로 하여금 내적 검열과 자기규제를 더욱 강하게 유도할 수도 있었기 때문"이라고 추정한다(앞의 글, 153쪽). 이 지적은 물론 개연성은 있지만 더불어 다음의 몇 가지를 함께 고려하여야 할 것이다. 즉 검열이 대부분 행정조치에 의존하고 있어서 사법적 판단을 묻는 데로 나아가지 않도록 제어할 필요가 있다는 점, 표준의 비밀주의와 세부지침의 공개주의 및 그 공개의 시점, 피검열자에게 알려지는 검열사유는 '치안방해' '풍속괴란' 등 매우 개괄적 것에 그치면서도 내부용 자료에서는 비교적 상세하게 검열사유를 유형화하여 설명한다는 점 등이다.

「편집에 관한 희망 및 주의사항(2)」

① 황실의 존엄을 모독할 염려가 있는 기사와 사진을 일체 취급말 것. 기사와 사진을 취급할 때에는 극히 정중하게 취급하며 더욱이 문자에 오식이 없도록 주의할 것

② 왕공족(王公族)에 관한 기사 일한 합방후 기술한 문장에는 좌(左)의 제점(諸點)을 주의할 것

㉠ 조선역대 왕의 호에다 성상 금상의 자구를 사용치 말 것. 단 태조 정조 순조 철종 동비(同妃) 민비에 대한 추존(追尊)은 무방함.

㉡ 고종 순종 동비에 대해서는 황제 황후를 사용치 말 것

㉢ 왕실기사에는 순종 이후(일한합방 이후)의 기사까지 이를 기입할 것

③ 조선 통치 정신에 배반되는 기사

㉠ 역사에 대하여

㉮ 일한합방 및 현재까지의 사실도 기입할 것

㉯ 일한 합방후 기술한 문장에는 아조(我朝) 본조(本朝) 대명(大明) 황명(皇明) 황조(皇朝) 천조(天朝) 천사(天使) 천장(天將) 천병(天兵) 등의 자구를 사용치 말 것

㉰ 숭명배청(崇明排淸)사상을 고취하여 배일(排日)의 자료를 제공하려는 기사, 일한 합방 전후의 내선관계의 사실에 대하여 비분강개의 문장자구, 일한 병합에 반대한 인물을 칭찬하는 문장자구

㉱ 일한조약 한국병합에 반대한 인물의 성명을 다수 나타내는 것

㉲ 배외사상을 고취한 외구(外寇)를 토벌한 인물을 칭찬하는 기사

㉳ 고려 말기의 충신전사를 칭찬하는 문장으로서 병합 이후 제작 기술하여 병합전후의 상황에 비유하려하는 기사

㉳ 임진역(壬辰役)에 관한 기사로서 일본군의 능묘 장굴(藏掘) 방화간음 학살 등 잔인무도한 행위를 표한 것과 적(賊) 구(寇) 도이(島夷) 도추(島醜) 적추(賊酋) 왜노(倭奴) 소왜(小倭) 서적(鼠賊) 흉추(兇酋) 영(獰) 등의 자구. 단 적(敵) 장(將) 왜(倭) 등 적당한 자구는 무방함. 그리고 임진왜란에 관계 없는 구(寇)의 자(字)는 사용하여도 좋음. 일한병합의 당사자 공로자의 기사는 말살하지 말 것

㉡ 연호

㉮ 일한병합후 기술한 문장에는 원칙으로 황기(皇紀) 또는 명치 대정 소화의 연호를 사용하고 서력(西曆) 및 중국력은 보충적으로 사용할 것

㉯ 단기 불기 공기(孔紀) 포덕(布德) 등의 연호는 정치적 의미가 없는 것에 한하여 각 종교파별에 따라 이를 사용함을 인정함

㉰ 서력은 정치 역사적 의미가 없는 것과 및 세계적 기사에 한하여 사용할 것

④ 총독진퇴에 관한 기사는 조선통치에 영향하는 바가 큰 만큼 함부로 이를 취급치 않을 것

⑤ 내선일체 및 내선융화에 관한 기사는 그 예가 극히 적은 것이 유감이다. 이후로는 단지 형식적으로 흐르지 말고 성의를 가지고 차종의 선량한 기사를 취급할 것

⑥ 내선관계 문자의 사용에 있어서 일본내지(內地) 일본내지인 동경유학생 등 마치 내지를 외국과 같이 취급하는 경향이 있으나 이는 온당치 않으므로 주의할 것

⑦ 총독부의 국어장려에 순응하여 이후 될 수 있는 대로 국어(일본어－인용자 주)기사를 다수 취급할 것

⑧ 사회주의 또는 민족주의자로서 운동중의 소작은 전향후에도 출판하지 말 것[19]

위에서 제시한 4가지 세부적 검열지침들을 종합하여 살피면 다음 세 가지를 주목할 만하다. 첫째, 매우 구체적으로 금지어들을 나열하는 내용이 대부분이다. 이 단어들이 왜 금지대상이 되는지는 굳이 설명을 기다리지 않아도 알 수 있다.[20] 둘째, 금지어 나열과 함께 포괄적 금지규정을 마련하고 있다.[21] 셋째, 금지어뿐만 아니라 권장사항을 더불어 나열하고 있다(위 「주의사항(2)」에서 ①・②-㉠・③-㉠-㉮・⑤・⑥・⑦항). 1939년에 이르면 미디어에 대한 사상통제가 상당부분 실효를 거두었으므로 금지 일변도였던 초기와는 달리 권장이 병행되고 있는 것이다. 이 세 가지 특징을 차례로 살피기로 하자.

2) 부분주의와 맥락주의

위에서 살핀 검열지침들은 금지어와 금지내용들을 길게 나열하고 있다. 이같이 금지내용을 예시하는 방식을 필자는 부분주의라고 명명하고자 한다.[22] 이 부분주의는 행정의 객관성과 효율성을 담보할 수 있으므로

---

19 원문에는 모든 항목의 번호를 모두 '一'로 표기하고 있으나, 인용의 편의상 아라비아숫자로 바꾸고 번호를 매긴다.

20 좀 더 세부적으로는 조선사에서 중국의 영향력을 짐작할 수 있는 용어들을 금지하고 있다는 점, 고려 말 충신들이나 숭명배청(崇明排淸) 운동, 임진왜란 등에 대한 언급을 금지한다는 점 등도 주목할 만하지만 이 글의 주제는 아니므로 생략한다.

21 예시한 내용에는 이 같은 내용이 없다. 구체적인 보기는 뒤에 보이기로 한다.

22 정근식・최경희는 열거주의(당시 용어로는 예거주의; 필자가 말하는 '부분주의'에 대응한다)와 표준주의가 검열기준의 정리와 공개의 중요한 문제이며, 특히 검열표준이 확립되기 이전에는 열거주의가 주된 방식이었다고 말한다(정근식・최경희, 앞의 글, 2006.6, 152~160쪽 참조). 즉 검열관들 사이에서 검열기준을 통일하기 위해 대표적 사례들을 정리하여 공유하던 열거주의에서 점차 추상화되어 표준주의로 넘어가게 되는 것이 바로 검열기준의 체계화과정이라는 것이다. 검열기준의 성립과정을 주목할 때라면 타당한 용어이다. 그러나 이 두 방식은, 시기에 따라서 어느 하나가 좀 더 강조되기는 했지만, 늘 동시에 활용되었

근대적 행정행위로서 검열행정이 이를 지향해나간 것은 당연하다. 그러나 검열이 단어 차원의 금지어를 나열하는 방식에만 의존한다면 한계를 지닐 수밖에 없다. 그 까닭은 다음과 같은 세 가지이다.

첫째, 금지어를 쓰지 않으면서 그 금지어의 효과를 불러올 수 있는 단어들로 대체하는 일은 언제나 가능한 검열우회 방식이었기 때문이다. 단어 대체란 거의 무한하고, 게다가 단어들의 조합에 의한 변형태의 수는 더욱 그러하므로, 금지어의 나열을 통한 검열은 늘 완벽을 기약할 수 없는 방식이다. 예컨대, 위 검열지침들이 '일본내지'를 금지어로 지정한 것만 보아도 그렇다. 1930년의 「조선문간행물행정처분례」에서는 그저 "내지를 외국취급하고 또는 조선을 독립국가와 같이 취급하는 기사는 물론 독립기원 또는 단군기원 등을 사용한 기사"를 금지하였다고 밝히고 있다.[23] '일본'이라는 단어는 이런 맥락에서 금지되었던 것이다. 그러나 이를 우회하기 위해 저작자들이 '일본내지'라는 단어를 만들어 쓰자,[24] 1939년에는 '일본내지'도 금지어로 추가한 것이다. 물론 '일본내지'를 금지어로 묶더라도, 다시 뭔가 다른 단어를 만들어 낼 가능성은 얼마든지 있다. 금지어 나열방식만을 사용한다면 늘 사후적으로 금지할 수밖에 없게 되는데다가 완벽한 금지가 불가능하므로 검열의 효과는 충분치 않게 되는 것이다.

둘째, 이렇게 금지어의 목록은 한없이 길어질 수밖에 없다면 행정의 효

다. 따라서 성립과정이 아니라 작동기제를 살피는 일이 더 중요하며 이를 위해서는 다른 용어가 더 효율적이라고 판단한다. 따라서 검열기준은 부분주의와 맥락주의의 결합에 의해 작동되었다고 이해하는 것이 좋겠다고 판단하여 이 용어들을 채택한다.

23 조선총독부 경무국, 『조선에 있어서의 출판물개요』, 1930; 계훈모, 앞의 책, 1292쪽에서 재인용.

24 이기영의 「고향」은 1933년~1934년 연재되었으니, 현재로서 명문화된 첫 금지규정이 확인되는 1937년 이전에도 '일본'이라는 단어는 금지어로서 규정되었고 저작자들은 대체로 이를 알고 있었음을 시사하는 증언이다.

율성 역시 저하될 수밖에 없다. 금지어 나열이라는 부분주의의 장점이 행정의 효율화에 있는바, 저작자들의 금지어 우회전략에 맞대응해 새 금지어를 또 다시 지정하여야 한다면, 끝없는 반복에 의해 금지어 목록이 지나치게 길어지므로 효율성은 저하될 수밖에 없다.

셋째, 금지어를 하나도 쓰지 않으면서도 검열의 금지목적에 저해되는 문장을 만들어 낼 수도 있다. 특히 문학의 경우에는 은유 풍자 해학 등 풍부한 검열우회의 수단을 지니고 있다.

이 세 가지 이유 때문에 부분주의(금지어 나열 방식)는 효율화의 장점에 못지않은 결함을 지닌 것이었으니 이를 보완하는 장치는 필수적이었다. 그 장치는 언어의 무한한 생성가능성과 이를 활용한 검열우회 노력까지를 포괄적으로 금지할 수 있어야 했다. 이를 위한 것이 맥락주의 검열, 즉 검열의 목표, 해당 작품과 당대의 사회적 맥락 등을 기준으로 삼아 검열자의 주관적 판단에 의해 시행되는 검열이다.

맥락주의의 증거로는 다음 네 가지를 들 수 있다.[25] 첫째, 가장 명료한 표현은 특수검열표준에서 찾을 수 있다. 그 전문은 "출판물의 목적, 독자의 범위, 출판물의 발행부수 및 사회적 세력, 발행당시의 사회사정, 반포구역, 불온개소의 분량"[26]으로 되어있다. 이 특수검열표준은 일반검열표준에 비해 매우 짧은 데다 추상적인 단어가 나열되어 있을 뿐이어서 그다지 주목받지 않아왔지만, 일반검열표준의 세세한 규정을 실제로 검열에 적용할 때 중요하게 고려해야 할 맥락으로 활용되었다. 신문, 잡지, 단행본 등 매체의 사회적 영향력에 따라서, 또한 검열시기에 따라서, 검열수준

---

25 최수일에 따르면 『개벽』의 검열은 "단어 중심의 검열에서 문장과 문맥의 검열로 깊어지고" 있으니, 부분주의에서 맥락주의로의 이행을 입증하는 또 다른 증거이다(최수일, 앞의 책, 81쪽).

26 위 「주의사항(1)」, 제8조 제1항.

이 많이 달랐다는 많은 회고를 뒷받침하는 문헌적 근거이기도 하다. 부분주의에 의해 나열된 단어를 회피하려는 새로운 시도들에 대응할 수 있는 행정적 근거 또한 이 맥락주의에서 찾을 수 있다.

둘째, 포괄적 금지조항의 존재이다. 「일반검열표준」 등 많은 검열기준들은 대체로 맨 마지막 항목으로 "기타"라는 단어로 시작하는 포괄적 금지조항을 마련해두었다.[27] 부분주의에 의해 나열된 금지어에는 포함되어 있지 않더라도 이와 유사하다고 판단되는 모든 사항들을 금지한다는 조항이다. 이는 부분주의로 감당할 수 없는 부분을 채워 넣고자 했던 포괄적 금지이므로 맥락주의 검열을 규정하고 있는 조항이다. 이 포괄적 금지조항이란, 맥락주의적 해석에 의존하여, 거의 무한대의 확장 가능성을 갖는다. 그런 점에서 이 시기의 검열지침은 금지사항을 나열하고 이에 해당되지 않는 것이라면 모두 허용하는 네거티브 시스템의 형식을 취하고는 있지만, 실질적으로는 불허를 원칙으로 삼되 일부만을 예외적으로 허용하는 포지티브 시스템에 더 가깝다. 금지사항과 비슷하다고 간주될 수 있는 모든 것들을 '기타'로 묶어 금지한다는 점에서 그러하다.

셋째, "검열기준은 확정부동한 것이 아니고 시세변천(時勢變遷)에 반(伴)하야 당연히 변하는 것이므로 이미 출판 허가한 것이라도 차압 혹은 재판을 허가하지 않은 경우도 있는 것이므로 이 점 양해 있도록 주의할 일"[28]

---

27 "기타 안녕질서(치안)를 방해하는 사항"(「일반검열표준」 중 안녕질서 방해의 사항 28조), "기타 선량한 풍속을 해칠 사항"(「일반검열표준」 중 풍속괴란 신문지출판물검열표준 11조), "기타의 전제호(前諸號)의 내용을 추지(推知)시킬 사항 또는 만주국에 있어서의 전제항(前諸項)에 준하는 사항"(「신문게재금지사항」의 표준 6조), "기타 반국가적 또는 공산주의 민족주의 언론보도를 하지 말고 대일본제국의 신문으로서 그 사명을 다할 것"(「쇄신요항」 16조), "천재(天災) 기타 사회의 비참사를 과대 비관적으로 취급함으로써 일부러 민심을 위미(萎靡)하는 일이 없도록 주의할 것"(「언문신문 지면개선사항」 5조) 등이 그 보기이다.

28 위 「주의사항(1)」, 제8조 제1항.

이라는 규정이다. 사회적 맥락에 따라 검열은 달라져야 한다는 맥락주의 검열 규정이다.

넷째, 좀 더 흥미로운 맥락주의적 검열규정도 있다. 즉 "② 결론이 좋으면 문장의 도중에는 불온당한 자구의 사용이 별로 지장 없음과 같이 생각되나 잘못하면 독자의 대부분은 그 불온부분에 흥미를 가질 경향이 있으므로 주의할 것(일례를 들면 공산주의사상이 어떤 것이라는 것을 중간에 쓰고 나중에 가서 이런 사상은 나쁜 것이라고 한다면 이미 그 주의가 어떤 것임을 알 것이므로 이런 예의 글은 쓰지 말 것)"[29]이라는 규정이다. 결론은 식민정책에 부합하면서 일부 문장만이 부합하지 않을 경우라도 검열할 것이라는 뜻이니, 독서의 층위에서 적용하는 맥락주의 규정이다. 뒤집어 이야기한다면, 이런 방식으로 부분주의적 검열을 우회하려는 시도가 이미 있었으며 실제 독서행위에서 상당부분 작동되고 있었기 때문에,[30] 이에 대해 사후적으로 금지하는 것이리라. 그렇다면 오늘 우리가 읽는 어떤 글의 경우는 심지어는 정반대의 의도였을 가능성조차 분명히 존재한다.[31] 따라서 식민지시기 산출된 텍스트

---

29 위 「주의사항(1)」, 제8조 제2항.

30 특히 여기에서 "독자들의 대부분"이 '불온' 부분에 흥미를 갖게 될 것이라는 진술은 주목할 만하다. 실제 독서행위의 정당성 경쟁에서 검열당국은 스스로 수세적일 수밖에 없음을 자인하는 표현이다. 1939년에 나온 세부지침에서 검열당국이 이런 수세적 인식을 보인다는 점은 시사적이다. 표면적으로는 출판물에 대한 순치가 거의 완성되었다고 자부하였지만, 내심으로는 아직도 '불온'(특히 사회주의)과의 경쟁에서 독자 대부분을 획득하지 못하였음을 고백하는 것이라고 해석할 수 있다. 또한 1937년의 "주의적(主義的) 색채를 유하는 논문 소설 등은 이를 배격할 것"(위 「쇄신요령」, 제9조)이라는 조항 역시 이와 관련하여 주목된다. 검열기구가 가장 주력하여 억압했던 사회주의에 대해 1930년대 말에도 여전히 강조할 필요를 느끼고 있었다는 반증이기 때문이다. 물론 이왕에 있던 세부지침을 관행적으로 반복했을 가능성도 없지 않지만, 1930년대 말 한국 사회와 사상의 경향성을 지나치게 일면적으로 바라보지 말아야 할 필요성을 제기하는 대목들이다.

31 위의 지침의 보기를 그대로 빌려와서 "공산주의를 비판하면서 일부 내용에서 공산주의란 이런 것이라고 설명하는 글"이 있다고 하자. 이를 맥락주의적 검열의 맥락을 의식하면서 읽는다면, 저자가 진정으로 공산주의를 비판하는 것인지를 재고할 필요가 있다. 게다가 만일 공산주의 '설명'에 대한 부분에 비해 그 '비판'의 논리가 부족할 경우라면, 이를 검열우회의

들을 읽을 때, 문장 차원이나 개별 텍스트 내부의 문맥에만 주목할 수 없으며, 검열이라는 사회적 맥락 속에서 파악하여야 할 것이다. 특히 위 규정이 공표되기 전에 산출된 텍스트라면 검열우회를 위한 의도적 왜곡의 가능성을 염두에 두고 검토할 필요가 있을 것이다.

특정한 표현이 맥락주의적 금지규정에 해당하는지의 판단은 물론 사회적, 텍스트적 맥락에 의존하여 검열자가 맡게 된다. 초기 검열이 주로 의존했던 검열관의 '감'이란 바로 이 맥락주의 검열을 작동시키는 근본적인 동력이다. 시간적 선후관계를 따진다면, 검열자의 '감'이 먼저 존재했다. 세부지침의 맥락주의 규정은 초기 검열에서 수행해오던 '감'이 명문화된 규정인 것이다. 또한 초기에는 '감'에만 의존하다가 금지어를 나열하는 부분주의로 점차 진행되었다는 점에서, 맥락주의란 단지 부분주의와 상보적인 기능만을 한 것이 아니라 부분주의의 기원이기도 했던 셈이다.

부분주의는 명확한 규정이 있으므로 다툼의 소지가 많지 않으며, 검열당국과 피검열자 사이에 합리성 논란은 주로 맥락주의적 검열결과에 집중될 수밖에 없었다.[32] 이런 점에서 맥락주의의 중요성은 더 커진다. 즉 맥락주의는 검열 세부지침이라는 텍스트에서 부분주의보다 훨씬 적은 분량만을 차지하지만, 사실은 검열지침 구성의 두 원리 중 하나이다. 아니, 부분주의의 기원이면서 부분주의의 기계적 경직성을 좀 더 큰 차원에서 통어하며, 포지티브 시스템에 가까운 일제 검열의 특성을 명확하게 보여준다는 점에서 더 주목해야 할 필요가 있다.[33]

전략 중 하나였다고 볼 수 있게 될 것이다. 아직 구체적 사례를 발견하지는 못했지만, 이런 방식은 충분히 개연성이 있는 우회전략이라고 판단한다. 텍스트의 문맥과 검열의 문맥이 상호 충돌하는 대목이다.

32 일제의 검열은 사법적 수단보다는 행정적 수단에 압도적으로 의존하였는데, 피검열자 측에서 정식 재판을 청구한 사례도 있다(3부 3장 참조).

33 검열표준 역시 맥락주의에 의한 포괄적 금지를 채용하고 있지만 세부지침보다는 부분주의

식민지시기 검열지침에는 금지어를 나열하는 부분주의 검열이 전면화되어 있지만, 그 빈틈을 메우기 위한 맥락주의를 병행하고 있었다. 부분주의는 명확한 기준을 제공함으로써 행정의 객관성과 효율성을 보장할 수 있다. 하지만 앞서 살폈듯이 부분주의는 늘 빈틈이 남아있을 수밖에 없었고, 이는 맥락주의에 의해 보완되고 통어되었다. 한편 맥락주의는 금지의 목적을 달성하기 위한 포괄적 규정이 가능하지만 명확성, 객관성, 행정의 효율성 등에서는 부분주의보다 떨어진다. 이렇게 각각의 장단점을 지닌 부분주의와 맥락주의를 상보적으로 활용함으로써 검열당국은 검열의 객관성과 포괄성, 안정성과 시의성, 효율성과 정확성을 동시에 획득할 수 있었다. 이처럼 검열당국은 부분주의와 맥락주의의 원리에 의해 각종 검열기준을 구성하면서 완벽한 검열을 지향해나갔지만, 피검열자의 검열우회 의지가 남아있는 한 그 완벽성이란 결코 달성될 수 없는 목표였다. 실제로 1940년대까지도 일부 남아있는 검열우회의 시도가 그 증거이며, 이렇게 지속적으로 검열의 완벽성을 위해 검열지침을 재구성해 나가야했던 것 자체가 피검열자의 우회시도에 대응하기 위해서 생겨난 것이었다. 1930년대 들어 검열원리가 부분주의와 맥락주의를 상보적으로 활용하는 좀 더 완벽한 체계로 나아가고, 또한 검열세부지침들이 점차 공개됨에 따라서 피검열자들 역시 이를 의식하면서 다양한 검열우회 기법들을 만들어 나가기도 했다고 필자는 판단한다.

에의 의존이 강한 편이다.

3) 아웃소싱을 위한 네트워크-도서과 간담회

앞서 살핀 대로 식민지시기 검열기준은 28개항의 일반검열표준 및 6개항의 특수검열표준을 그 핵심으로 삼고 있었다. 이 기준은 일본검열과 통감부검열 등의 축적된 경험을 토대로 마련한 것이었지만, 그 이후에도 검열기준은 계속 변화하여야 할 필요가 있었다. 앞서 인용한 "검열기준은 확정부동한 것이 아니고 시세변천에 반(伴)하야 당연히 변하는 것"이라는 규정은 바로 이런 검열기준의 유동성을 단적으로 말해준다.

게다가 공식적인 검열기구만으로는 검열 수요를 충당할 수 없었던 만큼, 검열의 기준 역시 위의 공식적인 표준으로만 이뤄졌다고 보기는 어렵고 위에 열거한 각종 세부지침들이 적지 않은 영향력을 발휘했다고 보아야 할 것이다.

그렇다면 구체적으로 이와 같은 세부적 지침들은 어떤 방식으로 인쇄자본에 전달되었는가. 이연의 설명을 보자.

> 우선 신문통신사와의 연락은 조선내 일간지의 특파원 모임인 '춘추회'와의 연락과, 조선 내의 통신 신문 잡지 편집책임자와의 협의회, 총독부 출입기자단과의 간담회 등의 방법으로 긴밀한 연락을 유지하였다. 또 방송국과의 연락은 정보간사회 당사자와 '방송심의회' 및 '방송프로그램편성회'와의 연락 등의 방법이었다.[34]

이 연락기구 중에서 문학과 가장 관련 깊은 것은 도서과 주최의 간담회라고 할 수 있다. 도서과는 수시로 '출판관계자 간담회' '문인간담회' 등을

34 이연, 앞의 책, 52쪽.

개최하여 인쇄자본 및 문인들에게 검열의 취지와 실상을 설명하고 미리 인쇄자본의 자체 검열이나 작가들의 내면적 검열을 수행하도록 요구하였다.[35] '간담'이 금지 경고 주의와 나란히 '신문단속용어'로 분류되면서 다음과 같이 정의되어 있음도 이와 연관된다. "특수 사항에 대하여 이의 기사의 취급방법에 대하여 고려할 것을 종용하거나 영업자의 덕의심(德義心)에 호소하여 어느 사항을 신문잡지에 게재하지 않도록 희망하는 정도의 것으로서 이에 위반하여도 처분되거나 하는 일이 없음이 예다."[36]

간담의 특수성은 우선 선제적인 통제라는 점에 있다. 이에 비해 차압, 삭제, 정간 등은 사후적 통제의 방식이다. 1920년대 검열이 검열흔적을 과시하는 '자기 현시적 검열'이었다면, 1930년대에는 검열의 흔적까지를 지우도록 요구하는, '보이지 않는 검열'을 추구하였으므로,[37] 이 시기에 이르면 간담은 매우 중요한 수단이 된다. 둘째로는 '영업자의 덕의심(德義心)에 호소'한다는 점에 있다. '영업자'란 물론 신문 잡지 등의 인쇄자본을 가

---

35 실제로 1939년 6월 30일(오후 2시~6시) 부민관에서 열린 총독부 도서과 주최 "경성시내 재주(在住)출판업자대표와 문인의 간담회"에는 주최 측에서 후루가와[古川]도서과장을 비롯(井手)도서과 사무관, 森보안과 사무관, 시미즈[清水]도서과 이사관, 니시무라[西村]도서과 통역관, 장두만(張斗萬) 도서과 속(屬), 군 당국에서 미우라[浦勳]소좌 등이, 그리고 출판 및 문인 측에서 이광수 · 이태준 · 이기영 · 유진오 · 김남천 · 임화 · 임학수 · 정지용 · 김용제 · 최재서 · 김문집 · 박영희 · 함대훈 · 강의영 · 김동회 · 노성석 · 한규상 · 고경상 · 엄흥섭 · 이관구 · 김동환 · 송봉우 · 이영구 · 이창용 · 이재명 씨 등이 참석하였다고 한다. 내로라는 문인과 출판사 대표들이 참석했지만, 민간 쪽의 발언은 "김문집 임화 이광수 최재서 씨 등의 약간의 질문이 있었다"는 서술에 그치고 있어, 매우 일방적으로 전달받는 자리였을 뿐임을 짐작할 수 있다(『조광』, 1939.9,「도서과 주최 문인간담회」, 158~160쪽).

36 쓰네 미도리[恒綠],「朝鮮に於ける出版物の考察」,『경무휘보』, 1930.9~10, 293~294; 계훈모, 앞의 책, 1289~1290쪽에서 재인용. 쓰네 미도리는 경무국 소속 공무원이 아니라 일본인 '팜플렛 기자'에 불과했지만 검열행정의 세부에 대해서 매우 밝았던 것으로 보인다. 여기서 인용한 그의 글은『경무휘보』에 실리고 곧이어『조선출판경찰개요』에도 실렸다는 점에서, 이 서술은 경무국의 공식 견해와 별 차이가 없었을 터이다.

37 박헌호,「문화정치기 신문의 위상과 반검열의 내적 논리」, 검열연구회,『식민지 검열, 제도 · 텍스트 · 실천』, 소명출판, 2011 및 이 책의 3부 3장 참조.

리킴이다. 근대적 검열의 특징 중 하나는 국가검열기능 중 상당부분이 인쇄자본을 경유하는 것으로 바뀐다는 점에 있는 바, 인쇄자본은 저작가들의 발표지면과 원고료 인세 등을 조절할 수 있는 힘을 지니고 있었으니, 이를 통해 검열기구는 훨씬 효율적으로 담론을 통제할 수 있었다. 간담회는 이 '국가'-자본검열이 작동되는 중요한 현실적 계기였다. 식민지시기 간담회는 그동안 별로 주목되지 않았지만 매우 중요한 통제방식이었다.

위에 예시하였던 4개 세부지침들은 바로 이와 같은 간담회를 통하여 시달된 것으로 보인다. 또한 이같은 금지 및 권장 사항들을 널리 알리는 것이 필요했으므로 검열당국에서는 이를 참석자 이외의 인사에게도 널리 공포할 것을 종용하였을 것이며 이에 따라 잡지는 간담회 내용을 상세하게 소개한 것이라고 판단한다. 간담회는 이미 1930년대에 시작되었지만, 1939년에 이르면 아예 대중적 잡지에 간담회 내용이 기사화되는 것은 이에 따른 것이라고 볼 수 있다. 그 시기에 이르면 검열당국과 인쇄자본의 역학관계는 매우 일방적인 것으로 변화하였음을 반영하는 것이다.[38]

종합하자면 일제의 검열은 공식적 검열표준에 근거하는 국가권력의 검열행정을 근간으로 삼으면서, 준-공식적 세부지침들을 간담회를 통해 인쇄자본과 저작자들에게 널리 알림으로써 민간검열을 유도하는, 검열기능의 상당부분을 민간에 위탁하는 것이었다. 검열을 공식적 검열기구에만 의존하는 경우 과다한 행정수요를 유발하게 마련이며 효율적이지 못하다. 게다가 공식적인 표준의 제정 및 개정에는 일정한 시간이 요구되는 만큼 상황의 변화에 따른 순발력 있는 검열을 수행하기 어렵다. 따라서 검

38 「편집에 관한 지시 및 희망사항」을 실으면서 『조광』지는 "이제 그 주의 및 희망사항에 관한 조항은 여좌(如左)한바 이에 대해서는 특히 일반인사로서도 참고 주의하기 바라는 바다"라고 말하고 있다.

열행정은 민간자본에 그 기능의 상당부분을 위임했으며 그 결과 모자란 인력으로도 검열을 효율적으로 수행할 수 있었다. 결국 일제는 인쇄자본과의 긴밀한 네트워크를 통해서 검열의 효율성을 제고했던 것이다. 따라서 이 절에서는 공식적인 검열기구나 검열표준과 함께, 인쇄자본으로의 아웃소싱이나 이를 위해 수시로 제시되었던 준-공식적 검열세부지침에 대해서도 주목하고자 했다.

4) 담론 금지와 담론 권장-조선중앙정보위원회

앞서 살핀 대로 각종 검열규정은 초기에는 금지 중심이었지만 점차 권장사항이 추가되었다. 이는 물론 1930년대 들어 조선의 피검열자와 독자들이 점차 식민통치에 순치됨에 따라서 검열규정 역시 변화하는 것이라고 볼 수 있다. 그러나 검열규정이 금지 중심에서 권장 중심으로 이행하는 현상은, 단순하게 피검열자의 변화에 대응하는 수동적인 것만은 아니었다. 일제의 검열기능이 이미 1920년부터 금지와 권장을 병행하는 시스템을 갖추기 시작했다는 점에 주목해보자.

앞서 살핀 바와 같이, 3·1운동 직후 정보 및 선전의 중요성을 절감하게 된 총독부는 1920년 11월 '정보위원회'를 비공식적으로 출범시켰다. 정보위원회를 가동한 선전활동이 일정한 성과를 거두었다는 내부 평가에 따라 1924년 12월 이를 해체하였으며, 1925년에는 보안법 제정 등을 통해 대대적인 사상탄압에 들어간다. 1930년대 말부터 각종 검열세부지침들이 금지에서 권장으로 이행하는 현상은, 이미 1920년대에 병행되었던 억압과 선전 양면전략의 결과로 조선문 출판물들이 상당부분 순치되었다는 판단에 따른 것이었다. 또한 행정적으로는 정보위원회의 해산에 따라서 선전기능의 일부가 검열기능(도서과)으로 이관된 결과이기도 할 것이며, 또한 조선중앙정보위원회의 공식적 설립에 따라 금지와 권장이 동일한 행정시스템에 포섭되면서 가속되었을 것이다. 앞서 살핀 바대로 도서과의 공식적인 기능은 금압적 검열이었고 '검열표준' 역시 금압에 여전히 치중하고 있지만, 준-공식적인 기능으로서 담론 권장이 상당부분 강화된 각종 세부지침들을 각종 간담회 등을 통하여 1930년대부터 하달하기 시작하는 점은 이와 관련하여 해석해야 할 것이다.

이렇게 금지에서 권장으로 이행하게 되면서 자연스럽게 그동안 비밀로 해왔던 검열기준을 일정한 범위 안에서라도 공개해야 할 필요성이 생기게 되었다. 특히 육군 해군 공군 등 각 군에서도 별도의 취체지침을 마련하였으며,[39] 군에 관련된 기사의 경우는 도서과가 아니라 군 검열기관의 검열을 받기도 했다. 만주침공 등 전쟁 상황의 변화에 따라서 각 검열주체는 수시로 검열기준을 변경하였다는 점 또한 검열기준 공개의 필요성을 높이는 요인이었다.[40] 이렇게 검열의 주체와 기준이 다양화됨에 따라서 각종 규제지침은 한 권의 책을 이룰 정도가 되었고, "복잡 다양한 언론통제기구 때문에 통제를 당하는 미디어측도 어디서 무엇을 걸고넘어질 지 알 수 없는 상황이 되었다"[41]는 것이다. 모든 행정은 어떤 행위가 금지되고 허

---

39 「방공(防空)에 대한 신문(잡지통신)게재사항 허불(許不)판정요령」 8개항, 「신문게재금지사항의 표준(육군관계 금지사항 중)」 6개항, 「신문게재금지사항의 표준(해군관계 금지사항 중)」 11개항 등이 그 보기이다(「신문기사차지(差止) 관계사항조(9)」, 1938.9.30(계훈모 편, 앞의 책, 1286~1287쪽에서 재인용)).

40 「신문(잡지) 게재사항 허불 판정요령」·「신문 게재사항 허불(許不) 판정요령」(「신문기사 차지관계사항조(9)」, 1938.9.30(계훈모 편, 앞의 책, 1287~1289쪽에서 재인용))·「전국(戰局)에 대처하는 신문 비상태세에 관한 잠정조치 요령—정보국 발표」(『매일신문』, 1945. 3.14(계훈모 편, 앞의 책, 1291~1292쪽에서 재인용)). 이렇게 검열의 기준들은 다양한 주체가 시기에 따라 다양하게 발표하고 있으므로, 이런 부분으로 연구대상을 넓혀야 할 필요가 있다.

용되는지를 행정행위의 대상자가 명확하게 알 수 있어야만 효율성을 높일 수 있다. 예측가능성을 높여야 검열행정의 수요 자체를 줄일 수 있는 것이다. 그러나 초기에 지나치게 단순하였던 검열행정은 점차 정교화되어 오히려 그 복잡성 때문에 효율성에 문제가 생기게 되었다.[42] 지나치게 복잡한 통제는 예측가능성에 의존하는 상벌시스템을 혼란시키고, 그 결과 '국가'-자본검열의 기능을 약화시킬 우려가 크다. 이를 막기 위해서 통제기능을 일원화하는 것이, 이연에 따르면, 일본과 조선에 중앙정보위원회가 설립되는 목적 중의 하나였다. 또한 각종 간담회 등을 통하여 복잡한 세부지침을 적극적으로 피검열자에 알려야 할 필요도 생겨났을 것이다.

세부지침에서 드러나는 '금지에서 권장으로'의 이행이란 일단 검열행정의 '성과'라고 볼 수 있음은 물론이다.[43] 이는 주로 인쇄자본을 활용하여 이뤄낸 것이었다. 1931년 만주침공 이후 언론의 검열 삭제건수는 급격하게 감소하는바, 이는 전쟁특수를 통해 식민지경제 역시 대공황에서 벗어나면서 언론자본의 이윤축적 가능성이 높아진 것과도 유관할 것이다.[44] 또한 정책수단을 동원하여 이뤄낸 효과이기도 하지만, 이와 동시에 그 현상이

---

41 이연, 앞의 책, 36쪽. 이는 일본을 대상으로 삼은 진술이지만 조선의 경우라고 사정이 다르지는 않았을 것이다.

42 이렇게 끝없이 세부지침이 복잡화되는 까닭은 검열당국의 필요에 따른 것이기도 하지만, 피검열자의 반(反)검열적 우회노력 때문에 생겨나기도 한다. 피검열자의 동의를 얻지 못한다면 행정으로서의 검열은 그 효율성이 떨어질 수밖에 없으며 끝없이 세부지침과 행정기구를 확대하여 나갈 수밖에 없게 되는 것이다. 이와 관련하여 독자의 동의를 얻어내지 못한다면 언론 등에 대한 검열은 한계가 있을 수밖에 없다는 어떤 검열관의 진단은 주목할 만하다(히로세 시로[廣瀨四郎], 「언문신문지의 역사 및 그 현황」, 『경무휘보』, 1936.6).

43 그러나 아직도 '금지'가 적지 않은 비중을 차지하면서 좀더 상세하게 검열우회를 규정하는 쪽으로 변화한다는 점, 권장요구(예컨대 '황실기사를 정중히 취급하여 상단에 크게 다루라는 지시')마저 필요 없을 정도로 검열의 내면화가 이행된 것은 아니라는 점 등을 종합할 때, 이 세부지침들이 나오던 1930년대 후반까지도 소극적이나마 반(反)검열의 시도들이 절멸되지는 않았다고 볼 수 있는 방증이다.

44 그 대표적인 현상은 민간신문의 문예면 증면으로 나타난다(3부 4장 참조).

발생하기 훨씬 이전부터 총독부의 사상통제 구상 속에서 준비되었던 것이기도 했다. 그렇게 본다면 1920년 조선중앙정보위원회를 만들면서 총독부가 상정했던 '금지와 권장'의 병행이라는 통제구상은 10여 년 뒤에 구체적인 행정시스템으로 현실화된 셈이라고 볼 수 있겠다.

도서과 중심의 금지적 기능을 지닌 검열이란 권장적 기능으로서의 보도기능(또한 각종 정보수집기능 및 일본제국 전체를 엮고 있던 연락기능)까지를 포괄하는 일제 사상통제전략의 한 부분이었으며, 이는 정보위원회 등의 기구를 통해 일원적 행정 시스템 속에서 관할되고 있었다. 따라서 검열연구 역시 금지와 권장을 동시에 고려하여야 할 것이다. 특히 일제의 정보기구가 일본 및 대만과의 긴밀한 연락기능을 지니고 있었음을 주목한다면 국제적 협동연구 또한 절실하다.

3. 나오며

1930년대 검열세부지침들이 어떤 원리에 의해 구성되고 어떤 경로를 통해 작동되었는가를 살펴보고자 했다. 이를 위해 식민시기 검열당국이 공식적, 준-공식적으로 산출한 수많은 검열기준 중에서 가장 상세한 4개 세부지침을 중심으로 분석하였다. 그 결과 다음과 같은 몇 가지 주장을 펼쳤다. 부분주의와 맥락주의의 종합이 세부지침의 구성원리라는 점, 시기적으로 비교해보자면 점차 금지에서 권장으로의 이행이 나타난다는 점, 1930년대 활발하게 개최된 도서과 주최의 간담회는 선제적 검열을 이행하는 주된 통로였으며 이를 통해 '국가'-자본검열의 시스템은 유지되었다는 점, 세부지침에서 나타나는 '금지에서 권장으로'의 이행이란 1930년대 이후 조선 인쇄자본이 검열에 순치된 현상의 반영임과 동시에 이미 1920년에 정보위원회를 구성하면서 구상한 정보선전전략의 논리적 구상이 일정부분 현실화된 결과였다는 점 등이다. 특히 일제의 정보선전전략은 1937년 구성된 조선중앙정보위원회의 활동에서 보듯이 정보의 수집, 보도(홍보 및 검열), '계발선전', (일본 본국 및 다른 식민지와의)연락기능을 하나의 시스템으로 아우르고 있었으므로 검열연구 역시 학제적 국제적 시각에서 진행되어야 마땅하다고 본다.

이 장은 금지기준의 구성원리와 작동방식에 주목한 것이어서 무엇이 왜 금지되었는가에 대해서는 거의 살피지 못했으며 검열기준을 비밀에 붙이다가 나중에 부분공개로 전환하게 된 까닭에 대해서도 충분히 설명하지 못했다. 특히 주로 검열세부지침만을 분석대상으로 삼은 탓에 이에 대해 피검열자들이 어떻게 대응했는가를 살피지 못했다. 또 검열의 강제만을 다루면서 피검열자의 대응을 살피지 않는다면, 한국의 저작자들을 수동적인 객체로 인식하는 잘못에 빠지게 될 것이다(이에 대해서는 4부 참조).

절충으로서의 교정쇄검열 제도

1. 들어가며

검열에 대한 인식이 모자란 상태에서 식민지시기 문학을 연구할 경우에는 여러 문제가 발생하게 되는데, 특히 판본연구 및 원본확정의 문제는 가장 기본적이다. 연구대상을 무엇으로 확정지어야 할 것인가의 문제이기 때문이다. 현재 남아있는 식민지시기 잡지는 시중 유통본과 검열본[1]의 두 가지가 있다. 시중유통본은 누구나 볼 수 있는 것이었지만, 검열본은 매우 제한된 사람들, 즉 출판관계자나 검열자만 읽을 수 있었을 뿐 당대 독자 대부분은 읽을 수 없었던 판본이다. 유통을 위해서는 검열지시를 모

1 시중 유통 이전에 검열을 받기 위해 도서과에 들여보낸 판본. 검열 흔적이 다양하게 남아있다.

두 이행해야 했으니 성격이 매우 다른 판본일 수밖에 없는 것이다. 그럼에도 검열본들 역시 인쇄물의 형태이므로 오늘날에는 정상적인 유통을 거친 시중 유통본과 꽤 다른 판본이라는 인식이 쉽게 생기지 않는다. 물론 검열본에는 검열흔적이 뚜렷하여 쉽게 구분할 수 있지만, 영인본의 경우 대부분 검열의 흔적을 삭제해버리고 있으므로 구분이 거의 불가능해진다. 특히 영인본은 비교적 손쉽게 구할 수 있는 국립중앙도서관의 판본을 저본으로 삼는 경우가 많다는 점에서 문제가 심각하다. 검열흔적이 삭제된 검열본을 연구대상으로 삼는다면 극소수만이 볼 수 있었던 판본이라는 감각도 사라지며, 대중들이 읽었던 또 다른 판본의 존재 가능성을 망각하기도 쉬운 것이다.[2]

검열본은 다시 두 가지로 나눌 수 있으니 납본검열본과 교정쇄검열본[3]이다. 검열흔적이 남아있는 것은 모두 납본검열본이라고 간주하는 경향이 있지만, 납본검열을 받기 이전 단계인 교정쇄검열본도 일부 있으니 세심한 주의가 필요하다. 다시 말하자면, 납본검열본은 검열지시를 그대로 이행하여 유통되었을 것이라고 간주해도 되지만(즉 시중유통본이 없을 경우라면, 적절한 비판을 거쳐 시중유통본으로 재구할 수 있지만), 교정쇄검열본이라면 추후 한 번 더 검열 받아야 했으므로 시중유통본과는 다른 판본이기 쉽다. 그러므로 특정 판본에 검열흔적이 있다고 하더라도, 교정쇄검열본인지 납본검열본인지를 가름하는 작업이 필요한 것이다. 게다가 납본검열은 한번만

2 필자는 이미 이 문제를 제기한 바 있다(한만수, 「검열, 복자, 그리고 원본확정에 대하여」, 『식민지 검열체제의 역사적 성격』(학술대회 자료집), 성균관대 동아시아학술원, 2004.12 참조).

3 말 그대로, 조판을 끝낸 뒤에 산출되는 교정쇄(인쇄업계에서는 흔히 '게라; galley'라고도 한다) 상태에서 검열을 받는 판본. 교정쇄는 당시 용어로는 교본(校本 또는 矯本)이라 불렀다. 하지만 현재는 교정쇄라는 말을 많이 쓰므로 쉽게 의미를 전달할 수 있다는 점, 그리고 원고검열을 가리키는 당시 용어인 '고본(稿本)검열'과의 혼동을 피할 필요도 있음을 고려하여 '교정쇄검열'이라고 부르기로 한다.

받는 것이라는 통념과는 달리, 교정쇄검열을 거쳐 2차적으로 납본검열을 받은 것도 상당수 있다는 점도 유의해야 한다. 그런 의미에서 이 글은 그동안 별로 주목된 바 없던 교정쇄검열제도를 다룬다.

교정쇄검열에 대해 소홀해온 까닭은 원고 검열[4]과 납본 검열만 있었다는 통념 때문이다. 먼저 둘에 대해 간략하게 정리해두자. 원고검열은 원고를 미리 제출받아 인쇄허가 여부를 결정하는 검열이다. 속보성이 비교적 약한 인쇄물, 즉 잡지나 단행본에 주로 적용되었으며 출판법에 의해 허가를 받아야 했다. 원고검열을 거쳐 인쇄한 뒤에 또 한 번의 검열(납본검열)을 거쳐야 판매할 수 있었다.[5] 당시 잡지는 거의 모두가 출판법에 의해 허가된 잡지(이하 '출판법 잡지')였고, 신문지법에 의한 것(이하 '신문지법 잡지')은 김근수에 의하면 『개벽』, 『조선지광』, 『신천지』, 『신생활』, 『동명』, 『신민』, 『현대평론』 등 7종 뿐이었다.[6] 출판법 잡지들은 이중 검열 자체도 부담스러워 했으며, 게다가 이 과정에서 검열 시간 때문에 정시에 발간하기도 어려웠다. 따라서 신문지법 잡지로 이행하려는 경향이 강했으나 총독부는 이를 수용하지 않고 매우 예외적으로만 허가했다. 덧붙이자면 신문지법 잡지(중 일부)는 시사정치 문제를 다룰 수 있으나 출판법 잡지는 불가능했다.[7] 신문지법 잡지라도 모두 시사정치를 다룰 수 있는 것은 아니어

4 당대에는 '고본검열'이라고 불렀지만, 오늘날에는 의미가 명확히 전달되지 않으므로 '원고검열'로 바꿔 부른다.

5 현재까지도 한국의 거의 모든 출판물들은 인쇄일과 발행일(발매일) 사이에 3일~10일 정도의 간격을 두고 있는데, 식민지시기 납본검열 과정에 이 정도의 날짜가 소요되었기 때문에 생겨난 관례이다. 즉 인쇄 이후 발매(발행) 이전에 납본검열을 받는 기간을 대체로 추산하여 미리 날짜를 따로 못 박았기 때문에 생긴 관행을 그대로 유지하고 있는 것이다. 다른 나라, 특히 일본에서조차 오늘날 찾아보기 어려우니 바로잡아야 마땅하다.

6 『한국잡지사연구』, 한국학연구소, 1992, 106~107쪽. 한편 최수일에 따르면 1920년대 의학이나 종교 관련 잡지들은 대체로 신문지법잡지였다(최수일, 『『개벽』 연구』, 소명출판, 2008, 39쪽). 김근수는 주요 잡지라 할 수 있는 일반 성인잡지에 관해서만 언급한 것이어서 생기는 차이가 아닌가 한다.

서, 신문지법 5조에 의해 보증금 300원을 납부하고 허가를 받아야 다룰 수 있었다.[8]

한편 납본검열은 인쇄된 모든 인쇄물을 2부 납본할 것을 의무화하고,[9] 검열을 통과해야 판매할 수 있도록 하는, '인쇄 후, 발매 전' 검열이었다. 속보성이 강한 신문에, 또한 신문지법 잡지에 예외적으로 적용되었으며, 신문지법에 의해 허가받았다. 이미 인쇄된 상태에서 한 번만(물론 교정쇄검열을 받지 않았을 경우에 국한한다) 검열을 받으면 되었으니, 정시적 발간이 비교적 쉬웠다. 단지 검열 삭제가 많을 경우 경제적 타격은 원고검열보다 훨씬 크다.

검열은 일반적으로 사전검열과 사후검열로 나뉘는 바, 지금까지는 원고검열은 사전검열, 납본검열은 사후검열이라는 인식이 통설적이었지만,

---

7 이태준의 회고에 따르면, 「오몽녀」가 『조선문단』에 투고되었다가 『시대일보』로 옮겨 발표된 것은, "잡지에는 통과되지 않을 듯한 대목"이 있었기 때문이었다(이태준, 「의무진기(意無盡記)」, 『춘추』, 1943.5, 138쪽; 김재영, 「자료 해제-이태준의 소설·수필 신자료 발굴」, 『상허학보』 13, 상허학회, 2004, 541쪽 참조). 『조선문단』은 시사정치 문제를 다룰 수 없는 출판법잡지였기 때문이다. 최수일은 이 경우를 최서해의 「살려는 사람들」과 대조하면서, 1920년대 전반기 검열은 사회주의보다 오히려 반일독립에 대해 더 엄격했다고 주장한다(최수일, 위의 책, 61~64쪽 참조).

8 『개벽』은 처음에는 출판법잡지였다는 정진석(『한국언론사』, 나남, 1990, 472~473쪽)의 주장과는 달리 처음부터 신문지법잡지로 허가받았으며(최수일, 앞의 책, 37~39쪽), 1922년 9월 12일부터는 보증금을 납부하고 시사정치를 다룰 수 있게 되었다(이종호, 「1920년대 식민지 검열시스템의 출판물 통제방식-『개벽』 담론을 중심으로」, 검열연구회, 『식민지검열, 제도·텍스트·실천』, 소명출판, 2011, 각주8 참조). 그 이전 『개벽』 검열본의 몇몇 기사에 '시사'라는 검열관의 필적이 있음도 이 때문이다. 즉 다룰 수 없는 시사적 성격의 기사이므로 유의해서 살펴야 한다는 메모이다. 한편 시사정치 기사 게재는 1922년 9월 『개벽』과 함께 『신천지』, 『신생활』, 『조선지광』에도 허용되었는데, 2달도 채 되지 않아 『신천지』 『신생활』 필화사건이 터졌다. 한기형은 이를 '기획된 필화'라고 해석하고 있어 주목된다(한기형, 「문화정치기 검열체제와 식민지 미디어」, 『대동문화연구』 51, 성균관대 동아시아학술원, 2005.9 참조).

9 최근까지도 지속되었던 출판물의 납본제도는 이 납본검열에서 비롯된 것이며 실제로 독재정권 치하에서도 납본을 통해 검열해왔다. 납본의무제는 도서출판 통계 등을 위해서라면 긍정적인 기능도 없지 않지만 주로 이런 역사적 맥락 때문에 2009년 폐지되었다.

이는 보편적 기준에 맞지 않는다. 이를 잠깐 살피자. 아다시피 사전검열과 사후검열의 차이는 수신자에게 특정 텍스트가 전달되기 이전에 검열하는가 그 이후에 하는가의 차이이다. 그 기준에 따르면 원고검열이나 납본검열이나, 출판물이 독자의 손에 들어가기 전에 검열하는 것이므로 모두 사전검열일 뿐이다.

사전검열은 행정적 수단에 주로 의존하며 대중의 의사표현 기회를 강력하게 통제하면서 허가된 것만 수용자에게 제공하는 방식이며, 사후검열은 모든 텍스트의 대중 접근권을 보장하여 발매까지를 자유롭게 하고 그 이후에 문제가 되는 것에 대해서만 예외적으로 주로 사법적 수단에 의해 통제하는 방식이다.[10] 사전검열은 물론 표현의 자유를 심각하게 침해하므로 민주화가 진전되면서 거의 모든 국가에서 폐지되었다. 그러나 식민지 조선에서는 모든 텍스트가 수신자에게 전달되기 전에 행정적 검열을 밟도록 강요했으므로,[11] 사전검열만이 존재했고 단지 어떤 단계에 검열받는가의 차이만 있었던 셈이다.

이 두 사전검열 사이의 차이를 강조하여 납본검열을 '사후검열'이라 부르는 용법이 일반화된 것에는 물론 역사적 맥락이 있다. 무엇보다도 사전검열의 '외부'를 상상하기 어려웠던 시기이므로 그 내부에서의 차이가 중요하게 부각되었을 것이다. 게다가 일본에서는 납본검열('사후검열')을 받았으며, 원고검열이 원칙이었던 조선에서도 일본인(및 외국인)의 출판물만은 납본검열을 적용했었고, 또한 조선의 조선인 출판물 내에서도 발표매체와 시기에 따라서 원고검열과 납본검열을 구분하여 적용하는 등, 이 두 검열

10 흔히 검열이라 함은 사전검열만을 가리키는바, 모든 담론에 대해 사후적으로도 아무런 제재를 가하지 않는 사회란 있기도 어렵고 바람직하지도 않을 것이다.

11 물론 사법적 제재가 없었던 것은 아니지만, 이는 행정적 검열로는 제재가 충분치 못하다고 판단했을 때 부가적으로 가해지는 인쇄시설 압수, 책임자 처벌 등 가중처벌의 성격이었다.

방식의 미세한 차이를 민족과 매체에 따른 차별로 확대했기 때문이기도 하다. 사전검열, '사후검열' 식의 구분법은 오늘날 생각하면 오류에 불과하지만, 당시에는 꽤 큰 차이로 인식될 수밖에 없었던 것이다.

이에 비해 교정쇄 검열은, 뒤에 자세히 보겠지만, 엄밀하게는 사전검열이면서 '사후검열'과 절충적 성격의 검열이었다. 교정쇄검열을 주목해야 할 필요성은 몇 가지 더 있다. 첫째, 출판법 잡지는 물론 신문지법 잡지도 이 교정쇄검열을 활용하곤 하였으며, 법적 근거조차 없는데도 행정조치로 양성화했다. 왜 그리했으며 효과는 무엇일까를 물어야 한다.

둘째, 당시 가장 중요한 매체인 신문이 교정쇄검열을 적용받았다는 점이다. 신문은 초기에는 사전검열이었다가 3·1독립운동 이후 납본검열로 이행해갔다고 흔히 말하지만, 사실은 두 시기 모두 교정쇄검열이라고 보는 편이 정확하다. 1904년부터 시행된 신문은 사전검열이었다는 통설이 환기하는 바와는 달리 원고가 아니라 조판 대장으로 검열을 받았다.[12] 물론 이는 사전검열이지만, 사전검열의 대표적 방식인 원고검열은 아니고 교정쇄검열이었다. 게다가 1920년부터는 인쇄한 첫 신문을 납본한 뒤 인쇄를 계속하다가 검열지시가 있으면 그에 따르도록 되었다고는 하지만,[13] 이 또한 사후검열은 아니다. 초판 인쇄를 마치자마자 납본하고 그 검열결과가 전화로 통보되면 이를 즉시 반영하여 남은 부수를 인쇄해야

---

12 최기영, 「광무신문지법에 관한 연구」, 『대한제국시기 신문연구』, 일조각, 1991(중판), 270쪽. '조판 대장'이란 문선과 조판이 끝난 뒤에 인쇄할 모습대로 배열된 활자들 위에 종이를 올려놓고 먹을 칠하고 롤러로 밀어서 1~2부 정도 찍어낸 것이다. 원래 교정을 위한 것이지만, 검열에도 사용되었다. 이렇게 조판대장으로 검열 받으면 신문의 속보성을 지키는데 도움이 되었다.

13 김민환, 『한국언론사』, 사회비평사, 1997(2쇄), 310쪽 참조. 실제로 조판대장으로 검열을 통과한 뒤에야 지형을 뜨고 연판을 구워 인쇄를 시작하는 일은, 물론 이중적 검열보다는 낫다 하더라도, 신문의 속보성을 지키기에는 적지 않게 부담스러웠다. 이를 감안하여 문화통치의 시작과 동시에 지형과 연판작업을 끝낸 상태로 검열받는 것으로 이행했을 터이다.

했으니, 수용자의 손에 들어가기 전 단계에 이뤄지는 사전검열인 것이다. 단지 초기에는 '인쇄 전' 검열이었으나, 1920년부터는 '인쇄 후 / 발매 전' 검열로 이행했을 뿐이니, 둘 모두 사전검열이되 사후검열 쪽으로 조금 이행했다고 할 수 있다.

셋째, 조선출판계의 숙원 중 하나였던 납본검열로의 이행 요구에 대해 총독부는 시기에 따라 다양하게 대응하는데, 그 중 하나가 바로 사전검열과 '사후검열'의 절충적 형식인 교정쇄검열의 선별적 허용이었다.

넷째, 원고검열이나 납본검열이 아니라 교정쇄검열을 받게 되면, 인쇄 자본은 내부검열의 수준을 달리할 수밖에 없었을 터이다. 출판유통과정 중에서 어떤 단계에 검열을 거치는가 하는 문제는 단순한 제작공정 상의 문제만은 아니며, 자본이 얼마나 투입된 상태에서 검열 받는가하는 문제이기도 하기 때문이다.

이 장에서는 위의 네 가지, 그리고 판본의 성격 문제를 살핀다. 즉 교정쇄 검열제도의 존재를 입증하고 그 기원과 성격, 담론에 미치는 효과 등을 밝힌다. 한편, 식민지 시기 문학 연구에 있어서 어떤 판본을 어떻게 읽어야 할 것인지의 문제도 아울러 고찰한다.

2. 교정쇄 검열의 증거

식민지시기 검열본 자료들은 거의 대부분 국립중앙도서관에 소장되어 있다. 국립중앙도서관은 해방 이후 총독부 도서관의 장서를 그대로 이어

받아 출범하였기 때문이다.[14] 이 자료들에는 검열의 흔적이 역력하므로, 원출처는 물론 검열의 실무를 맡았던 총독부 경무국 도서과이다. 결국 총독부 도서과-총독부 도서관-국립중앙도서관으로 이첩된 자료들이다. 아마도 도서과에서 검열을 마친 뒤에 실제 출판물과 대조를 마친 검열신청 자료들 중에서 육필원고는 소정의 기간이 지나면 폐기하였을 테지만, 책의 형태를 갖춘 납본 및 교정본의 경우는 총독부 도서관으로 넘겼을 것이다. 도서관계의 원로 백린 옹의 회고에 따르면 총독부도서관에서는 조선어자료를 거의 수집하지 않았다고 하니,[15] 총독부도서관에서 국립중앙도서관으로 이첩된 당시 한국어 잡지나 단행본들은 거의 모두가 검열본일 터이다. 이 자료들에는 검열보조관들이 붓으로 그은 붉은 선과 검토 의견의 메모, 또 검열관들이 이를 토대로 삭제 지시를 내린 "삭제" 도장, 도서과장 등의 최종 결재 도장들이 선명하게 남아있다.

특히 주목해야 할 대목은 이 검열본 중에서 상당수가 인쇄물 상태에서 두 번의 검열을 받은 것들이라는 점이다. 출판법이 적용된 잡지의 경우는 원고검열과 납본검열이라는 이중적인 검열을 받아야 했다는 상식만으로는 이런 현상은 설명할 수 없다. 원고검열이라면 당연히 검열흔적이 육필원고에만 남게 되니, 교정쇄검열의 존재를 배제하면 인쇄물 상태에서 두 번 검열 받은 자료들에 대해서 설명할 수 없다. 먼저 일부 텍스트들이 이미 인쇄된 상태에서 두 번의 검열을 받았다고 판단하는 근거를 제시한다

14 국립중앙도서관에 소장된 식민지시기의 한국어 출판물에는 거의 대부분 "조선총독부도서관 장서" 도장과 "국립중앙도서관 장서" 도장이 함께 찍혀있어, 총독부도서관에서 이관된 자료임을 입증한다.

15 백옹이 일시 귀국했던 2004년 6월 20일 서울 동부이촌동 따님 자택에서 필자와 인터뷰. 백옹은 서울대도서관 사서로 재직 중 한국전쟁을 맞아 한국고전 3천여 점을 부산으로 옮겨 소실을 막았으며, 이후 미 하버드대학 옌칭도서관에 19년간 재직하면서 한국서적의 수집 관리를 도맡기도 했다(현재 미국 거주 중).

면 다음의 다섯 가지이다.

① 검열에 의해 삭제된 분량을 밝히는 표시들이다. 이 표시는 분량에 따라서 '○자 삭제', '○행 삭제', '○페이지 삭제', '○페이지 ○행 삭제'[16] 등으로 다양하게 나타난다. 그런데 검열본 잡지들에는 이렇게 삭제분량 표시를 이미 해놓은 인쇄물 위에 검열흔적이 남아있는 경우가 자주 발견된다. 인쇄상태에서 검열을 두 번 받은 판본이라는 증거이다. 상식대로라면 이중(二重)검열은 원고검열-납본검열을 받은 출판법 잡지의 경우에 해당한다. 그러나 만일 원고검열에서 삭제지시를 받은 부분을 표현한 것이라면 삭제분량을 '몇 페이지 몇 행'이라는 식으로까지 구체적으로 표현하기는 어려웠을 것이다. 조판이 완료되어야 몇 페이지 몇 행이 삭제되었는지를 밝힐 수 있기 때문이다. 따라서 이 경우는 인쇄물 상태에서 검열을 받아 이를 반영하고 또다시 납본검열에 집어넣었던 자료였을 가능성이 높다.

② 검열본 잡지 중에는 지면 위쪽에 인쇄된 페이지 번호를 육필로 조정한 흔적들이 적지 않게 발견된다. 역시 인쇄된 상태에서 검열을 받아 일부를 삭제하였기 때문에 페이지를 재조정해야 할 필요성이 생겼을 터이다. 만일 원고검열을 거친 판본이라면 당연히 삭제지시를 받은 부분을 제외하고 문선(文選) 및 조판(組版)작업을 하였을 것이므로, 이런 방식으로 면수를 조정해야 할 필요는 없다. 물론 이 경우 역시 단순하게 실수를 바로잡은 것일 가능성도 전혀 배제할 수는 없겠지만 그 분량이 실수라고 보기에는 너무 많다.

③ 인쇄된 페이지 번호가 몇 페이지 건너뛴 경우도 있다. 이미 조판된 상태에서 삭제지시를 받았기 때문에 삭제 면수를 제외하고 다시 납본검

16 '삭제' 대신 '생략'이라는 표현을 쓰기도 한다. 은폐적 검열 시기에는 검열삭제 사실을 알리지 말라는 검열지침이 있었으므로 이를 우회하기 위한 용어이다.

열에 넣었을 것이다. 물론 교정이나 제본과정에서의 실수일 가능성도 전혀 없지는 않다.[17]

④『신생활』 8호 16쪽에는 '이하 4쪽(본문에는 '頁') 삭제'라고 인쇄되어 있고, 그 바로 다음 행부터 4행을 '……' 표시로 복자 처리한 인쇄본에 다시 검열자국이 남아있다. '4쪽 삭제'라는 표기대로, 이 검열본의 17쪽부터 20쪽은 실제로 남아있지 않다. 또한 다른 쪽에는 검열흔적이 있지만, 14쪽에는 검열흔적이 없다. 즉 인쇄물 상태에서 '4쪽 4행'만큼 삭제지시를 받았으며 그 이후 재검열을 넣어 14쪽은 무사통과되었음을 말해준다.

⑤ 활자를 뒤집어 놓았거나, 연판의 일부를 뭉개버린(이는 1차 검열의 삭제지시를 반영한 결과이다) 상태로 인쇄된 판본 위에 다시 검열의 흔적이 남아있는 경우이다. 예컨대 『신생활』 1호 55~56쪽의 '한인한화(閒人閒話)'란에 적소생(赤笑生)의 「정의의 범주」라는 글은 제목과 필자만 남아있을 뿐, 2쪽 전부가 삭제를 당하여 활자를 뒤집었으며, 다른 쪽에는 연판을 부분적으로 깎아 두었다.[18] 많게는 2쪽 넘는 분량이 모두 이런 방식으로 인쇄된 판본이니만큼, 단순히 오자를 교정한 것이라고 보기는 어렵다. 그러므로 인쇄상태에서의 이중검열을 입증하는 가장 분명한 증거가 된다. 원고상태에서 검열을 받은 것이 아니라, 이미 조판이 끝난 상태에서 검열을 받았기에 그 삭제지시를 이런 식으로 반영한 것이다. 그런데 이 책에는 검열관의 필적들이 여러 군데 발견된다. 다시 말해서, 이미 조판이 끝난 상태에서 1차 검열(교정쇄검열)을 받고 그 결과를 연판 깎기로 반영하여 납본검열을 들여보

17 위의 ②, ③의 경우는 물론 나중에 시판될 경우라면 교정해야 마땅한 것이다. 그럼에도 면수를 완전하게 활자로 교정하지 않고 육필로만 조정하여 두 번째 검열(납본검열)에 들여보낸 까닭은 아마도, 재검열에서 또 어떤 대목이 삭제당할 지 모르고 따라서 면수를 재조정해야 할 가능성이 있다는 점을 감안한 결과일 터이다.

18 완전히 깎지는 않았으니 무슨 글자인지 추정이 가능한 것들도 더러 섞여 있다.

냈는데, 재차 검열지시를 받은 판본인 것이다.

위의 다섯 가지 근거들 중에서 앞의 세 가지는 단순 실수일 가능성도 전혀 없지는 않지만, ④와 ⑤의 경우는 조판상태에서 2회의 검열을 받았다는 확증이다. 또한 ④와 ⑤가 없더라도 같은 잡지 같은 호에서 나머지 세 가지 지표가 2개 이상 나타난다면 단순 실수일 가능성은 거의 없다. 하지만 이런 판본들이라고 하더라도 다른 가능성도 있으니 교정쇄검열을 거친 납본검열본이라고 확증하기는 조금 이르다.

지금까지 살폈듯이 검열본 자료들 중에는 이미 조판이 완료된 상태에서 검열이 두 차례 이뤄진 판본들이 적지 않으며, 이런 이중검열은 단순하게 원고검열 이후 납본검열을 거쳤다는 식으로는 설명되지 않는다. 그렇다면 왜 이런 판본이 남아있는 것일까. 그 가능성은 다음 세 가지이다.

㉠ 재판(再版) 발행의 경우. 주로 단행본에 해당하며 물론 교정쇄검열을 거친 것이 아니다.

㉡ 잡지로서 호외나 별쇄본의 경우. 인쇄된 본호(本號)의 납본검열을 받은 결과를 반영하여 다시 호외나 별쇄본을 위해 납본검열을 들여보낸 판본일 수 있다. 그러니 이는 원고검열(또는 교정쇄검열)-납본검열-재납본 검열의 3중 검열을 받은 결과이다. 교정쇄검열을 거쳤을지는 따로 판단해야 한다.

㉢ 출판법 잡지 본호의 경우. 원고검열이 진행되는 동안 미리 조판작업을 진행한 뒤, 검열결과를 반영하여 납본검열을 신청한 판본일 경우도 있을 수 있다. 하지만, 1933년 교정쇄검열 양성화조치 이전에도 출판법 잡지의 교정쇄검열은 광범위하게 이뤄졌으므로, 교정쇄검열의 가능성이 더 높다(아래 3절 참조). 대체로 1920년대 초반 출판법 잡지라면 원고검열, 중후반부터는 교정쇄검열을 활용한 판본일 가능성이 높다.

㉣ 신문지법잡지의 경우. 교정쇄검열을 거쳐 다시 납본검열을 받은 판본이다.

결국 위 ①~⑤의 증거를 토대로 인쇄상태에서 두 번 검열 받았음을 확인할 수 있는 판본 중에서, 신문지법 잡지라면 교정쇄 검열을 거친 납본검열본이라고 확정할 수 있으며, 출판법 잡지라면 시기에 따라서 다른 가능성이 존재하지만, 교정쇄검열의 가능성이 더 높다고 요약할 수 있다.

이런 기준으로 판단할 때 『신생활』은 교정쇄검열을 활용한 잡지라고 보아야 할 것이다.[19] 총 9호가 발행된 이 잡지의 검열본은 2, 4호만을 제외하고 국립중앙도서관에 남아있다. 이미 1, 8호가 교정쇄검열을 받았음을 예시한 바 있거니와, 나머지 호에서도 교정쇄검열의 증거를 (강력하거나 다소 불충분한 차이는 있지만) 발견할 수 있다.[20] 특히 6호는 본호와 임시호가 함께 국립중앙도서관에 남아있어서 대조해볼 수 있는데, 본호에 이미 인쇄상태에서 두 번 검열을 받은 흔적이 역력하며, 임시호에는 검열지시가 그대로 이행되어 있다. 같은 잡지가 유독 결본인 2, 4호에서만 납본검열을 했을 가능성은 거의 없다.

국립중앙도서관의 검열본잡지들을 위의 방식대로 일일이 검토하면서 교정쇄검열을 거친 납본검열본인지, 아니면 아예 교정쇄검열본인지 확증하는 작업이 필요하다.[21] 그런 과정을 통해서 특정 잡지에서 한두 호라도

19 이렇게 확정하려면 『신생활』이 신문지법 잡지였다는 전제가 필요한 바, 첫 호부터 그러했는지는 조금 혼란스러운 대목도 있다. "신생활은 작년 3월부터 순간잡지로 발행하기 시작하여 오다가 동년 10월에 신문지법에 의하여 주간으로 발행하게 되었"(『매일신보』, 1923.1.10, 3면)다는 기사 때문이다. 물론 이 기사는 정확하게 어떤 뜻인지 좀 모호하지만, 순간으로 전환하는 6호부터 신문지법 잡지로 등록되었을 가능성도 전혀 없지는 않다.

20 특히 마지막 호인 9호는, 뒤에 보겠지만, 납본검열본이 아니라 교정쇄검열본인 듯하다.

21 교정쇄검열본과 납본검열본을 구분하는 것은 쉽지 않지만 단지 다음과 같은 추정을 제안하고자 한다. 즉 국립중앙도서관의 검열본 잡지들에는 '납본'이나 '견본'이라고 쓰여 있는 것이 많은 바, '납본'이라는 표시는 물론 납본검열본이겠고, '견본'이라는 표시는 혹 교정쇄

교정쇄검열을 거쳤음을 확증할 수 있다면, 그 잡지는 적어도 그 이후에는 교정쇄검열제도를 활용한 것이라고 보아도 좋을 것이다.[22]

교정쇄검열본과 납본검열본은 채만식의 표현대로 "나 자신과 문선 직공 한 사람과 교정보는 이 한 사람과 검열관 한 사람 총합 네 사람"[23]만이 읽을 수 있었던 판본이었다. 이런 사실을 모르는 채 연구했을 때 연구자의 자료 해석은 기본적으로 제약받는다. 그저 현재 남아있는 텍스트라면 모두 동일한 당대적 의미를 가지는 것처럼 착각해서는 안될 것이다. 또한 검열당국에서는 '온건한' 잡지에 한해서 교정쇄검열을 허용했던 점(아래 4절

검열을 들여보낸 것이 아닐까 추정한다. 실제로 『신생활』의 경우 국립중앙도서관에 모두 8권(6호는 본호와 임시호 2권)이 남아있다. 그 중에서 창간호・6호(임시호)・7호는 표지가 남아있지 않거나 아무런 표지가 없다. 3호에는 납본도장만 있으며, 5호에는 납본 표시와 함께 검열관의 도장, 6호에는 '견본'이라는 육필과 납본 도장, 그리고 "대정 11년 5월 27일 차압"이라는 육필이 있다. 또한 8호에는 납본 도장과 함께 '검열제'라는 육필, 검열관 도장이, 그리고 9호에는 '견본'이라는 육필만 남아있다. 납본 표시가 없이 '견본'이라고만 표시되어 있는 것으로는 9호가 유일하다. 이 9호에는 숱하게 많은 부분에 붉은 줄이 쳐져 있으며, "시사"라든가 "불온" 등 검열 의견들이 적혀있지만 막상 삭제 지시를 받은 곳은 세 군데였다. 염상섭의 「묘지」(3회분)와 일기자(一記者)의 「변호사론」은 전문삭제였고, RST의 「쇄공장(鎖工場)」은 부분삭제였다. 그러나 창간호 등에서 보이는 것과 같은 조판상태에서의 이중적 검열의 흔적은 보이지 않는다. 만일 이 판본이 납본검열본이라면 교정쇄검열에서는 단 한 건의 삭제지시도 받지 않았다는 뜻이 되겠지만, 다른 호 잡지들에 남아있는 많은 이중적 검열 흔적을 감안할 때 그렇게 믿기는 어렵다. 따라서 교정쇄검열을 들여보낸 판본이라고 추정할 수 있게 된다. 물론 이렇게 설명할 경우 6호에 '납본' 도장과 '견본' 육필이 공존함을 이해하기 어렵다. 또 납본과 견본이라는 용어를 혼용했을 가능성도 없지는 않다. 좀 더 많은 판본들을 세밀히 검토하여야 할 문제이다. 현재로서는 '납본' 도장이 없이 견본이라는 육필만 남아있는 판본은 일단 교정쇄검열본일 가능성이 좀 더 높으니 특히 주목하는 편이 좋겠다는 정도로 정리해둘 수밖에 없다.

22 이 장의 토대가 된 저자의 글(「식민지시기 교정쇄검열제도에 대하여」, 『한국문학연구』 28, 동국대 한국문학연구소, 2005.6)과 비슷한 시기에 이종호 역시, 『개벽』의 3개 판본, 즉 국립중앙도서관 소장본, 천도교 자료실 소장본(천도교 간부들에게만 사전 발송한 판본들이 중심을 이루고 있으며, 해방 후 그들이 교단에 기증했다), 동국대 중앙도서관 소장본(일반 독자에 발송 또는 판매한 판본)을 비교 검토하여 교정쇄검열이 적용되었을 가능성이 높다고 주장했다(이종호, 「『개벽』의 원본 분석을 통한 1920년대 검열 제도 연구」, 동국대 석사논문, 2005, '2-3. 『개벽』의 교본 검열 가능성' 참조).

23 설문 「다시 젊어지고 싶은가, 문사 심경」, 『삼천리』 8권 12호, 1936.12, 214쪽.

참조)을 감안한다면, 교정쇄검열의 양성화 이후 출판물의 내용에는 실제로 어떤 변화가 초래되었는가를 점검해보는 일도 의미 있을 것이다.

3. 교정쇄 검열제도의 성격과 성립 과정

원고검열은 신문지법에, 납본검열은 출판법에 각각 그 법적 근거를 두고 있다. 그러나 교정쇄검열제도는 법적 근거가 전혀 없다. 그렇다면 이 편법적 제도는 어떤 성격을 띠는 것이며, 왜 도입된 것일까.

1) 사전검열과 '사후검열'의 절충

앞서 살핀 바와 같이, 사전검열/사후검열이라는 분류는, 식민지시기 한국의 언론출판물을 대상으로 삼을 때라면, 분류의 효율성이 매우 떨어진다. 실제로는 거의 모든 대상을 동일한 범주(즉 사전검열)에 넣을 수밖에 없는 데다, 사전검열/사후검열의 보편적 구분 기준과 어긋난 것이기도 하기 때문이다. 따라서 식민지시기 텍스트의 경우 다른 분류가 필요한 바, 필자는 출판 및 판매과정의 어떤 단계에서 검열을 받는가에 따라서 구분하는 것이 효율적이라고 생각한다. 즉 원고검열, 교정쇄 검열, 납본검열(인쇄후 유통전 검열), 유통후 검열[24]로 나누자는 것이다. 앞의 셋은 사전검열

24 모든 검열을 거쳐 발매한 이후에라도 누군가 문제를 제기하면 재검열을 하여 발매금지 여

이며 유통후 검열만이 사후검열에 해당한다. 현재로서는 교정쇄검열과 유통후검열에 대해서는 거의 논외로 치면서, 원고검열을 사전검열로, 납본검열을 '사후검열'로 간주하고 있는 형편이다. 유통후 검열은 상시적이라기보다는 사회적 이슈가 생겼을 때만 예외적으로 실시된 듯하므로 일단 논외로 친다면, 교정쇄 검열은 사전검열/'사후검열'의 이분법으로는 보이지 않는, 그러나 당시에는 꽤 중요한 방식이었다.

2) 인쇄자본의 요구와 그 수용

언론학계에서는 교정쇄 검열제도에 대해 이미 간단하나마 언급한 바 있다. 예컨대 김근수는 1935년에 교정쇄 검열제가 도입되었다고 서술하였다.[25] 또한 최준은 "신문지법과 출판법의 철폐와 또는 근본적인 개정을 요구 투쟁한 결과로 월간잡지만은 1933년 9월부터 신문지법에 의한 것이 아니라도 정치 일반시사문제를 다루어도 좋고 또 원고 검열 대신 겔러로서 검열을 하게 되었다"고 밝히고 있다.[26]

하지만 이런 개괄적 언급만으로는 교정쇄검열에 대해 제대로 알 수 없다. 도입시점이 1933년, 1935년으로 맞서 있음은 차라리 지엽적이다. 교정쇄검열이란 법적 근거가 없었던 것이라는 점, 총독부의 제도개선과 관계없이 이미 관행적으로 실시되어 오던 것을 사후에 양성화한 것이라는

부를 결정했던. 매우 예외적인 경우를 말한다.

25 『한국잡지사 연구』, 앞의 책, 95쪽.

26 최준, 『한국신문사』, 일조각, 1960, 265쪽. 교정쇄검열의 도입시기에 대해 두 사람의 언급이 엇갈리는바, 뒤에 보겠지만 최준의 진술이 정확한 듯하다. 또한 최준은 교정쇄검열제 도입과 함께 '시사문제'를 취급하는 일을 허용하였다고 진술하고 있지만, 그 정확한 전거는 밝히지 않았다. 이 문제는 따로 검토해야 할 과제이다.

점, 특히 교정쇄검열을 허용하는 잡지는 '온건한 잡지'에 한정하였다는 점 등을 주목해야 할 것이다. 이런 점들을 빠뜨린 나머지 최준은 교정쇄검열을 단순히 '검열의 완화'라는 식으로만 서술하게 되었던 것이다. 물론 절차의 간편화라는 점에서는 검열의 완화라고 볼 부분이 없지 않지만, 그 절차상의 편의란 공식검열이 필요 없을 정도로 '국가'–자본검열을 철저히 이행한 잡지들에게만 적용하던 것이었다. 결국 교정쇄검열의 양성화란 검열의 완화라기보다는 민간검열로의 위양과 그 완성을 위한 정책수단이었다. 이에 대해 살펴보자.

(1) 인쇄자본의 절박한 사정

당시 잡지들의 큰 어려움 중 하나는 검열 때문에 발행일시를 맞출 수 없다는 점이었다. 발간의 정시성이란 상품으로서 잡지의 기본적인 요구였지만, "월간이 계간 연간으로 되는 것이 보통"[27]인 상황이 벌어졌다. 홍효민의 회고도 이같은 사정을 잘 짐작케 해준다.

> 월간잡지이건 단행본이건 자기네 마음대로 붙들어 두는 버릇이 생기었다. 잡지가 불온하다고 하면 한 달을 잡아 두는 버르장이는 보통이다. 이에 잡지사에서도 꾀를 내어 두 벌을 작성하여 한 벌은 검열에 제출하고 한 벌은 인쇄소에 보내어 인쇄를 시키게 되니, 검열이 나온 그 이튿날 잡지가 나오는 데는 저들도 깜짝 놀라는 일이 많았다. 그러나 그것이 '일부 삭제'니 '전문삭제'니 하는 따위가 붙게 되어 '전문삭제'는 오히려 나았다. 그 전문을 뽑아 버리면 그만인 까닭이다. 그러나 '일부 삭제'가 될 때는 잡지를 꺼내 놓고 일일이 묵으로 지우거나 다시 인쇄를 하여 복자

27 김근수, 『『개벽』 압수원본선집』, 영신아카데미, 1976, 92쪽. 그는 신문잡지의 3대난으로 자금난 검열난 원고난을 꼽고 있다.

로 만들거나 하지 않으면 안 되었다. 이래서 잡지가 발행 기일에 나오지 못하는 것은 말할 것도 없고, 잡지가 통 수지가 맞지 아니하여 그만 두는 일이 많았다.[28]

검열에 시간이 오래 걸리는 탓으로 잡지의 정시발간성은 매우 빈번하게 훼손되었다. 따라서 인쇄자본은 검열일정을 단축시키기 위해 노력하였다. 홍효민의 회고대로, 검열만 나오면 바로 인쇄에 붙일 수 있도록 미리 제작공정을 진행했던 것이다. 문제는 이 사전제작이 불법이라는 점이다. 당시 신문 기사는 이같은 사정을 잘 드러내준다.

종래 조선인 발행의 월간 잡지는 그 원고를 먼저 경무국 도서과에 제출하여 그 검열을 받은 후에 인쇄소에 넘기는 것이 출판법의 규정인데 만약 그러하지 않고 잡지 발행일에 지장이 생길까 염려하는 뜻에 원고 2통을 작성하여 1통은 검열에게 제출하고 1통은 인쇄소에 넘겨 인쇄에 착수한 후 나중에 검열이 나오는 대로 삭제한 개소만 삭제하고 곧 발행하는 일은 출판법 제 11조에 의하여 3년 이하의 징역, 100원 이상의 벌금에 처하게 규정되어 있는 바 지난 8일자 동아일보 응접실 난에 전기 사항에 대한 독자의 질문에 대하여 원고 2통을 작성하여도 좋다는 회답의 기사가 있어 이는 확실히 출판법 위반의 행위라고 경무당국은 인정하고 전기 동아일보에 엄중한 경고를 발하는 동시 일면으로 조선문 잡지 발행사의 실지를 ○○하였는바 현대상(現代像)이라는 잡지와 모○에서 발행하는 거개 잡지가 모두 전기와 같은 출판법 위반의 수속을 밟고 있음이 드러나 경무당국은 이들 잡지 발행자에 단연 엄중한 처벌을 하기로 되었다는데 이와 같이 동아일보의 잘못된 기사로 1만 독자에 위법행위를 내이게 함은 유감이라고 경무당국은 심려하고 있다.[29]

---

28 홍효민,「한국문단측면사」, 김동인 외,『한국문단이면사』, 깊은샘, 1983, 39쪽.
29「출판법에 의한 간행물 / 검열제출 동시에 / 원고를 또 만들어 인쇄에 붙임은 / 위법으로 엄

검열 이전에 인쇄공정을 미리 진행하는 일이란 상당 기간에 걸쳐 관례화되어 이미 법조항의 실효성이 상실될 지경에 있었음을 이 기사는 드러내 보여준다. '편법행위'를 해도 무방하다는 신문 보도가 있을 정도였으며,[30] 앞서 『신생활』의 사례를 통해 1920년대에 이미 이뤄지고 있었음을 확인한 바 있기도 하다. 이 보도를 계기로 1933년 9월 도서과는 교정쇄검열제도를 아예 공식적으로 허용하기로 결정, 공포했다.[31]

(2) 검열당국의 수용

그렇다면 검열당국에서는 어째서 이런 결정을 했을까. 물론 단순히 인쇄자본의 '편의'만을 위해서라고 믿을 수는 없다. 교정쇄검열의 허용이란 검열당국의 입장에서라면 다음과 같은 이중적인 위험을 감수하는 행위이기 때문이다.

첫째, 교정쇄검열이란 법적 근거가 없는 행정행위라는 점이다. 당시 출판법에는 인쇄 전에 원고를 제출하여,[32] 그리고 신문지법에는 '발행과 동시에' 인쇄물을 제출하여 검열 받도록 되어 있었다. 따라서 원고도 인쇄물

중처벌」, 『매일신보』, 1933.9.10, 2면, 제하 기사(◯는 판독 불가).

30 보도내용만으로 본다면 경무국은 『동아일보』 보도를 보고서야 이같은 현상을 발견하고 곧바로 실태조사와 함께 처벌에 착수한 것으로 되어 있지만, 이를 사실로 믿기는 어렵다. 검열의 실무자뿐만 아니라 적어도 도서과장까지는 편법적인 교정쇄검열이 시행되고 있음을 잘 알고 있었다고 보아야 할 것이다. 더군다나, 뒤에 보겠지만, 같은 지면에 곧 교정쇄검열제도를 도입하겠다는 도서과장의 담화가 실려 있음을 보면 더욱 그렇다. 9월 8일자 『동아일보』 기사를 읽은 뒤에야 실태를 처음 파악했다면, 위반 잡지를 적발하고 대책을 수립하여 9월 10일자로 새로운 검열제도의 도입을 공포한다는 것은 불가능한 일이기 때문이다. 따라서 홍효민의 증언 중에서 "그 이튿날 잡지가 나오는 데는 저들도 깜짝 놀라는 일이 많았다"는 대목은 다소 과장의 혐의가 있다.

31 「온건한 잡지는 / 교정검열로 / 검열수속상의 새로운 제도 / 시미즈[淸水] 도서과장 담(談)」, 『매일신보』, 1933.9.10, 2면, 제하 기사 참조.

32 출판법 2조에는 '고본(稿本)'을 제출하도록 규정되어있다. 국어사전에 따르면 고본이란 '초고 또는 필사본'을 가리킨다.

도 아닌 교정쇄로 검열한다는 것은, 뒤에 보겠지만 도서과장 시미즈 시게오[清水重夫] 스스로가 '편법'이라고 말하고 있을 정도로, 법적 근거가 없는 제도였다.

둘째, 교정쇄란 출판공정을 거의 대부분 진행시킨 상태에서 산출되는 것이라는 점이다. 사전검열이란 담론이 유포되기 전에 미리 차단하겠다는 것이고 보면, 교정쇄검열제도는 그 목적을 훼손할 위험성이 적지 않다. 제작공정이 완료된 상태인 교정쇄를 가지고 있다면 인쇄자본은, 물론 불법행위이지만 마음만 먹는다면, 그것을 다량 배포할 수 있는 물리적 조건을 갖추게 되는 것이다.[33]

이처럼 편법적인데다가 사전검열의 효과를 반감시킬 위험성까지 있는 교정쇄검열 제도를 총독부는 어떤 이유에서 도입하기로 결정한 것일까. 『매일신보』 같은 날짜 같은 면에 나란히 실린 기사에서 도서과장 시미즈는 이 제도에 대해 길게 언급하고 있는데, 그 골자는 대개 다음과 같다.[34]

① 조선인 언문잡지는 통치의 이념에 반하는 경향이 많았으나, 만주사변

33 물론 불법을 무릅써야 하는 일이지만, 실제로 『개벽』의 경우는 실제로 그런 식으로 납본검열을 받기 전에 잡지를 미리 발송해버리기도 했다. 또 『동사연표(東史年表)』는 검열에서 발매금지 처분을 받았지만 이미 인쇄된 것 중에서 몇 부가 저자 기증본의 형식으로 미리 유포되었다.(이겸로, 『통문관 책방비화』, 민학회, 1986, 238쪽). 이상화의 「빼앗긴 들에도 봄은 오는가」라거나 『동사연표』가 전문 압수당했음에도 불구하고 현재까지 전해져 올 수 있었던 것은 바로 이런 문제, 즉 이미 인쇄를 마친 책자를 민간에서 보유하고 있었다는 점 때문에 비롯된 것이다. 또한 앞의 『매일신보』 기사에서 보듯이 출판법 잡지들이 원고검열 이전에 미리 인쇄물을 만드는 일에 대해 엄격히 단속하겠다고 밝히는 까닭은 역시 이러한 사전유통의 가능성을 경계한 것이다. 납본검열의 결과 인쇄물들이 정확하게 어떤 시점에 압수되었는지, 또한 얼마나 완벽하게 독자로부터 차단될 수 있었는지에 대해서는 아직 정확하게 알지 못한다. 앞에 든 보기들도 그렇거니와, "압수처분이 전보다 비교적 빨리 되었으므로 분포된 곳이 극히 적다더라"는 보도(「신생활 13호 압수」, 『매일신보』, 1922.11.29, 3면 제하 기사) 등으로 미루어, 이 문제는 생각보다 간단치 않다고 본다.

34 「온건한 잡지는 / 교정검열로 / 검열수속상의 새로운 제도 / 시미즈[清水] 도서과장 담(談)」, 앞의 글 참조.

이후 '불온'한 잡지의 '정화도태'를 시행하여 획기적으로 순화되었다.

② 당국에서도 이에 부응하여 신문지법과 출판법의 이원적 적용에 대한 재검토 등 검열제도의 변화를 추진하였으나 내지와의 협의 문제 등 때문에 여의치 못하다.

③ 그러므로 우선 출판법에 의한 출판물 중에서 온건한 것들은 "활판에 부(附)한 그 교정인쇄로서" 검열을 받을 수 있도록 하는 '편법'을 적용키로 했다.

④ 이를 통해 "원고검열의 번잡한 수속이 극히 간편 편리케 되어 정기간행물의 발행일부(日付)가 검열에 저지됨이 없이 확보케" 될 것이다.

⑤ 교정쇄검열 제도를 적용받기를 원하는 자는 관할 도를 경유하여 승인서를 제출하여 당국의 승인을 받아야 하며, 앞으로도 이 제도의 혜택을 받을 수 있는 잡지가 계속 늘어나기 바란다.

한마디로 '온건한' 잡지에 대해서는 교정쇄검열을 허용할 터이니 신청하라, 그러나 '불온한' 것들은 계속 원고검열을 유지하겠다는 것이다. 신문지법과 출판법의 이원적 적용이란 논리적 근거가 희박한 것이었으며, 일본과의 차별 및 재조 일본인과의 차별 등 때문에 조선인의 항의가 집중되던 대목이었다. 총독부에서도 그런 인식은 일정 부분 공유하고 있었고 실제로 개정안을 마련하기도 했지만, 본국과의 조율이 여의치 않아서 그 개정은 미뤄져오고 있었다.[35] 그런 만큼 총독부는 법 규정을 엄격히 적용하지 않는 식으로, 즉 검열 이전의 조판작업을 묵인하는 식으로 대응해왔다. 그러던 중 『동아일보』 오보 사건을 계기로, 차라리 양성화하기로 결정한 것이리라.

35 최기영, 앞의 글; 장신, 「1920년대 조선의 언론출판관계법 개정 논의와 조선출판물령」, 『한국문화』 47, 규장각한국학연구소, 2009 참조.

편법적인 관행이 법적 합리성의 미비 때문에 비롯되는 경우, 그 관행을 묵인하는 일이란 더러 있을 수 있다. 하지만 그러다가도 사회적으로 말썽이 생기면 다시 법 그대로 적용하겠다는 결정을 내리는 것이 행정기구의 일반적 속성이다. 그럼에도 도서과는 편법적 관행을 아예 행정적으로 공식화한다는 매우 예외적인 결정을 내렸다. 그 까닭에 대해서는 아직 단정하기 어렵지만, 대체로 다음과 같은 요인들이 복합적으로 작용했을 것으로 추정한다. 당국의 방침에 순응하는 자세를 보여준 인쇄자본에 대해 당근을 제공함으로써 '온건성'을 장려할 필요성, '내열(內閱)'[36]이 이미 관행화되어 있었는데 교정쇄검열이란 내열의 성격도 지닌다는 점, 그리고 부수적으로는 시미즈과장의 행정 스타일,[37] 육필원고보다 교정쇄를 읽는 것이 검열의 실무에 훨씬 편리하다는 점 등이다.

무엇보다도 이런 편법적 제도의 도입을 통해 오히려 검열의 효율화를 기할 수 있다는 판단이 가장 중요한 고려사항이었을 터이다. 교정쇄검열

---

36 내열이란 비공식적 사전검열을 의미한다. 야마무로 신이치에 따르면, 일본에서는 사전검열제도가 없었음에도 불구하고 "출판자 측이 내무대신에 의한 발행금지처분이나 원고정정 명령 등을 피하기 위해서 원고나 교정쇄를 검열관에게 미리 제출하여 사전에 검열을 받아 정정하는 내열의 경우도 많아졌다". 또한 인쇄 이전에 목차와 필자명 등을 제출하여 검열 받는 형식의 내열도 인쇄자본의 필요에 따라 관행화되어 있었다(야마무로 신이치, 「出版・検閲の様相とその遷移 : 日本から滿洲國まで」, 『東洋文化』 86, 東京大 東洋文化研究所, 2006.3 및 2005년 2월 8일자 필자에게 보낸 사신 참조). 일본의 내열에 대한 좀더 자세한 사항은 고노 겐스케, 『檢閱と文學 : 1920年代の攻防』, 河出ブックス, 2009, 2장 참조. 한국의 경우도 "(『개벽』 편집진들은－인용자) 4월호 이후는 미리 내검열(內檢閱)을 받아 당국의 지시를 따르기로 약속"(경무국, 『조선에서 출판물개요』, 조선총독부, 1930; 김근수 편, 『일제치하 언론출판의 실태』, 영신한국학아카데미, 1974, 107쪽에서 재인용)했었다는 진술로 미루어 내열 제도는 있었음이 분명하지만 아직 상세하게 알려지지 않았다. 내열제도는 서구 검열에서는 찾아볼 수 없는, 일본 특유의 제도라고 추정된다.

37 시미즈는 3년 3개월간(1931.10～1935.1) 도서과장으로 근무하면서, 당시 급속도로 발전하던 레코드 영화 활동사진 분야의 현실을 반영하여 해당 검열제도를 일본보다 앞질러 일신하는 등 과단성 있는 행정을 펴냈다는 평가를 받았다(「시미즈 전 도서과장을 보내며」, 『경무휘보』, 1935.2 등 참조).

제도는 '온건한' 잡지에만 적용되는 선별적 합법화였다는 점이다. 그렇다면 교정쇄검열제도와 '온건성'은 구체적으로 어떻게 관련되는 것일까.

3) 권력과 자본의 타협–담론통제 효과

원고검열이나 납본 검열과 교정쇄검열의 차이는, 물리적으로만 본다면, 어느 정도까지 제작 공정을 진행시킨 상태에서 검열을 받을 것인가의 차이이다. 따라서 언뜻 보기에는 담론 통제의 효과와는 별 관련이 없을 듯하다.

하지만 제작공정을 어느 정도까지 진행시킨 상태에서 검열을 받는가 하는 문제는 제작비와 관련된다. 제작공정을 진행시킬수록 제작비는 더 많이 투입될 수밖에 없다. 당시의 영세한 인쇄자본으로서는 제작비 압박이란 자본의 존립 여부를 결정짓는 중요한 요소이었으며, 따라서 권력은 검열제도의 미세한 조정만으로도 인쇄자본을 압박할 힘을 지닌다. 교정쇄검열제도의 도입이란 검열제도의 근간을 바꾸는 일이므로 더욱 그러하다. 원고검열을 거쳐야 했던 출판법잡지의 경우와 납본검열만 받으면 되었던 신문지법 잡지의 경우로 나눠서 이 문제를 생각해보기로 하자.

(1) 출판법잡지의 경우

당시 인쇄물은 문선(文選), 조판(組版), 교정, 지형(紙型) 뜨기, 연판(鉛版) 굽기, 인쇄의 공정을 밟는 바, 교정쇄검열은 조판 과정까지 끝난 뒤에 이뤄진다. 그런데 당시 문인들의 회고를 종합해보자면 책 인쇄에 드는 경비에서 가장 큰 비중을 차지하는 것은 조판비였다.[38] 따라서 원고검열이 원칙인 출판법 매체가 교정쇄검열로 이행할 경우 검열 전에 투입되는 제작비는 훨씬 늘어나게 된다.

원고검열에서 삭제지시를 받는 경우는 인쇄비의 지출은 없다. 하지만 교정쇄 검열에서 압수당할 경우, 또는 너무 많이 삭제지시를 받아서 조판을 새로 해야 할 경우라면, 이미 투입한 조판비는 그대로 손실이 된다. 또한 재조판을 할 정도로 삭제지시가 많지는 않더라도, 검열관의 수정지시가 많을수록 비용이 많이 들게 된다. 여러 가지 방식으로 복자를 만드는 등 조판 내용을 재조정해야 하는 바, 그것이 모두 일손이 가는 일이니 경비가 지출되는 것이다. 게다가 제작공정도 지연된다. 앞서 살핀 대로 인쇄자본이 교정쇄검열을 선호했던 까닭이란 검열 기간에도 제작공정을 동시에 진행시킴으로써 발간일자를 최대한 지키려는 것이었으므로 더욱 그렇다. 검열에 저촉되는 대목이 많으면 추가 작업도 많이 필요하게 되고 발간일자를 지키는 일 또한 어렵게 되는 것이다. 이처럼 원고검열에서 교정쇄검열로 이행해가는 일은 인쇄자본에게 검열행정의 간편화라는 당근이기만 한 것이 아니라 위험부담도 높아지는 일이었다. 따라서 자본은 공식검열에 넣기 이전에 자체 검열을 더 강화하였을 것이다.

원고료도 부담스럽기는 마찬가지였다. 잡지의 경우는 발행 이후에 원고료를 지급하는 것이 대부분이었지만, 단행본은 일부를 선지급하거나

---

38 예컨대 조풍연은 '46배판 60여 면 1천 부를 인쇄하는 데 60원이 들었다'고 회고한다(「3·4문학의 기억」, 김동인 외, 앞의 책, 181쪽). 이 중에서 표지인쇄료로 10원이 들었다고 하니까, 종이값 및 인쇄비 등을 제외한다면 약 40원 정도가 조판료(문선 및 조판공정에 드는 비용을 합산한 개념이다)로 들어가는 셈이다. 또한 1940년도에는 더 올라서 국판 한 페이지 조판료가 90전으로, 『문장』지 3권의 정가와 맞먹는 돈이었다고 회고한다(「문장·인문평론 시대」, 김동인 외, 같은 책, 224쪽). 이렇게 조판비가 많이 드는 까닭은 활판인쇄의 특수성 때문이다. 즉 문선 및 조판공정에 많은 노동력과 시설들이 동원되어야 하기 때문이다. 물론 이는 현재의 컴퓨터인쇄에서는 거의 들지 않는 비용이다.

아예 매절하는 경우가 많았으므로,[39] 검열 저촉 가능성이 높은 원고는 아예 출판을 하지 않으려는 경향이 강했다(3부 1장 참조). 이렇게 원고료를 이미 투입한 단행본의 경우는 거의 교정쇄검열의 필요를 느끼지 못했던 듯하다. 가뜩이나 원고료를 이미 투자한 상태인 단행본이 교정쇄검열로 이행하려면 조판비까지 투입한 상태에서 검열을 받는 셈인데, 불허가 판정이 나오면 더욱 곤혹스럽게 되는 것이다. 또한 단행본은 정시 출판의 요구가 비교적 약하기도 하다. 교정쇄검열이 정기간행물에 국한되었음은 이 때문일 것이다.[40]

요약하자면, 인쇄자본으로서 자본투여량이 훨씬 많은 교정쇄단계에서 검열을 넣는 것은, 검열결과에 따라 심각한 손해를 보지 않을 것이라는 믿음 없이는 선택하기 어려웠다. 하지만 발간의 정시성을 확보하여 상품성을 높이기 위해서는 꼭 필요한 제도이기도 했다. 검열당국은 이를 간파하여 교정쇄검열제도를 통해 인쇄자본이 스스로 담론의 수위를 조절토록 하는 것이 더 효율적이라는 정책적 판단을 내렸던 것이며, 인쇄자본으로서는 제도의 혜택을 계속 유지하기 위해서 내부적 검열을 강화했을 가능성이 높다.

(2) 신문지법 잡지의 경우

『신생활』의 경우에서 보듯이 신문지법 잡지들도 교정쇄검열을 받는 경우가 있었다. 어째서 '사후검열'로 인식되던 납본검열을 적용받을 수 있었던 신문지법 출판물들이 사전검열의 일종인 교정쇄검열을 택하게 되었을

39 방효순, 「일제시대 민간 서적발행활동의 구조적 특성에 관한 연구」, 이화여대 박사논문, 2001, 81～101쪽 참조.

40 「정기간행물에 한하야 교본검열제를 실시」, 『동아일보』, 1933.9.10, 2면.

까. 이 역시 경제적 요인 및 정시발간성과 주로 관련될 것이다.

신문지법 잡지들은 원칙적으로는 인쇄가 완료된 상태로 검열을 받아야 하지만, 인쇄까지 마친 뒤 검열결과가 심각하게 나오면 경제적 손실이 매우 크다.[41] 아예 압수를 당하거나, 그렇지 않더라도 각종 검열지시를 반영하기 위해서는 아예 재인쇄를 하거나 새로 복자를 만드는 작업을 해야 하니 추가경비가 발생한다. 또 작업량이 많아져 발행일을 맞추기 어렵게 된다. 교정쇄 검열은 이같은 부작용을 최소화하기에 적절했다. 납본검열과 비교할 때, 조판비까지는 동일하게 들어가지만 인쇄비는 투입되지 않은 상태에서 검열을 받게 되며, 한 번 검열을 받아두면 납본검열에서의 지시는 줄어들 테니 작업량도 줄일 수 있는 것이다.[42] 이렇게 신문지법잡지들이 교정쇄검열을 활용하는 경우라면 검열 결과가 인쇄자본에 미치는 타격은 더 적을 수 있다. 따라서 신문지법잡지들의 경우, 인쇄자본의 자체검열 필요성은 납본검열보다 오히려 교정쇄검열의 경우가 약해진다.

검열당국의 입장에서도 신문지법잡지들의 교정쇄검열이란 법적 의무사항이 아니었으니 법에 보장된 납본검열의 '권리'를 일정부분 포기하면서 검열을 받겠다는 것을 거부할 명분은 마땅치 않았다. 더군다나 납본검열을 통해 다시 한 번 검열할 기회도 있었으니, 인쇄 이전에 당국의 뜻을 타진해오는 일에 대해 거부할 이유가 별로 없었을 것이다.[43] 출판법잡지

41 시대는 다르지만, 창작과비평사의 백낙청은 "1980년대에 책을 다 만들어놓은 뒤에 압수당하는 것이 출판사를 경영하는 입장에서는 훨씬 더 큰 타격이었다. 검열당국은 출판사를 골탕 먹이기 위해서 '불온서적'의 제작이 진행되는 것을 알면서도 내버려두었다가 인쇄가 완료된 시점에 압수하기도 했다"고 회고했다(2004.12.17, 성균관대 검열 학술대회장에서 필자와 인터뷰).

42 물론 원고검열의 경우가 투여자본은 최소화된 단계에서 검열을 받게 되지만, 발간의 정시성을 맞추기도 어렵고, 또한 법적으로 '사후검열'을 보장받은 신문지법잡지에서는 원고검열을 선택하기란 거의 불가능한 것이었으리라.

43 자료가 부족하여 아직 무어라 말하기 어렵지만 두 가지 가능성을 더 추정한다면 다음과 같

에 대한 교정쇄검열은 우여곡절 끝에 공식화하는 과정에 대해 제법 세세한 기록이 남아있음에 비해, 신문지법 잡지의 교정쇄검열에 대해서는 뚜렷한 계기라고 볼만한 기록이 없다는 현상도, 이렇게 본다면 자연스럽게 설명할 수 있다.

한마디로 교정쇄검열은 원고검열과 납본검열의 중간적 단계로서, 불합리한 검열법제와 실제의 검열과정 및 출판물 유통과정이 서로 충돌하면서 생기는 여러 부작용들을 줄이기 위해 인쇄자본과 총독부가 서로의 필요에 의해 도입하고 양성화한 제도였다. 신문지법과 출판법에 의한 잡지 모두가 활용했지만, 인쇄자본의 자체검열 강도에 미치는 영향은 대조적이었을 것으로 추정한다.

다. 첫째, 신문지법잡지의 교정쇄검열이란 일종의 내열에 해당한다고 간주했을 가능성이 있다. 둘째, 신문지법잡지들이 대체로 사회적 영향력이 큰 편이었음을 감안할 때, 문화통치를 표방한 당국으로서도 잡지들이 지나치게 자주 발매금지되고 발간의 정시성을 지키지 못하며, 그 반복을 통해 잡지자본의 존립까지 문제가 되는 일은 바람직하지 않다고 판단했을 가능성도 있다.

철도·통신 등 근대 기술과 인쇄물 검열

1. 들어가며

정보의 대량수집 및 대량유포를 특징으로 삼는 근대 매스미디어가 성립하고 정착하는 물질적 기반에는 각종 근대적 기술이 있었다. 이 글에서 주로 주목하게 될 정기간행물(신문과 잡지)의 기술적 기반이라면 철도, 통신,[1] 그리고 인쇄술을 들 수 있다. 근대적 통신의 성립에 따라 근대적 신문 잡지는 훨씬 광범위한 지역을 대상으로 취재범위를 넓히는 한편 구독료(식민지시기에는 주로 우편환 제도였다)를 효율적으로 징수할 수 있었다. 또한 철도의 부설에 힘입어 인쇄물을 광범위한 지역으로 신속 정확하고 값싸

1 이 글에서 통신이라 함은 전기적 통신(전보 및 전화)과 인간적 통신(우편 등)을 포괄한다.

게 배달할 수 있었고, 인쇄술의 발전(및 값싼 종이의 보급)에 의존하여 싼 값에 대량 인쇄할 수 있었다. 이렇게 이전보다 훨씬 넓은 지역의 훨씬 많은 정보를 신속하게 취재하여 담론을 대량생산하고 다중에게 싼값에 신속하게 보급하는 매스미디어의 출현에 따라 사회는 매우 커다란 변화를 겪게 되었다. 자국어 신문과 소설의 폭넓은 보급에서 근대 국민국가 탄생의 문화적 요인을 찾았던 베네딕트 엔더슨의 널리 알려진 주장은 그 대표적인 보기이다.

정보의 입수범위가 훨씬 넓어지고 정보량이 급증하였으므로, 그 많은 정보 중에서 어떤 것을 선택하여 유포시킬 것인가는 좀 더 중요한 문제가 되었다. 매스미디어들은 누구의 관점을 주로 채택하는가, 또 그 과정에서 어떤 정보의 왜곡이 발생하는가는 언론학의 핵심적인 관심사 중의 하나이지만, 이 글에서는 한국에서 근대 신문잡지의 초창기인 식민지시기에 국한하여, 그리고 근대적 기술의 '국가'[2] 소유라는 측면에 집중하여 살피고자 한다. 기술의 소유 문제가 중요한 까닭은 물론 그 기술의 통제권이 소유권에 의해 좌우되었기 때문이다.

신문의 3대 기반기술인 철도 통신 인쇄 중에서 식민지시기에는 철도와 통신을 식민권력이, 인쇄술을 자본이 각각 소유하였다.[3] 정보의 주된 출처이자 최종 수신자인 조선 대중은 전혀 소유권이나 통제권을 갖지 못하였던 것이다. 게다가 식민지 상황에서 매스미디어에 대한 공공성 주장은

---

2 조선총독부 소유였지만 '국가' 소유라고 표현한다. 조선총독부는 물론 통상적인 의미에서 국가가 아니지만, 천황의 직할조직으로서 국가적 성격 또한 지니고 있었다는 점, 또한 주요 기술의 국가소유는 해방 이후에도 지속된다는 점을 함께 감안하여, 따옴표 속의 '국가'라는 절충적인 표기를 택한다.

3 조선에서 철도의 소유는 1945년 현재 국철 79%, 사철 21%로 '국가' 소유가 압도적이었으며(이용상, 「한국철도사에 대한 기초연구—연속성과 단절을 중심으로」, 『한국철도학회논문집』 8권1호, 한국철도학회, 2005, 65쪽 참조). 통신은 거의 전적으로 '국가' 소유였다.

극도로 제한될 수밖에 없었으며,[4] 식민권력이나 인쇄자본에 의한 정보선택은 단순한 정보의 취사선택이라는 차원을 넘어서 검열, 또는 선전의 차원에서 시행되었다. 뒤에 보겠지만 근대기술에 대한 접근이 '비합법적'[5] 매체에는 허용되지 않았다는 점, '합법'매체에는 각종 기술이용료를 대폭 할인하면서 이를 인쇄자본 통제의 수단으로 악용했다는 점, 그리고 근대기술의 이용과정에서 국가검열이 자동적으로 개입하는 시스템이 확립되었다는 점 등은 그 단적인 증거이다. "식민 제국을 묶는 권력의 그물은 증기 강철 뿐만아니라 전기로도 구성되었다"[6]는 진술은, 기차와 (전기적)통신술과 인쇄술을 아우르는 진술이라는 점에서, 식민지 조선의 언론과 일본의 관계에도 그대로 적용할 수 있다.

따라서 근대적 담론의 형성·유통과정 연구에서 근대적 기술의 소유문제는 핵심적인 연구대상 중 하나이다. 그러나 식민지 시기에 철도 통신 인쇄의 세 기술이 모두 검열과 긴밀하게 연관되어 있었다는 점은 거의 주목 받지 못했다. 기존의 검열연구는 대체로 매체의 기반기술 문제에 대해 소홀해왔거니와, 그 중에서도 철도 및 통신의 문제와 연관 짓는 연구는 아직 없었다. 특히 철도와 통신을 식민권력이 소유하고 관리하였다는 점은 '국가'검열의 효율화에 크게 기여하였다.[7] 이 '국가' 소유의 근대 기술이 담

---

4 매스미디어의 성격에 대해서는 사기업으로 보는 견해, 문화적 정치적 활동조직으로 보는 견해, 공익봉사제도로 보는 견해가 있는데(서정우 외, 『언론통제이론』, 법문사, 1993(4쇄), 25~30쪽 참조), 이 견해들은 매스미디어가 각각 자본, 국가, 사회에 귀속되는 것으로 보는 것이라고 요약할 수 있다. 식민지시기 초기에는 공익제도로 보는 견해가 우세했지만 후기로 가면서 크게 위축되었다.

5 비합법이라는 용어는 식민지배의 합법성을 전제로 삼는다는 점에서 문제가 있다. 하지만 이미 널리 통용되고 있음을 존중하여 따옴표 속에 넣어 처리하는 절충을 취한다. 합법이라는 용어 역시 마찬가지이다.

6 Daniel Headrick, *Tentaclees of Progress : Technology Transfer in the Age of Imperialism, 1850~1940*, New York : Oxford Univ. Press, 1988, p.98; 다칭 양, 「일본의 제국적 전기통신망 속의 식민지 한국」, 신기욱 외, 『한국의 식민지 근대성』, 삼인, 2006, 245쪽에서 재인용.

7 이 장에서는 통신과 철도의 '국가' 소유가 검열과 어떻게 관련되는가를 주로 다룬다. 인쇄술

론 통제에 어떤 방식으로 관련되었는지를 개략적으로나마 살피는 것이 이 장의 주된 목적이다.

2. 근대기술과 검열

1) 통신과 검열

식민지 조선에서 전기적 통신기술(전화 및 전보)은 주로 치안유지를 위하여 매우 급속하게 설치되었다. 임오군란, 기미독립운동 등 주요한 항일투쟁을 계기로 급속하게 전기적 통신망이 증강되었다는 점, 또한 항일투쟁 세력들은 이 전신망을 주된 파괴목표로 삼았고 일제는 그때마다 신속하게 복구했다는 점은 그 단적인 증거이다. 예컨대 1919년 의친왕이 독립운동에 동참하기 위해 상하이로 탈출을 시도했을 때, 일본 경찰은 전신망을 통해 모든 경찰력을 가동하였으며, 그 결과 국경을 넘어 만주 안동역에 막 내리고 있던 의친왕을 발견해낼 수 있었다.[8] 통신이 식민지 통치를 위해 얼마나 효율적이었는지를 입증하는 단적인 보기이다.

이 전기적 통신기술이 근대 언론에도 매우 긴요한 것이었음은 물론이다.

은 자본이 주로 소유하였으므로 이 글에서는 논외로 하면서 '비합법' 매체와 인쇄술의 관계에 대해서만 간략하게 살핀다. 단지, 인쇄술과 '국가' 검열의 연관성은, 일정한 인쇄시설과 자본(보증금)을 갖춘 자에게만 발행허가를 내주었다는 점, 검열 결과에 따라 인쇄설비를 압수하기도 했다는 점, '삭제'라는 (인쇄자본의 경제적 손실을 최소화하는) 절충적 검열제도의 존재 등을 통해 설명할 수 있으리라는 점을 덧붙여둔다.

8 다칭 양, 앞의 글, 249~250쪽.

언론의 보도과정은 취재, 송고, 편집, 인쇄, 배달로 나눠 생각할 수 있는데 식민지시기 통신기술은 주로 취재 및 송고, 배달 과정에서 필수적인 요소였다. 그렇다면 이 통신기술은 언론통제에 어떤 방식으로 관련되었던가.

(1) 취재 과정에서 통신의 개입

기자들이 직접 취재하기 어려운 지역의 정보 접근을 위해서는 통신기술에 의존할 수밖에 없다. 즉 해외 뉴스의 경우 식민지시기 언론은 특정한 선행매체(주로 통신사가 제공하는 기사)에 의존할 수밖에 없었던 바, 이 통신사의 기사들이 이미 '국가'검열을 거친 것이었으므로 취재원의 차단이나 왜곡이 자동적으로 발생한다. 특히 해외 독립운동 세력의 존재, 그리고 기미만세운동이 해외의 독립담론들과 긴밀하게 관련되었던 점 등을 감안하여 총독부는 해외 정보의 입수를 통제하는 데 주력하였다.[9] 이 시기 해외통신은 거의 예외 없이 일본자본의 통신사에 의존하는 구조였는데,[10] 특히 1936년 이후 해외정보의 유입은 거의 대부분 동맹통신사에 의존하였다. 일본 내각정보부가 설립을 주도하고 감독한 국책기관인 동맹통신사는 "일본의 모든 정보는 '동맹'으로부터 세계에, 세계의 정보는 '동맹'에서부터 일본에라고 하는 등식"으로 상징되는 정보의 '출납기관' 구실을 하

9 『동아일보』 2차 정간의 계기가 소련 국제농민조합본부의 3·1절 축하전문 게재 때문이었고, 제3차 정간 역시 미국 네이션지 주필의 창간10주년 축사 게재 때문이었다는 점도 검열권력이 해외통신에 대해 민감했음을 말해주는 한 사례이다. 특히 검열을 받는 통신사를 거치지 않고 직접 해외와의 통신을 통해 해외기사를 입수한 예외적인 경우이기 때문에 좀 더 혹독한 검열결과를 불러온 측면도 있을 것으로 추정한다.

10 1900년 영국의 로이터 통신이 한성에 들어왔다고 하나(최준, 『한국신문사』, 일조각, 1960, 142쪽) 그다지 널리 활용된 것 같지는 않다. 언론사의 통신사 활용은 1920년대 초부터 활성화되었는데 초기에는 연합통신 제국통신, 그리고 1936년부터는 동맹통신에 주로 의존하였으며 이들은 모두 일본 자본이었다(같은 책, 267쪽 및 계훈모 편, 『한국언론연표(1881~1945)』, 관훈클럽 신영연구기금, 1979, 728쪽 참조).

였다.[11] 이런 구조 속에 있었으므로 조선의 언론사는 해외정보의 입수단계에서부터 제한이 가해질 수밖에 없었다. 제도적으로 강제된 자동적 검열인 셈이다.

(2) 송고과정에서 통신의 개입

기자들이 직접 취재한다고 하더라도 이를 본사에 송고하는 과정에서는 통신기술에 의존할 수밖에 없다. 예컨대 지방 주재 기자 및 특파원들의 기사, 그리고 독자투고는 전보나 전화, 우편 등을 통해 본사에 전달되었다. "급속히 특보할만한 것은 물론 신문전보를 이용하였으나 대개는 우편으로 하였으며 한편 큰 도시의 지국과는 그 신속을 기하기 위하여 매일 예약전화로 연락되었"[12]던 것이다. 이 과정에서도 '국가'검열은 통신검열의

11 이연, 『일제하의 조선중앙정보위원회의 역할－정보선전과 언론통제정책을 중심으로』, 서강대 언론문화연구소, 1993, 35~36쪽. 그러나 통신사가 언론사에 타전하는 해외기사들은, 엄격한 통제를 받긴 했지만 정보의 완전한 차단은 아니었다. '게재금지'에 해당하는 것이라 하더라도 그 내용까지 밝혀져 있어서 기자들은 어떤 사건이 있었는지 정도는 알 수 있었다는 것이다("동맹통신으로부터 '이러이러한 기사는 게재불가'라는 기별이 오는데 반드시 '이러이러한 기사'의 내용이 적혀 온다. 우리는 그것들에서 '사이판'의 함락도, '오끼나와'의 피점(被占)도, '과달카날'의 철수도, 그리고 '카이로 선언'에 의해 우리가 일본으로부터 해방되는 것도 미리 알게 되었다."(조풍연, 「부끄러운 기자생활 …… 단련만은 소득」, 『언론비화 50편－원로기자들의 직필수기』, 한국신문연구소, 1978, 285~289쪽 참조)). 물론 정보제공을 목적으로 하는 것이 아니라 '게재금지'에 해당하는 것이 어떤 것인지만을 알리려는 것이니 개괄적인 내용만이 소개되었을 터이다. 그러나 축약된 정보인 데다가 보도할 수는 없다는 한계 속에서라도, 해외정보의 일정한 전달은 적지 않은 의미가 있다. 조선 밖, 또는 일제 밖 공간에 대한 편집자들의 세계사적 인식을 구성하여 다른
기사들을 취급하는 데 영향을 끼치게 되었을 것이기 때문이다.

12 최준, 앞의 책, 267쪽. 그러나 전기적 통신의 급속한 보급에 따라 우편에 의한 송고는 점차 줄고 전화 송고가 늘었으며 특히 인쇄자본의 독자적 통신수단 보유도 증가했다. 예컨대 『조선일보』는 1927년 5개 회선의 사설(私設) 전화교환기 설치, 1935년 전용비행기 구입 등 근대 통신기술의 도입을 통한 속보경쟁을 선도하였다(『조선일보 60년사』, 조선일보사, 1980, 참조). 이런 사설통신망의 검열에 대해서는 아직 알 수 없다. '예약전화' 제도에 대해서는 뒤에 설명한다.

방식으로 작동된 듯하다.

식민지 조선의 통신검열에 대해서는 아직 연구성과나 자료가 없으므로[13] 일본이나 만주에서의 연구성과를 참조해보자. 먼저 고바야시 히데오는 관동군 헌병대의 『검열월보』(1937~1945)를 발굴, 만주검열의 실상에 상당부분 접근할 수 있었다.[14] 관동군 정보부와 헌병대가 주로 담당한 만주의 검열은 통상적인 언론 이외에도 우편 전화 전보 등을 포괄하였는데, 특히 우편에 의한 군사비밀의 유출을 막는 데 주력했으며, 일본 우편검열의 모델이 되었을 가능성이 높다고 한다.[15] 요시찰대상의 명단(블랙리스트)을 작성하고 이들의 편지를 집중적으로 검열하였는데, 봉투를 감쪽같이 열어 볼 수 있는 장비를 갖추고 검열하여 문제가 없을 경우는 다시 붙여 발송하고, 적발된 것들은 압수하여 이를 분석하고 자료로 만들어 보관 활용하였다.

한편 다케야마는 일본에서 전보검열이 실행되었음을 확인하였다.[16] 모든 전보는 우편국장의 책임 아래 검열을 실시하여 일부를 삭제하거나 아예 배달치 않았다는 것이다. 특히 러일전쟁에 출정하는 아들과 노모(老母)

13 다칭 양의 글(앞의 글)은 근대적 통신과 조선의 식민지배를 연결시킨 거의 유일한 연구이지만 통신검열에 대해서는 구체적으로 다루지 않았다(고바야시 소메이[小林聰明]의 「미군정기 통신검열체제의 성립과 전개」, 『서울대 규장각 한국학연구원 국제워크샵 '일제하 한국과 동아시아에서의 검열에 관한 새로운 접근' 자료집』, 서울대 규장각 한국학연구원, 2006.12.7~8, 57~186쪽) 역시 식민지 시기는 다루지 않았다.

14 고바야시 히데오[小林英夫]·장지퀴앙[張志强], 『検閲された手紙が語る滿洲國の實態』, 小學館, 2006.

15 「전투상보(詳報)」나 「진중월보(陣中月報)」 등 군 기밀문서가 우편을 통해 가족 등에게 발송되던 도중 적발한 경우도 있었는데 이는 해당 부대의 내부 검열을 이미 통과한 것이라는 점에서 심각한 정보유출로 간주되었다고 한다(위의 책, 54~55쪽).

16 다케야마 교우지, 『報道電報檢閱秘史』, 朝日新聞社, 2004 참조. 이 책은 특히 전쟁보도에 대한 대중들의 요구에도 불구하고 검열(주로 전신검열)에 의해 정보를 충분히 전달할 수 없게 된 일본신문들이 창작에 가까운 감상적 종군기를 주로 싣게 되는 '기사의 연성화' 현상을 불러왔다고 비판하고 있다.

가 헤어지는 장면을 그린 수필로 일본의 국정교과서(『국어독본』)에 14년간 실려 있던 「이타로야아이[一太郎やあい]」에 관한 흥미 있는 사례를 다케야마는 제공한다. 이 '애국미담'이 어떤 과정을 통해 취재되어 교과서에 수록되는가를 추적한 뒤에, 이 '미담'의 원천이 된 실제 사건이었던 러일전쟁 출정식 장면에 대한 지방 주재기자의 기사가 본사에는 일부가 삭제된 채 전달되었음을 입증한 것이다. 전보검열을 통해 우편국장이 삭제했기 때문이다. 동일한 사건에 대해서 국가는 '애국미담'으로 미화하여 교과서에 실을 수 있었지만, 언론사는 이 정보에 대한 접근조차 원천 차단되었던 것이다. 통신기술을 독점한 국가의 검열 때문이었다.

일본과 만주에서 우편검열과 전보검열이 시행되었다면 조선에서도 이 두 검열이 시행되었을 것이다. 특히 우편검열은 실시된 것이 확실하다. "외국에서 발간된 국문지 혹은 국한문 또는 한문의 신문지 중 봉통우체(封筒郵遞)에 의한 것은 통신관리국의 통지에 따라 경무국이 이를 검열하여 처분을 결정할 것. 단 통신관리국은 내부의 결정이 있을 때까지 봉통우체의 배달을 유보할 것"[17]이라는 규정은 통감부 시기에 이미 해외우편 검열이 이뤄졌음을 말해준다. 또한 식민지시기의 우편검열은 미와, 이광수 등의 회고에서 확인된다. 유명한 고등경찰 미와[三輪利三郎]는 허무당(虛無黨) 선언서 우송 사건을 적발한 회고에서, 이 '불온' 우편물이 차단되지 않고 배달된 까닭에 대해 이렇게 회고한다. "평소 같으면 우편국은 그것을 발송 배달하기 전에 금제(禁制)의 불온문서로서 몰수하였을지도 모르나 연하우편 누적으로 분주한 때다. 따라서 스탬프함에만 전(全)정신을 쓰고 직무의식은 추호도 없이 무의식적으로 일을 했기 때문이다."[18] 허무당선언

17 최준, 「교포신문과 일본의 침략정책」, 『한국신문사논고』, 일조각, 1976, 280~281쪽 참조.
18 미와, 「허무당선언서의 사건과 그 전모」, 지중세(池中世) 역편, 『조선 사상범 검거 실화집』,

서 발송자들은 의도적으로 연말연시의 바쁜 틈을 타서 '불온'문서를 보냈다는 것이다. 이광수 역시 우편검열이 시행되고 있었다는 회고를 남기고 있다.[19]

한편 조선에서 전보검열이 실시되었다는 증거는 아직 없으며 방증만이 있을 뿐이다. 즉 신문전보는 '화문(和文)의 보통체'로 해야 한다는 규정[20]의 목적 중 하나는 전보검열의 효율성을 위해서일 가능성이 높다. 통신비밀이란 방첩활동에 매우 중요하므로 체신국 책임자의 대부분을 일본인으로만 한정하였다는 것이니,[21] 이 일본인 책임자들이 전보를 검열하기 위해서는 일본어 사용이 필수적이었을 것이다.

이밖에 '제국 검열'은 긴밀한 상호참조시스템을 유지하고 있었다는 점, 통신검열의 속성으로 미루어 수신자 쪽과 송신자 쪽을 함께 검열해야 효율적이라는 점들도 감안해야 한다. 종합하건대 일본과 만주에서 통신검열을 시행했다면 조선에서만 시행하지 않았을 가능성은 거의 없다. 특히 앞서 살핀 고바야시와 다케야마의 성과는 모두 우연히 발견된 당시 검열자료를 토대로 삼은 것이었다는 점에 유의할 필요가 있다.[22] 증거자료가

1936(여강출판사, 1986, 영인본, 4쪽). 이 선언서는 등사물이었다. 우편국이 분주한 연말연시를 틈타 '비합법' 인쇄물 발송을 시도한 이 사례는 근대적 기술제도의 이용을 금지당한 특정집단이 제도의 빈틈을 활용하여 검열우회를 시도했다는 점에서도 주목할 만하다.

19 "내게는 편지도 여러 장 왔다. 그중에는 욕설하는 편지도 있고, 협박장도 있었다. 나는 그들에게 내게 오는 편지가 모두 경찰의 눈에 검열되는 것을 알리고 싶었으나 길이 없었다."(「나의 고백」, 『이광수전집』 13, 삼중당(三中堂), 1962, 271~272쪽 참조).

20 '전보규칙'('조선총독부령' 93호) 제122조, 『조선총독부관보』(호외), 1925.10.10.

21 다칭 양, 앞의 책, 256~257쪽 참조.

22 고바야시의 연구의 시발이면서 기초가 된 『검열월보』는 1953년 옛 관동군 헌병대사령부 자리에서 건물 신축공사를 위해 지하굴착 중에 우연히 발굴되었다. 관동군은 패전 직전에 모든 기밀문서를 소각파기하라는 명령을 내렸는데, 예상 밖으로 급속하게 패주하는 바람에 『검열월보』는 완전하게 파기하지 못하고 묻어둔 것이었다. 이후 1970년대 구 만주국 자료를 정리할 때 많은 문서가 보존가치가 없다는 판단에 따라 처분되었지만 이 『검열월보』는 다행히 보류판정을 받아 남아있었다. 다케야마의 일본 전보검열 연구 역시 마루야마[丸山]

발견되지 않았더라면 일본이나 만주에서의 우편 및 전보검열에 대해서도 그 실체를 파악하기 어려웠을 정도로 검열관련 자료는 인멸되었던 것이다. 이런 사례만 보더라도 알 수 있듯이, 식민지시기 검열관련 자료들은 매우 희소한 실정이니 구 일본제국 지역의 성과와 자료들을 상호 참조하는 일은 불가피하고도 절실하다. 한국에서의 통신검열에 대해서도 현재로서는 이런 접근방법을 채택할 수밖에 없으니, 아직 확증할 수는 없지만 실시된 것으로 일단 간주하여도 무방할 것이다.

지금까지 살폈듯이 조선에서 우편검열은 실시되었음이 확실하고 전보검열 또한 실시되었을 가능성이 높다. 기사의 송고과정에 개입될 수밖에 없는 테크놀로지를 '국가'가 장악하여 검열을 시행하였으니, 언론사는 이미 검열 당한 기사를 토대로 편집에 들어갈 수밖에 없었다. 취재, 또는 송고단계에 필수적인 기술을 장악하고 이를 검열하였던 것이니, 언론조차 의식하지 못하는 상황에서도 검열이 이뤄지는, 또 다른 의미에서의 '보이지 않는 검열'이었다.

(3) 배달과정에서 통신의 개입

우편검열은 검열권력이 승인하지 않은 '비합법' 우편물의 우송을 금지하는 방식이었는데, 그 실상에 대해서는 아직 구체적으로 알지 못하지만, 대체로 공식 검열을 거친 인쇄물보다는 사신(私信)검열에 중심을 두었을 것이다. 인쇄물의 경우 도서과의 검열을 이미 거친 것인데다가 우편당국에서 검열을 담당할 인력도 충분치 못했을 터이니 치밀한 검열은 불가능했을 것이다. 물론 제3종 우편물은 "풀로 붙이지(糊封하지) 말고 대지

우편국의 『停止電報綴』이 우연히 발견됨에 따라 가능해졌다.

(帶紙) 혹 봉지(封紙)를 개(開)하야 우편사(郵便司)에서 기(其) 물품을 검사하기 용이케 하야 출부(出付)함이 가함"[23] 이라는 규정은 인쇄물의 내용 조사를 전제로 한 것이었지만, 내용에 대해서 실제로 치밀히 검열한다기보다는 제3종 우편물의 규정에 적합한 인쇄물인지를 확인하고자 하는 뜻이었으리라고 판단한다.[24] 또한 앞서 미야의 회고에 따르면 우편과정에서 인쇄물도 검열하였던 것으로 보이지만, '허무당선언서'는 등사판 인쇄물로서 도서과의 검열을 거치지 않은 것이었다. 종합컨대 활판으로 인쇄된, 이미 도서과의 검열을 거친 대량인쇄물에 대해서는 내용검열을 중복적으로 실시하지 않았거나, 만일 시행했더라도 매우 느슨한 것이었을 가능성이 높다.

그럼에도 불구하고 우편검열은 주로 우송에 의존하여 배달되던 당시 잡지에 대한 검열 효과를 증대할 수 있는 유력한 수단이었다고 판단한다. 잡지 우송과정에서 내용검열이 없었을 것이 거의 확실함에도 불구하고 이렇게 생각하는 근거는 제3종 우편물의 정시성 요구에 있다.

> "발송부에서는 우선 총독부나 우편국에 납본부터 하고 발송장을 펴놓고 단체 혹 개인, 시내 혹 지방, 우편 혹 철도편으로 급속히 발송을 합니다. 발송 중도에 불행히 혹 압수명령이나 내리면 모두 중지하고 책 수대로 전부 빼앗깁니다. 경찰서에서 형사가 와서 말끔 실어갑니다. 모두 눈이 멍하여 한숨만 짓다가 다시 임시호나 호외를 준비합니다. 이중고역을 합니다."[25]

---

23 '국내우편규칙', 『한국관보』(호외), 1895. 윤5. 28; 계훈모 편, 앞의 책, 1244쪽에서 재인용. 현재도 제3종 우편물의 경우는 띠지[帶紙]를 사용하거나 봉투로 넣을 경우 귀퉁이를 자를 것을 요구하는바, 이 제도는 식민지시기 우편검열에 기원을 두고 있는 것이다.

24 현재도 제3종 우편물은 '견본감사'가 이뤄지는데, 이는 "발행 정일마다 당해 3종 우편물의 견본을 제출받고 그 발행사항을 감사'하는 것이다(강평우, 「제3종우편물제도의 개선」, 『체신』 374호, 한국우편사업지원단, 1990, 47쪽 참조).

총독부에 납본하는 것은 물론 도서과의 검열을 위해서이며, 우편국에도 납본해야 했던 까닭은 제3종 우편물제도의 규정 때문이었다. '제3종 우편물인가규칙' 제5조에는 "그 발행마다 먼저 분장우편국장 및 기(其) 지정한 우편국소에 견본 각 1부를 제출하여야 한다"[26]고 규정하고 있는 것이다. 이를 게을리 할 경우에는 제3종 우편물 인가를 취소당하였다. 이 제도는 '합법적'인 정기간행물의 우편료를 상당액 할인해주는 것이었으며[27] 검열 통과를 전제로 한다. 따라서 '합법성'의 장려 즉 검열의 효율화를 기하는 성격을 지닌다.

그러나 이 제도는 단지 '비합법' 출판물과 '합법' 출판물을 분리하는 데 그치는 것이 아니다. 우편 발송 때가 아니라 '발행마다 먼저'[28] 견본의 납본을 요구하고 있다는 점에 주목해보자. 그 이유는 물론 일차적으로는 정시발간을 엄밀하게 확인할 필요 때문이었을 터이다.[29] 할인제도인 만큼

25 원고지, 「인쇄물이 독자의 손에 들기까지 잡지나 신문이나」, 『별건곤』 2, 1926.12, 95쪽.

26 '통감부령 35호', 『통감부공보』 68호, 1908.9.19; 계훈모 편, 앞의 책, 1245쪽에서 재인용.

27 할인 폭은 시기에 따라서 달랐을 것이나 제법 큰 할인이 있었던 듯하다. 예컨대 1895년에는 대체로 1종 우편물의 30% 수준에 머물렀다(『한국관보』(호외), 1895.윤5.28; 계훈모 편, 위의 책, 1244쪽 참조). 그 이후에도 제3종 우편물의 경우 "그 1부 또는 1일분의 요금을 중량 120그람까지 5리로 하고 120그램을 넘는 부분에 대하여는 60그램 또는 그 단수마다 5리로 한다"('우편규칙' 50조('조선총독부령' 86호), 『총독부 관보』 3380호, 1938.4.25; 계훈모 편, 위의 책, 1247쪽에서 재인용)고 규정하여 일반 우편물과 요금을 차별화하였다.

28 이 시기 '발행'이란 대체로 '발매'와 비슷한 용법으로 쓰였으므로(인쇄일과 발행일 사이에 대체로 3~7일 정도의 간격을 두는 당시 인쇄물들의 관행으로 미루어 이렇게 판단한다. 인쇄 이후 검열, 또는 재검열을 받아야 했던 식민지시기 검열제도 때문에 생긴 이 관행은 현재까지도 지속되고 있다), 이 규정은 인쇄 직후 실질적인 발송 작업에 착수하기 이전에 우편국에 납본하라는 요구하고 해석해야 할 것이다. 이를 어겼을 경우는 우편이용에 차질이 발생하였던 듯하다. 예컨대 『동광』지는 「사고(謝告)」를 통해 다음과 같이 말한다. "더욱이 오월호 발행 당시에는 우편국에서의 몹시 까다로운 취급으로 말미암아 할 수 없이 발송이 기일(幾日) 지연되었습니다"(『동광』 14호, 1927.6, 2쪽). 도서과의 검열을 마친 '합법적' 출판물에 대해서 우편국에서 "몹시 까다롭게" 굴 이유란, '발행 즉시' 납본해야 한다는 규정을 지키지 않았을 가능성 이외에는 상정하기 어렵다. 이런 경우는 발행일과 실제 발송물의 우편국 첫 도착일 사이의 기간만큼 실제 발송을 연기시키는 것이 원칙이었을 것이다.

29 물론 우체국에서 인쇄미디어에 대한 자체 검열을 위한 시간을 확보할 필요 때문일 가능성

그 대상에 해당하는지를 엄격하게 확인할 필요, 즉 단순하게 인쇄된 발행 일자만으로 정시간행성을 확인하는 데 그치지 않고 실물을 확인할 필요가 있는 것이다. 하지만 정기간행성에 대한 규정이 매우 상세하며 계속 엄격하게 개정된다는 점에 주목하면 검열과의 관련성이 포착된다.[30] 특히 발행 연월일에 대한 사실 확인 규정이 강화되었다. 예컨대 제3종 우편물 인가취소규정이 1908년에는 "계출한 사항과 그 사실이 상위할 때"[31]로 다소 모호했지만, 1938년에는 "제41조 제1항(정기간행물에는 발행의 정일(定日)과 실제 발행일 등을 기재해야 한다는 규정 – 인용자) 우(又)는 제38조 제1항 혹은 제2항(호외의 경우에도 발행의 정일과 실제 발행일 등을 기재해야 한다는 규정 – 인용자)의 규정에 의하여 기재해야 할 제3종 우편물 인가 연월일이 기(其) 사실에 반할 때"[32]로 구체화되어 있다. 이렇게 인가취소 규정이 엄격하고 명확하게 바뀐 것은, 간행물에 표기된 간행일자를 실제 간행일보다 앞당겨 표기하여 제3종 우편물 인가를 유지하려는 인쇄자본의 '편법적' 시도에 대응한 결과였을 터이다.[33]

도 전혀 없지는 않다. 만일 자체 검열을 했다면 이를 위해 상당한 시간이 필요하였을 것이다. 실제 발송하기 위해 정기간행물들이 우편국에 도착한 이후에 검열한다면 발송기간 지연에 따른 불만이 초래될 것이며, 또한 산더미 같은 실물들을 우편국에 쌓아둔 채로 검열해야 하는 문제도 생기니 사전납본이 필요하다. 그러나 앞서 살핀 대로 '합법적' 인쇄물을 우체국에서 면밀하게 검열하였을 가능성은 높지 않으며, 또한 회고 등의 증거도 없다.

30 위의 '인가규칙'에서는 "최후 발행의 차(次)의 정일(定日)로부터 30일을 지나서 발행치 아니할 때에는 그 효력을 실(失)한다"(4조)고 규정하고 있다. 1938년 개정된 '우편규칙'에서는 "최근 1년간(일간의 것에 대하여는 6월간)에 발행할 회수의 사분지일을 휴간한 때"(45조)에도 추가로 효력을 잃는 것으로 강화하고 있으며 또한 한번 취소된 것의 재인가 조건을 엄격하게 규정하였다(47·48조 참조).

31 '제3종 우편물인가규칙'('통감부령' 35호), 『통감부월보』 68호, 1908.9.19; 계훈모 편, 앞의 책, 1245쪽에서 재인용.

32 '우편규칙'(1938) 47조 2항; 계훈모 편, 앞의 책, 1247쪽에서 재인용.

33 인가취소 대상의 규정은 엄격해졌지만, 인가취소 조문의 표현은 오히려 완화되었다. 즉 "그 인가를 취소한다"('제3종 우편물인가규칙' 8조)에서 "인가를 취소할 수 있다"('우편규칙' 47조)로 바뀌는 것이다. 우편국장의 재량권을 인정하는 이런 변화는, 이 규정을 엄격하게

인쇄자본은 어떻게 해서든지 제3종 우편물 인가를 유지하기 위해 노력하는 반면, 우체국은 엄격하게 걸러내기 위해 규정을 계속 강화하였다. 이렇게 발간의 정시성을 엄격하게 점검하는 제3종 우편물제도의 규정은, 우체국 차원에서 의도했던 것인지는 불명하지만, 단순한 우체국의 수익감소를 예방하는 차원에 그치는 게 아니다. '온건한' 출판물일수록 검열기간이 단축되고 따라서 위 '제3종 우편물 규칙'이 요구하고 있는 발행의 정시성을 지킬 수 있게 되기 때문이다.

당시 피검열자들은 검열을 늦추는 것만으로도 검열의 효과가 발생하였고, '느슨한' 검열을 위해서만이 아니라 '신속한' 검열을 위해서도 뇌물공여 등의 노력을 기울였다고 회고하고 있다.[34] 처음부터 '온건한' 것으로 편집하지 않으면, '검열을 늦추는 것 자체로 검열의 효과를 발생하는 결과'에 직면할 수밖에 없다. 게다가 많은 분량이 압수되면 새 원고로 대체하여 재검열을 받아야 하고, 부분삭제에 그치더라도 그 지시를 다시 지면에 반영해야 한다. 이런 과정을 거치면서 시일이 지체되면, 인쇄물의 상품성도 떨어지는 데다가 제3종 우편물 인가도 유지할 수 없게 되어 인쇄자본에는 적지 않은 경제적 부담이 발생하는 것이다.

종합하건대, 제3종 우편물의 정기간행 규정의 엄격성은, 검열을 통과하여 '합법성'을 획득하더라도 정해진 시간 안에 통과하는 간행물, 즉 좀 더 '온건한' 것에만 보장하는 일종의 '보너스'였다. 검열을 통과한 인쇄물은 우편제도를 통해 다시 등급화되었으며, 그 등급에 따라서 인쇄자본의

적용할 경우 너무 많은 인쇄물들이 인가취소를 당할 우려가 있었기 때문일 터이다. 또한 이런 재량권을 이용하여 해당 인쇄물의 온건성을 우편국장이 나름대로 등급화할 가능성도 있다.

34 김동인, 「지난 시절의 출판물 검열」, 『해동공론』 1권 3호, 1946. 12, 36쪽; 조용만, 『30년대의 문화예술인들』, 범양사 출판부, 1988, 15~16쪽 참조.

경제적 부담을 차별화하였다. 공식적 검열결과가 '합법' '불법'만을 판정한다면 경제적 수단을 통해 '합법' 출판물을 다시 한 번 세분하였으니, 말하자면 제3종 우편물 인가를 유지하는 인쇄물은 '합법 A등급'이요, 여기서 배제된 인쇄물은 '합법 B등급'이 되는 셈이다. 이런 상벌체계의 세분화를 통해 권력의 담론 장악력은 더 커질 수밖에 없었다.

식민지시기 정기간행물들이 정시발간에 민감했던 까닭에 대해서 지금까지는 시장에서의 상품성 때문이라고만 생각해왔다. 물론 이는 가장 중요했을 것이다. 하지만, 제3종 우편물로서 인정받아 우편료 할인을 받을 수 있느냐의 문제 역시 함께 고려해야 할 요소가 아닐 수 없다. 제3종 우편물이라는 얼핏 보아 검열과 무관한 제도를 통해, '합법적이고 온건한' 매스미디어일수록 이익을 보장하는 정책을 취했던 것이다.

요약컨대 통신기술을 활용하여 식민권력은 취재원 자체를 차단 및 왜곡하고(해외뉴스의 경우) 송고과정에 개입하며(지방뉴스의 경우), '비합법' 출판물의 유통을 효율적으로 통제하면서 '합법' 출판물의 등급을 다시 세분할 수 있었다(우송과정의 경우).

2) 철도와 검열

한국의 철도 역시 일제가 전쟁물자 수송 및 식민수탈을 위해 부설한 것이었다. 이 낯선 박래품에 대한 조선인들의 반응은 계층에 따라 매우 달랐으니, 예컨대 유학생들에게는 '문명세계'로의 진입통로였지만, 철도부지로 땅을 수용당하고 식량을 공출당해야 했던 많은 농민들에게 철도의 기적소리는 통곡소리로 받아들여지기도 했다.[35] 그러나 근대성을 즉물적으로 확인하는 계기로 인식되었다는 점에서는 비슷했다. 육중한 쇳덩어리를 움직이는 거대한 힘이 식민권력의 현시로 받아들여지는 효과, 균질적이고 세분화된 근대적 시간감각의 보급, 공간의 압축, 신분 중심의 공간배치에서 계급 중심의 공간배치(운임의 차등에 따른 객실의 차등)로의 이행 등은, 철도가 조선에 미친 문화적 충격들의 목록 중 일부라 할 수 있다.

값싸고 신속하며 정시성이 보장된다는 점에서 철도는 군수품과 수탈물자 수송의 매우 효율적인 수단이었으며, 또한 인쇄물의 지방배달을 위해서도 매우 효율적이었다. 철도의 거의 모두를 식민권력이 소유했으니 이를 활용한 검열도 시행할 수 있었다. 철도와 검열의 관련은 두 가지로 나눠 볼 수 있다.

첫째, 신문사의 원고마감 시간(데드라인)이란 철도시간표를 기준으로 정해진다. 즉 신문이 배달될 각 지방 별로 열차가 서울역을 출발하는 시간을 기준으로 삼고, 신문사에서 서울역까지의 운송시간, 또 각 작업 공정별로 걸리는 시간을 역산하여 마감시간이 정해졌다. 이 마감시간의 존재는 검열권력이 원고검열, 즉 가장 완벽한 사전검열제의 도입을 주저할 수밖에 없도록 만드는 주요 요인이었다. 원고검열이 끝난 뒤에야 인쇄공정에 들어갈 수 있도록 한다면 검열에 걸리는 시간만큼 제작이 지연되고 따라서 신문의 속보성이나 정기간행 및 정기배달에 결정적인 장애를 불러올 수밖에 없다. 근대적 시간규율의 확립이란 식민지 구성원들을 국가가 포섭하고 관리할 수 있게 하는 주된 힘이었다면[36] 언론의 정시성은 그 근대적

---

35 당대 문학에 나타난 철도에 대한 인식에 대해서는 김동식, 「철도의 근대성－「경부철도노래」와 「세계일주가」를 중심으로」, 『돈암어문학』 15, 돈암어문학회, 2002.12, 39～67쪽 참조.

36 정근식, 「시간체제와 식민지적 근대성」, 『문화과학』 41, 문화과학사, 2005.3, 147～169쪽; 윤대석, 「1940년대 전반기 황국신민화운동과 국가의 시간－신체 관리」, 『한국현대문학연구』 13, 한국현대문학회, 2003, 79～100쪽 참조.

시간감각의 생체적 각인에 중요한 동기로 작동하였던 것이다.[37] 신문이 제때 나오지 않음은 근대 지식인들에게 제법 커다란 일상성의 교란이었으며,[38] 사회적 동요를 불러일으키는 일이었다. 그러므로 정시발간과 정시배달을 해침으로써 일상성을 교란하는 것보다는 오히려 각종 검열흔적이 실린 지면을 일상적으로 공급함으로써 검열권력의 권위를 현시하는 편이 효율적이었다.[39] 적어도 문화통치를 표방한 기간에는, 그리고 때때로 정간이나 폐간을 통해 좀 더 본격적으로 언론자본을 순치하고 식민권력의 힘을 과시해야 할 필요를 느꼈던 경우가 아니라면 그러했다.

일제가 식민통치 거의 모든 기간의 신문검열을 원고검열이 아닌 교정쇄검열(신문대장 검열 및 납본검열)로 유지한 것은 이와 관련된다. 규칙적으로 배달되는 신문을 통해 일상적 안정성은 유지하면서, 몇몇 문제가 되는 기사들은 신속하고도 자본에 경제적 타격이 적은 삭제 방식으로 지면에 반영케 하는 절충적 검열제도는 교정쇄검열이었던 것이다. 원고검열은 철도라는 수송수단의 시간표에 걸맞은 검열방식이 아니었다. 철도는 주로 배달과 관련되지만, 비단 이 과정에서 검열결과를 반영하는(뒤에 보는 바와 같이 압수명령을 이행하는) 소극적 의미만을 지니는 것이 아니라 검열제도의 선택에 관련되는 요인이기도 했던 것이다.

37 임종수, 「방송미디어와 근대적 시간의 구조화에 관한 연구」, 『언론과사회』 14권 3호, 성곡언론문화재단, 2006.8, 4~34쪽 참조.

38 언론의 정시성, 반복성이 근대 도시적 감각과 중산층적 안정된 생활감각을 재생산하는 주요한 기제였음은 당대 문학작품에서도 자주 드러난다. 예컨대 이태준의 단편 「달밤」에서 주인공이 성북동으로 이사한 뒤 "여기도 정말 시골이로군!"하고 실감하게 되는 것은 신문이 제때 배달되지 않았기 때문이었으며, 채만식은 「태평천하」의 윤직원이 'JODK 방송프로그램'에 맞춰 판소리를 듣는 모습을 적실하게 묘사하고 있다.

39 자기현시적 검열에 대해서는 박헌호, 「'문화정치'기 신문의 위상과 반(反)검열의 내적 논리 — 1920년대 민간지를 중심으로」, 『대동문화연구』 50, 성균관대 동아시아학술원, 2005.6, 212~226쪽 참조.

둘째, 검열결과 중에서 삭제지시는 벽돌신문 등의 방식으로 이행되었지만, 압수명령은 널리 알려진 바와 같이 철도수송 과정에서 반영되었다. 원고검열이 아니라 교정쇄검열제도를 적용한 탓에, 특정 신문이 압수명령을 받게 될 때면 대부분의 지방판 신문은 이미 인쇄되어 밤새 철도로 수송되는 과정에 있게 마련이었다. 따라서 검열당국은 각 지방 경찰국에 전화를 통해 압수명령을 하달하고, 각 지방경찰국은 철도 운행시간표에 맞춰 해당 역에 출동하여 문제의 신문을 압수 소각하였다. 근대적 운송수단(철도)에 의존하여 신문이 신속하게 정시에 배포될 수 있었지만, 역시 근대적 통신수단(전화)과 근대적 운송수단과 그 정시성(철도와 운행시간표)에 의존하여 그 배포를 효율적으로 차단할 수도 있었던 것이다. 만일 철도가 아닌 수단에 의해서(따라서 정시성이 약화된 상태에서) 신문이 배포되었다면, 압수명령의 이행에는 많은 어려움이 생겼을 것이다. 근대적 시간감각의 일상적 각인이 철도(시간표)에 의존한 바 크다면,[40] 역시 그 운행시간표에 의존하여 철도화물로서의 인쇄물에 대한 검열은 효율적으로 행사될 수 있었다. 철도는 신문의 정시성을 보장하는 동시에 그에 대한 검열(압수)의 효율성을 보장하는 도구였던 것이다.

이 압수과정은 철도와 전신 두 기술의 결합을 전제로 한다. 만일 철도만이 보급되고 전기적 통신이 보급되지 않았다면 총독부는 원고검열을 고수하거나 아니면 신문대장 검열을 더 오래 유지했을 가능성이 높다. 심각한 수준의 대항담론의 전파를 원천적으로 차단하는 효율적 수단(즉 전화를 통한 경찰력의 동원)이 보장되지 않은 상태라면, 교정쇄검열이라는 절충적 수단은 채택하기 어려웠을 것이다.

---

40 이용상, 앞의 글 참조.

지금까지 살폈듯이 근대 신문은 근대적 기술에 힘입어 기사의 취재·유통공간을 훨씬 광범위한 공간(대부분의 경우 '국토'의 단위)으로 확장할 수 있었지만, 식민지 조선의 경우 그 통신 및 교통기술은 '국가'가 소유하고 있었다. 통신기술을 장악하여 검열을 시행함으로써 '국가'는 언론의 취재원이나 기사 전송을 통제하였고, 교통기술을 통해 검열 결과는 배달 도중에 정확하게 반영되었다. 식민권력이 통치와 수탈을 위해 도입한 근대기술을 매스미디어는 자신의 기반기술로 이용할 수밖에 없었는데, 이는 동시에 검열의 기반기술이기도 했던 셈이다.

이밖에도, 인쇄미디어가 구독료·광고료 등을 받을 때 주로 우편환을 이용함으로써 낮은 비용으로 신속하고 정확하게 수금할 수 있었다는 점도 언론의 근대기술 의존의 한 중요한 보기이다. 이는 언론자본의 순환과 지속에 결정적인 요인이었는데, 물론 '합법적' 미디어에만 허용되었으니 간접적으로는 검열과 관련된다.

3. 기술접근 장려에 의한 검열 효과–'합법적' 미디어의 경우

모든 근대기술의 이용은 '합법적' 미디어에만 허용되었으므로, '비합법'적 미디어에 대한 기술적 비교우위를 보장받을 수 있었다. '비합법'적 미디어는 근대기술로부터 차단된 채, 전근대적이거나 반(半)근대적 기술에만 의존하여 비밀리에 유통될 수밖에 없었다. 근대기술을 장악한 권력은 미디어를 '합법성'의 영역 안에 가둔 채로 감시할 수 있는 능력을 동시에 획득한 것이다.

그러나 단순한 법적 허용만으로 근대기술에의 접근이 저절로 보장되는 것은 아니며, 경제적인 문제가 또한 해결되어야 했다. 당시 근대기술의 이용료는 결코 저렴한 것이 못되었고, '합법적' 언론자본이라고 해도 1920년대까지는 대체로 영세한 편이었으니 기술사용료는 적지 않은 부담일 수밖에 없었다. 총독부는 '합법' 미디어에 대해 이용료 할인과 각종 편의를 제공하였는데, 이를 통해 '합법' 미디어는 근대기술을 실제로 활용할 수 있게 되었다. 총독부는 인쇄자본의 적절한 이윤을 보장하거나 박탈하는 각종 제도를 마련하고 이를 통해 '국가'검열을 '국가'-자본검열로 확산하고자 했던바(3부 참조), 기술이용료 할인과 편의제공 역시 이윤보장책의 한 보기로 손꼽을 수 있다.

다칭 양은 "1924년 총독부는 언론용 전보요금을 인하하였고 이는 신문의 번성을 촉진했다"[41] 고 진술하고 있거니와, 전화·철도·우편의 경우도 이러한 요금 할인제도가 존재했으니 비슷한 효과를 불러왔을 터이다. 총독부의 기술이용료 할인은 신문전보(그리고 예약신문전보) 말고도, 예약신문통화 제도, 그리고 철도이용료 할인, 앞서 살핀 제3종 우편물제도 등을 손꼽을 수 있다. 각각을 살펴보자.

먼저 신문전보 제도는 일반 전보료의 반액 만을 받는 것이었으며 일반전보와는 달리 취급시간의 제한도 없었다.[42] 예약 신문전보는 1년 단위로 매일 일정한 시간에 전보를 보낼 수 있게 하고 그 사용료를 분기별로 결산하되 발신자 또는 수신자가 지불하는 제도였다.[43] 요금 납부 절차가 간편

---

41 다칭 양, 앞의 글, 251쪽. 다칭 양은 전보규칙이 1924년 제정되었다고 하지만, 『조선총독부관보』('전보규칙'('조선총독부령' 제93호), 『조선총독부관보』(호외), 조선총독부, 1925.10.10)에 따르면 1925년이다.

42 '전보규칙', 2조 3항 및 3조 참조.

하고 특히 수신자(주로 본사)가 결제할 수 있다는 점에서 주로 행정적 편의를 제공한 셈이다. 신문 예약전화는 예약 신문전보 제도와 거의 비슷하여 1년 단위로 매일 일정한 시간에 전화통화를 하되 사용료를 분기별로 발신자 또는 수신자가 지불하게 하는 것이었다.[44] 사용료는 "'전화규칙' 제65조 제3항의 규정에 의하는 1통화시(通話時) 통화료의 365배"[45]로 되어 있어 할인이 없는 듯하지만, 통화료 산정 기준이 되는 '전화규칙 제65조 제3항'의 규정 자체가 일반 전화료보다 낮게 책정되어 있었으므로[46] 역시 25% 할인이 있었던 셈이며, 또한 통화시간과 상관없이 1시간 통화료만 받도록 되어 있다는 점에서도 적지 않은 혜택이다. 이밖에 신문사나 잡지사 전화의 가설은 우선적으로 처리하도록 규정하고 있기도 하다.[47] 한편 제3종 우편물에 대한 할인제도는 철도 이용료에도 동일하게 적용되었다.[48] 철도화물 중에서 "제3종 우편물로 인가를 받은 신문지와 잡지"는 "제3등급 화물"로 따로 규정되었는데 취급시간의 제한도 없었고[49] 요금할인 또한 시행되었다.[50]

결국 통신·철도 모두에 대해 요금할인과 이용편의를 제공한 셈이다.

---

43 '전보규칙', 123조 및 136~138조 참조.

44 '예약신문통화규칙'('조선총독부령' 103호), 『조선총독부관보』, 조선총독부, 1923.9.10, 1·10조 참조.

45 '예약신문통화규칙' 9조 참조.

46 지정지(指定地)의 경우 일반통화가 연액(年額) 40원인 데 비해 전용통화는 30원이다('전화규칙', 『조선총독부 관보』 2057호, 1919.6.19, 65조 3항 참조).

47 위 '전화규칙' 9조 1항 참조.

48 잡지의 배달은 거의 모두가 우편을 활용하였지만 신문의 경우 철도를 이용하는 경우가 많았으므로, 이 경우 철도이용료를 우편물료와 합산하여 일괄 처리하였는지, 또한 할인폭이 어느 정도나 되었는지에 대해서는 아직 불명하다. 단지, 어떤 형식으로건 요금할인이 있었음은 분명하다.

49 眞野龜吉, 『朝鮮鐵道業務教科書』, 鐵道の友編輯部, 1933, 340~341쪽 참조.

50 『철도업무통계서』, 조선철도주식회사, 1931, 11쪽. 구체적인 할인 폭은 상세히 나와있지 않다.

이렇게 식민권력은 근대기술에 대한 접근을 최대한 장려하여 '합법적' 미디어를 육성하였다. 물론 인쇄자본으로서는 이를 거부할 이유가 전혀 없었다. 하지만 '국가' 소유의 근대기술에 의존함으로써 인쇄자본은 그 기술 이용 과정에서 작동된 '국가'검열의 시스템에 자동적으로 편입될 수밖에 없었다.

4. 기술접근 차단에 의한 검열 효과—'비합법적' 미디어의 경우

이와는 대조적으로 '비합법' 미디어들이 근대기술에 접근하는 길은 원천적으로 차단되었다. 따라서 권력의 차단을 갖가지 방식으로 우회하면서 근대기술을 부분적으로나마 활용하거나 아예 전근대적 방식에 기댈 수밖에 없었다.

첫째, 취재와 송고방식의 경우. 근대 통신기술을 활용할 수 없었으므로 개인의 고립분산적인 노력이 대부분을 차지할 수밖에 없었다.[51] 취재와 송고가 자유롭지도 못했고 조직적으로 이뤄질 수도 없었으므로, 발행지 인근의 지역적 뉴스에 집중될 뿐 그 외부의 소식에 대해서는 풍문에 의존할 수밖에 없었다. 상해 임시정부에서 발간하던 『독립신문』의 경우는 예외적으로 연통제 조직을 활용하여 국내 소식을 취재하기도 했지만,

---

51 예컨대 송상도는 항일 의병장 전기인 『기려수필(騎驢隨筆)』을 쓰면서 전국 각지를 혼자 돌아다니면서 취재할 수밖에 없었는데 그나마 이 책은 검열 때문에 해방 이후에야 발간될 수 있었다(조동일, 『한국문학통사』 5권, 지식산업사, 2005, 540쪽 참조).

검문검색을 피한 취재 및 송고에는 한계가 있을 수밖에 없었으며 또한 연통제 자체도 매우 한정적인 시기에만 작동되었다. 결국 취재 및 송고의 기술적 기반이 취약하였으므로 신속성, 조직성, 지속성, 그리고 무엇보다도 지역적 광범위성에서 큰 제한을 받을 수밖에 없었다. 독립 국가를 상정한 미디어였지만, 정작 실제 지면에서는 전국적 단위의 뉴스를 싣기 어려웠다. 근대언론이 필요로 하는 근대적 기술을 소유하지 못했던 임정은 그 기관지를 '합법적' 미디어들과 경쟁할 수 있도록 제대로 지원하기가 불가능했다.

둘째, 인쇄술의 경우. '비합법'출판물의 주된 인쇄지였던 중국 등 해외에서 한글신문을 펴낼 때 가장 커다란 문제 중 하나는 인쇄기술이었다. 인쇄시설이야 중국의 것을 이용한다고 하더라도 한글 활자를 구하기가 어려웠다. 상해『독립신문』의 경우 일본이나 한국에서 한글 활자를 들여오는 일은 꽤 위험했으므로, 인쇄된 한글성경에서 한 자(字)씩 오려내어 사진동판을 떠서 활자를 주조해야 했다. 인쇄 인력의 확보도 만만치 않은 일이었다. 한글을 모르는 중국인 직공들이 문선을 할 수밖에 없었으니 오탈자가 매우 자주 나올 수밖에 없었다고 한다.[52] 한편 사전검열제를 원칙으로 삼았던 조선에 비해 일본은 납본검열제로서 검열기준이 느슨한 편이었기 때문에 당시 잡지들 중에는 일본에서 우회 출판하여 국내에 반입하는 경우가 적지 않았던 바, 동경의 경우 한글 인쇄시설이 있는 곳이 2곳뿐이었기 때문에 형사들은 이 인쇄소만 지키면 모든 한글인쇄물을 검열할 수 있었다.[53] 일본은 법역(法域)으로는 '사후'검열제가 시행되는 지역이었지만, 인쇄기술을 감시

52 주요한, 「상해판 독립신문과 나」, 『아세아』 1969.7~8, 아세아사, 150~154쪽(정진석, 『언론과 한국 현대사』, 커뮤니케이션북스, 2002(제2쇄), 286~289쪽에서 재인용).

53 이상돈, 「와세다대학 시절의 「우리동창회지」」, 『회상반세기』, 통문관, 1982, 496~500쪽 참조.

함으로써 권력은 조선문 인쇄물에 대해서는 사실상 사전검열을 시행한 셈이다. 즉 같은 '합법적' 매체라 하더라도 조선어 출판물은 은밀하게 차별받았는데 이는 인쇄기술의 차이에 의한 것이었다.

이런 여러 장애가 있었으므로 '비합법' 인쇄물의 경우 아예 근대적 활판 인쇄술의 활용을 포기하는 경우가 많았다. 대신에 등사(謄寫)나 필사를 활용하는 일이 많았다. 필사본이나 골필 복사본은 인쇄물이 아니므로 출판법에 의해 처벌할 수 없었다고 한다.[54] 필사나 골필은 한 번에 1~3장 정도만을 인쇄할 수 있었으므로 효율성이 떨어졌다. 등사는 이 단점을 해결할 수 있었을 뿐아니라, 활판에 비해 요구되는 자본도 적고, 전문기술도 필요하지 않았다. 게다가 좁은 공간에서 인쇄할 수 있어 비밀인쇄에 유리하였으므로 '비합법' 언론의 제작기술로 폭넓게 사용되었다. 기미만세운동 무렵 쏟아져 나온 '비합법'신문들이 거의 대부분 등사판이었음은 그 대표적인 보기이다. 이에 대처하기 위해 총독부는 한국인 소유의 등사판은 등록을 의무화하고[55] 등사판 소지자를 조사하여 리스트를 마련해두는 등[56] 인쇄기술의 통제에 전력을 기울였다. 이처럼 '비합법' 미디어는 근대 인쇄기술에 접근하기 어려웠고, 예외적으로 활용할 수 있는 등사기 등 값싼 기술에 대해서는 엄한 통제 속에 놓여 있었으니, 인쇄의 질과 양에서 큰 제한을 받을 수밖에 없었다.

---

54 "초심(初審)에서 나는 금고(禁錮) 십 개월 두 학생은 무죄, 검사의 상고까지 가서 나 역시 프랑스의 판결례에 준하여 골필(骨筆)을 사용한 복사는 등사와도 달라서 출판법 위반이 아니라고 하여 무죄석방이 되었었다."(염상섭, 「횡보문단회상기」, 『염상섭전집』 12, 민음사, 1987, 227쪽). '골필'이란 먹지를 종이 사이에 끼우고 뼈 쇠 유리 등의 '촉'을 사용하여 두세 장씩을 복사하는 방식을 뜻한다.

55 최준, 앞의 책, 200쪽 참조.

56 앞의 허무당선언문 유포 사건에서도 등사판 소유주 리스트를 중심으로 수사하여 등사물 제작자를 어렵지 않게 검거했다고 한다(미와, 앞의 글, 8쪽 참조).

셋째, 유통 방식의 경우. '비합법' 미디어는 철도나 우편을 배달수단으로 삼기가 매우 어려웠다. 검열권력이 기술 이용을 금지했으니, 여러 가지 방식으로 검색을 회피하려는 시도는 있었지만, 한계가 있을 수밖에 없었다. 예컨대 상해『독립신문』의 경우 상해임정의 교통국과 연통제에 의해 유통되었는데 국내 반입의 교통수단으로는 철도보다는 민간 소유의 선박(주로 아일랜드인 죠지 쇼우의 이륭양행 소속 선박)을 활용하였던 듯하다.[57] 철도는 총독부 소유인데다가 정시성이 있고 은닉공간이 한정되어 있는데 비해, 선박은 민간인(특히『독립신문』의 경우에는 외국인 죠지 쇼우) 소유인데다가 정시성이 약하고 숨길 공간 역시 더 넓으므로 비밀 반입이 비교적 쉬웠을 것이다. 그러나 국내 유입량은 매호 1,000여 부 정도에 그쳐 '합법적' 인쇄물과는 비교하기 어려웠다.

게다가 국내에서의 유통 역시 비밀리에 이뤄질 수밖에 없었다.[58] 국내에서 각 지역사이의 이동은 비밀루트를 활용하였다. 예컨대 김영랑은 "구두 속에 독립선언서를 깔아 감추고 고향 강진으로" 내려갔다고 한다.[59] 특

57 정진석,『언론과 한국현대사』, 커뮤니케이션북스, 2001, 299~304쪽 참조. 이밖에 불교계에서도 '安東東光商店'을 거점으로 삼아 상해-국내를 연결하는 비밀통신망을 유지했다고 한다(백성욱,「3·1운동과 중앙학림」,『동대신문』, 동국대 동대신문사, 1966.6.20, 2면).

58 "이때는 독립신문이란, 처음에 활자판이 나오다가 나중에는 등사판의 독립신문이 자고 일어나면 마당에 떨어지고 있는 때도 있고 상점에 앉았으면 무슨 종이쪽이 홱하고 날아들어 집어보면 독립신문이었다. 누가 던지었는가 하고 바깥을 내다보면 사람은 보이지 않았다. 똘똘 뭉치어 홱 집어던지고 태연히 앞으로 가 버리었던 것이다. 다음에는 형사가 들이닥치는 판이다. 이것을 읽고 이내 불살라 버리는 사람이 많았다. 형사가 와서 가택수색을 하여도 독립신문은 나오지 않아 그대로 허행하는 일이 많았다."(홍효민,「한국문단측면사」, 김동인 외,『한국문단이면사』, 깊은샘, 1983, 12쪽).

59 김학동 편,『모란이 피기까지는-김영랑전집 평전』, 문학세계사, 1981, 211쪽. 김영랑의 고향 강진에서는 김영랑이 검색을 피하기 위해 철도를 이용하지 않고 걸어서 강진까지 왔다고 전해 내려오고 있다(2006년 필자 현지조사). 만일 사실이라면 또는 아예 근대적 기술의 사용을 거부함으로써 기술 이용과정에서 자동화되는 검열을 우회했던 경우라고 하겠다.

히 주목할 것은 대부분의 독립선언서가 각 지역의 장날을 계기로 배포되었다는 점이다. 주거지로의 정기적 '배달'이 아니라, 경제적 동기로 인해 자연스럽게 사람들이 모이게 되는 장소에서의 게릴라적 '배포'였다. 자본과 기술에서 소외된 비합법 매체로서는, 전문적 배달시스템을 형성할 능력이 없으므로, 이미 형성된 인적 네트워크를 활용하여 매체를 '배포'하는 수밖에 없었던 것이다.

물론 『독립신문』 등 그 이후 나온 각종 정기 간행물의 경우는 장터 배포보다는 자택 배달의 방식이 더 많았던 듯하다. 또 배달된 부수가 적을 때는 독자들이 추가로 자체인쇄를 하여 돌리는 등[60] 독자들의 열성은 '합법적' 매체를 초과하는 경우도 있었다. 그러나 곳곳마다 검색이 실시되었으므로 차단당하는 경우가 많았고, 무작위적으로 배포하는 경우가 많아 적절한 독자를 찾기도 어려웠으니[61] 배달기능은 합법적 매체와 비교할 바 못되었다. 게다가 '비합법'매체의 배포를 맡는 사람에게는 이윤은커녕 자기 자본의 손실은 물론 신변의 위험까지 뒤따랐다. 이처럼 '비합법' 인쇄물의 유통은 전적으로 개인의 희생적인 노력에 의존하는 것으로, 장기간 지속되기는 어려웠다.

근대적 자본 순환 역시 기술에 의존하는 바 크므로, 기술접근 제한에 따른 어려움이 적지 않았다. '합법'매체의 경우 구독료와 광고료 징수에서 우편환이라는 통신기술을 활용할 수 있었다. 이 시기 신문의 주요 수입원이었던 일본 광고의 유치만 해도(3부 4장 참조) 일본과의 통신 및 교통기술을 활용함으로써 가능한 일이었다. 그러나 '비합법'매체의 경우 발행처(입

60 윤병석, 「『조선독립신문』의 습유」, 『중앙사론』 1호, 중앙대 사학연구소, 1972, 85쪽.
61 이런 단속 때문에 배달의 효율은 낮아졌다. 예컨대 『조선독립신문』의 경우 빈 집이나 일경(日警), 일인(日人)의 집에까지 배달되는 경우도 있었다(위의 글, 85쪽).

금처)를 밝힐 수 없는데다가 우편환도 활용할 수 없었으므로, 인편에 의한 비밀전달이 불가피했다. 이런 송금시스템은 우편환에 비해 훨씬 많은 비용이 소요되는 데다가 적발당할 경우 압수되므로 송금 효율은 매우 낮을 수밖에 없었다. 구독료나 광고료 수입을 통한 자본의 순환은 거의 불가능했던 것이다. 자본이 투입될 뿐 순환되기 힘들었으니 대부분 사재에 의존했던 재정은 끝없는 일방적 투입을 지속적으로 감당하기 어려웠고,[62] 미디어의 수명은 단축될 수밖에 없었다.

요약컨대 '비합법' 매체의 경우 기술이용료 할인은커녕 그 활용 자체를 금지 당했다. 따라서 근대기술과 자본주의적 시장유통체계를 십분 활용한 '합법' 매체처럼 지속적일 수 없었고 영향력 또한 제한적일 수밖에 없었다. 물론 근대기술의 밖에 있었기 때문에 '국가'검열에서 자유로울 수 있었지만, '합법적'인 인쇄매체의 취재, 인쇄, 배포범위 등과는 비교할 수조차 없는 기술적 조건에 놓였다. 말하자면, 식민지시기 '비합법' 매체들은 구한말의 『한성순보』가 놓였던 근대기술의 미달상태에서[63] 그다지 멀리 벗어날 수 없었거나 오히려 더 열악하였다. 식민권력은 자신이 구축하고 소유한 근대기술에 대한 접근권을 차단함으로써 '비합법' 매체를 전근대적 기술 상태로 되돌려 놓은 셈이다.[64] 기미만세운동 직후 활발했던 '비

62 한 보기로 상해 『독립신문』의 1924년 결산을 보면, 신문대금과 광고료가 10.6%에 그쳤으며, 기부금과 의연금이 34%였고 차입금이 무려 44%에 이르렀다(정진석, 『한국언론사』, 나남, 1990, 367쪽).

63 『한성순보』와 『한성주보』의 배포와 구독료 징수는 전근대의 일반적 문서유통 방식과 마찬가지로 경주인들이 도맡았으며 발행예산 역시 거의 세금(특별세로 추정)에 의존했는데 『한성주보』의 폐간은 주로 재정적자로 인한 것이었다(위의 책, 90~120쪽 참조). 또한 전국적 취재에 의한 기사는 거의 없고 중앙정부의 일방적 정보뿐이었다. 철도 통신 인쇄의 세 기술 중에서 인쇄술만을 기반으로 삼을 수 있었던 것이다.

64 이는 일종의 '비동시성의 동시성'이라고 할 만한 현상이며, 식민권력에 의해 조성된 것이라는 점에서 주목할 만하다.

합법' 매체들의 급속한 소멸은 이런 근대기술로부터의 차단과 따로 떼어 생각할 수 없다. 총독부가 '합법적' 인쇄매체의 발간을 허용한 주된 이유 중 하나가 '비합법적' 매체의 억압에 있었다면, 그 실행력은 이처럼 근대 기술에 크게 의존하고 있었다.

5. 나오며

이 장에서는 근대적 인쇄매체의 기술적 기반들 중에서 인쇄기술을 제외한 나머지를 모두 '국가'가 장악하고 있었음을 주목하여, 통신 및 철도의 소유와 검열의 관련양상을 살폈다. 법적인 차원에서는 근대기술에 대한 접근권을 '합법적' 인쇄매체에만 선택적으로 보장함으로써, 그리고 경제적인 차원에서는 인쇄자본에 기술이용료 할인을 제공함으로써, 총독부는 '합법적' 담론장을 확장하고 그에 대한 지배력을 강화해 갔다. 근대기술이 생산과 유통을 극대화함으로써 자본주의적 성장에 결정적인 기여를 했다면, 담론의 통제에서도 역시 기술과 자본주의는 긴밀하게 연관되면서 그 실효성과 강제력을 담보하였던 것이다.

근대 기술의 소유권이 담론통제에 어떤 영향을 미쳤는가하는 문제는 다양한 세부과제를 거느리는 큰 주제이다. 그러나 이 글에서는 그 대략의 윤곽을 제시하는 데 머물 수밖에 없었다. 특히 자본주의적 시장경제와 근대기술, 그리고 담론통제의 관련성에 대해서 세밀히 살피지 못했다는 점은 아쉬움으로 남는다. 근대기술에 대한 통제권이 그 소유권과 분리되어야 할 필요성, 시민사회의 통제권이 기술 및 매체의 소유권과는 별도로 인정되어야 할 필요성 등은 비단 식민지시기에만 국한되는 문제가 아니므로 더욱 그러하다.[65]

65 오늘날에도 국가 등 공공기관이 소유하고 있는 각종 기술은 인쇄미디어에 대해 여러 형태의 이용료 할인제도를 시행하고 있다. 이는 언론의 공공적 성격을 인정하고 장려하기 위한 것이기는 하지만, 이 경제적 이윤의 보장을 이용한 통제의 가능성은 언제든 존재한다. 게다가 현재 한국의 신문은 공공성 주장과 사적 자본의 주장을 필요에 따라 선택적으로(또한 모순적으로) 동원하지만 결국은 사적 기업으로서의 자기주장을 더욱 강력하게 표방하고 있다. 편집권의 독립을 반대하는 것은 그 대표적인 보기이다. 사정이 이렇다면 공공적 기술에서 언론에 대한 요금할인제도는 명분을 상실한 것이라고 볼 수 있다. 각종 할인제도의 연원이 식민지시기 언론 통제를 위한 것이었음을 확인하였으므로 더욱 그러하다.

3부

'국가'-자본검열

검열이란 권력이 지배이데올로기를 관철하기 위해 대항담론의 유포를 금압하는 행위이다. 그러므로 권력과 담론이 생겨나면서부터, 다시 말해서 인류가 공동체를 이루고 언어를 만들어나가는 순간부터 검열 또한 시작되었다고 볼 수 있을 것이다. 그런데 근대에 들어서면 검열의 방식은 근본적인 변화를 겪는다. 인쇄술의 급격한 발전에 따라 언론과 출판이 본격적으로 자본의 영역으로 포섭되면서, 인쇄자본에 의한 검열이 본격화되는 것이다. 달리 말하자면 국가 검열기능의 상당 부분이 자본을 경유하는 방식으로 발현되는 셈이다. 식민지시기 역시 그러했으니, '국가'—자본검열을 별도로 다룰 필요가 있다.

2부에서 국가권력의 검열제도를 살폈고, 4부에서는 피검열자로서 저작자의 대응을 점검할 것이라면, 3부에서는 그 중간쯤에 위치한, 즉 검열자이면서 동시에 피검열자였던 인쇄자본에 대해서 검토한다. 먼저 '국가'—자본검열이 정착되어 가는 과정과 의미에 대해 점검하고, 2장은 검열의 존재를 과시하는 초기 검열에서 자신의 존재를 감추는 검열로 이행해가는 과정의 동력학을 살핀다. 이어 3장에서는 인쇄자본이 이런 검열정책의 변화에 어떻게 반응하면서 자신의 경제적·상징적 자본을 확충하고자 했는지를 점검한다. 마지막으로 4장은 국가—자본—문학의 관련양상을 다룬다. 1930년대 민간신문 문예면의 증면이란 만주침공으로 인한 검열의 강화와 전쟁 고원경기(高原景氣)로 인한 광고의 급증에 따른 것이었음을 밝히고, '1930년대 문학의 양적 질적 흥륭' 이란 이런 문학수요의 급증에 촉발된 것으로 결국 문학의 탈정치화를 추동했다고 주장할 것이다.

인쇄자본을 통한 검열

베네딕트 앤더슨에 따르면, 근대적 네이션 스테이트를 형성하는 과정에서 자국어 신문과 소설은 매우 큰 구실을 했다고 한다.[1] 또 가라타니 고진이 주장하는 것처럼, 국가와 시장이라는 상이한 교환양식을 네이션이 상상적으로 접합하는 것이라면,[2] 국가가 상상된 네이션을 보급하기 위해 근대적 자국어 인쇄물의 보급을 적극 장려하는 것은 자연스럽다. 인쇄에는 자금이 필요하므로 신문 소설 등 근대적 인쇄물은 인쇄자본이라는 경제적 기반이 필요했고, 국가는 인쇄자본을 육성할 동기를 발견하게 된다. 실제로 근대국가들은 판권 저작권 등 저작물에 대한 배타적 사용권한을 인쇄자본(또는 저작자)에게 보장해주는 등 여러 법적 제도적 장치를 마련함으로써 인쇄자본의 형성과 성장을 뒷받침했다.[3] 그러나 국가권력에게 인

1 베네딕트 엔더슨, 윤형숙 역, 『민족주의의 기원과 전파』, 나남, 1991, 특히 2~4장 참조.
2 가라타니 고진, 조영일 역, 『세계공화국으로』, b, 2007.

쇄자본은 양날의 칼이었다. 도서유통이 활성화됨에 따라서 대항담론의 유포 또한 손쉬워졌기 때문이다. 따라서 근대국가는 관료제를 통해 이를 장악하기 위해 공식적 검열기구를 만들게 된다. 서양의 경우라면 중세적 교회검열에서 근대적 국가검열로, 종교검열에서 정치검열로 넘어오게 되는 것이다.[4]

일제 식민시기에 형성된 한국의 근대적 검열제도에 대해 살필 때도 인쇄자본에 대한 연구는 필수적이다. 아니, 식민지라는 조건 때문에 사정이 좀 복잡하다. 일제가 전근대적 국가였던 조선을 '식민지적/일본적 근대'로 재구축해 나가고자 했을 때,[5] 근대적 조선어 출판물을 활발하게 유통시키는 일은 필수적이었다. 그러나 동시에 조선어 출판물이 반제국주의와 민족국가 수립을 주장하는 수준에까지 나아가는 것은 억제해야 했다. 조선의 인쇄자본은 상당수가 애국계몽운동의 일환으로 출발하였음을 감안한다면 더욱 그렇다. 그러므로 일제는 이윤을 보장해주기도 하고 때로는 위협하기도 하면서, 조선 인쇄자본을 통제하고자 했다. 이렇게 일제 식민당국과 조선 인쇄자본의 관계는 상호의존적이기도 하면서 동시에 갈등을 배태하고 있었다.

이런 맥락에서 이 장은 조선총독부가 어떤 방식으로 '국가'-자본검열을 유도했는지, 또 인쇄자본은 어떤 방식으로 저작자들의 자기검열을 이끌어내는지에 대해서 살핀다. 1절에서는 총독부가 조선 인쇄자본을 검열의 소주체로 만들어나가는 방식을, 2절에서는 자본이 저작자들을 검열의

---

3 조선의 경우 『한성순보』 『한성주보』는 국가자본에 의한 것이었으며, 최초의 민간신문이라는 『독립신문』 역시 고종의 지원에 크게 의존했다.

4 홍승철, 「언론검열제도에 관한 연구」, 중앙대 석사논문, 1994.2, 3장 3절 참조.

5 김진균 · 정근식, 「식민지체제의 근대적 규율」, 김진균 외역, 『근대주체와 식민지 규율권력』, 문화과학사, 1998 참조.

소주체로 만들어나가는 방식을 각각 다루기로 한다.

당대 자료들을 검토하는 과정에서, 검열의 대주체로서 총독부의 자료와 검열의 대상/소주체였던 민간자료를 가능한 대로 겹쳐놓으면서 해석에 임하고자 한다. 문서 생산 주체에 따라서 대상을 보는 시각은 많이 다를 수 있으므로 양쪽의 자료를 겹쳐 놓고 살펴야 시각의 형평성을 유지할 수 있다고 판단하기 때문이다.[6]

1. 총독부의 인쇄자본 통제

검열의 주체는 국가권력이며, 객체는 저작자이다. 식민치하에서라면 주체는 총독부 경무국 도서과이고 객체는 한국인 저작자가 된다. 하지만 이렇게만 말하고 말면 공식적 국가검열만을 가리킬 수 있을 뿐, 인쇄자본이라는 중요한 매개항이 빠져버린다. 앞서 살폈듯이 근대적 검열의 주요 특징 중 하나는 국가와 저작자 사이에 인쇄자본이 개입한다는 점에 있는 것이다. 그렇다면 검열에서 인쇄자본은 어떤 구실을 하는가.

검열의 최종적인 목적은, 푸코의 '내면화된 규율' 개념을 빌려오자면 내면화 단계이다.[7] 저작자가 내면적 검열을 성공적으로 수행한다면 국가기구는 행정력을 극소화시키고 지배이데올로기를 반복 재생산해낼 수 있으

---

6 총독부 자료에 비해 인쇄자본이나 문인들의 자료는 넉넉지 못한데다가 여기저기 흩어져 있으므로 이 작업은 쉽지 않다. 필자가 지금까지 모은 자료들 말고도 더 있겠지만, 이 정도면 잠정적인 대로 하나의 매듭을 맺을 만하다는 판단 아래 일단 묶어내기로 한다.

7 미셸 푸코, 오생근 역, 『감시와 처벌』, 나남, 1994 참조.

므로 가장 효율적인 검열이 가능해진다. 또한 근대적 규율을 내면화한 인간을 주조해내는 것이 근대국가권력이 작동하는 주된 방식이라고 볼 때, 담론의 주된 생산자인 저작자부터 내면규율을 생성하도록 만드는 일은 매우 긴요하기도 하다.

근대검열의 내면화 시도는 두 가지 경로를 통해 이뤄진다. 하나는 국가검열이 직접 저작자를 통제하는 경로이며, 또 하나는 인쇄자본을 통해서 저작자를 통제하는 경로이다. 이 중에서 두 번째 경로, 즉 국가권력이 자본을 매개로 삼아 저작자들이 자신의 글을 스스로 검열하도록 강제해나가는 기제를 '국가'-자본검열이라고 부르기로 한다.

'국가'-자본검열이라는 명명법은 두 가지 의미에서 푸코적 의미의 내면적 검열과는 구별된다. 첫째, 국가권력과 인쇄자본이 결합하여 주도하는 검열이라는 점. 이에 대해서는 이 글에서 자세히 살피게 될 것이다. 둘째, 내면적 검열의 속성을 띠고는 있으되, 내면화가 완결된 상태를 전제하는 것은 아니라는 점. 즉 저작자들이 검열제도 자체나 각종 검열기준을 인정하고 그것이 허용하는 한에서만 글을 쓰기는 하되, 지배이데올로기를 수용하지는 않았거나, 또는 교묘하게 검열기준들을 위반하는 글쓰기도 있었다는 점을 고려한 용어이다. 앞서 살핀 바와 같이 자본이 중요한 매개항으로 대두되는 근대검열의 특징이라는 점도 감안했다. 물론 이같은 명명법은 식민시대 한국저작자들이 황국식민화나 대동아공영권 등의 지배이데올로기를 내면화한 단계까지 나아갔는지 여부에 대한 판단을 일단 유보하는 셈이다.[8] 내면적 동의를 이미 확보한 상태라고 본다면 내면적 검열이라고 표현

8 이 문제에 대해서는 꽤 많은 논의가 필요하다. 먼저 푸코의 내면규율 개념 자체가 지나치게 정태적인 모델이라는 비판을 검토해야 한다. 예컨대 페쇠는 푸코의 에피스테메이론은 단지 '동일화'만을 설명할 수 있을 뿐이며, 따라서 담론 사이의 투쟁이나 계급관계 등을 포착하는 역동성이 미흡하다고 비판하면서 '반동일화'와 '역동일화'를 강조한다(다이안 맥도넬,

해야 하겠지만,[9] 그 판단이 쉽지 않으므로 일단 보류하고 자기검열이 정착되어 가는 과정에 대해서만 살펴보겠다는 것이다.

'국가'-자본검열은 국가가 자본을 길들이는 과정과, 자본이 저작자를 길들이는 과정으로 나눠 살필 수 있다. 먼저 국가가 자본을 길들이는 방식은 다양한 수단을 통해 이뤄지지만, 대체로 정치적 수단과 경제적 수단으로 나누어 생각해볼 수 있다.[10] 정치적 수단은 입법부 사법부 행정부에 의한 각종 통제로서,[11] 좀더 구체적으로 말한다면 검열 관련법과 규정, 기준, 기구 등을 마련하고 이를 어긴 인쇄자본에 대해 각종 제재를 가하는 것이다. 이 수단은 가장 기본적인 통치권력의 발현형식이지만, 비교적 널리 알려져 있는 것이니만큼[12] 일단 제외하고, 경제적 수단만을 살피기로 한다.

임상훈 역, 『담론이란 무엇인가—알튀세 입장에서의 푸코・포스트맑시즘 비판』, 한울, 1992 참조). 즉 푸코의 말대로 권력이 이미 생체권력화되었다면 그에 대한 비판과 극복작업(폐쇠의 개념대로라면 '역동일화'나 '반동일화')은 불가능하게 된다는 문제를 안고 있다. 또한 이 개념이 우리 식민지 현실을 설명하는 용어로서 적합할 것인가 하는 문제가 있다. 예컨대 일제 규율권력이 시도했던 식민지적 주체 생산이 어느 정도까지 성공하였는가, 특히 당대 문인들에게 어느 정도까지 내면화되었다고 보아야 할 것인가, 그 침투의 정도에 따른 시대구분은 어떻게 할 것인가 등의 문제이다. 소위 카프 해산과 전향 이후에 대두되는 해외문학파나 고전부흥론, 근대초극론 등이 식민 이데올로기를 어떤 형태로든 수용한 결과라고 볼 수 있다면, 1930년대 중반 이후(또는 조선어 문학행위를 금지하는 1940년 이후) 검열은 내면화 단계에 깊숙이 들어섰다고 보아야 할 것이지만 아직 분명치 않다. 이 두 문제는 많은 논의를 필요로 하며 또한 핵심적인 연구과제이겠지만, 여기서 다루기에는 적절치 못하므로 일단 논외로 하기로 한다.

9 내면적 검열이나 '국가'-자본검열이나 저작자 자신이 검열의 소주체 중 하나가 된다는 점은 마찬가지이다. 그러나 '국가'-자본검열에서는 저작자의 내면에서 소주체와 객체가 서로 대립 갈등하고 있을 수 있지만, 내면적 검열의 경우는 그런 대립이 없는 상태가 된다.

10 국가권력의 언론통제 방식은 정치적 통제, 경제적 통제, 사회적 통제, 정보원에 의한 통제, 내적 통제의 다섯 가지로 나눌 수 있다고 한다(서정우 외, 『언론통제이론』, 법문사, 1993(4쇄)). 이 중에서 자본을 경유하는, 문학에 대한, 민간자기검열을 다룰 때라면 정치적 통제와 경제적 통제가 가장 핵심적인 것이라고 본다.

11 위의 책, 51~52쪽 참조.

12 정진석 편, 『일제시대 민족지 압수기사 모음』 1・2, LG상남언론재단, 1998, 「해제」 참조.

1) 권력의 경제적 강제

국가권력은 인쇄자본을 길들이기 위해서 주로 이윤을 보장하거나 박탈하는 방식, 즉 경제적 방식에 의존한다. 자본이란 자기보존과 이윤추구를 목적으로 하고 있으므로 이런 방식은 매우 효율적이다.[13] 경제적 방식은 다시 이윤보장 방식과 이윤박탈 방식으로 나눠 볼 수 있다. 이윤박탈 방식은 이미 언론학계의 연구가 많은 편이므로 논외로 하고,[14] 이 글에서는 이윤보장 방식만을 살피기로 한다. 이렇게 볼 때 인쇄물과 관련하여 주목할 것은 저작권령 및 출판법, 그리고 예약출판제이다.[15]

일제는 1908년에 한국 저작권령과 시행규칙을, 1909년에 출판법을 제정하여 독점적 저작권과 판권을 저작자와 인쇄자본에 보장함으로써 근대적 인쇄자본 성립의 법적 토대를 마련한다.[16] 저작물에 대한 배타적인 사

---

13 그 대표적인 보기가 『대한매일신보』 등에 대한 매수공작이었다. 발행인이었던 배설이 죽자 통감부는 1910년 5월 700파운드를 주고 『대한매일신보』를 매수, 『매일신보』라는 제호의 친일지로 전락시킨다. 한편 고종 역시 대표적 항일지였던 『대한매일신보』의 경영을 돕기 위해 손탁 등을 통해 비밀자금을 배설에게 전달하기도 한다. 담론의 경쟁이 자본의 경쟁으로 나타나는 것이다. 또한 대한매일신보의 영문 자매지 *Korea Daily News*와 헐버트의 영문 월간지 *Korea Review*의 항일적 논조를 봉쇄하기 위해서 총독부는 *The Seoul Press*에 보조금을 지급하여 경쟁지로 육성하다가 결국은 이 신문을 아예 인수해버린다(정진석, 『한국언론사』, 나남, 1990, 229~250쪽 참조).

14 인쇄자본에 대한 각종 규제와 그에 대한 자본의 대응방식 및 의미에 대해서는 언론학계에서 많은 연구가 있었다(위의 책; 최민지 외, 『일제하 민족언론사론』, 일월서각, 1978; 김규환, 『일제의 대한 언론선전정책』, 이우출판사, 1982 등 참조). 한편 배진한의 「1920년대 조선, 동아 두 신문의 사회경제적 성격에 관한 연구」(서울대 석사논문, 1988)는 두 신문 소유주의 계급적 성격이 일제 식민정책과 어떤 길항관계에 있었는지를 염두에 두면서, 그 관계가 신문의 논조에 어떻게 반영되는지를 확인하고 있어 주목된다.

15 물론 이윤보장 방식은 더 다양해서, 인쇄자본의 모기업에 대해 각종 이윤을 조정하는 경우도 있다. 예컨대 『동아일보』의 모기업인 경성방직에 특혜를 주었던 사례이다.

16 이같은 저작권에 대한 법적 보장은 아직 사회적 인식의 확산을 이루지 못한 상태여서 큰 실효를 거두지는 못한 것으로 보이지만, 그 자체만으로도 의미 있는 것으로 판단한다. '한국저작권령'은 내각고시 제4호(『한국관보』 부록, 1908.8.15), '한국저작권령시행규칙'은 통감부령 제28호(『일본관보』 제7550호, 1908.8.25), 출판법은 '법률 제6조'(『한국관보』 제4311호,

용권한을 법적으로 인정함으로써 인쇄자본의 이윤을 보장하는 것이다. 반면 원고가 검열에서 무사통과하지 못할 경우 자본은 그 존립이 위태로울 정도의 타격을 입을 수 있었다.[17]

특히 예약출판제도는 그다지 주목되지 않았으므로 좀더 자세히 살펴보기로 한다. 총독부는 1939년부터 조선인 저자에게도 예약출판제를 허용했다. 예약출판이란 '대금의 전부 또는 일부를 미리 받고 나서 도서의 반포를 예약하는 출판'으로, "예약정가 10원 미만은 금5백 원, 예약정가 10원 이상은 금 1천원의 보증금을 관할 지방관청에 납부해야 한다. 책이 정상적으로 출판되면 그 보증금은 환불"[18]되는 제도였다. 50~100권 분의 대금만 보증금으로 납부하면, 그 나머지 예약금은 독자들에게 미리 받아서 출판사에서 자유롭게 사용할 수 있는 것이니만큼, 당시 영세하던 조선 인쇄자본으로서는 오랫동안 이를 숙원사업으로 삼아왔다. 그러나 예약출판제는 일본에서만, 그리고 조선의 일본인 저작물에 대해서만 적용했으며 1939년에 이르러서야 조선인 저작자에게도 허용했다.[19]

그 계기는 1939년 3월 조선의 신문사, 잡지사, 출판사 대표들과 변호사들이 '신문지법과 출판법의 개정기성회'(이하 개정기성회)를 결성하여 경무국에 제출한 개정건의서였다. 이 건의서에서 요구사항의 첫 번째 항목을 차지하는 것이 바로 '예약출판법을 조선인에게 적용할 사'이었던 것이

1909.2.26)로 각각 공포되었다. 자세한 법조문은 계훈모 편, 『한국언론연표(1881~1945)』, 관훈클럽 신영연구기금, 1979, 부록 참조.

17 검열 때문에 경영난을 겪는 현상에 대해서는 많은 회고들이 있다. 대표적인 것으로는 홍효민, 「한국문단측면사」, 김동인 외, 『한국문단이면사』, 깊은샘, 1983, 39쪽 참조.

18 (일본)예약출판법 제4조 제9조 등(계훈모 편, 앞의 책, 1242쪽 참조).

19 조선/조선인은 아직 '문명의 발전 정도'가 부족하므로 예약출판제를 빙자하여 금품을 횡령하는 사고가 우려된다는 명분으로 금지했다. 물론 이런 사고 위험은 어느 곳에서나 있는 것이니, 일본적 오리엔탈리즘의 산물에 불과하다.

다.[20] 이 건의가 있은 지 9개월 만인 12월부터 예약출판제도는 조선인에도 적용되지만,[21] 정작 검열완화를 내용으로 하는 신문지법 개정의 건의는 받아들여지지 않는다.

이 사건이 시사하듯이, 예약출판제의 적용은 이윤보장책의 성격만을 띠는 것은 아니다. 검열완화는 수용하지 않고 예약출판만을 허용했다는 점, 특히 예약출판을 허용하는 대상은 이미 검열을 통과한 책만으로 한정되었다는 점은 이를 말해준다. 예약출판제가 허용되면 검열을 통과할 수 있는 원고가 인쇄자본의 이윤을 위해 기여하는 바는 그 이전보다 훨씬 더 커지며, 따라서 검열통과에 불리한 원고에 대한 인쇄자본의 통제동기 역시 강화되는 것이다. 저자에 대한 인쇄자본의 자체검열은 강화될 수밖에 없다.

1939년이면 이미 국내의 인쇄자본은 일제에 대한 저항적 논조를 포기한 시기이며 이 시점에 예약출판제도가 허용된다는 점도 시사적이다. 즉 조선 인쇄자본이 수행해온 자율검열이 일정 정도 만족할 만한 수준에 이르렀다는 판단에 따라 그 반대급부를 주는 성격이 강하다. 특히 조선의 인쇄자본이 출판법 등의 개정을 건의하자, 출판법 개정은 거부하면서 예약출판법의 인용을 결정함은, 정치적 제약은 유지하면서 경제적 제약을 푸는, '채찍과 당근' 정책이었다. 결국 조선의 인쇄자본은, 그 성격에 따라서 차이는 있지만 1930년대 이후로는 대체로 상업화되었다고 볼 수 있을 텐데,[22] 이런 상황 속에서라면 차라리 자연스러운 일이라 할 수 있을 것이다.

---

20 최준, 『한국신문사』, 일조각, 1960, 232쪽 참조

21 경무국 도서과, 「조선인의 예약출판에 대하여」, 『박문』 13, 1939.12, 22~24쪽 참조.

22 물론 상업화의 정도는 언론자본과 출판자본이 다르고, 또한 개별 자본의 성격에 따라서 다양하다. 하지만 1933년 이후로 검열삭제 건수는 급감하는데 이는 인쇄자본의 자기검열이 정착단계에 들어섰기 때문이라고 보는 것이 일반적 견해이다(정진석, 앞의 책, 9장 및 11장 참조). 풍부한 자료들을 검토한 박용규 역시 민간신문들은 이 시기에 상업자본으로 이행했다고 판단했다(「일제하 민간지 기자집단의 사회적 특성의 변화과정에 관한 연구」, 서울대

2) 인쇄자본의 대응

자본의 이윤이 권력에 의해서만 조정되는 것은 물론 아니다. 아니 근본적으로 이윤이란 권력이 아니라 시장에 의해 좌우되는 것이다. '금서 목록이 권장도서 목록'이라는 말대로 금서가 이윤을 보장해줄 경우라면 자본은 여러 경로를 통해 금서 출판에 나서게 된다. 식민지 조선의 인쇄자본의 경우 독자층으로부터 항일적 논조를 유지하라는 압박을 상당히 받고 있었으며,[23] 이는 판매 부수 및 광고 수주와 연관되므로 이윤과 직결되는 문제였다. 그러므로 인쇄자본은 다양한 전략을 동원하여, 권력의 검열을 우회하면서 시장의 이윤 또한 얻어내려는 시도를 하기도 했다. '가장 정치적인 것이 가장 상업적'이라는 한기형의 지적은 특히 1920년대에는 대체로 적실한 것이었다.[24]

인쇄자본은 시장에서의 상품성을 높이기 위해 검열을 활용하기도 하였다. 예컨대 잡지 『개벽』은 거의 매호 편집후기를 통해 검열에 의해 삭제 압수당한 사연을 밝히면서 독자들의 이해와 성원을 구하고 있다. 심지어는 잡지의 성격으로 보아 정치검열의 대상이 될 글이 비교적 적은 『삼천리』 같은 잡지들도 검열에 의해 삭제 당할 때마다 사고를 통해서 이를 독자들에게 알리고 있다. 1970년대 말 『동아일보』 백지광고 사태가 벌어졌을 때 독자들이 그 광고를 메워주는 운동을 벌였듯이, 대중적 동의를 얻어내지 못한

박사논문, 1994). 한편 김근수에 따르면, 1920년대에 비해 1930년대에는 '언론계의 논조는 저조'한 속에서도 잡지 사업이 이해타산을 맞출 수 있게 되어 『소년』, 『조광』, 『소년중앙』 등 신문사의 잡지 창간이 급증한다(김근수, 『한국잡지사연구』, 한국학연구소, 1999, 149쪽 참조).

23 조용만, 『30년대의 문화예술인들』, 범양사 출판부, 1988, 155~156쪽 참조.

24 한기형, 「『개벽』의 종교적 이상주의와 근대문학의 사상화」, 『상허학보』 17, 상허학회, 2006.6 참조.

검열은 오히려 인쇄자본과 독자가 연합하여 권력의 통제시도에 저항하도록 만드는 뜻밖의 효과도 가져 올 수 있는 것이다. 결국 당대 잡지들에서 매우 빈번하게 검열 당한 사실을 알리는 일은, 검열이 심했던 현상의 반영일 뿐만 아니라, 자본과 독자가 연합하여 식민권력에 저항하는 현상이 일정 정도 있었음을 말해주는 것이기도 하다. 이 경우 시장은 자본을 권력의 요구로부터 일정 부분 보호하는 구실을 할 수 있다.

하지만 이 시기 독자층의 요구가 꼭 일제에 대한 저항에만 초점을 맞추었던 것은 아니었다. 특히 1920년대, 그리고 신문에 비해 적은 발행부수로도 수지를 맞출 수 있는 잡지의 경우는 더욱 그러했던 것 같다.

에로가 빠져서는 안될 텐데

그럼요, 지난번 ×× 신년호 봐요, 그렇게 크게 취급한 재만 동포 문제니 신간회 해소 문제니 하는 것은 성명이 없어도 침실 박람회는 간 데마다 화제에 오르내립디다.

참 ×× 신년호는 그 제목 하나로 천 부는 더 팔았을 것. 그렇지만 너무 노골적입니다.

그래두 글쎄 그렇게 안하군 안돼요. 잡지란 무엇으로든지 여러 사람 화두에 오르내릴 기사가 있어야 그거 어느 잡지에서 봤느냐 어쨌느냐 하고 그 책을 찾게 되지…….

사실이야. 아무래도 번쩍 띄이는 큰 에로 제목이 하나 있어야 돼, 더구나 봄인데.

이것은 M잡지사의 편집회의의 한 토막이었다. (…중략…)

"나의 붓은 칼이 되자, 저들을 위해서 칼이 되자. 나는 한 잡지사의 기자가 된 것보다 한 군대의 군인으로 입영한 각오가 있어야 한다."

이러한 감격으로 가슴이 울렁거리던 것을 생각하고 오늘 저녁에 유곽으로 에로 재료를 찾아나설 것을 생각할 때 K는 자신과 M사에 대한 적지 않은 실망과 분노를 느끼지 않을 수가 없었다.[25]

소설의 화자는 조선의 인쇄자본이 초기의 애국계몽운동적 성격을 상실하고, '에로'물 게재를 통한 이윤추구에 매몰되는 현상에 대해 분노하고 있다.[26] 그 이유는 독자들의 요구, 즉 시장의 변화에 있다. 1920년대 중반 이후 특히 1930년대 들어서면서, 기미만세운동의 열기가 수그러지고 식민지적 근대화가 본격화되자 도시를 중심으로 다양한 문화적 욕구들이 분출되었으며, 문화상품으로서의 신문잡지 역시 다양한 시장의 요구에 부응해야 했다. 천정환이 지적하는 대로 각종 실용서 판매가 급증했고, '오락과 취미로서의 책읽기'에 대한 요구도 증대되어 신문은 영화 스포츠 부인(婦人) 등의 기사를 늘렸으며 일본 포르노그래피 수입이 급증했다.[27] 이런 상황에서 화자처럼 '항일을 위한 칼로서의 붓'만을 염두에 둔다면 그 시장의 요구를 외면하는 셈이 되어버린다. 인쇄자본이 총독부의 각종 이윤조정에도 불구하고 검열우회 노력을 기울인 것은 독자(시장)의 적극적 지원에 힘입어 가능했다면, 1930년대에 오면 그런 노력은 빛바랜 것이 되어 버린 것이다. 저작자들은 "자신과 M사에 대한 적지 않은 실망과 분노"를 느낄 수밖에 없다. 더구나 구독료와 함께 인쇄자본의 주 수입원인 광고의 경우, 당시 국내 출판물이라고 하더라도 상당부분이 일본 자본의 광고

---

25 이태준, 「아무 일도 없소」(1931), 『이태준전집』 1, 깊은샘, 1988, 123쪽.

26 이태준은 다른 작품 「불우선생」(1932.4)에서도 다음과 같이 전하고 있다. "한동안은 시대일보에도 중요간부였고 최근에 중외일보에도 자기가 산파역을 한 사람 중의 하나였다던 것과, (…중략…) 친구들이래야 모두 신문사 간부급의 인물들이라 그들의 체면도 생각해야겠고, 또 그네들이 요즘 와선 전날의 기상들이 없어지고 무슨 은행이나 기업회사의 중역처럼 아니꼬움을 부리는 것이 메스꺼워 찾아가지 않는다는 것과(…하략…)"(위의 책, 37쪽).

27 천정환, 『근대의 책읽기』, 푸른역사, 2003, 181～202쪽 참조.

였다는 점도 감안해야 할 것이다.[28]

시장상황이 이처럼 변화하고 『동아일보』 『조선일보』의 자본주까지 김성수 방응모 등으로 바뀌게 되자 인쇄자본의 검열에 대한 대응방식은 큰 변화를 맞게 된다. 1930년대 초반을 고비로 조선의 인쇄자본은 저항담론 생산자로서의 성격을 거의 상실하게 되며, 이윤추구에 함몰하여 검열의 소주체로서의 성격이 훨씬 두드러지는 것이다. 이런 맥락에서 『삼천리』(1931년 6월호)의 다음 사고(社告)는 주목할 만하다.

> 현하의 최대문제인 금월호의 「노농조합확대강화운동」은 집필 제씨의 원고 중 검열에 통과되기 어려운 것을 모다 빼었기로 다소 불충분하게 되었사오나 그 또한 이 시간, 이 조건 하에서는 부득이한 일임을 양해하여 주시압.

잡지사에서 자신들이 청탁한 외부원고를 국가검열의 기준에 맞춰 미리 검열했음을 밝히고 있다.[29] 이 시기에 많은 잡지들이 사고나 편집후기 등을 통해 검열 때문에 이러저러한 기사들이 삭제 당했다고 밝히지만, 막상 국가검열에 앞서 스스로 검열했노라 명백하게 밝히는 경우는 찾아보기 어렵다.

---

28 이 문제와 관련하여 다음과 같은 진술은 주목된다. 재일 한인 작가의 소설이 한국의 모 신문에 연재되는 것에 대해, 독자들의 호응이 별로 없을 것 아니냐고 묻자 그 신문사 관계자는 조선독자들의 반응은 별로 중요치 않다면서 이렇게 대답하였다는 것이다. "그것은 신문 구독자를 위한 소설이 아니니깐 평판이 아무렇든 관계 없습니다. ×××씨는 동경문단에 알려져 있으니만치 우리 사(社) 광고주들도 그 이름을 알거든요. 그 광고주들은 조선말을 모르니까 내용이야 모르지요. 단지, ××× 씨라는 한자 이름이 지상(紙上)에 적혀서 ×씨가 우리 신문에 연재소설을 쓴다는 점만 알리면 됩니다 그려. ××× 씨에게 지불하는 매삭(每朔) 수십 원의 원고료의 대가로 우리 社가 얻는 신용은 수백원이 됩니다 그려."(금동, 「현 민간신문 — 한 문예가가 본 민간신문의 죄악」, 『개벽』, 1935.3(신간 제4호), 38쪽)

29 왜 그 사실을 사고를 통해 알리느냐 하는 점도 흥미롭다. 다분히 추정일 수밖에 없지만, 검열자에 대해서는 "미리 모두 빼었으니 느슨하게 검열해 달라"는 요구로, 독자들에 대해서는 "삼천리는 검열로 핍박당하는 잡지이니 도와 달라"는 호소로 각각 작동하기를 기대했던 것이 아닐까 한다.

물론 그렇다고 『삼천리』 만이 '국가'-자본검열을 시행한 유일한 잡지라고 볼 수는 없다. 오히려 다른 잡지들은 이를 부끄럽게 여겨 공개치 않았거나, 검열에 통과되기 어려운 필자와 주제라면 아예 청탁을 하지 않았을 가능성이 높다. 어떤 형태로 나타나건 '국가'-자본검열의 형태라 하겠거니와, 그 자세한 방식에 대해서는 오늘날 세세히 알기 어렵다.

식민치하의 조선 인쇄자본은 그 출범동기가 어떤 것이었건 간에 일단 자본주의적 도서유통 시스템 속에 뛰어든 이상, 자기보존과 이윤추구의 속성에서 자유로울 수 없었다. 따라서 권력이 이윤조정을 통해 강제하는 검열에 저항하는 데는 한계가 있었으며, 시장에서 이를 만회하려는 노력 역시 그러했다.

2. 인쇄자본의 저작자통제

위에서 살핀 바대로 조선 인쇄자본은 식민권력의 여러 정책수단에 견인되고 독서시장의 변화에 이끌리면서 점차 애국계몽이라는 당초의 설립 취지에서 멀어지게 되었다. 그리하여 1930년대 초가 되면 검열의 객체라기보다는 저작자들을 검열하는 효과적인 대리검열인 구실을 하게 되었다. 그렇다면 조선 인쇄자본은 어떤 수단을 통해 저작자들에게 자기 검열을 수행하도록 강제했는가.

1) 경제적 수단

근대화와 함께 조선 문인들은 원고료나 판권이라는 낯선 제도를 만난다.[30] 문사(文士)적 전통에 젖어있던 그들은 글과 돈을 맞바꾸는 문학의 환금화에 대해 처음에는 상당한 거부감을 보이지만,[31] 점차 자연스러운 제도로 자리 잡게 된다. 1926년에는 이미 "작품이 책상머리를 떨어져 나가면 곧 상품"이라는 진술[32]이 나오게 될 정도로 문학의 환금성은 강력해지는 것이다.

이렇게 '상품으로서의 문학'이라는 제도와 인식이 자리 잡았기 때문에, 인쇄자본은 작가에게 자기검열을 수행토록 효율적으로 압박할 수 있었다. 문학이 돈과 바꾸는 일을 '매문행위'로 보면서 강력한 저항을 보였던 조선시대 문사들의 경우라면, 자본은 그들에게 거의 아무 강제도 할 수 없었을 것이다. 그러나 문학의 환금성이 이미 자연스러운 관념과 제도로 자리잡은 근대 작가라면 사정은 완전히 다르다. 자본이 요구하는 자기검열을 수행하지 않는 작가는 그 자본이 펴내는 신문잡지에 글을 실을 수 없게 되며 결국 생계에도 타격을 받게 되는 것이다.

---

30 원고료를 처음으로 지급하기 시작한 것이 『동아일보』라고 널리 알려져 있지만, 홍효민은 잡지 『학생계』를(홍효민, 앞의 글, 13・29쪽), 또 박영희는 『개벽』을 그 효시로 기억한다(「신흥문학의 대두와 『개벽』시대 회고」, 『조광』 6권 6호, 1938.6, 52~62쪽). 『동아일보』는 1920년 창간되었고, 『학생계』는 1920년 7월 창간하여 1924년 6월 종간되었으며, 『개벽』은 1920년 6월 창간되어 1926년 8월 폐간되었다. 따라서 우리나라에 원고료 제도가 도입되는 것은 대체로 1920년대 초반이라는 정도는 확실한 듯하다.

31 박영희의 다음 회고는 이런 사정을 잘 짐작케 해준다. "고료를 주는 사람이나 받는 사람이나 다 적면(赤面)으로 수수하는 것은 그것이 상매화되는 듯싶어서 부끄럽게 생각하는 까닭이었다. 자고로 매문이란 그다지 존경할 것이 못되었으니 문직이 당당한 직업이라고 자처할만한 시대가 못되었던 까닭에 양심상 부끄러운 일이었다."(위의 글, 52~62쪽 참조).

32 "염상섭군은 『가면잡지(仮面雜誌)』 3월호에 이러한 말을 썼다. '작품이 책상머리에서 떨어져 나가면 상품이라는 말은 나의 늘 하는 말'이라고"(이량, 「문예시장론에 대한 편언(片言)」, 『개벽』 69호, 1926.5, 참조).

물론 당시 문학의 환금가치(원고료, 판권 등)는 매우 보잘것없는 수준이었으므로,[33] 문인에 대한 자본의 지배력은 미약한 것이라는 반론이 있을 수 있다. 하지만 당대 문인들의 절대적 궁핍 속에서라면 그렇지만도 않았던 듯하다. 조명희의 자전적 소설인[34] 단편 「땅 속으로」(1925)를 보자.

이 작품에서 주인공 '나'는 극도의 빈곤에 시달리고 있다. 아내와 아이들이 굶주리는 모습을 보다 못한 '나'는 시집 원고를 팔아 식량을 구하기로 한다.

> 어느 책사를 찾아가서 염치 좋게 싸구려 장사, 물건 팔듯이 내어 놓았다. 거기서 거절을 당하였다. 얼굴이 화끈화끈하는 나는 뒤통수를 두드리고 문밖으로 뛰어나왔다. 그 길로 어느 친구를 찾아 가 그 친구의 아는 책사로 같이 찾아 갔다. 다행히 거기서는 성공하였다. 판권을 60원에 팔아 가지고 선금 20원을 찾고 그 나머지 40원은 출판허가가 나온 뒤에 찾기로 하였다. (…중략…) 두 달 치 방세 선금이 10원, 나머지 10원은 솥 개, 그릇 개, 나뭇단, 쌀말. 이만하면 네 식구가 1주일가량은 걱정 없이 지내게 되었다.[35]

33 당대의 원고료가 어느 정도로서 얼마만한 실제 가치를 지니고 있었는지, 또한 그를 통해 문학이나 문인에 대한 인식이 어떻게 변화하는 지에 대해서는 아직 연구가 충분치 못하다. 단지, 당시의 회고들을 종합하건대 대략의 사정만은 짐작할 수 있겠다. 당시 원고료를 주된 생계수단으로 삼았던 것은 이광수, 염상섭, 김동인 정도를 꼽을 수 있을 뿐이다. 또한 조용만의 다음 회고를 보면 당시 원고료에 대해 대략적으로는 짐작할 수 있다. "그때는 소설을 써내도 원고료란 것이 거의 없었고, 있다고 해도 담배 값 정도였으므로 그것을 가지고는 생활할 수 없었다. 신문소설만은 원고료가 나왔지만 꼬박꼬박 주는 데는 동아일보 밖에 없었고 다른 신문사는 사원의 월급도 못 주고 신문을 찍어낼 종이를 못 사와 쩔쩔매는 판에 원고료가 있을 까닭이 없었다."(조용만, 앞의 책, 103쪽). 신문연재 원고료는 "한 달이면 60원 보통 월급장이 한 달 치 월급"에 해당하였다고도 한다(같은 책, 184쪽).

34 김소운의 회고에 따르면 조명희가 시집 원고를 팔아넘겼을 때 자신이 심부름을 했으며 서점(평문관) 주인 이름은 김철수였다(「포석선생」, 『건망진망』, 남향문화사, 1966, 22쪽).

35 황동민 편, 『포석 조명희선집』, 소련과학원 동방도서출판사, 1959, 135쪽.

물론 작가의 생활수준에 따라서 그 환금가치가 생계에 미치는 영향력의 편차가 크기는 하겠지만, 대부분의 조선 문인들이 극심한 빈곤상황에 있었음을 감안한다면 대체로 그 사정은 조명희의 상황에서 크게 벗어나지 않는다고 보아야 할 것이다.

이태준 역시 한 문인을 소설 속에 등장시켜서, "월급 안 나오는 신문사를 나오고" 그 뒤부터는 "원고료 주는 바람에, 그 앞을 지나기도 싫던 ×신문사 문턱을 부리나케 드나들기 시작"하는 변모를 그리고 있다. "경찰서는 아니지만 아무튼 조선 사람을 이 모양대로 다스리는 데지" 싶어서 눈도 돌리지 않던 그 문인이 『매일신보』에 투고를 하는 까닭은 바로 원고료를 얻기 위해서였던 것이다.[36]

조용만의 회고는 또 어떤가. 총독부 기관지 『매일신보』는, 그곳에 입사하는 것을 '매신(賣身)'이라고 부를 만큼 경멸의 대상이었지만, 다른 곳보다 원고료가 후했던 까닭에 문인들이 투고한 원고가 문화부에 수북이 쌓여 있었다고 한다.[37] 당시 잡지들이 원고난 경영난 검열난의 '3난'에 시달려왔던 상황과는 완전히 다른 상황이었다는 것이다.

그러나 글을 통해서 얻게 되는 경제적 이익은 원고료나 판권만이 아니다. 문명을 날리게 되면 신문사나 잡지사 등에 취직하기도 쉬웠다. 예컨대 김기림은 문단 데뷔 초기에 3개의 필명을 쓰다가 지명도를 높여야 취직에 유리하다는 문단 선배의 충고에 따라서 본명으로만 작품을 발표하게 되었다고 한다.[38] 실제로 최서해는 극도의 빈곤에 시달리다가 문명을 얻게 된 이후 『매일신보』에 취직하기도 했다.[39] 종합하건대 당시 문학의

36 이태준, 「결혼」, 앞의 책, 55쪽.
37 조용만, 앞의 책, 112쪽 참조.
38 김윤식, 『한국근대문학사상사』, 한길사, 1984, 455~456쪽.
39 조용만, 앞의 책, 103쪽 참조.

환금가치는 미미한 것이었지만 그 정도로도 생계에 결코 적지 않은 보탬이 되었으며, 자본이 작가에 대해 검열을 강제할 수 있는 압력수단으로서 충분히 의미 있었다.[40]

물론 발표지면을 얻는 일이란 이런 생계수단이나 '취업전략' 차원의 문제에 그치는 것이 아니다. 문인이란 기본적으로 자신의 글을 대중에 공표함으로써 자신의 존재의미를 찾게 되므로 발표지면을 장악한 인쇄자본에 대해 절대적인 약자일 수밖에 없다. 요약컨대 인쇄자본은 원고료나 인세 말고도 발표지면이라는 효율적인 유인책을 지니고 있었으며, 이를 통해 문인들을 자기 검열로 이끌 수 있었다. 총독부가 문인들에게 직접 행사할 수 있는 수단은 주로 강압책이었던 데 비해서,[41] 인쇄자본은 강력한 유인책을 지니고 있었으므로 오히려 실제적인 효과는 더욱 컸을 터이다.[42] 게다가 인쇄자본이 전면에 나선다면 '보이지 않는 검열'이 가능해지기도 했다.

원고료와 검열의 비극적 관련은 이기영의 단편 「돈」(1937)에서 더 적나라하게 드러난다. 이 소설의 개략은 다음과 같다. 가난한 소설가는 아들

40 다른 보기를 더 든다면, 강경애의 「원고료 200원」, 그리고 이광수의 다음과 같은 회고를 꼽을 수 있다. "나는 지나간 20년간에 약간 년의 교사생활을 제하고는 원고료로 운영하여 왓다. 학생생활 중에도 학비의 반부(半部)를 원고료에서 벌었다. 이 원고료라는 것(그것은 실로 몇푼 안 되는 것이거니와)은 참으로 나의 이른바 창작의 아마 가장 중대한 동력일는지도 모른다."(이광수, 「여(余)의 작가적 태도」, 『동광』 20호, 1931.4, 81쪽).

41 물론 식민지 말기에 이르면 총독부는 징병 징용의 유예, 보급품 등 각종 자원의 배분 등을 '당근'으로 사용하기는 한다. 그러나 인쇄자본과는 달리 명예라는 상징자본을 배분할 능력은 거의 없었으며, 혹은 그 상징자본을 포기해야만 얻을 수 있는 재화이기도 했다.

42 조선저작자들이 인쇄자본의 경제적 압력에 저항할 능력이 떨어지는 까닭은 물론 그들이 식민지 지식인으로서 마땅한 직업이 없었다는 점 때문이다. 또한 이런 직업난은 일제의 교육정책이 식민통치에 필요한 하급 행정인력의 양성에 목적을 두고 있었으며, 특히 1930년대 세계대공황의 여파로 일본자본의 위기를 식민지 한국에 전가시킬 수밖에 없었으므로 조선 지식인에 직업을 공급할 여력이 없었다는 점과 관련된다. 이는 식민지 조선에서 문학을 한다는 행위가 무엇을 뜻하는 것이었는가와 관련되는 중요한 주제이지만 여기서 다루지는 못한다.

이 병에 걸렸지만 돈이 없어 병원을 가지 못했고 아들은 끝내 죽고 만다. 장례비를 마련할 유일한 방도는 원고료였으니 소설가는 아들의 시신을 앞에 두고 밤새 소설을 쓴다. 아침에 친구에게 그 소설의 원고료를 받아와 달라고 부탁했지만, 저녁 무렵 친구는 빈손으로 돌아온다. 어떤 출판사도 그 원고료를 지불하려고 하지 않았다, 검열에 통과될 가능성이 없는 원고이기 때문이었다는 것이었다.[43]

이런 과정을 거쳐 문인들의 자기검열은 정착된다. 계속해서 조명희의 「땅 속으로」를 읽어보면 이런 사정을 짐작할 수 있다. 두 달 여를 지낸 뒤에 또다시 굶주리다 못한 '나'는 다시 책사를 찾아간다. "그동안 허가가 나왔다면 다행이요, 그렇게 못하더라도 억지로 떼쓰고 다만 10원이라도 뺏어내자"는 속셈이었다. 그러나 뜻밖의 사태를 만나게 된다. 다소 길지만 실감을 전하기 위해 그대로 인용한다.

"검열하러 들여보낸 그 시집이 압수를 당하였답니다" 하고 때 묻은 책상 우에 떨쳐놓는다.

"압수?" 하고 나는 가슴이 털썩 내려앉으며 그 종이쪽으로 눈이 갔다. 그 첫머리에는 통지서, 그 다음에는 무엇무엇…… 중간에 내려가다가 눈에 번쩍 뜨이는 것이 불허가…… 그 끝으로 무슨 국 무슨 과 검열계 인(印)이 있다.

"무슨 까닭으로 불허가랍디까?"하고 나는 물었다.

"불허가는 고사하여 놓고, 저작자를 좀 취조하여 보겠다고까지 합디다"

내 눈에는 그 왜놈 경찰(이 네 글자는 복자를 편집자가 되살린 것임—인용자)

---

43 이기영의 회고록에 따르면 이는 1932년 두 살배기 아들 건(建)을 잃은 경험을 소설화한 것이라고 한다(김홍균, 「최초공개 민촌 이기영의 자전적 수기 『태양을 따라』」, 『월간중앙』, 중앙일보사, 2000.10).

들의 걸터앉은 모양, 고 독살스러운 눈, 입, 매몰스러운 말투, 그런것이 번쩍 떠오르며, 눈앞에 있으면 곧 주먹으로 내려 갈길 듯싶게, 얼굴에 상기됨을 깨닫겠다.

"무슨 까닭으로?"하고 물었다.

"무슨 까닭으로요? 불온하다고…"

"불온이라니 무엇이 불온? 그러지 아니하여도 조곰이라도 걸릴듯 싶은 것은 죄다 빼었는데……."

"좌우간 어디가 어떻기에…… 당신이 미운 생각이 나서 그리하였는지도 모르지……."

이 말은 주인의 말이었다.

"미워, 내가 미워?"

얼굴이 화끈하여지며 나는 이런 말을 하였다.

"상전이 종이 미우면, 발뒤꿈치가 왜 닭알 같으냐고 트집을 잡는다더니, 그 셈인 게로군" 하고 말하는 사람은 그 옆에서 우편 소포들을 노끈으로 얽고 있는 차인군의 말이다.

"그래 그것은 그리 되었지마는, 선생 갖다 쓴 돈 20원 조건은 어찌한단 말씀이요?"

"그 돈이요, 지금 내가 갚을 도리가 있을 것 같으면 곧 갚아 드리겠쇠다마는 바로 말이지 지금 내가 돈이 없소. 그러하니 조금 참으면 내가 겨를을 타서 하다못해 무슨 번역 같은 것이라도 하여 드릴 터이니…"하고 쾌쾌히 말을 하였다.

"언제 그것은……."

"언제일 것이 아니라 틈만 있으면……" 하고 나는 바로 그 책사 문밖으로 뛰어나왔다.[44]

---

44 황동민 편, 앞의 책, 144~145쪽.

조명희 같은 작가도 1925년에 이미 "조금이라도 걸릴 듯싶은 것은 죄다 빼"고 검열에 넣었다는 것이다. 감옥의 '교정' 대상은 아직 감금되지 않은 정상인이다.[45] 마찬가지로 검열이 교정하고자 하는 대상 역시, 아직 감금되지 않은 두뇌 속의 글들이다. 그 과정이 되풀이되다보면 마침내는 감옥이 작가의 두뇌 속으로 들어가게 된다. 제도적 검열은 자기검열을 생산하며 작가들은 자신의 글을 스스로 검열하게 된다. 작가가 검열관이 되어버리는 것이다.[46]

그러나 스스로 검열관이 되어버린다고 해도 문제가 완전히 해결되지는 않았다. 검열 사유가 "당신이 미운 생각이 나서 그리하였는지도" 모를 것이기 때문이다. 내용보다는 작가의 이름 자체가 검열의 대상이 되어버리는 현상이 나타나는 것이다.[47] 그렇다면 조명희는 '번역 같은 것이라도 해서' 빚을 갚겠다고 말했지만 번역 출판 역시 그에게는 쉬운 일이 아닐 터이다. 검열당국은 이미 조명희라는 작가를 블랙리스트에 올려놓았을 터이고, 그의 이름으로 내는 출판물들은 그 내용과 관련 없이 검열을 통과하기가 매우 어렵게 되어 있었을 것이기 때문이다.[48] 문학적으로 감금당한

45 김진균 · 정근식, 앞의 글, 67쪽.

46 물론 이 주인공을 조명희와 동일시할 수는 없으며, 또한 과장이 섞였을 것이다. 따라서 작가가 검열관이 되는 현상이란 조명희를 염두에 두고 하는 말은 아니다.

47 이에 대해서는 김동인도 비슷한 회고를 하고 있다. "글 혹은 글의 내용만 검열하는 것이 아니다. 그 글 쓴 사람의 호적이며 생김생김까지도 검열하여 '다른 사람의 글이면 이만 것은 그저 넘길 것이지만 그 사람의 아버지가 모(某)이니 가통(家統)의 터가 불온한지라 압수해야 하겠다', 혹은 '놈팽이 태도(혹은 생김생김)가 건방지고 불쾌하여 삭제로다' 등등 개인적인 감정이며 판단 등으로까지 삭제며 압수가 실행되며 (…중략…) 모군(某君)이 쓴 작품은 무조건하고 삭제하고 하여 다른 검열관이 올 때까지 '집필정지처분'을 받은 것이나 일반인 억울한 세월을 보냈다."(김동인, 「지난 시절의 출판물 검열」, 『해동공론』 1권3호, 1946.12, 37쪽)

48 식민지기시 한국 문인들은 필명을 많이 썼던바, 그 주된 이유는 물론 필자난 때문에 한 사람이 여러 글을 한 잡지에 써야 했지만 이를 드러내지 않기 위함이었다. 그러나 검열을 우회하기 위한 필명의 가능성도 점검해볼 가치가 충분하다. 이와 관련하여 노신의 경우는 시사적이다. 노신은 200개에 가까운 필명을 썼는데, 그 주된 까닭은 검열을 회피하기 위한 것이었

것이다.

조명희는 마침내 1928년 소련으로 망명길에 오르게 되거니와,[49] 조명희를 감금/추방함으로써 일제는 '감옥' 밖의 다른 문인들을 더 효과적으로 '교정'할 수 있게 된다. 그 수단은 주로 원고료와 발표기회였으며, 자본주의적 출판유통 체계 속에서 인쇄자본은 원고료를 통해서 저작자에게 검열을 강요하는 소주체로서도 기능했다.

2) 기타 수단

검열권력이 저작자들의 자기검열을 이끌어내는 방식은 경제적 수단만 있는 것이 아니다. 검열에 대한 동의를 검열 대상 자체에서부터 끌어내는 것이 효율적 검열의 관건인 만큼, 지배이데올로기의 전파를 통해 피검열자의 자발적 동의를 이끌어내려는 것이다.[50] 그 지배이데올기란, 일제 식민시대라면 물론 대동아공영권론 신체제론 등이 대표적이겠지만 꼭 그런 것만은 아니다. 예컨대 여기서 일별하게 될 풍속검열의 문제 역시 자발적

다고 한다. 또한 검열관이 노신의 필체를 알아볼 수 있게 되어 필명으로도 검열을 회피하는 일이 불가능해지자 나중에는 다른 사람에게 원고를 베껴 쓰게 해서 검열당국에 제출하기도 하였다고 한다(노신, 「『화변문학』 서언」, 『화변문학』, 상해 연화서국(上海 聯華書局), 1936(한병곤, 「노신 잡문 연구」, 전남대 박사논문, 1995, 50~59쪽에서 재인용). 노신의 필명에 대해서는 그것만을 주제로 삼은 저서가 나와 있을 정도이다(이윤경(李允經), 『노신필명색해(魯迅筆名索解)』, 중국 성도(成都) : 사천(四川)인민출판사, 1980).

49 조명희가 망명하는 직접적인 계기는 제3차 조선공산당사건으로 인한 검거를 피하기 위함이라고 보는 것이 대체로 타당하겠으나(오성호, 「조명희 시에 관한 연구」, 『순천대학교 논문집』 15집, 순천대학교, 1996, 148쪽 참조), 어차피 그는 이미 국내에서 문필활동이 거의 불가능한 상황이기도 했다.

50 그런 의미에서 검열과 선전은 엄격하게 분리될 수 없는 것이라 하겠다. 하지만, 논의를 지나치게 확장하기 어려운 만큼, 검열이라는 주제와 더 직결되는 문제로서 정치검열과 풍속검열의 관련양상에 대해서만 언급하기로 한다.

동의에 의한 검열을 이끌어내는 효과가 없지 않았을 것으로 판단한다.[51]

일제의 검열 사유 중에서 '풍속괴란'을 사유로 하는 행정처분 건수는 결코 적지 않으며, 시기에 따라서는 '치안방해'를 사유로 하는 건수와 거의 엇비슷한 때도 있었다.[52] 음란물에 대한 검열이 지니는 정치사회적 의미는 매우 크다. 한 사회의 지배이데올로기에 어긋나는 담론을 금압하는 일이라는 점에서 '풍속괴란'과 '치안방해'에 대한 제한은 유사한 속성을 지니며 동일한 검열제도 속에서 움직인다는 점에서도 그렇다.[53] 이 둘이 같은 기구에 의해 같은 법규를 적용받는다는 사실이란 어떤 의미를 지니는가. 준비가 미흡하지만 가설적으로라도 필자의 생각을 밝혀두고자 한다.

유교 이념의 여파가 강력하게 남아있던 당시 식민지 조선사회에서 음란물에 대한 금압(성적 표현의 자유에 대한 억압)은 상당한 사회적 동의를 얻을 수 있었을 터이다. 그 동의는 음란물 검열에 대한 적극적인 지지로 나타났을 것이고 이는 전근대 조선에서도 역시 강력하게 시행되던 정책이기도 했다. 이는 검열제도의 필요성을 인정하는 것으로 나아갈 것인바, 그

51 풍속검열에 대해서는 이미 권명아의 탁월한 성과가 있으므로, 풍속검열과 정치검열의 관계에 대한 필자의 견해를 짤막하게 덧붙이는 정도에 머물기로 한다(권명아, 「풍속 통제와 일상에 대한 국가 관리 – 일제시기 풍속 통제와 검열의 관계」, 『음란과 혁명』, 책세상, 2013, 85~117쪽).

52 예컨대 1937년 보통출판물 행정처분 사유의 경우 '치안방해'가 74건인데 비해 '풍속괴란'은 54건이었다. 물론 1930년대 총계로는 453건 대 80건으로 치안방해가 압도적으로 많긴 하다(경무국 도서과, 『조선출판경찰개요』, 조선총독부, 1940, 96쪽(이명재, 「일제의 검열이 신문학에 끼친 영향—식민지 시대 문학연구」, 『어문연구』 7·8호 합집, 한국어문교육연구회, 1975.5, 255쪽에서 재인용)).

53 성적 자유와 정치적 자유가 어떤 관련을 맺는가에 대해서는 아직 확실한 정설은 없는 듯하다. '3S정책'이라는 말에서 보듯이 정치적 자유의 억압을 은폐/중화하기 위해 성적 자유를 허용하는 것이라고 보는 견해가 좀더 일반적이긴 하지만, 빌헬름 라이히 같은 프로이트 좌파는 이 두 억압이 상호 상승작용을 지닌다고 본다. 이 글을 통해 이 논쟁에 뛰어드는 것은 무모하겠지만, 식민치하 검열의 문제로만 국한시킨다면 성적 자유의 억압이 정치적 자유의 억압을 합리화하는 기제로 더 많이 작용했다고 보아야 할 것이다.

검열제도는 필연적으로 정치적 검열을 포함하는 것이었다.[54] 그 결과로 표현의 자유를 국가가 사전에 제한하는 일 자체가 정당한가 그렇지 않은가 하는, 더 근본적인 문제에 대한 논란은 애당초 시작되기도 어렵게 만든다. 검열제도 자체에 대한 사회적 동의를 획득하는 것이다.

이렇게 일제가 검열에 대한 동의를 이끌어내기 위해 풍속검열의 필요성을 활용했다면, 이 역시 인쇄자본과 관련되는 문제이다. 적지 않은 인쇄자본은 이윤추구를 위해 '풍속괴란'의 출판행위를 했던바, 그 결과가 저작자와 대중에게 검열제도의 당위성을 승인하도록 만드는 것이다. 이런 과정을 통해서 조선저작자들은 인쇄자본에 대해 비판적 시각을 갖게 되며, 자신을 일종의 검열주체로 인식하게 되는 간접적인 효과를 가져 올 수 있었을 것이다.[55]

이 장에서는 주로 일제가 '국가'-자본검열을 관철해나가는 방식에 대해서만 살폈다. 따라서 조선의 인쇄자본과 저작자들이 이에 대해 어떻게 대응했는가에 대해서는 거의 눈을 돌리지 못했다. 이렇게 검열제도의 정착

---

54 앞에서 살핀바 이태준의 소설 「아무 일도 없소」 속의 인물 K를 그 보기로 생각해 볼 수 있다. 즉 '에로물'을 통해 이윤을 축적하려는 인쇄자본에 대해 K는 매우 비판적인 바, 이러한 비판적 시각은 풍속검열을 매개로 하여 검열제도 자체에 대한 지지로 이어지기 쉽다는 것이다. 더욱이 1930년대 풍속괴란 단속 건수 중에서 조선인 필자에 의한 것은 4건에 불과하며 나머지 76건은 일본인에 의한 것이었다는 점(이명재, 앞의 글 참조)도 그 방증이 된다. 대부분 일본인 필자가 저지르는 풍속괴란물에 대한 검열의 필요성은 조선문인과 사회의 심리적 지지를 얻기 쉬웠으리라고 본다. 물론 이 중에 상당수는 검열을 쉽게 통과하기 위해 일본인 이름을 빌린 것이겠지만, 그런 사정을 잘 모를 일반인들에게는 비슷한 효과를 불러왔을 터이다.

55 풍속검열은 저작자에 대해서만이 아니라 자본에 대한 압박으로도 작용했을 가능성이 있다. 풍속물 검열의 수위를 조정함으로써 정치검열의 효과를 거둘 수 있었을 것이기 때문이다. 즉 정치적으로 고분고분한 인쇄자본의 경우 풍속검열을 느슨하게 하는 방식으로 이윤을 보장해주었을 가능성도 있었다고 보는 것이다. 이같은 추정을 뒷받침할 직접적 자료는 아직 발견하지 못했지만, 일제가 검열을 할 때 매우 세부적인 비공개 내부 기준들을 마련했었음을 감안한다면(2부 2장 참조) 그 개연성은 있다.

과정에서 일제의 강제수단만을 살피는 일은, 필자의 의도와는 관계없이, 조선 인쇄자본 및 저작자들을 단지 대상으로만 인식하는 잘못이 될 수 있다. 인쇄자본이 검열에 대해 어떻게 대응했는지에 대해서 3부 2장을, 저작자들의 대응방식에 대해서는 4부, 5부를 참조하기 바란다.

인쇄자본의 검열 대응

1. 들어가며

모든 사상적 통제는 어떤 형태로건 반발을 불러일으키게 마련이다. 사상통제와 그에 대한 반발이 늘 맞서 있다면, 그것을 바라보는 우리의 시선도 양방향적이고 역동적이어야 할 것이다. 식민지시기 한국문학 검열에 대하여 살필 때에도, 한국작가나 인쇄자본이 검열을 회피하기 위해 기울인 노력들을 함께 주목해야 마땅하다. 한마디로 말해서 식민지시기 한국문학은, 그 존재의 조건이었던 일제의 검열과 이에 맞서는 한국의 여러 문학적 대응수단들이 길항관계를 이루면서 산출된 것이라고 보아야 할 것이다. 이 글에서는 검열행위의 주체와 객체 사이의 길항관계에 대한 양방향적 연구의 토대를 마련하기 위해, 우선 검열의 객체가 되었던 쪽에서 그 검열에 어떤 방식으로 대응했는지를 살피고자 한다.

그러므로 이 장은 조선 인쇄자본이 검열에 대응하였던 다양한 방법들을 한데 모아 유형화해보고자 하는 조사연구의 방식을 택한다. 물론 각 유형에 따라 그 의미와 한계를 짚고 해석하는 작업도 곁들이겠지만, 우선은 유형화에 주력하고자 한다. 이에 관한 각종 자료들이 곳곳에 흩어져 있는 형편이어서 일단 한데 모아놓고 유형화하는 기초적 작업이 시급하다고 판단하기 때문이다.

피검열자들이 검열에 대응하는 방식은 크게 나누어 거부, 우회, 수용의 세 가지 유형이 있다. 검열거부가 '비합법적' 유통수단을 모색하거나 절필하거나 원고를 서랍에 넣어두는 방식이라면, 검열우회는 검열을 수용하되 '합법성' 공간의 빈틈을 활용하여 불완전하게라도 독자와의 소통을 시도하는 것이다. 검열수용은 두말할 것도 없이 권력의 지배이데올로기를 수용하는 글쓰기에 해당한다.

검열대응을 다른 기준으로 분류하자면 작품 외적 방식과 작품 내적 방식으로 나눌 수도 있다. 작품 외적 방식은 주로 인쇄자본이 주체가 되는데, 뇌물이나 청탁 등 검열관의 인간적 허점을 이용하는 방식에서부터, 검열로 삭제 당한 부분을 빈 칸으로 남겨놓아 검열의 흔적을 짐작토록 하는 소위 '벽돌신문', 외국인의 이름을 빌리거나 만주 일본 등 법망이 비교적 느슨한 지역에서 발행하는 식으로 법의 허점을 활용하는 방식, 검열을 들여보내 놓고 아직 검열이 끝나지 않은 간행물을 미리 배포해버리는 식으로 행정적 허점을 활용하는 방식, 그리고 아예 검열을 받지 않은 채 비밀리에 유포하는 가장 적극적인 비합법적 방식까지 매우 다양하다. 한편 작품 내적 방식은 저작자가 주체가 되며, 상징 · 해학 · 풍자 · 상호텍스트성 · 알레고리 · '나눠쓰기' 등 여러 기법들을 활용한다(4부 참조).

작품 내적 방식은 개별 작품에 대한 구체적 논의가 필수적이어서 꽤 방대한 논의를 요구하므로 이 책에서는 일단 사례연구 정도에 그칠 수밖에 없다(4부 참조). 이 장은 주로 작품 외적 방식, 그 중에서도 행정적 허점을 이용하는 방식을 다룬다. 망명하지 않고 국내에 남아있던 주체들의 검열 대응 중에서는 가장 적극적인 방식이며, 또한 그 덕분에 아직까지 남아있는 검열삭제(압수)본이 상당히 많기 때문이다. 뒤에 보겠지만, 작품 외적 방식 중에서 행정적 방식을 제외한 나머지는 비교적 널리 알려져 있거나, 그다지 긴 서술을 필요로 하지 않는 것들이라고 할 수 있다.

2. 작품 외적인 검열 대응방식

1) 비합법적 방식

가장 비타협적인 검열대응은 물론 아예 검열을 받지 않고 '비합법' 출판물로 간행하는 경우이다. 상해 임정에서 간행하던 『독립신문』, 30년대 만주 등 유격근거지에서 나온 『민중보』 『투쟁』 『전투보』 『반제전선』 『대중신문』 『농민투쟁』 등의 신문 잡지,[1] 그리고 국내에서도 3·1운동을 전후해서 활발하게 나왔던 천도교의 『조선독립신문』을 필두로 하는 50여 종의 지하신문[2]에 실린 문예물의 경우가 그렇다. 그러나 당시의 '비합법' 출

1 김민남 외, 『새로 쓰는 한국언론사』, 아침, 1993, 257~259쪽 참조. 이런 '비합법'적 매체들에는 「10대 강령가」, 「피바다가」, 「토벌가」 등의 시가들이 실려 있었다고 한다.

판물은 거의 대부분이 각 단체의 기관지로서 그 출판경비는 주로 단체의 자체자금이나 성금에 의해 충당되었으며, 유통과정 역시 '비합법적', 비상업적이었다.[3]

'비합법적' 인쇄물에 대해서 일제는 발간 및 배포를 적발 차단하는 것 말고는 다른 금압수단을 지니지 못하였다. 앞서 살핀 '합법'공간의 출판물들이, 일제의 행정적 검열과 자본을 통한 검열이라는 이중의 압박에서 자유로울 수 없었던 것과는 대조적이다. 그러나 일제가 '비합법' 출판물에 대해 계속 강력히 단속한데다가 문화통치에 의해 허용된 '합법'적 민간 신문 · 잡지들과의 경쟁까지 겹쳐서 '비합법' 출판물은 1920년대 중반이면 그 세력을 잃게 된다. 따라서 검열회피 노력 또한 '비합법적'인 것에서부터 탈법적이거나 행정적 허점을 이용하는 방식으로 그 중심이 옮아가게 된다.

이렇게 일제의 검열을 전면 거부한 상태에서 나온 텍스트는 식민지시기 작품 중에서 보기 드물게 검열을 통과하지 않은 것이라는 점에서 큰 의미를 지니며, 이에 대한 연구가 미진한 것은 유감스러운 일이다.[4] 하지만 이런 '비합법'투쟁은 비교적 한정된 시기에만 가능했으며, 독자의 수 역시 매우 제한적이었고, 실린 문학작품의 수량도 그다지 많지 않은 듯하다.

---

2 "지하신문과 격문 경고문 등의 언론활동이 3 · 1운동을 기점으로 폭발되어 종당에는 온 치안력을 동원한다 해도 속수무책일 정도로 전국이 지하신문의 발행처요 배포지대로 되었다. 『조선독립신문』을 비롯하여 『각성호』 『노동회보』 『독립자유민보』 『신조선민보』 『대동신문』 『대한민보』 등 약 50여 종의 신문들이 전국 각 지방에서 발행 배포 또는 복사되어 합방 이후 10년 동안 굳게 막혔던 언론의 장벽을 허물고 노도와 같이 흘러 넘쳤다. 이들은 모두 등사판으로 제작된 것으로 일반 대중에게 뿌려졌으며, 독립선언서와 마찬가지로 천도교본부 경영인 보성사에서 비밀히 인쇄 발행된 『조선독립신문』의 경우 창간호는 1만 부나 찍어냈으며 (…하략…)"(최민지 외, 『일제하 민족언론사론』, 일월서각, 1978, 18쪽).

3 홍효민, 「한국문단측면사」, 김동인 외, 『한국문단이면사』, 깊은샘, 1983, 12쪽.

4 예컨대 상해 임시정부의 『독립신문』에 실린 시가의 경우는 임형택(「항일 민족시, 상해 독립신문 소재」, 『대동문화연구』 14, 1981)이 오래 전에 소개했으나 이에 대한 후속연구는 거의 없다. 이에 대한 연구가 진행된다면, 검열 받지 않은 작품과 검열 받은 작품들을 비교하는 작업이라는 점에서 큰 의미가 있을 것이다.

게다가 식민시기에 '합법'적으로 형성된 문단과 전문문인이 광복 이후까지 이어지면서 우리 문학의 주류를 이루어 왔음을 감안할 때, '합법'공간에서 제작 발표된 작품들에 대한 관심 역시 소홀히 할 수 없겠다. '합법'공간에서 검열을 우회하려는 노력들은 어떤 것이었던가.

2) 행정적 허점을 이용하는 방식

널리 알려진 것처럼 일제가 조선의 조선인출판물을 검열하는 법적 근거는 신문지법(1907)과 출판법(1909)이었다.[5] 잡지는 『개벽』 등 7종만 예외적으로 신문지법에 의해 등록되었을 뿐, 대부분은 출판법에 의해(즉, 연속간행물이 아니라 단행본으로 간주하는 편법으로) 등록 출간할 수밖에 없었다. 법적 규제가 다른 만큼 그 검열에 대응하는 방식 또한 달랐다. 매체에 따라서 신문과 잡지, 그리고 단행본으로 나누어 살펴보기로 하자.

(1) 신문의 경우

일제의 신문검열은 구체적으로 어떤 것이었을까. 1930년대에 『매일신보』의 기자로 있었고, 당시의 문학계에 대하여 비교적 충실한 증언을 남긴 조용만은 다음과 같이 말한다.

> 이렇게 신문을 만들어 가지고 윤전기에 걸어서 신문을 찍는데, 첫 번째로 윤전기에서 나오는 신문을 경무국 도서과로 보내 검열을 받는다. 경무국으로 간 뒤에

---

5 구체적인 법조문은 계훈모 편, 『한국언론연표(1881~1945)』(관훈클럽 신영연구기금, 1979) 부록 참조.

> 아무 말이 없어야 그 날 신문이 무사히 통과한 것이지, 만일 얼마 안 되어 전화가 와서 "여기는 도서과인데, 윤전기를 정지시켜 주십시오" 한다면 그 때는 일이 난 것이다. 조그마한 기사가 걸렸으면 윤전기를 정지시키고 연판에서 그 부분만 깎아내고 다시 인쇄해서 내보내면 되지만, 만일 큰 기사가 걸렸으면 찍은 신문을 죄다 압수해가고, 신문사 간부를 불러 가는 등 야단이 난다. 작은 기사일 때에는 이미 찍어놓은 신문을 그 부분만 먹칠을 해가지고 내 보낼 수 있으니까 별 손해가 없지만, 큰 기사의 경우는 손해가 더했다.[6]

이 회고에 따르면 일제의 검열행위는 현실공간에서 완벽하게 그 의도를 관철한다. 검열지시가 떨어지면 그 부분은 연판(鉛版)에서 깎아내며, 이미 인쇄된 신문은 먹칠을 하여 내보낸다는 것이다. 소위 '벽돌신문'으로 널리 알려져 있는 것이 바로 이런 과정을 거쳐서 나오는 신문이다. 이 진술만으로 본다면 검열을 우회할 수 있는 가능성은 없으며, 단지 '벽돌신문' 형식으로 검열의 흔적을 지면에 그대로 남기는 소극적인 저항(또는 '상흔의 과시'를 통한 '신문정부'의 구성)만이 가능할 뿐이다. 하지만 일본 언론인 츠네 미도리에 따르면 사정이 많이 다르다.

> 총독부에 출입하는 여러분은 하오 4시에서 5시 석간이 나올 시간에 경무국 도서과에 들러보라. 신문을 들고 이곳저곳으로 검열자가 긴장한 얼굴로 바쁘게 움직이다가 전화통을 붙들고 신문사 편집국장을 불러 "윤전기 세워요"라고 고함쳤을 때는 바로 삭제의 명령이다. "윤전기 세웠습니다." "오늘 신문 펼쳐요. 몇 면의 몇 단 몇 행부터 몇 행까지 삭제해요." 이리하여 삭제된 신문의 납본이 다시 도착

6 조용만, 『30년대의 문화예술인들』, 범양사 출판부, 1988, 15~16쪽.

해야만 이 일이 끝나는 것이다. 그러나 이 삭제라는 것은 어디까지나 당국이 신문 발행자를 신뢰함으로써만이 그 근본으로 삼는 것이다. "기계 세워요" "기계 세웠습니다" "깎아요" "깎았습니다"가 서로의 대화이다. 초고속 윤전기라면 시간당 10만 부는 인쇄된다. 서울에 소재하는 신문사가 갖고 있는 윤전기라 해도 시간당 2만 부. 속도를 올리면 3만 부는 찍어낸다. 2대의 윤전기를 갖고 있는 가령 그 언문 신문사가 "기계 세워요"의 명령이 있었는데도 태연히 그대로 운전하면서 말로만 "세웠습니다"하고 모두 찍어낸 뒤 마지막 한 장을 삭제하여 '납본'한다면 완전한 전 부수를 발송할 수 있다.[7]

삭제 부분에 먹칠을 하기는커녕 '마지막 한 장'만을 삭제하여 납본할 가능성이 있다는 주장이다. 신문의 속보성 때문에 가능한 검열우회의 공간이었다. 신문은 속보성 때문에 교정쇄검열을 실시할 수밖에 없었던바, 이런 허점을 이용하여 검열을 거치지 않은 신문들을 미리 배포할 수도 있다는 지적이다.

물론 총독부의 검열이 이렇게 조선언론과의 '신뢰'에만 기댈 만큼 허술했던 것은 아니다. 삭제 명령은 그 부분만을 지우고 신문은 그대로 배포할 수 있는 가벼운 제재이므로 실제로 삭제했는지를 "검열당국과 신문발행인의 신뢰"에 맡겨 두지만, 아예 압수되는 경우는 경찰력이 직접 동원된다.[8] 다시 츠네의 회고를 보자.

---

7 츠네 미도리, 「朝鮮に於ける出版物の考察」, 『경무휘보』, 1930.9~10(정진석 편, 『일제시대 민족지 압수기사 모음』 1, LG상남언론재단, 1998a, 30쪽에서 재인용).

8 일제의 언론탄압은 주로 행정처분에 의존하였는데, 행정처분은 간담, 주의, 경고, 금지, 해제의 다섯 가지가 있었으며, 사후탄압에는 삭제, 발매금지(또는 압수), 발행정지(정간처분), 발행금지(폐간처분)의 네 단계가 있었다(정진석, 위의 책, 7쪽 참조).

> 일자일구(一字一句)라도 등한히 할세라 검열자의 눈은 번득이고 있다. 붉은 줄이 그어진 신문이 관계자들에게 돌려지고 있다. 전화에 날으듯이 달려가 경기도 경찰부에다 "○○신문 제○○○○호 제2면 ○○라 제(題)한 기사는 치안방해로 차압되었으므로 수배해주시오." 연이어 각 도지사, 기타 관계 관청에 통보되어 각각 수배를 하게 된다. 이것이 내가 본 신문의 차압이다. 차압을 당한 신문사에서는 관할 경찰서원의 출동으로 인쇄된 신문이 전부 압수된다.[9]

직접 경찰들이 출동하여 인쇄된 신문들을 모두 수거하는 압수의 경우에는 앞서 살핀 바의 우회방식은 허용되지 않는다. 지금까지 보았듯이 츠네의 증언은 앞서 살핀 조용만의 회고와는 많이 다르다. 이를 어떻게 해석해야 할 것인가. 몇 가지로 나누어 생각해보자.

첫째, 츠네의 글은 1930년에 그 당시 상황을 곧바로 기술한 것이고, 조용만의 회고는 그로부터 50여 년이 지난 뒤에 나온 것이다. 따라서 조용만의 회고가 즉시성과 신뢰성이 떨어진다.

둘째, 츠네는 압수와 삭제를 나누어서 설명하고 각종 수치를 동원하는 등 구체적이고 상세하다. 이에 비해 조용만은 개괄적이고 구체성도 비교적 덜하다.

셋째, 츠네의 글은 검열제도의 허술함을 지적하면서 그 보완을 촉구하는 입장에서 쓴 것이므로, 허술함을 과장했을 가능성도 없지 않다. 하지만 조용만의 것 역시 해방 뒤에 쓴 것이므로 일제의 문학적 암흑기가 일제의 검열 때문임을 강조하기 위해서 검열의 철저성을 다소 과장했을 가능성도 없지 않다.

---

9 츠네 미도리, 앞의 글(정진석, 『한국언론사』, 나남, 1990, 449쪽에서 재인용).

넷째, 『매일신보』의 문화부에 재직했던 조용만은 거의 내근(內勤)기자에 가까우므로 다른 신문사의 사정을 잘 알기가 어려웠음에 비해, 츠네는 핵심적 출입처인 총독부를 담당한 외근기자였으니 더 넓은 정보를 가지고 있었을 가능성이 크다. 더구나 조용만이 총독부의 기관지에 재직했으므로 다른 민간지들의 검열우회 노력에 대해 잘 알기가 불리했을 터이다. 이런 경험의 제한성은 그의 회고를 전면적으로 받아들이기 어렵게 만든다.

위의 네 가지를 종합해보자. 조용만이 근무하던 『매일신보』의 경우 검열에서 삭제될 일 자체가 거의 없었고,[10] 또한 검열지시를 묵살한다는 일은 상상하기 어려웠을 터이다. 또한 다른 민간지에서 비밀스럽게 진행되었을 삭제지시 묵살현상에 대해 조용만은 잘 몰랐을 가능성도 있다. 혹 알고 있었다 하더라도 자신이 직접 경험하지 않은 일에 대한 기억은 아무래도 세월이 흐름에 따라 흐려졌을 터이고, 50여 년이 지나 회고록을 쓰던 때는 기억에서 지워졌을 수도 있을 것이다. 게다가 조용만이 『매일신보』에 입사한 1933년 2월 무렵이란 비단 『매일신보』 만이 아니라 다른 민간지에서도 압수 및 삭제 건수가 대폭 줄어든 시기이기도 했다.[11]

더 명확한 증거도 있다. 압수된 기사들 중에서 상당부분이 당시의 초판 신문에는 남아 있다는 점은 츠네가 말하는 행정적 허점이 실존했음을 말해준다. 정진석은 "일제가 압수하여 편찬한 『언문신문 차압기사집록』을 보존된 지면과 대조하여 조사해본 결과 대부분의 기사가 원래대로 남아 있음을 발견하였다"[12] 고 말하며, 그의 역저인 『압수기사 모음』 두 권은 압수된 기사

10 정진석에 따르면 『매일신보』에도 삭제 지시는 매년 1~8건씩 있었으나 이는 제작상의 실수나 부주의 때문일 터이며, 다른 민간지에 비해 훨씬 적은 것이다(정진석, 앞의 책, 1998a, 17쪽 참조).

11 위의 책, 17쪽 참조.

12 정진석, 『언론유사』, 커뮤니케이션북스, 1998b, 288쪽 참조.

들을 주로 그런 방식에 의존하여 복원한 것이었다. 공식적으로는 압수된 것들의 상당수가 신문사에는 버젓이 지금까지 보존되어 있었던 것이다.

하지만, 압수기사들이 남아있다고 해서 모든 문제가 해결되는 것은 아니다. 이런 방식으로 검열을 회피한 신문들이 과연 어느 정도나 실제로 독자들의 손에 들어갔을까. 또한 삭제지시가 내려진 기사를 버젓이 실은 지면을 신문사들은 왜 보관하게 되었을까. 그것은 엄연한 행정명령 위반의 증거를 '범법자'가 보관하는 아이러니가 아닌가.[13] 그러고 보면 츠네의 증언도 그런 행정적 허점이 있다는 지적일 뿐, 실제로 민간지들이 그 허점을 얼마나 적극적으로 활용했는지에 대해서는 명확하게 언급하지 않는다. 조용만이 이 부분에 대해 아무런 진술하지 않는 까닭도 혹시 이런 검열회피 방식이 독자들의 손에 들어가는 신문에는 별 영향력을 끼치지 않는, 별 의미가 없는 것이었기 때문이었을 가능성도 없지 않다.

그러나 1920년대 신문들이 독자들에게 '할 말을 제대로 하라'는 압력을 적지 않게 받고 있었다는 점,[14] 그 압력은 신문 구독 부수 및 광고료 수입과 직결되며, 신문 사이에 치열한 경쟁도 있었음을 감안할 때,[15] 이런 식의 행정적 허점을 이용한 검열회피는 일정 기간 동안은 상당한 수준으로 진행되었으리라고 짐작하는 것이 좀 더 합리적일 터이다. 게다가 뒤에 보겠지만, 이와 유사한 방식으로 검열을 받지 않은 채 독자에게 발송했다는 『개벽』지의 사례를 고려할 때, 1920년대 민간지들 역시 행정적 검열회피

13 정진석의 견해에 따라 "일제의 언론탄압이 철저하였지만 검열체제가 이완된 때도 있었고, 형식적이고 다소 허술한 구석도 있었"다(위의 책, 288쪽)고 본다면 이런 문제는 해명될 수도 있을 것이다. 그러나 이 진술 자체가 모순인데다가 '허술한 구석'의 구체적 증거를 들지 않고 있어 전적으로 신뢰하기는 어렵다.

14 조용만, 앞의 책, 155~156쪽 참조.

15 박용규, 「일제하 좌파 언론인에 관한 연구」, 『한국언론학회 학술발표회 논문집』, 한국언론학회, 1994, 93쪽 참조.

전략을 활용했으리라고 추정할 수 있다.

정진석의 『압수기사 모음』을 연도 별로 분석해보면 이 가능성은 더욱 높아진다. 이 책에서 동아·조선 두 일간지의 삭제 기사 중에서 현전하는 원문을 발견할 수 없는 비율을 연도 별로 살펴보면[16] 다음과 같은 두 가지 특징이 드러난다.

첫째, 1930년대에 들어서면 압수 기사 중에서 현전하지 않는 기사의 비중이 크게 높아진다. 일제의 압수기사목록이 남아있는 15개 연도(1920~1930, 1933~1936)를 두 기간 별로 보자면, 1920~1930년의 경우 780건 중에서 204건이 전해지지 않아서 26.2%만이 완전히 사라진데 비해, 1933~1936년의 경우는 61건 중에서 26건을 찾아볼 수 없어 42.6%가 사라졌다.

둘째, 대체로 압수의 건수가 많은 연도의 경우 살아남은 기사의 비율이 높은 편이다. 위 15개 연도를 삭제 건수가 많은 순서대로 나열하고, 현전 기사가 남아있지 않은 기사의 비율을 살펴보면,[17] 대체로 원문이 없어진 비율이 점차 높아지고 있다.[18] 즉 삭제 당한 건수가 많은 시기일수록 원문 보관율이 높은 편이라고 할 수 있다.

요약하자면 대체로 민족적 논조를 유지하는 편이었던 1930년까지의

---

16 『시대일보』『중앙일보』『조선중앙일보』 등은 발간기간이 1920년대와 1930년대 중 어느 한 쪽에만 국한되어 있어 두 시기를 비교할 수 없으므로 통계에서 제외한다. 또한 동아 조선의 경우도 1931, 1932년의 자료는 아직 발견되지 않았다.

17 단, 동아·조선의 정간기일을 합산했을 때 연간 100일을 넘는 1920·1928·1930년도만은 제외한다. 삭제 건수의 다소를 다른 연도와 단순 비교하기 어렵기 때문이다. 두 신문의 이 기간 동안의 정간기간은 다음과 같다(정진석, 앞의 책, 1990, 456쪽). 『동아일보』, 1920. 9.25~1921.1.10.(108일간)·1926.3.7~4.19(44일간)·1930.4.17~9.1(138일간). 『조선일보』, 1920.8.27.~9.2(7일간)·1920.9.5~11.5(62일간)·1925.9.8~10.15(38일간), 1928.5.9~9.19(133일간)

18 1925년(133건 중 30건, 22.6%), 1924년(126건 중 37건, 29.4%), 1927년(107건 중 27건, 25.2%), 1926년 (93건 중 27건, 29%), 1929년(52건 중 10건, 19.2%), 1921년(42건 중 12건, 28.6%), 1923년(38건 중 7건, 18.4%), 1922년(31건 중 33.3%), 1936년(24건 중 10건, 41.7%), 1933년(16건 중 6건, 37.5%), 1934년(16건 중 7건, 43.8%), 1935년(5건 중 3건, 60%)

원문 보관율이 1933년 이후보다 2배에 가까우며, 삭제 건수가 많은 연도일수록 대체로 원문 보관율이 높다. 이러한 통계로 미루어볼 때, 삭제기사가 현전함은 당시 신문이 검열회피를 위해 행정적 허점을 이용한 결과라고 추정할 수 있다. 물론 삭제 당한 신문들이 현재까지 남아 있는지 아닌지는 여러 가지 요인이 복합적으로 작용한 결과일 것이다. 하지만 검열회피의 목적을 지니고 있었으리라는 가능성을 빼놓는다면, 이처럼 통계적 의미가 뚜렷한 현상을 설명하기는 어렵다고 본다.

결국 문화통치의 일환으로 조선인 민간지를 허가하던 1920년부터 1931년 만주침공 직전까지는[19] 이런 식의 행정적 허점을 이용한 검열 회피 방식은 상당히 널리 사용되었을 가능성이 크다고 본다. 적지 않은 독자들의 손에 검열 이전의 신문을 전달할 수 있었으리라는 말이다.

그렇다면 역시 이런 행정적 허점을 이용해서 살아남을 수 있었던 문학작품은 무엇이 있는가. 총독부의 『언문신문 차압기사집록』을 토대로 정진석이 가판신문에서 찾아낸 차압기사들 중에도 문학작품이 19편 포함되어 있지만,[20] 아무래도 그 대표적인 보기는 총독부가 펴낸 『언문신문의 시가』에 수록된 작품이라고 할 수 있다. 일제가 동아 · 조선 · 중외일보에 실린 작품 중에서 저항시라고 규정지어 134편을 압수했지만 당시의 가판신문에는 그 중 114편이 버젓이 남아 있었다는 것이다.

> 일제가 1930년 6월에 조사자료 제20집으로 발행한 비밀자료가 『언문신문의 시가』이다. (…중략…) 총독부는 1925년 1월부터 3월 말까지 3개 민간지에 실린 시

---

19 일제하 민족지들이 과연 언제까지 항일의 논조를 유지한 것이냐에 대해서는 학자들에 따라 여러 가지로 시대구분을 하지만 대체로 1931년 만주사변 기점이 우세하다.

20 정진석 편, 『일제시대 민족지 압수기사 모음』 2, LG상남언론재단, 1998c, '기명기사 기타' 항목 참조.

와 동요 등을 조사하여 다음과 같이 3개 유형으로 구분하였다.

① 조선의 독립(혁명)을 풍자하여 단결투쟁을 종용하는 것.

② 총독정치를 저주한 배일적인 것.

③ 빈궁을 노래하고 계급의식을 도발하는 것.

(…중략…) 일제가 항일 저항시로 규정한 시는 134편으로 이 중에서 그 당시 지면에 삭제되지 않고 남아있는 것은 114편이었는데, 그 중 동시와 동요로 간주할 수 있는 작품은 45편이었고 나머지는 시작품이었다. (…중략…) 총독부는 이 134편의 시가를 일어로 번역하여 1권의 책(『언문신문의 시가』)으로 묶었다. 기사나 논설의 경우도 그렇지만 시가는 일어로 번역된 것을 다시 우리말로 복원하기가 더욱 어렵다. 그러나 다행히도 삭제 당하기 전의 지면이 남아있는 경우도 많아서 대부분 원래의 모습을 그대로 찾아볼 수 있다.[21]

이 134편 중에서 89편은 『문학사상』(1980.3)에 발표되어 널리 이용할 수 있는 자료이지만, 이 작품들을 대상으로 삼은 연구는 그 뒤로도 무려 29년이 지나서야 단 한 편이 제출되었을 뿐이다.[22]

행정적 허점을 이용하는 전략은 1920년대 이후 국내 출판물로서는 가장 적극적인 검열우회 방식이었다. 이런 방식을 통하여 민간지들은 상당기간 동안 '비합법'적 출판물이 수행하던 항일의 논조를 어느 정도는 유지하면서, '비합법'적 출판물보다는 훨씬 많은 대중에게 전달될 수 있었다. 또한 134편의 문학작품을 원문 그대로 오늘날까지 전할 수 있었다.

---

21 정진석 편, 앞의 책, 1998a, 24~25쪽.

22 한기형, 「근대시가의 "불온성"과 식민지 검열-『諺文新聞の詩歌』(1931)의 분석」, 『상허학보』 25, 상허학회, 2009.2.

(2) 잡지의 경우

잡지는 거의 대부분이 단행본으로 간주되어 출판물법을 적용 받았으므로 신문보다 훨씬 불리한 여건이었다. 즉 먼저 원고검열을 거쳐 인쇄해야 했으며, 출판 뒤에 다시 납본검열을 통과해야 판매할 수 있었다. 또 판매허가를 받은 이후에도 사회적 상황의 변화에 따라 다시 판매금지를 받을 수 있는데, 이에 대해서는 정식재판을 요구할 권리조차 없었다. 법적 규제뿐만이 아니다. 속보성이 신문만큼 중요하지 않기 때문에 검열자도 꼼꼼히 검열할 수 있는 시간적 여유가 있었으며, 설혹 잡지가 제때 나오지 못한다고 하더라도 사회적 파장은 신문에 비해 훨씬 작았으니 검열 권력의 횡포가 심했다. 발행일을 지킬 수 없다는 것 자체가 커다란 압박이 아닐 수 없었으니, 특별한 삭제나 압수를 하지 않고 검열행위를 지연시키는 것만으로도 검열의 효과를 발휘할 수 있었다.[23]

하지만 『개벽』 같은 예외도 있었다. 6년간 "40회 이상의 압수(발매금지)와, 벌금 1회, 정간 1회"[24]를 당하고 심지어는 신문광고마저 압수 당하면서도[25] 앞서 살핀 초판신문 체계를 활용했던 신문들의 검열우회 방식과 비슷한 수준으로 행정적 허점을 활용하고 있다.[26]

거의 호마다 압수를 당하고 또는 벌금형 또는 정간을 당하면서도 꾸준히 굴함 없

23 홍효민, 앞의 글, 39쪽; 조용만, 앞의 책, 15~16쪽 참조.

24 최수일, 『『개벽』 연구』, 소명출판, 2008, 44쪽. 그동안 압수 횟수에 대해서는 여러 통계가 있었으나, 그는 아단문고 세종대 등에서 새로 발견한 판본을 통해 이를 바로잡았다.

25 『동아일보』, 1925년 8월 1일자에 실으려 했던 『개벽』 광고가 압수당했다.

26 당시의 잡지 중에서 『개벽』 말고는 이런 방식의 검열회피수단을 동원한 경우는 없는 듯하다. 예컨대 잡지 『신생활』에 3회 연재되었던 염상섭의 「만세전」 역시 검열당한 흔적이 남아지만, 이는 총독부에 납본된 잡지이므로 행정적 우회수단을 동원했을 가능성에 대해서는 아무런 시사하는 바가 없다(이재선, 「일제의 검열과 만세전의 개작」, 권영민 편, 『염상섭 문학연구』, 민음사, 1987, 283쪽 참조).

이 압수를 당하면 호외 또는 임시호를 발간하여 그 필봉을 굽히지 않았고 압수 당할 것을 예기하고 발행 납본하기 앞서 미리 독자에게 잡지를 발송했었다(오늘날 압수 당한 잡지의 거의 전부를 볼 수 있다는 것은 이 때문이다.) 이건 다른 잡지에서 거의 볼 수 없는 일이었다. 그리고 압수가 잦음으로 인하여 개벽 당사자들의 받은 정신적 고통과 물질적 희생은 결코 적은 것이 아니었음은 새삼 말할 것도 없다.[27]

이러한 행정적 허점을 이용하여 『개벽』지는 검열로 삭제되기 이전의 원문들을 오늘날에까지 전할 수 있었다. 『개벽』지에 실렸다가 압수되었지만 실제로는 살아남은 기사들 중에서 문학작품만을 골라보면 다음과 같다.

* 필자 미상 시, 「금싸락」, 「옥가루」(1호, 전문 압수)
* 차상찬, 「한시」(1호, 전문 압수)
* 목성(牧星), 소설 「유범(流帆)」(1호, 부분 압수)
* 효종(曉鍾), 「소설 개요」(1호, 부분 압수)
* 팔봉산인, 「금일의 문학, 명일의 문학」(44호, 부분 압수)
* 소설 「붉은 쥐」 (53호, 부분 압수)
* 이기영, 「농부 정도룡」(66호, 부분 압수)
* 이상화, 「빼앗긴 들에도 봄은 오는가」(70호, 전문 압수)

특히 이상화의 대표작 「빼앗긴 들에도 봄은 오는가」가 검열에 의해 전문 삭제 처분을 받았었음을 기억할만하다. 이 작품은 오늘날 저항시의 대표

27 성암학인, 「『개벽』지에 대하여 ― 『개벽』지 영인본에 부치어」, 『개벽 창간호 영인본』, 1981, 오성사 영인출판. 『개벽』 이외에도 여러 출판물들이 압수 명령을 회피하기 위해 노력했다(정진석, 앞의 책, 1990, 222~226쪽 참조).

격으로 널리 알려져 있지만, 기실 당시에 이 작품을 실제로 접했던 사람은 매우 제한적이었다. 또한 『개벽』사의 이런 노력이 없었더라면 문학사에서 소멸되고 말았을 작품이다. 『개벽』의 일부는 공식적으로는 압수당해 흔적도 없이 사라졌어야 했지만, 이런 노력 덕분에 오늘날까지 살아남았다. 따라서 『개벽』을 볼 때는 어떤 판본인가에 대해 늘 주의를 기울여야 한다. 현전하는 『개벽』에는, 본호, 호외 등의 판본 구분만 의미 있는 게 아니라, 언제 어디에 배포된 판본인가에 따라서 내용이 다를 수 있다는 점이다.[28]

(3) 단행본의 경우

단행본의 경우는, 실제 검열내용과는 관계없이 제도적으로만 본다면, 검열의 규제를 가장 강력하게 받았다. 물론 잡지와 함께 출판물법에 의거하는 것이므로, 원고검열과 납본검열을 받아야하고 출판 이후에라도 또 다른 이유를 들어 판매금지를 내릴 수 있는 3중의 규제를 받았다는 점은 마찬가지이다. 하지만 속보성과 사회적 영향력이 잡지보다도 모자라는 만큼 아무래도 더 심한 규제의 대상이 될 수밖에 없었다. 또한 출판 이후에도 오랜 기간 동안 팔리고 또 재판을 낼 수도 있으므로 규제의 기간도 잡지보다 길 수밖에 없었다. 따라서 '비합법'적 출판을 감행하지 않는 한, 행정적 허점을 이용할 여지가 사실상 없었다. 판금된 서적의 종류는 많지만,[29] 검열을 회피하려는 노력의 흔적을 찾아 볼 수 있는 원자료가 신문이나 잡지보다 희귀한 까닭은 여기에 있다.

---

28 최수일, 앞의 책; 이종호, 「『개벽』의 원본 분석을 통한 1920년대 검열 제도 연구」, 동국대 석사논문, 2005 참조.

29 일제하의 금서 중에서 문학작품으로는 안국선의 「금수회의록」, 이해조의 「자유종」 「철세계」, 김동환의 「시가집」, 「카프시인집」 등 90여 종을 헤아린다(경무국, 『조선총독부 금지단행본목록』, 조선총독부, 1941; 나문경, 「일제시대 금서에 관한 연구」, 성균관대 석사논문, 1996, 부록 6 등에서 재인용).

3) 법적 허점을 이용하는 방식

일제의 검열관계법은 널리 알려진 대로 일본과 조선에 대해 다른 법체계를 적용했으며, 심지어는 같은 법역(法域)인 조선에서도 속인주의(屬人主義)를 채택해서 조선인과 일본인(및 외국인)을 차별하였다. 즉 일본인과 외국인은 원고검열 없이 납본검열의 의무만 있었다. 따라서 조선 문인들은 외국인의 이름을 빌려 출판하려는 노력을 기울였다. 잡지 『백조』 『장미촌』 『금성』 『신생활』 등이 그 보기이다. 『백조』의 경우 1호 발행인을 미국인 아펜젤러[亞扁薛羅], 2호는 '뽀이스', 3호는 백계 러시아인 '훼크훼로오' 명의로 출판했다.[30] 『장미촌』 2호는 미국인 선교사 빌링스의 이름으로, 『금성』은 일본인(柳美澤梅子) 이름으로 각각 발행했다.[31] 잡지들이 외국인의 이름을 빌렸던 까닭은 꼭 검열삭제만을 우려했기 때문이 아니라, 앞서 살핀 대로 검열의 지체로 인하여 잡지가 제때 발간될 수 없는 불편을 회피하고자 하는 목적도 적지 않았던 것으로 판단한다.[32] 납본검열제는 이리저리 유리한 제도였던 것이다.

외국인 이름을 빌리려는 노력은 다양하게 이뤄졌지만,[33] 『백조』의 발행인이 매번 바뀐다거나 『신생활』의 발행인이 중도사퇴하는 데서 보듯이, 단발성이라는 한계를 지닌다. 물론 이는, 널리 알려져 있듯이, 일제 총

---

30 박영희, 「초창기의 문단측면사」, 『현대문학』 통권 59호; 송민호, 「일제하의 한국저항문학」, 조용만 외, 『일제하의 문화운동사』, 현음사, 1982, 231쪽에서 재인용.

31 김근수, 『한국잡지사연구』, 한국학연구소, 1999, 126쪽. 이밖에 『신생활』 창간호도 편집인 겸 발행인이 미국인 '백아덕(白雅悳)'으로 되어 있으나 3·1운동 민족대표 33인 중의 한 사람이었던 박희도였다는 주장이 더 신빙성 있다(홍효민, 앞의 글, 16쪽; 정진석, 앞의 책, 1990, 474쪽 참조).

32 김근수, 위의 책, 124쪽 참조.

33 이밖에도 문화의 각 부문에서 외국인 이름 빌리기는 널리 사용되었던 검열회피 수단인 듯하다. 예컨대 영화 「아리랑」은 일본인 쓰모리[津守]의 조선이름인 김창선으로 원작자를 바꾼 덕에 검열을 통과할 수 있었다고 한다(조용만, 앞의 책, 254쪽 참조).

독부에서 외국인들에게 조선인 간행물의 발행인을 함부로 맡지 말라며 경고하고 회유했기 때문이다.

이밖에 일본에서 출판된 한글잡지들이 적지 않은데,[34] 대부분은 일본 유학생들이 중심이 되어서 발행했기 때문에 나타난 현상이라고 하겠지만, 검열을 피해서 일본출판을 택한 경우도 있었다. 대표적인 보기로는 카프의 기관지 『예술운동』(1929년부터는 『무산자』로 개명)이 1927년 7월 카프 동경지부 발행으로 나온 것을 들 수 있겠다.[35] 또한 검열을 회피할 목적으로 해외발간을 택한 경우가 아닐지라도, 해외거주 교포나 유학생의 신문잡지는 국내의 것보다 검열이 느슨했던 까닭에 국내 독자들에게 환영받았다고 한다.[36] 의도적이건 아니건 간에 해외 출판은 일제 검열에 대응하는 유용한 방식 중 하나였던 것이다.

해외출판은 일종의 '인쇄망명'이었다. 망명이란 국민국가의 외부에 있는 다른 국가권력을 활용하여 자신의 국가에 저항하는 방식이다. 국민국가의 권력이란 '국경'이라는 지역적 제한성을 수반할 수밖에 없음을 활용하는 것이다. 식민지시기의 해외출판은 비슷하지만 조금 달라 더 흥미롭다. 즉 그때 인쇄망명은 주로 일본 제국 안에서 이뤄졌는데, 이는 일본 및

34 김근수에 따르면(앞의 책, 48쪽) 무단통치기 한국잡지 중에서 일본에서 발행한 것이 37종(『학지광』 『창조』 등), 국내에서 발행한 것이 3종이었다. 또한 일본 유학생 발행잡지 5종, 한국인 명의로 발행한 잡지 38종, 영미인 명의로 발행한 잡지 3종, 일본인 명의로 발행한 잡지 4종이었다.

35 안막, 「조선프롤레타리아예술운동 약사」, 『사상월보』, 1932. 1(김재용, 『카프비평의 이해』, 풀빛, 1989, 620~623쪽에서 재인용).

36 정진석은 『한국언론사』(앞의 책, 559쪽)에서 다음과 같이 말한다. "일제는 이들 간행물 가운데에도 "조선 무산계급의 해방을 표방하고, 배일 또는 공산주의를 고취하며, 계급투쟁을 조장 선동하는 등 불온기사를 게재하는 것이 있다"하여 주의를 게을리하지 않았다. (…중략…) 이들 해외 발행 신문잡지는 일제의 철저한 감시와 발매 반포금지와 압류에도 불구하고 "청소년 간에는 이에 호기심을 갖고 환영 애독하는 경향"이 있어 "조선통치상에 유해한 화근"이 된다고 보았던 것이다."

만주와 조선은 법역이 다르다는 이유로 만들어진 차별적 검열제도를 역이용한다는 점이다. '국가성'을 활용하여 국가에 저항하는 방식은 물론 흥미롭지만 인간과 실물(원고나 책)이 국경을 이동하는 것은 그리 만만한 선택이 아니다. 자금과 시간이 많이 들기도 하고, 또 이를 차단하기 위한 수이입물검열도 있었으니 한계가 있었다.[37]

4) 인간적 허점을 이용한 방식—매수 및 청탁

검열제도를 우회하기 위해서 조선의 인쇄자본이 가장 손쉽게 동원할 수 있는 것은 뇌물로 매수하거나 유력인사를 통해 청탁하는 방식이었다.

> 검열제도에 시달린 출판인들은 검열관을 매수하는 기현상까지 나타냈다. 민족문화를 지키려는 정성에서 두드러지게 항일적인 것이 아니면 이런 사전운동이 주효했던 모양이다. 특히 일제 말기에 있어 전시하에 구하기 어려운 생활필수품을 선사하고 관대한 검열을 부탁하는 경우가 있었고 또한 이것이 상습화하는 사례도 있었다 한다.[38]

송민호의 설명은 안수길, 조용만 등의 회고에서도 확인되니,[39] 이 방식은 꽤 광범하게 오랫동안 사용된 듯하다. 매수 및 청탁 방식은 비교적 쉽

---

37 그러나 인터넷의 보급 이후에는 훨씬 검열이 손쉬워졌으니 예컨대 2009년 이명박정권에서 인터넷검열이 심각해지자, 한국의 누리꾼들이 해외사이트로 대거 이동했던 '인터넷망명'은 그 좋은 보기이다.

38 송민호, 앞의 글, 231~232쪽.

39 안수길, 「용정 · 신경시대」, 김동인 외, 앞의 책, 246쪽; 조용만, 앞의 책, 15~16쪽.

고, 폭넓게 사용되었으며 또한 일정 범위 안에서는 대체로 효과적이었다고 볼 수 있다. 하지만, 일제의 검열을 기정사실로 받아들이는 것을 전제로 하는 소극적 방식이라는 한계가 있다. 또한 모든 부패가 그렇듯이, 매수나 청탁을 할 만한 경제적, 사회적 능력이 없거나 또는 이를 거부한 출판사와의 상대적인 불평등이라는 문제가 남는다. 즉 뇌물은 해당 출판물의 검열을 용이하게 해주기는 했겠지만, 뇌물을 주지 않는 경우에는 오히려 검열의 벽이 높아질 수도 있었을 것이다.

3. 작품 외적 대응의 의미와 한계

1930년대에 이르면 조선의 인쇄자본이 주체가 되는 작품 외적 검열회피 방식은, 매수 및 청탁 방식을 제외하고는 거의 소멸된다. 3·1운동을 전후로 한 '비합법'적 투쟁은 문화통치라는 '합법화' 국면을 맞아 힘을 잃게 되며, 그 이후 강구되었던 갖가지 탈법적 수단들도 1930년대로 넘어가면서 거의 사라지는 것이다.

결국 자본이 주체가 되는 검열우회 방식은 ① 일제의 검열정책(또는 식민정책 전반), 그리고 ② 자본 자체의 성격에 결정적으로 좌우될 수밖에 없었다.[40] 먼저 ①에 대해 살피자. 당시 신문 및 잡지들은 문화통치의 일환

40 물론 이렇게 판단한다면 일제와 자본만을 주체로 상정하는 위험이 뒤따를 것이다. 검열정책과 언론자본 말고도 언론인 역시 중요한 요소 중의 하나가 될 것인 바, 언론인의 검열대응에 대해서는 김민환(『한국언론사』, 사회비평사, 1997(2쇄), 238~243쪽) 및 박용규의 앞의 글을 참조할 수 있다.

으로 허용된 것인바, 이는 당시의 '비합법적' 언론에 대응하려는 목적으로 언론에 '합법적'인 공간을 마련해주어 효율적인 통제를 시도하였던 것이라는 점에서 자본의 검열우회는 근본적인 한계가 있을 수밖에 없다.[41] 초기에는 '비합법적' 출판물과의 경쟁력을 확보하기 위해서라도 일정 정도의 저항적 논조가 용인될 필요가 있었으니 비교적 느슨하게 검열하였다. 민간지가 조선인의 불만을 분출시키는 굴뚝과도 같은 구실을 한다는 소위 '신문 굴뚝설'은 총독부 당국의 이런 인식을 단적으로 드러내 보여준다. 총독부와 인쇄자본의 이해관계가 맞아떨어지는 것이다. 하지만 '비합법' 출판물들이 급격히 세력을 잃고 만주침공과 중일전쟁, 태평양전쟁 등 전쟁기에 들어서면서 검열은 강화되었고, 그 속에서 '합법' 투쟁의 공간마저도 극도로 위축될 수밖에 없었다.

다음으로 ②에 대해, 언론자본과 출판자본으로 나누어 살펴보자. 조선의 초기 언론자본의 경우 주로 농업을 기반으로 성립된 것이었다. 널리 알려져 있듯이 일제는 효과적인 식량수탈을 위해 조선 지주들의 기득권을 보호하였으며, 두 신문자본은 일제의 보호에 기생하면서 동시에 일본자본과 경쟁해야 하는 이중적 이해관계에 있었으므로, 그러한 특성은 신문지면에서 저항과 타협이라는 양면성으로 드러나게 된다.[42] 그런 속에서 1930년대에 들어서면서 일제의 정책이 강화되자 타협 내지 적극적 협조 노선으로 기울게 되는 것이다.

출판자본(특히 문학부문의 출판자본)의 경우는 언론자본보다 훨씬 규모가 작다는 점, 또한 1920년대까지는 많은 잡지들이 특정 단체의 기관지 성격

41 김규환, 『일제의 대한 언론선전정책』, 이우출판사, 1982 참조.

42 김현대, 「일제하 『동아일보』의 민족운동사적 고찰」, 한양대 석사논문, 1987; 배진한, 「1920년대 조선 동아 두 신문의 사회경제적 성격에 관한 연구」, 서울대 석사논문, 1998; 김민환, 앞의 책 참조.

을 강하게 띤 것으로 이윤을 목적으로 삼지도 않았으며 또 최소한의 수지를 맞출 독자층도 대체로 확보되어 있지 않았다[43]는 점에서 성격이 매우 다르다. 하지만 자본의 자기보존 내지 이윤확대라는 속성에서 아예 자유로울 수 있었던 것은 아니다. 예컨대 "언론계의 논조는 전기(1920~1929)에 비해 저조임을 면치 못했으나, 잡지의 수량과 발행 부수에 있어서 1930년에서 36년 말은 일제 하에서 잡지 전성시대"[44]였다는 진술은 그 사정을 잘 드러내준다. 구독층이 확장되고 광고시장도 어느 정도 확보되면서 기업으로서의 잡지는 존립기반을 확보하지만 '논조는 후퇴하는' 아이러니가 성립하는 것이다. 1931년에 나온 다음과 같은 진술은 주로 신문에 관한 것이긴 하지만 잡지자본을 포함한 당시의 '합법'적 문화투쟁의 변천과 한계를 짐작케 해준다.

– 조선신문이란 결국 민족주의를 표방 않고는 성공키 어렵다는 것이 하나, 또 민족주의를 표방했자 반드시 성공할 수 없는 것이 하나 (…중략…) 그러나 조선 신문지의 민족주의라는 것도 점점 거세가 되어가는 것이 사실일세 (…중략…) 당국에서 누르니까 자연 그렇게 되었지. (…중략…) 신문을 아니 한다면 모르거니와 신문의 생명을 유지할 것을 전제로 한다 하면 당국의 검열표준에 의해 차차 거세될 밖에 별 수가 있겠나. (…중략…)

---

43 김근수, 앞의 책 참조. 특히 발매부수에 대해서는 예컨대 1908년 『소년』 창간호는 6부, 그 이후로도 판매부수가 200부를 넘지 못했지만, 1920년 이후에는 매월 6천 부, 호에 따라서는 1만 부(같의 책, 107쪽 참조)까지 팔려 수지를 맞출 수 있었다. 또한 1931년 『동아일보』의 자매지로 창간된 『신동아』의 경우 1~2만 부의 판매부수를 올렸으며, 각 신문사에서 잡지 수입을 노려서 경쟁적으로 『조광』, 『소년중앙』 등을 창간하는 계기가 되었다고 한다(같은 책, 149쪽 참조). 물론 신문사의 잡지사업이 활성화되면서 오히려 순수 잡지자본의 영역은 더욱 축소된 측면도 있었다고 보아야 하겠지만, 대체로 1920년대 이후 잡지는 1910년대까지의 기관지적 성격에서 벗어나 자본의 논리에 기대게 되었다고 보아야 할 것이다.

44 위의 책, 95쪽.

- 그러면 그러케까지 하면서도 신문을 발행할 필요가 있을까.

- 글쎄 그것이 문제란 말일세. 그것은 신문뿐이 아니라 조선사람이 경영하는 모든 문화사업에 대한 문제일세. (…중략…) 우리가 합법적 모든 단체를 해나갈 필요가 있느냐 하는 문제가 되겠지. 그러므로 결국 나는 그것이 정도 문제인줄 아네. 이런 정도에서 그것을 경영하는 것이 그래도 해보다는 이익이 많다고 생각하는 한에서 그것을 경영할 것이요, 만일 그 이하로 수준이 내려간다면 그만 두겠지.[45]

그러나 '이익보다는 해가 큰 수준으로 내려간다면 그만 두겠지'하는 판단은 어긋났음을 역사는 말해준다. 조선의 신문과 잡지는 자본의 자기보존과 이윤확충 원칙에 충실했다. 인쇄자본은 (언론자본과 출판자본의 경우가 좀 다르고, 또 개별 매체의 자본과 종사자들의 성격에 따라 편차가 있긴 하지만) 매체를 계속 발간함으로써 보장받을 수 있는 직접-간접적인 이윤과 사회적 영향력을 유지하려는 강력한 동기를 지니고 있었으며, 종사자들 역시 매체가 보장하는 직장과 사회적 영향력을 쉽게 포기할 수 없었던 것이다. 달리 말하자면 '무명거사'의 판단과는 달리, 매체를 유지할지 말지의 문제는 매체 자체의 손익에만 달려있다기보다는 자본 전체의 경제적 정치적 손익까지를 포함한 판단에 의해 좌우되었다.

결국 1930년대 이후로 작품외적 검열회피 노력이라면 단지 매수청탁 방식 밖에는 남지 않았던 것으로 보인다. 이 시기에 이르면 인쇄자본은 작품 내적 검열우회 방식을 약화시키고 회사 내-외의 '국가'-자본검열을 강제하는 역기능이 더 커졌다. 즉, 자본은 사내의 문인들에 대한 자체검열을 더욱 강화하게 되었으며,[46] 또한 원고료를 매개로 삼아 일반 문인들에

45 무명거사, 「조선신문계 종횡담」, 『동광』 28, 1931.12, 78쪽.

46 1927년 『조선일보』의 좌파기자 대거 숙청, 1936년 일장기 말소사건 이후 『동아일보』의 기

까지 자기검열을 강제하는 기능을 상당 정도 수행했다. 결국 이 시기 한국의 인쇄자본은 일제의 검열을 회피하는 주체라는 성격보다는 '국가'-자본검열을 강제하는 검열의 주체라는 성격이 강해진다고 볼 수 있을 것이다. 1930년대 이후로는 자본이 주체가 되는 작품 외적 방식은 별 의미를 지니지 못하게 되고 문인들이 주체가 되는 작품내적 검열우회 방식만이 남게 된다(4부 참조).

자해고 등은 그 단적인 보기가 된다. 『개벽』 또한 "제68호부터는 미리 내부검열을 하고 당국의 지시에 순종할 것을 서약하였지만, 또다시 제69호의 경우 호외까지 압수당하고 제70호의 경우는 포스터까지 아예 압수를 당해 호외의 호외를 발행해야 했으며 방정환, 박달성 등의 개벽사원이 경찰에 연행되는 등의 고난 속에 결국 1926년 8월 1일 제72호가 발매금지당하면서" 최종적으로 폐간되었다. 내부검열의 약속을 어기는 것은 『개벽』 같은 비교적 자본이 튼튼하고 영리성이 거의 없는 잡지에서만 예외적으로 가능했던 일이지만 그나마 1926년에는 좌절되었다.

현시적 검열에서 은폐적 검열로

검열정책과 검열기준의 숨바꼭질

1. 들어가며

검열기준이 공개된 시점은 아직 정확하지는 않다. 대체로 1920년대 말부터 공개되기 시작하여 1930년대 말에 이르면 완전하게 공개된다는 정도로 이야기할 수 있을 뿐이다. 한편 이와 비슷한 시기에 인쇄물에서 검열의 흔적은 현저하게 줄어든다. 박헌호와 최경희의 용어에 기대어 말하자면, 이는 자기현시적 검열[1]에서 자기은폐적 검열[2]로의 이행이라고 부를

1 이 용어는 박헌호의 '권력의 자기현시'라는 개념에서 착안한 것이며(박헌호, 「'문화정치'기 신문의 위상과 반(反)검열의 내적 논리-1920년대 민간지를 중심으로」, 『대동문화연구』 50, 성균관대 동아시아학술원, 2005.6, 199~259쪽 참조), 경우에 따라 '현시적 검열'로 줄여 부른다.

2 이 용어는 최경희에게서 빌려온 것이며 경우에 따라 '은폐적 검열'로 줄여 부른다(최경희, 「출판물로서의 근대문학과 텍스트의 불확정성」, 『'식민지 검열체제의 역사적 성격' 학술대회 자료집』, 성균관대 동아시아학술원, 2004.12, 별지 4쪽 참조).

수 있을 것이다.

현시적 검열은 검열결과를 인쇄물에 드러내는 일을 묵인 또는 조장함으로써 권력의 존재와 권능, 그리고 '합법성'의 감각을 피검열자 및 독자 대중에게 각인시키는 방식의 검열을 말한다. 지배권력이 대중의 저항을 받고 있거나 또는 대중적 동의와 승인이 아직 미흡한 단계에 사용되며 검열의 주체는 주로 '국가'가 된다. 소위 문화통치의 일환으로 충분한 준비 없이 근대미디어를 인가하면서 검열당국과 미디어는 허용과 인내의 한도를 설정하는 과도기적 기간이 필요했는데,[3] 그 과도적 성격은 검열흔적의 폭증을 특징으로 하는 현시적 검열로 나타났다.

한편 자기은폐적 검열은 실제로는 검열을 지속하면서도 검열흔적을 인쇄물에 남기는 일까지를 금지함으로써 지배권력에 대한 대중의 복종이 자발적으로 이뤄지고 있는 듯한 착각과 선전효과를 기대하는 검열을 말한다. 지배권력에 대한 대중적 동의와 승인이 일정부분 진행된 단계에서 이를 촉진하려는 방식이며, 검열의 주체는 '국가' 뿐만아니라 인쇄자본, 문화인 단체, 심지어는 저작자 자신 등으로 확산된다. 검열기준의 체계화와 검열기구의 정비가 완료되고 3·1운동의 사회적 분위기도 가라앉은 1920년대 말 무렵부터 식민권력은 이런 자신감에 기반하여 은폐적 검열로 이행했다. 더 이상 권력은 지면을 통해 자신을 현시할 필요를 느끼지 않았으며 오히려 보이지 않는 존재로서 숨고자 했다. '일본의 조선지배는 조선인민의 자발적인 동의를 획득한 것'이라고 선전하기 위해서는, 검열흔적이 없으면서도 조선통치를 찬양하는(최소한 부정하지 않는) 지면이 필요하였다. 특히 조선총독부는 3·1운동 때문에 식민지 경영능력을 대내외에서 의심

3 마이클 로빈슨, 김민환 역, 『일제하 문화적 민족주의』, 나남, 1990 참조.

받았으므로 '자발적 동의'를 보여줄 선전자료가 더 절실했다. 이제 권력이 필요로 하는 것은 조선에서 '표현의 자유'라는 깃발이었는데, 그 깃발은 사실은 표현 자유의 조기(弔旗)에 불과했다. 표현 자유의 무덤 위해 휘날리는 표현 자유의 깃발. 이 깃발을 보여주기 위해서라면, 지면이 '벽돌자국'으로 얼룩져서는 곤란했다. 검열권력은 검열의 흔적까지를 지우라고 요구했고 이에 따라 '벽돌'은 현저히 감소했다.

미리 말하자면 1920년대 말~1930년대 초에 이뤄진 한국검열의 중요한 변화는 일종의 숨바꼭질이었다. 검열정책이 현시적 검열을 지향할 때 검열기준은 비밀로 숨고, 은폐적 검열로 나아갈 때 검열기준은 드러나는 것이다. 이 장의 주된 목적은 바로 이 드러냄과 숨김의 과정을 통시적으로 고찰하여 그 과정과 원인, 그리고 효과를 밝히는 데 있다.

2. 검열기준의 비밀주의와 현시적 검열

식민지시기 한국에서의 출판물 검열은 통감부 시기에 시작된다. 조선의 첫 검열관이었던 나카무라 겐타로[中村健太郎]는 초기에는 애당초 검열기준 자체가 없었으며 자기 혼자서 '감(感)'에 의해서 검열했다고 회고한다.[4] 혼자서 검열하던 시기이므로 통일적 행정의 필요도 별도로 검열기준을 만들 필요도 느끼지 못했다. 통감부 시기에는 공개할 검열기준 자체가 없었다.

---

4 「창간 이래 34년—본사 선배의 좌담회」, 『매일신보』, 1938.5.5.

강제합병 이후에도 이 상황은 큰 변화가 없었으나 소위 문화통치기로 접어들어 출판물이 급증하게 되자 검열관 역시 계속 증원되었다(2부 1장 참조). 여러 사람이 검열을 맡게 되면서 검열관에 따라 검열결과가 달라지는 현상이 나타나게 되었고, 피검열자들의 불만이 많아졌다. 이에 따라 통일된 검열 기준을 만들어, 근대적 행정행위로서 최소한의 합리성을 만들어 나가야 할 필요성이 생겼다. 검열기구는 이에 따라 전국(조선) 단위의 통일된 검열기준을 마련해간다. 특히 1926년 경무국 도서과가 독립된 부서로 출범된 이후 출판경찰의 기록은 체계화되었다.[5] 이 과정에서 검열기준들은 지속적으로 구체화되고 공식화되었지만, 이는 검열관의 훈련이나 실제 검열행위의 효율화를 위해 마련한 것으로, 내부 열람용일뿐 일반에 공개되지 않았던 비밀사항이었다.[6] 뒤에 자세히 보겠지만, 이렇게 성립된 검열기준은 10년쯤의 비밀유지, 역시 10년쯤의 부분적 공개를 거쳐 완전공개로 나아간다. 어째서 그러한 것일까.

검열기준을 비밀로 유지하다가 단계적으로 공개하는 까닭에 대해서는, 아직 확증이 없으니 잘라 말하기는 어렵다. 따라서 현재까지 확보한 자료들을 토대로 추정해볼 수밖에 없다. 먼저 비밀주의를 유지하는 까닭은 다음의 세 가지로 추정할 수 있다.

① 만일 검열기준을 비밀로 하지 않는다면 다음 두 가지 이의제기가 가능해진다. 첫째, 검열기준 자체에 대한 이의제기. 예컨대 검열기준이 식민정책이나 국체, 정체 등 통치이념에 상치된다는 식의 이의제기가 가능하다. 둘째, 구체적인 검열결과가 그 검열 기준에 적합한 것인가 하는 이

5 정근식·최경희, 「도서과의 설치와 일제 식민지출판경찰의 체계화, 1926~1929」, 『한국문학연구』 30, 동국대 한국문학연구소, 2006.6, 152~157쪽 참조.

6 정근식, 「식민지적 검열의 역사적 기원, 1904~1910」, 『사회와역사』 64, 한국사회사학회, 2003.11, 19쪽 참조.

의제기를 할 가능성이 높다.[7] 검열기구의 입장에서라면 두 경우 모두 공연한 논란을 불러일으키거나 행정수요를 늘리게 될 우려가 크다. 특히 검열기준의 합리적 통일안이 마련되지 않은 상태에서라면 당연히 논란의 가능성은 더 커진다.

② 굳이 검열기준을 공개할 현실적 동기가 없었다. 피검열자가 적극적이고도 집단적으로 행정의 합리성을 요구하는 문제제기가 없는 한, 검열자 쪽에서 먼저 이를 공개할 이유는 발견하기 어렵다. 모든 행정이 비밀을 추구하는 속성이 있지만, 특히 검열행정은 그러하다.

③ 1920년대의 검열이, 합리성에 기초하여 피검열자의 동의를 획득하기보다는, 검열의 존재 자체를 널리 알리고 심리적 억압을 가하는 것을 주된 목적으로 삼는 현시적 검열이었던 것과도 연관된다. 검열의 존재를 널리 알리는 효과적인 방식은 바로 인쇄물에 검열의 흔적을 뚜렷하게 남기는 것이었는데, 검열의 흔적이 뚜렷한 인쇄물이란 검열기준을 감춤으로써 양산될 수 있는 것이다.

1920년대 말까지 검열기준을 비밀로 유지하는 편이 효율적이라고 판단한 이유는 대체로 위의 세 가지 요인과 관계되는 것이라고 추정한다. ①은 공개했을 경우의 부작용에 대한 것이며, ②는 공개의 현실적 계기가 없었다는 점을 주목한 것이니, 이 둘은 비밀주의의 소극적 의미이다. 또한 검열행정만이 아니라 비민주적 사회에서 행정당국이 정보 공개를 최소화하는 일반적 이유이다. 이에 비해 ③은 비밀주의의 적극적인 의미이며 검열행정에 특유한 사안이다. 따라서 ③에 대해서는 자세히 살필 필요를 느낀다.

---

7 뒤에 보겠지만 검열기준이 공개되기 이전인 1920년에 이미 신문지법상의 '시사'라는 개념이 실제 검열사례에서 올바로 적용되었는가를 문제 삼아 사법적 이의를 제기한 사례가 있다.

박헌호와 정근식 · 최경희는 이 문제를 검토하기 위한 중요한 실마리를 제공한다. 먼저 박헌호에 따르면 1920년대 조선어 신문은 하나의 가상적 정부(政府)로 불릴 만큼 문화적 권력을 확보하였는데, 이 '신문정부'를 장악할 수 있는 권력으로서 검열은 존재했다. 즉 검열흔적이 뚜렷이 남아있는 '벽돌신문'은 '식민권력의 현존성과 폭력성을 강력하게 표상하는 상징'으로서 매일 방방곡곡에 배달되었다는 것이다. 따라서 "신문의 지배적 권력화는 스스로를 권력적 위치로 부상시켰을 뿐만아니라 역설적으로 식민권력의 집중과 강화에 기여한 바 컸다."[8]

1920년대 조선어 신문과 식민권력이 대립적 공존관계를 이루고 있었다는 박헌호의 주장은 주목할 만하다. 그동안의 논의가 조선어신문 허용의 이유에 대해 주로 살펴왔다면 그 효과로 관심을 확대시켰다는 점, 특히 현시적 검열을 통해 '대립적 공존'이 이뤄진다는 새로운 해석을 제출했다는 점에서 그러하다. 그러나 그 주장의 증거들은 아직 불충분하며, 현시적 검열과 검열기준의 비밀주의 사이의 상관성에 대해서는 주목하지 않았다.

한편 정근식 · 최경희는 검열기준을 비밀에 붙인 까닭을 간단하게나마 제시한다. "검열기준이 세부적으로 공개되지 않을수록 출판경찰의 권위와 강도가 더 효과를 낼 수 있었고 출판인들과 작가로 하여금 내적 검열과 자기 규제를 더욱 강하게 유도할 수도 있었기 때문"[9]이라는 것이다. 대체로 타당한 지적이지만, 그 판단의 증거를 대지는 않았으며 다른 요인들이 있는가도 점검할 필요가 있다. 또한 이후 공개주의로 전환하게 되는 과정과 대비하여 살피는 작업이 필요하다. 특히 검열기준에 대한 피검열자의

---

8 박헌호, 앞의 글, 219~222쪽.

9 정근식 · 최경희, 앞의 글, 153쪽.

정보 부족이 늘 자기규제의 강화로 이어지는 것인가에 대해서는 의문의 여지가 있다. 합리성에 입각한 내적 동의를 얻어내는 데에는 오히려 불리할 것이며, 검열의 자기현시는 오히려 조선에 대한 통치 역량의 한계를 드러내는 일이기도 하다. 결국 이 문제는 피검열자가 어떤 상황 속에 있는가에 따라 달라질 일이지, 항상 동일한 결과를 가져올 것 같지는 않다. 결국 검열기준을 공개하는 편이 효율적인지 비밀에 붙이는 것이 효율적인지는 시기에 따라서 달라질 수밖에 없는 문제이며, 실제로 식민권력은 이를 판단하여 검열기준의 공개여부를 결정하였다고 판단한다.

요약컨대 박헌호는 자기현시적 검열에 대해 주목했지만 비밀주의에 대해서는 고려하지 않았으며, 정근식·최경희는 비밀주의가 효율적일 수 있는 측면에 대해서만 간략하게 언급했다. 두 글 모두 ① 비밀주의와 자기현시적 검열의 관련성, 그리고 현시적 검열에서 은폐적 검열로의 이행에 대해서는 살피지 못했으며, ② 검열기준의 공개여부와 연관하여 살피지는 않은 셈이다. 이 문제들에 대해 차례로 논의하기로 한다.

먼저 당시 상황을 좀더 자세히 살펴보면서 박헌호의 주장을 보완하기로 하자. 당시 신문검열은 교정쇄검열제도였다(2부 3장 참조). 즉 인쇄 초판이 나오는 즉시 납본하여 검열을 받고 그 결과를 반영하여 다시 인쇄를 계속하는 식이었다. 이렇게 이미 조판이 완료된 상태에서 검열결과를 지면에 반영하기 위해서 가장 손쉽게 동원된 방식이 바로 활자 뒤집기 또는 연판 깎기이며 그 결과가 바로 '벽돌신문'으로 나타나는 것이다. 따라서 '벽돌신문'이란 현시적 검열의 필요성에서 비롯된 '의도의 결과'라고만 보기 어려우며, 신문이라는 매체의 속성 때문에 생겨난 측면이 강하다.[10] 잡지

10 따라서 신문발행을 허용하면서 검열 또한 시행한다면 그 인쇄 및 배달시스템 때문에 자연스럽게 산출되는 결과가 바로 벽돌신문이었다고 보는 편이 좋겠다. 물론 벽돌신문의 존재

와 대조해보면 좀 더 명확해진다. 검열권력이 현시의 의도를 지녔던 것이라고 본다면, 잡지의 경우에도 그대로 적용했어야 하지 않을까. 잡지에만 원고검열을 채택하여 검열권력의 현시 효과가 현저하게 낮아지게 만드는 이유를 설명하기 어렵다.

물론 벽돌신문이 결과적으로 신문정부의 위상확립과 적대적 공존관계를 생성하게 되었을 수는 있겠지만 이를 의도된 것이라고 보기는 어렵다는 것이다. 종합컨대, 매체의 발간주기 차이에 따라 속보성이 약한 잡지에는 원고검열을, 속보성이 강한 신문에는 교정쇄검열로 나눠 적용했던 것이 아닐까 한다. 즉 매체의 속성에 따라 검열방식을 달리한다는 행정의 합리성 차원에서 시작된 일이었으리라는 것이다. 권력 현시의 효과가 있음을 확인하는 것은 나중의 일이었으리라.

게다가 현시적 검열이란 식민권력의 일상적 작동을 확인시키는 기능만을 하는 것은 물론 아니어서 이에 대한 불만과 저항의지를 촉발시키기도 했다는 점, 그리고 검열권력과 '신문정부'라는 상호 모순적인 기구가 '대립적 공존'을 하기 위해서는 어떤 절충점이 필요했다는 점에 대해서, 박헌호는 자세히 다루지 않았다.[11] 몇 가지 자료를 통해 이 문제를 검토해보자.

> 29년에 들어서면서 다시 본사로 올라와 편집국장 대리라는 직책을 맡았고 얼마후 국장으로 발령되었다. (…중략…)

가 박헌호의 지적대로 권력의 현시라는 점에서 검열권력의 입장에서도 불리하지 않다고 판단하였으므로 당분간 지속시켰을 것이다. 꼭 필요하다면 신문에 대해서도 사전검열제 도입은 얼마든지 선택 가능한 일이었고, 실제로 대한제국 시기에는 대장(臺帳) 검열제도이기도 했지만, 총독부는 그렇게 하지 않았다.

11 박헌호는 물론 반(反)검열에 대해 상당한 지면을 할애하지만, 적대적 공존에서 反검열이 어떻게 작동하는가의 문제, 그리고 삭제와 그보다 무거운 검열처분에 대한 차이에 대해서는 주목하지 않았다.

> 초창기의 일간신문은 이틀이 멀다 하고 일본 총독부에 발매금지 압수 처분을 당했고 그때마다 배달원들이 뜰에 모여 만세를 불렀다. 만일 여러 날을 지나도 압수를 아니 당하면 편집이 무능하다고 욕을 먹게 된다.
>
> 그러나 내가 편집국장이 될 무렵에는 회사의 방침이 되도록이면 압수를 당하지 아니할 정도에서 논설이나 기사를 쓰라는 것으로 바뀌었다.
>
> 따라서 편집국장의 임무는 모든 기사의 초교를 자세히 읽어보고 필요하면 압수 아니 당하도록 문장이나 용어를 바꾸는 것이 가장 중요한 것이었다.
>
> 총독부에서 발행한 검열기준 등쇄물이 있어 그것을 연구하여 검열에 걸리지 않고도 의미는 통할 수 있는 방법을 터득하여야 했다. 그래서 편집국장이란 자리는 총독부 도서과의 대행기관이냐고 자학하기도 했다.[12]

주요한의 이 글은 꽤 인상적이긴 하지만, 1920년대 신문에 대한 이하윤의 회고와 매우 대조적이다. "그때 한번 압수당하면 적어도 1천 원 정도의 손해가 났으니 사장에게 불려가 게재경위를 추궁 받던 일은 오히려 당연할 정도였다"[13]는 것이다. 압수를 당했을 때 이렇게 큰 경제적 타격을 받음에도 불구하고 배달원들까지 모여서 만세를 불렀다는 주요한의 회고는 액면 그대로 믿기 어렵다.[14] 그러고 보면 '이틀이 멀다하고 압수를 당했다'는 회고에도 과장이 없지 않다. 압수는 초창기가 아니라 1924년과 1925년에 가장 많았지만 그때도 매주 한 번 정도의 빈도였다.[15] 더군다나 주요한

12 주요한, 「만보산 사건과 송사장과 그 사설」, 『언론비화 50편 — 원로기자들의 직필수기』, 한국신문연구소, 1978, 110~111쪽.

13 이하윤, 「폐간만 지켜본 기자생활 6년」, 『언론비화 50편 — 원로기자들의 직필수기』, 한국신문연구소, 1978, 81~82쪽.

14 물론 이하윤은 1930년도 중외일보의 경우를 말하는 것이지만, 주요한의 회고와의 상치는 단지 10년이 채 되지 않는 시간적 차이와 매체의 차이만으로 설명할 수는 없다.

15 정진석, 『한국언론사』, 나남, 1990, 15쪽 참조.

은 1926년에야 상해에서 귀국하므로 '초창기 언론'에 대해 회고하기에는 불리한 위치였다.

주요한의 회고를 그대로 믿기 어렵지만, 그렇다고 '배달원들까지 모여서 만세를 부르는 분위기'가 전혀 없었다고 말하기도 어렵다. 여러 회고들로 미루어 볼 때, 초창기 신문사 내에는 검열 저촉사항이 발생했을 때 이를 환영하는 분위기가 있었음만은 분명하다. 따라서 주요한의 회고에서 '압수'를, 좀 가벼운 처분 즉 '삭제'로 바꿔 해석할 수 있다면 대체로 사실에 근접하는 표현이 될 수 있다고 추정한다. 그 근거는 다음의 네 가지이다.

첫째, 초창기 언론에서 삭제는 압수보다 훨씬 빈번했던 것으로 보인다는 점이다.[16] '이틀이 멀다하고 당한 것'은 압수라기보다는 삭제였으리라.

둘째, 주요한이 사용하고 있는 검열 용어가 다소 부정확하다는 것이다. 그는 처음에는 "발매금지 압수"라고 표현하다가 이후에는 "압수"라는 용어로 일관하고 있는바, 이는 비슷하지만 구별되는 용어를 혼용하는 것이다.[17] 그러니 압수와 삭제를 혼동했을 가능성도 있다.

셋째, 삭제와 압수는 이윤박탈이라는 측면에서 큰 차이가 있었다. 압수처분을 받게 되면 해당 기사를 없애고 재인쇄를 하게 되어 추가경비가 발생하거나, 구독료 및 광고수입에서 문제가 생길 수밖에 없었지만,[18] 삭제

16 1920년대의 삭제건수는 자료가 남아있지 않으나 1931년~1935년에는 108건~524건이었다. 같은 시기 압수는 8~32건이었다(위의 책, 10~20쪽 참조).

17 압수는 해당 신문지의 소유권을 경찰에서 회수하는 것이지만, 발매금지는 해당 신문지를 신문사에 그대로 남겨둔 채로 유통만을 금지하는 것이다. 결국 그가 사용하는 "압수"라는 용어는 공식용어로서 압수만을 지칭하는 것이라기보다는 삭제 등을 포함하여 모든 검열기준에 대한 위배사항을 가리키는 것이라고 보아야 할 것이다.

18 정진석은 "사전규제는 경제적 손실을 입지 않는 반면에 '삭제'처분은 경제적 타격이 가해진다"(정진석, 앞의 책, 12쪽)고 말하고 있지만, 현시적 검열 하에서라면 삭제는 연판 깎기를 통해 반영하게 되므로 경제적 손실은 매우 미미하며, '압수' 이상에서만 실질적인 경제적 타격은 발생한다고 보아야 한다.

는 단지 잠깐 윤전기를 멈추고 해당 부분의 연판을 깎아내면 되는 것이니 경제적 손실은 거의 없었다. 경제적 타격이 매우 적으므로, '만세'를 부를 수도 있는 상황이었다.

넷째, 주요한의 회고 중에서 1920년대 신문사 분위기는 초기와 후기가 많이 달랐다는 부분만은 사실에 부합하는바,[19] 후기의 이 변화가 물론 언론자본 역시 자본으로서의 자기보존과 이윤확대의 논리에서 자유로울 수 없었기 때문에 생겼다면, 초창기라고 해도 자본의 속성에서 완전히 벗어나 있었다고 보기는 어렵다. 따라서 경제적 타격이 예상되는 압수에 대한 '회사의 방침'이 1920년대 말에 갑자기 왜 바뀌었는지 이해하기 어렵다. 뒤에 자세히 보겠지만 1920년대 말의 은폐적 검열 단계에 이르면 삭제 조치를 받더라도 경제적 타격을 받게 되는바, 이렇게 삭제의 경제적 의미가 달라짐에 따라서 삭제에 대한 '회사의 방침'이 바뀌는 것으로 이해하는 편이 훨씬 자연스럽다.

물론 주요한의 '압수'라는 용어가 실제로는 '삭제'를 가리키는 것이라는 확증은 없지만, 그렇게 바꿔 놓았을 때 당시의 언론 현실에 좀더 부합하는 것만은 분명하다. 게다가 압수란 상당한 경제적 타격을 전제로 하는 것이므로, '만세를 부르는' 일방적인 환영의 반응만을 보이기는 어려울 것이라는 점은 부인할 수 없다. 더군다나 기자들이 아닌 배달원들까지 모여서, 자신의 직장에 커다란 경제적 타격을 끼친 사건을 축하하는 장면이란 상상하기 어렵다.

검열결과에 대한 반응이란 그 주체가 누구냐에 따라서, 시기에 따라서,

19 실제로 신문기사 압수건수는 1924~1927년에는 125~183건이다가 1928년 이후 두 자리 수로 줄어들고(1928년 88건, 1929년 77건, 1930년 82건), 1931년(32건) 이후 다시 급격하게 줄어든다(1932년 20건, 1933년 23건, 1934년 20건, 1935년 8건(위의 책, 16쪽 참조)).

또 얼마나 큰 경제적 타격을 불러오는 것이냐에 따라서 각각 상이할 수밖에 없었다. 초기에는 인쇄자본의 입장에서는 대체로 압수 이상의 제재를 경계했지만, 내부 종사자들은 이를 환영하면서 동시에 '회사'의 경영 악화에 대한 우려도 섞여 있었을 것이다.[20] 그러나 점차 자본의 이윤논리가 강력해지게 되었으니, 1929년에 이르면 편집국장은 '도서과의 대행기관'이냐는 자조가 나오는 것이다. 물론 1920년대 초반이라고 하더라도 삭제에 대한 반응과 압수에 대한 반응은 달랐을 터이니, 삭제 정도라면 아마 '만세'를 부를만한 일이었으리라.

종합하자면 이런 정도가 될 것이다. 1920년대 초중반의 언론은 삭제 수준의 검열은 환영하였더라도, 그 이상 수위의 처벌(즉 압수, 정간, 폐간)은 받지 않도록 조정하는 분위기였다. 후기로 갈수록 검열을 의식하여 스스로 수위를 조절하는 현상은 점점 심해졌으며, 내부 구성원들 역시 점차 인쇄자본의 내부적 검열에 순치되어 가는 분위기였다.[21]

이 시기의 신문에 '벽돌신문'이 많았다 함은 원고검열이 아니라 교정쇄 검열이, 그리고 검열 지시 중에서 가장 가벼워서 경제적 타격이 거의 없는 삭제가 주로 적용되었다는 의미가 된다. 이런 의미에서 삭제라는 수단은 검열권력과 인쇄자본이 '적대적 공존'을 위해 찾아낸 절충점으로 볼 수 있

20 실제로 이하윤은, 사장에게는 질책을 당했지만 편집국장에게는 "이형은 검열의 안목이 너무 높아서 탈이야"라는 정도의 절충적 충고만을 들었다고 한다. 또한 최승만(『나의 회고록』, 인하대 출판부, 1985, 16쪽 참조). 조용만(『30년대의 문화예술인들』, 범양사 출판부, 1988, 155~156쪽 참조) 등도 유사한 회고를 남기고 있다.

21 한편 검열권력은 처벌의 강도를 결정할 때 단지 특정 사안에 대한 고려에 그치지 않고 해당 매체의 검열저촉 사안을 누적적으로 적용하였다. 예컨대 삭제가 누적되면 압수로, 압수가 누적되면 정간으로 이행하였다(「특수검열표준」에서 '불온개소의 분량'을 명시하고 있는 것은 이와 유관할 것이다). 이런 누적제도의 도입 등 세부적 내규는, 삭제를 활용하는 언론자본의 전략을 일정부분 억제할 필요성 때문에 사후적으로(아마 1920년대 말에) 마련하였을 터이다.

다. 1920년대 '벽돌신문'이란 이렇게 검열권력과 인쇄자본의 이해가 잘 맞아떨어진 지점에서 양산될 수 있었던 것이다. 자본에도 너무 큰 타격이 아니면서 권력에도 큰 부작용 없이 권력을 현시할 수 있는 타협점은 바로 그 지점이었다.

'벽돌신문'은 물론 검열의 현시이긴 하지만, 신문의 경우 엄격한 사전검열을 적용하지 않는다면 인쇄 도중에 검열결과를 반영할 수밖에 없는 인쇄 및 배달 시스템 때문에 생긴 것이기도 하다. 또한 반검열 담론의 존재, 인쇄자본의 자기보존을 지나치게 위협해서는 곤란한 '문화통치' 정책 등을 종합적으로 고려한 선택이었다. 사후제재 중에서는 가장 가벼운, 그리고 행정적 제재방식인 삭제를 주로 선택한 것은 이들을 종합적으로 고려한 결과였다. 타협의 결과는 가장 가벼운 징벌의 양산으로 나타났다. 그 징벌을 통해 인쇄자본은 '상흔'(벽돌신문)을 독자들에게 보여줄 수 있었다. 그 상흔은 총독부에는 권력의 현시였고, 자본에게는 울고 싶은데 때려 주는 뺨, 그것도 아프지 않은 매였다. 이를 통해 자본은 이윤손실은 입지 않으면서 자신을 반일적 담론의 구심점으로서 구축해나갈 수 있었다. '적대적 공존'이란 '삭제'를 절충점으로 총독부와 인쇄자본의 상호 모순관계(적대성)를 해소할 수 있었기에 가능했다.

지금까지 벽돌신문의 의미에 대해서 대체로 박헌호의 '적대적 공존관계'라는 주장을 수용하면서 몇 가지를 보완하였으며, 현시적 검열에서 검열기준을 비밀에 붙인 까닭에 대해 살펴보았다. 앞서 살폈듯이 1920년대 검열기준을 비밀로 유지한 까닭은 무엇보다도 현시적 검열을 위한 필요조건이었다는 점에 있었다. '벽돌신문'의 '벽돌'이란 검열기준을 비밀로 유지함으로써 효율적으로 발생되는데, 이 '벽돌'은 현시적 검열의 가장 중요한 시각적 요인이었던 것이다.

반면 피검열자가 아직도 반검열의 의지를 강력하게 지닌 상태에서 세세한 검열기준과 세부규정들을 모두 알고 있다면, 모든 검열기준을 지키면서도 할 말을 하는 검열우회기법들은 좀 더 효율적으로 마련될 가능성이 크다. 피검열자의 저항의지가 아직 강력하다고 판단할 경우라면 비밀주의를 유지하는 편이 효율적이다. 권력의 현시를 통해 (피검열자 그리고 독자에게) 복종을 강요할 수 있을 뿐 아니라, 검열우회의 다양한 시도들을 사전에 봉쇄하는 효과도 있는 것이다.

조선의 문화주체들에게 비교적 강력한 반검열의 의지가 있던 1920년대 초중반이라면 합리성에 입각한 설득보다는 권력의 현시에 의한 복종의 강요가 효과적이었을 터이다. 게다가 검열기준이 체계화되지 못한 상태에 있는 등 검열기구 자신의 준비 또한 기준의 공개로 나아가기에는 미흡했다. 결국 검열기준의 비밀주의를 유지하면서 현시적 검열을 시행할 필요가 있는 시기였다. 그러나 1920년대 말에서 1930년대 초에 이르면 상황은 바뀌게 된다. 이 시기에 현시적 검열은 검열의 흔적까지 지울 것을 요구하는 자기은폐적 검열로 이행하며, 검열기준 또한 공개주의로 전환된다. 또한 은폐적 검열에 이르게 되면 '삭제'가 지니는 경제적 의미도 사뭇 달라진다.

3. 검열기준의 공개와 자기은폐적 검열

1) 자기은폐적 검열로의 이행

자기현시적 검열 즉 '검열의 존재를 과시하는 검열'에서, 자기은폐적 검열 즉 '검열의 존재 자체를 숨기는 검열'로의 이행이, 언제부터 시작되는지는 아직 확실하지는 않지만 대체로 1920년대 말부터인 것으로 추정할 수 있다. 그 근거는 세 가지이다.

첫째, 주요한은 총독부의 특정사건에 대한 게재금지 지시가 있을 경우라도 "모모사건 게재금지"라는 제목만은 실어서 어떤 사건이 일어났다는 최소한의 정보만은 신문을 통해 알려왔지만, "뒷날에 와서는 「본 사건 게재금지라는 기사도 게재금지」라는 꼬리가 붙어왔기 때문에 금지가 해제될 때까지는 독자들에게 알릴 길이 없었다"고 회고한다.[22] '뒷날'이 언제인지는 특정하지 않고 있지만, 한국역사정보통합시스템(koreanhistory.or.kr)을 통해 검색한 결과 '게재금지'의 제목만 실리고 기사 본문이 없는 경우는 1927년 12월 18일자 『동아일보』가 마지막이며, 이후에는 게재금지 해제에 따라 보도하는 기사뿐이다. 이 무렵에는 게재금지를 알리는 일조차 금지되는 셈이니 은폐적 검열로 이행했다고 볼 수 있다.

둘째, 검열을 끝낸 잡지나 단행본에 '삭제된 개소를 복자로 처리하지 말라'는 지침이 찍혀서 저작자에게 되돌려지기 시작한다. 물론 '보이지 않는 검열'을 위한 조치이다. 현재 실물로 확인할 수 있는 첫 문건은 1932년이

---

22 주요한, 앞의 글, 110~116쪽 참조.

지만,[23] 남아 있는 실물이 워낙 적어 이때 처음 시작된 것이라고 보기는 어려우며 이때보다는 조금 이른 시기에 은폐적 검열로 이행한 것으로 추정할 수 있다.

셋째, 앞서 살핀 대로 1933년에 도입된 교정쇄검열 역시 은폐적 검열과 관련된다. 이에 따라서 인쇄 전(前) 검열을 받을 의무가 없는 신문지법 잡지까지도 이를 자청하게 되었으니 검열흔적은 크게 줄어들 수밖에 없었다.[24]

결국 조선에서 은폐적 검열로의 이행은, 대체로 1920년대 말~1930년대 초에 이뤄진 것으로 추정할 수 있다.[25] 은폐적 검열을 통해 거둘 수 있는 효과에 대해서는 최경희,[26] 마쓰우라 소조,[27] 요시미 순야[28] 등의 주장을 경청할 필요가 있다. 그들의 주장은 요약컨대, 인민이 자유의사에 따

23 심훈의 『심훈시가집』 검열본 원고(심훈기념사업회, 『그날이 오면』, 차림출판사, 2000) 표지에 명기되어 있다(한만수, 「검열, 복자, 그리고 원본 확정에 대하여」, 『성균관대 동아시아학술원 학술대회 '식민지 검열체제의 역사적 성격' 자료집』, 성균관대 동아시아학술원, 2004.12.17, 43쪽 참조).

24 2부 3장 참조. 한편 윤석중은 교정쇄검열이란 '일본'을 '내지'로 고치라는 식으로 시시콜콜하게 진행되었던 것이라고 회고한다(「굶은 것이 자랑이었던 그 때의 기자」, 『언론비화 50편－원로기자들의 직필수기』, 앞의 책, 500~507쪽 참조). 1933년 이후 잡지에 해당하는 진술인바, 이 시기 잡지검열은 내용보다는 주로 용어의 차원에 집중되었으며 금지어의 사용마저 사전에 차단하여 검열의 흔적을 없애려는 목적이었음을 시사한다.

25 지금까지 나타난 증거로만 판단한다면 아마도 신문에서는 1928년 무렵, 잡지와 단행본에서는 확실하지 않지만 1930년대 초에 이뤄진 것으로 보인다. 한편 일본에서 은폐적 검열로 이행한 것은 이보다 조금 늦어서 1936년 '2・26사건'이 계기가 되었다(마쓰우라 소죠[松浦總三], 『占領下の言論彈壓』, 現代ジャーナリスム出版會, 1969, 68~70쪽 참조). 이 글의 중심과제는 아니지만 한국과 일본에서 은폐적 검열이 나타나는 시점에 차이가 있는 것은 흥미롭다. 제국검열의 상호참조 시스템이되, 식민지에서의 언론통제 경험이 본국으로 전이되는 흔치 않은 경우이다.

26 최경희, 「텍스트와 역사로서의 검열의 흔적－1930년대 전반기 '주의' 체제를 중심으로」, 『일제하 한국과 동아시아에서의 검열에 관한 새로운 접근』(서울대 규장각한국학연구원 국제워크샵 발표논문집), 서울대 규장각한국학연구원, 2006.12 참조.

27 마쓰우라 소죠, 앞의 책 참조.

28 요시미 순야[吉見俊哉], 다지마 데쓰오[田島哲夫] 역, 「냉전체제와 '미국'의 소비－대중문화에서 '전후'의 지형학」, 『문화과학』, 문화과학사, 2005 여름, 145~146쪽 참조.

라 식민정책에 동화되었다고, 즉 동의에 의한 지배가 관철되고 있다고 주장하기 위해서라면 검열의 흔적은 오히려 지워져야 했다는 것이다. '언론 자유'의 존재를 대내외에 과시하면서, 또한 그 증거로서 검열흔적이 사라진 인쇄물들을 보여주면서, 실제로는 어떤 비판도 불가능하게 만드는 검열이 필요하다. 식민지배에 대한 저항이 급격히 약화되는 1920년대 말~1930년대 초에 이르면 검열권력은 굳이 자신의 위력을 현시할 필요가 없어졌다고 판단하였고, 자기은폐적 검열로 이행하게 되었다는 것이다.

뒤에 자세히 살피겠지만 이런 판단은 피식민자들이 식민지권력을 이미 자연스럽거나 적어도 극복하기 어려운 대상으로 승인하기 시작했다는 자신감에 기반을 둔 것이었다. 1920년대 말 언론자본을 필두로, 중일전쟁을 거친 1930년대 말에 이르면 일반 독자까지도 식민통치에 순치되었다고 검열기구는 판단했다. 그럼에도 불구하고 검열의 흔적이 대중에 현시된다면, 이는 오히려 역효과를 불러올 우려가 큰 것이니 은폐적 검열로의 이행이 필요해지는 것이라고 할 수 있겠다.

최경희의 작업은 은폐적 검열 자체라기보다는 그 존재를 염두에 둘 때 문학연구(주로 판본비평)에 어떤 문제들이 대두되는가를 주로 다루고 있다. 한편 마쓰우라, 요시미 등의 지적은 은폐적 검열의 효과에 대해서 중요한 시각을 제공해주지만, 소위 '전후 검열' 즉 미 군정청에 의한 일본의 검열을 주로 다룰 뿐 제국 시기 일본이나 식민지 조선의 검열에 대해서는 자세히 다루지 않는다. 따라서 조선에서 은폐적 검열로 이행한 까닭에 대해서, 그리고 검열기준의 공개와 은폐적 검열의 관계에 대해서 추가로 살펴볼 필요가 있다.

2) 검열기준의 공개

검열기준은 1930년대에 이르면 여러 경로를 통해 공개되었다. 현재 문서로서 확인할 수 있는 공개의 첫 사례는 「언문신문 지면개선 사항」(1936)이며, 이후에도 「언문신문 지면쇄신 요항(1937년 6월이후)」, 「편집에 관한 희망 및 주의사항(1)」, 「편집에 관한 희망 및 주의사항(2)」 등이 공개되었다(2부 1장 참조). 그러나 1929년 자신이 편집국장을 할 때에 검열기준 등 쇄물이 있었다는 앞의 주요한의 회고를 참고해볼 때, 현재 실물이 남아있는 1936년 이전에도 검열기준은 알려져 있었을 것이다. 한편 검열관 위종기는 1927년의 검열상황에 대해 "삭제하면 다른 것을 추가하고, 불허가하면 당국의 검열표준을 알지 못하여 그랬다고 변명하면서, 사회에 대해서는 신문광고를 통해 검열이 준엄하여 잡지경영이 곤란하다는 동정을 구한다"[29] 고 말한다. 두 사람의 말대로라면 '1927년 이후 1929년 이전'에 검열기준은 공개된 셈이다. 하지만 확증이 없는 상태에서 이렇게 축자적으로 해석하기보다는, 대체로 1920년대 말에 공개되었다고 보는 편이 좋겠다. 주요한의 회고는 1929년에 처음 검열지침이 생겼다는 뜻은 아니며, 또한 해방 뒤의 회고이어서 기억에 혼란이 있었을 가능성도 있다는 점, 특히 신문과 잡지라는 매체의 차이에 따라서 검열기준의 공개시점은 달라졌을 가능성이 크다는 점을 고려해야 하기 때문이다.

신문의 경우 검열기준 자체를 잘 알아야 할 필요가 잡지보다 강력하다. 인쇄 후에 검열에서 지적되었을 때 받게 되는 경제적 타격과 제작 및 배달 시간 지연 등을 고려한다면 그러하다. 검열기준에 순응하건 교묘한 표현

---

29 위종기, 「최근 조선 보통출판물의 개황」, 『조선』(조선문) 126, 1928.4, 45쪽.

으로 우회하건, 기준 자체에 대한 신문의 욕구는 강력할 수밖에 없는 것이다. 한편 신문은 검열 결과가 실제로 반영되기 전에 일정한 부수가 인쇄 배달되었으므로, 검열권력의 입장에서도, 피검열자가 검열기준을 잘 이해하고 이를 제대로 이행할 수 있는 제도를 마련해야만 검열되지 않은 신문의 배포를 최소화할 수 있었다. 이렇게 검열기준의 공개란, 적어도 1920년대 말 일정부분 순치된 민간신문의 경우라면, 검열자와 피검열자 모두의 이해에 걸맞은 일이었다. 따라서 검열기준이 신문사를 중심으로 먼저 공개되었음은 거의 당연하다. 이에 비해 잡지는 아직 '순화'되지 않은 것들도 남아 있었다. 교정쇄검열을 '온건한' 잡지에만 선택적으로 적용하였던 것은 그 단적인 증거이다. '순화'되지 않은 잡지가 검열기준을 입수할 경우 교묘하게 그 기준을 우회하는 데 사용할 가능성이 높았다. 그러므로 잡지 자본 역시 검열기준의 공개를 요구하긴 했지만, 검열권력으로서는 전적으로 수용하기 어려웠다.

그러나 신문에만 검열기준을 공개한다는 어정쩡한 상태는 오래 지속될 수 없었다. 무엇보다도 현실적으로 선별적 공개는 오래 유지될 수 없었다. 신문사 편집국에 '검열기준 등쇄물'이 있었다면, 당시 많은 문인들이 기자로 근무했던 만큼 이런저런 경로로 검열기준들은 전파되었을 터이다. 기자-문인들은 신문사에서 획득한 '검열기준 등쇄물'을 자신의 집필과정(기사와 작품 모두)에서 적극적으로 참조하였을 것이며, 동료 문인에게 또는 자신이 관계하는 잡지 쪽에 제공하였을 것이다.[30] 게다가 잡지 편집자나 일반문인들은, 위종기가 지적하는 것처럼, 실제로는 검열기준을 알고 있었

30 위종기의 진술은 이렇게 검열기준이 공개된 것도 아니고 비밀에 붙여진 것도 아닌 엉거주춤한 상황에서 나온 것이라고 보아야 할 것이다. 이렇게 본다면 위종기의 진술이 있던 1927년 이전에 이미 언론사에는 검열기준이 전달되었을 것으로 추정할 수 있다.

으면서도 비밀주의라는 점을 역이용하기도 했다. “잘 몰랐기 때문에 어쩔 수 없었다”는 식으로 검열관에 대한 항변의 근거로 활용하기까지 했다. 검열권력으로서는 결코 바람직하지 않은 현상이었다.

결국 위종기와 주요한의 언급은 비밀주의와 공개주의가 혼란스럽게 공존했던 1920년대 말 과도기의 특성을 반영하는 것이라고 볼 수 있다. 특히 위종기의 진술(1927)은, 피검열자가 검열기준을 (잡지의 경우, 적어도 공식적으로는) 알지 못한다는 점이 검열행정의 효율화를 위해서 불리한 부분도 적지 않았으며 이를 검열당국은 이미 잘 인식하고 있었다는 점을 말해준다. 뒤에 보겠지만 이같은 상황과 인식은 비밀주의를 버리고 공개주의로 나아가는 중요한 원인 중 하나가 되었을 것이다.

종합하자면, 검열기준은 초기에는 비밀이었지만 1920년대 말부터 신문사를 중심으로 비공식적으로 공개되었다. 또한 1936년에는 좀더 공개적인 문건으로, 그리고 1939년에는 아예 대중적 잡지를 통해 완전히 공개되어 피검열자의 ‘협조’를 구하는 데 이르게 된다. 그렇다면 일제는 왜 이 시점에 검열기준을 공개하게 되는가. 그 까닭은 앞서 살폈던 비밀주의를 선택한 세 가지 이유 모두가 약 10년 사이에 거의 실효성을 상실했기 때문일 터이다. 차례로 살펴보자.

첫째, 검열기준에 대한 피검열자의 이의제기 가능성이 약화되었다. 조선의 언론은 애국계몽운동의 일환으로 시작되었지만 1920년대 말부터 언론자본은, 자기보존과 이윤확장이라는 자본의 속성에 의해, 피검열자라기보다는 내부검열의 소주체로서의 성격이 강해진다.[31] 검열기준을 공개

---

31 1928년과 1933년을 기점으로 급격하게 줄어든 삭제건수는 이를 반증하는 것이었다. 또한 뒤에 보는 바 검열결과에 대한 소송을 제기한 것은 모두 잡지의 경우였으며, 그것도 특수한 사례였다.

하더라도 이에 대한 이의제기의 가능성은 상당히 약화되는 것이다. 오히려 민간의 자체검열을 효율화하기 위해서는 검열기준에 대한 상세한 정보가 필요했다. 검열기구에 검열관이 늘어나면서 검열기준을 마련하고 이를 공유해야 할 필요성이 대두된 것처럼, 국가검열기구 밖에 또 다른 검열기구가 생겨나게 되면서 이 민간 검열기구에도 검열기준은 공유될 필요가 있었다. 이 즈음에 검열기준 등쇄물이 신문사에 비치되었을 것이다.

인쇄자본 만이 아니다. 인쇄자본의 '상흔 보여주기를 통한 권력획득', 즉 신문정부로서의 위상이란 독자들 사이에 반(反)식민담론이 존재한다는 것을 전제로 하는바, 바로 그 독자들의 시국인식의 변화 여부야말로 검열제도를 바꾸는 데 있어서 매우 중요한 고려 대상이었을 터이다. 검열당국은 1930년대에 들어서면서 독자들의 시국인식이 크게 바뀌었으며 이에 따라 인쇄자본 역시 변화할 수밖에 없을 것이라고 판단하였다. 예컨대 1933년 도서과장 시미즈는 만주침공(1931)과 만주국 성립(1932) 등을 계기로 언문신문의 순치가 상당히 이뤄졌다는 판단에 따라, '온건한' 언문잡지에 한해 신청을 받아 심사를 거쳐 교정쇄검열제도를 실시하기로 했다고 밝히고 있다(2부 3장 참조). 또한 1939년에 검열관 히로세 시로(廣瀨四郎)는 '조선민중' 즉 독자들이 '국책'에 협조하지 않는 기사에 대해 항의하는 사례까지 생길 정도로 근본적인 변화가 생겼으므로 '언문신문의 정화는 완성'된 것이라고 선언하는데,[32] 바로 이 때 검열기준은 아예 대중잡지에 공개되었다.

검열관들의 이런 판단에 동의할 것인지와 관계없이 그들의 지적에 대해 유의할 필요가 있다. 바로 이 시점을 전후하여 검열세부지침이 단계적

32 히로세 시로, 「支那事變發生當時の諺文新聞懷古」, 『경무휘보』, 1939.11.

으로 공개되고 검열지침은 금압사항보다는 권장사항 위주로 변화되었기 때문이다. 검열권력이 검열기준을 공개한 것은, 언문신문이 순치되었고 독자들의 시국인식 또한 크게 바뀌었다는 상당한 수준의 자신감에 근거한 것이었다.

1925년 보안법이 발효되고 1920년대 후반 인쇄자본의 순치가 이뤄지는 등 지식인(발신자)에 대한 통제가 실효를 거두었다는 판단, 그리고 1931년 만주침공, 1937년 중일전쟁 등을 통해 '제국의 힘'을 직시한 '일반 조선인'(독자)들이 식민통치에 대해 상당히 긍정적으로 인식하게 되었다는 판단에 따라 검열당국은 검열방식에 일련의 중요한 변화들을 도입하였다. 인쇄자본과 독자대중 모두가 검열(또는 검열기준)에 대해 이의를 제기할 가능성이 크게 낮아졌다는 판단이 섰을 때, 그 자신감을 바탕으로 더 적극적이고 철저한 검열제도로 이행하는 것이다. 검열기준을 공개하더라도, 검열제도의 합리성에 대한 논쟁 제기라거나 교묘한 방식에 의한 검열우회 시도라는 역기능보다는 '동의에 의한 통치'를 과시할 수 있는 순기능이 더 크리라는 판단, 그 판단이야말로 검열기준의 공개를 결정하는 가장 근본적인 배경이었다.

둘째, 검열기준을 공개하라는 피검열자들의 요구가 1920년대에 본격적으로 제기되었다. 피검열자의 입장에서 본다면 검열기준을 아는 일, 그리고 검열관에 따라 편차가 없는 검열 결과, 즉 검열의 예측가능성이란 기본적이고 긴요한 요구였다. 이는 단지 글쓰기의 층위에서만이 아니라 인쇄자본의 이윤이나 존속 자체를 위해서 긴요했다. 그럼에도 검열기준은 1920년대에는 거의 공개되지 않았으며, 잘 알지 못하는(따라서 승복하기 어려운) 검열기준에 대한 피검열자의 불만은 심화되었다. 이런 불만은 검열 결과를 둘러싼 법적 다툼으로 번지기까지 하였다. 특히 주목되는 것은 피검열자가 검열결과에 불복하여 도서과장과 총독을 고소한 사건이다. 『조선사론(朝鮮私論)』의 '지나적화(支那赤化)문제호'가 1927년 '안녕질서문란'을 이유로 압수당하자 편집인(秀藤雄平)은, '잡지의 어떤 부분이 문제가 되는지를 특정하지 않은 채로 전체를 압수하였으므로 메이지천황의 조칙이 실린 잡지 부분까지 압수한 셈이니 불경죄에 해당한다'는 취지로 도서과장을 주범, 조선총독을 공범으로 검찰에 고소했다.[33] 피검열자가 검열 주무부서장과 총독을 고소했다는 점, 그것도 재조(在朝) 일본인이 그랬다는 점에서 검열권력에게 적지 않은 충격이었을 것이다. 이의제기의 핵심은 왜 (부분)삭제가 아니라 (전체)압수이냐는 것이었다. 앞서 살핀 대로 삭제와는 달리 압수는 인쇄자본에 큰 타격을 주는 것이었음에도 이 둘을 구분하는 명확한 기준이 없고 따라서 예측이 불가능하다는 불만이었다. 또한 『개벽』의 발행인 이두성은 1920년 『개벽』에는 시사정치에 해당하는 글을 실을 수 없음에도 불구하고 게재했다는 이유로 벌금형을 받자, 과연 그 글이 '시사정치'에 해당하는 지를 다투겠다는 취지로 정식재판을 청구한 바 있다.[34] 신문지법 잡지는 다룰 수 있고 출판법 잡지는 다룰 수 없다는 '시사정치'란 도대체 무슨 개념인가를 묻는 것이다. 이 역시 특정한 글이 '시사정치'에 해당하는가를 묻기보다는, '시사정치'의 개념에 대한 정의를 묻는 성격이 강하다. '시사정치' 기사에 대한 피검열자와 독자들의 요구가 강력한데도 불구하고 다룰 수 없게 되어 있는데다가 그 개념 자체가 모호하다는 이의제기였다.

이 두 경우는 모두 검열기준 자체에 대한 이의제기가 아니라 검열결과

33 「주범도서과장(主犯圖書課長)……종범총독(從犯總督)을 고소(告訴)」, 『동아일보』, 1927.7.8.

34 김민환, 『한국언론사』, 사회비평사, 1997(2쇄), 311쪽. 좀 더 자세한 내용은 한기형, 「문화정치기 검열체제와 식민지 미디어」, 『대동문화연구』 51, 성균관대 동아시아학술원, 2005.9, 80~82쪽 참조.

에 대한 이의제기였다. 또한, 개별사안에 대한 논의에만 그치는 것이 아니라 검열기준의 합리성과 명확성을 요구하는 성격이 강하다. 어떤 경우에 부분삭제이고 어떤 경우는 전체압수인가, '시사정치'라는 개념은 무엇인가를 묻는 것인데, 이 두 논점은 당시 언론출판계의 핵심적 관심사이기도 했다. 이렇게 합리성을 묻는 피검열자의 항변에 대해 검열자 측으로서도 무언가 답변을 하지 않으면 안 되었다. 무엇보다도 피고로서 법정에 서게 된 이상 검열당국의 합리적 답변이란 강제된 사안이었다. 그 답변 과정에서 자연스럽게 기준들의 일부는 공개되었을 것이며, 합리성은 강화되었을 것이다. 검열기준의 합리화와 공개란 이렇게 피검열자의 압박에 의해 강제된 측면도 있는 것이다.[35]

이 두 재판은 피검열자가 근대적 합리성에 의존하여 검열행정에 대한 이의를 제기하고 이에 대해 검열당국은 합리적 답변을 강요받았던 대표적인 경우라는 점에서 주목할 만하다. 인쇄자본의 자기보존을 위해서는 검열행정의 예측가능성이 긴요했기 때문에 행정의 합리성을 요구하는 것이었다. 한편, 검열권력에서도 이런 절차적 합리성에 대한 피검열자의 요구에 맞서 합리적 승복을 이끌어내야 행정의 효율성을 기할 수 있으므로 새로운 검열제도를 고려하지 않을 수 없었을 터이다.

셋째, 검열자 쪽에서 보더라도 이 단계에 이르면 검열기준의 체계화와

35 일제의 검열은 사법적 수단보다는 행정적 수단에 압도적으로 의존하였다. 행정적 수단은 신속하고도 편의주의적인 검열, 특히 독자의 손에 들어가기 이전에 검열할 수 있는 선제적 검열(문자 그대로의 사전검열)을 가능케 해주므로 유력하게 사용된 것이다. 이에 비해 사법적 수단은 사후검열에 해당하며, 대부분의 민주화된 정권에서 주로 실시하는 방식이다. 하지만 식민시기의 사법적 수단은 행정적 조치만으로는 충분하지 못하다고 판단할 때 인신구속 등 더 강력한 처벌을 위해서 검열권력이 동원하는 추가적 징벌수단이었을 뿐이었다. 그러니 피검열자가 먼저 사법에 호소하는 일은 전례가 없던 일이었다. 그럼에도 불구하고 1920년 소위 문화통치에 들어서자마자 피검열자가 정식 재판을 청구했으며, 1927년에는 총독을 고소하는 데 이르렀던 것이다.

공개는 중요한 요구였다. 근대행정의 중요한 특징이란 예측가능성에 있다. 예측가능성이 확보되어야만 행정의 대상자들 역시 그 예측가능성 내에서 행동할 근거를 얻게 된다. 물론 여기서 확보되는 합리성이 절차적 도구적 합리성에 불과하더라도, 행정의 효율성을 높일 수는 있었다. 따라서 검열기준의 공개와 편차 없는 검열이란 검열자 쪽에서도 필요한 것이었다. 게다가 은폐적 검열이 관철된 '검열흔적 없는 자연스러운 지면'을 만들기 위해서 검열기준의 공개는 필수적이었다.

위의 세 가지를 종합하자면, 인쇄자본이라는 민간검열자와 검열기준을 공유함으로써 검열의 효율화를 기하고, 잡지를 중심으로 한 일부 피검열자들의 절차적 합리성 요구에 대처하기 위해서, 검열기준의 공개는 필수적이었다. 당연한 말이지만, 은폐적 검열이란 검열기준의 공개 없이는 성취하기 어려웠다.

3) 소결

지금까지 은폐적 검열로의 이행과 검열기준의 공개는 대체로 1920년대 말~1930년대 초에 이뤄졌음을 확인했다. 이 두 중요한 변화가 거의 동시에 이뤄지는 까닭은 다음과 같이 요약할 수 있다.

첫째, 은폐적 검열을 위해서라면 검열기준의 공개는 절실한 요구였다. 피검열자들이 기준을 잘 알아야 '자연스러운' 인쇄물은 제 때에(정시 간행성), 그리고 자본에 지나치게 많은 경제적 타격을 주지 않으면서, 지속적으로 생산될 수 있다. 언론자본이 이미 검열의 소주체로서의 성격이 강해졌다면 검열기준을 이 '민간검열관'들과 공유하는 일은 당연한 수순이었다.

둘째, 1926년 도서과의 독립 이후 검열행정이 전문화되는 과정에서 초창기의 감에 의존하던 검열기준은 점차 정비되고 합리성을 획득했다. 따라서 공개 이후 벌어질 수밖에 없는 합리성 논쟁에 대비할 내부적 자신감도 생겼을 시점이다.

셋째, 또한 이 시기에 이르면 '불온물' 단속이 상당부분 성과를 거두었다. 기준을 공개하더라도 그 기준 자체에 대한 논란의 여지가 크지 않을 만큼 조선통치와 인쇄자본 통제에 대한 자신감이 갖춰졌다. 이 시기 인쇄자본의 불만은 오히려 명확하고 객관적인 기준이 공개되지 않는 데서 오는 예측 불가능성, 즉 근대적 합리성의 미비에 있었다.

넷째, 이런저런 경로로 검열기준이 이미 반쯤은 공개된 상태이기도 했다. 공개도 아니고 비밀도 아닌 엉거주춤한 상황에서 오히려 일부 이런 상황을 '역이용'하는 사례도 예방해야 할 필요성이 당연히 제기되는 것이다.

검열권력은 이런 상황들을 종합적으로 감안하여 1920년대 말~1930년대 초에 이르면 검열기준을 공개함으로써 검열의 흔적까지를 지우는 은폐적 검열로 이행한다. 물론 이 쪽이 훨씬 효율적이라는 판단 때문이다. 은폐적 검열로의 이행은, 가장 가벼운 사후통제(삭제)에서부터 검열기준의 공개를 통한 사전통제로, 검열정책의 무게중심이 이행함을 뜻한다. 또한 검열권력의 일부를 민간에 위양하는 일이기도 했다.

한편 은폐적 검열로의 이행에 따라 인쇄자본도 많은 변화가 불가피했는데, 그 중 하나만 지적하자면 검열결과를 이행하는 데 드는 경제적 부담이 급증함에 따라 공식검열을 의식하는 내부적 검열을 강화하게 된다는 점이다. 즉 삭제란 검열권력의 가장 가벼운 지시이지만, 현시적 검열에서 삭제지시를 이행하는 데 자본의 부담이 거의 없음에 비해, 은폐적 검열에서는 사정이 달라진 것이다. 검열의 흔적까지 지워야 하므로 '벽돌'을 통해 삭제지시를 이행하기 어렵게 되고, 원칙적으로 재인쇄하는 수밖에 없게 되므로,[36] 은폐적 검열에서 삭제는 압수와 별로 다를 바 없는 경제적 손실을 의미한다. 따라서 검열기준을 준수하기 위한 내부검열의 필요성은 더욱 강력해지며, 지속적으로 변화하는 검열기준과 세부지침, 경향과 사례들을 신속하고 정확하게 입수하여 이를 사전에 반영해야 할 필요성 또한 강해졌다.[37]

은폐적 검열에서라면 검열기준은 공개되는 편이 훨씬 효율적이었다. 기꺼이 '협조'할 뜻은 있지만 구체적인 방법을 몰라서 검열당국의 '지도'에 따르지 못하는 인쇄자본의 처지도 감안해야 했다. 이렇게 검열권력과 인쇄자본 양쪽의 이해관계가 합치하면서 검열기준은 공개되었다. 특히 1939년에 이르면 민간 잡지지면을 통해 검열세부지침들까지 완벽하게 공개되는데, 이 검열세부지침은 금압보다는 오히려 권장사항이 중심적 비중을 차지하고 있다. 원론적 차원의 검열에만 그치는 것이 아니라 선전기능까지를 떠맡게 되는 것이다. 검열부서에서 선전의 일부를 떠맡는 일은 식민지 검열의 '완정선언'에 가까운 것이라고 할 수 있다. 물론 이 시기에도 검열의 우회를 시도하는 작가들의 노력이 완전히 소멸한 것은 아니었다(4부 참조).

36 물론 은폐적 검열의 시기에도 삭제지시는 여전히 가장 가벼운 사후탄압에 해당한다. 또한 실제로는 삭제흔적을 완벽하게 지울 것을 엄격하게 요구한 것 같지는 않고 더러 융통성도 발휘된 듯하다. 역시 자본의 경제적 타격을 고려했을 것이다. 그러나 은폐적 검열에서 삭제는 원칙적으로는 재인쇄가 불가피하므로 상당한 경제적 부담을 불러온다는 점만은 분명하다.

37 당시 총독부 출입기자의 가장 중요한 임무는 도서과의 분위기를 살피는 것이었다고 한다(김을한, 『사건과 기자』, 신태양사 출판국, 1960, 166~174쪽 참조).

4. 나오며

식민지시기 검열이 현시적 검열에서 자기은폐적 검열로 이행하는 시기와 검열기준이 비밀주의에서 공개주의로 이행하는 시기가 중첩됨을 밝히고, 그 원인과 효과에 대해 점검하였다. 특히 현시적 검열에서는 기준이 비밀에 붙여지고, 은폐적 검열에서는 검열기준이 공개된다는 점에 주목하였다. 검열기준이 비밀인가 공개되는가는 주로 현시적 검열이냐 은폐적 검열이냐에 따라 결정되었으며, 또한 이에 따라서 검열 상황은 많이 달라질 수밖에 없었다. 검열이 자기를 현시하면 검열기준은 숨었고, 반대로 검열이 숨기 위해서는 검열기준은 공개되었다. 어떤 형태의 '숨바꼭질'을 선택하는가의 문제는 당대의 정치사회적 현실과 여론의 추이, 피검열자의 검열반응 등을 종합적으로 고려한 것이었다.

자기은폐적 검열로 이행한 결과 1930년대 문학텍스트의 연구에는 새로운 난점이 생겨난다. 흔적이 지워져버렸기 때문에 어떤 작품의 어떤 부분이 검열 때문에 어떻게 바뀌었는가를 확인하기 어렵게 되는 것이다. 그러나 은폐적 검열 또한 완전하게 이행된 것은 아니어서 새로운 형태로 검열의 흔적을 남기려는 시도가 나오기도 했다. 현시적 검열의 시기에 나온 텍스트가 은폐적 검열의 시기에 재판되는 경우를 찾아 구체적으로 어떻게 달라졌는가를 검토하는 작업이 필요하다. 또한 은폐적 검열로의 이행은 민간검열을 강화하게 되어, 식민 후기로 가면서 인쇄자본에 이어 각종 민간 문화단체들도 역시 검열기능을 지니게 되었으니 이에 대한 연구 또한 시급하다.

강제합병 전후 한 사람의 검열관에서 시작한 일제의 검열기구는 검열관을 지속적으로 증원시켜나가는 한편, 1920년대 말~1930년대 초에는 인쇄자본을 검열의 소주체로 만들어 나갔으며, 이어 1930년대 말에는 문화인 자신을 검열소주체로 만들어갔다. 문화인들이 자기검열관, 민간검열관으로 되어가는 과정에는 이렇게 국가권력, 자본, 그리고 문화인단체라는 세 가지 요인이 작동하였다. 식민지 말기 저작자들은 국가 검열권력과 인쇄자본, 그리고 독자와 동업자집단들에 의해 포위되었다. 이에 대한 저항이란 물론 쉽지 않은 일이었을 것이며 따라서 검열의 내면화는 상당히 진행되었다고 판단한다. 특히 은폐적 검열을 수행하기 위한 유력한 수단 중 하나로 총독부는 각종 문화인단체의 결성을 주도하거나 권장하였음은 국가검열이 민간검열로 이행・확산되는 것이라는 점에서 주목할 가치가 충분하다.[38] 덧붙이자면, 1940년대 들어 각 군부대의 검열을 받은 출판물에는 검열을 마쳤음을 밝히는 사례가 있으니[39] 은폐적 검열의 원칙은 다소 흔들리지 않았나 싶다. 지금은 전쟁 중임을 독자들에게 즉각적으로 떠올리게 만들려는 목적이 아닌가 싶지만, 아직 자세한 것은 알지 못한다.

38 중요한 주제이지만 아직 본격적 연구는 많지 않다. 임경순이 해방 후 문인단체의 검열자로서의 속성을 일부 다뤘으며(「검열논리의 내면화와 문학의 정치성」, 『상허학보』 18, 상허학회, 2006.12), 필자 또한 단편적으로나마 다룬 바 있다(「문학이 자본을 만났을 때, 한국 문인들은?－1930년대 문예면 증면과 문필가협회 결성을 중심으로」, 『한국문학연구』 43, 동국대 한국문학연구소, 2012.12).

39 예컨대 잡지 『삼천리』(제13권 제1호, 1941.1)에는 「산서 무한(山西 武漢)의 실전에 참가했던 귀환지원병의 분전 회억(回憶) 좌담회」가 실리는데 맨 앞부분에는 '경성사단 검열제(京城師團檢閱濟)'라고 인쇄되어 있다(132쪽).

만주침공 이후의 검열과 신문 문예면의 증면

1. 들어가며

앞에서(1부 1장) 근대문학으로의 이행과정에서 나타난 특징 중에서 검열과 관련 맺는 가장 중요한 세 가지는 문자화 · 환금화 · 탈정치화라고 지적한 바 있다. 구술에서 문자로 이행하면서 문학은 이제 발표지면 없이는 작품으로서 존재의미를 지닐 수 없게 되었다. 문학작품은 인쇄물과 동의어처럼 되었는데 인쇄란 적지 않은 돈이 드는 일이었다. 즉 문학적 발화행위에 자본이 본격적으로 개입하게 되는 것이니, 문자화는 문학의 환금화를 불러온다. 이는 물론 세계적인 현상이지만 식민지시기 한국문학은 검열 때문에 그 의미가 독특해진다. 예컨대 1920년대에 정론적 문학이 강력하게 요구되었다가, 점차 순문예 중심의 문학으로 탈정치화하고, 1940년대 무렵에는 정반대로 총독부에 의해 문학의 재정치화가 강요되었는데, 이 모든 과정에서 인쇄자본은 핵심적인 구실을 했다.

문자화 · 환금화 · 탈정치화라는 근대문학의 세 흐름과 식민지 검열 사이의 관계를 일별했지만 이런 간략한 서술로 충분한 주제는 물론 아니다. 이 장에서는 식민지시기 가장 중요한 발표지면으로서 1930년대 민간신문의 문예면을 대상으로 이 문제를 살피고자 한다. 먼저 2절에서는 문자화 · 환금화 · 탈정치화와 검열의 관계를, 아직 생각이 충분히 익지 않은 대로, 간략하게 정리해보고자 한다. 3절부터는 민간신문 문예면을 본격적으로 다루되, 일단 환금화에 집중하고 탈정치화는 부수적으로만 다룬다.

1930년대 문예면은 아직 충분히 탐색되지 않은 중요 연구주제 중 하나이며, 문학검열 연구의 맥락에서는 특히 중요하다.[1] 문학에 투입되는 자본의 성격이 크게 바뀌었고 검열이 강화되었으며, 문예면의 편집권을 장악한 그룹도 큰 변화를 겪었고 지면에 실리는 문학의 성향까지 변화했기 때문이다. 이런 점에서 문예면에는 문자화 · 환금화 · 탈정치화의 세 흐름이 종합적으로 작용하고 있다고 볼 수 있다.

1 이 문제에 대해 박용규는 다음과 같이 핵심을 요약하고 있지만 자세히 살피지는 않았다. "1930년대에 이르면 조선의 민간지들은 일본광고를 집중적으로 개척하여 기업으로서의 수지를 맞출 수 있게 되었고, 광고를 소화하기 위해 증면경쟁에 나설 정도였다. 검열이 강화된 상황에서 증면하자니 문예면의 대폭 확장이란 당연한 선택이었으며, 그 지면을 채워줄 인력으로 해외문학파들이 집중적으로 선택되었다. 이하윤 이헌구 이선근 서항석 등 해외문학파 출신 기자들은 이 필요를 채워줄 수 있었다."(「일제하 민간지 기자집단의 사회적 특성의 변화과정에 관한 연구」, 서울대 박사논문, 1994, 209쪽).

2. 은폐적 검열로의 이행과 문예면의 증면

앞서(3부 3장) 살폈듯이 식민지 조선의 검열은 1920년대 말 1930년대 초에 자기현시적 검열에서 자기은폐적 검열로 이행해갔다. 그런데 은폐적 검열로의 이행은 '신문정부'들에게는 달갑기만 한 것은 아니었다. 현시적 검열로 인한 벽돌신문이 없다면 자신들의 권력도 현시될 수 없는 것이다. 총독부는 더 이상 신문정부에게 약간의 권력이나마 나눠줄 뜻이 없었다. 명확한 검열지침을 전달하였고, 강력한 수단으로 이를 강제했다. 한편 1920년대 중반 이후 조선 동아 두 신문에서 자본의 통제권은 점차 확고해졌으며, 자본주들은 권력의 압력을 수용하여 좌파 기자들의 숙청에 나섰다. 이렇게 총독부와의 적대적 관계가 약화되자 '신문정부'의 권능 역시 크게 위축되었고 오히려 민간신문에 대한 불만이 사내외 곳곳에서 터져 나왔다. 이 시기에 두 신문은 문화운동으로 출구를 찾았다. 정치부문에서 상실한 사회적 의제의 주도권을 문화부문에서라도 강화함으로써 '신문정부'의 권능을 일부라도 유지하고자 함이었다. 이는 또한 식민지적 근대화를 통해 신문구독계층의 수요가 정론성 말고도 다양해졌음을 반영하는 것이기도 했다. 이 시기부터 1930년대를 통틀어 신문 지면에서 문화기사는 지속적으로 늘어났고 신문사 자매잡지들이 우후죽순처럼 생겨났다. 검열이 강화되어 검열의 흔적까지 지우라는 요구가 강제되던 시기에 신문지면이 늘어나고 그 늘어난 지면의 가장 커다란 부분을 문화, 특히 문학이 차지하는 현상이 나타나는 것이다.

증면이 검열의 강화와 거의 동시에 일어났다는 점을 주목할 만하다. 일반론적으로 말하자면 상품에 대한 규제가 강화되었을 때, 더군다나 규제의 결과에 따라서는 자본의 존립 자체까지를 좌우할 수 있을 때, 자본은 그 규제대상인 상품을 줄이는 선택을 하는 것이 합리적이다. 지면을 줄이면 검열대상이 줄어들 것이고 자본의 존립에 타격을 줄 가능성 역시 낮아질 것이기 때문이다. 하지만 이 시기 신문자본은 오히려 증면을 선택했다. 대신에 질을 변화시켰다. 이런 선택은 새로운 질의 지면이 검열권력의 요구를 거슬리지 않을 것이라는 판단을 전제로 하는 것이었지만, 동시에 신문이라는 상품 자체에 대한 수요가 늘어난 상황이 아니라면 선택하기 어려운 길이었다. 요컨대 수익 증대나 시장 지배력 확보를 위해서는 지면의 확대가 필요했지만, 그 증면은 강화된 검열권력에 저촉될 가능성을 최소화하는 것이어야 했다. 이 상호모순적 요구를 동시에 충족할 수 있는 방식이 바로 문예면 중심의 증면이었다.

그런데 지면에서 검열의 흔적이 없어지기 위해서는 몇 가지 전제가 필요하다. ①'쓸 수 없는 것'이 무엇인지에 대한 명확한 규정, ② 지속적으로 바뀌는 그 규정을 피검열자가 숙지할 수 있도록 하는 장치, ③ 그 규정의 위반 여부에 따라 부여되는, 엄밀하고 세분화된 상벌체계의 확립, ④ 규정을 지키면서도 미디어를 유지할 수 있는 현실적 가능성 등이다. 검열기준이 마련되고 간담회 등 다양한 방식으로 그것이 인쇄자본에게 전달되었던 1920년대 후반이면 위의 ①, ②는 충족된 셈이다. 또한 인쇄자본은 정간·압수·삭제 등을 겪으면서 '불이익'에 대해 실감하였고, 다양한 이윤보장책을 통해 '이익'을 누리기도 했으니 ③역시 충족된 셈이다.

앞의 세 가지에 대해서는 어느 정도 연구가 진행되었지만, ④, 즉 검열기준을 지키면서도 미디어를 유지할 수 있는 가능성이란 아직 제대로 논의되지 못했다. ③이 자본에 대한 권력의 상벌체계라면, ④는 시장에서의 자기보존과 이윤확보 가능성이다. 검열권력은 순응하는 인쇄자본을 위해 다양한 이윤보장 시스템을 마련했지만 이것만으로 충분할 수는 없으며, '검열기준을 지키는 지면'이 여전히 상품으로서 가치를 지닐 수 있어야 했다. 인쇄자본의 자기보존과 이윤확보란, 물론 식민지라는 특성 때문에 권력에 의해 좌우되는 부분이 크긴 했지만, 기본적으로는 시장에서 확보되어야 하는 것이기 때문이다. 다소 앞질러 말하자면, 이윤 확보 가능성은 자본에 의해 주도적으로 모색되었지만, 문화통치의 텍스트적 증거로서 삭제 흔적 없는 지면을 필요로 했던 검열권력 역시 이를 뒷받침했다. 민간신문이 문예면을 중심으로 한 지속적 증면을 단행하는 현상을 살핌으로써 이 문제의 실마리를 찾고자 한다.

검열경험이 쌓이고 독자적인 검열기구를 마련하여 검열기준과 제도를 정돈한 이후, 즉 '쓸 수 없는 것'을 확정짓고 그것들을 어떤 방식으로 유통금지시킬 것인가를 확정한 상태에서 권력과 자본은 새로운 완충지대가 필요했던바, 그 중요한 완충지대 중의 하나로 선택된 것은 문예면이었다고 필자는 주장한다. 이미 1890년대의 재조 일본어 신문이 '세론(世論)조작'을 위해 문예를 강화함으로써 독자들을 확보한 바 있으며,[2] 조선어 잡지들 역시 1920년대 독자투고란을 통해 효율적으로 독자(구매자)를 확대했던 경험을 지니고 있었으니,[3] 인쇄자본은 이를 참조하여 문예의 강화를 선택했을 것이다.[4] 문예는 검열이 상대적으로 느슨한 분야일 뿐만 아니라

---

2 이유미, 「근대초기 신문소설의 여성인물 재현 양상 연구」, 『한국근대문학연구』 16, 한국근대문학회, 2007.10, 75~98쪽 참조.

3 대표적인 보기는 『조선문단』을 들 수 있다. 이에 대해서는 이봉범, 「1920년대 부르주아 문학의 제도적 정착과 『조선문단』」, 『민족문학사연구』 29, 민족문학사연구소, 2005.12, 168~209쪽; 이경돈, 「『조선문단』에 대한 재인식」, 『상허학보』 7, 상허학회, 2001.08, 61~101쪽 참조. 또한 국문판 『조선』도 총독부 정책 소개와 홍보자료를 위주로 싣다가 101호(1926.3)부터 편집방침을 바꾸어 조선 문학과 문화 관련 글들을 싣기 시작한다(김정훈, 「국문판 『조선』지 수록 현대시 연구」, 『국제어문』 30집, 국제어문학회, 2004.4, 112~118쪽 참조).

4 이런 현상은 신문에 국한되지 않았으니 예컨대 잡지 『개벽』에서도 1925년을 전후하여 정론

독자의 수요에 부응함으로써 이윤 창출에도 유리했던 것이다. 한편 검열 권력은 정론성이 강한 지면(그들의 구분에 따르면 '시사정치')에 검열을 집중하는 한편 문예면('학술기예')에 대해서는 상대적으로 느슨한 검열을 적용함으로써 인쇄자본의 숨통을 틔워주었다.[5] 이런 맥락에서 다음의 두 물음을 제기하고 답변을 구하고자 한다. 왜 이 시기에 신문증면이 필요했는가. 왜 하필 문예면의 증면을 선택했는가.

연구대상은 『동아일보』와 『조선일보』로 국한한다. 다시 말해 『매일신보』, 『조선중앙일보』, 『시대일보』, 『중앙일보』, 『중외일보』 등은 다루지 않는다. 총독부 기관지인 『매일신보』는 자본의 성격이 다르다는 점에서, 그리고 나머지들은 발간시기가 짧아 영향력이 비교적 약한데다가 각종 자료가 충분치 않다는 점에서 각각 일단 제외하는 것이다.[6] 또한 1929~1936년을 집중적으로 다룬다. 이 시기는 앞서 살폈듯이 현시적 검열이 은폐적 검열로 이행하고 정착하는 시기였다(1937년 이후는 검열보다는 선전에 치중하는 단계로 이행했다). 식민지시기 민간지의 논조를 구분하는 일반적 분류에 따를 때도 이 시기는 따로 분절되는 기간이기도 하며, 또한 민간신문의 문예면이 2개면(1929), 3개면(1936)으로 각각 증면되었던 것도 이 때였다는 점을 감안한 선택이다.

성의 글들이 차지하는 비중은 줄어들었고 문학의 비중은 증가했다(한기형, 「『개벽』의 종교적 이상주의와 근대문학의 사상화」, 『상허학보』 17집, 상허학회, 2006.6 참조).

5 이에 대해서는 뒤에 자세히 살핀다. 또한 비슷한 시기에 각 언론사들이 벌였던, 독자 확대의 성격과 문화운동의 성격을 동시에 띤 문자보급운동에 대해 초창기에는 묵인했던 일 역시 언론자본들에게 일정한 분출구를 마련해주어야 했던 것과 유관한 것으로 해석할 수 있다.

6 특히 『조선중앙일보』는 『동아』·『조선』과는 다소 다른 선택을 보였다는 점에서(장신, 「1930년대 언론의 상업화와 조선·동아일보의 선택」, 『역사비평』 70, 역사비평사, 2005.2, 164~196쪽 참조) 앞으로 비교연구가 필요하다고 하겠다. 민간신문들의 독자투고 문예물에 대해서는 이용남 외, 「일본 강점기 대중문예 창작물에 대한 조사 및 분석」, 『한국현대문학의 연구』 16, 한국현대문학회, 2004.12, 279~337쪽 참조.

3. 민간신문 문예면의 증면

이준우에 따르면 『동아일보』와 『조선일보』의 문화기사는 다음과 같은 변화를 겪어왔다.[7] 1920년대 전반에는 독립된 문화면[8]이 없이 전체 4개면 가운데 제3면인 사회면에 문화예술분야 기사가 혼합 취급되었고, 계몽적 성격이 강한 논설이나 외국기행문 등이 1면에 게재되기도 하였다. 문화면의 독립은 조석간 6면으로 증면되는 1924년 이후였는데, 석간 제4면에 '가정'이라는 표제로 문화예술기사가 게재되었다.[9] 1929년 말에 8면으로

7 이준우, 「한국신문의 문화적 기능 변천에 관한 연구」, 연세대 박사논문, 1987, 75~89쪽.

8 이준우는 문학, 학술, 예술뿐만 아니라 여성(가정), 어린이 등을 다루는 지면들을 총괄해서 '문화면'이라고 부른다. 이에 비해 '문예면'이란 문학, 학술, 예술만을 다루되 주로 문학기사가 중심적 위치를 차지했던 지면만을 가리킨다(당시에는 '문예면'보다는 '학예면'이라는 명칭이 더 자주 사용되었고 이에 따라 많은 연구들이 이 명칭을 사용하지만, 문학기사의 비중이 매우 높았다는 점을 강조하는 뜻에서 '문예면'이라고 부르기로 한다). 문화면이건 문예면이건 문학기사가 주종을 이뤘다는 점, 또한 연성지면이라는 성격은 마찬가지라는 점에서, 이준우가 분석한 문화기사의 증가는 문학기사의 증가현상을 알려주는 간접증거라고 볼 수 있다. 이 글에서는 문예면이라는 용어를 사용하되 단지 이준우의 글을 인용하는 대목에서만 문화면으로 쓴다.

9 이혜령에 따르면 『동아일보』의 문예란은 '일요호' '월요란' 등의 이름으로 1923년부터 시작되어(주1회), 1924년에 '문예란'이라는 이름으로 매일 간행되었으며, 문예작품은 문예란뿐만 아니라 부인란 소년소녀란 문예란으로 분산배치되었다(이혜령, 「1920년대 『동아일보』 학예면의 형성과정과 문학의 위치」, 『대동문화연구』 52, 성균관대 대동문화연구원, 2005.12, 95~133쪽). 조영복은 6면으로 증면되던 1926년을 그 기원으로 보면서, 가정란과 구분되는 완전한 독립면으로서의 문예면은 1932~1933년 무렵에 시작된다고 말한다(조영복, 「1930년대 신문 학예면과 문인기자 집단」, 『한국현대문학연구』 12, 한국현대문학회, 2002.12, 156~159쪽). 두 사람의 글은 민간신문 문예면에 대한 선구적 작업이었는데, 특히 이혜령의 글은 여성, 아동과 문학이 병렬되는 초기 문예면의 지면구성을 근대사회의 젠더역학 속에서 살피는 새로운 시도로서 주목할 만하다. 단지, 기원을 따지자면 일본신문이나 재조 일본어신문의 문예면도 함께 살폈으면 하며, 담론의 층위에 집중하여 문예면의 물질적 기반에 대해서는 소략한 편이어서 아쉽다. 더불어 '여성, 아동, 문학'을 뭉뚱그린 문예면이 지방면과 병행되었음에도 주목할 필요가 있었을 것이다. 여기서는 문예면의 기원을 다룬 이혜령의 성과를 바탕으로, 지속적으로 증면되는 1930년대를 다루며, 또한 그 물질적 조건에 주안점을 두기로 한다. 특히 이혜령과 조영복이 충분한 관심을 기울이지 않았던 검열과의 관련성에 대해서 주목한다.

증면하면서 문화면은 2개면을 차지하게 되었고, 1930년대 전반까지 2개면 또는 1개면으로 발행되다가 1930년대 중반에 10면으로 발행되면서 2개면으로 정착된다. 1936년 12면으로 증면하면서 3개면까지 확대되는 경우가 잦아졌으며 때에 따라 1～2개 면만 배정되기도 하였다. 1930년 이후 문화면의 성격은 학예와 가정이라는 두 독립지면을 갖추어 현대신문의 문화면 가정면과 유사한 형식과 내용을 띠게 되었고, 특히 1930년대 중반 이후는 문화기사가 문화면 이외의 지면에까지 확대되어 전체 기사의 절반을 넘어가게 된다.[10] 요약컨대, 식민지시기 민간신문들은 지속적으로 증면을 해왔는데 그 증면과정마다 문화면과 문화기사는 늘어났다. 그렇다면 왜 증면되었으며 왜 하필 문화면이 집중적으로 늘어났는가.

1) 만주침공과 민간신문의 증면

언론사 연구에서 민간신문의 지속적인 증면은 『동아』『조선』의 경쟁에서 비롯된 현상이라고 대체로 이해되고 있다. 두 신문은 1920년대에도 증면경쟁을 벌이다가 포기한 바 있지만,[11] 1933년 방응모가 『조선일보』를 인수하여 경제적 안정을 갖춘 이후 경쟁은 본격화하게 된다. 최민지가 비판하는 대로 '논조를 통한 경쟁' 대신에 증면경쟁(또는 사옥 경쟁, 문화사업 경쟁)이 벌어지는[12] 배경에는 바로 이런 자본의 대규모화라는 경제적

---

10 이준우, 앞의 글, 75～89쪽. 보충하자면 6면으로의 증면은 『조선일보』가 1924년 11월, 『동아일보』는 1925년 8월이었다. 신춘문예 제도는 1925년 『동아일보』, 1928년 『조선일보』에서 시작했고, 10면으로의 증면은 두 신문 모두 1933년이다.

11 예컨대 조석간제로 이행하는 경쟁이 『조선일보』(1924), 『동아일보』(1925) 사이에 일어났지만 경영상의 무리 때문에 포기한 바 있다(김민환, 『한국언론사』, 사회비평사, 1997(2쇄), 223쪽 참조).

토대가 존재했다. 물론 자본 사이의 경쟁이란 자본주의 경제시스템에서 당연한 것이며 제한경쟁시장이었던 식민지시기 민간신문 시장이라고 해서 예외는 아니므로 자연발생적 경쟁이 자본의 대규모화를 통해서 본격적 경쟁으로 이어지는 것 또한 자연스럽다고 할 수 있다.

그러나 적지 않은 비용이 요구되는 증면경쟁을 경제적 요인에 의해 분석하기 위해서는 자본의 대규모화라는 요인 말고도 그 자본이 추구하는 이윤동기에 대해서도 주목할 필요가 있다. 박용규가 지적하는 대로 민간신문들이 1933년 이후 기업화되어 자본의 속성이 좀 더 강력해진 상황에서라면[13] 더욱 그러하다. 증면이란 어떤 이윤동기를 가지는 것이었는가에 대해 살펴야 할 필요성이 생기는 것이다.[14] 이를 본격적으로 규명하는 일은 필자의 능력을 벗어나는 일이지만, 증면의 원인에 대해서도 민간자본 사이의 경쟁이라는 일반론적 설명에 그치기보다는 당시의 정치경제적 상황이라는 구체적 요인과의 연관성에 좀 더 주목해야 할 필요성만은 제기해두고 싶다.

일본경제는 1920~1933년까지 장기공황기였다. 특히 1929년 세계대공황의 여파로 1930년부터 쇼와[昭和]공황에 들어간다. 하지만 일제는 31년 만주침공을 계기로 1933년에는 공황을 벗어나는 데 성공한다. 물론 침략전쟁을 통한 불황탈출이라는 제국주의의 약탈적 속성을 단적으로 드러내 보여주는 현상인바, 그 경제적 '혜택'은 본국(특히 지배층)에 주로 돌아갔

12 최민지 · 김민주, 『일제하 민족언론사론』, 일월서각, 1978, 176쪽 참조.

13 박용규에 따르면 '민간지의 경영상태는 1920년대까지는 비교적 좋지 않았으나 33년 이후에는 급격히 호전'되었는데, 이 시기 이후 언론은 기업화되고 신문기자들은 지사에서 직업인으로 변화했으며 신문의 정론성은 약화되었다(박용규, 앞의 글, 1994, 99쪽 참조).

14 좀 더 근본적인 물음은, 이미 탄탄한 모기업을 운영하고 있던 동아 · 조선의 두 사주가 어떤 동기에서 언론사업에 뛰어들었는지, 그 자체로서 이윤을 기대하기 어려운 언론기업에 대한 투자란 모기업에 어떤 경제적, 상징적, 사회적 이익을 기대할 수 있었는지에 대해 묻는 일이겠지만, 이 글의 취지를 멀리 벗어나는 셈이다.

지만, 식민지 조선에도 이윤의 일부는 이전되었다. 또한 이러한 이윤 이전을 통해 식민지배의 안정성은 강화되었다.

특히 조선의 신문자본은 대부분의 광고를 일본에 의존하였으므로 전쟁 고원경기(高原景氣)의 일부를 직접적으로 이전받았다.[15] 경기활성화는 광고의 증대를 불러왔으니, 예컨대『동아일보』광고수익은 1932년 146,617원에서 1933년 200,865원, 1933년 246,539원으로 급증했다(1932년 대비 각각 37%, 68%).[16] 게다가 모기업인 경성방직에 총독부의 지원금이 지속적으로 주어졌던『동아일보』의 경우는, 만주라는 새로운 시장의 개척에 따라 경성방직의 제품이 큰 인기를 얻었으니[17] 만주침공으로 인해 막대한 수혜를 받은 셈이었다. 때를 맞추어『조선일보』는 1933년 방응모가 인수하면서 경영의 안정을 찾았다.[18] 광고수요는 늘고 경영은 안정되었으며 강력한 경쟁상대가 생겨났으니, 증면경쟁에 돌입할 조건은 이미 성숙한 셈이다. 1932~1933년의 증면경쟁이란, 단순한 자본 사이의 경쟁만이 아니라 침략전쟁에서 비롯된 고원경기와 따로 떼어 이해하기 어려운 것이다.

이 과정에서 문예기사의 지면이 늘어났으니, 문인들에게도 초과이윤의 일부는 원고료 등의 형태로 자연스럽게 이전되었다. 요컨대 전쟁특수로 인해 생겨난 이윤의 일부를 식민지 조선이, 조선 언론자본이, 그리고 이를 통해 조선 문인들이 수혜하게 된다. 그러나 기업경영 여건이 호전된 것과

---

15 일본 광고의 유치를 위해 일본 지국 설치, 광고주 초청 관광사업 등을 벌였으며(정진석,「광고사회사(2)」,『광고연구』, 1991 가을, 349쪽 참조), 이에 대한 비판여론이 높았다.

16 강양욱,「일제하 언론의 광고에 관한 연구」, 서강대 석사논문, 1989, 38쪽.『조선일보』역시 광고량은 거의 비슷했거나 1935년부터는 오히려『동아일보』를 추월했다(박용규, 앞의 글, 1994, 103쪽).

17 송규진,「만주사변이 조선경제에 미친 영향」,『아세아연구』105, 2001.6, 188~192쪽 참조.

18 방응모의『조선일보』인수자금은 교동광산을 일본인에게 넘김으로써 마련되었으며, 이 거래는 총독부의 중개에 의해 성사되었다. 조선 제2의 금광이었던 교동광산이 왜 하필 전쟁기에 일본인에게 넘어가는 것인지에 대해서도 더 살펴볼 필요가 있을 것이다.

는 반대로 농업부문의 불경기는 더욱 장기간 지속되었고 농업수익률은 계속 떨어졌다. 조선인 노동자의 실질임금도 1931년을 정점으로 뚜렷이 감소추세를 보여주었다.[19] 사정이 이러하다면 1930년대 언론자본의 기업화와 수익구조 개선, 문학지면 급증과 수요증대에 힘입은 문예작품 급증이란 어떤 사회적 의미를 지니는 지를 묻는 것은 당연하다.

2) 증면의 다섯 가지 이유

이 증면경쟁에서 선택되었던 것은 소위 '연성지면'으로서[20] 문예면이었다. 그렇다면 왜 문예면인가. 그 까닭으로는 검열의 강화, 상품 차별화의 필요, 비용 절감, 제작공정 부담의 경감, 독자 요구의 변화 등을 들 수 있다. 차례로 살펴보기로 하자.

(1) 검열과 지면의 연성화

검열권력의 '시사정치'에 대한 억압과 '학술기예'에 대한 상대적으로 느슨한 처분은 문예면 증면의 결정적 요인이었다. 검열 주무과장인 경무국 도서과장 다츠다(立田清辰)는 1920년 『동아일보』와 『조선일보』가 창간된 이후 1930년까지 10년간의 논조변화를 감정적 독립갈망 시대(1920~1924), 이론투쟁시대(1924~1929), 합법적 논쟁시대(1929년 이후)로 구분하고 있는데,[21]

---

19 허수열, 「식민지 경제구조의 변화와 민족자본의 동향」, 강만길 외, 『식민지시기의 사회경제』 2, 한길사, 1994, 118쪽.

20 대체로 정치와 경제 분야를 경성기사로, 사회와 문화를 연성기사로 구분한다. 이런 식의 구분은 식민지 시기에도 이미 일반화되어 있었다(김을한, 「일제의 남면북양 산금정책의 내막」, 『언론비화 50편－원로기자들의 직필수기』, 한국신문연구소, 21쪽 참조).

21 다츠다, 「1930년의 조선출판계 회고」, 『경무휘보』 297, 1931.1, 297쪽. 정진석의 『한국언론

바로 1924년에 두 신문은 문화면을 만들었고 1929년에는 증면했다. 문화면이 늘어나는 시기와 신문 논조의 변화는 정확하게 일치하는 것이다. 이 논조의 변화는 물론 검열의 강화 때문이었다. 1925년 치안유지법이 발효되고, 1926년에는 검열전담부서로서 도서과가 독립되었으며, 1930년대 들어 만주침공 등으로 정치검열은 강화되었다. 검열이 강화되는 시기에 신문의 논조가 변화하였던 바, 문화면의 증면은 바로 이런 변화에 발맞춰 일어났다. 이 글은 1930년대에 국한하므로 1920년대를 상론하기는 어렵지만, 검열의 강화에 따라 신문의 성격이 변화하고 문화면이 증면되는 현상은 이미 1920년대부터 확인되는 셈이다.

검열의 강화 속에서 '시사정치' 지면의 증면은 어려웠다. 그 결과는 자연스럽게 '학술기예'의 지면으로서 문화면의 성립과 증면으로 나아간다. 정치에 비해 문예를 비교적 느슨하게 검열했음에 대해서는 검열관과 피검열자의 회고가 일치한다.

> 이를 단속의 측면에서 보자면, 주로 문예 교육에 관한 내용이 많았기 때문에 행정처분에 붙여지는 것은 드물었으나, 단 몇몇 연속출판물 가운데 한정(限定)기사의 범위를 벗어나 시사문제를 게재했다는 이유로 행정처분을 받은 것도 있다.[22]

> 당시의 사설은 정치부문, 경제부문, 사회부문의 3부문으로 나눠져 있었는데 사회·문화부문이 내 차지가 된 것이다. 그런데 정치나 경제에 관한 사설은 자칫하면 총독부의 검열에 걸리기 쉬우므로 사회·문화부문의 사설이 많이 나가게 마

사』(나남, 1990) 등 많은 언론사 역시 비슷한 시기구분을 한다. 그 이후에는 물론 1937년 중일전쟁을 계기로 본격적인 친일언론 시기로 진입한다.

22 다츠다, 위의 글.

련이었고, 때로 정치나 경제에 관한 사설이 사장이나 주필이 보는 사내(社內) 검열에 통과하지 못한 때에는 그 자리를 채우는 일도 항용 내게로 맡겨져서 나는 사설 쓰기에 바쁜 나날을 보내기도 했었다.[23]

게다가 검열로 인해 경쟁 언론사가 정간 폐간 등의 조치를 당하면 살아남은 자본의 시장 독점성은 강화되므로 이윤은 더욱 증대한다. 검열의 회피는 언론자본으로서는 사활적인 관심사일 수밖에 없다. 하지만 언론은 늘 사회적 의제를 생산해야 하는 기구이며 상품이다. '합법성'의 요구를 수용하면서 사회적 의제를 생산해야 한다는 모순적 요구를 동시에 충족하고자 할 때 정치의 대리보충물로서 징발되었던 것은 바로 문화였다. 발빠르게 문화혁신론(주로 『동아일보』), 조선문화운동론(주로 『조선일보』) 등을 내세우면서 이순신, 단군, 권율, 을지문덕, 정약용 등 민족적 위인 선양 및 고적 보존사업, 한글맞춤법 보급사업, 조선학 운동 등 다양한 문화사업을 벌였으며 이런 사업들에 대한 사고(社告)는 문예면 뿐만 아니라 1면이나 사회면 등 주요 지면까지 차지한다.[24] 검열의 강화에 적응하기 위해 신문자본이 새로운 출구를 찾는 과정에서 (조선)문화의 수요는 급증하였으며, 이는 문예면 증면으로 대표되지만 문예면 밖으로도 넘쳐흘렀던 것이다.

문예면은 삭제당할 경우라도 급하게 대체할 원고의 수급이 비교적 원활한 지면이기도 하다. 특히 삭제흔적까지 삭제할 것을 요구하는 은폐적 검열 상황에서라면, 이런 문예면을 통해 공급되는 '땜빵원고'의 존재는 다른 지면에서도 유용하게 쓰였을 수 있다. 특히 문예면(사전제작의 가능성이 높다) 이외의 지면에 게재된 문예물들의 경우 이렇게 급작스럽게 보충된 '땜빵원

23 서항석, 「나의 이력서」, 『경안 서항석 전집 (5)』, 하산출판사 , 1987, 1785쪽.
24 민간신문 문화사업에 대한 비판은 최민지・김민주, 앞의 책, 192~208쪽 참조.

고'일 가능성도 없지 않다.[25] 요컨대 검열강화의 국면 속에서 증면을 결정한다면 문예기사를 늘리는 것은 당연한 귀결이었던 것이다.

상품이란 주기적인 재생산을 숙명으로 삼는 만큼, 검열 강화에도 불구하고 지속적으로 신문지면을 생산해내야 했다. 이 '컨베이어벨트'에서 정론성(政論性)이 강력한 경성(硬性)기사는 자주 탈락했으니 연성기사가 그 자리를 메울 수밖에 없었고, 아예 연성기사의 독립된 지면이 생기고 늘어나고 하는 것이다.

(2) 상품 차별화의 필요성

민간신문에게 검열의 강화란 정론성에 의존하는 지금까지의 상품 차별화 경쟁이 어렵게 되었음을 의미하기도 한다. 물론 검열을 우회하면서 독자의 요구에 부응하는 방식은 정론성의 영역에서도 시도되었으나 위험부담이 적지 않아 점차 위축되었으니,[26] 다른 방식의 차별화전략이 필요했다. 특히 1930년대는 만주침공, 만주국 건국, 중일전쟁으로 이어지는 정국의 급변 속에서 뉴스에 대한 수요는 늘어났지만,[27] 전황보도 등 경성기

---

25 검열제도 도입 직후인 1906년부터 제국신문에서 논설이 주는 대신 서사물의 연재가 늘어나는 현상은 '무사히 통과할 수 있는 내용과 어느 정도 분량을 갖춤으로써 지면을 안정적으로 채워줄 수 있는 형식의 게재물'이 절실했기 때문이라는 점은 이와 관련하여 시사적이다(구장률, 「근대계몽기 소설과 검열제도의 상관성」, 『식민지시기 검열과 한국문화』, 동국대 한국문학연구소, 134~140쪽 참조).

26 "민중은 극히 보고 싶어 하는 기사인데 검열관계로 넣을 수 없는 기사이니 이런 것은 검열의 수준을 편집자가 제정하여 어느 정도의 수준이면 통과하리라는 생각으로 기재하는 것이니 이것이 요행 통과되면 좋거니와 그렇지 못하고 압수가 되면 1~2 시간 내에 오륙백 원의 손해를 입게 되나니 빈약한 조선인신문사로는 간부가 눈살을 찌푸리게 되고 편집기자도 미안한 일이다. 차와 반하야 다른 신문에서 그 기사를 통과할만한 수준으로 고쳐 넣었는데 이 편 편집기자만 못 넣었으면 이번에는 독자가 야단이다 신문사내에서 야단이다 하여 아주 면목이 없게 된다."(유광렬, 「사회면 편집에 대한 의견과 고심담」, 『철필』, 1930.8, 22~23쪽).

27 조선 민간신문의 발행부수 역시 전쟁기에 다소 증가하였지만(정진석, 앞의 책, 552~555쪽) 전쟁과의 관련성은 명확치 않다. 그러나 일본 주요 신문의 발행부수는 전쟁기에 비약적으

사에 대한 검열은 지속적으로 강화되었으므로 정론성에 의한 차별화는 극히 제한되었고 따라서 연성지면에 의한 경쟁에 주력할 수밖에 없었다. 물론 지면의 연성화 경향이란 비단 문예면 등 연성지면의 확대라는 분할된 지면 내부에만 그치는 것이 아니어서 경성지면 기사에까지 연성화는 진행되었으며,[28] 사실(fact)과 상상의 혼성적 기사문체 등도 동시에 야기하였을 것이지만 여기서는 자세히 다루기 어렵다.[29]

(3) 경제적 효율성

경제적 효율성이란 투입비용의 최소화와 산출수입의 최대화로 요약된다. 먼저 비용에 대해 살펴보자. 증면은 지속되었고 광고 역시 늘어났지만,

---

로 증가했다(사토 다쿠미[佐藤卓己], 「총력전과 일본 신문시스템의 연속성」, 『문화과학』 55, 문화과학사, 2008 가을, 402쪽 참조). 또한 만주침공 및 중일전쟁을 계기로 조선의 라디오 판매량은 급증했는데 대부분 일본인 소유였지만 조선인 소유도 늘어났다(정진석, 「일제하의 라디오 보급과 청취자」, 『신문과 방송』, 한국언론진흥재단, 1992. 10; 마이클 로빈슨, 「방송 문화적 헤게모니 식민지 근대성」, 신기욱 외, 『한국의 식민지 근대성』, 삼인, 2006 참조). 전쟁기에 뉴스 수요가 증가되었음에도 조선의 신문부수 확대는 일본에 비해 매우 미약하다는 점, 그 확대된 시장에서 신문은 라디오 등 다른 미디어들과도 경쟁해야 했다는 점 등이 확인되는바, 이는 별도로 논의할 가치가 있다.

28 박용규는 초창기의 논설 중심에서 1920년대 중반기 이후 사실보도가 강화되고, 30년대에 들어서면 선정성이 강화된다고 지적한다(앞의 글, 1994, 232~255쪽). 사실보도와 선정성의 상호관계는 더 논의해야할 필요가 있는 주제이다.

29 다케야마에 따르면, 러일전쟁기부터 일본 신문은 결정적으로 연성화의 길을 걷게 되었다. 즉 전쟁이란 뉴스를 양산하는 최대의 사건인 만큼 언론들마다 보도경쟁에 나섰지만, 권력은 전황보도를 극도로 통제했으며, 검열결과로 나오는 균질적일 수밖에 없는 전황기사(경성기사)로는 상품으로서의 차별성을 획득할 수 없었던 일본 신문들은 특파원들의 '관전기' 경쟁에 의해 그 차별성을 획득하고자 했다. 사실보도에서는 거의 전적으로 국가권력에 의해 통제되어 제공되는 기사에 의존하면서, 전쟁터의 상황을 미화하는 다양한 문체의 연성기사를 통해 차별화의 경쟁을 유지했던 것이다(다케야마 교우지, 『報道電報 檢閱秘史』, 朝日新聞社, 2004, 257~265쪽 참조). 조선에서도 비슷한 사례는 발견된다. 예컨대 『조선일보』는 신석우가 사장에 취임한 1927년 7월부터 "창작"이라는 이름 아래 '국경 순사의 독백'이라는 제목의 르포기사를 시작하였는데 거의 소설에 가까운 묘사를 선보이고 있다. 『조선일보』 측은 이를 검열을 우회하기 위한 연성화라고 주장하거니와(『조선일보 80년사』 상, 조선일보사, 2000, 303쪽), 다케야마가 비판하는 일본언론의 영향이 강력하였을 것으로 추정된다.

광고 증가량은 증면되는 지면을 따라잡지 못했다. 즉 늘린 지면만큼의 광고가 늘어났던 것은 아니며 1면당 광고수입은 오히려 증면 때마다 낮아졌다.[30] 순이익 역시 증면 이후에 오히려 줄어든다.[31] 이 시기 신문들의 증면경쟁은 단기적 이윤확장 그 자체를 위한 것이라기보다는 시장 지배력과 사회적 영향력을 확대하기 위한 경쟁의 성격이 더 강했던 것이라고 할 수 있다. 따라서 증면에 투입되는 경비를 최소화해야 할 필요성은 더욱 커진다. 지면의 연성화[32]는 바로 증면비용 절감을 위해 적절한 것이었다.

문예면은 인건비의 절감이 가능한 지면이었다. 예컨대 1930년대 『조선일보』의 부서별 평균 기자 수는 사회부 10.7명, 학예부 4.4명이었다.[33] 사

30 예컨대 『동아일보』 광고수입은 4면 발행하던 1922년에 84,335원, 6면으로 증면한 이듬해인 1926년에는 98,981원, 8면으로 증면한 다음해인 1930년에는 107,476원, 12면으로 증면한 1936년에는 277,715원으로 늘었다(1937년은 정간처분을 받은 해이므로 제외함.) 이렇게 증면에 따라 광고액수 또한 늘었고 수익구조에서 광고비중 역시 꾸준히 높아졌지만, 1년 평균 면당 광고수입은 1922년 21,084원, 1926년 16,497원, 1930년 13,435원, 1936년 23,143원이다. 증면에 따라서 면당 광고수입은 오히려 줄어든 셈이다(1936년의 경우만이 늘어났지만, 8면을 발행하던 1935년에 이미 광고 총수입 264,644원으로 면당 33,081원이었으니, 전년보다 줄어든 셈이다). 신문판매수익과 잡수익까지를 합한 총수익구조의 추이 역시 비슷한 경향이라고 할 수 있다(면당 총수익은 1922년 66,137원, 1926년 53,630원, 1930년 33,393원, 1936년 51,309원이며, 8면이던 1935년에 75,097원이었다(김민환, 앞의 책, 288~289쪽 참조)).

31 예컨대 『동아일보』 순이익의 규모는 지속적으로 증대되었으나 증면 직후 연도에는 낮아지거나(1933년 6,926원에서 1934년 5,087원으로), 미세한 증가에 그쳤다(1925년 1,262원에서 1927년 2,026원으로, 1929년 3,145원에서 1931년에는 3,294원으로. 1926년과 1930년은 무기정간을 당한 해이므로 제외. 1927년도에는 순익이 급증하지만 증면 이전인 1924년의 3,276원에 비하면 오히려 크게 줄었다(『동아일보 사사(社史)』 1, 1975, 405쪽 참조)). 『동아일보』는 경영의 어려움을 지속적으로 호소했던 것과는 달리 무기정간을 당한 해를 제외하고는 순익과 자산규모가 꾸준히 성장하였던 것이다. 당시 일본 광고가 전체의 약70%에 달하였으니, 이 순익은 주로 식민본국 상품의 식민지로의 판매를 촉진함으로써 달성한 것이었다. 강양욱은 이에 주목하여 언론기업이 경제적 논리에 종속되어 있었다는 결론을 내린다(강양욱, 앞의 글, 4쪽 참조).

32 지면의 연성화란 연성지면의 증면 뿐만 아니라 편집의 연성화까지를 포함한다. 편집의 연성화는 사진·제목·삽화·기타 장식적 요소들이 지면에서 강화되는 편집의 시각성 강화를 말한다. 실제로 『조선일보』의 경우 사진기자는 1936년까지 2명이었다가 1937년 4명, 1938년 7명, 1940년 9명으로 계속 확충한데 비해 학예부기자는 3~5명으로 별 변화가 없다(『조선일보 80년사』 하, 조선일보사, 2000, 2221~2225쪽 참조).

회면은 대체로 1개 면을 유지한 데 비해 문예면은 3개 면까지 지속적으로 증면되었음에도 불구하고 기자 수에는 변화가 없었으니, 결국 기자 인건비만 따진다면 사회면에 비해 약 8분의 1 수준으로 문예면은 만들 수 있었다. 물론 원고료는 더 투입되어야 하겠지만 기자 인건비에 비할 바는 아니었으며, 문예부기자들의 기사 또는 독자투고 등 원고료도 거의 들지 않는 방식도 가능했다.[34] 문예면 뿐 아니라 모든 '간지(間紙)'[35]는 증면에 따른 인건비 부담이 매우 적은 지면이었다. 좀 길지만 설명해보자. 신문제작이란 마감시간 무렵 집중적 인력투입이 필요하지만, 다른 시간에는 일거리가 많지 않다. 물론 그 시간에 기자들이라면 출입처를 돌아다니지만, 공무국 직원들은 따로 할 일이 없는 것이다. 신문사들이 자매 잡지를 만들거나 외부 인쇄물의 주문 제작(소위 외간(外刊)사업)에 주력하는 것은, 공무국 직원들의 한가한 시간을 없애 노동효율성을 제고하려는 시도인 것이다. 그러나 이런 방식만으로는 한계가 있으니, 마감시간의 작업량 폭증을 적절히 관리해야 한다. 문예면을 비롯한 간지는 속보성이 약하므로, 정치면 사회면 등보다 일찍 원고마감을 함으로써 공무국 작업량을 분산시킬 수 있다. 증면에 따른 공무국 인건비 부담을 최소화할 수 있는 것이다. 지금까지 설명했듯이, 문예면의 증면이란 기자 및 공무국 직원 인건비가 거의 추가로 들

33 사회부 기자의 경우 『조선일보 80년사』(상 · 하)에 자료가 남아있는 6개 연도의 평균값이다. 학예부기자는 1932년에는 없었으므로 제외하고(1931년에는 염상섭이 학예부장이었고, 1934년에 김형원은 편집국장겸 학예부장이었다. 그러므로 1932년의 학예부 일은 주요한 김기진 안석주 김형원 등 편집국 소속의 간부급 기자들이 담당했을 것이다), 나머지 5개 연도의 평균값을 취했다(1935년 5명, 1936년 3명, 1937년 4명, 1938년 5명, 1940년 5명).

34 뒤에 보겠지만 원고료 예산은 충분치 못한 속에서, 갑자기 늘어난 지면을 채워 넣어야 하는 문예면 기자들도 불만이 적지 않았다.

35 신문 1면이 정치면이고 맨 뒷면이 사회면이라면, 그 사이에는 주목도가 비교적 떨어지는 연성지면이 배치되는바, 이 지면들을 간지라고 한다. 즉 신문을 접어서 배달했을 때 가운데 부분에 배정된 지면이라는 뜻이다. 문화, 체육, 가정, 과학 등이 여기에 배정된다.

지 않는 상태에서 가능했던 것이다. 다시 말해서 문예면의 증면은 종이값 등 인쇄물을 만들기 위해 불가결한 최소한의 예산만을 늘리면 되었으니 매우 경제적인 선택이었다.

수입 증대에도 문예면은 유리했다. 신문의 수입은 구독료 수입과 광고 수입으로 양분되는 바, 이 둘 모두에서 문예면은 수입의 증대에 기여했을 것이다. 첫째, 독자의 창출에 유리했을 터이다. 독자투고의 활성화가 독자를 창출하는 메커니즘은 일본 언론을 통해서 또한 1920년대 잡지에서 이미 확인된 바였다. 둘째, 광고 수주에도 최소한 불리하지 않았던 듯하다. 『동아일보』 광고(1920~1940, 칼럼센티미터 단위 기준)에서 출판물광고는 조선 상품광고의 평균 22.3%(최저 0.06%~최고 56.8%)를 차지했으며, 일본 상품광고의 8.7%(최저 0%~최고 24.1%)만을 차지했지만 전반적으로 증가하는 추세였다.[36] 또한 당시의 광고는 약품, 화장품, 식음료, 의류 등 소비재 광고가 거의 대부분(특히 일본광고의 95.8%)이었던바, 가정면과 문예면에 적합한 연성광고라고 추정할 수 있다.[37] 이런 사실은 문예면이 광고주들이 선호하는 지면이었을 가능성을 시사한다. 정치면인 1면이 제구실을 하지 못해 해외기사의 소개에 그치고 경제면 역시 미두(米豆)기사 정도에 집중되던 당시의 상황을 감안한다면, 그 가능성은 좀 더 높아진다. 요약컨대 문예면은 비용을 최소화하면서 수입증대의 의미도 있었던, 수익구조의 창출에 유리한 지면이었다.

36 강양욱, 앞의 글, 62~66쪽 참조.

37 당시의 한 문예면 책임자는 문예면에는 출판물광고가 적합할 것임에도 일본의 화장품광고가 배정되는 데 대한 불만을 토로하고 있다(이준, 「신문 학예면의 문화적 입각지」, 『조선중앙일보』, 1936.7.8).

(4) 제작실무 부담의 경감

증면이란 비단 경제적인 것만이 아니라 제작실무에도 많은 부담을 주었다. 신문은 속보경쟁을 위해 마감시간은 최대한 늦추고 인쇄 및 발송시간은 최대한 단축하고자 하며, 따라서 마감 무렵이란 극도의 긴장과 혼란으로 가득찬 시간이다. 증면이 된다면 그 혼란은 더욱 가중될 수밖에 없으니, 마감을 당기거나 인력을 충원해야 할 필요가 생긴다. 인쇄자본으로서는 둘 모두 회피하고 싶은 선택이다. 그러나 문예면 같은 간지를 증면한다면 이 부담을 덜어줄 수 있다.

신문은 매일 제한된 시간 안에 정해진 분량의 지면을 기사로 채워 내야 하는데, 그 많은 기사와 그 많은 지면을 한 사람이 짧은 시간에 컨트롤할 수 없으니 책임을 나누게 된다. 정치면 경제면 사회면 등으로 지면을 분할하고 분업과 협업에 의해 전체 지면을 제작하는 것이다. 그러나 하나의 면을 매일 정해진 시간 내에 채우는 일도 만만치 않으니, 고정적으로 채울 수 있는 연재물이 늘어날수록 유리하다. 특히 증면을 단행할 때에는 그러하다. 문예면을 비롯한 간지들은 바로 규모가 큰 고정연재물 같은 구실을 했다.

마감시간 무렵에는 간지는 이미 연판작업까지 끝내놓고 인쇄준비가 끝난 상태이게 마련이니, 예컨대 8면 중에서 4개 면이 간지라면, 마감시간에는 나머지 4개 면만 제작하면 되는 식이다. 8면 신문이지만 마감시간에는 마치 4면 신문인 것처럼 제작할 수 있는 것이다. 마감시간은 늦출 수 있고, 제작공정은 빨라진다. 반대로 그때그때 채워 넣어야 하는 유동적 지면이 많다면, 제작시간도 오래 걸리고 인력도 많이 필요할 수밖에 없다. 대규모의 증면경쟁이 이뤄지면서도 그만큼 기자를 늘리지는 않았으므로, 더욱 사전(事前) 제작이 가능한 지면의 필요성은 강력했을 것이다.

(5) 독자 요구의 변화

식민지적 근대화가 20여 년 진행된 1930년대에 이르면 도시를 중심으로 근대적 대중문화가 성립되고 문학을 비롯한 근대적 문자텍스트는 더 이상 문명개화 담론의 담지자라는 기능에 머물지 않으며 통속화・오락화의 경향이 뚜렷해짐은 널리 알려진 바와 같다.[38] 이러한 독자의 독서수요 변화와 신문문예면을 관련지어 살필 때 주목되는 현상은 해외문학파의 편집권 장악이다. 1930년대 문예면의 편집권은 KAPF계나 민족주의계 기자-문인에서 해외문학파로 넘어간다. 김윤식은 이에 대해 해외문학파의 세련된 편집감각과 '독자층의 수준향상'이 결합하여 저널리즘을 장악할 수 있었다고 평가한다. 즉 프로파나 민족파는 모두 "식민주의에 항거한다는 엄숙한 투쟁, 참여의식"에 의해 독자를 지도 계몽하려고 했으며 그 결과 '문학자체를 질식'시키고 '독자층의 염증'을 일으켰다는 것이다. '해외문학파의 참신한 편집태도'는 "문예의 세련된 오락화 중간독물(讀物)을 요구하는 당시 독자층과도 깊은 관계가 있다"면서 그 증거로 종합오락지의 속출을 들고 있기도 하다.[39] 하지만 이 설명은 문학 내부에 국한된 설명인 데다가, '독자의 수준'이란 무엇을 가리킴인지, 당시의 민간신문 독자로 어떤 계층을 상정하는 것인지 등이 불명확하다.

1930년대는 사사화(私事化)의 시기였다는 박진우의 설명을 참조해보자. 공황을 겪고 산업화 도시화를 겪으면서 개인들은 계획적 삶을 스스로 설계해 나가야 한다는 요구가 절실해졌다. 이 계획적 삶의 요구에 대응하여

38 예컨대 천정환은 1920년대 중후반부터 '오락과 취미로서의 책읽기'가 대두되었다고 말한다(『근대의 책읽기』, 푸른역사, 2003, 193~202쪽). 그러나 서구 노동계급에게 '저렴하고 쉬운 오락으로서 신문과 신문문예'가 선택되었던 것과는 달리 식민지 조선의 노동계급은 이마저도 거의 향유할 수 없었다고 정당하게 지적하면서도, 이 문제의식을 본격적으로 밀고 나가지는 않고 있다.

39 김윤식, 『한국근대문예비평사연구』, 일지사, 1988(10쇄), 162~163쪽.

사사화된 개인적 커뮤니케이션 체제가 정착되어 나갔다. 게다가 3·1운동의 좌절에 이어 1930년대 초반 민족문화운동이 실패하는 등 민족단위의 독립이나 자치운동들이 크게 위축되고, 서울의 문화공간들이 다분히 광장이 아닌 밀실로 구성되게 됨에 따라서 이런 움직임은 더욱 가속화된다. 즉 개인이 각자 알아서 자신의 삶을 기획하고 꾸려나갈 수밖에 없다는 인식이 대중을 지배하게 된다.[40]

사사화의 흐름은 자연스럽게 독립이라는 거대담론과 그 계몽에 대한 독자의 호응을 약화시키는 것이었다. 민족국가의 탈환보다 개인의 생존과 부의 축적이 훨씬 더 중요해졌다. 게다가 전쟁고원경기로 인해 일본에서 조선에 일부 전이된 이윤이 계급에 따라 편중적으로 분배됨에 따라 양극화가 진행되자, 소위 '나리낑[成金]'의 욕망과 노동투쟁이 동시에 진행되었다. 신문과 문예물의 독자들은 대부분 중간층 이상의 계급이었다.[41] 앞서 김윤식이 지적한 '독자층의 (계몽에 대한—인용자) 염증과 오락으로서의 문예에 대한 요구'는 이런 사회상황에서, 중간층 이상의 독자들을 중심으로 표출된 것이라고 한정할 때에야 성립되는 것이리라. 이미 기업화된 신문자본이 주된 독자층으로서 구독료 지불능력과 광고 상품 구매력을 지닌 계층을 명확하게 설정하였다면, 문예면 역시 그들을 목표독자로 설정하는 편집이어야 했다. 프로파와 민족파 문인들의 십자포화 속에서도 언론자본이 끝내 해외문학파 기자들에게 문예면 편집권을 위임한 것에는 이런 사정 또한 작동하고 있었을 것이었다. 이렇게 본다면 1930년대 문예

40 박진우, 「1930년대 전반기의 한국사회와 근대성의 형성—커뮤니케이션 구조의 사사화과정에 대한 역사적 연구」, 서울대 석사논문, 1998.8.

41 김영희에 따르면 당시 신문 구독계층은 대체로 서울과 지방 주요도시의 중산층 이상과 농촌의 지주계층의 남자들이었다(「일제 지배시기 한국인의 신문접촉 경향」, 『한국언론학보』 46-1, 한국언론학회, 2001.12, 39~70쪽 참조).

면은 신문과 문학의 구매력을 지닌 중간층 이상의 독자를 주대상으로 선정하여 작품을 생산 · 선별 · 보급할 필요가 있었는데, 그 일을 해내는 데 적절했던 것이 바로 해외문학파였으리라.

결국 1930년대 지속적인 증면의 이유는 전쟁경기로 인한 광고의 급증과 인쇄자본 간의 경쟁을 들 수 있지만, 왜 하필 문예면이 늘어나는가를 따질 때는 검열의 요인을 비롯하여, 상품 차별화의 필요, 경제적 동기, 목표 독자층의 명확화, 독자 요구의 변화 등을 함께 고려해야 마땅하다고 판단한다.[42]

지금까지 살핀 다섯 요인 중에서 ①이 가장 중요한 것이라고 할 수 있다. 신문기업 뿐만 아니라 모기업의 이윤 보장과 박탈의 권력을 보유한 총독부야말로 가장 커다란 영향력을 행사할 수 있었으니 그들이 터준 문화기사 강화로 나아갈 수밖에 없었다. ②는 ①에 종속되는 요인이며, ③, ④ 또한 부수적인 의미만을 지닌다. ⑤ 역시 제한적으로만 의미 있다. 즉 독자들의 통속적 오락에 대한 요구가 늘었지만 정론성에 대한 요구 역시 사라진 것은 아니었다면, 증면과정에서 두 요구 모두를 수용하는 것이 원론적으로는 합리적이라는 점에서 그러하다.[43] 문화기사의 증대가 단순한

42 이밖에 문화상품으로서 신문이 라디오, 영화, 일본 문자매체 등과 경쟁해야 했다는 측면도 함께 살펴야 하겠지만 일단 논외로 할 수밖에 없다.

43 검열의 요인을 고려할 때 이 시기 정치와 문학이 어떤 관련을 맺게 되는가는 따로 다뤄야할 중요한 주제이다. 여기서는 1930년대 '조선적인 것'의 융성 원인은 여러 가지가 있겠지만, '검열을 회피하면서도 저항의 포우즈는 유지할 수 있었던 일종의 절충'으로서의 성격도 고려해야 마땅하다는 점을 지적해두고자 한다. 이 경우 언론은 검열권력의 요구와 독자대중의 비판담론 요구를 동시에 수용할 수 있게 되는 것이다. 이와 관련하여 "해외문학파의 등장과 조선학의 열기가 동시대적 현상이자 그것이 『동아일보』의 학예면 지상에 나란한 것일 수 있었던 이유는 '지금-여기'에 대한 인식이 숨겨진 지렛대로 기능하고 있었기 때문"이라는 이혜령의 지적은 주목할 만하다(「『동아일보』와 외국문학, 해외문학파와 미디어」, 『한국문학연구』 34, 동국대 한국문학연구소, 2008.6, 371쪽). 이는 비단 이혜령이 지적하는 학예면에만 국한된 것이 아니며, 정치면이 '외국정치면'으로 불러야 더 적합하다는 야유 속에서도 1면의 위치를 유지한 원인이기도 하다. 외국의 문예정보 뿐만 아니라 정치뉴스 역

증대가 아니라 정론성의 소거와 동시에 이뤄져야 했던 까닭이라면 역시 검열의 요인을 첫손꼽을 수밖에 없다.

4. 문예면의 증면과 탈정치화

근대문학이 구술에서 문자로 이행하자 인쇄비용의 문제가 대두될 수밖에 없었다. 근대 초창기에 그 비용은 자기보존 및 이윤추구라는 자본의 속성이 비교적 미약한(애국계몽운동의 일환으로 성립된) 인쇄자본이 감당하거나, 문인들이 동인지의 형식으로 출판비를 스스로 염출했다. 문학적 소통을 위해 비용(인쇄비)이 들게 되자 투입된 자본의 회수라는 문제가 생겨났고, 따라서 문자문학은 상품으로서 판매될 수밖에 없었다. 판매수익이 재생산에 투입될 때 자본의 선순환이 가능하겠지만 동인지 독자는 거의 동인에 준하는 집단으로 한정되어 판매수익은 보잘것없었고 그나마 동인끼리의 회식 등에 사용되었으므로 자본 순환이 매우 미흡했다. 게다가 단행본과는 달리 중판을 통한 자본순환도 불가능했으므로 발행 때마다 새로운 자본투입이 요구되어 특별한 경우가 아니라면 오래 지속되기 어려운 경제적 조건에 놓여있었다. 이는 자본주의적 도서 출판유통구조에서라면

시 단순한 외국의 뉴스에 그치는 것이 아니라 조선상황에 대한 은유적 성격을 지니고 있었다는 점을 감안한다면, 이혜령의 지적은 설득력을 더하게 될 것이다. 그러나 이혜령의 진술에는 오해의 소지도 좀 있다. '지금-여기'에 대한 직접적 관심의 표명이 금지된 상황 속에서 2차적 자료를 통해 '지금-여기'를 드러낼 수밖에 없었던 제한된 선택이었다는 전제를 좀더 분명히 해야 할 필요가 있다고 판단한다.

매우 기형적인 것이지만, '생활의 심미화'를 실행에 옮겼던 1920년대 동인들이 자본축적에 서툴거나 매우 소극적이었던 것은 당연한 노릇이기까지 했다. 이들은 대체로 동인들의 상징자본을 확보하는 것으로 만족했다.[44]

1924년 『동아일보』와 『조선일보』에 문예면이 신설되면서 동인지문단 시기가 끝나자, 인쇄비용은 자본의 속성이 강한 신문자본이 주로 담당하게 된다. 이 시기의 신문자본은, 아직 본격적으로 이윤추구 속성을 지니는 것은 아니지만 적어도 자기보존의 성격만은 훨씬 강력해진다. 훨씬 대규모의 자본인 신문자본이 문학 발표지면을 주도하게 되자 문학장은 크게 변화되었다. 문학 독자층은 훨씬 넓어졌고, 판매이윤은 동인 사이에서 소비되는 것이 아니라 자본에 귀속되어 축적 순환되며, 이렇게 확보된 자본의 재생산성은 매체의 지속적 재생산을 가능케 했다. 또한 원고의 상품화를 통한 이윤 기회를 자본에 이양하는 것이므로 '상품의 원료'로서 원고에 대한 경제적 보상이 필요해지고 원고료제도가 정착된다. 동인지시기에 문학의 환금화는 단지 완성된 상품(인쇄물)의 판매에만 국한되었다면, 이제 문학은 상품의 원료(원고)로서도 매매되기에 이르는 것이다. 신문 문예면의 형성이란 이런 의미에서 문학 환금화를 좀 더 본격적인 단계로 이행하도록 촉진한 셈이다.

1930년대 들어 신문자본은 본격적으로 기업화되어 자기보존 뿐만 아니라 이윤추구의 속성을 강력하게 지니게 되었는데, 민간신문의 문예면이 증면되고 신문사 잡지들이 급증하여 문학 발표지면은 거의 인쇄자본이 장악하게 된다. 어떤 글을 실을 것인가를 판단하는 일은 자본의 고유한 권한이 되었다. 동인지 문단시대의 글쓰기는 동인지를 판매하면서도 문

44 김춘식, 『미적 근대성과 동인지 문단』, 소명출판, 2003, 17~144쪽 참조.

학의 환금화에 대해 일정부분 저항하였고 청탁보다는 자발적인 창작이 주류였다면, 기업화된 신문자본이 발표지면을 장악한 이후의 글쓰기는 점점 더 강력한 환금성을 지니면서 청탁에 의한 글쓰기가 주종을 이루게 되었다. 글쓰기는 청탁에 의한 '주문생산'의 성격을 강하게 띠게 되었다.[45] 자본은 원고를 일종의 원료로 간주하여 선별적으로 매입하고, 이를 다시 상품의 형태로 유통시켰다.

게다가 귀국하는 유학생이 늘고 국내에서도 1929년부터 경성제대 졸업생이 배출되는 등 문인의 수가 지속적으로 늘었으며 독자투고도 계속 활성화되었다. 시기와 매체에 따라 다르겠지만 제대로 원고료를 지급하는 지면의 경우라면 '원료'는 대체로 공급 초과의 상황이었다. 이렇게 원고의 공급이 늘어나면서 결국 인쇄자본은 어떤 필자에게 어떤 글을 쓰게 할지, 어떤 계층을 목표구매자로 삼아 어떤 '원료'를 얼마에 매입해서 어떻게 가공하여 판매할 것인가의 문제, 즉 문학 출판유통의 모든 과정에서 거의 지배적인 결정권을 갖게 되었다.

기업화된 인쇄자본이 주도하는 '청탁에 의한 글쓰기'는 검열과 더 직접적으로 연결된다. 즉 인쇄자본은 '당근과 채찍'을 통해 자본의 이윤과 존속을 조정할 능력을 지닌 식민권력을 늘 의식할 수밖에 없었으니, 청탁과정에서도 역시 그러했다. 검열에 저촉될 우려가 큰 필자에게는 청탁을 회피하고(블랙리스트 제도), 청탁 주제 역시 검열을 의식하여 다양하게 조정했다(내열 제도). 또한, 전업문인은 거의 없었다 할지라도, 원고료는 생계의 중요한 수단 중 하나였으므로 문인들은 인쇄자본의 영향권에서 벗어날 수 없었다. 이렇게 문학에서 인쇄자본의 주도성이 확보되면서 '국가'-자

45 예컨대 염상섭은 "오늘날 작가는 주문대로 쓸 뿐"이라고 말하고 있다(「소위 모델문제」, 『조선일보』, 1932.2.21).

본검열이 정착되고 문학은 점차 탈정치화된다.

인쇄자본의 힘이 이렇게 비대해진 것은 식민지적 자본축적의 결과인 바, 이 자본축적은 만주침공과 중일전쟁을 핵심적 계기로 삼는 일본 및 조선의 경제성장에 힘입은 것이었으며, 또한 식민권력과의 일정한 협력관계를 전제로 하는 것이었다. 이에 따라 '국가'-자본검열은 조선에서 그 효율성을 극대화할 물적 토대와 제도적 기반을 마련할 수 있었다. 자본과 문학의 결합이란 근대 특유의 현상이지만 이것이 공고한 '국가'-자본검열로 정착된 것은 식민지의 독특한 현상이라는 점에서 더욱 주목된다.

1930년대 급격하게 기업화된 신문자본은 문예면 증면을 포함한 각종 문화사업들을 활성화하여 검열이 허용하는 공간 안에서 사회적 의제설정에 나서고 독자를 확보해갔다. 1920년대 초반의 신문정부는 중반 이후 급속하게 힘을 잃었으며 1930년대에는 '문화이벤트회사' 같은 성격이 강해졌다. 신문정부의 잔여적 권력은 문화 부문에서 주로 작동되었는데, 이 부문 역시 검열로부터 자유로운 것은 아니었으므로 문화 전반의 탈정치화를 추동하였다. 문학의 영역에 국한하여 말하자면, 1920년대 중반 이후 신춘문예, 독자투고, 현상문예 등을 활성화하여 문학상품의 구매자를 창출하는 한편 문화적 권위의 승인권을 행사하였다. 이를 위해 원고 '구매' 담당자로서 기자-문인을 해외문학파로 교체하는 등 선택과 배제 시스템을 마련하였는데, 그 결과 문학의 탈정치화는 제도화되었다.

동인지 시기가 끝나고 신문문단 시기로 이행한 것은 그런 의미에서라면 문학장의 상대적 자율성[46]을 위축시킨 셈이다. 식민지 조선에서 미적

46 피에르 부르디외, 하태환 역, 『예술의 규칙』, 동문선, 1999, 288쪽 참조. 동인지문단이 확보할 수 있었던 상대적 자율성의 수준이란 부르디외가 상정한 것보다는 제한적이었지만, 최소한 인쇄자본에 대한 종속성에서 자유로웠다는 점만은 인정할 수 있다.

자율성에의 몰입이란 사회적 근대성에의 틈입이 불가능한 상태에서 불가피하게 선택된 것이었고, 예술의 영역에서나마 독자성을 확보하려는 안간힘이었다고 볼 수 있다면,[47] 동인지 시기가 끝나는 순간 미적 근대성의 제도적 기반은 공허해졌다. 문자화의 진행에 합류하면서도 환금화에 저항했던 것이 동인지문단 시기였다고 볼 수 있지만, 이는 어차피 오래 지속될 수 없었던 과도기적 현상에 불과했다. 문자화가 문학에 대한 자본의 본격적 개입을 초래할 수밖에 없는 것이라면, 작품집은 판매하되 그 원료(원고)는 판매의 대상이 아니라는 동인지 식의 절충적 제도는 오래 지속될 수 없었던 것이다.

억압된 정론성의 대리보충물로서 문학은 1920년대 중반 이후 약화되고 대체로 1930년대 이후로는 탈정치화가 주류화된다.[48] 그 이후 조선의 예술주의는 소극적 저항이라는 의미보다는, 예술의 탈정치화를 통한 미학 이데올로기의 산출과 확산에 기여했다. 문예면의 편집권이 해외문학파나 구인회 등으로 넘어갔음은 그 상징적 사건이었다. 김동인 염상섭 등

47 김춘식, 앞의 책, 17~144쪽 참조.

48 조영복은 1930년대 중반까지도 문예면은 억압된 정론성을 대신하였다고 주장하면서 농민문학론(1931)이나 조선학 및 조선어운동(1935~1936)과 관련된 기사들을 증거로 제시한다(앞의 글, 171~174쪽). 농민문학론이나 조선학운동 등의 성격이 통념처럼 자명한 것은 아니라는 점에 소홀치 않는다면, 그리하여 정론성의 대리보충물로서 문학의 성격도 시기에 따라 달라진다는 인식이 전제된다면, 그의 주장은 생산적인 논의의 단초로서 기능할 수 있다고 본다. 하지만 그의 이어지는 논의는 너무 성급하다. 즉 널리 지적되는 바 1930년대 신문의 상업주의화는 문예면이 아니라 여성면 가정면에서 두드러지는 특성일 뿐이며 문예면은 '수준 높은 서구문학이론의 소개', 감수성의 세련 등의 공로를 인정해야 한다고 조영복은 주장하는 것이다. 당시 잡지나 가정면 여성면과 문예면을 대조해서 살필 필요성은 물론 인정하지만, 상대적 평가에 의해 문예면의 가치를 인정하는 것보다는 문학에서의 탈정치성과 미학주의의 전면화 현상 자체에 주목하는 편이 생산적일 것이라 판단한다. 또한 조영복은 연재소설의 삽화에 주목하면서 문예면의 심미적 구성을 주목할 필요성을 제기하지만, 동인지시기의 심미주의와 1930년대 삽화가 보이는 심미성을 동일한 성격의 것이라고 보기는 어려울 것이다.

동인지 활동을 통해 상징자본을 획득한 문인들 역시 신문자본이 주도하는 문학장의 흐름에 별 저항 없이 동참하면서 주요 기고자나 신춘문예 심사위원 등으로 남아 문학장의 내적 규율을 정교화하면서 상징자본과 (작으나마)경제자본을 동시에 획득했다. 결국 동인지시기에 시도되었던 문학장의 내적 규율은 식민권력이 신문자본을 통해 강제하는 외적 규율로부터의 독립성을 지켜내지 못했으며, 오히려 1930년대 이후 외적 규율이 문학 장의 내적 규칙을 형성해갔다. 식민권력의 입장에서라면 식민지 지식인에 대한 직접적 지배보다는 문화적 장의 내적 규칙을 만들고 이를 통해 지배하는 편이 효율적이었다. 1930년대 말 이후 목도하는 정치에 의한 문학의 징발(재정치화)은 그 비자율성과 통치적 효율성의 증거라고 하겠다.

그러나 문자화가 이미 정착된 상황에서 그 문자문학의 매체를 자본이 장악하게 되자, 작가는 자본에 의존하지 않고는 독자와 소통할 방법을 찾기 어려웠다. 특히 적지 않은 기자-문인들의 경우는 신문사에 고용된 실질적인 '전속작가'로서 자신의 원고를 월급이라는 형식으로 매절하면서 '연명'할 수밖에 없었다. 이런 상황에서 검열을 의식한 신문자본이 '탈정치적 담론으로서 문예'를 선택한 이상 다른 대안은 마땅치 않았다. 만주침공은 단지 세계인식의 차원에서만 당시 지식인들에게 충격을 준 것은 아니었던 셈이다.

식민지시기 문학에서 소위 '질적 양적 황금기'라는 1930년대는, 만주침공과 전쟁 고원경기, 그 초과이윤의 조선 이전과 언론의 영리기업화, 전시검열의 강화로 인한 연성지면으로서 문예면의 증면(문학원고의 수요 증가), 그 지면을 매개로 이뤄진 문학의 환금성 및 탈정치성 강화 등과 따로 떼어 생각할 수 없다. 도식화의 우려를 무릅쓰고 잘라 말하자면, '양적 황금기'란 수요의 급증에 부응한 측면이 강하며, '질적 황금기'란 탈정치적 문학을 고평하는 가치관과 관련되는 것이라고 할 수 있다.

문자문학, 청탁에 의한 글쓰기, 문학의 사유재산화 및 환금화, 인쇄자본이 발표지면과 작품의 승인권을 장악하는 현상 등은 현재까지도 유지되고 있는 주요한 문학제도이니만큼 더욱 그 기원으로서 1930년대는 주목할 가치가 있다. 식민지시기 한국문학의 주요한 제도들은 거의 예외 없이 검열권력 및 인쇄자본의 자장 안에서 형성된 것이었다. 물론 검열권력이나 인쇄자본의 영향력이 그대로 문학작품에 수용된 것은 아니며, 이에 저항하거나 우회하고자 시도하였던 작가들의 다양한 노력이 있었음은 인정해야 마땅하다. 하지만, 지금까지의 연구에서 권력의 영향력, 특히 매체를 장악한 인쇄자본의 영향력이라는 측면이 과소평가되었음 또한 부정할 수 없다.

1930년대를 '질적 황금기'라고 평가하는 탈정치적 미학주의적 문학관이 바로 이 시기에 권력과 자본의 영향 아래 형성되었는데 이는 중간층 중심성이 강력했으며, 해방 후 반공주의 속에서 조연현 등의 주도로 확대 재생산되었다. 1930년대는 자신의 후손들에 의해 황금기로 추앙받게 된 셈이다. 그것은 탈정치를 내세우지만 가장 정치적이었던 문학관이었으며, 대중문학을 타자화하면서 상징권력을 획득했지만[49] 그 자신도 자본에 의해 육성되고 관리된 것이었다.

49 채호석, 「검열과 문학장」, 동국대 한국문학연구소, 『식민지시기 검열과 한국문화』, 동국대 출판부, 2010 참조.

5. 나오며

1930년대 문학에 대한 평가는 첨예한 논란의 대상이 되어 왔지만 '한국 근대문학의 양적 질적 황금기'라는 평가가 통설적이다. 즉 식민지시기를 통틀어 가장 많은 분량의 작품이 발표되었으며 또한 카프가 해체되고 구인회나 해외문학파들이 그 '공백'을 메우면서 문학의 질 역시 크게 높아졌다는 것이다. '양적 팽창'에 대해서는 이론이 없으며, '질적 성취'에 대한 평가는 엇갈리지만 대체로 본격문학의 성립, 작품의 세련화 등의 현상이 나타났다는 점 자체에 대해서는 큰 이의가 없다.

하지만 '공백'이란 왜 생겼는가. 공백이란 단순히 카프작가들의 글쓰기와 발표가 검열에 의해 억제되었다는 점만으로는, 즉 공급의 부족만으로는 생기지 않는다. 만일 수요까지 덩달아 줄었다면 공백이란 생기지 않으며, 뭔가 채워 넣어야 할 지면이 존재하는데 채워 넣을 글이 없을 때, 다시 말하자면 수요는 있거나 늘었는데 공급이 줄었을 때 발생한다.

물론 당연한 말이다. 하지만 지금까지 우리는 그저 카프의 해산으로 공백이 생긴다고만 말해오면서, 그 공백의 원인, 즉 문학작품에 대한 수요가 있었다는 점에 대해서는 주목하지 않았다. 수요 자체에 주목하지 않았으니, 왜 수요가 존재했는가를 물을 수는 없었다. 수요는 자명한 것으로만 생각해왔던 것이다. 그러나 문자문학이란 인쇄를 전제로 하는 것이니 인쇄비의 문제가 필연적으로 대두되며, 더구나 신문 같은 비교적 큰 규모의 자본이 관여하는 사업에서는 그러하다. 그 이전의 동인지들이 거의 자비출판에 가까운 방식으로 문학을 인쇄해오던 상황이었다면, 어째서 신문자본은 원고료까지 지급하면서 문학을 인쇄해주겠노라 나섰던가. 즉 신문자본은 왜 많은 기사거리 중에서 문학을 선택했는가. 이렇게 물을 때에야 비로소 문학 발표 지면이 왜 그 시기에 존재하고 계속 늘어났던가를 인식할 수 있다. '공백'이란 문학창작자들만의 사정에 의해, '문단' 내부만의 필요에 의해, 만들어지는 게 아닌 것이다.

이런 맥락에서 필자는 1930년대 한국문학의 가장 중요한 발표지면이었던 민간신문의 문예면이 증면된 까닭, 다시 말해 문학의 수요가 급증한 원인을 검토했다. 민간신문의 문예면을 기업화된 자본이 장악하고 있었다는 점, 그리고 그 자본은 권력의 검열에 민감하게 반응하였으며 주로 그 까닭에 문학의 수요가 지속적으로 증가했다는 점 등 지금까지 그다지 주목된 바 없는 사실들을 밝혔다. 문예면의 증면은 전쟁 고원경기로 인한 시장의 확대와 전시 검열의 강화에 따른 시장통제라는 상호 모순적 요구를 절충할 수 있는 대안으로서 선택되었다. '양적 황금기'란 바로 이런 수요의 급증에 따른 현상이었다. 거두절미하고 말한다면 만주침공이라는 침략전쟁은 1930년대 문학의 양적 증대의 근본적인 원인이었다. 그리고 양적 증대 없이 '질적 비약'이란 있기 어려웠다.

이 글은 문예면 증면의 원인을 검열 및 자본과의 관련 아래 살펴봄으로써 이 시기 문학의 사회경제적 존재조건을 밝히고자 했으며, 그 결과 문학의 탈정치화 등을 추동했을 가능성을 제기했다. 1930년대가 '질적 황금기'라는 인식은 이 과정에서 발생한 문학의 탈정치화를 사후적으로 승인하여 형성된 미학주의적 문학관, 그리고 문단 중심적인 문학사 서술 경향과 유관할 것이라고 믿는다. 있어야 마땅할 많은 유예와 단서를 생략한 채로 말하자면 그러하다.

4부

검열우회로서의 1930년대 텍스트

3부에서 한국의 인쇄자본이 총독부의 이윤조정에 의해 점차 '국가'-자본검열의 한 주체로 변화되는 과정과 의미를 살핀데 이어, 4부에서는 문인들의 대응을 다룬다. 검열권력과 시장의 이윤 사이에서 어정쩡하게 눈치를 보던 인쇄자본이 1930년 무렵 검열의 소주체 중 하나로 전락하자, 문인들은 검열권력과 인쇄자본에 의해 포위된다. 그런 상황에서 문인들이 어떻게 대응했는가를 살피기 위해 주로 1930년대를 다룬다.

검열대응을 분류하자면, 앞서 살핀 대로 거부, 우회, 수용 등 세 가지가 있다. 다른 기준으로 분류하자면, 작품 외적 검열대응과 작품 내적 검열대응으로 나눌 수도 있다. 앞의 것은 주로 인쇄자본이 주체가 되며, 뒤의 것은 주로 문인들이 주체가 된다. 인쇄자본이 검열의 소주체로 전락하는 1930년대에 작품외적 검열우회는 거의 사라지지만, 문인이 주체가 되는 작품내적 검열우회는 그 이후에도 상당기간(대체로 1930년대 말까지는) 검열우회의 성격이 남아있었다.

작가들이 주체가 된 검열우회, 즉 작품 내적 문제에 국한한다고 하더라도 인물, 사건, 배경, 주제, 소재, 문학적 기법, 문장의 차원까지 매우 다양한 양상들로 나타날 것이다. 첫 장에서는 일단 단어나 문장 차원의 비교적 단순한 것들을 살피면서 유형화를 시도한다. 제2, 3장에서는 1930년대 문학의 주요 경향 중에서 두 가지, 즉 향토성 담론과 장애우 담론을 골라 이를 검열우회와 관련하여 재해석한다. 제4, 5장은 개별 작품을 다루는 일종의 사례연구이다. 이태준의 「패강랭」과 염상섭의 「만세전」이 검열과 어떤 관련을 맺으면서 창작되었는지를 분석한다.

문인들의 검열우회 유형

1. '요령 있는' 글쓰기의 요구

이 장은 작가들의 검열우회를[1] 1930년대를 중심으로, 그것도 비교적 단순한 사실들만을 다루는 것으로 연구범위를 제한한다. 즉 단어나 문장 차원에서 어떤 것들이 금지되었는지를 당대의 검열지침 등을 통해 살피고, 이런

1 작가들의 검열우회란, 검열관의 눈을 속이면서 (일부)독자에게는 특정 메지시를 전달하려는 시도를 가리킨다. 특정한 문학적 현상이 이런 의도에서 쓴 것인지를 확인하는 일은 만만치 않다. 단지 오늘날과는 달리, 당대에는 그리 어렵지만은 않게 검열을 우회하는 소통도 가능했다는 것이 문단 원로들의 공통된 회고이니(피천득 이기형 차범석 등과 필자의 인터뷰 결과), 그 존재를 가정하고 연구할 필요는 충분하다. 검열우회가 작동하려면, (일본인) 검열관에게는 결여되어 있으면서 조선인 작가와 독자는 공유하고 있는 코드가 전제되어야 하거나, 또는 검열을 통과할 수 있는 경계선에 최대한 접근하는 것이라는 조건이 충족되어야 할 것이다. 결국 당대의 검열행위와 독서행위가 어떤 맥락에서 행해졌는지를 재구성한 뒤 그 결과를 토대로 추정하는 수밖에 없다.

금지를 우회하기 위한 다양한 기법들을 유형화하기로 한다. 많은 자료를 다루기 위해서는 일단 유형화하는 일이 필요하고, 이를 위해서는 연구범위를 제한할 필요가 있다고 판단하기 때문이다. 물론 많은 제한이 있는 작업이지만 본격적인 논의에 이르는 토대를 마련할 수 있기를 기대한다.

지식인으로서 사회에 참여할 수 있는 다른 통로들이 거의 봉쇄된 식민지 한국 작가들에게 글쓰기란 '사회적 욕망과 명분을 유지할 수 있는 거의 유일한 출구'였다. 게다가 얼마 되지 않는 원고료나마 그들의 생계를 위해 매우 절실했다.

따라서 절필이라는 선택은 거의 고려하기 어려운 것이었으며, '그들은 써야 했다'.

하지만, 그 글쓰기는 검열에 의해서 늘 억압되었다. '그들은 쓸 수 없었다.'

'써야 했는데 쓸 수 없는' 상황이었으니, 그들의 글쓰기는 '쓰고자 하는 것'과 '쓸 수 없는 것'의 긴장과 절충을 전제로 할 수밖에 없었다. 다음의 회고는 이런 사정을 잘 보여준다.

> 안재홍은 우리나라 언론계에 있어서 논설 잘 쓰기로 유명한 대기자이지만, 이 양반은 너무나 솔직해서 할 말을 다하고도 경무국 검열관이 트집 잡을 수 없는 '요령 좋은' 글을 쓸 줄 몰랐다.[2]

안재홍은 특히 광고국에서 매우 기피했던 인물이라고 조용만은 덧붙인다. 언론계에 몸담은 사람에게 글쓰기는 매일 요구되는 직업 노동이므로 검열을 통과할 수 있는 글쓰기는 직업적 덕목이었다. 1930년대 인쇄자본

2 조용만, 『30년대의 문화예술인들』, 범양사 출판부, 1988, 16쪽.

의 입장에서 안재홍은 바람직하지 못한 필자인 셈이며 점차 이런 필자들은 지면을 얻기 힘들게 되었을 것이다. 김동인의 표현에 따르면 '암시제작'이었던[3] '요령 좋은' 글쓰기란 인쇄자본뿐 아니라 집필자 자신의 필요이기도 했다.

> 일제 경찰들이 눈깔을 까뒤집고 언제나 양을 노리는 승냥이처럼 우리들의 작품을 노리고 있는 판이라 놈들의 눈에 걸리지 않으면서도 인민들의 요구에 대답하는 작품을 쓰기 위하여 항상 세심한 용의를 가지지 않으면 안 되었다.
>
> 현실의 표면, 현상의 포말(泡沫)에 사로잡힘이 없이 깊이 본질에 파고들면서 멀리 돌려서 쓰는 방법, 비유와 해학까지 이용해 가면서 간접적으로 알게 하는 방법, 특히 말과 글에 다채로운 색채를 주어 독자들의 흥미를 끌면서 한편으로는 글 백정놈들의 눈을 현혹케 하는 방법도 생각해야 하였다.
>
> 이런 점들에 있어서도 침착하고 사려 많은 조 명희 동무는 우리와 자주 이야기하였다. 자칫하면 저돌적으로 냅다 밀기만 하려는 우리들에게 그는 부드럽고도 강한 문학상의 전략 전술을 항상 말해주었던 것이다. (…중략…)
>
> 카프 맹원들은 지구별 크루쇼크를 가지고 있었다. 이것은 근거리에 거주하는 맹원들이 정상적으로 회합하여 창작활동에서 제기되는 문제들에 대하여 의견과 경험을 교환하는 카프 말단 조직의 하나였다.[4]

카프작가들이 집단적 창작으로 나아가도록 만드는 중요한 동력 중의 하나가 검열이었다는 것이다.[5] 검열기구만 조직적으로 검열활동을 했던 것

3 김동인, 「지난 시절의 출판물 검열」, 『해동공론』 1권 3호, 1946.12, 89쪽.
4 한설야, 「정열의 시인 조명희」, 황동민 편, 『포석 조명희선집』, 소련과학원 동방도서출판사, 1959, 538쪽.
5 사회주의계열의 담론들을 집중적으로 검열하였음을 감안할 때, 그 개연성은 충분히 인정할 수

이 아니라 피검열자 역시 검열우회의 기법을 강구하기 위해 조직적 대응을 했음을 주목할 만하다. 또 카프처럼 조직적인 대응까지는 아닐지라도 당대 문인들은 이런저런 자리에서 검열우회 수법에 대해 논의하였을 개연성이 크다. 개인 또는 집단적으로 개발된 '부드럽고도 강한 문학상의 전략전술'(검열우회 기법)들은, 공유되고 전파되어 점차 유형화되었을 것으로 본다. 이 기법들 중에서 검열당국이 인지한 것은 추가로 금지하게 되었을 터이며, 당국이 계속 눈치 채지 못하거나 묵인한 것은 일종의 문학적 기법이나 경향으로 정착되어 갔을 것이다. 종합해보자면, 이 시기 작가들은 '쓸 수 없는 것'을 우회하기 위해 다양한 기법들을 개발해냈고,[6] 우회기법들은 여러 작가들이 공유하게 되었다. 인쇄자본은 초기에는 문인들과 공동으로 우회기법들을 개발 보급했으며(3부 3장 참조), 1930년대부터는 검열통과 가능성이 미약한 작가들을 배제했다. 그러나 이는 일부 문인들에게는 우회기법의 개발을 추동하는 역설적 효과도 가져왔으리라.

있다. 조명희는 1928년 소련으로 망명하므로, 한설야의 이 언급은 1920년대에 대한 것이다.

6 세르반테스의 「돈키호테」에 미친 검열의 영향을 다룬 글도 이와 관련하여 시사적이다. 즉 「돈키호테」는 작품의 전반부에서는 검열지침에 충실하다가 비교적 검열관의 시선이 누그러지는 후반부에 비판적 어구를 집중시키는 전략, 풍자나 암시의 전략, 미친 사람(돈키호테라는 인물 자체부터가 그 단적인 보기이다)이나 동물의 입을 빌리는 전략, 미지의 세계를 상상적으로 만들어내는 전략 등 다양한 검열우회 방식을 사용했다는 것이다(나송주, 「세르반테스 소설과 종교재판소의 검열」, 『서어서문연구』 14, 1999.6, 354~358쪽 참조).

2. 검열우회의 유형

그렇다면 이런 금지규범을 우회하기 위해 한국 작가들이 고안해냈던, 소위 글쓰기의 '요령'이란 어떤 것이 있었는가. 우유, 해학, 풍자, 은유, 환유, 상징 등의 이중어법들을 손쉽게 떠올릴 수 있겠고, 나아가 인물 설정, 시대적 공간적 배경 등도 연결 지어 생각할 수 있겠거니와, 이 글에서는 일단 문장 차원을 중심으로 살핀다. 이 차원의 검열우회를 유형화해보자면, 금지어 바꿔 쓰기, 이름 바꾸기, 나눠 쓰기, 남의 말 빌기 등을 꼽을 수 있다. 앞의 둘은 금지어를 나열하는 부분주의 검열에 대응하는 우회방식이며, 뒤의 둘은 주로 맥락주의 검열에 대응하는 방식이다.[7] 차례로 살펴보기로 하자.

1) 금지어 바꿔 쓰기

앞서 살폈듯이 검열세부지침은 사용할 수 없는 단어를 세세하게 규정하고 있었다. 따라서 이 단어들을 어떻게 바꿔 써야 할 것인지에 대해 문인들은 많은 고심을 하였다고 술회한다.

> 문구 문구의 세세한 취체 방법을 보더라도 대체 '일본'이라는 말을 쓸 권한이 없고 '내지'라 쓰지 않으면 안 되며, 서력의 연수를 못 쓰며 '명치 대정 소화 혹은 황

7 2부 2장 참조. 물론 부분주의와 맥락주의 검열은 분리된다기보다 상보적으로 작동되었으므로, 그 우회 역시 둘 중의 어떤 하나에만 관련되는 것은 아니다.

기'의 연수를 써야 한다. 물론 '왜'자는 엄금이다.

어떤 젊은 소설 작가가 이것을 조롱하는 의미로 '일로전쟁'을 '내로전쟁'이라 쓴 일이 있었다.[8]

김동인이 나열하는 금지어는 위에서 살핀 「지시사항(2)」의 금지어 목록과 거의 일치한다.[9] 식민지시기의 금지어를 작가는 해방 이후까지 정확하게 기억하고 있었던 것이다. 그러니 당대 문인 대부분은 이 금지어를 다른 단어로 바꿔 쓸 수밖에 없었을 터이다. 단어에 대한 제한은 개념에 대한 제한으로 이어지며, 이런 단어들을 금지어로 규정한 검열권력의 의지는 자연스럽게 피검열자에게 전달되어 사고와 상상의 근본적인 제한을 불러올 수밖에 없다. 금지어란 단순한 단어차원의 금지에 그치는 문제가 아닌 것이다. 그러나 모든 문인이 금지지시를 그대로 수용했던 것은 아니며 이를 우회하기 위해 노력한 흔적도 적지 않다.

(1) 공간적 금지어와 그 우회

금지어 목록 중 공간과 관련되는 단어들은 독립국가로서의 조선을 부정하는 데 집중되어 있다. 이는 합방 직후 조선신문들에서 조선을 독립국가로 상정하는 제호들을 모두 변경하도록 하는 조치에서 그 시초를 보인다. 즉 「대한신문」은 「한양신문」으로, 「황성신문」은 「한성신문」으로, 「대한매일신문」은 「매일신문」으로 각각 제호를 바꾸도록 하였다.[10] 국가의 개념이 완

8 김동인, 앞의 글, 36쪽.

9 김동인의 회고는 과장의 기미가 좀 있지만, 이 부분에 대한 회고는 대체로 사실과 부합된다. 단지 김동인은 "왜(倭)자는 엄금"이라고 하였지만, 위 「지시사항(2)」에는 "단 적(敵) 장(將) 왜(倭) 등 적당한 자구는 무방함. 그리고 임진왜란에 관계 없는 구(寇)의 자(字)는 사용하여도 좋음"(③-㉠-㉳)이라고 되어 있어서 다소 어긋나지만, 당시 일반에 널리 알려진 「지시사항(1)」에는 이처럼 상세한 규정이 없다.

전히 삭제되는 대신 특정 지역성만이 남게 되고, 다시 일본 제국이라는 전체 속에 재배치되는 지역성이다. 이런 재배치 속에서 「한양신문」 「한성신문」 들은 '조선국의 신문'이 아니라 단순히 '조선어 신문'으로 인식되었다. 즉 조선은 일본 제국의 한 지역이 되며, 「한양신문」 「한성신문」들은 「오사카신붕」 「교토마이니치」처럼 제국의 지역신문이 되어버린다. 단지 '조선지역의 사투리'를 쓴다는 차이만 남을 뿐이다. 이렇게 검열이 국토와 국호를 배제하는 방식으로 공간을 재배치한 이후 신문 제호의 '한양' '한성' 등은 일본 제국의 한 지방으로서의 성격을 강하게 띠게 된다. 국토의 상상에 대한 금압이란 강제합병 초기부터 강제되어 식민통치 기간을 통틀어 지속되었는데, 이 검열지침에 대한 우회 사례로서[11] 이태준의 「고향」(1939)을 주목할 만하다.

> 나의 고향은 어대냐?
>
> 윤건은 심사가 울적할때마다 보든 책을 다다미우에 집어내던지고 그리운곳을 톱파보군하였다.

---

10 김민환, 『한국언론사』, 사회비평사, 1997(2쇄), 201~202쪽 참조. 신문의 제호는 대부분 공간성과 시간성의 결합으로 이뤄진다. 그 중에서 시간성이란 정기적 발행주기를, 즉 주간지인지 일간지인지를 환기시키는 기호이다. 따라서 일간지라면 제호 구성에서 시간성이란 차이를 발생시키지 못하며, 핵심적 변별성은 공간성에서 비롯된다. 특히 일본신문과 조선신문의 변별성은 공간성에 의존하는바, 그 핵심적 변별성을 삭제하도록 강제한 것이다.

11 식민지 조선에는 정치가 없었으므로 신문 역시 정치면이 없었고 1면은 해외기사로 채워졌다. 그런데 이 해외면은 공간적 우회를 통해서 정치면의 기능을 일정부분 감당했다. 츠네미도리의 다음 증언들은 그 증거 중 하나이다. "적극적이든 소극적으로든 제국통치에 대한 반항은 아닐까. (…중략…) 조선일보, 중외일보 등에 연일 기재된 인도 반역(叛逆)운동의 보도를 보라. 필리핀 독립운동 기사를 보라. 베트남의 민중운동 기사를 보라"(「조선의 출판물 고찰(1)」; 『경무휘보』 293. 1930.9, 53쪽). 또한 그는 검열당국이 "인도의 반영(反英) 자치운동이나 필리핀의 독립운동을 적는 경우는 게재를 저지한다"는 방침을 마련했다고도 전한다(쓰네 미도리, 「조선의 출판물고찰(6)」; 『경무휘보』 299, 1931.3, 17~18쪽). 한편 이승희가 지적하는 대로 1920년대에는 아일랜드에 대한 관심이 급증하는바(「조선문학의 내셔널리티와 아일랜드」, 민족문학사연구소 기초학문연구단, 『탈식민의 역학』, 소명출판, 2006, 283~290쪽 참조), 이 역시 검열기준을 공간적으로 우회하려는 한 사례로서도 의미 있다.

함경북도 배기미냐 서울이냐 철원이냐 그저막연하게 조선땅이냐 그러면 배기미나서울이나 철원에 누가나를 기다리고 잇느냐 아모도 업다 배기미갓지도 안타 서울도 철원도아닌것갓다.

그러나 그는 이말끄테 엿달아 "조선땅이 아니다"라는 말은 해본 적이 업섯다.

"어서 졸업하고 조선가자" (…중략…)

그래서 오늘은 막연하나 내 고향산천임에 틀림이 없는 조선땅을 향하여 동경을 떠난 것이다.[12]

"내고향은 철원도 아니요 배기미도아니요 서울도 아니다. 부산부두에 발을 올려 듸ㅅ는 때부터 내고향이다. (…중략…)"

윤건은 찻속이 좁고갑갑한듯이 땀에절은 학생복저고리는벗어걸어노코 사쓰바람으로 몃번이나 승강대에 나와서 날러 가는 이국의 밤경치를 내다보군 하엿다.[13]

함경북도에서 부산에 이르는 한반도의 모든 지역들은 '내 고향이 어디냐'를 따지는 길고 긴 논의를 통해서 '조선'으로 뭉뚱그려진다. 물론 고향 논의나 '조선'이라는 용어는 검열의 금지사항이 아니다. '조선'이 '제국'의 한 지역이 되었으니 부산 · 배기미 · 서울 · 철원 등 조선의 지명들 역시 제국을 구성하는 지역 중 일부일 뿐이다. 하지만 인용문의 마지막 대목에 이르러 '이국의 밤정취'라는 표현을 만나면 사정은 반전된다. '이국'이란 물론 일본을 가리키는 것이니, 일본을 '이국'으로 호칭함으로써 조선은 당연히 '고국' 또는 '모국'이 된다.[14] 조선에 국가성을 재부여하는 것이다. 물론 이는 검열

12 이태준 「고향」, 『동아일보』, 1931.4.21.
13 이태준, 「고향」, 『동아일보』, 1931.4.22.
14 일본에서는 각 지방을 '쿠니[國]'로 표기하므로 일본어로 '이국'이란 일본 내의 다른 지방을 가리킬 때도 널리 사용한다. '이국'이라는 기표는 같지만 한국어와 일본어의 기의는 퍽 다른 것

지침에 정면으로 저촉되는 것이었지만, 길고 긴 고향 논의로 검열관의 주의력을 분산시켰으며, 특히 "이국의 밤경치"라는 일종의 연어법(連語法)을 구사하여 빠져나가고 있다.[15] 설혹 '이국'이라는 표현이 삭제된다 하더라도 이미 "부산부두에 발을 올려 딛는 때부터 내 고향"이라는 진술만으로도 일본과 조선 전체를 따로 분류하는 효과가 일정 부분 발생한다.[16] 조선이 '고향'이라면 일본은 '타향'에 불과하게 되므로.[17]

한편 심훈은 '고국'이라는 단어를 삭제 당하자 '고향'으로 바꾸어 놓기도 했다.[18] 이렇게 국토가 억압됨에 따른 대리보충물로서 향토가 발견되고

이다. 따라서 일본인이나 일본어에 익숙한 검열관이라면 이 대목에 대해 아무 문제를 느끼지 못했을 것이다. 당시의 검열은 대체로 신문은 일본인 검열관이, 잡지는 조선인 검열보조원이 주로 담당하였으므로, 두 언어의 기의의 차이가 작동했을 가능성은 상당하다. 적어도 이태준으로서는 이 기의의 차이를 활용하는 검열우회를 염두에 두었을 가능성이 크다.

15 '이국'은 한자병기가 없이 한글로만 표기되어 있다. 이태준의 작품이 일반적으로 그러하지만 이 작품에서도 '전장(戰場)', 개화당(開化黨)' '해수애[海蔘]', '배기미[梨津]', '미끼(이;사람인에 귀이)', '선행지(先行地)' '산스이[撒水]' '八十전', '인상(人相)' '공석(公席)', '마작(麻雀)' 등으로 웬만한 단어를 모두 한자를 병기하거나 아예 한자로만 쓰고 있음과 대비된다. 한글은 한자보다 시각적 이미지가 약한 만큼 이 단어에 주목하게 될 가능성이 약해지므로 검열통과의 가능성을 높인다. 이와 관련하여 최경희는, 한글과 한자의 구분표기 뿐만 아니라, 띄어쓰기를 잘 하지 않음으로써 한글에 익숙하지 않은 일본인 검열관의 독해를 방해하는 방식도 있었다고 주장한 바 있다(위 서울대 규장각 한국학연구원 검열 국제워크샵 토론 중). 물론 실제로 해당 텍스트를 일본인이 검열했는지를 확증할 수는 없지만, 삭제 여부의 최종적 결정권한은 대부분의 경우 고위직인 일본인들이 결정했으므로 개연성은 충분하다.

16 일부가 삭제되더라도 나머지만 가지고도 메시지를 일정부분 전달할 수 있도록 만드는 배치인 바, 특히 연재소설에서 21일자와 22일자로 나뉘어 배치되어 있음은 주목할 만하다. 뒤에 살피게 될 검열우회를 위한 '나눠쓰기'의 한 보기이다.

17 이태준의 「패강랭」(1938)에서 '일본어로 글 쓰는 사람'이라는 뜻을 '동경가 글쓰는 사람'이라고 표기하고 있는데 이 역시 이중의 환유를 통한 검열우회이다(4부 4장 참조).

18 심훈, 시 「무장야(武藏野)에서」, 심훈기념사업회, 『그날이 오면』(육필원고의 천연색 영인 및 활판인쇄), 차림출판사, 2000, 137쪽. 이 사실은 최경희 교수가 처음 발견하여 알려준 것이다. 심훈은 이 시가 포함된 『심훈시가집』을 1932년에 검열 받았으나 너무 많은 삭제지시가 있자, 고민 끝에 출판을 포기하고 만다. 나중에 언젠가 출판할 기회가 있을 때에 대비하여 손질하였으므로, 이 손질은 1932년 이후에 한 것이다. 출판을 포기했기 때문에 검열본 원고가 유족에게 남아 있었고, 그것을 해방 후에 영인한 것이 바로 위의 책이다. 덧붙여 되돌려 받은 원고에 심훈은 이리저리 꽤 많은 손질을 하고 있어 주목된다. 그 손질은 재검열에 넣기 위해 표현을 완화한 것도 있고, 반대로 애당초 복자로 처리한 것들을 되살린 것도 있

유포된 측면이 강하므로, 조선에서의 향토란 단순하게 '전근대'라거나 '제국의 주변부'로서의 성격만 지니는 것은 아니며 오히려 점차 '국토'의 은유로서 성격을 지니게 된다(4부 2장 참조).

이밖에도 국가성 박탈에 대한 우회시도는 다양하게 발견된다. 당장 앞의 인용문에서 김동인이 회고하듯이, '일로전쟁'이라는 권장어를 '내로전쟁'으로 바꿔 쓴 작가가 있다. 이는 검열지침을 기계적으로 적용시킴으로써 검열을 야유하는 전략에만 그치는 것이 아니다. '내지'와 '러시아'의 전쟁일 뿐, 일본제국의 일부로 간주되고 있는 조선과는 관련이 없다는 인식까지 포함되어 있는 것이다. 또한 이기영은 「고향」(1933~1934 연재)을 집필하면서 '일본'이나 '일본말'이라는 용어를 써야 할 경우에 '일본내지인' '일본내지어'라는 말을 썼다고 한다.[19] 금지어인 '일본'과 권장어인 '내지'를 붙여 한 단어로 묶음으로써 검열을 우회하고자 했던 것이다. '일본내지'는 위에서 살핀 1939년의 금지어 목록에 새로 추가되어 있는바, 이는 이기영 같은 저자들이 '일본내지'라는 말을 만들어내자 검열당국이 새로 금지어

다. 복자를 되살린 경우는 검열통과가 불가능해 보이는 대목들이 거의 대부분이다. 이처럼 서로 모순되는 손질이 이뤄진 까닭은 아마도, 심훈이 처음에는 재검열을 통해 출간하기 위해 노력하다가 중도에 포기하고 언젠가 해방이 되면 완전한 원고를 출판하겠다는 식으로 생각을 바꾸었기 때문일 것이다. 게다가 필적이 다르고 내용으로 미루어도 심훈의 것이 아닌 글씨들도 여기저기 남아있다(아마도 퇴고를 위해 원고를 보여준 누군가의 필적일 것이다). 따라서, 이 시집의 원본확정은 더 많은 노고를 요구한다. 아니 단순한 원본확정의 문제에 그치는 것이 아니다. 심훈의 심리를 들여다볼만한 여러 모순적인 흔적들이 역력한데다가 누군가의 도움을 받은 흔적까지 남아있는 복합적이고 매력적인 텍스트이니 그 자체로 연구의 가치가 충분하지만 아직 성과는 거의 없다.

19 김홍균, 「최초공개 민촌 이기영의 자전적 수기 『태양을 따라』」, 『월간중앙』, 중앙일보사, 2000.10, 87쪽. 실제로 일제 검열당국은 이기영 식으로 조합한 용어를 쓰지 말라고 경고하고 있다. "내선관계 문자의 사용에 있어서 일본 내지(内地) 일본내지인 동경유학생 등 마치 내지를 외국과 같이 취급하는 경향이 있으나 이는 온당치 않으므로 주의할 것"(「편집에 관한 희망 및 그 지시사항(2)」, 계훈모 편, 『한국언론연표(1881~1945)』, 관훈클럽 신영연구기금, 1979, 1294쪽).

로 추가한 것으로 보인다.[20]

또한 영화 「두만강을 건너서」 역시 「사랑을 찾아서」로 고친 뒤에야 상영을 허가받았다.[21] '두만강'을 건너면 만주, 간도 등 해외독립운동의 기지로 이어지므로 이를 검열한 것이다. 이와는 대조적으로 염상섭은 「묘지」(나중에 「만세전」으로 제목 바꿈)에서 '일본놈'이라는 표현을 썼지만 그대로 검열에 통과되기도 하였다.[22] '국가'가 '향토'로 대체되는 데에서 보듯이, 공간적 검열우회의 결과는 대체로 정치와 미학의 혼융으로 나타나는바, 이 혼융은 시간이 경과됨에 따라 그 기원이 점차 잊히면서 정치의 미학화로 이어진다고 볼 수 있다.

이런 현상을 감안한다면, 식민시대 문학에서 금지어에 해당하는 단어들의 경우 외부적 요인에 의해 상징성을 부여받는 경향이 강하며, 따라서 검열의 존재를 의식해야 마땅할 것이다. 예컨대 어둠과 겨울의 이미지, 그것과 맞서는 밝음과 봄의 이미지, 빈번하게 등장하는 '고향'이나 '땅'에 관한 '향토 서사'들은, 대체로 이런 단어 바꾸기와 유관할 가능성이 높다.[23] 물론

---

20 이기영은 마치 자신이 만들어 쓴 말인듯이 회고하고 있지만 식민지시기 신문들에는 '일본내지' '만주내지' '조선내지' '몽골내지' 등의 용어를 이미 이기영 이전에도 자주 사용하고 있다. 심지어는 고모리 요이치에 따르면 그의 고향인 홋카이도에서도 일본 본토에 대해 '내지'라고 불렀다고 한다(동경대 동양문화연구소-성균관대 동아시아학술원 공동 학술대회 '근대 동아시아의 검열 출판 문학', 2005년 1월 29일 동경대, 토론 중). '내지'(또는 '외지')라는 용어는 식민지 동화정책과 차별정책의 교묘한 접합으로 사용되었을 가능성이 높으며, 따라서 어떤 맥락에서 사용되었는지는 따로 검토할 필요가 있다.

21 조용만, 앞의 책, 256쪽.

22 「신생활」 8호, 1922.8, 160쪽. 이 책의 표지에는 '검열제(檢閱濟)' 도장이 찍혀있지만, '일본놈' 대목에는 삭제 도장은커녕 예비검열의 흔적인 붉은 줄조차 없다. '일본인'도 아니고 '일본놈'이라는 비칭을 썼는데도 그대로 넘어갔으니 이는 검열관의 실수였을 가능성이 크다.

23 다음과 같은 진술은 이와 관련하여 시사적이다.
"수년 전에 기독신보에서는 "신춘"이라는 사설로 발매금지를 당하였다. (…중략…) 총독부 검열관리는 골이 나서 '허 신춘, 소생. 움 이 놈아, 총독부에 반대하려고, 움, 민중을 선동해서 새 나라를 세우려고……, 경칠 자식 같으니……' 하고 소리를 지르고 그 발행을 금지했다."(다니엘 파이페, 『3 · 1운동의 진상』; 김근수, 『한국잡지사연구』, 한국학연구소, 1999,

이런 식의 독법은 해석의 다양성을 저해하는 것이라는 비판이 지배적이지만, 적어도 당대적 맥락 속에서 작품을 해석할 때라면 '해석의 다양성'보다는 검열의 맥락을 중시해야 할 것이다. 금지어와 우회어를 중심으로, 이런 단어들이 과연 그 시대에 사회적 상징으로 굳어진 것인지를 검증하는 작업이 필요하다. 이를 위해서는 폭넓은 자료조사를 거쳐 시기 별로 금지어 목록을 작성하고, 그 우회어들 또한 목록화하여 살펴야 할 것이다.

특히 1930년대 검열지침에서 부분주의와 맥락주의의 병행을 확인할 수 있다는 점도 감안해야 한다. 부분주의적 검열을 회피했다 하더라도 다시 맥락주의에 의해 검열 받는 것이니, 이 둘을 모두 회피할 수 있을 때에만 활자화된 것이라고 볼 수 있다. 그렇다면 1930년대 말 작품의 경우 작품 자체의 문맥으로만 볼 때는 상징성을 명확하게 포착하기 어렵거나 모호한 경우라 하더라도, 검열을 염두에 두고 해석하였을 때 검열우회의 상징으로 해석할 수 있을지 검토하여야 할 것이다.

(2) 시간적 금지어와 그 우회

금지어 목록 중 시간과 관계되는 것 역시 조선의 독립국가로서의 성격을 지우는 데 집중된다. '독립기원 또는 단군기원 등을 사용한 기사'를 '조선통치를 부인하는 기사'의 항목 아래 나열한 세부지침은 대표적 보기이다.[24] 대신에 일본 연호를 사용하라고 요구하였으며 서력기원도 불가피한 경우에만 쓰라고 했다. 이를 우회하기 위해서 육갑(육십갑자) 연호를 사용한 문인들도 꽤 있었다.[25] 예컨대 이태준은 단편 「패강랭」(「삼천리문학」,

47쪽에서 재인용)

24 경무국, 「조선문간행물행정처분례」, 『조선에 있어서 출판물개요』, 조선총독부, 1930, 85~131쪽(계훈모 편, 앞의 책, 1292쪽에서 재인용). 이밖에도 위 「주의사항(2)」를 비롯한 여러 세부지침에서 반복적으로 강조하고 있다.

1938.1)에서 "을축 11월 초8일"이라고 탈고일자를 밝히고 있으며, 『이태준단편집』(학예사, 1941) 서문에서도 역시 육십갑자를 사용하고 있다. 박세영의 시집 『산제비』(중앙인서관, 1938), 이기영의 장편 『고향』(상, 한성도서 출판부, 1937) 등의 경우도 마찬가지로 작품의 탈고일자나 저자 서문의 경우에는 육십갑자를 사용하고 있다.[26]

한편 1930년대 후반에 이르면 임화(『조선신문학사』, 1939~1940, 『조선일보』 연재) 양주동(『조선고가연구』, 박문서관, 1942; 「여요전주」, 1939~1940, 『동아일보』 연재) 등 쟁쟁한 평론가들이 현장평론 대신에 문학사 서술이나 고전문학 연구로 이행해갔음도 주목할 만하다. 이는 물론 다산 정약용 작고 100돌(1936)을 기념하여 그를 기리는 문집이라거나 실학파 문집들이 대거 발간되고, 경성제대 조선어문학부 출신들이 본격적인 활동을 시작하며, 언론들이 조선학에 관심을 기울이는 등 이 시기 들어 조선학 연구가 붐을 이루었다는 사정도 있긴 하지만, 검열의 강화에 따라 현장비평에 어려움을 느낀 문인들이 고전문학 연구로 이행해간 측면이 더 크다고 본다. 역시 시간적 우회에 해당하며, 한국에서 학문연구 및 교육이 동시기의 문제를 회피하는 경향이 정착된 원인 중 하나였을 터이다. 시간적 검열우회는 주로 과거로의 회귀로 나타나는바, 현재적 문제에 대해 검열이 집중되자 이를 회피하기 위한 선택으로 볼 수 있다.[27]

---

25 일본연호의 기피는 물론 문인들만의 현상은 아니었다. 예컨대 윤치호는 다음과 같이 말한다. "현상윤이 이런 말을 했다. 한번은 우가키총독이 조선인공동묘지를 둘러보았어요. 그런데 그는 대부분의 묘비에 서기나 간지, 심지어 일부는 명나라 마지막 황제의 연호로 날짜가 표기되어 있는 걸 발견했어요. 그는 날짜를 일본 천황의 연호로 표기한 묘가 하나도 없는데 분개한 나머지, 하마터면 비석들을 모조리 부수라고 얘기할 뻔 했다고 알려졌어요."(김상태 편역, 『윤치호일기』, 역사비평사, 2007, 339쪽)

26 또한 뒤에 보겠지만(4부 5장), 염상섭의 「만세전」은 기미만세운동과 그 이후의 사건들을 그 이전(만세'전(前)')에 일어난 사건으로 설정하는 시대착오가 강력한바, 이 역시 시간적 요소를 활용한 검열우회의 성격이 강하다.

2) '블랙리스트'와 이름 감추기

검열 당국은 특히 특정한 이름들에 대해 주의를 기울였다. 위 「지시사항(2)」만 보더라도 ②-㉠, ②-㉡, ③-㉠의 항목들은 거의 모두가 특정한 인물에 대한 금지이다. 또한 경무국에서 '불온인물' 11명(민영환 · 최익현 · 안중근 · 이준 · 황현 · 손병희 · 강우규 등)을 선정하고 그들의 경력, 유언, 그들에 대한 추도문 중 압수당한 것 등을 묶어 아예 단행본으로 간행 · 배포하면서 경찰관들에게 특히 주의하라고 요구했음은 그 대표적인 보기이다.[28] 또한 『신생활』 9호 검열본에서는 도스토예프스키(8쪽)와 톨스토이(9쪽)에 대해서는 붉은 줄을 쳐두었지만, 톨스토이 바로 뒤의 투르게네프에 대해서는 아무런 표시가 없다(화보 참조). 그 이유를 명확하게 알기는 어렵지만, 언급되는 작가에 대해서도 유의하여 검열했음을 알려주는 증거로서는 의미 있다고 추정한다. 텍스트 상의 증거는 발견되지 않았더라도 마르크스 레닌 김구 신채호 등 금지어로 취급되었을 인명들은 꽤 많은바, 주로 해외 독립운동 특히 사회주의운동 세력에 집중되었을 것이다.[29]

물론 필자 이름 또한 주요한 검열의 참조사항이었다. 예컨대 서재필의 글이 전문삭제 당했는데, 삭제 사유는 "글의 내용이 문제가 아니라 글 쓴 사람의 이름이 불온하다는 것"이었다고 한다.[30] 누가 쓴 글인가에 따라서

---

27 "고려 말기의 충신전사를 칭찬하는 문장으로서 병합이후 제작기술하여 병합전후의 상황에 비유하려하는 기사"를 '조선통치정신에 배반되는 기사'의 항목 아래 배열한 위 「주의사항(2)」은 이방식의 검열우회가 존재했음을 역으로 입증한다.

28 경무국, 『불온간행물기사집록』(조사자료 제 37집), 조선총독부, 소화9년 1월.

29 "형사피고인 범죄인 또는 사형자(死刑者)를 구호상휼하거나 또는 범죄를 선동하며 혹은 곡비하는 기사"(「조선문간행물행정처분례」(계훈모 편, 앞의 책, 1292쪽에서 재인용)), "사상범인 국외불령운동자 등의 행위를 과대하게 보도하는 등 암암리에 공산 혹은 민족주의를 선동하는 것 같은 일이 없도록 주의할 것"(「언문신문지면개선사항」, 『경무휘보』 362호, 1936.6(계훈모 편, 위의 책, 1290쪽에서 재인용)) 등의 규정은 주로 이를 의식한 것이었다.

검열관의 반응은 달라질 수밖에 없었다. 다른 예를 더 들어보자. 『신생활』 9호에 실린 'RST'의 '쇄공장(鎖工場)'에 대해 "현금 공장의 조직 제도를 저주하고 타파를 절규하는 추상적 선동의 의미를 내포한다"고 검열관은 종합 평가했지만 최종적으로 삭제되지는 않았다(화보 참조). 이 글의 원저자가 오스기 사카에[大三榮]였음을 검열관이 알았더라면 무사통과되지는 않았을 것이다. 일본의 저명한 아나키스트이고 노동운동가로서 관동대지진 때 학살당했던 오스기의 이름을 감추고 심지어는 이 글이 번역이라는 사실도 감추면서 'RST'라는 사람이 쓴 글인 것처럼 편집했던 이유는 검열우회의 목적 말고는 상상하기 어렵다.

이처럼 저작자의 이름에 대해 민감했음은 단지 검열경험이 쌓이면서 자연스럽게 생기는 행정적 효율화라는 의미만을 지니는 것은 아니다. 내용과 관련 없이 필자의 이름이 게재되는 것 자체가 독자들에게는 일정한 정치적 의미를 지닐 수 있으니 이를 차단할 필요가 있는 데다가, '불온' 집필자의 경우, 직접적 발표는 물론 거론하는 일조차 불가능하게 만들어 추방함으로써 다른 작가까지를 효율적으로 통제할 수 있기도 하다. 블랙리스트는 이렇게 리스트 외부에 대한 효과를 동시에 겨냥한 것이었다.

이런 블랙리스트에 대해 작가들은 어떻게 대응하였는가. 그대로 수용하는 경우가 더 많았겠지만, 우회 시도 역시 발견된다. 먼저 거론금지 대상에 대해서는, 이름을 바꿔 부르거나 교묘한 방식으로 감추기도 하였다. 임화가 『언어와 문학』에서 인용하는 '이일릿치'라는 인명은 '블라디미르 이일리치 레닌'을 가리키는 대체어일 가능성이 높다.[31] 널리 알려진 '레닌'

30 최승만, 『나의 회고록』, 인하대 출판부, 1985, 286~287쪽 참조.

31 와타나베 나오키, 「임화의 언어론-1930년대 중 후반의 견해를 중심으로」, 『국어국문학』 138권, 국어국문학회, 2004.2, 444쪽.

이라는 이름 대신에 가운데 이름만을 따서 부르는 경우이다. 이태준 역시 「패강랭(貝江冷)」에서 신채호라는 블랙리스트를 감추기 위해 그의 한시를 인용하면서 갖가지 교묘한 장치들을 마련했다(4부 4장 참조).

한편 필자별 블랙리스트 제도에 대해서는 주로 필명을 바꾸는 식으로 대응했을 터이다. 국내 필자에 대해서는 아직 실례를 찾지 못했지만, 개연성은 충분하므로 앞으로 추적해야 할 과제이다.[32] 외국문학에서 이미 폭넓게 확인되었다는 점으로 보아도 그렇다. 앞서 노신이 무려 2백 개에 가까운 필명을 사용한 까닭은 검열 때문이었음을 보았거니와(3부 1장 참조), 세르반테스 역시 『돈키호테』를 익명으로 출판함으로써 검열을 우회하고 저자가 누구인지를 추적하는 일을 어렵게 만들고자 했다.[33] 물론 독자들은 누가 쓴 글이냐에 따라서 기대지평을 달리 하면서 독서를 시작하게 마련이고, 누구의 글이 실렸는가에 따라서 잡지의 판매 부수 또한 좌우되었으니 필명을 바꾸는 일은 회피하고 싶었겠지만, 블랙리스트에 올라 검열 불통과가 예상된다면 그리 할 수밖에 없었을 것이다.

---

32 예컨대 방정환, 차상찬, 윤석중, 만화가 이도영 등이 필명을 쓴 것은 검열우회의 목적도 있었다는 주장이 제기되었지만, 아직 확실하지는 않다. 한편 유광렬이 전하는 유근의 다음 회고도, 박은식이 『한국통사』(상해 대동편역국, 1915 — 이 책이 국내에 반입되자 일제는 당황하였고, 조선반도사 편찬위원회를 조직하여 이에 대응하였다)를 낼 때 사용한 '태백광노'가 검열(수이입물검열)을 의식한 필명일 가능성을 시사하지만 역시 명확치 않다.
"박은식(朴殷植)이 태백광노(太白狂奴)라는 「펜・네임」으로 구한말 일본이 어떻게 한국의 국권을 강탈하여 나라를 빼어간 것을 기록한 한국통사를 발행하였다. 그 책은 일본의 엄중한 경계와 압수의 그물을 뚫고 나라안에 들어와서 청년사이에 비밀히 숨겨가지고 목마르게 읽었었는데 16~17세의 소년이던 필자는 그 책을 애독하였었다. / 동아일보사에서 어떤 날 조용히 선생(유근—인용자)과 앉아서 한국통사 읽던 감명을 이야기하였더니 선생은 하염없이 웃으며 "자네가 그 책을 읽었는가. 그 책은 박은식 씨와 내가 함께 원고를 만들었으나 어설프게 국외로 내가다가는 일본경찰에, 뺏길 염려가 있으므로 조선백지에 써서 그것을 줄줄이 오려서 비벼 노끈을 꼬아서 노끈 뭉치를 만들어서 박은식씨가 행장에 싸가지고 나간 것일세" 한다."(유광렬, 「창간 「동아」의 총감독」, 『기자 반세기』, 서문당, 1969(1974 재판), 229쪽).
33 나송주, 앞의 글.

식민지 시기 작가들 역시 필명을 자주 사용하였는데 그 중 상당수는 실제 필자가 누구인지 불명확한 상황에 놓여있다.[34] 원고도 원고료도 부족한 상황에서 잡지를 만들자니 같은 사람이 여러 개의 글을 쓸 수밖에 없지만 같은 호 잡지에 같은 필자 이름을 지면에 너무 많이 드러내기 어려워 그리하는 경우가 많았고, 아호를 즐겨 쓰는 전통의 영향도 있었을 터이지만, 검열과 연관될 가능성도 점검할 필요가 있다. 예컨대 영화 「아리랑」의 경우 원작자를 "김창선이라는 일본인 津守[쓰모리]의 조선이름"으로 바꿔서 검열을 통과할 수 있었음에 비추어,[35] 문학의 필명도 검열과 관련지어 살필 필요가 있을 것이다. 검열이 특히 주목했던 사회주의적 성향을 띤 필자들의 경우 더욱 그러하다.

지금까지 공간·시간·인간에 관련된 금지어와 그 우회방식을 살폈다. 이밖에도 구체적으로 검열지침이나 표준에 금지어로 규정되어 있지는 않더라도 검열에 걸린 단어를 이리저리 손을 보아야 했던 경우도 있다. 심훈은 영화 제목 「어둠에서 어둠으로」를 「먼동이 틀 때」로 바꿨다고 한다.[36] 민족의 암담한 처지를 암시한다는 지적을 받고 수정을 요구받자 아예 어둠 대신에 밝음으로 바꾼 것이다. 유치진의 희곡 「소」도 검열에서 불허되자 어떻게 수정해야 통과시켜줄 것인가를 미리 검열관과 협의한 뒤 제목을 「풍년기」로 바꾸는 등 수정하여 검열에 통과했다고 한다.[37]

---

34 예컨대 채만식은 널리 알려진 백릉(白菱), 백릉생(白菱生), 서동산(徐東山) 말고도, 5개 이상의 필명(浩然堂人, 活貧黨, 雲庭居士, 北熊, 單.S)을 더 사용했다고 한다(김홍기, 「채만식의 숨겨진 필명과 작품고」, 『선청어문』 18, 1989, 424쪽). 채만식의 필명은 검열우회 노력과는 관련 없다고는 하지만, 당대 문인의 필명 중 아직 알려지지 않은 것들이 많을 수 있다는 점을 시사한다. 김홍기는 위의 다섯 필명이 채만식의 것임을 밝힘으로써 35편의 채만식 작품을 찾아낸 셈인바, 이런 가능성이 비단 채만식에만 국한된 것은 아닐 터이다.

35 조용만, 앞의 책, 254쪽.

36 위의 책, 265쪽.

37 서항석, 「나의 이력서」, 『회안 서항석전집』 5, 하산출판사, 1793~1794쪽. 이는 한국에서의

권장어를 역이용하는 기법도 있었다고 윤석중은 회고한다. 즉 권장어를 일부러 넣은 상태에서 검열을 받고, 통과 이후에는 그 권장어를 빼어버리는 방식이다.

> 나는 원고를 모아 검열을 들여보낼 때, 삭제를 당할 위험이 있는 대목에 이르러서는 군소리를 더 집어넣었다가 '검열필(檢閱畢)' 도장이 찍혀 나온 다음에 그 대목을 박박 지워 버려 원 글만을 도로 살렸다. 가령 "황국 신민인 우리는 조국과 '야마도' 민족에 충성을 다할 것이며……" 해 놓고는 검열이 나온 다음에 '황국신민'과 '야마도'를 덜어내는 식으로……. '내지'라고 썼다가 나중에 '일본내지'로 고쳐 버리는 일도 있었다.
>
> 그러자 검열당국에서는 괘씸하다는 듯이 '보태지도 빼지도 말라'는 붉은 도장이 콱콱 찍혀 나오고야 말았다.[38]

개연성은 충분하다. 또 검열내용과 정반대의 텍스트가 살아남는다는 점도 매력적이다. 물론 이런 방식에 의해 원고검열을 통과하더라도 납본검열에서는 검열지시를 이행했는지를 확인하게 되어 있었지만, 납본검열은 아무래도 원고검열만큼 시시콜콜하게 확인하기는 어려울 것이기도 하다. 하지만 증거가 충분치 못하다. 윤석중이 말하는 '붉은 도장'의 개연성은 충분하나, 그 도장이 찍힌 실물을 현재로서는 확인할 수 없고,[39] 또한 각종 검열세부지침들은 시시콜콜한 사례들을 제시하고 있음에도 이런 내용은 발견되지 않는다. 물론 현재 남아있는 검열 관련 문서들이 부족한 탓일 수도 있겠다.

내열사례이다.

38 「굶은 것이 자랑이었던 그 때의 기자」, 『언론비화 50편―원로기자들의 직필수기』, 한국신문연구소, 1978, 500~507쪽.

39 앞서(4부 1장) 살핀 『심훈시가집』에 찍힌 '고무도장'의 주의사항에는 이런 내용이 없다.

3) 나눠쓰기

나눠쓰기는 검열에서 저촉당할 가능성이 높은 내용을 여기저기에 나눠 배치하는 방식이다. 먼저 당대 문인들의 회고를 보자.

> 그런데 그때는 검열이 약간 완화된 시절이라 기언미언하면서도 이것을 그대로 검열에 넣었다.
>
> 그랬더니 아니나 다를까 전문 삭제였다. 생각한 뒤에 다시 좀 고쳐서 재검열에 넣었다. 즉 우선 양 절로 만들어서 설마 삭제된다 할지라도 102절만 삭제되고 101절만이라도 살리려 하여 다시 기회를 기다려서 검열관들의 기분이 좋은 듯한 기분을 타서 넣었더니 이번은 101, 102 두 절이 그대로 패스를 하였었다.
>
> 그 윤효정씨의 원고 원본이 지금도 내 손에 그냥 있다.[40]

> 「고향」과 같이 큰 장편소설에 일본인을 한사람도 등장시키지 않는다면 그것이 우선 검열에서 문제로 될 수 있었다. 천안읍내 감때거리에는 합병 직후에 제사공장이 설치됐는데 「고향」 작품에서도 이 공장을 전면적으로 등장시켰다. 그럼에도 불구하고 나는 이 공장의 경영주가 일본인인지 조선인인지를 밝히지 않았다……. 이 수에 검열관놈도 속아 넘어가고 말았다. 하긴 계속물인 작품의 경우라면 끝까지 읽는 과정에 일본인이 등장하지 않은 것을 쉽게 알 수 있었겠지만 신문사 원고지로 30장 정도로 하루 분씩 끊어서 발표하기 때문에 미처 그런 내막을 알 수 없었다. (…중략…) 이런 식으로 나는 고향을 추고할 때 당국의 검열망을 뚫고나갈 전술을 세심히 생각하였다. 그밖에도 연재소설인 것만큼 그날 한 회분을 끝내는 대

40 김동인, 앞의 글, 41쪽.

목의 문구를 잘 처리하여 다음날 연재분으로 넘기는 전술을 쓰기도 하였다. 이렇게 고심초사한 결과 「고향」을 끝까지 검열에서 무사통과시킬 수 있었다.[41]

김동인과 이기영의 회고처럼 실제로 당대 다른 작품들, 예컨대 이태준의 「패강랭」, 강경애의 「소금」에서도 나눠쓰기는 확인된다(4부 4장 및 5부 3장 참조). 이렇게 검열우회로서의 나눠쓰기는 문단 나누기(김동인의 회고), 연재물 처리(이기영의 회고), 좀 더 광범위한 분산(이태준, 강경애의 작품) 등 다양한 양상이 있을 수 있다. 검열은 단지 작품의 내용 뿐만 아니라 형식에도 적지 않은 영향을 미쳤음은 이 소략한 보기만으로도 입증된다.

나눠쓰기란 작품의 자연스러운 흐름에 기대지 않고서는 검열우회의 실효를 얻기 어려우므로, 검열과 관련 없는 단순한 분리배치와 구분하기 쉽지 않다. ① 의미가 거의 중복되는 표현이면서, ② 검열에 저촉될 가능성이 높고, ③ 지면의 상당한 거리에 걸쳐 분리되어 있을 경우, 나눠 쓰기의 가능성을 적극적으로 검토해야 할 것이다. 특히 텍스트의 해당 부분과 관련하여 삭제 개작 등 검열의 정황을 확인할 수 있다면 이를 나눠쓰기로 인정해야 할 것이다.

4) 남의 말 빌리기

이 방식은 다른 텍스트를 참조하도록 만드는 상호텍스트성의 활용과, 작품의 개연성에 비추어 그런 말을 할 만한 사람의 입을 빌리는 방식이 있

41 김홍균, 앞의 글, 87쪽.

다. 먼저 상호텍스트성의 활용을 살펴보자. 이태준의 「영월영감」(1939)에서는 '홍경래'와 '기미년'을 끌어들이는데 이 두 단어는 이 작품 해석의 핵심적 참조사항이 된다.[42] 이 두 단어가 없다면, 이 작품의 작중화자가 '황금광'에 대해 냉소적이면서도 막상 영월영감의 금광 찾기에 대해서는 우호적이거나 심지어는 열패감까지를 나타내는 까닭을 설명할 수 없는 것이다. 이런 상호텍스트성의 속뜻은 숨겨져 있는데다가 특히 일본인 검열관으로서는 이를 이해하기 매우 불리한 것이므로 우회의 기능을 발휘할 수 있다.

상호텍스트성은 꼭 역사에서만 찾아야 하는 것은 아니다. 이태준의 「무연(無緣)」(1942)은 현실의 사건을 알레고리적으로 제시하면서[43] 상호텍스트성에 의해서 그 해석의 실마리를 제시하고 있다. 이 작품은 물에 빠져 죽은 아들의 넋을 건지기 위해 자갈을 날라 강을 메우고 있는, '허황하나 인생의 얼마나 진실한 사정이기도 한' 노파를 소개한 뒤에 이렇게 말함으로써 매듭짓는다. "한 사조의 밑에 잠겨 산다는것도 한 물 밑에 사는 넋일 것이였다. 상전벽해(桑田碧海)라 일러는오나 모든게 따로 대세의 운행이 있을뿐, 처음부터 자갈을 날러 메꾸듯할수는 없을것이다."[44]

이에 대해 한수영은 "새로운 사조(신체제를 뜻함—인용자) 앞에 맞닥뜨린 그가 자신의 전술로 선택한 '동의하면서 저항하기'가 갈수록 불가능해짐

---

42 「영월영감」에서의 상호텍스트성은, 비록 '기미년'과 '홍경래'를 지나치듯 간단하게 언급함으로써 검열을 피하는 데 성공했지만, 다른 작품들에 비한다면 직접적인 편이다. 두 단어의 문화적 내포를 아는 검열관에게 배정된다면 그대로 통과하기 어려운 것이다. 첫 발표지면과는 달리 나중에 작품집으로 묶일 때 이 두 단어가 삭제된 것은 아마도 그런 이유에서일 것이다. 이 두 단어가 서로 상당히 떨어진 곳에 배치된다는 점에서는 나눠쓰기의 한 보기이다. 앞서 살핀 이태준의 「고향」도 나눠쓰기의 또다른 보기이다.

43 현실의 사건을 알레고리적으로 활용하는 경우는 이태준의 「토끼이야기」, 「복덕방」 「아무일도 없소」 등 작품에서 확인된다.

44 이태준, 『돌다리』, 박문서관, 1943, 655쪽.

을 깨달으면서 체념을 준비하는 모습"이라고 읽는다.[45] 그러나 그의 해석은 위 인용문이 부정문으로 되어 있음에만 주목할 뿐, "처음부터"라는 단서에 대해서는 주의를 소홀히 하고 있다. 조건부 부정을 완전부정으로 성급하게 해석하는 것이다. 게다가 '노파'는 '처음부터' 강을 메우려고 했던 것이 아니라, 산사태로 강줄기가 좁아들자 아예 메워 버리겠노라고 나선 것으로 설정되어 있다. 또한 그 노파에 대해 "얼마나 진실한 사정"이라고 표현했음에도 주의를 기울여야 한다. 작품에서 '현'은 '한 사조의 밑에 잠겨 산다는 것'이 불가피하다고 믿는 것은 아니다. 단지 '대세의 운행'이 없는 상황에서라면 '처음부터' 주체의 의지와 행동에만 의존해서는 '한 사조의 밑'에서 벗어날 수 없다는 생각일 뿐이다.

그렇다면 '대세의 운행'이란 무엇을 뜻하는가. 그가 이 작품 속에 인용하는 한문학의 구절들을 눈여겨 볼 필요가 있다. 「무연」에는 한유가 고향 반곡으로 은거하러 떠나는 친구 이원(李愿)을 전송하면서 쓴 「송이원반곡서(送李愿歸盤谷序)」의 한 구절이 인용된다. '때를 얻으면 나아가고 때를 얻지 못하면 강호로 물러간다'는 유교적 출처관(出處觀)을 드러내는 작품이다. 다른 작품에서도 비슷한 구절들이 인용된다. 예컨대 「불우선생(不遇先生)」(1932)에서는 유교적 출처관의 전형적 작품인 굴원의 「초사(楚辭)」 중에서 「어부사(漁父詞)」를 인용하고 있다.[46] 자전적 소설 「해방전후(解放 前後)」(1946)에서 '현'의 선택 역시 강호로 물러가 낚시로 세월을 보내는 것으로 되어 있다. 실제로 이태준은 1943년 절필하고[47] 철원으로 은거하는 바, 이는 「무연」에서 예고된 것이면서 「불우선생」 「해방전후」에서 표현된 유교

45 한수영, 「이태준과 신체제」, 문학과사상연구회, 『이태준문학의 재인식』, 소명출판, 2004, 223쪽.

46 이태준은 이 작품을 도연명의 「어부사」라고 밝히고 있으나, 이는 착각이다.

47 완전한 절필은 아니었고 1944년엔 그의 유일한 일본어소설 「제1호 선박의 삽화」를 발표한다.

적 출처관을 실행한 것이라고 할 수 있겠다.[48]

이런 상호텍스트성과 앞서 살핀 작품을 종합해보자면, 「무연」의 마지막 대목은 '대세의 운행'과 '자갈을 날러 메꾸는' 노력이 결합된다면 '한 사조'는 바뀔 수 있다는 뜻으로 읽는 것이 타당하다. 산사태로 물줄기가 이미 상당히 줄어들어 버린 작중상황은, 바로 '대세의 운행'을 얻은 상태를 상징한다. 즉 1942년이 '대세의 운행'을 얻지 못한 상황임을 이태준 역시 분명히 인식하지만(한수영의 해석은 이 부분만을 본 결과이다), 언젠가 '대세의 운행'을 얻었을 때는 '세상으로 나아가야' 한다는 의지 또한 숨겨져 있다.

어리석어 보이는 노파의 행동을 '진실한 사정'이라고 소개하고 이에 빗대어 자신의 심경을 모호하게 이야기하되, 독자들과의 의사소통을 위한 장치로서 고전을 끌어오는 이태준의 방식은 검열을 우회하기 위한 수단이었다. 「무연」의 검열우회방식은 암호와 '난수표'에 비유할 수 있다. 검열우회를 위해 일종의 '암호화' 방식을 동원하면서 독자들이 해독할 수 있도록 일종의 '난수표'를 제공하는데, 그때 고전작품의 상호텍스트성은 유효한 난수표였던 것이다.

상대를 비판하되 상대의 허락을 받아야 했던 것, 즉 '쓸 수 있었던 것'으로서 식민지시기 한국문학을 인식한다면, 이런 식의 독법을 요구하는 작품은 적지 않을 터이다. 1942년의 「무연」을 이런 식으로 읽을 수 있다면, 다른 작품에 대해서도 이런 독법을 시도할 필요가 있다. 물론 1940년대 문학에서 검열우회의 노력은 상당히 약화되지만, 그리하여 난수표가 없으면 잘못 이해하기 십상이긴 하지만, 미약하게라도 있는 것은 있는 것대

48 이처럼 유교적 출처관은 과학적 세계관이나 정확한 세계사적 정세판단에 기초한 것은 아닌 대로, 적어도 막연하나마 낙관적 전망과 위안을 준다는 의미는 있다. 식민지 지식인 이태준이 고전에 경사된 까닭 중의 하나는 이런 위안과 전망과 관련지어 생각할 필요가 있다.

로 읽어주어야 하지 않겠는가.

다음으로 작중 인물의 입을 빌리는, 즉 작품의 개연성을 활용하여 검열을 우회하는 방식을 간략하게 살피자. 작가의 메시지를 적절한 작중인물의 입을 빌려 발화하는 일은 소설의 기본적 작법에 해당하는 문제이다. 어떤 경우는 특정 메시지를 전달하기 위해 그에 적절한 인물을 만들어 낼 수도 있다. 이렇게 작가의 '메신저'로서 설정된 인물은 검열을 우회하는 수법으로 활용될 여지가 많으므로 주목할 가치가 있다. 검열 역시 근대적 행정행위의 하나이므로 최소한의 합리성은 요구되는 바, 작품 전개상의 개연성이란 이 합리성에의 요구를 활용할 수 있는 유력한 수단이 될 수 있는 것이다. 예컨대 송민호가 이광수의 「흙」(1932~1933)에서 발견한 경우를 들 수 있다.

> "맹한갑은 보통학교를 졸업했을 뿐이니까 무산대중이니 부르조아 제국주의 정부니 하는 말을 할 지식이 없겠는데 황기수의 증언을 보면 그런 투쟁적 언사를 하고 부르조아 제국주의의 주구인 관리를 타도하라고 하더라니 ……"
>
> 이것은 허숭까지 배후조정자로 이 사건에 연결시키기 위한 트릭이라, 소설 플롯의 전개상 자연스러운 대목인데 작가는 이 대목을 이용하여 제국주의의 주구인 관리를 타도하라는 말을 하고 싶었던 것이다. 검열에 걸리지 않게 소설 구성의 묘를 통하여 일제에 항거하려는 본심을 토론한 것이다.[49]

'제국주의의 주구'라는 대사는 그 내용만으로 본다면 마땅히 삭제될 것이겠지만 그렇지 않았다. 맹한갑을 취조한 일본경관의 대사로서 설정되

---

49 송민호, 「일제하의 한국저항문학」, 조용만 외, 『일제하의 문화운동사』, 현음사, 1969, 285쪽.

었다는 점을 고려하지 않고서는 검열통과를 설명하기 어렵다. 즉 작품 내적 합리성에 의존하여 검열행정의 합리성에 호소할 수 있었던 것이다. 발화의 내용은 발화자와 발화상황에 따라서 규정되는 속성이 크다. 검열관의 판단으로는, 발화내용은 부정적이지만 발화자와 발화상황이 긍정적이므로 삭제하는 데 부담을 느꼈을 터이다. 작가의 입장에서 거꾸로 생각하자면, 작품 속에 부정적 발화자(일본 경관)와 발화상황(혐의자 취조)을 만들어 냄으로써 오히려 좀 더 긍정적 발화내용('무산대중' '제국주의의 주구' 등)을 인쇄할 수 있는 운신의 폭을 얻는 셈이다. 물론 이광수의 사회적 지위와 정치적 입장 때문에 검열이 느슨해진 측면도 함께 작용했을 것이다.

「흙」의 경우는 "결론이 좋으면 문장의 도중에는 불온당한 자구의 사용이 별로 지장 없음과 같이 생각되나 잘못하면 독자의 대부분은 그 불온부분에 흥미를 가질 경향이 있으므로 주의할 사"(「지시사항(1)」)라는 맥락주의 검열규정에 의하면 마땅히 삭제되어야 할 대목이다. 경관의 추궁이라는 발화상황보다는 '불온부분에 흥미를 가질' 가능성이 충분하기 때문이다. 1932년 「흙」에서 시도된 것과 유사한 우회기법들이 지속적으로 발견되자, 1939년 검열당국은 사후적으로 경고를 발하여 위의 맥락주의적 검열지침을 성문화한 것으로 추정해 볼 수 있다.

물론 이광수의 「흙」은 증거가 부족하므로 검열우회를 설명하는 좋은 보기라고 말하기 어렵다. 하지만 개연성은 충분하다고 생각한다. 이광수에서조차 발견된다면 다른 작가와 작품에 대해서도 그 가능성을 점검하는 작업이 필요하지 않겠는가.

3. 나오며

식민지시기 작가들의 글쓰기는 '쓰고자했던 것'과 검열의 '금지 및 권장' 사이의 긴장 속에서 이뤄진 것이었다. 오늘 우리가 읽을 수 있는 그 시기의 텍스트들은 '쓰고자했던 것'과 정확하게 일치하지 않으며 오히려 검열과의 대립 절충 수용의 결과라고 보아야 할 것이다. 따라서 '금지와 권장'에 대한 이해가 선행되어야 하며, 그 결과에 텍스트를 중첩시키면서 '쓰고자했던 것'을 추정하는 작업이 필요하다.

이 글은 이런 인식 아래, 당대 검열지침 중에서 주로 문장 차원에서 '쓸 수 없는 것'들을 규정한 내용들을 추출하고, 이에 대해 실제 작품은 어떤 식으로 우회를 시도했는지 살폈다. 그 결과 금지어 바꿔 쓰기, 이름 바꾸기, 나눠쓰기, 남의 말 빌리기 등 다양한 우회가 존재했음을 당대 작품 및 작가의 회고를 통해 입증할 수 있었다. 이 글에서 다룬 작품들 중에서 가장 시기가 이른 「흙」(1932~1933)과 가장 늦은 「무연」(1942)을 비교해보면, 약 10년 사이에 검열우회의 기법은 훨씬 고도화되었다. 이태준의 다른 작품이나 다른 작가의 다른 작품과 비교하더라도 「무연」의 우회기법은 가장 교묘한 편이며, 그리하여 오독의 소지가 매우 많다. 또한 같은 작가의 같은 작품이라도 후대의 판본일수록 검열우회 시도가 삭제되거나(「영월영감」) 좀 더 약화된 표현으로 대체된다(「패강랭」). 물론 더 많은 작품을 대상으로 분석해야 하겠지만, 이런 정도의 점검만으로도 검열수위가 높아짐에 따라서 우회시도가 고도화, 약화, 삭제되는 사정은 짐작할 수 있다.

이렇게 검열우회의 기법이 고도화된 탓에 당시의 검열관 뿐만 아니라 현재의 연구자들까지도 작품 해석에서 혼란을 일으키게 된다고 판단한다. 앞서 살핀 대로 「패강랭」에서 신채호의 암유나, 「무연」에서 노파의 일화와 유교적 출처관을 연결시키는 검열우회로서의 해석이 지금껏 제출되지 않았던 것은 그런 까닭이 아닐까 한다. 물론 이처럼 고도로 감추어진 검열우회의 시도는, 검열관을 속이려다 독자들마저 속여 버리기 십상이었으리라. 그런 의미에서 1930년대 말~1940년대 초반에 일부 발견되는 검열우회의 시도는, 오히려 기록으로 남기는 자체에 의미를 두지 않았을까 한다. 즉 단 한 사람의 독자라도 이해할 사람이 있으면 만족하겠다는 정도였으니, 소통이라기보다는 작가의 독백적인 성격이 강했을 것이다.

물론 이 주장은 아직 많은 숙제를 안고 있다. 훨씬 더 많은 작품을 검토하여 다른 우회기법들도 발견해야 하며, 각각의 기법들에 해당하는 작품들도 더 많이 찾아내야 한다. 특히, 작가와 시기에 따라서 어떤 기법이 더 자주 선택되는가도 검토해야 할 것이다. 이를 통해 인쇄자본이 검열의 소주체로 전락하기 이전과 그 이후에 작가의 우회기법이 어떻게 달라지는가를 살필 필요도 있다. 또한 단순한 유형화를 넘어서 작품 내의 의미전환에 대해서도 살펴야 할 것이다. 검열이 금지와 권장이라는 두 축으로 작동되었음에도 금지에 대한 대응에만 주목하였던 점, 그리고 검열의 금지를 수용한 경우를 점검하지 못했다는 점 역시 이 글의 한계이면서 앞으로의 과제라고 하겠다.

'향토'의 발견과 검열우회

1. 들어가며

앞서 필자는, 식민지시기 '합법적' 글쓰기를 검열우회와 검열의 내면화로 나누고, 검열우회를 그 경로에 따라 시간적 우회·공간적 우회·인간적 우회의 세 가지로 유형화한 바 있다. 여기서는 공간적 우회에 관해, 검열과 향토성의 관련성을 중심으로 조금 더 자세히 살피고자 한다. 다소 앞질러 이야기하자면, 일본의 경우 향토('고향')[1]에서 출발하여 국가로 이

1 사전적 의미에서 '고향'이라면 '태어나서 자란 곳'을 말한다. 그러나 예컨대 '서울 태생은 고향이 없는 셈'이라는 말에서 단적으로 드러나듯이, 고향은 향토와 연결될 때에만 실감을 얻게 된다. 이는 물론 근대화 과정에서 지방에서 도시로 대규모의 인구이동이 일어났다는 점, 또한 '향토로서의 고향'을 다루는 문화적 생산물들이 널리 보급되었다는 점과 관련된다. 그 결과 실제로는 대도시에서 태어난 사람이라 하더라도 향토를 마치 고향처럼 느끼게 되는 현상이 나타나는 것이다. 결국 고향이 출생 및 성장과 관련된 개인적인 기억의 공간이라면

행해간 것과는 대조적으로, 식민지 한국에서는 국가를 상상하는 것이 금지되면서 그 대리보충물로서 향토가 발견된 측면이 강하다고 필자는 주장한다.[2]

물론 1930년대 문학이나 문화에서 향토성에의 경도가 나타나는 것은 매우 다양한 요소들이 결합된 결과였다. 예컨대 보편적 근대성 획득에 대한 세계사적 전망 상실,[3] 식민지적 근대화의 피로감,[4] 1920년대 국토기행 열기와 그 과정에서 산출된 수필,[5] 토지조사사업 및 농촌진흥운동[6] 등과 각각 관련지어 설명하는 주장들이 있으며 모두 경청할만하다. 필자로서는 이들 요소들 말고도 검열의 요인들을 함께 고려해야 할 필요가 있다고 판단한다. 이를 통해 향토담론에 대한 종합적 시야를 확보하는 데 조금이라도 기여할 수 있기를 기대한다.

향토는 이러한 개인성을 배제한 균질화된 공간인 셈이다. 이 글은 기존의 '고향'에 대한 연구 업적들에 힘입은 바 크지만, '향토'가 더 객관적인 용어라고 보아, 이 용어를 사용하기로 한다.

2 널리 알려져 있듯이 구한말에는 '본받아야 할 외부'로서 서구의 근대국가 성립을 상정하고 그에 얽힌 이야기들을 다양한 방식으로 소개하는 외국근대 성공담들이 활발하게 간행되었다. 하지만 이는 강제합병과 동시에 거의 판금되었으며, 1930년대에 이르면 서구의 근대를 계속 주된 관심의 대상으로 삼되 정치성을 대폭 약화시키는 해외문학파나 모더니즘계열의 작업이 있었다. 비슷한 시기에 존재했던 향토담론은 내부/전(前)근대를 지향하는 것으로서 서구/근대를 지향하는 강제합병 이전의 외국근대담과는 상반되는 경로를 택한 셈이었다. 이 공간적 상상력의 큰 세 가지 흐름은 각각 다양한 원인에 의한 것이겠지만, 검열과의 관련성도 있지 않을까 생각하며, 이 글에서는 향토담론에서 그 가능성을 탐색한다.

3 황종연, 「한국문학의 근대와 반근대」, 동국대 박사논문, 1991, 17~68 · 182~212쪽 참조.

4 박헌호, 『한국인의 애독작품—향토적 서정소설의 미학』, 책세상, 2001, 53~112쪽 참조.

5 구인모, 「국토순례와 민족의 자기구성—근대 국토기행문의 문학사적 의의」, 『한국문학연구』 27, 동국대 한국문학연구소, 2004.12 참조.

6 1920년대 말부터 총독부의 농촌계몽운동, 러시아 브나로드 운동, 조선 동아 양 신문사의 문자계몽운동 등의 영향으로 농촌 속으로 돌아가자는 귀향 운동이 대대적으로 일어나고 이에 따라 농촌문학 또는 농민문학 작품이 급격하게 늘어난다. 「상록수」, 「흙」, 「고향」을 필두로 무수하게 산출된 이 작품들은 대체로 농촌을 회귀와 극복의 대상으로, 동시에 그리고 모순적으로 인식하고 있다. 예컨대 박헌호는 "목표로서의 근대가 문득 환멸의 대상으로 등장한다는 것, 버리고 온 세계가 문득 그리움의 대상으로 전환된다는 것, 거기에 "향수"의 모순이, 고향에 대한 우리네 감정의 모순이 내장되어 있다"라고 진술하고 있다(위의 글, 96쪽).

2. 검열장과 공간적 검열우회

검열우회란 검열관의 눈을 속이면서 (일부)독자에게는 메시지를 전달하겠다는 의도를 지니는 것이니, 당대 검열과 독서행위의 맥락을 이해하는 일이 필수적이다. 이를 위해서는 검열장이라는 개념이 유용할 것이다.[7] 장(場)의 개념은 '자율적인 규칙을 지닌 다중적인 권력들의 공간'이라는 부르디외의 설명을 활용한다. 식민지시기 검열은 검열권력(식민지권력과 일본제국의 검열)과 피검열자, 그리고 인쇄자본과 독자 등 여러 권력들이 서로 충돌하거나 절충, 길항하면서 작동되고 또 공진화해 나갔으므로 '장'이라는 동태적 개념을 도입하여 이해하는 일이 적절할 것이다. 즉 검열이란 가장 정치적인 행위이면서, 인쇄매체의 생산과 유통을 둘러싼 사회・경제・문화 등 제반 영역까지 포괄하면서 작동되었으므로, 이를 종합적으로 살피기 위해 검열장이라는 개념을 상정한다. 결국 검열장이란, "정치권력의 검열행위에 대해 경제 사회 문화 등 다양한 영역의 권력들이 다양한 나름의 규칙에 의존하면서 반응함으로써, 서로 충돌 절충 길항하면서 서로를 만들고 공진화(共進化) 해 가는 사회문화적 현상"으로 잠정적으로나마 정의할 수 있을 것이다. 검열장에서는 물론 정치권력이 중심적인 힘을 발휘하기는 하지만 실제로 담론으로서 기능하기 위해서는 다른 여러 영역들을 포괄하지 않을 수 없으며 그 과정에서 자연스럽게 여러 권력들의 자율적 규칙들이 상호작용하면서 다른

---

7 검열장이라는 용어는 채호석 한기형 한만수 등이 사용하였지만 아직 명확하게 규정되거나 본격적 논의로 이어지지는 않았다(채호석, 「검열과 문학장」(동국대 한국문학연구소, 『식민지시기 검열과 한국문화』, 동국대 출판부, 2010); 한기형, 「식민지 검열장의 성격과 근대텍스트」(검열연구회, 『식민지검열, 제도・텍스트・실천』, 소명출판, 2011); 한만수, 「식민지시기 한국문학의 검열장과 영웅인물의 쇠퇴」, 『어문연구』 34-1, 어문연구학회, 2006 참조).

어떤 영역과도 동일할 수 없는 종합적인 규칙이 새로 만들어진다.

앞서 살핀대로, 문자화, 환금화, 탈정치화라는 현상은 검열장 안에서 문학을 다룰 때 주목할 필요가 있다. 공간적 검열우회를 살피는 이 장에서는 특히 환금화와 탈정치화를, 그리고 1930년대의 특징적인 문화현상으로서 고전부흥운동을 고려할 필요가 있다. 환금화와 탈정치화는 검열우회의 필요성을 보여주는 간접적인 요인으로서 그 우회의 경로가 꼭 향토성일 필요는 없다면,[8] 고전부흥운동은 여러 우회의 가능성 중에서 향토성을 선택하게 만드는 좀 더 직접적인 요인이다.

1) 환금화–'문필 노동자'의 선택

1930년대 문학이 환금적 가치를 지니게 되었음은 문학이 향토에 집착하도록 만드는 간접적 요인 중 하나이다. 환금화가 검열우회의 압박으로 작동되는 이유는 두 가지로 나눠 생각할 수 있다. 첫째, 내부적 요인이다. 문단이 형성되고 문인이 된 바에는 작품을 계속 그리고 가능한대로 활발하게 발표하는 일이 자연스러웠다. 작품 발표란 당대 문인으로서 자기존재를 입증하는 길이었으며, 식민지 지식인으로서 딱히 다른 직업이 마땅치 않기도 했다. 게다가 원고료, 인세제도 등이 도입되면서 근대문학은 환금성을 강력하게 띠게 되었다.

1930년대 이른바 순수문학의 발흥을 불러온 가장 중요한 동기 중의 하나는 상업적, 통속적 대중문학에 대한 반발이었다는 지적에서 보듯이,[9] 이 시

8 탈정치화에 대해서는 앞서(3부 4장) 살핀 바 있으므로 간략하게만 언급하기로 한다.
9 조연현, 『한국현대문학사』, 성문각, 1969, 467~568쪽 참조. 한편 채호석은 식민지 말기 한

기에 이르면 문학의 환금화는 결코 무시할 수 없을 만큼 진행되었다. 문학이 시장에서의 소비를 위한 상품으로 구조화되어 감에 따라서, 문인이란 이제 전통적인 '선비'도, 근대문학 초기의 '문사'도(이광수가 주장했던 것처럼 전인적 교양인으로서) 아니었으며, '문필 노동자'로서의 성격이 강력해졌다. 문필 노동자가 노동을 그만두는 일은 생계의 근본적인 위협을 감수할 때에만 가능한 일이었으며, 선비가 절필하는 일과는 근본적으로 다른 차원의 문제였다.

문학을 창작하고 발표함으로써 얻는 경제적 보상은 꼭 원고료나 인세 형식으로만 주어지는 게 아니다. 최서해, 김기림 등의 보기에서 보듯이 문명(文名)을 날리는 일이란 취직을 위해서 중요했으며, 신문사에서 문인들을 기자로 대거 채용했던 주요한 이유는 바로 그들이 글을 써서 지면을 메울 능력이 있기 때문이었다는 점을[10] 고려할 때, 그들에게 어떤 형식으로건 '발표될 수 있는 글'을 써내야 한다는 것은 회피하기 어려운 일이었다. 따라서 검열을 정면 거부하는 절필, 또는 검열통과가 어려울 것으로 예상되는 글을 쓰기란 매우 어려운 선택이었다. 어쨌건 쓰긴 써야 하고 발표는 해야만 했다. 신문과 잡지는 정해진 기간에 나와야 했고, 이 시기 문학의 양대 발표지면이 이렇게 정시 발간성을 지니니, 원고 역시 일정한 분량이 일정한 시기에 공급되어야 했다. 그러니 검열의 우회로를 찾는 일은 당대 문필가들에게 늘 절실한 과제였다.

둘째, 외부적 요인으로, 당대 쏟아져 들어오던 다양한 일본 문화상품들과의 경쟁을 위해서 차별화전략이 필수적이었다는 점이다.[11] 일본어 교

국문단은 상업문학을 대타항으로 삼으면서 구별짓기를 시도했다고 지적한 바 있다(채호석, 앞의 글).

10 박용규, 「식민지시기 문인기자들의 활동과 검열」, 검열연구회, 『식민지검열, 제도 · 텍스트 · 실천』, 소명출판, 2011 참조.

11 고영란, 「제국 일본의 출판시장과 전략적 비합법 상품의 자본화 경쟁」, 『성균관대 동아시아학술원 '근대검열과 동아시아' 국제학술회의 자료집』, 성균관대 동아시아학술원, 2010.1.

육을 받은 독자들이 늘어나면서 점차 일본어 읽을거리 구독률도 높아졌다. 단적인 보기로 채만식의 「치숙」에서 작중화자인 소년은 조선 작품은 읽을 맛이 없지만 일본 대중잡지 『킹구(King)』는 재미있다고 말한다. 실제로 한기형의 통계에 의하면 1920년대부터 『킹구』 같은 대중잡지 뿐만 아니라 신문·단행본 등 일본 출판물들이 조선사회에 급속하게 수입되어 조선문 출판시장을 심각하게 잠식했다.[12] 극작가 차범석 역시 중학생 정도만 되면 조선어보다는 일본어로 된 문학이나 이론서, 신문 잡지들을 읽는 것이 일반적이었으며 이는 일종의 지적 성숙도를 나타내는 지표로 인식되었다고 회고한다.[13] 일본어 출판물에 대한 높은 호응이란 한국작가로서는 심각한 문제가 아닐 수 없었다. 상품이란 그 질과 값도 중요하지만 다른 상품과의 차별화 역시 핵심적인 요구라면, 문학이라는 상품 역시 차별화전략은 필요했다. 뒤에 보겠지만, 해외문학과 향토성 미학은 바로 그 상품의 차별화전략으로도 의미를 지닌다.

2) '기자-문인'과 고전부흥운동

1930년대 고전부흥운동의 중심에는 민간신문사가 있었다.[14] 그 고전부

12 한기형, 「선전과 시장—'문예대중화론'과 식민지 검열의 교착」, 『대동문화연구』 79, 성균관대 대동문화연구원, 2012.9; 한기형, 「법역과 문역(文域)—제국 내부의 표현력 차이와 출판시장」, 『민족문학사연구』 44, 민족문학사연구소, 2010.12 참조.

13 2003년 2월 14일 오후 3~4시, 서울 서초동 예술원회장실에서 필자와 인터뷰.

14 고전부흥운동에 대해서는 황종연, 「1930년대 고전부흥운동의 문학사적 의의」, 동국대 한국문학연구소 편, 『한국문학과 근대성의 형성』, 아세아문화사, 2001, 335~394쪽; 차승기, 「1930년대 후반 전통론 연구—시간, 공간의식을 중심으로」, 연세대 박사논문, 2003, 14~44쪽 참조. 한편 당시 언론들이 고전부흥운동에 주력했던 까닭에 대해서는, 아직 연구된 바가 적은 듯하다. 아직 준비가 미흡한대로, 그 원인을 추정해보자. 먼저 언론 쪽에서의 수요

흥의 핵심이 소위 '조선적인 것'에 있는 만큼, 향토성이 강화된 작품들이 다수 산출되는 현상은 이와도 연결 지어 설명할 수 있다. '조선적인 것'은 바로 근대화가 지체되어 있는 지방에서 가장 손쉽게 확인될 수 있기 때문이다. '비동시성의 동시성'이라는 근대적 특성 속에서, 시간을 거슬러 전통을 찾아가는 가장 손쉬운 방식은 도시에서 지방으로의 공간이동을 통해 가능해지는 것이다.

언론들의 관심사는 곧바로 문인들의 관심을 촉발할 수밖에 없다. 가장 중요한 발표매체이면서 가장 중요한 원고료 수입원이고, 게다가 주요한 취업기관이 언론사였으므로, 그들의 주력사업에 문인들이 예민하게 반응하는 것은 당연한 노릇이었다.

박용규는 식민지시기 많은 문인들이 기자로 활동했음에 유의하여 이들을 '문인기자'라고 부르면서, 그들을 크게 둘로 나눠 살피고 있어 주목된다.

측면은 다음 세 가지이다. 첫째, 정치문제에 대한 검열의 금지가 강화됨에 따라서 문화를 포함한 다른 영역의 지면비중이 높아졌다는 점이다. 1920~40년대 동아 조선 두 신문의 사설을 분석한 김민환에 따르면 이 시기 정치사설의 비중은 동아 9.7%, 조선 5.3%로 10%에도 미달했다(김민환, 「일제시대 민족지의 사회사상」, 『언론과 사회』, 1994.6, 6~26쪽). 둘째, 당시 신문들은 세계전쟁 필지론(必至論)과 동양위기론을 유포하면서 '동양주의'를 적극 주장하였다(같은 글 참조). 셋째, 일본어신문(조선 또는 일본에서 발행되던)은 당시 점차 판매부수도 늘고 한국 지식인 사이의 영향력도 확대되어 가고 있었으므로 조선 언론자본은 이들과의 경쟁을 위한 차별화전략이 필요했다. 위 세 가지를 종합해 볼 때, 고전부흥운동이란 당시 신문들에게 꽤 매력적인 담론이었을 것이라는 추정이 가능해진다. 즉 정치 억압과 동양주의의 강조, 그리고 '동양'이라는 단일성 속에 배치되는 작은 다양성으로서 '조선적인 것'의 강조를 통한 문화상품의 차별화전략 등을 모두 충족할 수 있는 담론인 것이다. 한편 원고의 공급 측면에서도 좋은 조건이었다. 때마침 고전에 대한 학계의 연구가 쌓인 덕분에 고전 관련 기사를 공급할 수 있는 필진도 풍부해진 것이다(예컨대 경성제대 조선어문학부는 1929년 1회 졸업생으로 조윤제를 배출하였다. 또한 정약용 등 조선 실학파들의 저서 재발간이 1930년대 들어 활발해졌으며, 김태준의 『조선소설사』(1933), 양주동의 『조선고가연구』(1937년 첫 논문, 1942년 단행본 완간), 임화 『조선신문학사』(1939~1940년 『조선일보』 연재) 등도 이 어름에 집중적으로 출간되었다). 결국 1930년대의 고전부흥운동은 언론계의 수요와 학계의 공급이 맞아떨어진 결과라고 볼 수 있지 않을까 한다.

> 1930년대의 해외문학파 등은 이전 시기 동인지 출신 작가들의 민족주의적 경향이나 카프 계열 작가들의 사회주의적인 경향과는 달리 1930년대 언론계의 상업주의적인 요구에 부응하는 새로운 태도를 나타냈던 것이다. 이렇듯 기존의 민족주의 사회주의 계열의 문인들이, 생계를 위해 불가피하게 기자가 되었다 하더라도 일정 정도 자신들의 정치적 입장에 따른 지향성을 가지고 언론활동을 했던 것과는 달리 이들은 철저히 기업화되어가는 언론의 논리에 충실했던 것[15]

기자-문인들에게 글쓰기는 직장인으로서의 업무였다. 그리고 언론이 기업화되어감에 따라서 그들에게는 끝없는 임금노동(기사 생산)이 부여되었다. 기업의 정책방향이 고전부흥으로 설정된다면, 그들이 이를 거스르기는 어려웠다.

향토성은 또한 일본작품과의 차별화를 위해 상당히 성공적인 전략이기도 했다. 앞에 보듯이 1930년대 다양한 문화상품들이 향토성을 주된 키워드로 삼고 있음은 그 좋은 보기이다. 예컨대 향토성이란 헐리우드영화 및 일본영화에 맞서서 대중들의 호응을 확보할 수 있는 매우 효과적인 수단이었다는 이화진의 지적은 좋은 참고가 된다.[16] 물론 문학이란 그 자체만으로는 대체로 큰 이윤을 기대하기 어렵지만, 앞서 살핀 대로 신문이라는 문화상품의 내용을 채우면서 그 상품성을 강화하는 요소로서는 충분히 의미 있었다.

한편 1930년대 기자-문인들은 주로 해외문학파들이었던 만큼, 고전부흥운동에 연관된 향토적 기사들 이외에 해외문예사조나 번역물 게재에도

---

15 박용규, 앞의 글, 1994, 209쪽.

16 이화진, 「식민지 영화의 내셔널리티와 '향토색' – 1930년대 후반 조선영화 담론 연구」, 『상허학보』 13집, 상허학회, 2004.8, 365~366쪽 참조.

주력했다. "그들이 소유하고 있는 특수지식이라는 것을 갖고 금일의 현실에 그대로 추종하여 소위 부르주아 저널리즘에 아첨하는 데서 그들의 사회적 수명을 연장해가려고 한다"[17]는 비판을 받을 정도였다. 그런 비판에도 불구하고 이들의 해외문학 관련 기사들은 "문예의 세련된 오락화, 중간독물을 요구하는 당시 독자층"의 수요를 충족시킬 수 있었다.[18] 이렇게 해외지향과 향토 지향은 당시 신문 문예면에 공존하는 두 특징이었던바,[19] 이는 신문자본의 상품 차별화 전략과도 유관한 것이었다.

3. 향토와 국토의 상호전이－제국과 식민지의 차이

지금까지 살폈듯이 대부분의 문인 또는 기자-문인들은 점차 엄격해지는 검열에도 불구하고 작품 창작을 지속할 수밖에 없었으니, 다양한 검열우회로를 개척하게 된다. 구한말 구지식인들이 외국의 성공적 근대화 담론의 소개에 집중했던 것은 다분히 개인적이고 지사적이며 환금되지 않는 글쓰기였다면, 환금화・탈정치화 속에서 문필노동자적 성격이 강해진

17 백철, 「조선문단의 신전망」, 『혜성』, 1932.1, 19쪽.
18 김윤식, 『한국현대문학사상사론』, 일지사, 1992, 162～163쪽.
19 특히 이효석의 특징이기도 했던 향토지향성과 해외지향성의 기묘한 공존에 대해서는 다음 글을 참조.
신형기, 「이효석과 발견된 향토－분열의 기억을 위하여」, 『민족이야기를 넘어서』, 삼인, 2003; 김양선, 「1930년대 소설과 식민지 무의식의 한 양상－김유정 소설에 나타난 향토의 발견과 섹슈얼리티를 중심으로」, 『한국근대문학연구』 10, 한국근대문학회, 2004.12, 146～171쪽; 오태영, 「1930년대 후반 문학의 향토 연구」, 동국대 석사논문, 2004, 41～63쪽.

1930년대 문인들의 글쓰기는 임금노동이었다. 그러니 1930년대 검열우회로를 찾아야할 필요성은 생존의 문제와도 직결되었다.

1930년대의 공간적 검열우회 방향은 두 유형으로 나눠 볼 수 있다. 즉 근대를 선취한 외국의 성공사례들을 다룬 담론들이 합방과 더불어 거의 모두 판금된 이후, 1930년대 문인들이 선택한 것은 주로 탈정치화와 향토성이었다.

그 첫 번째 방식 즉, 외국근대를 표방하되 탈정치화하는 방식은 소위 해외문학파들의 몫이었다. 1930년대 해외문학파들이 급격하게 신문기자로 진출하였다는 점은, 탈정치화된 해외라는 공간이 검열과 타협하기 용이하고[20] 문화상품으로서도 제법 의미 있음을 뜻한다. 해외문학파들이 주도했던 탈정치적 외국문물 소개는, '선진 일본'의 문화상품에 대해 '더 선진적인 서구문물'의 상품화로 맞서는 셈이었으니, 문화상품의 차별화이기도 했다.[21]

두 번째는 향토성의 발견이었다. 1930년대 들어 크게 유행했던 고향 또는 향토성 미학의 문화상품들은[22] 이농(離農)이라는 근대화의 보편적인 현상에 기초한다. 농촌을 떠나지 않고서는 향토란 발견될 수 없다. 농촌에

20 그러나 탈정치화란 손쉽기만 한 일은 아니었다. 대표적인 해외문학파인 김진섭이 매일신보에 실은 글이 '반전(反戰) 논문'이라는 혐의로 필화사건에 휘말리게 되었던 일은 그 증거이다. 이에 대해서는 정진석, 「일제 말기 『매일신보』 필화의 전말」, 『문학사상』, 2005.7, 22~49쪽 참조.

21 이 문제에 대해서는 신형기(앞의 글), 김양선(앞의 글), 그리고 김춘식, 「낭만주의적 개인과 자연 전통의 발견」(『작가연구』 11호, 새미, 2001.4), 80~81쪽을 참조.

22 문학에서는 이효석 「메밀꽃 필 무렵」, 김유정 「봄봄」, 정지용 「향수」, 정비석 「소나기」 등 많은 작품을 예로 들 수 있다(이에 대한 논의는 박헌호, 앞의 책, 19~183쪽 참조). 유행가로는 한 달 만에 5만 매가 모두 팔렸다는 「타향」을 비롯하여 「황성옛터」, 「연락선은 떠난다」 등이 대표적인 보기이며(박찬호, 『한국가요사』, 현암사, 1992, 319쪽 참조), 영화에서도 「아리랑」, 「임자 없는 나룻배」, 「나그네」 등이 기록적인 흥행을 거둔 바 있다(이에 대해서는 이화진, 앞의 글, 365~366쪽 참조).

서 더 이상 먹고 살 수 없기 때문에, 또는 징용 정신대 등 국가 강제동원에 의해 그들은 농촌을 떠난다. 대도시로 가야 먹고 살수 있다고 생각하여 그 이주자금인 '돈 이 원'을 마련하기 위해 아내를 매춘시켰던 「소낙비」(김유정; 1935)의 '춘호 부부'를 비롯하여, 백석, 심연수 등의 작품에 묘사된 유이민들은 그래서 고향을 등졌다.

그러나 이농은 성공보다는 실패하는 확률이 훨씬 더 높았다. 자본주의, 특히 식민지적 자본주의는 늘 직업예비군의 존재 속에서만 초과이윤을 획득할 수 있는데, 그 직업예비군의 비율이 높을수록 이윤축적에 유리한 것이었다. 따라서 사회적 안정성을 유지할 수 있는 한도 내에서는 가능한 대로 높은 실업률을 유지했으니 식민지 조선인들은 대량실업 상태를 구조적으로 강요당했다. 그랬을 때, 떠나온 농촌에 대한 향수란, 유년 공간으로의 자연스러운 회귀욕구에 그치지 않고 훨씬 증폭되게 마련이며 한편으로는 이상화된다. 이런 속에서 향수를 자극하는 다양한 문화담론들이 출현한 것은 거의 당연하다고 볼 수 있다. 1930년대 세계대공황의 여파로 일제와 조선의 경제가 위축되고 실업률이 급증하였음을 감안한다면 더욱 그러하다.[23]

향토의 발견이 농촌과 도시 사이의 지리적 이동에서 기인한다면, 그 이동의 경로는 지금껏 살폈듯이 세 가지로 나눠 볼 수 있다. 즉 농촌에서 도시 등으로의 이동(이농), 도시 등에 머물면서 향토를 그리워하는 심미적 이동(향수), 그리고 도시에서 농촌으로의 이동(귀향)이다.

---

23 이농해온 도시빈민들의 처참한 생활에 대해서는 당시의 많은 보도나 주로 카프계열의 문학작품들이 증언하는 바와 같다. 물론 어떤 계층에게 농촌을 떠나는 것은 또한 대도시(서울, 동경 등)로의 유학을 위해서이기도 했으며 이런 유형의 이농은 성공확률이 비교적 높긴 하지만 큰 차이를 보이지는 않는다. 문학창작자의 거의 대부분이 공부를 위해 고향을 떠나왔으므로, 이농 및 향토성의 담론은 문학의 창작자와 소비자들이 정서적 공감대를 이룰 수 있는 유력한 수단이었다.

이 각각의 경우에 적지 않은 편차가 있을 것이고 실제로 각각을 다룬 작품들도 많지만, 이 글에서는 일단 향수에 중점을 두어 살피기로 한다. 특히 최근 발표된 일본의 향토성 연구들을 주목하면서, 제국과 식민지 조선의 경우에서 그 같고 다름을 논의해보자.

1) 향토에서 고국으로-제국 일본의 경우

이 문제에 대해서는 이미 일본 연구자들의 주목할 만한 성과가 있으므로, 이를 요약 제시한다. 츠보이 히데토는 일본민요의 근대적 발견과 대중적 유포과정을 면밀하게 검토한 결과 몇 가지 중요한 결론에 도달했다. 요약하자면 다음과 같다.

고향은 개개인이 나고 자란 지역을 가리키는 것이므로 개별적 지방성을 지니는 것이지만, 근대화과정에서 급격하게 향토로 통합된다는 점, 향토서사는 많은 경우 금의환향의 서사라는 점, 출향의 목적지는 초기에는 대도시였지만 청일전쟁 러일전쟁을 거치면서 전쟁터로 바뀌게 되며 그리하여 고향은 국가로 확장된다는 점, 향토 관련 노래들은 초등학교 교과서 등에 실려 교육되었으며 이는 결국 어른을 위한 노래가 되었다는 점, 그리하여 미래를 현재로 통합하고 아이들에게 출향-성공-귀향의 삶의 구조를 미리 내재화한다는 점, 그 과정에서 민요가 중요한 역할을 하였는데, 민요란 전통적인 것이라고 생각하지만 사실은 근대 국민국가 형성과정에서 새로이 창조된 것이라는 점 등이다.[24]

---

24 츠보이 히데토[坪井秀人], 「국민의 소리로서의 민요」, 임경화 편, 『근대 한국과 일본의 민요 창출』, 소명출판, 2005, 107~154쪽.

특히 민간학자가 편찬한 『제국동요대전(帝國童謠大全)』(1909)은 외설적인 표현을 이유로 발간금지 처분을 받았으며, 문부성 편찬의 『이요집(俚謠集)』(1914) 등에서는 이 내용들을 완벽하게 제거했다는 지적은 주목할 만하다. "민중적이고 토속적이며 외설적인 에너지를 담은 민중의 노래"가 검열에 의해 금지된 것이다. 또한 『제국동요대전』에서는 지리적 분류의 기준이 '일본해 쪽/내륙/태평양 쪽' 또는 '구니(國)'를 혼용하여 모호했지만 『이요집』에서는 도부현(道府縣) 등 당시의 행정단위로 정리되어 가는 바, 이는 "제국민(諸國民)의 목소리"가 단일한 "국민의 목소리"로 통합되어간 것이라고 츠보이는 해석한다. 이렇게 민중의 에너지가 삭제되고, 명확한 행정구분에 의거하여 민요가 재분류됨에 따라서, 민요에서 보이는 "지방색의 차이는 단일한 것을 구성하고 단일한 것의 균질성을 두드러지게 강조하기 위한 다양성으로서의 역할을 하게 된다"는 것이다. 그런 뜻에서 1909년의 『제국동요대전』에 이미 조선의 민요가 포함되었다는 점을 주목할만하다. '조선적인 것' 역시 일본제국의 영역 안에서의 '균질성을 위한 다양성'으로 기능하게(또는 기능할 수 있다고 판단하게) 되었음을 의미하기 때문이다.

나리타 유이치 또한 비슷한 지적을 하고 있다. 좀 길지만 직접 인용한다.

> 1930년대에 '고향' 개념이 전환하는 이유 중에는 '전쟁'이라는 요인을 빼놓을 수 없다. 전쟁은 사람들을 강제적으로 동원하고, '일본' 밖으로 '이동'시켰으며 그 눈을 통해 일본을 '고향'으로 확인토록 재촉한다. 이런 '고향'관에 반응한 것은 우선 병사들이다. 종군작가 히노 아시헤이(火野葦兵)의 작품에는 이런 병사들의 심정

츠보이 히데토, 박광현 역, 「노래와 고향의 재창조—20세기 전반기 민요운동과 그 외」, 『한국문학연구』 30집, 동국대 한국문학연구소, 2006 참조.

-'고향'관이 넘쳐나고 있다. (…중략…) 데뷔작인 『보리와 병사』(1938)에서도 이미 "여기 있는 모든 병사는 사람의 아들인 동시에 고국에는 처가 있고 그 중에는 자식을 두고 온 아비도 있다. 우리나라의 가장 소중한 사람들뿐이다. 또 병사는 향수에 빠져 모두들 개선(凱旋)할 그날의 몽상을 소중히 가슴 속에 간직하고 있다." "나는 조국이라는 말이 신선하게 나의 가슴에 부풀어 오르는 것을 느꼈다"라고 쓰고 있다. (…중략…) 히노가 묘사한 '고향'은 '전쟁터'라는 (일본의 외부로부터의) 시선에 의거하고 있으며, '고국'을 무매개로 '고향'에 중첩시키며 그 개념을 '일본'/전쟁터의 개념으로 일거에 확대하고 있다. 여기에는 '일본'이 이미 전제되어 있으며, 병사들은 '일본인'임을 의심하지 않는다. '일본' 안의 차이로서의 '고향'이 아니라, '고향'을 한 데 묶은 큰 틀로서의 '일본'과 '일본인'이 묘사되어 있다.[25]

고향과 가족이라는 지극히 개인적이고 구체적인 대상이, 국가주의에 의해 동원된 전장터에서는 곧바로 '고국', '일본'으로 집단화・추상화되고 있다는 것이다. 그 대표적 작품으로서 히노 아시헤이의 『보리와 병정』은 일본에서 출판된 지 불과 1년 뒤인 1939년에 한국에서도 번역 출판되었다(매일신보사 간). 그리고 의미심장하게도 그 번역자는 일제시대를 통틀어 대표적인 한국어 검열관이었던 니시무라 신타로[西村眞太郎]였다.[26]

일본에서의 '고향'은 '향토'로 일반화되자 곧 '고국'으로 이어진다. 대도시로의 출향(이농)을 통하여 고향이 제각각의 고유성을 상실하고 향토로 일반화되었다면, 대외침략전쟁을 통하여 고향은 다시 국가로 확산되는 것이다. 결국 향토의 발견이란 균일하고 동질적인 기억을 창출함으로써

25 나리타 유이치[成田龍一], 박광현 역, 「고향이라는 이야기・재설(再設)-20세기 후반의 '고향'과 관련하여」, 『한국문학연구』 30, 동국대 한국문학연구소, 2006.6 참조.
26 박광현, 「검열관 니시무라 신타로[西村眞太郎]에 관한 고찰」, 『한국문학연구』 32, 동국대 한국문학연구소, 2007.6 참조.

국민(민족)을 만들어내려는 근대국가의 전략으로서 기억의 정치였던 셈이다. 그러나 당연한 말이지만 향토성이란 조선과 일본에서 비슷하기도 하면서 다르기도 했던 것이니, 조선에서의 향토의 발견이란 국토의 억압에 의해 추동된 측면이 강력하다.

2) 국가에서 향토로—식민지 조선의 경우

베네딕트 앤더슨에 따르면 근대국가의 성립에는 문화적 요인 또한 매우 중요한 기능을 했는데, 그 핵심은 인쇄술의 발전에 따라 자국어 소설과 신문의 영향력이 확대되었음에 있다.[27] 자국어신문의 편집은 국내뉴스와 국외뉴스를 독립된 면에 구분 배치함으로써 독자들로 하여금 자국의 영토를 일상적으로 확인할 수 있도록 만든다. 신문지면의 공간배치가 자연스럽게 영토의 내부와 외부를 구획하는 것이다. 그런데 앞서 살폈듯이 1910년 강제합병 직후 일제는 조선의 신문 제호에서 국권을 상징하는 것들을 모두 삭제하도록 강제하였으니 국토 획정의 성격이 사라진다. 그리하여 「한양신문」, 「한성신문」 등에서 표상되는 지역성은 예컨대 「오오사카 매일」, 「교토신문」 등과 다를 바 없게 된다. 일본 '제국'이라는 전체 속에서 재배치되는 지역성이다. 이렇게 검열이 국토와 국호를 배제하는 방식으로 신문제호의 공간성을 재배치하면서 '한양' '한성' 등은 일본 제국의 한 지방으로서의 성격을 강하게 띠게 된다. 앞서 보았던 츠보이의 지적대로 1909년의 『제국동요대전』에서 이미 조선의 민요를 일본의 한 지역으

27 베네딕트 앤더슨, 윤형숙 역, 『민족주의의 기원과 전파』, 나남, 1991, 25~58쪽.

로 정리했다면, 1910년에는 조선어 신문에서도 동일한 맥락의 작업이 진행된 것이다.

조선, 경성, 한양, 한성 등은 도쿄, 교토, 나고야 등 '내지'의 주변부로, 그리고 오키나와, 대만 등 식민지들과 나란히 '제국'이라는 전체 속의 작은 차이를 보이는 지방들로 재배치된다. '제국'이라는 전체를 승인한다는 전제 안에서라면 지역적 차이는 용인되거나 오히려 장려된다. 츠보이의 표현대로라면 "균질성을 강조하기 위한 다양성"이기 때문이다. 이제 근대화된 제국의 중심으로부터 2단계 3단계 뒤떨어진 지방들은 그 중심을 본받아 닮아가고 통합되어야 한다. 적어도 일본에서는 그러했고 총독부의 의도 역시 그러했다. 또한 한국 문인들 역시 이런 일본적 오리엔탈리즘을 일정부분 변형 수용한 듯하니, 식민지시기 향토성담론은 이와 관련하여 해석할 가치가 충분하다.[28]

이러한 국토개념의 삭제는 문학작품에서도 발견된다. 대표적인 보기는 심훈의 시 「무사시노[武藏野]에서」이다. 제2연의 첫 두 행만 보자. 애당

---

28 일본이 자국 내의 지방과 조선 등 식민지라는 주변을 발견함으로써 일본적 오리엔탈리즘을 확립해나간다면, 다시 식민지 조선의 신지식인들은 향토를 발견함으로써 내국적 오리엔탈리즘을 확립해나간다고 할 수 있다. 구한말 이후 지속되던 서구중심적 근대화의 열정은 이제 일본제국의 중심성 속에서 자신의 역할모델을 발견하게 되면서, 오히려 그 중심으로의 통합지향성을 강력하게 띠게 된다. 큰 중심은 동경이고, 작은 중심은 경성유학생으로서의 신지식인들 자신이다. 이 문제에 대해서는 오성호의 설명이 돋보인다. 즉 신지식인들이 '문명화의 사명'에 입각해서 고향을 바라봄으로써, 고향은 개발되어야 할 야만의 공간으로 타자화되며, 곧이어 그 개발된 고향의 회복불능성은 심미화의 충동을 불러일으킨다는 것이다. 그는 이 동력을 '고상한 야만인(noble savage)'의 개념을 원용하여 설명하면서, 고향이 개발의 대상임과 동시에 향수의 대상으로 모순적으로 인식되는 현상을 이런 방식으로 이해할 수 있다고 보았다(오성호, 「「향수」와 「고향」, 그리고 향토의 발견」, 『한국시학연구』 7, 한국시학회, 2002.11, 163~192쪽 참조). 또한 일부 신지식인들이 도쿄[東京]보다 더 큰 중심으로서 서구를 지향하거나, 아니면 향토에서 세계문학을 상상하는 데 이른 것은 이런 흐름 속의 현상이라고 할 수 있다(향토성에서 세계문학의 가능성을 찾으려는 이효석 등의 시도에 대해서는 오태영, 앞의 글, 41~63쪽 참조).

초 "두 사람의 시선(視線)은 아득히 / 고국(故國)의 한울을 더듬으며"였지만, '고국'이라는 두 글자를 검열관이 삭제하자 심훈은 '국(國)'을 '향(鄕)'으로 바꿔놓고 있다.[29] '고국'은 검열에 의해 '고향'으로 바뀌는 것이다. 이밖에도 이희승은 "'태극기' '대한제국' '백두산' '단군' '무궁화' 등의 단어에 대한 설명이 반국가적"이라는 이유로 우리말사전 원고를 압수당했다고 회고하고 있으며,[30] 또한 김정구의 가요 「두만강 푸른 물에」가 금지곡이 된 사정도 이와 유관한 것으로 보인다.

국토의 상상에 대한 금압이란 강제합병 초기부터 강제되어 식민통치 기간을 통틀어 지속되었다. 이렇게 국토가 억압됨에 따른 대리보충물로서 향토가 발견된 측면이 존재한다면, 조선에서의 향토란 단순하게 전근대/제국의 주변부로만 인식되는 것은 아니다. 앞서(1부 1장) 살핀대로 검열이 정치담론을 억압한 탓에 문예의 상대적 흥륭이라는 풍선효과가 나타났지만, 그 결과로 문예는 제몫보다 더 많은 정치담론의 구실을 떠맡아야 하였다는 사정을 고려할 때 더욱 그렇다. 점차 향토는 국토의 은유로서 성격을 띠게 되며,[31] 그렇게 되자 향토는 다시 이중적인 의미를 지니게 된다. 검열된 국토의 대리보충물로서 향토(심훈 등)와, 전도된 오리엔탈리즘으로서의 향토(대부분의 향토적 작품들)의 이중성이다. 당연히 검열당국은 이 둘을 구분하여야 할 필요가 생겼을 것인데, 다음과 같은 검열지침은 바로 이런 필요 때문에 나온 것이라고 판단한다. "조선의 역사적 인물, 산악, 고적 등에 관한 기사로서 민족의식을 고취하고 배일사상을 고조함과 같은 혐의가 있는

29 심훈, 「무사시노[武藏野]에서」, 심훈기념사업회, 『그날이 오면』(육필원고의 천연색 영인 및 활판인쇄), 차림출판사, 2000, 137쪽. 앞서 밝혔듯이 이 사실은 최경희가 발견하여 알려준 것이다.
30 이희승, 「국어를 지킨 죄로」, 『한국현대사』 5, 신구문화사, 1971, 298쪽.
31 이우성, 「고대시와 현대시의 교차점」, 이우성 외편, 『한국근대문학사론』, 한길사, 1987 참조.

것은 이를 게재하지 말 것"[32]

"조선의 산악 고적에 관한 기사" 중에서 "민족의식을 고취하고 배일사상을 고조함과 같은 혐의가 있는 것"만을 금지한다는 것이다. 향토성이 단순히 제국 내의 근대성을 척도로 하여 제국 내의 지리적 재배치,[33] 특히 조선민족의 후진성[34]으로만 인식된다면 이는 적극 장려할 사안이라고 볼 수 있다. 그러나 그것이 국토와 동일시되고 독립의 주장으로 이어질 가능성이 보일 때는 금압의 대상이 된다.[35] 이렇게 되었을 때 1930년대 향토성의 의미를 밝히는 일은 더 복잡해진다. 검열과의 관련을 제외하고라도 이미 그러하다.[36] 예컨대 이화진은 다음과 같이 지적한다.

> 1930년대 후반 조선영화 목록작업은 식민지 농촌에서 벌어지는 비참한 광경들을 향토색이라는 이데올로기적인 문화담론 속으로 밀어 넣는 데 일조했다. 이 작업은 아리랑에서는 소극적이나마 가능했던 저항적 공간도 영화 자체의 역사적 맥락을 봉인한 채 조선적인 정조가 두드러지는 농촌이야기로 일반화한 측면이 있는 것이다. (…중략…) 식민지 조선은 무능력한 남성과 겁탈당하는 여성, 기아에 허덕이는 아이의 초상으로 그려지고, 영화라는 재현매체는 이를 민족 수난사

32 「언문신문지면쇄신요항」 14조, 계훈모 편, 『한국언론연표(1881~1945)』, 관훈클럽 신영연구기금, 1979, 1290쪽에서 재인용.

33 츠보이가 말하는 대로, "균질적인 것을 구성하면서 그 균질성을 강조하기 위한 다양성"으로서의 조선이라는 로컬리티를 말한다.

34 이화진이 보기로 들었던바, 『경성일보』 모집 전국어린이 작문 당선작을 영화화한 최인규의 「수업료」는 그 좋은 보기이다. 조선 농촌 어린이의 극도의 가난이 묘사되지만, 그 가난은 교사와 친구들의 따뜻한 우정, 그리고 출향하여 돈을 벌고자 이향한 아버지가 부쳐온 돈에 의해 감동적으로 극복되는 것이다.

35 문자보급운동이 문자와 산술능력의 보급을 통한 농촌의 생산성 증대로만 남아있을 때는 장려 내지 묵인되었지만, 언론사의 통제를 벗어났을 때는 금지되었음도 이와 관련하여 매우 시사적이다.

36 신형기, 박헌호, 차승기, 오태영의 앞의 글 참조.

로 재생산하는 것이다. 어떤 면에서 조선의 관객들은 영화를 통해 이러한 피식민자의 초상을 스스로 관찰하고 내면화함으로써 제국의 식민주의적 욕망에 잠식되어 갔다고 볼 수도 있을 것이다.[37]

물론 이화진의 분석은 조심스럽다.[38] 하지만 향토적 조선영화 속의 도시-농촌의 계서적(階序的) 공간구성은 제국과 식민지, 또는 조선과 더 낙후된 농촌으로서의 만주 등으로 상상하도록 만드는 복잡한 심리적 역학관계 속에 있다는 지적은 경청할 필요가 있다. 제국 내의 지방을 계서화하면서 재배치하는 과정을 통해서 일본적 오리엔탈리즘은 끝없이 재생산되어간 것이다.[39]

하지만 영화와는 달리 적어도 문학에서는 이러한 일본적 오리엔탈리즘의 재생산과는 대조적인 기제와 효과들이 존재했다. 이화진이 1930년대 영화에서 이런 반(反)담론의 흐름을 발견하지 못했음은 아마도 문학이 영화보다는 자본의존성이 약하다는 점과 관련될 것이지만, 검열에 의해 국토성이 소거되었다는 역사적 맥락에 소홀했기 때문이기도 할 것이다.

결국 이런 점에서라면 조선에서 향토의 의미는, 적어도 문학의 영역에서는, 경무국 도서과나 『제국동요대전』 편찬자들의 의도를 일정부분 배반하는 것이다. 담론의 형성과 의미획득과정은 상당히 많은 부분에서 검열권력에 의해 압박당하지만, 늘 대항담론의 가능성은 존재할 수밖에 없음을 다시 한 번 확인하게 되는 대목이다.[40]

---

37 이화진, 앞의 글, 382~383쪽.

38 이 조심스러움은 그 스스로 밝히듯이 당시 영화자료들은 실물로 남아있지 않아서 당시의 문자텍스트를 통한 간접분석밖에는 가능하지 않았기 때문이다. 게다가, 당시 신문, 잡지 등의 기고자는 주로 지식인들이어서 당대의 관객대중들의 반응을 가늠하기 어렵기 때문이기도 하다.

39 오성호, 앞의 글, 163~192쪽 참조.

4. 나오며

향토의 발견은 제국 일본과 식민지 조선에서 동일하게 진행된 측면이 있다. 근대화과정에서 보편적인 이농현상을 기반으로 설정되었기 때문이기도 하며, 일본의 민요운동이 한국에 미친 영향이 컸기 때문에 그렇기도 하다. 하지만 국가와 연결되는 방식에 있어서는 커다란 차이를 보인다. 조금만 구체적으로 살펴보기로 하자.

일본의 초등학교 교과서에 실려있어 누구나 흥얼거리는 노래 〈후루사토(故鄕)〉의 가사는 "뜻을 이루고 / 언젠가 돌아가야지 / 산이 푸른 고향 / 물이 맑은 고향"(3절)로 되어 있다. 이보다 조금 앞선 〈반딧불이의 빛〉은 "치시마의 구석에서 오키나와까지 / 일본의 수호자로다 / 힘없는 나라 위해 용감하게 / 노력하자 내가 있는 곳 무사하도록"(4절)이다.[41]

이런 노래에서 출향은 영예로운 귀향을 전제로 하고 있다. 그 출세주의는 군국적 팽창주의와 결합되어 있으며, '영원한 영혼의 안식처'라는 고향을 떠나야하는 젊은이들의 불안감이나 자의식은 전혀 보이지 않는다. 그

---

40 예컨대 백대진에 대한 유광렬의 아래 회고 역시 조선의 지방성과 국가성 사이의 틈새를 피검열자들이 역이용했던 사례를 보여준다.

"백씨는 고민한 끝에 매일신보를 사직하고 민간잡지로 朴모와 함께 「新天地」라는 잡지를 발행하여 총독정치에 공격의 화살을 퍼부었었다.

이번에는 일본경찰의 탄압을 받아서 1922년 12월에 잡지는 발행금지를 당하고 백씨와 박모씨는 함께 감옥으로 가는 구속의 몸이 되어 오랜 옥고를 겪었다. 50여 년전 일이라 문제된 기사는 기억이 잘 안되나 재판 때에 이승우(李升雨) 씨의 변론에 "기사중 조선은 조선인의 조선이 되어야 한다는 말을 조선독립을 주장했다 하여 구속하였으나 그것만으로는 독립주장은 아니다. 서울은 서울사람의 서울이 되어야 한다 했대서 반드시 서울의 독립이라고 인증할 수는 없지 않으냐"고 검사에게 변론전을 펴던 생각이 난다."(유광렬, 「기관지 기자의 비애」, 『기자 반세기』, 서문당, 1969(1974 재판), 338쪽).

41 츠보이 히데토, 앞의 글, 37~38쪽. 조선총독부는 1941년 〈후루사토〉를 일본어 가사 그대로 『초등창가』 6학년용 교과서에 수록하여 조선의 어린이에게도 보급하였다.

러나 대도시로 나가건 전쟁터로 나아가건, 출향하는 젊은이들이 성공하여 금의환향한다는 보장이 전혀 없음은 물론이다. 식민 본국의 젊은이라고 해도 큰 차이는 없었으며, 그 좌절의 서정 역시 누군가에 의해 작품화되기도 했다. 예컨대 나가노[長野]로 취업한 시골 출신 일본여성이 지은 「여공의 노래」는 "고슈[甲州]를 떠날 때는 눈물이 났지만 지금은 고슈의 바람도 싫어. / 마음은 고슈에 있지만 몸은 나가노현, 흐르는 눈물이 솥에 떨어지네"로 되어 있다. 그러나 이런 실패한 출향의 서사는 권력에 의해 삭제되어 유포될 수 없었다.[42]

이에 비해 조선의 고향 노래에는 그런 성공의 기미가 거의 없다. 「후루사토」와 비슷하게 오늘날까지 널리 불리는 한국의 노래 「고향의 봄」이라든가 정지용의 「향수」 등만 보아도 사정은 명확하게 드러난다. 창가 가운데 고향을 주제로 한 것으로 가장 오래된 「망향」 역시 "부모형제 이별하고 타관으로 작객(作客)되니 / 섭섭한 맘 향하는 곳 나의 본향뿐이로다"로만 되어있을 뿐이다.[43] 「레디메이드 인생」(1934)을 필두로 식민지시기 경성이나 동경으로 유학한 작가들이 그리는 이향이나 고향 담론들에서도 성공과 금의환향의 서사는 찾아볼 수 없다. 그저 언젠가는 돌아가야 할 안식처로만 나타나거나, 아니면 회귀하고픈 시원인 동시에 극복해야 할 전근대의 대상이기도 한, 모순적 양가성이 드러나 있을 뿐이다. 물론 이 문제는 식민본국과 식민지에서 젊은이들의 현실적 성공 가능성의 차이, 그리고 심리적 격차와 유관한 것일 터이다.

다른 많은 관념들과 마찬가지로 '향토' 역시 근대의 발명품이었다. 그

42 이 노래는 문부성 편찬의 『이요집』에는 수록될 수 없었고, 다카노의 『민요집습유(民謠集拾遺)』(1915)에만 실려 있다(위의 글 참조).

43 김인식 편, 『(교과적용)보통창가집』, 경성 : 청송담서점, 1912(민경찬, 「한국근대음악과 '고향'」, 『한국문학연구』 30, 동국대 한국문학연구소, 2006.6, 78쪽에서 재인용).

속에는 전근대와 근대, 중심과 주변, 식민본국과 식민지, 지식인과 대중, 개인의 고향과 전체로서의 국가 등이 착종되어 있다. 이 장에서는 그 다양한 착종 중에서 단지 한 부분-검열과 향토의 산출, 그리고 식민본국과 식민지의 차이에 대해서만 점검해 보는 데 그칠 수밖에 없었다. 물론 미진한 논의이지만, 향토성 논의 중에서 결락된 부분을 조금이라도 보충할 수 있었으면 한다.

장애우 인물 소설과 검열우회

1. 들어가며

식민지시기 한국문학의 등장인물을 통시적으로 볼 때 흥미로운 현상 중 하나는, 영웅인물에서 장애우[1] 인물로의 이행이다. 물론 근대문학이 영웅 대신에 평범한(또는 열등한) 인물을 주로 다루게 되는 현상은 보편적인 것이지만, 한국에서 이 현상은 매우 급격한 변화를 보인다. 즉 민족적 영웅은 구한말에 급증했다가 강제합병을 전후하여 거의 모두가 판금되어 사라졌으며,[2] 장애우 인물은 영웅의 대조항 노릇을 하는 부수적 인물로서 더러 나타

1 불구자 · 장애자 · 장애인 등 여러 용어 중에서 장애우라는 용어를 선택한다. 물론 문제가 없지 않지만, 그들의 단체에서 그렇게 불러달라고 요구한 만큼 이를 존중하기로 한다.

2 신채호의 『이태리건국삼걸전』(1907), 『이순신전』(1908) 『을지문덕』(1908), 『최도통(崔都統, 고려 말 최영 장군—인용자 주)전』(1909), 박은식의 『瑞士(스위스—인용자 주)건국

나다가 1930년대에 이르면 급증하면서 주인공의 구실을 맡는 경우가 많아졌다. 또한 1940년대에는 장애우 인물이 거의 사라지는 대신에 전혀 종류가 다른 영웅인물, 즉 카미카제 특공대원 등 전쟁영웅을 다루는 작품들이 선보인다. 문학 내적 논리만으로는 이러한 현상을 설명하기 어려우므로, 1930년대 장애우 인물의 급증을 검열과 관련지어 이해해보고자 한다.

문학작품이 어떤 인간을 다룰 가치가 있는 인물로서 설정하는가 하는 문제는 다양한 요인들과 결부된다. 즉 당대의 가치관, 문학적 제도, 독자들의 수용지평 등 집합적인 요인과, 작가의 세계관이나 미적 감수성, 개인적 체험 등 개별적 요인을 들 수 있다. 검열을 키워드로 삼는 일은, 집합적 요인, 그 중에서도 문학 제도적 요인에 주목하는 셈이다.

2. 연구사 검토와 시각의 정립

장애우 인물은 대체로 문화통치기부터 등장하기 시작하지만 가장 활발하게 산출되는 것은 1930년대이다. 문학 속의 장애는 신체장애, 정신장

지』(1907), 『몽배금태조(夢拜金太祖)』(1911), 『천개소문전(泉蓋蘇文傳)』(1911), 이해조의 『화성돈(華盛頓, 조지 워싱턴―인용자 주)전』(1908), 장지연의 『애국부인전』(1908), 유원표의 『몽견제갈량(夢見諸葛亮)』(1908) 등이 대표적이다. 1930년대도 물론 이광수의 『마의태자』·『단종애사』, 김동인의 『운현궁의 봄』 등이 나왔지만, 역사로의 도피라는 성격을 강하게 지니므로 맥락은 많이 다르다. 구한말 영웅전기물에 대한 연구는 다음을 참조. 김성수, 「신채호의 영웅 전기와 근대적 글쓰기 기획―『을지문덕』의 글쓰기방식 재검토」, 『민족문학사연구』 41, 민족문학사연구소, 2009; 손성준, 「도구로서의 제국 영웅―20세기 초 한국의 비스마르크 전기 번역」, 『현대문학의 연구』 47, 한국문학연구학회, 2012.

애, 은유적 장애로 나눌 수 있다. 은유적 장애란 의학적 기준에 따르면 장애라고 보기 어렵지만 변화되는 사회적 요구에 대해 심각한 부적응 증세를 보이는 인물, 즉 작품의 문맥 속에서 장애성을 띠게 되는 경우를 가리킨다. 이상의 「지주회시」, 「날개」, 특히 김유정의 대부분 작품에 등장하는 인물들이 그 보기이다.[3] 정신장애, 은유적 장애의 경우는 작품에 대한 세밀한 분석이 필요하니, 개괄적 점검을 목적으로 삼는 이 장에는 적절치 않다. 따라서 주로 신체장애에 대해서 살핀다.

장애우 인물과 검열을 연결시켜 살피고자 할 때, 참고로 삼을 선행업적은 세 편이 있다. 최경희, 한혜선, 한만수의 것이다. 세 논문의 성과를 간단히 요약하고, 그 바탕 위에 이 글의 입각점을 세워보기로 하자.

먼저 최경희의 글은 장애우 인물과 검열을 연관시켜 살핀 최초의 것으로 중요한 참고가 되었다. 폭넓은 작품을 꼼꼼히 분석하였는데 결론은 다음 몇 가지로 요약할 수 있다.[4] ① 소위 문화통치기에 들어서면서 한국문학에는 불구의 인물들이 급증하는데, 이는 한국문학사에서 유례없는 일로서 식민화된 국가를 불구로 상상하면서 나타나게 된 것이다. ② 검열의 압박을 경험했던 작가들은 자신과 문학행위를 불구적인 것으로 인식하게 되었다. 그 결과 등장인물뿐만 아니라 작가, 그리고 텍스트 자체를 '불구'(그에 따르면 '병신'이라는 전통적 용어 대신에 이 시기에 새로 널리 쓰이게 된 용어이다)적이라고 표현하는 은유들이 다수 등장하게 되었다. ③ 불구성에 초점을

3 의학적으로 정신장애의 기준이 모호한데다가 작품 속 인물의 경우는 더욱 그러하므로, 정신장애 인물과 은유적 장애 인물의 구분은 쉽지 않다. 그러나 명확하게 정신장애인 경우는 선천적 장애로 설정되어 있고 은유적 장애인물은 그렇지 아니하므로, 여러 가지 의미가 달라진다는 점에서 구분의 필요가 있다.

4 Kyeong-Hee Choi, "Impaired Body as Colonial Trope : Kang Kyung'ae's 'Underground Village'", *Public Culture*, vol.13, no.3(special issue 'Critical Limits of Embodiment : Reflections on Disability Criticism'), 2001.

맞춤으로써 한국의 작가들은 근대화로부터 비평적 거리를 얻게 되며, 식민지 지배하의 근대성에 대한 불평등성을 인식하고 표현할 수 있었다.

한편 한혜선은 신체적 장애인물이 주인공 및 부주인공으로 등장한 식민지시대 작품 34편을 분석한 결과, 다음과 같은 결론을 얻었다.[5] ① 장애인물은 자신의 이름이 아닌 신체적 장애를 나타내는 징표(벙어리 장님 애꾸눈 문둥이 절름발이 등)로 불리는 인물들이 많다. 인간적 관계는 거의 이뤄지지 않으며 개인적 정체성을 상실하게 된다. ② 대부분은 장애와 가난의 이중고에 시달린다. 가족/사회/직업에서 쫓겨나거나 스스로 떠나서 공동체 밖에서 살아간다. ③ 장애인물은 많은 경우 죽음을 통해서만 이런 한계상황에서 벗어날 수 있지만, 일부의 경우는 부모의 사랑, 노동자의 동지애에 의해 삶을 지탱하거나 장애 덕분에 오히려 더 높은 수준의 정신적 예술적 성취를 가능하게 하는 것으로 묘사되기도 한다.

또한 한만수는 한국서사문학에 등장하는 정신장애 및 은유적 장애 인물들을 통시적으로 살폈는데, 그 내용은 대략 다음과 같이 요약할 수 있다.[6] ① 민담에서 바보는 신분과 능력의 괴리를 보이는 문제적 바보와 그저 어리석은 행동을 그리는 우스개 바보로 구분할 수 있다. 문제적 바보의 경우는 당대 사회의 지배적 가치관에 대한 비판으로 기능한다. ② 판소리계 소설 10개 작품 중 「숙영낭자전」을 제외한 9편에서 바보가 등장하는데, 거의가 문제적 바보이다. 신분이 높은 자를 바보로 설정하면서 직설적으로 비판하거나, 신분이 낮은 바보가 궁극적으로 승리하도록 설정하는 구조를 통해 비판한다. ③ 김유정의 소설에서 바보는 예외 없이 낮은 신분이

---

5 한혜선, 「한국현대소설의 인물연구—신체적 결손징표를 중심으로」, 이화여대 박사논문, 1992.2.

6 한만수, 「한국 서사문학의 바보인물 연구—바보민담, 판소리계소설, 김유정 소설을 중심으로」, 동국대 박사논문, 1992.2.

며, 그들은 가난에서 벗어나려는 노력이 어리석은 탓에 더 극심한 가난에 빠지게 된다. 한국의 바보 서사물에서 공격성이 하층민에 집중되는 최초의 사례이며, 당대의 조선 민중들과 바보는 강력하게 동일시된다. 이를 보면서 독자들은 연민과 비판을 동시에 느끼게 될 것이며, 독자의 적극적인 해석을 유도한다. 그 비판은 즉자적 삶에 머물고 있는 민중에 대해 검열을 우회하면서 각성을 촉구하는 방식이라고 이해할 수 있다.

위의 글들은 제각기 특유의 영역을 개척하여 나름의 성과를 거두었다. 최경희의 글은 신체적 장애인물과 검열을 연결시키는 선구적 업적이었으며, 한혜선의 것은 근대의 장애인물 서사를 다른 서사물과 구분지어 살핀 첫 연구였다. 한만수의 글은, 정신장애에 한정되긴 했지만, 전근대적 서사와 근대적 서사 사이에서 바보인물이라는 모티프적 연결을 찾아 서로 같은 점과 다른 점을 밝히면서 의미를 밝히고자 했다.

그러나 이 세 글은 한계도 지니고 있다. 최경희는 정신장애에 대해 소홀하였으며, 신체장애 중에서도 시각장애가 큰 비중을 차지하는 현상에 대해 주목하지 않았고 이런 현상이 문학사에서 어떤 흐름으로 전개되는가에 대해서 논의하지 않았다. 한만수는 신체장애를 배제하였으며, 검열과의 관련성을 시사했을 뿐 본격적 작업에 이르지 못했다. 한편 한혜선은 신체장애와 정신장애 양자를 포괄하였지만, 분류와 현상서술에 지나치게 집중한 나머지 장애인물이 양산되는 배경과 효과, 특히 검열과의 관련성에 대해 주목하지 않았다. 이 글들은 각각의 세부주제를 최초로 착안한 것이면서 상호 관련된다. 이 장에서는 위의 세 성과를 토대로, 검열과의 관련성을 중심으로 논의를 확장시켜 보고자 한다. 이 시기 작품의 장애우 인물들이 검열과 관련되어 산출되었으며 당대 조선민중과 동일시되고 있다면, 이는 구체적으로 어떤 시대적 맥락 속에서 가능해졌는가.

한혜선에 의존하여 장애인물 소설들에 대한 개략을 짚으면서 시작하자. 신체장애 인물이 주인공(또는 부주인공)으로 등장한 소설은 모두 34편인데 1925년 이후 산출되었고 1930년대에 활발하였다. 정신장애 인물 역시 1930년대에 활발하게 생산되었는데 — 현진건, 「정조와 약가」(1929); 계용묵, 「백치 아다다」(1935); 최태응, 「바보 용칠이」(1939) 등 — , 이들 역시 사회적 변화에 적응하지 못하여 더욱 불행해지며, 이에 대해 작가는 대체로 동정적이다.[7]

좀 자세히 살펴보자. 한혜선이 대상으로 삼은 34개 작품 중에서 비교적 가벼운 장애이거나 장애라고 보기 어려운 경우(곰보, 언청이, 긴 턱, 머리카락의 절단, 추한 얼굴, 힘센 장사 등)와, 질병자로 분류함이 더 적절할 경우(불임, 문둥이 등)를 제외한다면 신체적 장애우 인물이 등장하는 것은 모두 17편이다. 이 중에서 「오몽녀」 「실명」 「지하촌」 「광화사」 에는 장님이, 그리고 「누이동생을 따라」 「캉가루의 조상이」 「누님」 「계집하인」에는 애꾸눈이 등장한다. 17개 작품 중에서 8개 작품이 시각장애우 인물을 등장시키고 있는 셈이다. 다른 장애는 지체장애(8편), 청각장애(1편), 언어장애(3편) 등이었다.[8]

이를 현실에서의 장애우 분포와 비교해보자. 작품에서는 시각장애가 압도적으로 나타나지만, 총독부 조사에 따르면 당시 시각장애우와 언어장애우('벙어리')는 각각 11,085명과 10,421명으로 거의 비슷했다.[9] 요컨대 식민지시기 문학에서 장애우 인물은 1925년부터 시작하여 1930년대에

7 위의 글 참조. 신체장애 및 정신장애 인물에 대해서 작가들이 대체로 동정하는 것에 비해, 은유적 장애 인물의 운명에 대해서는 동정과 함께 비판적인 태도를 보인다.

8 중복장애가 있으므로 개별 장애의 단순 합산 결과와는 조금 다르다.

9 「명암세계(明暗世界)의 일면(一面) 전조선맹아자이만여(全朝鮮盲啞者二萬餘)」, 『동아일보』, 1933.12.4, 2면.

매우 활발하게 산출되었으며, 시각장애가 현실의 비율보다 훨씬 과장되어 작품 속에 나타나는 셈이다. 그런데 검열제도 밖에서 산출된 당대 작품에서는 장애우 인물이 거의 발견되지 않으므로,[10] 검열과의 관련성을 고려할 필요가 있다.

왜 그러한가. 왜 1930년대에 장애우 인물 소설은 급증하며, 시각장애가 현실의 장애빈도보다 과장되는가. 시각장애우에 대한 사회적 인식의 변화, 검열, 그리고 1920년대 중반 농민야학으로 시작되어 1930년대 초반에 극성기를 맞았던 문맹퇴치운동[11]의 존재 등 몇몇 요소를 감안하면서 해명해 보고자 한다.

3. '문맹'이라는 은유와 검열

1) 시각장애와 근대미달

시각장애우는 전통적으로 점복사의 기능을 담당했다. 『경국대전』에는 점치는 일을 담당하는 명과학(命課學)을 천문학 지리학과 나란히 규정하였

10 검열을 받지 않았던 작품들(예컨대 상해임정의 『독립신문』에 수록된 작품들, 국내출판물이라 하더라도 비밀리에 유통되었던 지하출판물의 작품들), 그리고 상대적으로 검열이 약했던 합방 이전에는 장애인물은 거의 없으며 주로 민족적 영웅들이나 외국의 근대영웅들을 소개하는 작품들이 많았다.

11 문자보급운동(조선일보사, 1929~1935)과 브나로드 운동(동아일보사, 1931~1934) 등을 통해 언론사가 문맹퇴치에 합류하면서 이 운동은 활력을 얻기도 하였지만 동시에 변질되기도 한다.

고 교수 1명(종6품), 훈도 1명(정9품), 생도 10명을 두도록 규정하였는데 거의 대부분 시각장애우가 임용되었다.[12] 이는 삼국시대 이래의 전통에 따른 것이지만 조선에서 유교가 점차 굳건해지면서 점차 점복을 억압하였으며, 그 결과 국가의 공식 행사로 시행되던 맹인독경제(盲人讀經祭)는 영조 때, 기복을 담당하던 소격서(昭格署)는 임진왜란 직후 각각 폐지되었다. 맹인 점복사들은 도교에서 유교로 전향함으로써 탄압을 회피하고자 했는데 이는 꽤 효과적이어서, 조선 중기에 맹인의 신분은 천인에서 중인으로 상승된 듯하다. 특히 왕실에서 기복행사는 대한제국 시기까지도 지속되었는데 맹인들이 주로 동원되었다.[13] 민간의 점복풍습은 더 오래 지속되었다. 1920, 30년대까지도 대보름이나 설날 등 명절에 판수를 불러다가 「안택경(安宅經)」과 「옥추경(玉樞經)」 등을 밤새도록 외게 하여 액을 물리치고 복을 기원하는(誦經) 풍습이 널리 행해졌다고 하며,[14] 1921년 통계에 따르면 전국의 시각장애우 8,792명 중에서 1,737명(성인 맹인의 25%)이 점복에 의해 생계를 유지하고 있었다.[15]

그러나 갑오개혁의 관제 개편으로 명과학은 폐지된다. 또한 총독부는 점복을 금압하면서 대신에 시각장애우에게 직업교육을 통하여 안마사, 침구사라는 직업을 갖도록 유도한다.[16] 제정일치의 상고시대 이후 점복

---

12 임안수(「한국 맹인 직업사 연구」, 단국대 박사논문, 1987) 및 신동원(『호열자, 조선을 습격하다』, 역사비평사, 2004, 145~174쪽) 참조. '봉사(奉事)', '소경(少卿)' 등 시각장애우를 높여 부르는 용어들 역시 점치는 관직의 이름에서 유래되었다는 주장도 있으나 근거는 충분치 않다.

13 임안수, 위의 글, 6~63쪽 참조.

14 위의 글; 홍석모 편 『서울 세시 한시』, 보고사, 2003, 282쪽 참조.

15 신동원, 앞의 책, 131쪽 참조.

16 물론 1921년까지도 시각장애우 중에서 침구 안마를 직업으로 가진 자는 97명으로 점복에 종사하는 1,737명에 비해 미미한 편이어서 민간의 점복풍습은 상당기간 지속되었음을 확인할 수 있다.

의 신성성은 계속 약화되어 왔던 것은 사실이지만, '미신'으로 전락하는 결정적인 계기는 식민지 시기였던 것이다. 이제 장애우는 '정상인과 다르기 때문에 신과 소통할 수 있는' 존재라고 믿었던 '신성성'을 잃어버리고, 미신타파의 대상, 관리와 복지의 대상이 되어버린다.[17]

'장애인'이라는 용어는 물론 정상과 비정상을 구분하는 시각에 의존한다. 시각장애우의 경우를 보자면, 전통적으로는 신성성도 복합되어 있는 비정상성이라는 인식이 주류적이었지만,[18] 근대 이후로는 신성성을 급격하게 박탈당하게 되는 것이다. 점복에 대한 불신은 (식민지적)근대화와 기독교의 보급에 의해, 그리고 그 근대적 요구들을 내면화하면서 자신의 존립근거로 삼은 근대 초기 지식인 및 근대적 문자매체들의 미신퇴치운동 등에 힘입어 급격하게 유포된다.[19]

이렇게 시각장애가 신성성을 잃고 비정상(그리고 식민권력의 관리대상)으로서 훨씬 더 강력하게 인식되자, 이들은 국권을 상실한 조선의 은유로서 매우 적합한 대상이 되었다. 전통적으로 시각장애는 모든 장애 중에서 가장 심한 장애로 인식되었다는 점,[20] 근대는 다른 감각보다 시각의 중요성

17 "무당이 제 굿 못하고, 소경이 저 죽을 날 모른다"는 속담에는 이같은 시각장애우의 예언력에 대한 믿음과 불신이 공존한다. 「쇼경과 안즘방이 문답」(『대한매일신보』, 1905)의 '소경'이라거나, 「오몽녀」(이태준, 1925)의 맹인점복사 '지참봉'에는 맹인점복에 대한 불신이 더 강화되어 있다.

18 시각장애우의 일부는 벼슬에 나아가거나 점복사로 살아가지만, 대부분은 걸인 등 사회적 약자에 머물렀다(1921년 통계로도 절대다수를 차지하는 5,305명은 무직이었다). 이렇게 시각장애우는 '신성성'과 '비정상성'을 공유한다. 좀더 많은 논의를 필요로 하는 것이지만, 이러한 이중성은 근대문학에서도 일정부분 계승된다고 본다. 즉 「백치 아다다」 「광화사」 「실명」 등에서 시각장애우가 눈뜬 사람들보다 오히려 진정한 가치를 볼 수 있는 것으로 설정됨을 신성성의 계승이라고 본다면, 다른 대부분의 작품에서 장애우에 대해 동정(또는 동정과 비판의 공존)의 대상으로 나타남은 비정상성의 계승이라고 볼 수 있다.

19 김동리의 「광화사(狂畵師)」(1930)는 미학화된 방식에 의해 시각장애우의 신성성을 다루고 있는 매우 예외적 작품이다.

20 신동원, 앞의 책, 161~164쪽. 시각장애우가 가장 극심한 장애로 인식되었다는 점은 시대에

이 강력해졌다는 점, 시각장애우만의 특유한 직역(職域; 점복사 또는 안마사)이 고정되어 있어서 강력한 인상을 환기시킬 수 있다는 점, 청각장애우에 비해 시각장애우에 대해 대중들은 강력한 시각적 인상을 받게 되며 특히 근대 인쇄매체에서 그 장애성이 강력하게 각인된다는 점[21] 등만을 그 까닭으로 든다면, 핵심을 놓치는 결과가 될 터이다.

조선 지식인들은 전통적으로 조선은 '세계의 중심인 중국에 상당히 가까운 부중심(소중화, 小中華)'이며, 일본은 야만/주변이라는 인식을 지니고 있었다. 하지만 중국이 아편전쟁에 이어 청일전쟁에서 패퇴하는 충격을 목도하면서 중국/조선이 오히려 근대미달이라는 인식으로 급변하게 된다.[22] 식민지시기에 근대화 및 이를 통한 국권회복이란 지상명제에 가까운 것이었음도 물론이다.

그러나 조선의 신지식인들은 대중의 '근대 미달'을 일상에서 매일 목도해야 했다. 명절 때면 『축사경』 등을 읽어 사귀(邪鬼)를 물리치곤 했으며, '봉사'를 불러 점을 치거나 질병을 치료하곤 하였다. 그 과정에서 환자 치사(致死)사건까지 일어났는데, 이는 근대적 경찰체제에 의해 즉각 발견, 보고, 처벌되었으며, 근대성 유포의 최대 매체였던 신문을 통해 대대적으로, 그리고 매우 비판적 어조로 유포되었다.[23] 미신퇴치운동이 활발하게

따라서 다른 사회문화적 의미를 지닌다. 즉 조선조에는 오히려 초월적 세계와의 접근이 용이한 존재로 인식되기도 했지만, 근대화 이후에는 조선의 비참함을 효율적으로 상기시킬 수 있는 은유로 기능하게 되었다.

21 안구 운동의 불안정성, 그리고 이를 가리기 위한 검은 안경과 지팡이(특히 지팡이와 검은 안경은 만화 삽화 등 인쇄매체에서 시각장애우의 상징으로 널리 쓰인다) 등을 연상해보라.

22 대표적 업적으로 앙드레 슈미드, 정여울 역, 『제국 그 사이의 한국 1895~1919』, 휴머니스트, 2007 참조.

23 「시체를 해부 동민다수검거(洞民多數檢擧) 은율(殷栗) 소년살해사건—독갑이 뗀다고 독경구타치사(讀經毆打致死)사건」(『동아일보』, 1933.3.10) 등. 이와는 대조적으로 근대 의료의 힘에 의해 장님이 시력을 되찾게 되었다는 보도도 있었다. 「일면(一面)의 지성(至誠)으로 눈뜬 장님모자(母子), 한 면에서 집집이 돈을 거두어서 장님 모자를 입원시켜서 눈뜨게,

일어났으며, 맹인/점복사는 근대미달의 상징으로 강력하게 각인될 수 있었다.

조선 지식인들이 보기에 점복사는 전형적인, 그리고 나날의 일상에서 목도할 수 있는 근대미달이었다. 시각장애는 여기서 중요한 의미를 획득한다. 조선을 근대 미달태로서 인식하게 된 지식인들에게, 국제정세에 어두웠던 조선인들은 시각장애우와 강력한 유사성을 지녔다. 특히 근대적 과학에 어두운데다 글 읽을 줄도 몰라 근대과학을 배울 가능성조차 거의 보이지 않는 조선대중들은 그러했다. 게다가 중심(신성성)에서 주변(미신; 비정상성)으로 전락하였다는 점도 조선(대중)은 시각장애우와 매우 유사하였다.

한편 국권회복을 위해 근대적 문자매체의 보급이 시급하다는 인식이 애국계몽운동을 통해 광범위하게 유통되었다. 그러나 식민지시기 조선의 문자 미해독률은 80%에 달하였으니, 이 상황을 그대로 두고서는 근대화란 요원한 일이 아닐 수 없었다. 따라서 구술성이란 중요한 근대미달의 지표이면서 근대화의 가장 커다란 장애요인으로 인식되었다.

이런 문맥에서 '문맹'이라는 단어는 구술문화 속의 문자 미해독자를 시각장애우와 동일시하는(그 공통성은 근대미달이다) 은유로서 성립하고 확산될 수 있었다.[24] 조선과 장애우를 '근대미달'로 동일시하는 일은 「쇼경과 안즘방이 문답」 등에서 이미 찾아볼 수 있지만 산발적이었으며, 반대로 '경(經)을 읽어 일본을 물리친다'는 식의 인식까지 보이는 등[25] 그 양상은

구포(龜浦)에 생긴 인정미담」, 『동아일보』, 1927.10.31.

24 결국 '문맹'이라는 단어는 "그것이-아닌-다른 것으로, 또는 그것이-아닌-다른 것처럼 보이는 것으로 어떤 사물을 부르는 것"이라는 점에서 은유이며, 이 오래된 인류의 정신작용 중에서 수잔 손택이 말하는바 "투명하지 못한 인식"에 기반한 "자제하고 피하려 애써야 할 은유"에 속한다(이재원 역, 『은유로서의 질병』, 이후, 2002, 129~136쪽 참조).

25 「축사경(逐邪經)」, 『대한매일신보』, 1909.2.9. 「사조(詞藻)」란. 「축사경」은 본디 잡귀를 쫓아내기 위해 무속에서 많이 쓰던 경전이었으며, 이 기사는 일본인을 잡귀에 빗댄 것이었다.

과도기적 혼란을 보이고 있었다. 그러나 뒤에 보겠지만 '문맹'이라는 은유가 확산되는 결정적 계기는 문맹퇴치운동이었다. 이 시기에 문맹자 및 시각장애우는 조선 및 조선민중의 대리표상으로서 자리 잡게 된다. 그리고 그 이후 문학에서 다수 산출된 (시각)장애우 인물들 역시 대체로 조선/조선민중의 은유로 기능한다.[26]

2) 문맹퇴치운동과 '문맹'이라는 은유의 확산

동아시아 3국에서 '문맹'이라는 단어는 전근대사회 즉 구술문화 시대에는 사용되지 않았던 것으로 추정되며, 한국에서 이 단어는 문맹퇴치운동 과정을 통하여 보편화된다. 식민지시기를 전후한 각종 문서를 검색해본 결과 문맹이라는 단어의 사용빈도는 이 시기에 급증하고 있다.[27] '문맹'이라는 단어 뒤에는 '타파'나 '퇴치'가 늘 따라붙어서 연어법(連語法)을 형성하였다. 즉 타파의 대상, 극복과 배제의 대상으로 인식되기 위해 만들어진 단어인 셈이다.

---

26 Kyeong-Hee Choi, ibid., 참조. 최경희의 논지에 대한 요령 있는 요약은 정근식(「장애의 새로운 인식을 위하여—문화비판으로서의 장애의 사회사」, 김창엽 외, 『나는 나쁜 장애인이고 싶다』, 삼인, 2002, 45~48쪽) 참조. 그는 주로 최경희에 기대어, "식민지하에서 '불구자'라는 용어는 (…중략…) 식민지 상황에서의 조선인의 자기인식을 비유적으로 표현하는 수단이기도 했다"고 지적한다.

27 좀 더 면밀한 조사가 있어야 하겠지만, 주요 사전들과 인터넷 검색 결과로 이렇게 추정한다. 『사원(辭源)』에는 '문맹'이라는 단어가 수록되어 있지 않으며, 한국역사정보통합시스템(고전국역서, 고도서, 고문서, 1945년 이전 정기간행물), 『조선왕조실록』 등을 검색한 결과로도 비슷하다. 1914년에 처음 발견되었으며, 1925년 이후 산발적으로 나오다가 1930년대에 들어서면 빈도가 급증하였고, 1939년 이후에는 다시 급속하게 사라졌다. 『중문대사전(中文大辭典)』, 『한화대사전(漢和大辭典)』에는 간단한 설명뿐으로 용례가 없으며, 『한어대사전(漢語大辭典)』에는 용어풀이와 함께 두 개의 용례가 소개되어 있는데, 홍선(洪深), 류윈화(劉蘊華) 등 1920년대 문필가들의 것이었다.

이에 비해 영어(illiteracy), 독일어(das analphabetentum), 불어(illettrisme) 등 주요 서구 언어에서, 문자 미해독을 가리키는 단어에 '장애'의 이미지는 전혀 없다. '문맹'이라는 동아시아 특유의 은유는 동아시아 근대적 지식인들의 근대에 대한 열망을 담고 있는 셈이다. 그들은 압축적 근대화에의 조급한 열망에 사로잡혀 있었으며, 근대적 문자매체를 통한 근대문물의 유포에서 이를 달성하고자 했으나, 대다수 민중은 전근대적 구술문화에 머물고 있는 모습을 나날이 목도해야 했던 것이다.[28]

이렇게 구술언중을 근대 미달태로 인식하는 일이 전적으로 부당하다고만 말하기는 어렵겠지만, 당대 궁핍의 원인을 봉건적 착취와 식민착취가 아니라 구술언중의 근대미달에서 찾는 데까지 나아간다면 지나친 것임에 틀림없다. 당시 신문을 보자.

> 제군의 고향에는 조선 문자를 모르고 산술수자도 모르는 이가 얼마쯤 있는가. 그리고 제군의 고향인은 얼마나 비위생적 비(非)보건적 상태에 있는가. 아마도 한 고을의 7할의 인민은 문맹의 상태에 있고 9할 이상은 비위생적 비보건적 상태에 있을 것이다. 제군들은 이것들을 그대로 보려는가. 한 글자라도 가르치고 한 가지라도 개량시키려는가. 제군들은 고지서를 볼 줄 몰라 면이원(面吏圓)들에게 모욕을 당하는 농민들을 목도할 것이다. (…중략…) 교양이 없어 추악한 파쟁을 하고 있는 광경, 빈곤 때문에 죄악을 범하는 사실을 제군은 4, 50일 간에도 수없이 목도할 것이다. 군 등은 이것을 그들의 허물이라 생각하느뇨. 이런 사회악을 방출하는 사회만을 저주하려느뇨. 제군은 모름지기 양심상 충정상 이에 동정적 봉공적(奉

28 구술대중과 문자미해독자가 전적으로 일치하지는 않는다. 문자해독자라도 구술문화를 전적으로 배제하는 것은 아니며, 식민지시기 상당기간에 걸쳐 구술문화와 문자문화는 겹쳐 있었다(천정환, 『근대의 책읽기』, 푸른역사, 2003, 127~132쪽 참조). 하지만 이 글에서는 그러한 엄밀한 구분은 일단 고려하지 않기로 한다.

公的) 정신이 발로하지 않으면 안될 것이다. (…중략…) 참으로 민중을 생각하는 마음으로 민중에 접하라. 그리하여 민중계몽자가 되고 민중지도자가 되라.[29]

학생들에게 문자보급운동 동참을 호소하는 글이다. '그들의 허물이 아니라'는 진술이 간단히 섞여 있긴 하지만, 문맹대중이 '추악한 파쟁'을 하는 까닭은 '교양'이 없기 때문이라고 말하고 있다. 요컨대 문자 해독자들은 구술대중을 동정하여야 하며, 그들을 계몽하는 '지도자'가 되기 위해 전력을 다하라 촉구하고 있다.[30]

'문맹타파'라는 말이 널리 쓰이면서 이제 구술문화는 '물리쳐야할 괴물' 쯤으로 인식하게 되어 버렸다. 구술대중을 근대 미달태로 인식함으로써 지식인들은 자신을 계몽의 소주체로, 구술대중을 그 객체로 각각 인식할 수 있었다. 이는 종국적으로는 국권 상실의 책임을 구술대중에 귀착시키는 투사라고 할 수 있으며, 물론 부당하지만 당대의 지배적인 인식이었다. 이런 인식은 1930년대 초반 매년 100만 부에 달하는 교재를 들고 5~6천 명의 학생들이 방방곡곡으로 흩어져 '문맹퇴치'에 나섰다는[31] 이 운동의 주요 동력이었다. 또한 그 과정을 통해 조선 지식인들은 자신을 계몽의 소주체로서 인식하는 심리기제의 실감을 획득하였으며, '아는 것이 힘이다, 배워야 산다'는 문맹퇴치운동의 이데올로기는 구술대중에게까지 확산되었다.

---

29 「봉공적 정신을 함양하라」(사설), 『동아일보』, 1931.7.16.

30 언론사 주도의 문맹퇴치운동이 지니는 관념성, 지식인 중심성, 총독부 농촌진흥운동과의 관련성 등 부정적 성격에 대해서는 최민지 외(『일제하 민족언론사론』, 일월서각, 1978), 권희영(「1930년대 초 언론기관의 농촌계몽운동」, 『해군제2사관학교 논문집』, 해군제2사관학교, 1979), 지수걸(「일제하 브 나로드운동, 재평가해야」, 『역사비평』, 1990 여름) 등 참조.

31 정진석, 『문자보급운동교재』, LG상남언론재단, 1999, 해설 부분 참조. 당시는 통계의 엄밀성에 대한 인식이 모자란 데다가, 동아 조선 사이의 경쟁관계도 있었으므로 이 통계는 꽤 과장된 것이리라. 하지만 대략적 규모는 짐작할 수 있겠다.

조선총독부는 문맹률을 조사하면서 문맹자가 범죄율이 높을 것이라는 점을 전제하고 있었다(물론 실제 조사 결과에서 이 둘의 상관관계는 전혀 발견되지 않았다).[32] 식민관료들은 구술대중을 예비적 범죄자 정도로 인식하고 있었던 것이다. 물론 조선 지식인은 이들을 동정의 대상, 계몽의 대상으로 인식했다는 점에서 식민관료들과는 다르다. 그러나 근대미달태의 한 전형으로서 구술대중을 인식했다는 점에서는 차이가 없었다.

이 시기 장애우 인물 작품이 급증하는 현상, 특히 시각장애 인물이 많다는 점은 이와 연결 지어 해석할 수 있다. '문맹'이라는 은유가 단어의 차원에서 시각장애와 근대미달을 연결시킨다면, 장애우인물 소설은 작품의 차원에서 이를 실행하는 것이다. 문맹이라는 은유가 문맹퇴치운동을 통해 급속도로 보급됨에 따라, 구술대중을 근대미달의 전형으로 파악하는 지식인들의 인식은 보편화되는 것이다. 구술대중은 이제 장애우와 마찬가지로 동정의 대상이 되면서 근대 성취의 최대 장애로 간주되었다.[33] 그들을 '근대미달의 질곡'에서 구해내야 할 사람은 바로 지식인들이고 그 수단은 문자보급과 문자문학이었다.

'문맹자'를 '글의 소경' '눈뜬 소경'으로 풀어쓰는 용법이 널리 사용되었음은 이와 관련하여 주목된다. 문자 해독자를 수용자로 하는 신문은 '문맹'이라는 단어를 주로 사용하였지만, 구술대중을 수용자로 삼는 문자보

---

32 이타가키 류타[板垣竜太], 「식민지시기 조선의 문맹률 조사[植民地期朝鮮における識字調査]」, 『아시아・아프리카 언어문화연구』 58호, 동경외대 아시아・아프리카 언어문화연구소, 1999, 277~316쪽 참조. 이 연구에 인용된 총독부의 공식문서에서는 '문맹'이라는 용어 대신에 '식자(識字)', '비식자(非識字)', '읽고 쓰는 정도[讀ミ書キノ程度]', '해독하는 정도[解スル程度]' 등으로 은유적 성격이 없는 용어를 주로 사용하고 있다. 이 시기 문맹이라는 단어는 아직 관공서의 공식문서로 채택될 만큼 사회적 공인을 받지는 못한, 이제 막 보급되기 시작한 은유였던 것이다.

33 이런 이중적 인식은 은유적 장애인물에 대해 작가들이 동정과 동시에 비판적 인식을 보이는 양상과 대응된다.

급운동에서는 문맹이라는 한자어를 더 풀어쓰고 더 토박이말을 동원한 새로운 조어들을 만들어내야 했다. '문맹이 무슨 말인지도 모르는 문맹자'들을 위한 배려였다. '눈뜬 소경' '글의 소경', 심지어는 '소경 겸 벙어리 겸 귀머거리' 등이다.[34] 이 용어들은 훨씬 효율적으로 장애의 이미지를 환기시켰다. 용어 자체가 '낯설게 하기'의 효과가 있는 데다, '문맹'이라는 한자어 자체를 이해하기 어려운 구술문화권의 언중들이 실감 있게 받아들일 수 있도록 만드는 것이다. '글 장애자'들이 '문맹'이라는 단어란 '장애자'를 뜻한다는 것조차 실감하지 못하자, 이렇게 효율적이고도 차별적인[35] 조어를 통해 친절을 베풀었던 것이다.

'문맹'이라는 단어를 여러 어절로 풀어쓰게 되는 서사화의 충동은, 문학에서 장애우 인물 탄생이 문맹퇴치운동에 힘입은 것이라는 방증이다.[36] 문자미해독자를 소경에 비유하는 차원을 벗어나 '벙어리 겸 귀머거리'라는 식으로 확장됨에 주목해보자. 이 동일시는 두말할 것도 없이 비논리적이다. 글을 읽을 수 없다는 점에서 문자미해독자가 시각장애우와 동일시될 수 있는 최소한의 근거를 지닌다면, '벙어리 겸 귀머거리'는 그 최소한의 근거조차 없는 것이다. 구술문화를 근대미달로 인식하는 효과를 극대화하기 위해 장애 내부의 차별성을 무화시키는 과장일 뿐이지만, 그런 '사소한 차이'는 전혀 인식되지 않았다. 시각장애가 신체 전반에 걸친 복합적 장애로 무차별 확장되는 것이다. '소경 벙어리 귀머거리'를 겸한 사람이라면 정신장애

34 예컨대 당시 널리 불리웠던 이갑(李甲)의 '문맹타파가' 1절 가사는 다음과 같다. "귀 있고도 못 들으면 귀머거리요 / 입 가지고 말 못하면 벙어리라지 / 눈 뜨고도 못 보는 글의 소경은 / 소경에도 귀머거리 또 벙어리라."(『한글공부』, 동아일보사, 1933, 21쪽(정진석, 앞의 책, 161쪽에서 재인용)).

35 장애우와 구술에 대한 이중적 차별을 담고 있다. 따라서 이 은유는 수잔 손택이 암・에이즈 등에 대한 은유를 비판한 것과 같은 맥락에서 "회피하여야 할" 은유에 해당한다.

36 널리 알려진 대로 「흙」이나 「상록수」는 그 대표적인 작품이다.

를 겸할 수밖에 없을 것이므로, 이 동일시를 통하여 시각장애는 정신장애와 은유적 장애로까지 확산될 가능성을 얻는다.

시각장애 인물은 가장 직접적으로 '문맹'과 연관된다. 나날의 일상생활에서 쉽게 목도할 수 있었으므로 작품의 제재로 삼기도 유리했다. 정신장애 인물 역시 사정은 비슷했다. 정신장애는 비교적 흔한 질병이어서[37] 시각장애우와 마찬가지로 일상생활 속에서 자주 발견할 수 있다는 점, 부랑자 감금을 통해 사회적 주목을 받게 되었다는 점 등 때문에 문학의 소재가 되기에 유리하다. 시각장애우와 정신장애우는 대개 글을 읽을 줄 모른다는 유사성도 공유한다. 이런 맥락에서 두 장애는 문맹이라는 은유를 매개로 구술대중과 동일시되며, 또한 근대미달의 전형이면서 원인으로 인식된다. 이 과정에서 은유적 장애인물이 등장한다. 식민지적 근대화라는 급격한 사회재편에 제대로 적응하지 못하여 불행에 빠지는[38] 은유적 장애인물은, 전통적 직업이었던 점복을 잃어버린 시각장애우들과 강력한 동일성을 지니며, 또한 근대 미달의 전형으로 인식된다.

물론 이 추정은 앞으로 더 많은 근거를 통해 입증해야 할 것이다. 하지만 몇 가지 정황증거들은 더 있다. 민족영웅전이나 외국근대담이 검열에 의해 거의 차단된 시점이어서 당대 작가들에게는 새로운 돌파구가 필요했다는 점,[39] 한혜선이 지적하는 대로 장애인물들이 작품에서 이름을 갖

---

37 한국의 정신분열증 평생 유병률(有病率)은 통계에 따라서 3%대에서 32~33%대까지 많은 편차가 있지만 비교적 흔한 질병이라는 점에는 학계에 이견이 없다. 김창엽 외, 앞의 책, 178·204쪽.

38 1930년대 도시빈민 실업자 그리고 초기형태의 노동계급은 사회적 안전망이 전무한 상태로 식민통치와 자본주의에 내던져졌고, 삶에 대한 불안, 미래의 전망의 결여, 능동적으로 자신의 생활을 계획할 수 있는 능력의 결여라는 특징을 지닌다는 지적은 주목할 만하다(박진우, 「1930년대 전반기의 한국사회와 근대성의 형성－커뮤니케이션 구조의 사사화과정에 대한 역사적 연구」, 서울대 석사논문, 1998.8, 49~58쪽 참조).

39 이 두 가지는 '지금 여기'의 정치적 담론을 집중적으로 금지하였던 검열에 대해, 시간과 공간

지 못한 채 '장님' '벙어리' 등 보통명사로 호칭되었다는 점(이는 장애성의 극대화이면서, 강제합병과 동시에 조선의 국호성을 박탈하였음과도 유비된다), 그리고 극도의 가난에 시달리고 있다는 점(물론 식민지 수탈 속의 조선과 강력한 동일성을 지닌다) 등이다.

앞서 살핀 「문맹타파가」 등에서 보이는 서사화의 충동이 장애우 인물 작품으로 연결되는 것은, 단순하게 단어 → 구절 → 작품으로의 순차적 확장이 아니라 오히려 거의 동시적인 현상이었다. 단어('문맹') 차원에 머물 때 느끼는 실감의 결핍을 채우려는 노력이 수용대상, 장르, 발화자의 상황 등에 따라서 구절과 작품으로 각각 달리 표현되었다고 보아야 할 것이다.[40]

3) 문자화와 검열

지금까지 살폈듯이 문맹퇴치운동은 구술문화/구술대중에 대해 장애의 표상을 효율적으로 덧씌우게 되었다. 그렇다면 이 문자화에의 열망은 검열과는 어떤 관계를 맺고 있었을까. 국권회복을 위해서는 근대적 문자매체의 보급이 시급하다는 인식에도 불구하고 당시 문자 미해독률은 80%에 달하였으니, 문자 미해독(구술성)이란 근대미달의 지표이면서 독립의

의 양대 범주에서 변화를 줌으로써 대응할 수 있는 유력한 전례이다. 1926년 도서과 출범 이후 검열이 정교해짐에 따라서 검열우회를 위한 시간적 공간적 경로는 매우 제한되었으므로, 문인들은 계속 작품을 발표하는 길을 선택한다면 뭔가 다른 우회로를 찾아야 했다. 이런 의미에서 장애우인물 작품 등은 '인물을 통한 우회'라고 명명할 수 있겠다.

40 이밖에도 선천적 장애인지 후천적 장애인지, 후천적 장애라 하더라도 원인이 무엇인지 등에 따라서 여러 기준으로 분류가 가능할 것이다. 1930년대 이후 산출된 장애우 인물들을 여러 기준으로 유형화하고 작품을 분석하는 작업을 통하여 필자의 주장은 좀더 명백한 증거를 찾을 것으로 기대한다.

커다란 장애요인으로 인식되었다.[41] 결국 지식인들은 조선의 식민지화에 대해 내부귀인(內部歸因)을 하는 셈이다. 이런 인식이 얼마나 근거 있는 것인지는 별도로 따져봐야 할 문제이지만, 결과만을 본다면 (제국주의적 침탈에서 찾는)외부귀인보다 훨씬 지식인들에게 유리한 일이었다는 점만은 분명하다. 주로 '시사 정치' 문제에 집중되었던 일제의 검열에 저촉될 까닭도 없었고, 지식인들 자신을 근대달성/민족독립국가 수립의 소주체로 자임할 수 있게 해주는 일이기도 했다.

게다가 문자화는 아이러니컬하게도 검열체제의 공고화에도 기여했다. 문자화란 애국계몽운동의 주요한 목표였지만 동시에 총독부의 주요한 정책 목표이기도 했는데, 이는 물론 조선을 제한된 범위 내에서라도 근대화하는 것이 통치와 식민착취에 유리하다는 판단 때문이었다. 그 식민화정책의 부수적 효과로서 효율적 검열을 가능하게 만들어주기도 했다. 즉 구술적으로 연행되는 '소리'는 사전검열이 불가능하였으므로, 구술적 민중연희를 범죄즉결령에 의해 금지하고 희곡의 문자대본을 사전 제출하도록 요구했던 것이다. 식민지적 근대화를 위해서 근대적 문자(및 문자매체)의 보급이란 필수적이었다.[42] 이와 동시에 근대문학의 기여 중 하나인 근대

41 문자 미해독을 근대성취의 가장 커다란 장애로 인식하도록 만드는 원인은 더 있을 것이다. 첫째, 문자문학을 산출하는 작가들의 존립기반은 (문맹퇴치운동에 매진했던 신문자본과 마찬가지로) 문자해독 독자층의 확대에 있었다는 점. 둘째, 한자가 아니라 영어나 일본 가나처럼 '문명적인' 표의문자임에도 이조차 모르는 대중이라는 인식. 셋째, 표의문자 중에서도 일본처럼 한자를 혼용하지 않는, '훨씬 배우기 쉽고 우수한 우리 민족의 문자인 한글'로의 문자화였다는 인식(물론 당시에는 한자가 폭넓게 쓰였지만, 농민을 대상으로 한 문자보급 교재는 거의 한글전용이었으며, 이 시기의 다른 장르와는 달리 문학 역시 한자를 거의 쓰지 않았다). 특히 총독부의 문자화정책이 초기에는 일본어보다는 한글 보급에 집중되었다는 점(학무국의 보통학교언문철자법 제정(1912~1930, 3회), 『조선어사전』 출간(1920), 총독부 관료들에 대한 조선어능력 인증시험제도와 성적우수자에 대한 수당 지급 등은 그 증거이다)도 이와 관련하여 기억할만하다.

42 박헌호, 「문화정치기 신문의 위상과 반검열의 내적 논리」, 검열연구회, 『식민지검열, 제도·텍스트·실천』(소명출판, 2011) 및 한기형, 「문화정치기 검열체제와 식민지 미디어」,

적 민족국가 성립을 추동하는 데까지 나아가는 것은 막아야 했다. 그러므로 총독부는 (특히 소위 문화통치기에) 문자보급이나 근대적 문자매체를 장려하면서도 검열에 의해 그것을 탈정치화할 필요가 있었다.[43] 사정이 이러하므로, 문자화를 통해 얻는 이익이라는 관점에만 국한해서 본다면, 총독부와 조선 문인들의 이해관계는 충돌하는 측면보다는 동일한 측면이 더 많다고 말할 수 있다.

구한말 활발하게 산출되었던 민족영웅전이나 외국근대담은 강제합병과 동시에 거의 모두 판금되었다. 1926년 도서과 설치를 기해 한층 정교해진 검열 속에서는 장애우 인물이 탄생하였다. 민족영웅전이나 외국근대담이 민족(독립)국가 성립이라는 미래에 대한 전망을 강력하게 지닌 것이었다면, 식민통치체계와 검열이 점차 공고화되면서 산출된 장애우 인물 작품에서는 미래에 대한 관심이 없거나 비관적이며, 현재에 대한 자기책임론과 동정론으로 이행해갔다. 지식인들은 그 절망적 현재의 책임을 내부, 그 중에서도 구술대중에서 찾게 된다. 국권 상실을, 또한 그 회복가능성의 희박함을 점차 기정사실로 받아들이는 것이다. 장애우 인물 작품들이 대체로 장애인물(시각적/정신적/은유적)을 조선과 조선대중의 은유로 사용하면서, 그들에 대해 강력한 동정심(또는 동정과 비판의 공존)을 나타내고 있음은 그 증거이다.[44]

문자화, 탈정치화, 환금화라는 근대문학의 보편적인 흐름이 식민지 한국에서라면 검열장으로서의 성격이 강력해지는 것은 이런 배경에서였다.

『대동문화연구』 51, 성균관대 동아시아학술원, 2005.9 참조.

43 널리 알려져 있듯이 총독부는 언론사 중심의 문자보급운동을 초기에는 묵인했지만, 참여학생들이 문자보급 이외에 사회주의나 독립사상을 전파하는 데 이르자 금지하게 된다. 또한 신문지법과 출판법의 이원적 검열체계에서 단적으로 드러나듯이 당시 검열은 '시사 정치'의 억압에 주력하였다.

44 Kyeong-Hee Choi, ibid; 한만수, 앞의 글, 1992.2 참조.

이 글에서는 문자화에 대해서만 집중적으로 다루었지만, 필자의 견해를 요약적으로 표현한다면 다음과 같다. 영웅인물전과 외국근대담의 쇠퇴는 탈정치화의 흐름을 가속했으며, 1930년대 장애우 인물의 급증은 문자화에 의해 추동되었고, 환금화는 이 두 변화를 추동하는 주요한 동력 중의 하나였다.

4. 나오며

검열에 대한 대응과정에서 한국 근대문학은 다양한 우회로를 찾아냈으며, 검열당국은 다시 그 우회로를 차단하기 위해 여러 가지 수단을 강구해 가면서 검열지침과 제도를 정교화하여 나갔다. 각각의 과정에서 조선의 민간주체(작가, 독자, 인쇄자본)들은 검열을 거부하거나 우회하기 위해 다양한 노력을 기울였음은 앞서 본 바와 같은 바, 이 장에서는 작가들의 우회를, 그 중에서도 시각장애우 인물의 급증현상을 주로 다루었다.

조선의 지식인들은 문자보급과 문자문학을 계몽의 주된 수단으로 삼았지만, 이런 문자화의 과정이란 상당부분 식민권력의 정책적 선택의 결과(정책적 목표)이기도 했다. 그렇게 짜인 문학적 문화적 제도 속에서 지식인들이 국권상실의 원인을 구술대중에게 투사하는 현상은 거의 자연스럽게 진행되었다. '문맹'이라는 (단어적 차원의) 은유는 근대화에 대한 열망과 좌절, 검열, 문맹퇴치운동 등 당대 상황들 속에서 생성되었고, 장애 인물(특히 시각장애우 인물)과 구술대중을 동일시하는 작품 차원의 은유로 진전되었다. 이 은유들을 통해서 지식인 작가들은 자신을 계몽의 소주체로 인식할 수 있었지만, 역설적이게도 문자화란 검열을 효율화하는 효과를 불러오기도 했다. 두 은유 모두 구술대중 및 장애우에 대한 부당한 차별과 주변화를 전제로 하고 있으므로 '자제해야 마땅한' 은유이다.

한국문학에서 장애우 인물은 해방 이후에도 지속적으로 발견되는데, 맥락은 좀 바뀌어서 불구적 정치상황을 은유하는 방식이 주조를 이룬다. 하근찬의 「수난이대」(1957), 이청준의 「병신과 머저리」(1966), 조세희의 「난장이가 쏘아올린 작은 공」(1976), 윤흥길의 「아홉 켤레 구두로 남은 사내」(1977), 전상국의 「아베의 가족」(1979) 등은 그 대표적인 보기일 것이다. 흥미로운 과제이리라 생각하지만 다룰 겨를은 없다.

이태준의 「패강랭」에 나타난 검열우회

사례연구 1

검열우회를 위해 작가들이 어떤 노력을 기울였는지를 파악하기 위한 일종의 사례연구로서, 이 장에서는 상허 이태준의 단편 「패강랭(浿江冷)」(1938)을 살핀다. 하필 이태준을 주목하고자 하는 까닭은 다음 몇 가지이다. 상허는 꽤 오랫동안 신문기자로 있었던 소위 '기자-문인'이므로 검열지침에 대해서도 잘 알고 있었으리라고 추정된다는 점, 기자-문인 중에서도 검열이나 언론 상황에 관한 서술이 비교적 많은 편이라는 점, 1924년에 등단하지만 주로 1930년대에 활발한 활동을 벌인 문인이라는 점 등이다. 1930년대가 중요한 까닭은 이 시기가 검열체계가 완성되고 검열기준들이 점차 일반에 공개되며 인쇄자본들은 검열의 소주체로서의 성격이 강해지는 때이기 때문이다(3부 참조). 결국 이태준은 검열기준에 대해 비교적 잘 알고 있었을 것이며, 식민지배에 대한 비판적 인식을 비교적 후기까지 견지하고 있었으므로 1930년대 검열우회 노력을 점검하기에 적절한 작가라고 판단한다.

검열우회를 위해 이태준은 어떤 장치들을 고안해냈는가를 검열기준과 관련지어 살피는 데 주안점을 두게 될 것이다. 특히 작품 속에 인용된 고전작품을 주목하여 점검하고자 한다. 그 까닭에 대해서는 잠깐 설명해둘 필요가 있다. 이태준은 널리 알려져 있다시피 한학에 관심이 많았으며 그런 만큼 작품 속에 종종 고전을 인용한다. 한 작품이 다른 작품을 인용하는 경우 그 해석은 해당 작품의 해석에서 적지 않은 중요성을 지니겠지만, 지금까지 이태준 연구는 이를 충분히 주목하지 않았다. 아마도 현대문학/고전문학 연구자 사이의 소통 부재와 관련될 터이다. 고전문학에 대한 식견이 있는 사람들은 이태준을 읽거나 연구하지 않고, 현대문학 전공자들은 인용된 고전의 의미를 알지도 못하거니와 별 관심을 두지 않는 것이다. 그러니 이태준을 이해하는 데에 한계가 있을 수밖에 없다. 더군다나 작품 속에서 고전을 인용하는 일은 근대 이전 문학에서 퍽 널리 사용하던 용사(用事)의 관례로서, 인용된 고전의 맥락에 따라서 직접 드러나는 문면의 의미 말고도 많은 숨은 의미들을 전달할 수 있다. 이 고전 인유의 방식은 저자의 뜻을 '감추면서 드러내는' 일에 매우 효율적이므로, 검열을 우회하기 위해서도 상당히 효율적이었을 것으로 추정할 수 있다. 이태준은 검열을 우회하기 위해서 다양한 기법들을 동원하였는데, 고전의 인유 또한 그 한 방식이었다고 필자는 주장한다.

1. 「패강랭」에 숨겨진 신채호

이태준의 단편 「패강랭」에서는 "각하-안- 산-진 수궁처…… 임흠정-가고옥-역난위를……"이라는 한시가 인용된다.[1] 물론 소리 내어 읊는 것으로 설정되어 있으니 이렇게 표기하는 것은 당연하다. 하지만 누구의 작품인지 밝히지 않으며 한자 표기도 없어 무슨 뜻인지조차 알기 어렵다. 이런 식의 독서 장애를 불러오는 표기는 그 자체로도 독특한 것이거니와 이태준의 일반적인 인용방식과도 매우 대조적이다. 예컨대 「패강랭」의 마지막 대목에서는 '이상견빙지(履霜堅氷至)'로 한자를 병기하면서, 출전도 밝히고 한글로 뜻풀이까지 곁들인다. 또 다른 작품들에서도 거의 예외 없이 출전을 밝히면서 한자를 병기하고 있다.[2] 어째서 이태준은 유독 이 한시를 인용할 때는 독서 장애를 불러오는 표기를 예외적으로 선택했을까.

이 대목이, 이승수의 지적대로, 신채호의 「백두산도중(白頭山途中)」 중에서 인용한 것임을[3] 알면 그 의문은 쉽게 풀린다. 먼저 신채호의 한시 전문을 보자.

---

1 『삼천리문학』, 1938.1, 28쪽. 앞으로 이 작품의 인용은 별도의 표시가 없을 경우 이 판본에서 인용하며 쪽수만 밝힌다.

2 한문 원전 인용 뿐만아니라 고유명사나 혼동의 우려가 있는 단어들도 거의 대부분 괄호 속에 한자를 병기하고 있다. 또 작품 「무연(無緣)」에서는 한퇴지의 「송이원귀반곡서(送李愿歸盤谷序)」 중 한 부분을 인용하면서 "坐茂樹以終日 濯淸泉以自潔 採於山 美可茹釣於水 鮮可食 起居無時 惟適之安"으로 한자로만 표기하기도 한다.

3 이 작품이 신채호의 한시임을 이승수는 이미 오래 전에 밝힌 바 있으나(「한국문학의 공간탐색(1)－평양 : 김시습의 「취유부벽정기」와 이태준의 「패강랭」을 중심으로」, 『한국학논집』 33, 한양대 한국학연구소, 1999.10, 119~120쪽) 아직까지도 현대문학전공자들 사이에서는 그다지 알려져 있지 않다. 역시 고전/현대문학의 소통부재 탓이다. 이승수의 논문은 평양이라는 공간의 문화지리를 탐색하는 것이었으므로 「취유부벽정기」와 「패강랭」을 비교할 뿐 검열의 문맥과 관련하여 해석하지 못하였으며, 이태준의 다른 작품과의 연결해서 살피지도 못했다. 그가 이태준의 신채호 인용이라는 중요한 발견을 했으면서도

인생사십태지리(人生四十太支離)	인생 사십 년 지리도 하다
빈병상수잠불이(貧病相隨暫不移)	병과 가난과 잠시도 안 떨어지네
최한수궁산진처(最恨水窮山盡處)	한스럽다 산도 물도 다한 곳에서
임정가곡역난위(任情歌哭亦難爲)	내 뜻대로 노래 통곡 그도 어렵네

우(又)	또
남왕북주동경년(南往北走動經年)	남북으로 오가며 세월만 가네
래역연연불역연(來亦然然去亦然)	와도 그러려니 가도 그렇네
종지만사수자단(從知萬事須自斷)	세상 만사 제 뜻대로 결단해야지
부앙수인최가련(府仰隨人最可憐)	남 따라 다니는 것 가장 가엾네.[4]

이 작품은 단재가 "독립군 양성기지를 백두산에 구축할 것을 생각하고 (…중략…) 그 답사를 겸하여 백두산을 등반"[5] 한 뒤에 쓴 작품이다. 첫 연의 기, 승 두 구는 개인사와 관련된 서술이며, 전, 결 두 구는 백두산을 등반하면서 느끼는 감회를 적었다. 이태준은 첫 연의 전, 결 구만을 인용한다. "수궁산진처(水窮山盡處, 물이 다하고 산이 다한 곳)"란 국토의 끝이면서 정점인 백두산을 가리키면서, '최한(最恨)'과 연결되어 그 국토가 식민화되었음을 암시한다. 결구는 물론 표현의 자유가 박탈된 상황을 말함인데, 「패강랭」이 조선어교육 폐지를 중요한 모티프로 삼고 있음과 긴밀하게 호응한다. 따라서 이 두 구절만을 인용하더라도 암유의 효과는 충분하다.

"이태준은 일제의 탄압이 점차 혹독해지는 와중에서 무기력한 지식인의 비통한 심정을 몇 소절 노래가사에 담았"다는 정도의 인식에서 더 나아갈 수 없었던 까닭은 주로 이런 이유들에서일 터이다.

4 이은상 역주, 「백두산도중」, 『단재 신채호전집』 하, 형설출판사, 1977(개정판), 392쪽(최홍규, 『신채호의 민족주의사상』, 단재 신채호선생 기념사업회, 1983, 125쪽에서 재인용).

5 최홍규, 위의 책, 124쪽.

소위 '블랙리스트'에 올랐을 신채호의 작품인데다가, 작가가 누구이건 그 내용만 보아도 검열관이 그 뜻을 알았다면 통과될 가능성은 매우 낮았을 것이다. 그러나 "각하-안-산-진 수궁처…… 임흠정-가고옥-역난위를……"이라는 작품 속의 표기만을 보면서 이 한시가 신채호의 것임을 알아채기는 거의 불가능하며 심지어 무슨 뜻인지조차 전달되지 않는다. 그 이유는 작가 이름과 한자 병기의 생략 말고도 몇 가지가 더 있다.

첫째, 한시를 노래 부르는 소리에 가깝게 표기하고 있는데, 그 표기가 한시 텍스트의 의미를 짐작하기 어려운 수준까지 이행되었다. '한'을 '하-안'으로 표기하였으며 '흠'이라는 의미 없는 소리도 집어넣었다.

둘째, 전문인용을 하지 않고 첫 연의 두 구(그것도 뒷부분의 두 구)만을 인용하였으며 작품 제목 역시 밝히지 않았다.

셋째, 원시를 조금씩 바꿔놓기까지 했다('쇠'가 '각'으로, '수궁산진'이 '산진수궁'으로).[6]

이 대목이 검열을 통과한 것은 이런 다양한 수법 덕분이었다. 노래의 형식으로 이 시를 인용하는 것부터가 검열우회의 의도를 가진 선택이었던 것이다.[7]

---

6 단순한 오식일 가능성도 없지 않다. 그러나 나중에 『이태준단편집』(학예사, 1941)으로 묶을 때 인용을 손질하면서도 이 대목은 바꾸면서도 그대로 두었으니 오식일 가능성은 거의 없다. 물론 이태준이 원시를 잘못 알았을 가능성은 여전히 남지만, 그리 확률이 높지는 않을 듯하다. 잡지 발표본의 "임흥정 가고옥 역난위를"에서 단행본에서는 "임-정-가고옥-역난위를……"로 조금 바뀌었는데, 의미 없는 '흥'이 빠지면서 비교적 단순하게 장음 처리만 되어 있어 한자 원음을 짐작하기가 조금은 쉬워졌다. 잡지 발표 때의 오식을 다듬은 것일 수도 있고, 잡지 검열에서 무사통과되자 자신감이 생겨 원시의 정보를 다소 강화시킨 것일 수도 있다.

7 신채호의 「백두산도중」은 채만식의 「회(懷)」에도 인용되어 있는데(『조광』 6권 12호, 1940; 창작과비평사 『채만식전집』 7권, 1989, 561쪽), 인용 방식은 사뭇 다르다. 즉 '人生四十이 太支離한테 貧病常隨 不暫移'라고 첫 행을 인용하면서 한자로 표기하고 있는 것이다. 인용의 맥락이 달라서 검열을 의식할 필요성이 다르기 때문이겠지만, 작가마다 검열에 대한 대응이 다름도 시사한다.

「패강랭」에서 이 한시는 그 직전에 기생 영월이 부른 "일조-오-나앙군"[8]이라는 가사에 대한 화답으로 제시된다. 즉 영월이 이 가사를 부르자, 조선어교육 폐지에 따라 조선어선생에서 반(半)실업자로 전락한 '박'이 "그래도 꽤 어울리게 이런 시 한 구를 읊어서 소리를 받는다"는 지문과 함께 신채호의 한시가 제시되는 것이다. 그렇다면 기생 영월이 부른 "일조-오-나앙군"은 어떤 가사인가. 어떤 노래이기에 신채호의 한시와 "꽤 어울리게" 호응되는가.

"일조-오-나앙군"은 '일조낭군(一朝郎君)'인바, 역시 노랫소리에 가깝게 표기하면서 한자는 생략했다. 이 구절은 대부분의 경우 "일조낭군 이별후에"로 이어지는데,[9] '어느 아침 갑자기 떠나가신 님'을 그리워한다는 뜻으로 꽤 많은 가사에서 사용된다. 그 중에서도 가사창 「황계사」를 인용한 것으로 보는 편이 더 잘 어울린다.[10] 단재는 1936년에 작고한바, 「황계사」는 '일조낭군'이 동원되는 다른 가사들과는 달리 '죽은' 낭군을 그리워하여 부르는 노래이기 때문이다. 결국 신채호 작고 2년 뒤인 1938년 발표된 「패강랭」에서 인용하는 '일조-나앙군'이란, 「황계사」의 '어느 아침 세상을 떠난 낭군'을 차용하여 신채호를 애도하는 대목이라고 추정하는 것이 자연스럽다. '일조낭군'과 신채호의 한시가 "꽤 어울리게" 호응하는 까닭은 여기에 있는 것이다.

---

8 첫 발표지면에서는 '알조-나앙군'으로 표기되어 있어 더욱 원시의 내용이나 출전을 짐작하기 어렵다(아마도 "일-조-나앙군"의 오식이었을 것이다). 하지만 나중에 『이태준단편집』으로 묶을 때는 '일조-오-나앙군'(123쪽)으로 바로잡혔다.

9 "이별후에"까지를 인용하여야 인용 작품의 뜻이 전달될 가능성이 높음에도 불구하고 이 대목만 떼어냈다. 이 역시 전달가능성을 의도적으로 약화시킨다.

10 이승수가 이미 「황계사」의 인용이라고 보았으나(앞의 글, 119쪽), 「황계사」에서의 '일조낭군'은 '죽은' 낭군에 대한 그리움이라는 점에 주목하지 않았으며, 신채호의 작고와의 연계성도 부각시키지 못했다.

「패강랭」에서 '일조낭군'과 '최한수궁산진처 임정가곡역난위'를 원래 뜻이나 작가를 밝히기는커녕 짐작조차 어렵도록 표기하는 까닭은 명백하다. 이태준은 인용구의 원래의 의미나 상호텍스트성을 짐작하기 어렵게 만들기 위해 의도적으로 노력했다. 의사소통 가능성을 약화시킴으로써 역설적으로 의사소통의 가능성을 보장받고자 했던 것이다. 이는 작가와 독자 사이의 일종의 암호체계인 바, 이 암호는 작가의 공교로운 설계와 독자의 적극적이고 개입적인 독서에 의해 검열을 우회하면서 일부 독자에게는 전달될 수 있었을 것이다.[11]

「패강랭」에서 신채호를 끌어들이는 방식은 지금까지 보았듯이 거의 암호문처럼 치밀하게 감춰져 있다. 그 덕분에 검열관의 눈을 속일 수 있었지만, 후대 연구자들마저도 이를 쉽게 알아차릴 수 없었다. 이렇게 「패강랭」이 신채호와 직결된다는 점은, 이 작품에 대한(나아가 이태준에 대한) 새로운 해석의 가능성을 몇 가지 보여준다.

첫째, 「패강랭」은 조선어 교육 금지를 주된 시대적 배경으로 삼고 있는 바, 신채호가 이미 『천희당시화(天喜堂詩話)』(1909)[12] 등에서 한글 쓰기를 주창하는 동시에 '문약한 문학'을 거부했던 것과도 연결 지어 해석할 수 있다. '현'과 조선어선생 '박'은 한글 쓰기와는 관련되지만 '강무한 문학'이나 무력투쟁노선에서는 신채호를 따르지 못한다.

둘째, 첫 발표본(1938)과 『이태준단편집』(1941)본 사이에 적지 않은 작품 손질이 있는바, 이를 해석하는데도 도움이 될 것이다. 예컨대 첫 발표본에서는 한문시간까지 없어지면 "나도 그때 아조 고만둬버리려고 아직은 찌

11 현대문학과 고전문학의 분화가 아직 본격화되지 않은 상태이니, 현대 독자들보다는 훨씬 이 '암호'의 소통가능성은 높았을 것이다.

12 이 책은, 아직 확실하지는 않지만, 신채호의 저작으로 대체로 인정된다.

싯찌싯붙어있네"(22쪽)로 되어 있지만, 41년본에서는 "나도 그때 아조 손을 씻어 버리려 아직은 찌싯찌싯 붙어있네"(111쪽)로 바뀐다. '고만둔다'는 중립적인 표현을 버리고 '손을 씻는다'를 고르는 것이다. '손을 씻는다'는 표현은 물론 부정적인 일에서부터 벗어난다는 어조를 지니고 있으니, 자신의 직업에 대한 비판적 인식을 전제로 한다. 조선어 및 한문선생이라는 직업이 "찌싯찌싯"이라는 엉거주춤한 상태로, 나아가서 '손을 씻어야' 할 대상으로 인식되는 것은 어째서일까. 작품의 문면만으로는 마땅하게 설명할 근거가 없지만, 신채호와 연결 짓는다면 해석의 실마리를 찾을 수 있다. 신채호의 해외망명/무력투쟁 노선과 대비될 때, 국내의 조선어선생 '박'은 소위 실력양성론에 해당하는 셈이다. 실력양성론자 '박'의 선택은 이제 조선어교육 금지에 의해 그 한계가 명백해졌다는 인식이 바로 '손을 씻는다'로 나타나는 것이리라. 「백두산도중」의 제2연 마지막 구절이 "세상 만사 제 뜻대로 결단해야지/남 따라 다니는 것 가장 가엾네"로 되어 있음을 염두에 둔다면 더욱 그러하다. '결단'하지 못한 자들, '가장 가엾은' 자들이 신채호에 대해 지니게 될 일종의 열패감. 그것을 조선어 선생 '박'과 작중화자 '현'이 공유하고 있는 것이다.[13]

셋째, 제목에서 '대동강' 대신에 '패강(浿江)'이라는 지명을 사용한 까닭도 더 명확하게 설명할 수 있다.[14] '패강'이란 고구려시대의 대동강 명칭이며

13 물론 작품집이 나올 때는 검열이 더 강화된 시점이다. 따라서 이 시점에 '손을 씻는다'는, 실력양성론에 대해 더 비판적인 표현으로 가다듬는 것은 이해하기 어렵다는 이의제기도 가능하다. 하지만 작품집에 실릴 때 더 직접적인 다른 표현들이 삭제되는 대신에(이 글의 3장 1절 및 4장 참조) 이 손질이 들어간다는 점에 주목하여야 한다. 즉 검열 때문에 삭제해야 했던 부분들에 대한 아쉬움이 이런 식의 작은 표현의 손질로 나타난 것이라고 설명할 수 있을 터이다.

14 '패강'이란 물론 작품 창작 당시에는 거의 쓰이지 않던 단어이며 소설 지문에서도 '대동강'으로 일관되게 표기된다. 그럼에도 불구하고 제목만은 「패강랭」이다.

당나라 대군을 물리친 패강대첩의 주무대이다.[15] 신채호, 고구려, 평양 등의 단어들은 자연스럽게 서경천도를 둘러싸고 벌어졌던 묘청의 이름을 떠올리게 한다(신채호는 이미 1925년에 『동아일보』를 통해 묘청 사건을 '조선 역사상 일천년래 제일대사건'이라고 평가한 바 있다). 「패강랭」이 서경파 묘청의 근거지였던 평양을 무대로 전개되는 것은 당연한 설정이다. 조선어과목이 폐지되는 시점에 주인공 '현'이 하필 평양으로 나들이를 하는 것은, 문면으로만 본다면 '박'의 초청에 따른 것이지만, 사실은 신채호의 발자취를 따른 결과가 된다. 이렇게 본다면 이 작품에서 '경평대항전'이라는 표현이나, '평양부'('평양'이 아닌)와 '서울'('경성부'가 아닌)이라는 식으로 지명을 구별해서 사용하였음에 대해서도, 뒤에 살피겠지만, 심상히 보아 넘기기 어렵게 된다.

넷째, 마지막 대목의 '이상견빙지' 역시 '일제의 강점이 점점 더 굳건해진다'는 식의 지금까지의 해석만으로 충분한 것은 아니다. 이런 해석은 "서리를 밟거든 그뒤에 어름이 올것을 각오하란 말이다"라는 「패강랭」의 뜻풀이에 주로 근거를 두는 듯하다. 그러나 '미리 알아야 한다' 정도의 중립적 표현이 아니라 '각오'라는 단어를 사용하고 있다는 점에 주목할 필요가 있다. '각오'란 사전에 따르면 "(앞으로 닥칠 일에 대비하여) 마음의 준비를 함. 또는 그 준비"로 되어 있다. '각오'에 방점을 두어 해석해야 하는 까닭은, '이상견빙지'에 대한 주역의 설명이나 주자의 해석 때문이다. 『주역』 권2의 곤괘(坤掛)에서는 '이상견빙지'를 다음과 같이 설명하고 있다. "서리는 음의 기운이 응결되어 굳어지기 시작한다는 음의 시작을 말하고, 그것이 계속 진행되면 단단한 얼음이 된다(象曰 : 履霜堅氷, 陰始凝也; 馴致其道, 至堅氷也)." 이 설명은 언뜻 보아 기존의 해석을 뒷받침하는 것으로 보이지만 "계

15 '패강'이 현재의 대동강을 뜻하는지에 대해서는 이론이 있지만, 적어도 이태준은 그렇게 인식했음이 분명하다.

속 진행되면"이라는 단서에 주목할 때라면 사정은 좀 달라진다. 주자 역시 이 괘에 대해 풀이하면서 바로 이 단서에 대해 강조하고 있다. "소인이 처음에는 그 모습이 미미하지만 성장하면 점점 왕성해져 그야말로 '몹쓸 인간'이 되는 법이니, 그 처음에 길을 잘 들여 가르쳐야 한다"는 것이다. 게다가 음양론에서는 음이 지극해지면 다시 양으로의 반전이 예고되어 있는 것이라는 점도 감안할 필요가 있다. 그렇다면 '이상견빙지'를 기존의 해석과는 달리 풀이할 근거는 충분하다.

작품 제목에서도 보듯이 '패강'은 얼어있지 않고 단지 차가울 뿐이다("밤 강물은 시체와 같이 차고 고요하다"; 30쪽).[16] "우수 경칩이면 대동강도 풀린다"는 속담에서 보듯이 대동강은 유량이 적고 유속도 낮은 편이어서 결빙기간이 매우 길지만(하류의 경우 100일), 그럼에도 불구하고 아직 얼지는 않았다는 것이다. 얼기 전에 다스려야 할 대상이며, 설혹 얼어버린다 해도 그 지극해진 음은 다시 양으로의 반전이 예고되어 있다는 점(나머지 '265일'에 대동강 결빙은 풀린다)을 참조할 필요가 있다. 그렇다면, 이태준은 「패강랭」에서 식민상황이 점점 더 심화될 것이라는 암울한 전망만을 보이는 것이 아니다. 물론 이 작품에는 암울한 전망이 짙다. 그러나 그와 동시에, 숨겨져 있는, 막연하지만 낙관적인 전망까지를 함께 읽어야 할 것이다. 즉 신채호의 노선을 따르지 못하고 있는 자신(등장인물 '박'과 '현')에 대한 자괴심이 이 작품의 주된 동력이라면, 더 얼기 전에 일찌감치 다스려야 할 것이라는 '각오', 그리고 극음에서 양으로의 전환이 언젠가 있을 것이라는 믿음 또

---

16 "담배를 피려하나 성냥이 없다"는 대목은 다음에 보이는 이태준의 「우암노인」의 마지막 대목과 대비된다. "우암노인은 머리맡을 더듬었다. 성냥갑을 찾음이다. 담배라도 다시 한때 붙여 물고 싶었거니와, 그보다는 불이, 한점의 불티라도 불빛이 그리워서였다."(『개벽』, 1934. 11(원제 「어둠」)) 확실히 1934년의 「우암노인」보다 「패강랭」에서는 식민상황이 악화되었다는 인식만은 분명해진다.

한 「패강랭」에는 숨겨져 있다. 앞서 살핀 대로 공교한 방식으로 숨기면서 신채호를 암유하고 있음을 고려할 때, '이상견빙지'에도 역시 '막연한 낙관성'이 감추어져 있을 가능성은 충분하다.[17]

다섯째, '이상견빙지'에 '막연한 낙관성'이 공존한다는 해석은 다른 작품에서 나타난 고전작품 수용양상과 연결 지을 때 더 설득력을 얻을 수 있다. 예컨대 「불우선생(不遇先生)」에서는 굴원의 「초사(楚辭)」 중에서 「어부사(漁父詞)」를 인용하고 있는바[18] 널리 알려져 있다시피 이 작품은 '때를 얻으면 나아가고 때를 얻지 못하면 강호로 물러간다'는 유교적 출처관을 나타내는 전형적인 작품이다. 「무연(無緣)」에서 인용되는 한유의 「송이원귀반곡서(送李愿歸盤谷序)」 역시 때를 얻지 못하고 고향으로 물러가는 친구 이원을 보내면서 나도 때가 되면 그를 따라가리라는 내용이다. 이태준의 자전적 소설 「해방전후(解放前後)」에서 '현'의 선택 역시 강호로 물러가 낚시로 세월을 보내는 것으로 되어 있는바, 이는 「무연」에서 예고된 것이면서 유교적 출처관을 실행한 것이라고 할 수 있다. 이렇게 유교적 출처관은 과학적 세계관이나 세계사적 정세판단에 기초한 것은 아닌 대로, 막연하나마 낙관적 전망과 위안을 준다는 의미는 있다. 식민지 지식인 이태준이 고전에 경사된 까닭 중의 하나 역시 이런 위안이나 전망과 관련지어 생각할 필요가 있으리라.

지금까지 살핀 대로, 「패강랭」은 단순하게 신채호의 작품 하나를 인용하는 것에 그치는 게 아니라 단재를 강력하게 인식한 상태에서 쓰인 것이었으며, 이 사실은 작품 해석에도 적지 않은 변화를 요구한다. 이태준의 다른 작품에 대한 해석에서도 참조되는 바가 있으리라 기대한다.

---

17 이태준이 '이상견빙지'에 대한 주자의 해석까지를 알고 있었다면 이 해석의 정당성은 확인될 것이지만 이는 불분명하다. 그러나 대동강의 결빙기간이나 음과 양의 변화원리 등은 거의 상식이었으니 알고 있었을 것으로 본다.

18 이태준은 이 작품을 도연명의 「어부사」라고 밝히고 있으나, 착각인 듯하다.

2. 검열지침과 「패강랭」의 지명

1) '일본'과 '내지', 그리고 이중의 환유

「패강랭」에서 사용되는 지명 중에서 검열지침과 관련하여 주목할 것은 '내지' '동경' '서울' '평양부' 등이다. 검열당국은 '일본' 대신에 '내지'라는 용어를 사용하라고 요구했지만,[19] 「패강랭」에서 '내지'라는 단어를 사용하는 것은 오직 평양부회의원 '김' 뿐이다. 이에 비해 주인공 '현'은 '동경'이라는 단어를 사용하고 있다. '동경가 글쓰는 사람'이라는 대목이다. 금지어 '일본'를 쓰기도 어렵고 권장어 '내지'도 쓰기를 꺼렸을 이태준에게 '동경'이란 효율적인 환유일 수 있다.[20]

그런데 '동경가 글 쓰는 사람'이라는 서술은 글 쓰는 장소를 축자적으로 가리킨다고 보기는 어렵다. 작품의 문면으로 미루어볼 때 그 인물은 '일본에 가서 일본어로' 글 쓰는 사람임에 분명하지만, 글 쓰는 장소가 문제가 아니라 오히려 '일본어로 글 쓰는 사람'이라는 의미가 훨씬 강력하다. 알다시피 「패강랭」은 조선어 교육이 금지된 직후를 시대적 배경으로 삼고

---

19 경무국, 「조선문간행물행정처분례」, 『조선에 있어서 출판물개요』, 조선총독부, 1930, 85~131쪽(계훈모 편, 『한국언론연표(1881~1945)』, 관훈클럽 신영연구기금, 1979, 1292~1293쪽에서 재인용).

20 물론 '일본'이라는 단어는 금지어로 지정된 이후에도 사용된 사례가 없지 않다. 그러나 1930년대 후기로 가면서 '일본' 대신에 '내지'로, '일본군(日本軍)' 대신에 '아군(我軍)'이나 '황군(皇軍)'으로 사용하는 용례가 늘어난다. 이 작품은 1938년(작품집 수록은 1941년)의 것이라는 점을 감안해야 한다. 게다가 단순하게 이 작품은 '일본'이라는 금지어를 사용하는 데 그치는 것이 아니라는 점을 유의해야 할 필요가 있다. 만일 부정적 인물로 묘사되는 부회의원은 권장어 '내지'를, 긍정적 인물인 '현'은 금지어 '일본'을 사용하는 것으로 설정한다면 검열 기준에 대한 정면적인 도전이 된다. 따라서 '일본'은 '동경'으로 바뀔 필요가 있는 것이다.

있기 때문이다. 그렇다면 어째서 장소를 통하여 사용언어를 알리는 방식을 택했을까?

'일본어'란 단어는 금지어였으니 '일본어로 글 쓰는 사람'이라는 표현은 사용할 수 없고 굳이 사용언어를 가리키려면 '국어로 글 쓰는 사람'이라고 해야 한다. 이태준은 차마 그렇게 검열지침을 수용할 수는 없었을 터이다.[21] 게다가 '국어로 글 쓰는 사람'이라고 표기하면서 그를 비판하는 경우 당연히 검열을 통과할 가능성 역시 희박해진다. 또한 당시 일부 작가들이 '일본'이라는 금지어 대신에, 금지어와 권장어를 결합한 '일본내지'라는 대체어를 만들어 쓰는 등 다양한 검열우회 노력을 기울였음도 함께 고려할 수 있다.[22]

사용언어 대신에 글 쓰는 장소를 특정하는 환유를 통해 이태준은 일석이조의 효과를 거둘 수 있었다. '일본'이라는 금지어도 '내지'라는 권장어도 사용하지 않으면서, 일본어 상용정책을 비판할 수 있게 된 것이다. 이렇게 본다면 이 구절에서 '동경'이란 이중의 환유가 된다. '일본어'의 환유로 '일본'이라는 장소가, 그리고 '일본'의 환유로 다시 '동경'이 제시된 것이다.

그뿐이 아니다. 작품의 뒷부분에서는 '동경' 대신에 '어디'라는 대명사로 다시 바뀐다. "아니꺼운 자식…… 너이따윈 안 읽어두 좋다 그래 방향

21 다음 구절에서 일본식 지명 개편에 대한 이태준의 반감을 확인할 수 있으므로 더욱 그러하다. "안국동에서 전차로 갈아탔다. 안국정이지만 아직 안국동이래야 말이 되는 것 같다. 이동이나 이를 깡그리 정화시킨데 대해서는 적지 않은 불평을 품는다. 그렇게 비즈니스의 능률만 본위로 문화를 통제하는것은 그릇된 나치스의 수입이다. 더구나 우리 성북동을 성북정이라 불러 보면 이주사라고 불러야 할 어른을 리상이라고 남실거리는 격이다. 이러다가는 몇 해 후에는 이가니 김가니 박가니 정가니 무슨 가니가 모두 어수선스럽다고 시민의 성명까지도 무슨 방법으로든지 통제할런지도 모른다."(「장마」, 단편집 『가마귀』, 한성도서주식회사, 1937, 156~157쪽).

22 "내선관계 문자의 사용에 있어서 일본내지(內地) 일본내지인 동경유학생 등 마치 내지를 외국과 같이 취급하는 경향이 있으나 이는 온당치 않으므로 주의할 것"(「편집에 관한 희망 및 그 지시사항(2)」, 계훈모 편, 앞의 책, 1294쪽).

전환을…… 뭐…… 어디 가 글쓰는놈이 선견이구 어쩌구 하는구나? 똥내 나는 자식……"(29쪽) 이 대사에서 '어디'가 구체적으로 어느 장소를 가리키는가는 즉각적으로 알기 어렵다. 4페이지나 거슬러 올라가서 「거 누구? 뭐래든가 동경가 글쓰는 사람 있지?」「있지」「그사람 선견이 있는 사람야 –」(25쪽)라는 대사를 기억할 때에만 '어디'란 '동경'을 받는 대명사임이 확인되는 것이다. 대명사가 이처럼 먼 거리에 있는 명사와 호응하는 경우란 그리 자주 찾아볼 수 있는 일이 아니다. 그 까닭은 무엇일까.

25쪽에서 '현'은 일본어 사용론자 '김'에 대해 반감을 가지면서도 암묵적으로만 표현하고 있다. 따라서 이중의 환유를 동원하는 정도로도 검열을 피해 넘어갈 수 있었을 것이다. 하지만 '일본'을 '어디'로 표기하는 29쪽에서는 '아니꺼운 자식' '똥내나는 자식' 등의 용어를 동원하면서 부회의원을 원색적으로 비난한다. 만일 이 대목에서 '어디' 대신에 '동경' '내지' 등의 단어를 사용했다면 검열에서 저촉될 가능성은 훨씬 높아질 것이다. 따라서 이중의 환유만으로는 부족함을 스스로 느꼈을 터이고, '동경' 대신에 '어디'라는 대명사를 사용한 것으로 본다. 일본어 글쓰기에 대해 반감이 심했던 이태준로서는 꼭 '현'에게 부여하고 싶은 대사였지만, 검열을 의식할 수밖에 없었으므로 4페이지 앞에 먼저 '동경'을 배치하고 이를 받는 '어디'라는 대명사로 처리하였던 것이라는 판단이다.

필자는 당대 필자들의 회고를 근거로, 검열을 우회하기 위해 동원된 기법 중에서 '나눠쓰기'라는 방식이 있었다고 주장한 바 있다(4부 1장). 「패강랭」에서 이렇게 명사와 이를 받는 대명사의 거리가 이례적으로 멀어진 사례 역시 이에 해당한다고 추정한다.[23] 일본어 글쓰기라는 '국책'에 대한 비

23 이 글의 4절에서 확인하게 될, 1941년본에서 '현'에게 새로 부여된 두 대사 역시 나눠쓰기에 해당한다.

판을 하되 국가검열을 통과해야 한다는 모순적 상황은, 이중의 환유와 함께 나눠쓰기까지 동원하는 다양한 우회기법을 통해 대응할 수밖에 없었던 것이다.

29쪽의 이 대목은 첫 발표본에만 나와 있을 뿐, 41년본에서는 대폭 삭제된다는 점을 감안한다면 의식적인 검열우회의 기법이었다는 해석은 설득력이 더 강해진다. 문제의 대목을 삭제하는 것은, 작가의 자기검열이건 검열관의 실제 검열이건, 검열과 관련하지 않고서는 설명하기 어렵다.

2) '서울'과 '평양부'

서울과 평양의 식민지시기 공식명칭은 각각 '경성부' '평양부'였다. 그런데 이 소설에서는 '경성부'는 모두 '서울'로 표기되지만, '평양부'는 '평양부', '평양', '여기' 등 세 가지로 표기한다. 지문에서는 '평양'으로 표기하고, 주인공 '현'은 "기생엔 여기가 서울 아닌가"하는 식으로 '여기'라는 대명사를 사용하는데, '평양부'라는 용어는 오직 부회의원 '김'만이 사용한다. 일제가 제정한 행정용어로서의 지명과 언중들이 널리 쓰던 지명을 구분 사용함으로써, 인물의 성격을 선명하게 대비하는 효과를 가져온다.

이에 비해 서울에 대해서는 '경성부'라는 공식명칭을 전혀 사용하지 않는다. 서울의 공식명칭은 구한말까지는 '한성부'였지만 1910년 10월 일제가 총독부를 설치하면서 '경성부'로 낮추었다. '경성부'는 국가의 수도라는 의미를 지니지 못하며 단지 경기도의 도청소재지라는 의미만을 지닌다(4부 2장 참조). 이태준은 '경성부'를 수용할 수 없었을 터이며, '한성부'라는 지명 또한 검열 때문에 쓰기 어려웠다. 따라서 공식지명은 둘 모두 선택할 수 없었다. '서울'이라는 지명은 바로 이런 상황에서의 선택이었다.

그런데 '서울'이라는 오랜 비공식적 명칭에는 특정 지역을 뜻할 뿐만아니라 국가의 수도라는 뜻도 담겨 있다. 특히 「패강랭」에서는 "기생엔 여기가 서울 아닌가"에서 보듯이 '서울'을 '수도'라는 뜻으로도 사용하고 있다. 이태준은 '서울'이라는 단어를 중의적으로 사용함으로써 총독부가 소거해버린 국토성을 은밀하게 되살려내는 셈이다.[24]

그런데 서울과 평양은 대립적 관계로 나타난다. "경평대항전"이라는 표현은 그 대표적인 경우이거니와, 묘청의 서경천도설을 떠올리면 더욱 그러하다.[25] 무엇을 둘러싼 대립인가. 평양부회의원 '김'은 평양에 살지만 서울(또는 '내지', '동경')로 대표되는 식민지적 근대화에 대해 가장 우호적이다. 반면에 '현'은 서울에 살지만 고구려의 고도이면서 묘청의 근거지였던 평양을 선망한다. 부회의원 '김'이 이젠 평양도 서울 못지않게 근대화되었다는 자부심에 가득 차 있는데 반해, '현'은 평양이 평양다움을 잃어버리고 있다며 개탄한다.[26] '현'은 오히려 '머릿수건'이 없어진 것을 보면서 "그런 아름다움을 제고장에와서도 구경하지 못하는것은, 평양은 또한가지 의미에서 폐허(廢墟)라는 서글픔을 주는것이었다"(23쪽)는 감회에 빠진다. 왜 '또한가지 의미'인가? '또한가지'라는 표현이 성립하기 위한 전제로서

24 이태준은 「장마」에서 '매신'이라는 단어도 중의법적으로 사용한다. '매신'은 총독부 기관지였던 '매일신보'를 줄여 부르는 단어이기도 하지만, 동시에 동음이의어로서 '몸을 팔아넘김(賣身)'을 뜻하기도 한다.

25 물론 서경천도 주장은 개성에서 서경으로의 천도를 주장했던 것이었으며 경평대항전은 서울과 평양의 대항전을 말하는 것이니 구체적 지역은 다르다. 하지만 수도와 평양(제2의 도시)의 대립이라는 점에서는 동일하다.

26 이와 관련하여 이광수가 평양에 대해 다음과 같이 묘사하고 있음은 시사적이다. "여러분의 죠상은 결코 여러분과 ᄀᆞᆺ치 마ᄋᆞᆷ이 썩어지지 안이ᄒᆞ얏고 여러분과 ᄀᆞᆺ치 게르고 긔운업지아니하얏소 평양셩을 싸흔 우리 조상의 긔상은 웅대ᄒᆞ얏고 을밀대와 부벽루를 지은 우리 죠상의 뜻은 컷소이다"(「무정」 제33장, 김철 교주, 『바로잡은 「무정」』, 문학동네, 2003, 219~220쪽).

'한 가지 의미'는 무엇인가. 이는 명확하게 나타나 있지 않지만,[27] 바로 앞 부분에서 "무슨 큰 분묘(墳墓)와 같이 된 건축"(22쪽)으로 묘사된 경찰서를 가리킴이라 추정된다.[28] '분묘 같은 경찰서를 보니 폐허라는 느낌이 든다'는 말은 하지 않은 채로, '또한가지 의미의 폐허'만을 설명함으로써 이를 추론하도록 만드는 것이다. 선행하여야 할 '한 가지'는 언표하지 않고 후행하는 '또 한 가지'만을 설명하는 까닭 역시 검열과 유관하다고 본다.

'한 가지 의미'에서 폐허란 경찰서를, '또 한 가지 의미'에서 폐허란 머릿수건이 없어졌음이라고 말하지만 경찰서와 머릿수건은 기실 비대칭적이다. 전자는 일제통치를 상징하는 기관인데 비해 머릿수건은 그저 '아름다움' 또는 풍속적 변화만을 가리킬 뿐이다. 이런 비대칭성 때문에 검열관으로서도 감추어진 '한 가지 폐허'가 바로 경찰서를 가리킴이라는 점을 쉽게 알아챌 수 없었을 터이다. 하지만 평양여인들의 머릿수건은 '건귁'이라는 고구려 복식을 이어받았던 풍습이라는 점을 감안한다면, 그리고 이 소설이 신채호를 강력하게 의식하면서 쓰인 것이라는 점을 감안해보면 이 비대칭성은 설명된다. 경찰서로 상징되는 식민통치가 '폐허'의 외부적 요인이라면, 평양사람들이 자신의 주거지가 지니는 역사적 상징성에 대한 자부심을 잃어버렸음은 '폐허'의 내부적 요인인 것이다.

27 이런 현상의 원인으로는 다음 세 가지 가능성을 상정할 수 있다. 첫째, 이태준의 실수, 둘째, '한 가지'에 해당하는 부분이 검열로 삭제 당했음, 셋째 의도적인 실수이다. 필자는 셋째의 가능성만을 추적한다. 이태준의 작품에 대한 애정과 꼼꼼한 손질을 감안할 때 단순한 실수라고 보기는 어려우며, 둘째의 가능성 역시 텍스트 내에서 다른 해석이 모두 막힐 때라거나 명백한 다른 증거가 있을 때를 제외하면 인정하기 어렵기 때문이다.

28 "한가지 인상깊은 것"(22쪽)이 경찰서였다는 표현에서 시사된다.

3. 텍스트의 개변과 '말할수없음표'

「패강랭」의 텍스트는 1938년본과 1941년본 사이에 적지 않은 차이를 보인다.[29] 그 차이는 물론 작품의 완성도를 높이려는 이태준의 노력에 의해 주로 발생하지만 검열과 유관한 경우도 있다. 일제의 검열수위가 점점 강화되었으므로 나중에 발표하는 것일수록 더 많은 주의가 필요했던 것이다. 또한 전반적으로 신문보다 잡지를, 잡지보다 단행본을 더 까다롭게 검열했다는 점도 한 요인일 터이다. 앞서 살핀바, 검열과 관련하여 「패강랭」 텍스트가 개변된 몇 가지 사례도 이같은 사정 때문에 생긴 것들이라고 할 수 있다.

여기서 한 가지 더 유의하여 살필 대목은 검열의 흔적이 지워지는 사례이다.[30] 먼저 「패강랭」의 개변 중 하나를 보자.

> "이자식? 되나 안되나 우린 이래뵈두 예술가다- 예술가 이상이다 이자식……" (1938년본 30쪽, 각주 1 참조)
>
> "이자식? 되나 안되나 우린 우린…… 이래봬두 우리……"(1941년본, 128쪽)

첫 발표지면의 15자가 사라지고 그 대신 '우린'이라는 2자가 새로 들어갔으며 나머지 글자들은 말없음표로 대체되었다. 첫 발표지면의 '예술가'라는 진술은 널리 알려진 대로 이태준의 미학주의와 관련되는 것이겠고,

---

29 이병렬은 이태준의 텍스트 변화에 대해 총괄적으로 추적한 바 있다(「이태준 소설의 텍스트 문제」, 『국어국문학』, 111, 국어국문학회, 1994, 283~307쪽).

30 앞서 살핀 29쪽의 부분은 1941년본에서는 검열의 흔적이 완전히 사라졌으니 이 텍스트만을 보는 사람은 검열의 존재 자체를 짐작조차 할 수 없다.

'예술가 이상'이라는 진술은 '한국어 글쓰기'란 단순한 예술행위에 그치지 않고 저항으로서의 의미도 지닌다는 인식을 보여준다. 물론 '되나 안되나'라는 한정적 수식어가 붙어 있어서, 그 저항이 이제 한계에 부딪혔고 신채호 앞에서 열패감을 느낄 수밖에 없음을 드러내준다.

그런데 이 대목이 1941년의 단행본에서는 사라진 것이다. 그 결과 부회의원 '김'에 대해 '현'이 항변하는 핵심적인(그러나 물론 완곡어법으로 되어있던) 메시지가 없어진다. '현'이 무슨 말을 하려는 것인지 알기 어려우며 단지 감정이 격해졌음만을 짐작할 수 있을 뿐이다.[31] 그 대신에 들어간 것이 말없음표이다. 이런 과정에서 들어간 부호를 그저 단순한 문장부호라고만 읽어도 좋을까.

실제로 검열삭제 부분을 "……"라는 활자로 대체하는 것은 당시에 꽤 널리 사용되던 관례였다. 즉 검열에 의한 복자를 여러 가지 형태의 다른 활자로 대체하였던 바, 그 중에 하나가 바로 '……'인 것이다. 이 경우 원래 있던 활자가 차지하는 지면의 분량은 "……" 표시의 분량과 대체로 일치한다. 그러나 검열당국은 나중에는 복자를 다른 기호로 대체하거나 검열로 삭제되었음을 알리는 표기까지를 금지한다. 따라서 "이하 ○○행 삭제" 등으로 표시하거나 "……" 등의 문장부호로 대체하는 일조차 금지된다(4부 1장 참조).

위에서 보았듯이 말줄임표로 삭제를 알리는 것은, 검열의 흔적마저 지우라는 강요에 따르면서도, 바로 이 부분이 검열 때문에 삭제되었음을 알리는 최소한의 흔적이라도 남기기 위한 것이었다. 물론 삭제지면 전부를

31 물론 이 대목이 실제 검열에서 삭제된 것임을 확증할 수는 없지만, 대체로 그러하리라고 추정한다. 혹시 이태준이 스스로 삭제한 것이라 하더라도 검열을 통과하기 위한 사전적 삭제라는 점에서 검열과 유관한 것이라는 점만은 분명하다.

"……"로 꽉꽉 채우기까지 했던 종전의 경우만큼 분명하게 검열삭제임을 인식할 수는 없겠지만, 검열의 흔적조차 완전히 삭제하는 것보다는 낫다는 것이다.

위 인용문에서는 18자가 말줄임표로 대체되었지만, 다른 작품들에서라면 더 많은 삭제가 이렇게 축소 표기되었을 가능성이 있다. 이태준소설에서는 말줄임표가 매우 빈번하게 사용되는바, 이들을 범상하게만 넘길 일이 아니다. '말할수없음표'일 가능성을 점검할 필요가 있겠으며, 또한 다른 작가들의 경우도 마찬가지의 가능성을 인정하여야 할 것이다.

이렇게 문제의 대목이 삭제되는 대신에 두 구절이 새로 들어간다.[32]

> "허긴 너('김 군'—인용자 주)헌테나 분푸리다만……"(122쪽)
>
> "내가…… 김군이 미워서 그리나?……"(129쪽)

물론 삭제부분을 채워 넣기 위해 현에게 이런 대사를 부여한 것이다. 삭제부분이 '아니꺼운 자식' '뚱내나는 자식' 등으로 김에 대한 직접적인 공격이었다면, 새로 들어간 부분은 간접적이다. 간접화되기에 검열에서 통과될 가능성은 높아진다.

하지만 손질된 판본에서 현의 인식은 오히려 진전되는 것이라고 해석할 수 있다. 그 근거는 다음 두 가지이다.

첫째, 현은 김군에 대한 직설적인 욕설 대신에, 자신의 반응이 단지 '분풀이'에 불과하다는 인식으로 나아간다. 이제 비판의 과녁은 '김군'이 아니며, '동경에 가 글 쓰는' 작가도 아니다. 조선어 글쓰기를 금지하는 권력

---

32 이 역시 거의 비슷한 의미이면서 검열에 저촉될 우려가 적지 않은 대사가 따로 떨어져 배치되었다는 점에서 나눠쓰기라고 본다.

자체를 향한 것이었다.

둘째, '김군이 미워서' 이러는 것이 아니라는 말은 이중적 해석이 가능하다. 즉 '김군을 미워하지 않는다'는 뜻, 그리고 '김군이 아니라 다른 어떤 대상이 밉다'는 뜻이다. 필자는 이를 중의법으로 읽는 편이 좋겠다고 판단한다. 그럴 때 이 발언은 '너한테나 분푸리'라는 발언과 긴밀하게 연결된다. '김군'이 비록 부일세력임에는 분명하지만, 그를 증오하기만 하는 것은 '분풀이'에 불과하며 분할통치의 전략에 놀아나는 결과가 될 뿐이라는 인식이다.

4. 육십갑자 표기와 일본어 섞어 쓰기

「패강랭」에서의 검열우회방식은 두 가지를 더 들 수 있다. 첫째, 육십갑자로 연호를 표기하는 현상이다. 「패강랭」(1938년본)은 "을축 11월 초8일"이라고 탈고일자를 밝히고 있으며, 『이태준작품집』 서문에서도 육십갑자로 표기하고 있다. 그러나 책을 비롯하여 거의 모든 단행본들의 간기에는 '쇼와(昭和)'를 채택하고 있다. 출판사는 일본연호를 사용하여야 했지만 저자는 육십갑자를 고집하는 것이 대체적인 경향이었던 듯하다.[33] 육십갑자 표기

33 이태준의 경우 거의 대부분의 작품이 육십갑자로 표기하고 있지만 예외적으로 「촌띄기」에서는 '소화9년 2월'로 표기하였다. 그의 유일한 일본어소설 「제1호 선박의 삽화」(1944)에서는 창작연대를 아예 밝히지 않고 있다. 충분한 조사를 거친 것은 아니지만, 다른 작가들도 사정은 비슷하였던 것 같다. 예컨대 이기영(『고향』 상, 한성도서출판부, 1937), 박세영(『산제비』, 중앙인서관, 1938) 등의 경우도 마찬가지로 작품의 탈고일자나 저자 서문의 경우에는 육십갑자를 사용하였지만 공식간기에는 소화연호를 사용하고 있다.

는 쇼와 다이쇼 등 일본 기원의 사용을 권장하면서 서력기원조차도 특수한 경우가 아니라면 쓰지 말라는 검열기준[34]을 우회하려는 시도이다. 작품 내에서는 육십갑자를 사용하였지만, 공식적 간기에서는 일본연호를 사용하는 절충이었으므로 검열당국 역시 이를 용인했던 듯하다.

둘째, 「패강랭」에서 일본어를 문장 중에 사용하고 있다는 점이다. 물론 식민시기 소설에서 일본어를 섞어 쓰는 것은 꽤 일반적인 현상이며 이태준 역시 이 작품에서만 사용하는 것은 아니다. 하지만 조선어교육 폐지를 비판하는 「패강랭」에서 일본말들이 동원되는 것은 좀 다른 문제 아닐까. 잠깐 살펴보자.

부정적 인물인 '김'은 6군데로 가장 자주 일본어를 사용하고 있으며, 짧지만 비교적 완성된 일본어 문장을 사용하고 있다. '히야까시'(24쪽) '히도오바가니 스르나 고노야로……'(27쪽) '나니?'(27쪽) '기미모 오도레'(28쪽) '마게오시미 쓰요이'(28쪽) '요미니꾸꿋데…… 도-모이깡'(29쪽) '나니?'(29쪽; 29쪽의 두 사례는 단행본에서는 삭제됨) 등. 이에 비해 긍정적 인물 중에서는 '현'만이 '너이따윈 좀 바까니시데모 이이……'(27쪽) '더러운 자식! 나닌 무슨 말라빠진……'(29쪽; 단행본에서는 삭제됨) 등 2회를 사용한다. 조선어와 결합된 토막 일본어이며 그것도 부정적인 언사로만 사용하고, 또한 '김'이 일본말을 사용하자 그 말을 되받아서 사용하는 형식으로 제시된다.

주로 부정적 인물이 일본말을 쓰지만, 꼭 그런 것만도 아닌 복합적 배치이다. 이런 복합성은 검열과 어떤 관련을 맺고 있는 것일까. 일본어를 빈번하게 사용함으로써 '국어 상용'에 어느 정도 호응한다는 인상을 줄 수 있다는 점을 먼저 들 수 있다. 조선어 폐지에 대해 완곡하게나마 비판하고 있는

34 「편집에 관한 희망 및 그 지시사항(1)」, 『조광』, 1939.9(계훈모 편, 앞의 책, 1293쪽에서 재인용).

이 작품의 검열 통과 가능성을 높이는 한 요인이었을 것이다. 다음으로는, 부정적 인물만이 일본어를 사용하는 설정은 아니라는 점 역시 검열통과 가능성을 높일 수 있다. 물론 부정적 인물이 주로 사용하게 한다거나, 긍정적 인물이 쓰는 경우는 부정적 인물이 부정적인 일본어를 사용할 때 그를 되받는 상황에서 나오는 것으로 설정한다. 일본어 상용정책을 비판하면서도 일본어를 사용하고 있는 「패강랭」의 모순은, 이렇게 검열과 관련지어 해석할 때 무리 없이 설명할 수 있다. 상대를 비판하되 상대의 허락을 받아야 했던 그 시기의 모순은 텍스트의 복합성으로 나타난다.

필자가 이 글을 통해 분석한 「패강랭」의 모든 언어적 선택이 의도적으로 검열우회를 노린 것은 아닐 가능성도 물론 없지 않을 것이다. 그러나 결과적으로 검열 통과에 유리해지는 방향으로 집중되어 있다는 점만은 분명하다. 이 여러 현상들을 모두 우연이라 간주하는 것은 합리적이지 않다. 달리 합리적으로 설명할 방법이 없는 만큼 검열우회로 해석하고자 한다.

5. 나오며

식민지 말기 이태준 작품이 식민주의와 어떤 연관을 맺고 있는가에 대해 다양한 논의들이 제기되어 왔다.[35] 이 논의들은 기존의 민족주의적 해

35 이 문제에 대해서는 많은 논의가 있었지만 다음의 몇 가지로 정리해볼 수 있다. 식민 지배담론에 포섭된 의사-제국주의적 욕망을 보여주고 있다는 김철의 문제 제기(「몰락하는 신생(新生), '만주'의 꿈과 「농군」의 오독(誤讀)」, 『상허학보』 9, 상허학회, 2002.8, 157~158쪽), 내부식민주의에 대한 성찰을 바탕으로 외부식민주의에 대한 비판으로까지 나아간 성취라

석에 대해 정당한 이의를 제기하면서 이 시기 문학사나 정신사에 대한 이해를 한 차원 끌어올린 노작들이지만, 검열의 존재에 대한 고려가 없었다는 점은 공통적이다. 검열의 핵심적인 두 축이 금지와 권장에 있다면, 최근의 연구들은 동양론 신체제론 국민문학론 등 주로 권장의 축에 대해서만 집중하는 편향성을 보인다. 무엇을 어떻게 금지했는지 이태준은 그에 대해 어떻게 대응했는지를 함께 살펴야 할 것이다.[36] 이 글에서는 검열을 고려하면서 「패강랭」을 읽은 결과 신채호의 숨겨진 영향 등의 검열우회를 확인하였다. 최근의 논의에도 약간의 참고는 되리라 기대한다.

또한 기왕의 연구들은 문학작품, 회고, 편집자로서 남긴 글, 좌담, 심지어는 이름을 밝히지 않고 쓴 글 등 매우 다양한 텍스트들을 대상으로 삼으면서도 그 텍스트들의 성격 차이에 대한 인식은 충분치 못한 경향이 있다. 언제 어떤 지면에 어떤 자격으로 어떤 글을 쓰는가[37] 하는 문제는 글의 성격을 근본적으로 좌우하는 요소임은 물론이다. 특히 검열이 존재했던 시기의 텍스트라면 더욱 중요하게 고려해야 할 필요가 있다. 검열기준은 시

는 하정일의 반박과(「1930년대 후반 이태준 문학과 내부식민주의 성찰」, 문학과사상연구회, 『이태준문학의 재인식』, 소명출판, 2004, 50~70쪽), 서구근대의 개인주의에서 벗어난 집단적 주체의 모색과정으로 인식해야 하며 월북 이후에 보여준 동양주의에서 세계주의로의 이행을 예고하는 것이었다는 김재용의 주장(『협력과 저항』, 소명출판, 2004, 66~68쪽; 「동양주의에서 국제주의로」, 『이태준문학의 재인식』, 같은 책, 148~168쪽)은 가장 첨예한 의견대립이다. 그 사이의 어떤 지점에 한수영 정종현 등의 논의가 자리한다. 한수영은 신체제론을 콘텍스트로 삼아 이태준의 텍스트를 독해하여 주관적 전유와 저항으로 읽어냈으며(「이태준과 신체제」, 『이태준문학의 재인식』, 같은 책, 191~226쪽), 정종현은 이 시기 민족문화란 제국문화와 분명한 경계를 그을 수 없으며 이태준문학이 보여주는 중층적 성격은 바로 이를 입증하는 보기라고 주장한다(「제국/민족 담론의 경계와 식민지적 주체」, 상허학회, 『이태준과 현대소설사』, 깊은샘, 2004.10, 143~173쪽).

36 이 글이 주로 검열의 금지에 대한 대응을 살피는 것은 이러한 맥락에서이며, 기왕의 논의 중에서 어느 쪽의 입장을 성급하게 지지하려는 뜻은 없다.

37 특히 '쓴 것'이 아니라 '말한 것'의 경우, 즉 좌담발언 등을 연구대상으로 삼을 때는 글에 의해 전달될 수 없는 발화상황이 늘 존재한다는 점, 또한 기자가 정리하는 과정에서 일정한 왜곡이 있었을 가능성이 항상 존재한다는 점을 염두에 두어야 할 것이다.

기, 매체, 또한 필자에 따라 달리 적용되었으며,[38] 인쇄자본 또한 성격과 시기에 따라 다양한 기준으로 내부검열을 실시했기 때문이다.

검열기구는 축적되는 검열경험을 토대로 조직을 체계화해 나갔으며 검열기준 또한 점차 정교하게 다듬어 갔으니, 1930년대에 이르면 그 자신감을 토대로 검열기준을 일반에 공개했다. 작가들 역시 공개된 검열기준을 우회하기 위해 다양한 노력들을 기울였으며, 언제 어떤 매체에 투고하는 것인가에 따라서 어느 정도의 수위까지 허용될 것인지 예상한 상태에서 글을 썼다. 그러므로 이 시기 텍스트에 대해 단순히 활자화된 내용만으로 분석하는 것은 오류의 소지가 제법 크다.

식민지 말기 이태준에 대해 매우 다양한 해석들이 제출되어 있는 까닭은 연구자의 세계관 차이 때문이기도 하지만 연구대상의 속성 자체가 다양한 해석을 유발하는 측면도 있다. 앞서 살폈던 신채호의 인용과 거의 비슷한 시기 이태준의 작품에 이토오 히로부미가 인용되고 있다는 점,[39] 일본어 상용정책을 비판하는 작품에서 일본어를 혼용하는 점 등은 그 단적인 사례이다. 연구대상으로서 이태준의 이 시기 글에는 매우 복잡하고 상호 모순적이기까지 한 요소들이 거의 동시에 공존하는 바, 이런 복합성은 일차적으로는 물론 이태준의 내면에 의해서 생성된 것이겠지만, 부분

38 "출판물의 목적, 독자의 범위, 출판물의 발행부수 및 사회적 세력, 발행당시의 사회사정, 반포구역, 불온개소의 분량" 등을 '특수검열표준'이라 하여 '일반검열표준'과 함께 검열의 양대 표준으로 삼았던 점, 그리고 블랙리스트제도에 의해 저작자들을 분류 감시하였던 점은 그 대표적인 증거이다.

39 「사상의 월야」(1941)에서는 이토오 히로부미의 것이라고 소학교 때 배웠다면서 다음 작품을 소개하고 있다. "男兒立志出鄕關(남아입지출향관) / 學若無成死不還(학약무성사불환) / 埋骨何期墳墓地(매골기기분묘지) / 人間到處有靑山(인간도처유청산)". 참고로 이토오에 앞서 이미 많은 중국이나 일본의 시인들이 매우 흡사한 작품을 남긴 바 있으니, 누군가의 착각일 터이다. 한편 「영월영감」(1939)에서는 '홍경래'와 '기미년'을 본받아야 할 대상으로 제시하기도 한다. 불과 2년 사이에 이토록 모순적이기까지 한 작품들을 인용한 사례는 이태준 텍스트의 복잡성을 입증하는 한 사례이다.

적으로는 매체의 특성과 그에 따른 검열기준의 차별적 적용과도 관련되는 것이라고 보아야 할 것이다. 문학은 복잡한 연구대상이다. 검열이 지배하던 시기의 문학은 특히 그러하다.

5장

염상섭의 「만세전」에 나타난 감시와 검열우회

사례연구 2

1. 들어가며

염상섭의 중편 「만세전」[1]에는 주인공 이인화가 직접 당하는 검문이 4차례, 미행이 3차례 나타난다. 그밖에도 열차 안에서 만난 갓장수의 체포와 김의관의 3회에 걸친 체포가 묘사되며 대전역에서는 체포된 사람들을 목도한다. 중편 규모의 작품에 경찰력 행사가 12차례나 반복되는 작품은 매우 드물다. 어째서 이런 현상이 나타났을까.

기존의 연구는 그다지 주목하지 않았지만, 이 현상은 숙고할 가치가 충분하다. 「만세전」에 대한 기존연구를 요령 있게 정리한 박상준의 분류에

1 이 작품은 물론 1920년대 텍스트이지만, 한국근대소설의 기원에 해당한다는 중요성을 감안하여 1930년대 텍스트를 주로 다루는 이 장에 포함시키기로 한다.

따라 두 계열로 나누어 살펴보자.[2] 첫째, 리얼리즘론 계열의 연구들은 이 현상을 식민지 조선의 억압상을 드러내 보여주는 현상 중 하나 정도로만 치부하였고, 근대성론 계열의 연구들은 삽화적인 것에 불과하다고 치부하면서 분열된 근대적 자의식에 주목하는 식이었다. 그러나 이 작품의 경찰력 묘사는 좀 더 꼼꼼히 살필 필요가 있다. 무엇보다도, 감시(이 작품에서는 검문과 미행)와 처벌의 반복적 묘사란 「만세전」의 한 뚜렷한 특성임에도 불구하고 막상 그 의미와 기능은 충분히 밝혀지지 않았기 때문이다. 뒤에 자세히 보겠지만 이 작품에서 감시와 처벌은, 리얼리즘론 계열의 연구에서 주장하는 것처럼, 식민권력의 횡포성을 보여주는 장치라는 자명한 것 정도에 그치지 않는다. 둘째, 근대성론 계열에서 주장하듯이 분열된 자의식이 이 작품의 핵심이라 치더라도, 그 분열의 원인은 권력과의 관계에서도 찾을 필요가 있다. 내면의 분열을 만드는 근본적 원인 중 하나가 바로 식민권력인 것이다. 검열이란 이 작품에서 전경화되지는 않지만, 이 작품에서 두드러지게 묘사된 검문과 긴밀하게 호응하여 이인화의 내적 분열을 만드는 주된 동력을 이룬다. 드러나 있는 검문과 감춰진 검열, 이 둘 사이의 관련양상을 주목함으로써 내면 분열의 주요한 원인과 특성을 포착할 수 있을 것으로 기대한다. 셋째, 좀 원론적인 이유를 들 수 있다. 즉, 국가경찰기구와 국가이데올로기기구는 상보적으로 작동하게 마련인 바, 특히 이 작품이 발표된 기미만세운동 직후는 이 둘이 병행되던 시기라는 점이다. 「만세전」이 집중적으로 묘사한 것은 주로 감시와 미행 투옥 등 국가경찰기구에 있지만, 국가이데올로기기구로서 검열도 숨어있으니 이 둘을 동시에

2 박상준, 「「만세전」 연구를 통해본, 한국 근대문학 연구의 문제와 과제」, 『현대문학의 연구』 28, 한국문학연구학회, 2006, 215~235쪽(『한국소설텍스트의 시학』, 소명출판, 2009에서 재인용) 참조. 그는 만세전 연구를 다섯 갈래로 구분한 뒤에, 크게 보아 김종균 등의 리얼리즘론과 김윤식 등의 근대성론이라는 두 갈래로 분류한다.

살필 필요가 있다.

종합하자면, 「만세전」은 감시받는 자가 그 감시에 대해서 발화하되, 자신의 발화가 검열의 대상임을 늘 의식하면서 말해야 했던 텍스트였다. 감시와 검열의 시선을 늘 의식하면서, 또한 처벌의 위협이 상존하는 현실 속에서 창작된 작품이라는 점을 염두에 두지 않는다면, 「만세전」에 대한 이해는 제한적일 수밖에 없다.

이 글은 이런 시각에 의존하여 「만세전」을 살피고자 하는 바, 이 문제작에 대한 두 가지 주류적 해석에 대해 조금은 진전된 인식을 보여줄 수 있으리라고 기대한다. 연구대상 판본으로는 1924년 고려공사 본을 고른다.[3] 해방 이후인 1946년에 작가가 손질한 최종본(수선사)이 나왔지만, 식민지 조선에 대한 작가의 인식을 점검하기 위해서라면 식민지 시기에 나온 저자의 최종본을 고르는 것이 적절하다고 보기 때문이다.

먼저 「만세전」에서 국가경찰기구의 작동이 어떻게 나타나는 지를 집중적으로 점검한다. 도대체 평범한 유학생을 끝없이 미행하는 감시체계라는 것이 실제로 존재하기는 했던 일인가. 그랬다면 언제 어떤 형태로 존재했고 과장이 있었다면 어느 정도가 염상섭이 만들어낸 것일까. 염상섭은 왜 그 과장을 만들어냈을까. 또한 감시체계를 이렇게 작품 속으로 전면화하는 이유와 효과는 무엇일까. 그것은 단순히 과장 섞인 고발에 불과할까. 혹시 검열과 유관한 것은 아닐까.

3 앞으로 이 책에서의 인용은 쪽수만 표기한다. 판본 대조를 위해 필요한 경우는 수선사 본(1948)을 보완해서 펴낸 창작과비평사 본(1997(2판4쇄)—이하 '창비본')을 참조했다.

2. 감시, '쓴 것'과 '있었던 것'

1) '쓴 것'으로서의 감시와 처벌

「만세전」에는 모두 7회의 감시(검문 4회, 미행 3회)와 5회의 처벌이 나타난다. 요약하면 다음과 같다.

'감시1' 검문1; 시모노세키 대합실; 48~49쪽

'감시2' 검문2; 시모노세키 연락선 속 목욕탕에 있다가 다시 항구로; 수이입물(輸移入物)검열; 62~71쪽

'감시3' 검문3; 부산항; 열쇠 째로 가방을 넘기니까 경관은 '껄껄 웃으며' 그냥 가라고 함; 81~83쪽'

'감시4' 미행1; 부산역; 열차에 이인화와 함께 올라 탐; 100~101쪽

'감시5' 미행2; 김천역; 이인화가 내리자 함께 하차; 101~102쪽

'처벌1' 서울; 김의관, 모종의 사건으로 헌병대로 체포 당함; 128~131쪽

'처벌2' 서울; 김의관, 위생비 납부 거부로 연행 당함; 129~130쪽

'감시6' 검문4; 열차안; 정거장에 설 때마다 순사 및 헌병보조원 탑승 검문; 132쪽

'처벌3' 심천역 열차 안; 갓장수, 체포당함; 이유 불명; 142쪽

'처벌4' 대전역 역사; '(젖먹이 아낙네를 포함하여) 결박을 지은 범인이 너더댓 사람' ; 이유 불명; 144~146쪽

'처벌5' 서울; 김의관, 요리집에서 부랑자취체로 체포당함; 155~156쪽

'감시7' 미행3; 서울; 경관이 집에 찾아와서 문밖으로 나갈 때는 신고하라고 요구함; 157~158쪽

위의 감시와 처벌에 대한 서술 중에서 주목할 만한 사항들은 다음 몇 가지이다.

첫째, 일본과 조선에서의 감시가 매우 대조적이다. 모국에서 보내주는 돈에 의존해서 학교와 카페를 오가며 유족한 이국생활을 즐기던 이인화는 한국에의 여로가 시작되는 시모노세키에 도착하자 비로소 경찰력의 감시 대상이 된다. 시모노세키에서는 두 번의 감시를 만나는데, 한번은 검문이고 나머지 한 번은 수이입물 검열이다.

둘째, 일본과 조선에서 검문의 분위기가 사뭇 다르다. 시모노세키에서는 일본인 경관조차 이인화를 대하는 태도는 비교적 정중하며, 조선인 형사의 경우는 오히려 이인화에게 "뒤를 쫓아오며 애원하듯이" "공손하게" "앞이 굽는 듯한"(64쪽) 태도를 보인다. 이는 물론 현행범이 아니라 예비적 검문이라는 속성 때문이기도 하겠지만, 좀더 근본적으로는 그 시기에 대학생, 그것도 일본유학생이 지니는 사회적 지위 때문일 터이다. 즉 민족정체성보다는 계급정체성이 우월한 형국이다. 그러나 조선에 도착하고 나면 이같은 역학관계는 단번에 역전된다. 부산항에서 처음 받은 검문은 이렇게 묘사된다.

> "나는 하관에서 조사를 당할 때와는 다른 일종의 막연한 공포와 불안에 말이 얼얼하여졌다. 더구나 일본서 그런 종류의 사람들에게 대하듯이 다소 산만하게 할 수 없다는 생각이 머리에 떠올라 와서, 제풀에 자기를 위압하는 자기의 비겁을 내심에 스스로 웃으면서도, 어쩐지 말씨도 자연 곱살스러워지고 저절로 고개가 수그러지는 것 같았다."(82쪽)

국가경찰기구의 작동방식과 강도가 일본과 조선에서 확연히 다르고, 일본인과 조선인에 차별적으로 적용됨은 이 작품의 여기저기서 나타난다. 모욕적이고 차별적인 검문을 받고 나서 이인화가 연락선에서 눈물을 흘리는 장면을 민족적 정체성의 자각이라고 평가하는 리얼리즘 계열의 논의들은 이런 측면에서 본다면 정당하다.

셋째, 그러나 조선에서의 검문이라고 해서 모두 균질적이지는 않다. 김천역에서의 '감시5'는 사뭇 부드러웠다. 물론 지역유지인 형님 덕분이었다.[4] 서울 집에서의 '감시7'도 그러해서, 이인화는 집으로 찾아온 경관에게 퉁명스럽게 대하기까지 한다.[5] 조선에서도 어느 장소이냐에 따라서 국가 경찰기구가 작동하는 분위기는 사뭇 다른 것이다. 그 이유는 물론 이인화 집안의 사회경제적 지위 때문이니, 조선에 돌아왔을 때도 여전히 계급의 문제는 남아 있었던 것이다. '가문의 영역' 내에서라면 이인화는 동경에 머물 때와 별 차이 없는 자세로 경관들을 대할 수 있었다. 일본, 그리고 조선의 김천 경성에서는 계급정체성이, 김천과 경성을 제외한 모든 조선 지역에서는 민족정체성이 각각 이인화를 규정짓는 더 우월한 요인이다. 앞서 살핀 민족적 각성론 만으로 설명하기는 무리가 있는 셈이다. 오히려 이 작품에서 계급과 민족은 늘 어깨동무로 다닌다.[6] 어느 시공간이냐에 따라서 계급과 민족 중 어느 하나가 조금 더 우월하게 나타나는 것뿐이다.

---

4 "어떻든 형님 덕에 나는 별로 승강이를 아니 당하고 무사히 빠져나왔다."(102쪽)

5 "소할(所轄) 경찰서로 지금 본정서에서 인계를 하여 왔는데 다시 떠날 때까지 자기가 미행을 하겠다 하면서 (…중략…) 매우 생색이나 내듯이 중언부언하다가 가버렸다. 마음대로 하라고 하였다"(157~158쪽)

6 이인화의 어머니는 "아 참 너두 밤출입하지 마라. 요새는 부랑자취체로 퍽 심한 모양인데"(156쪽)고 말한다. 또 집으로 찾아온 형사 역시 "문밖이나 시골을 가시거든 미리 요 앞 교번소로 통기 좀 해주슈"(158쪽)고 요구한다. 이인화는 집에 머물 때만, 그리고 낮에만, 국가의 감시와 처벌로부터 자유로운 것이다. 그 밖의 시공간에서는 조선인이라는 민족적 정체성에 의해 규정받게 된다. 이를 벗어날 때 그는 신고를 하여 다시 감시체계 속으로 스스로를 편입시켜야 하며, 자칫하면 부랑자와 혼동될 우려가 생긴다. 이인화 뿐만아니라 친일적 동우회 활동을 하던 '김의관'조차도 특정 시공간을 벗어날 때라면 부랑자로 체포되는 판이었다.

넷째, 감시와 처벌은 교대로 나타나는바, 초반부에서는 감시가 후반부에서는 처벌이 더 두드러진다. 감시는 늘 처벌을 전제로 진행되는 것임을 작품 구조로 보여주며, 검열의 결과 역시 처벌로 이어질 수 있음을 시사하기도 한다.

다섯째, 처벌받는 이유가 명백한 경우와 그렇지 않은 경우가 있다. 총 5차례의 처벌 중 김의관의 2회('처벌 2 · 5')는 위생비 체납과 부랑자 취체로 명확한 이유가 밝혀져 있다. 그러나 나머지 3회('처벌 1 · 3 · 4', 즉, 김의관의 합방 직후 체포, 갓장수, 대전역의 아낙네)는 모두 이유가 명확하지 않다. 명확치 않은 이유로 처벌받는 사례가 그렇지 않은 경우보다 훨씬 심각한 형량일 것으로 추정되니, 심각한 위반을 제대로 묘사하지 않는 이례적인 현상이다.

여섯째, 이인화는 오직 감시만 당할 뿐이며, 실제로 처벌을 받는 것은 모두 타인들이다. 또한 이인화가 받는 감시는 전적으로 부당한 것으로 묘사된다. '선량한' 이인화까지도 처벌될 가능성만은 시사하는 것이다.

지금까지 「만세전」에 나타난 국가권력의 감시와 처벌이 어떤 특성을 지니고 있는가를 여섯 가지로 요약했다. 앞의 세 가지는 대체로 객관적 서술이면서 당대의 역사적 사실과 엇비슷하게 맞아떨어진다. 뒤의 세 가지는 염상섭이 서사화하는 방식의 문제이며 객관적 사실과는 다소 동떨어진 대목이 발견된다. 다음 절에서는 주로 앞의 세 가지에 집중하면서, '있었던 것'과 다소 다르게 묘사된 일부 대목을 찾아내고 그 원인과 효과를 밝히게 될 것이다. 그리고 3절에서는 뒤의 세 가지를 주로 다루면서 그렇게 언표해야 했던 이유와 효과를 살피고자 한다.

2) '있었던 것'과 묘사된 것

「만세전」에서 묘사된 감시와 처벌은 실제로 행해지던 당대의 제도들을 대체로 충실히 재현하고 있다. 먼저 조선과 일본 사이의 이동에 대한 검문은 그 당시에 꽤 폭넓게 실시하였던 듯하며, 특히 이인화의 소지품 중 책이나 문서를 검색하는 장면은 주요 항만에서 실시되었던 수이입물 검열의 실제를 잘 보여준다. 처벌 역시 그렇다. 도처에서 조선인들이 연행되고 기차를 통해 호송되는 장면, 그리고 위생비 연체라거나 부랑자 취체 등으로 처벌되는 장면들은 당대의 현실을 거의 그대로 재현하고 있다.[7]

그러나 실제와는 사뭇 다르게 언표된 것도 있으니 미행이 그러하다. 미행이란 아무에게나 붙이는 것이 아님은 상식이다. 아무 혐의도 전과도 없는 일개 유학생 이인화에게 미행을 붙일 만큼 일제의 경찰력이 남아도는 것은 아니었다. 당시의 신문 기사[8]나 미행보고서[9] 등의 자료로 미루어보

7 이 중에서 위생비 연체를 제외하고는, 뒤에 보겠지만, 주로 만세'후'의 상황을 만세'전'으로 옮겨놓은 것이긴 하다.

8 『매일신보』에 따르면 동경의 조선인 4천여 명 중에서 요시찰인 3백여 명(유학생은 168명)에 대해서만 미행하였다고 한다('조선인에 미행정찰' 제하 기사, 1922.5.3). 이 시기 동경유학생은 거의 1천 명에 가까웠다면(「동경 유학생 증가」, 『동아일보』, 1924.3.8 참조), 유학생 중 약 10~20% 정도에 대해서만 미행한 셈이다. 그러므로 주색잡기에 골몰하는 이인화에게 미행이 따라붙었다고 묘사하는 일은 제법 큰 과장이다. 그러나 당대 독자들은 그 과장을 받아들일만한 수준의 것으로 수용했으리라 판단한다. 기미만세운동의 파장이 남아있던 1924년의 반일감정을 고려할 때, 또 당대 지식인들의 미행회고담에서 보이는 바 미행을 '자신의 사회적 중요성을 확인해주는 징표' 정도로 받아들였던 경향 등을 근거로 그렇게 판단할 수 있다.

9 한국역사정보통합시스템 검색 결과, 당시 을비(乙秘)로 취급했던 미행보고서는 다음의 6명에 대한 것을 확인할 수 있었다. 이인직(李人稙), 권동진(權東鎭, 대한협회 실업부장, 당 50년), 심의생(沈宜生, 대한민보사 이사, 40년), 고희준(高羲駿, 재경성(在京城) 정우회 간사), 정세윤(鄭世胤, 28년), 이창희(李昌熙, 21년). 남아있는 서류의 미행대상이 적어서 확신할 수는 없지만, 대부분이 40대 이상의 사회적 영향력이 인정되는 인물이다. 정세윤과 이창희는 '유학차 일본에 왔다고 하지만 사실인지 확인하고자 한다'는 간단한 보고였다. 나머지에 대해서는 이인직을 제외하고는(이인직은 직함과 나이조차 생략하고 있을 정도의 거물

더라도, 당시의 미행은 요시찰자 또는 사회적 영향력이 큰 인사들로 국한되었으며, 특별한 이상징후나 중요 사건이 있을 때에는 좀더 미행대상을 확대하는 식으로 운용된 듯하다.[10] 요컨대 평상시라면, 그리고 일반적인 조선인들의 이동에 대서라면, 미행이 아니라 주로 항만에서의 검문에 의존하여 감시했던 것으로 판단한다.

염상섭 개인의 체험을 기준으로 본다면, '있었던 것'과 '쓴 것' 사이의 괴리는 더 커진다. 그는 '오오사카 노동자 대표'로서 독립선언을 준비하다가 투옥되고 그 이후에 미행을 당했다고 스스로 회고한다.[11] 「만세전」에서 미행에 대한 묘사는 이러한 자신의 체험에 기반한 것으로 보인다. 그러나 작품 속의 이인화는 일본에서는 자유롭게 지내다가 조선으로의 귀국길에 오르면서 감시를 받는 것으로 되어 있다. 결국 염상섭의 개인사를 기준으로 말하자면, 만세 '후'에 요코하마에서 당한 미행을, 만세 '전'에 조선에서 당했노라고 바꾸는 셈이 된다.[12] 현해탄에 이르러서야 조선인 유학생들은 감시의 대상이 된다는 설정은 당대 현실에 부합하는가? 사람에 따라서 다르다. 이인화라는 평범한 주인공을 내세웠으므로 부합하지만, 요시찰인들은 일본에서도 미행을 달고 다녔고 횡보 또한 일본에서 그랬다고 스

이었으며 보고 내용 역시 무사히 이동하고 있는지를 확인하는 정도의 내용뿐으로 미행이라기보다 경호의 성격이 강력하다), 동정을 꽤 상세하게 보고하고 있다.

10 위 『매일신보』 「조선인에 미행정찰」 제하 기사 및 「미 의원단 착동(着東)과 횡빈시(橫濱市)의 대경계 / 경관은 밤을 새어가며 조선사람을 미행하여」 제하 기사(『동아일보』, 1920.9.1) 참조.

11 염상섭은 요코하마 인쇄소 시절에 대해서 이렇게 회고한다. "한 가지 흠은 미행형사가 붙어 다니면서 출퇴근시에 송영하는 것"이었으며, 하숙방에서 무위도식하다가 동아일보 기자로 임명되어 동경으로 파견될 때에도 "그 바람에 주자(鑄字)를 고르던 문선공의 먹 묻은 손을 씻고, 여전히 청치 않은 미행형사의 호위를 받으면서" 갔다는 것이다(「횡보문단회상기(1)」, 『사상계』, 1962.11, 205쪽). '대판노동자 대표'의 명의로 독립선언을 주도한 염상섭은 3월 19일 이후 요시찰인물로 분류되었을만하며 따라서 미행이 붙는 것도 개연성이 충분하다. 그러나 『동아일보』 기자가 된 이후 횡보의 이력에는 미행을 당할만한 사건을 벌인 적이 없다.

12 이와는 대조적으로 다른 많은 사회문화적 현상(공동묘지령, 전쟁기 물가 급등, 부랑자 단속, 환도 찬 교원, 집값 상승)들은 만세'전'의 '있었던 것'들과 거의 정확하게 일치한다.

스로 회고한다.

염상섭은 미행을 왜곡하고 있다. 게다가 그 미행자들은 서툴기 짝이 없어서 이인화의 시선에 쉽게 포착된다. 이를 그 시기 염상섭의 소설쓰기 역량이 부족한 탓이랄 수도 있겠지만, 여하간 염상섭은 이런 무리(현실과의 괴리 및 작중 상황의 개연성 약화)를 무릅쓰고라도 미행자들을 작품 속에 두드러지게 드러내고 싶었던 것임이 분명하다. 왜 그랬을까.

물론 문학이 역사적 사실과 정확하게 일치하는 것만 서술해야 한다는 법은 없고, 적절히 변용하는 것은 당연한 요구이다. 하지만, 그 변용의 실상을 점검하고 왜 그렇게 변용했을까를 묻는 일은 필요하다. 많은 만세 '후'의 것들이 만세 '전'으로 옮겨져 있으므로 더욱 그러하다. 요시찰분자들이 주로 만세'후'에 당했던 것을, 평범한 일본유학생이 만세'전'에 당한 것으로 변화시키는 까닭은 무엇인가. 또는 염상섭 개인의 경험을 기준으로 말하자면 이렇게 물을 수도 있겠다. 염상섭은 어째서, 일본에서 그럴 만한 사유가 있어서 당했던 자신의 미행경험을, 조선에서 아무 이유 없이 당하는 미행으로 환치시켰는가.

3. 검열의 우회, '쓸 수 있었던 것'

「만세전」은 검열을 매우 민감하게 의식한 상태로 창작 발표될 수밖에 없는 작품이었다. 다들 알듯이, 애당초 「묘지」라는 제목으로 『신생활』에 연재되다가 검열로 전문삭제되고 연재를 중단할 수밖에 없었던 것이었으니 『시대일보』에 새로 연재하면서 검열을 매우 민감하게 의식했을 것이다.[13] 이와 관련하여 채호석 · 이혜령 등의 지적은 주목할만하다. 채호석은 만세 '전'이라는 제목과 시간적 배경의 설정 자체가 검열우회일 가능성을 시사했다.[14] 이혜령은 좀 더 나아갔다. 작품 속의 공동묘지는 3 · 1운동 때 숨진 무연고자들의 묘지였고, '갓장수'는 고종의 장례를 빌미로 백립(白笠)을 쓰고 다니는 사람들을 암시하며, 부랑자 취체는 사실은 '만세꾼' 취체를 가리킴이었을 가능성이 높다고 주장한다.[15] 한마디로 이 작품은 검열을 우회하기 위해 만세'전'이라는 시간대를 설정했지만, 사실상은 만세 '전'과 만세'후', 무엇보다도 '만세 그 당시'가 혼재되어 있는 '시간들의 꼴라주'였다는 것이다.[16]

"만세 '후'에 쓰는 만세 '전' 이야기"라는 회상적 시제의 채택이 검열우회 전략이었다는 채호석과 이혜령의 주장은 상당히 설득력 있다.[17] 두 사람이 제시한 근거 말고도 다음과 같은 점들을 함께 고려할 때 설득력은 더 강화된다. 첫째, 최태원의 지적대로 「묘지」 3회(1922.9)가 전문압수 당했던

13 염상섭이 『신천지』와 『신생활』 필화에 공동 대응하는 언론인 모임에 적극 참여하고 있음도 그 방증이다(「당국의 언론 압박과 민중의 여론 격앙」, 『개벽』 30, 1922.12, 90쪽 참조).

14 「염상섭 초기 소설론-「만세전」을 중심으로」, 『식민지시대 문학의 지형도』, 역락, 2010, 107~114쪽 참조(초출은 『한국문학이론과 비평』 10, 2001).

15 이혜령, 「정사(正史)와 정사(情史) 사이-3 · 1운동 후일담의 시작」, 『민족문학사연구』 40, 민족문학사연구소, 2009.8, 160~172쪽 참조. 그의 주장 중에서 공동묘지와 백립에 관한 것은 추정에 가깝다면, 부랑자취체는 더 증거가 명확한 편이다. 즉 해방 이후 펴낸 판본에서는 "요릿집에서 취체를 당하니까, 물론 독립운동자를 잡으려는 것인데"(창비본 134쪽)라고 바꾸어 놓고 있는 것이다. 아마도 뚜렷한 증거가 없는 독립운동 혐의자의 경우 부랑자취체의 명목으로 체포하는 경우가 적지 않았을 것임을, 적어도 염상섭은 그런 맥락에서 부랑자 취체를 작품에 끌어들인 것임을 보여준다. 물론 해방 이후의 판본이므로 염상섭의 개작을 전적으로 믿을 수는 없겠지만, 고려공사본의 문맥으로 보더라도 이 경우는 대체로 믿을 수 있다.

16 이혜령, 위의 글 참조.

17 이 문제에 대한 지금까지의 연구는, 채호석 이혜령을 예외로 치자면, 주로 경험하는 주체와 서술하는 주체의 괴리라는 차원에서 논의되었다.

것은 한 달 쯤 전에 발생해 조선사회를 뒤흔들고 있던 '신석현 사건'(1922.8)을 묘사한 목욕탕 장면 때문이라면,[18] 「만세전」으로 개작하면서 이 장면을 만세 이전의 시기로 옮겨버리는 일은 퍽 효율적인 검열우회였을 것이다. 신석현사건이 이미 2년이 지나 상당부분 잊힌 데다, 만세 '전'에 일어난 사건으로 만들어두면, 검열관으로서는 두 사건의 관련성을 떠올리기가 어려워지는 것이다.

둘째, 모든 권력은 직전의 권력을 비판하면서 자기정당성을 찾게 마련이라면, 이를 하세가와와 사이토 두 총독 사이에도 어느 정도 적용할 수 있다. 즉 「만세전」의 전략은 살아있는 권력의 새로운 정책에 기대면서 헌병통치라는 '죽은 권력'을 비판하는 셈인 바, 식민권력을 전적으로 부정하는 차원까지 이행해가지 않는다면 허용될 가능성이 높았다. 만세'전' 시기에 대한 비판이란, 살아있는 권력에게도 일정부분 필요한 것이었으니, 검열자와 피검열자가 적으나마 이해관계를 함께하는 경우라 할 수 있다. 더군다나 사이토는 해군출신 총독으로서 육군에 대해 일정한 경쟁심을 지니고 있었으며, 태형을 폐지하고 '민중경찰'을 표방하는 등 하세가와 전총독과의 차별화를 유달리 강조하였음을 감안할 필요가 있다.[19] 1920년대

---

18 「「묘지」와 「만세전」의 거리—'묘지'와 '신석현 사건'을 중심으로」, 『한국학보』 103, 2001 참조. 이 사건은 일본 니가타현[新潟縣]의 발전소 공사현장으로 송출되었던 조선인 노동자들이 하루 17시간의 강제노동과 임금 착복 등을 견디다 못해 도망치는 일이 빈번했고 그 과정에서 조선인 100여 명이 살해당했다는 『동아일보』 보도(1922.8.1)로 불거졌다. 즉각 폭발적인 사회 문제가 되었으며 이날 자 『동아일보』는 발매금지를 당했다. 「묘지」 3회분이 실린 『신생활』 9호(1922.9)의 검열본(국립중앙도서관 소장)에는 신석현 사건의 조선인 송출을 강력히 연상시키는 목욕탕 장면(142~144쪽) 전체가 붉은 잉크로 표시되어 있으며, 연재분의 맨 앞에는 '금(禁)'이라는 글씨와 함께 '삭제' 도장이 찍혀있다(화보 참조). 최태원의 주장을 입증하는 유력한 증거이다.

19 데라우치 등 무단통치론자와 하라 다카시[原敬]로 대표되는 내지연장주의자 사이의 권력투쟁은 잘 알려져 있다(김동명, 「일본제국주의의 식민지 지배체제 개편」, 『한일관계사연구』 9, 한일관계사학회, 1998 참조).

초반의 정치상황을 감안한다면, 헌병통치를 과녁 삼는 정치적 비판은 상당부분 허용되었던 것으로 추정한다. 염상섭의 정치적 감각이 뛰어났음을 확인할 수 있는 대목이기도 하다.[20]

시간적 편차를 활용하여 검열을 우회하려는 이 작품의 또 다른 시도로는 감시제도에 대한 언표방식을 꼽을 수 있다. 이 작품에서는 끝없이 지속되는 감시, 미행, 처벌을 그리고 있지만 막상 조선인 이동에 대한 통제가 극적으로 강화되거나 도처에서 체포된 조선인들이 목격되는 것은, 만세 '전'이 아니라 만세'후'의 현상에 훨씬 가깝다. 예컨대 3·1운동 직후 총독부에서는 조선인에 대한 여행증명제를 도입하였으며,[21] 이에 대한 원성이 드높았다.[22] 조선 내에서의 미행 역시 3·1운동 이후에 훨씬 강화되었을 것이다. 중대한 사건이 터지면 요시찰인에 대한 감시를 강화하였기 때문이다. 하지만 이 작품은 미행과 감시란 오로지 만세 '전'의 것일 뿐이라고 강조하고 있다. 역시 만세 '후'의 것을 만세 '전'의 것으로 바꿔치기하는 셈

---

20 김윤식, 『염상섭연구』, 서울대 출판부, 1989(초판 3쇄), 252쪽 참조. 전면삭제 당했던 작품을 2년도 채 되기 전에 거의 그대로 연재에 성공할 수 있었던 것도 역시 염상섭의 정치적 감각과 별개로 생각하기 어렵다. 또한 이 작품이 『시대일보』라는 매체에 연재되었음도 역시 검열통과 가능성을 높여주었을 수 있다. 다 알다시피 최남선은 이 신문의 창간자금을 마련하기 위해 총독부와 긴밀한 접촉을 하였고, 실제로 이런저런 지원을 받았을 가능성이 높다(같은 책, 246~257쪽 참조).

21 "이제 조선총독부에서 재작 대정8년에 독립사건이 돌발한후 주장◯◯하야 제정한 조선인 여행증명령에 대하야 관찰하건대 (…중략…) 동경에 유학하는 유학생에게 대하여서도 여행증명을 요구하며 만주에 여행하는 심지어 신의주로부터 안동현에 여행하는 실업가에 대하여서도 여행증명을 요구하며 통신업무에 종사하는 기자의 왕래와 지친자(至親者)의 환병(患炳)을 위문하기 위한 빈민의 교통에 대하여서도 물론 일일이 여행증명을 요구하는 도다."(『동아일보』 1921.7.9; ◯◯은 판독 불가). 염상섭 역시 『동아일보』 기자로서 동경에 갔을 때 여행증명을 받아야 했을 것이므로(염상섭은 1920년 1월 말이나 2월 초에 『동아일보』 기자가 되며 여행허가제는 1922년 12월 15일 폐지되었다), 여행증명서 제도는 잘 알고 있었을 터이다.

22 『동아일보』, 1922.4.3, 「조선인 여행자에 대한 여행증명과 신체검사제도의 폐해, 지방여행의 소감」 제하 기사 참조.

이며, 그 목적은 물론 검열우회에 있다.

이외에도 검열우회를 위한 글쓰기의 흔적은 도처에서 발견된다. 첫째, '서자작'과 '김의관'이라는 인물 설정이 그렇다. "김의관은 서자작이라는 합방할 때까지 대각에 열하여 합방에 매우 유공한 사람의 일긴(一緊; 꽤 긴요하게 쓰이는 사람–인용자)으로서 (…중략…) 서씨가 올 여름에 죽은 뒤에는 집까지 빼앗긴 모양이다. 그러나 그 대신으로 서씨가 하던 사업- 이라야 별다른게 아니라 장사집 호상차지 하는 것이지만, 이것만은 대를 물려받았다 한다."(155쪽) 친일파 서자작은 더 이상 등장하지 않고 물론 비판에서도 제외된다. 대신에 김의관에 대한 비판이 이어지는데, 어린 여학생(이인화의 여동생)의 입을 빌려 "미친 놈"이라는 욕설까지 퍼부을 정도이다.

김의관은 서울에서 만난 사람이지만 굳이 회상형식을 빌려서 작품 초반부의 경부선 열차 안까지 불러오는데, 그것도 생면부지의 인물인 '금테안경'을 김의관 같은 부류라고 비난하는 방식으로 그리한다(125쪽). 조선 곳곳에는 김의관 같은 모리배들이 판친다고 시사하는 것이다. 한편 서자작은 고유명사라기보다는 '조선귀족'이라는 보통명사에 훨씬 가깝다. 자작이라면 이씨 왕실과 관련이 없는 사람 중에는 최고의 작위를 받은 셈인데,[23] 공교롭게도 이들 중에서 1919년을 전후해서 사망한 자들이 적지 않았으니,[24] 천벌을 받은 셈이라는 식의 여론이 높았다.[25] 이런 흐름 속에서

---

23 일제의 작위 수여에서 조선에는 공작은 없었고 이왕가의 종친 척족은 후작과 백작을, 보호정치시대부터 병합 전까지 당시 보국 정1품 종1품 훈1등 칙임1등 이상 급에 속하는 지위에 있던 자들에게는 자작 남작을 주는 것을 원칙으로 하였다(강동진, 『일제의 한국침략정책사』, 한길사, 1980, 144쪽 참조).

24 『조선귀족약력』(1929년 작성 추정)에 의하면 자작 22명 중에서 1929년까지 사망한 자는 박제순, 조중응, 이근택, 임선준, 이근명, 민영규, 민영소, 김성근 등 9명인데 그 중에서 송병준을 제외한 나머지 8명은 「만세전」이 창작되던 1924년 이전에 사망했다.

25 다음 두 글은 당시 조선 귀족들에 대한 대중들의 시각을 잘 보여준다.
이조최말(李朝最末)에 최중의 역할(最重役割)을 하고 일순 같이 짧은 동안에 부귀를 맛보

'서자작'을 등장시킨 것임을 감안한다면 매우 시의성 있는 조선귀족에 대한 비판인 셈이다.

그러나 실제로 일제의 작위를 받은 자 중에 서씨는 한 사람도 없으니 귀족들의 반발을 피하기 위한 장치였을 터이며, 그나마 곧바로 그 심복인 '김의관'을 등장시키고 서자작 대신에 그를 비판한다. 그러니 서자작은 조선 귀족의 대명사이며, 김의관은 서자작의 다른 이름이다. 귀족들을 가리키면서도 실제로는 존재하지 않았던 성씨를 부여하여 '서자작'이라 부르며, 동시에 귀족 자신이 아니라 귀족의 심복을 비판하는 이중의 우회어법을 동원하는 것이다. 이런 과정을 거쳐서 김의관은, 현실적 직함은 매우 낮은 편이지만 이 작품 내에서는, 합방 이전의 조선 지배층을 암암리에 가리킨다. 김의관은 합방 직후에는 모종의 독립운동을 하다가 처벌되었지만 이후 친일노선으로 훼절한 것으로 묘사되어 있으니, 부랑자 취체로 걸리는 그의 세 번째 체포는 이 인물에 대한 신랄한 야유이다. 앞서 보았듯이 부랑자 취체라는 명분으로 독립운동가를 체포하기도 했다면, 훼절한 독립운동가로서 김의관은 식민권력에 의해서도 부랑자 취급만을 받게 된다는 것이다. 물론 비판 대상이 되는, 그러나 현실에서 권력을 가진 인물들은 몽타주처럼 흐릿하게만 나타날 뿐이다. 역시 검열우회의 방식이라고 판단한다.[26]

다가 춘풍추우(春風秋雨) 불과 20년간에 상전목엽(霜前木葉) 같이 우수수 떨어지기 시작하여 벌써 반 넘게 마들가리도 찾지 못할 만큼 되었으니 그네들을 좀 들추어 보자(백악생(白岳生), 「조선고관성쇠기」, 『별건곤』 66호, 1933.10).

허허-자작이 병이로군! 그 작(爵)이 그렇게 좋소? 그 더러운 것이. 기생방에 나가면 혹 떠받들까. 지금 아무 자작이라고 어디 가 내세워 보아요. 어떤 대접을 받나 당신네 작이 무슨 그렇게 영예스러운 작이요 모다 송두리째 ○○○먹은 공(功), 그 좋은 사업 천추만대에 영구 기념할 대훈가(大勳家), 그 명패가 그렇게 부럽소?(목성, 「사회풍자(社會諷刺) 은(銀)파리」, 『개벽』 제8호, 1921.2, 62~63쪽; ○○○은 원문 그대로임. '지금' 이하 5개 문장은 붓질로 삭제된 듯하지만 붓질 사이로 판독은 가능함).

둘째, 합방 시점을 묘사할 때 매우 간접화된 방식을 취한다. "나는 소학교를 졸업하고 서울 와서 김의관의 큰 집에서 중학교에 통학을 하였었다. (…중략…) 그게 그해 8월 스무날께쯤 되었었는지 빗방울이 뚝뚝 듣는 초가을날 오후이었다."(129쪽)고 말하는 식이다. 현재(1918) 대학생으로 설정되어 있는 이인화가 중학교 1학년일 때라면 몇 년 전일까를 대략 역산하고, 한일병합늑약이 '8월 스무날께쯤'(22일 조인, 29일 발표)에 있었음을 염두에 두어야만 염상섭이 말하는 "그해"가 1910년임을 알 수 있게 에둘러 표현했다. 또 다른 곳에서도 똑같은 사건을 그냥 "7, 8년 전에 군사령부에 가던 일"(156쪽)이라고만 밝힌다. '7, 8년 전'이 언제인지를 어떻게 아는가. 책장 155쪽(창비사본 기준)을 되짚어 넘겨 작품의 맨 앞으로 돌아와야 한다. 작품의 시간적 배경이 "조선에 만세가 일어나기 전 해 겨울"로 못 박혀 있음을 확인해야 하는 것이다. 즉 기미만세운동의 한 해 전이면 1918년임을 떠올린 뒤에, 다시 '7, 8년 전'을 확인하는 뺄셈을 거쳐야만 1910년을 가리키는 것임을 알 수 있도록 언표했다.

달리 말하자면, 1쪽에서의 시간적 배경이 그냥 만세'전'의 불특정 시점으로 서술되지 않고 '만세가 일어나기 전 해' 즉 1918년이라고 특정되어야 했던 까닭은, 129쪽과 156쪽의 모호한 서술만으로도 '1910년'을 떠올릴 수 있는 최소한의 장치로서 필요했기 때문이다. 이와는 대조적으로 정치적 맥락이 없는 사건을 서술할 때는 '합방'이라는 단어를 그대로 표출한다는 점,[27] 또 해방후 개작에서는 위 두 군데 모두에서 '합병'이라고 고쳐쓰고 있

26 귀족 비판에서 우회기법을 동원한 것은 국가검열보다는 오히려 민간검열을 경계한 것으로 추정한다. 이 소설을 연재할 때 염상섭은, 중추원이 이광수의 「무정」을 연재하던 「매일신보」에 항의하며 연재 중단을 요구했던 몇 년 전(1917)의 사건을 기억하고 있었을 것이다.

27 김의관을 소개하는 위 155쪽의 인용문에서, 또한 아래 보이는 대목에서도 '합방'이라는 용어를 쓰고 있다. "부친이 합방전후에 거진 명예광 정치광에 달떠서 경향으로 동분서주하면서 넉넉지 않은 재산을 흐지부지"(103쪽)

다는 점은 1924년판의 서술이 검열우회였음을 보여주는 또 다른 증거이다.[28] 두 경우 모두 검열을 배제하고서는 그런 방식으로 서술하는 이유를 설명할 수 없는 것이다. 비슷한 방법을 두 번 겹쳐 사용한 것은, 혹시 검열에서 한 군데가 삭제될 것에 대비하여, 또한 검열우회를 위해 너무 감춰버린 탓에 독자들까지 눈치 채지 못할까봐 마련한 '나눠쓰기'라고 본다.[29]

셋째, 앞서 살폈듯이 갓장수가 헌병에게 붙잡혀간 이유, 김의관이 체포당한 이유가 불명확하다. 특히 김의관이 두 번째 체포당하는 장면에 대한 묘사는 많은 것을 시사한다.

> "그게 그해 8월 스무날께쯤 되었었는지 빗방울이 뚝뚝 듣는 초가을날 오후 (…중략…) 올개미에 씌인 개새끼처럼 고개를 축 늘어뜨리고 두 양복쟁이에게 끌리어 가더니 **병정이 좌우에서 파수를 보는 커다란 퍼런 문으로 들어가서** (…중략…) 한 보름이 지나니까 해쓱한 얼굴로 별안간 풀려나왔다. 무슨 까닭인줄은 나도 짐작하였다. (…중략…) 금시로 부자가 되었는지 양복을 몇 벌씩 새로 작만하고 (…중략…) 그때서야 김의관이 두어달 전에 올개미 쓴 개새끼처럼 유순하여지든 까닭을 알게 되었다."(129~131쪽, 강조-인용자)

위의 고딕 강조 부분을 통해 작가는 체포당한 이유는 '말할 수 없는' 것임을 강력하게 시사하고 있다. 이런 정도 암시했으면 독자들이 스스로 알

28 "한 보름쯤 지나니까 한일합병이 반포되고 뒤미쳐서 김의관은 해쓱한 얼굴로 별안간 풀려나왔다"(창비본 112쪽)고 하여 '한일합병이 반포되고'라는 문구를 삽입하였다. 또한 "7, 8년 전에 군사령부에 가던 일"로만 되어있던 것을 "합병 통에 헌병사령부에 가던 일"(창비본 133쪽)로 바꾸었다.

29 검열우회를 위한 나눠쓰기 여부를 판정하는 기준에 대해서는 4부 1장 참조. 합방 시점을 가리키는 이 표현의 경우, 해방 이후의 개작본에서 증거를 찾을 수 있으므로 나눠쓰기라고 확정한다.

아채리라고 방임할 뿐, 끝내 그 이유는 밝히지 않는다.[30] 이같은 서술은 김의관에 국한된 것이 아니어서 체포당한 조선인들을 묘사할 때에도('처벌 3·4') 예외없이 체포된 이유는 밝히지 않는다.

현명한 선택이었다. 그들이 체포된 이유는 '말할 수 없는 것'에 해당했기 때문이다. 그들의 혐의를 소상히 설명하거나, 또는 부당하게 체포당했다고 말한다면 검열 통과 가능성은 현저하게 낮아질 것이었다. 그렇다면 작가가 선택할 수 있는 유일한 방식은, 체포당한 이후의 모습을 가공한 것으로 묘사하는 것뿐이다.

이제 '남는 것=말할 수 있는 것'은 체포당한 모습뿐이었다. 검문을 위해 돌아다니는 경찰력을 위압적으로 묘사하고, 체포당한 무기력한 군중들을 그들의 '범죄' 행위의 맥락에서 떼 내어서 삽화적으로 묘사한다. 이 광경들과, 무고하게 검문 및 미행을 당하는 이인화를 병치시키는 것이 이 소설

---

30 염상섭의 말과는 달리 이 사건의 감춰진 사정을 짐작하기는 쉬운 일이 아니다. 장신, 이준희 등 식민시기 전공 역사학자에게 문의했지만, 이 대목에서 묘사된 것과 비슷한 사건이란 존재했던 것 같지 않고 선행 연구도 마땅치 않다고 했다. 합방 직전에 있었던 대대적 예비검속이 아닐까 볼 수 있지만 다른 서술들과 아귀가 맞지 않는다는 것이다. 즉 예비검속의 결과로 풀려나온 사람이 부자가 될 수 있는 가능성은 없다. 김의관이 갑자기 부자가 된 것은 합방은사금을 뜻했을 가능성도 있지만 은사금도 현금이 아니라 채권 형식이었으며 의관 정도의 신분에는 주어지지 않았다. 밀고비일 가능성도 있지만 부자가 될 만큼 거액의 밀고비는 없었다고 한다. 이렇게 오늘날에는 전문연구가도 이해할 수 없는 설정이지만 당대의 독자들로서는 그리 어렵지 않게 짐작할 수 있었던 맥락이 있었으리라 판단한다. 아마도 실제의 사건과 관계없이 당대 독자들의 집단적 기대지평이 존재했던 것이 아닌가 한다. 예컨대 합방 전후에 반대운동에 투신한 양반들 중에서 잠깐의 옥살이 끝에 풀려나 친일로 전향한 자들에 대한 비판여론이, "동지를 팔아먹은 대가로 졸부가 되어 홍청망청한다"는 식의 서사를 만들었을 것이다. 이런 대중서사에서는 실제로 지급되었던 은사금이나 밀고비의 액수는 그리 중요한 문제가 되지 못한다. 배반자의 득세라는 비극적 서사를 만들어낸, 당시의 대중 사이에 폭넓게 퍼져있던 친일 귀족들에 대한 혐오가 중요한 것이며, 그 혐오가 맥락으로써 텍스트를 감싸 안는 선이해로 작동되고 있었다는 점이 중요하다. 이 맥락을 알고 있었으므로 염상섭은, 김의관에 대한 서술을 최소화하여도 독자와의 의사소통이 가능할 것이라고 기대하게 된 것이리라. 이 추정이 타당하다면, 서자작과 김의관이 친일귀족의 몽타주라는 필자의 판단은 좀 더 설득력을 얻는다.

의 여로(旅路) 부분을 구성하는 기본 구조인 바, 이 병치야말로 이 작품에서 '쓰고자 했던 것'을 추출하기 위한 핵심 중 하나이다. 대전역에서의 여인 등 조선인들이 체포당한 사유가 정당한지를 암암리에 묻고 있기 때문이다.[31] 염상섭은 이 병치를 통해서 이렇게 말하고 있는 셈이다. 이인화는 아무 잘못도 없이 미행당하고 감시당한다. 그래서 일본에서는 아무 생각 없이 살다가도 조선에만 돌아오면 일본에 대한 반발심이 저절로 생긴다. 체포당한 저 여인들도, 잘 알 수는 없지만(아니, '말할 수 없는 것'이지만), 이인화처럼 억울할 가능성이 있지 않은가.

이 작품은 감시 자체에 대해서 저항하는 것이 아니라 '억울한' 감시에 대해서만 항의한다. 식민통치 자체에 대해서가 아니라 '그릇된=과거의' 헌병통치에 대한 이의 제기로 초점을 맞춘다. 식민권력 자체의 정당성에 대한 근본적 이의제기가 불가능한 상황에서라면 행정의 절차적 정당성에 대해서, 그것도 암암리에 이의제기하는 방식으로 밖에는 발화할 수 없었기 때문일 것이다.

지금까지 살핀 대로 「만세전」에는 시간들의 꼴라주, 인물들의 몽타주, 합방시점과 체포 이유 감추기, 이인화와 체포된 인물의 병치 등 여러 가지의 검열우회 장치들이 존재한다. 검열에 통과될 가능성을 극대화시키기 위해 정작 '쓰고자 했던 것'은 숨겨두는 것이다. 이런 것들이 '쓸 수 있었던 것'으로서 「만세전」의 특성이라고 생각한다.

그러나 검열우회란 만만한 일이 아니다. 검열관은 눈치 채지 못하고 독자들만 알아차릴 수 있도록 고안한다는 것은 결코 쉽지 않다. 게다가 검열을 무사통과한다고 하더라도, 나중에라도 독자들 중에서 누군가가 검열

31 더군다나 그 체포당한 조선인들이, 이혜령의 해석처럼, 만세와 직결되는 행동 때문에 체포당한 것으로 볼 수 있다면, 이런 병치의 효과는 탁월한 것이라고 인정할 수 있을 것이다.

당국에 이의를 제기하고 나서면 그 또한 매우 곤란한 일이었다. 검열우회란 다소 위험스럽기까지 한, 어떤 수준에서건 처벌이 예고된 일이었으니 말이다. 이런 위험을 줄이기 위한 것이었을까, 「만세전」에서 작가는 좀 더 직접적으로 검열관에게 말을 건네고 있다. "원래 나에게는 사회주의의 사자나 레닌이라는 레자는 물론이려니와 독립이라는 독자도 없을 것은 나의 전공하는 학과를 보아도 알 것이었다."[32](71쪽) "나의 말이 조금이라도 총독정치를 비방하는 것은 아니지만, 그것이 나에게는 염려되는 것이었다."(118쪽)

다들 알듯이 이 소설은 식민통치를(퇴임총독에 대한 것이긴 하지만) 이리저리 비판하고 있으며, 이 시기의 염상섭은 사회주의에 대해 상당한 호감을 지니고 있었다. 이 표현들은 반어인 것이다. 그러나 염상섭에 대해서 낱낱이 알지 못했을 검열관으로서는, 이런 발언을 하는 작가에 대해서 호감

32 이 대목은 다음 두 가지 점에서 주목할 만하다. 첫째, 식민지시기 검열은 사회주의와 독립운동을 집중적으로 검열했고(특히 일본 체류 때) 염상섭은 이 둘 모두에 관계했는데, 이 둘을 정확하게 지적하면서 자신과는 관계없노라 시치미를 뗀다는 점, 그리고 문학이란 이 둘과 거리가 먼 성격의 것이라고 주장한다는 점이다. 자신의 이력을 잘 모를 검열관들에게, 문학이라는 장르에 대한 고정관념에 기대어 결백을 주장하는 셈이다. 둘째, 다음의 검열기준과 겹쳐놓고 해석할 수도 있다. "2. 결론이 좋으면 문장의 도중에는 불온당한 자구의 사용이 별로 지장 없음과 같이 생각되나 잘못하면 독자의 대부분은 그 불온부분에 흥미를 가질 경향이 있으므로 주의할 사(일례를 들면 공산주의사상이 어떤 것이라는 것을 중간에 쓰고 나중에 가서 이런 사상은 나쁜 것이라고 한다면 이미 그 주의가 어떤 것임을 알 것이므로 이런 예의 글은 쓰지 말 것)"(「편집에 관한 희망 및 그 지시사항(1)」, 『조광』, 1939.9(계훈모 편, 앞의 책, 1293쪽에서 재인용)). 결론은 식민정책에 부합하면서 일부 문장만이 부합하지 않을 경우라도 검열하고 있으니 주의하라는 것이다. 뒤집어 이야기한다면, 이런 방식으로 부분주의적 검열을 우회하려는 시도가 이미 있었으며, 실제 독서행위에서 상당부분 작동되고 있었기 때문에, 이에 대해 사후적으로 금지하는 규정이라고 볼 수 있다. 이 검열기준은 「만세전」을 비롯한 많은 텍스트들이 활용하던 검열우회를 차단하기 위해 사후적으로 마련된 것이라고 볼 수 있는 것이다. 「만세전」의 이 대목 역시 이 지침이 신설되는 동기가 되었던 검열우회의 시도들 중 하나일 가능성을 상정할 수 있다. 물론 「만세전」은 1924년에 발표되었고 이 지침은 1939년에 공표되니, 시간의 차이가 좀 많이 나는 편이긴 하지만, 이 지침이 언제 만들어졌는지는 불분명하다는 점에서 가능성이 있다.

을 가질 수밖에 없었을 것이고 검열통과 가능성은 높아졌을 터이다.[33] 또한 나중에 설혹 문제가 된다고 해도 명백하게 총독부의 정책을 지지하는 발언들의 존재는, 실효성이 얼마나 되건 간에, 작가가 스스로를 변호할 수 있는 보호막이 될 것이었다. 이렇게 경우에 따라서는 '쓰고자했던 것'과 정반대의 발언까지도 서슴지 않는 일. 이것은 '쓰고자 했던 것'을 쓸 수 있기 위해서 '써야만 했던 것'이리라.

검열우회는 '쓰고자했던 것'을 교묘하게 감추는 일에만 그치는 것이 아니다. 명백하게 드러나도록 '써야만 했던 것'도 역시 검열우회의 기능을 했다. 그리고 이 감춤과 드러냄을 효율적으로 통어할 수 있는 장치(「만세전」의 경우에는 일인칭 화자 시점)의 존재에 힘입어 검열우회의 장치들은 제 기능을 발휘한다. 감춤과 드러냄은 작가의 의도에 의한 것임을 거의 확증할 수 있지만, 이 둘을 교묘하게 통어하고 있는 장치가 그런 의도를 지니고 있었는가를 말하기는 매우 어렵다. 그러나 결과적으로 검열우회를 위해 효율적이었다는 점만은 분명하리라.

33 「묘지」에서 삭제된 부분이 『시대일보』 연재에서 그대로 살아날 수 있었던 것은 복합적이겠지만(잡지보다 신문의 검열이 느슨했다는 점, 『시대일보』라는 매체가 최남선이라는 총독이 밀어주는 매체였다는 점, 우연적 요소도 작동했을 수 있다는 점 등을 직접 고려해야 할 것이다), 무엇보다도 중요한 것은 역시 만세'전'의 상황이라는 점, 즉(현재적 문화통치가 아니라) 무단통치기를 비판하는 작품이라는 제목의 효과를 또한 들어야 할 것이다.

4. '드러난' 감시와 '숨은' 검열

감시와 처벌이 현실에서 일어나는 권력행위라면, 검열은 텍스트의 차원에서 일어난다.[34] 「만세전」에서는 감시와 처벌에 대해서만 길게 다루고 있으며, 검열에 대한 직접적 언급은 단 한 마디도 없다. 그러나 현실의 층위(감시와 처벌)와 텍스트의 층위(검열)는 서로 영향을 주고받으면서 이 텍스트를 얽어 짜는 힘이라고 필자는 판단한다. 무엇보다도 현실 층위와 텍스트 층위는 상호 교차되면서 서로를 가리킨다는 점에서 그렇다. 즉 감시와 처벌은 현실의 층위를 다루지만 기실은 「만세전」이라는 텍스트의 층위에서 재현된 것이며, 검열은 텍스트에 대해 행해지지만 기실은 현실의 층위에서 실재하는 글쓰기 통제장치이다. 이런 원론적인 논의를 떠나서도, 이 작품 속에서 감시 및 처벌은 검열과 서로 얽혀 있다.

이 작품에는 검열에 대한 직접 언급은 없지만, 세 가지 방식으로 검열과 관련된다. 첫째, 수이입물 검열의 존재이다. 시모노세키에서 이인화는 두 번에 걸쳐 검문을 받는다. 조선인 형사는 애당초 신상명세만 묻고 갔지만, 다시 목욕탕에까지 이인화를 찾아와서 가방을 열고 서적들을 일일이 뒤진 것으로 되어 있다.[35] 수이입물검열은 일본 등에서 이미 '합법적'으로 출판된 책이라 하더라도 조선으로 반입해도 좋은가를 재검열하는 제도였다. 따라서 출판검열과는 구분되지만 역시 검열행위의 일종이었으며, 이인화가 통과해온 부산의 경우 경남경찰부 검열계(1933년 이후는 경남경찰부

34 물론 검열 역시 감시의 일종이랄 수 있겠지만, 여기서는 현실과 텍스트의 층위가 다름을 중시하여, 둘을 구분하여 살핀다.

35 일반인이라면 첫 검문만으로 끝냈을 것이지만, 유학생이기 때문에 다시 불러 수이입물검열을 병행했던 것이리라.

도서과)에서 관장했다.[36]

둘째, 압수했다가 서울 집으로 보내주겠다던 '서류뭉텅이'란 "집에서 온 최근의 편지 몇 장과 소설 초고와 몇 가지 원고"(71쪽)라는 점이다. 바로 뒤이어 묘사된 서적 점검이 수이입물 검열임에 비해, 이 소설과 원고들은 출판검열과 관련된다. 물론 아직 정식 검열을 신청한 것은 아니지만, 소설과 원고란 발표를 전제로 하는 것이으므로 그렇다. 그런데 이 원고는 끝내 돌아오지 않으며, 자기가 쓴 작품이 부당하게 압수당하고 약속과는 달리 집으로 우송되지 않는데도 이인화는 아무런 관심을 기울이지 않는다. 사라져버린 이 원고의 내용에 대한 정보는 전혀 없다. 주목해야 할 대목은 바로 이 '정보 없음'이다. 예컨대 애드가 앨런 포의 「도둑맞은 편지」에 대한 분석에서 라깡은, '왕비'가 '장관'에게 도둑맞고 우여곡절 끝에 되찾은 편지는 그 내용 때문이 아니라(내용은 끝내 밝혀지지 않는다), 왕비와 장관이 그것을 소유하기 위해 사투를 벌인다는 점 때문에 작품 전체를 지배하는 중요성을 지니게 된다고 지적한다. 「만세전」에서도 사정은 비슷하다. 그 내용에 대해서는 한마디 언급도 없음에도 이 원고가 중요해지는 것은, 왕비와 장관의 경우와는 정반대로, 이인화는 압수된 원고에 대해 아무 관심을 기울이지 않기 때문이다. 이렇게 원고의 내용이 사라져야 조선인 집필자와 일본인 압수자 사이의 권력관계만 남는다. 원고의 내용은 물론 실물까지 증발되어 버리고, 더군다나 집필자인 이인화가 '사회주의의 사자도 모르는' 사람이라고 강조함으로써, 이 원고는 문제의 소지가 없음에도 오직 조선인이기 때문에 부당하게 압수당한 것이 된다. 이런 부당성에 더하여, 되돌려주겠다는 약속을 어김으로써 압수자는 도덕적 비난을 자초한

36 『동아일보』, 「출판물에 숨은 사상 검열망으로 철저단속 / 사상 대책으로 출판물을 취체 / 부산에 도서과 신설」 제하 기사(1933.7.11) 참조.

다. 즉 염상섭은 압수당한 원고에 대해서 아무런 관심을 기울이지 않는 방식으로 자신에 대한 검열이 무의미하다고 암암리에 항변하는 셈이다.[37]

셋째, 검열 때문에 제대로 쓰지 못함을 강력하게 암시하는 대목들이 발견된다. 즉 앞서 인용했던 대로 "무슨 까닭인줄은 나도 짐작하였다. (…중략…) 그때서야 김의관이 두어 달 전에 올가미 쓴 개새끼처럼 유순하여지던 까닭을 알게 되었다"는 식의 서술이다. "짐작하였다"는 서술은 그것이 '말할 수 없는 것'의 영역임을, "그때서야 까닭을 알게 되었다"는 서술은 독자도 곰곰이 생각해보면 알 수 있을 것임을 각각 강력하게 암시하는 것이다.[38]

이 세 가지는 검열의 다양한 층위들을 가리킨다. 첫 번째는 수이입물 검열이고, 두 번째는 언젠가 출판을 시도할 텍스트('서류뭉텅이')에 대한 검열이며, 세 번째는 실제로 출판을 위해 검열을 받고 있는 「만세전」 원고에 대한 검열이다. 지금까지 우리는, 검열의 여러 층위를 암시하는 언급들이 이 작품에 존재함을 확인했다. 이는 일곱 차례에 걸쳐서 검문 및 미행이 묘사되는 것과 상동적이다. 명백하게 보이는 검문과 처벌, 보이지 않지만 존재하는 검열. 이것들은 모두 부당하다고 「만세전」은 항변하고 있다.

그렇게 읽을 수 있는 좀 더 직접적인 근거는 "사회주의의 사자나 레닌이라는 레자는 물론이려니와 독립이라는 독자도 없을 것"(71쪽)이라는 서술이, 이인화가 간직하고 있다가 압수당한 '서류뭉텅이'에 관련된 것이라는 점이다.[39] 자신의 원고에는 조금도 불온한 구석이 없다고 이인화는 주

37 이 시기 염상섭의 소설작법이 그리 능란치 않았기 때문에 제기한 문제를 마무리하지 않고 작품을 끝냈다고 해석할 수도 있겠다. 하지만 다른 해석의 가능성이 남아있는 한, 섣불리 그렇게 판단할 이유는 없다. 오히려 압수당한 원고를 적극적으로 해석한다면 「묘지」 압수에 대한 상징적 항변이라고도 볼 수 있다.

38 "지금은 말할 자유가 없는 내용이지만" "부득이한 사정" 등의 표현으로 검열을 암시하는 방식은 식민지시기, 특히 자기은폐적 검열의 시기에 광범위하게 사용되던 글쓰기 방식이다.

장한다. 그런데 이 서류들은 검문에서 발견되어 정식 검열을 위해 압수당한 것이었으며, 수이입물검열이라는 행정행위 자체가 검문과 검열이 결합되어 있는 성격의 것이기도 하다. 사정이 이렇고 보면, 또한 이 대목이 검열통과를 용이하게 만들기 위해 삽입한 것이었다면, 검문과 검열은 '서류뭉텅이'에서 동일시된다. '서류'에서 은유적 유사성을 획득하며, '뭉텅이'에서 환유적 인접성을 획득하므로 이 동일시는 제법 강력하다. 텍스트적 검열의 상징으로 재현된 검문이 존재하는데, 그 재현된 검문에서 획득되는 이인화의 '합법성'은 「만세전」의 검열통과 가능성을 높이게 될 것이었다.

이렇게 현실적 검문과 텍스트적 검열이 같은 '뭉텅이' 속에 압축되어 있다고 판단한다면, 검문을 늘 의식하고 살아야 했던 (이인화를 포함한) 조선인에 대한 다음의 묘사는, 늘 검열을 의식하며 글쓰기에 임해야 했던 염상섭의 심경과 그리 멀지 않은 거리에 있을 터이다. "(검문하며 지나가는 헌병보조원의 구두발 소리를 들으면서—인용자) 여러 사람의 가슴은 램프의 심짓불이 떨리듯 떨리었다. 한사람 두사람 들여다보고 지나친 뒤의 사람은 자기는 아니로구나 하는 가벼운 안심이, 가슴에 내려앉는 동시에 깊은 한숨을 쉬는 모양이 얼굴에 현연히 나타났다"(141쪽)

일본에서 이인화의 검문에 대한 반응은 쓸데없고 귀찮다는 것 정도였다

39 물론 이 설명은 '서류뭉텅이'라기보다는 서적에 해당하는 것이다. 하지만 서적에 대한 이인화의 변명은 자신의 소설과 편지에 대한 변명을 겸하고 있다. '서류'와 '서적'이 서술될 때마다 바로 이어져 나오며, '서적'을 아예 '서류'라고 부르기도 한다("애를 써서 기록한 서류(書類)이라야 원래 나에게는 사회주의의 사(社)자 ……", 71쪽)는 점으로 미루어 그렇게 판단할 수 있다. 일본에서 이미 '합법적'으로 출간된 서적과, 아직 '합법성' 판단을 받은 바 없는 자신의 소설, 편지를 한데 묶어, 자신의 저작에 대한 '합법성'의 감각을 환유적으로 획득하는 일이라고 본다. 게다가 이 서적들에 대해서는 '사회주의의 사(社)자도 없다', '나의 전공하는 학과만 보아도 알 것이다' '실제 행동이 없이 사상의 자유를 처벌할 수 없다'는 식으로 3중의 변론을 첨부함으로써 좀더 명확하게 '합법성'을 강조한다.

가 조선에 도착한 이후 두려움으로 변화했는데, 아래 인용문에서 보듯이 열차 안에서는 발화행위와 '조선인임' 자체에 대한 두려움으로 확산되었다.

> "궐자(갓장수—인용자)는 무엇을 경계하는 눈치로 차간을 둘러보고 (…중략…) 궐자는 또 한번 사방을 휙 돌아다보고 나서 또다시 입을 벌렸다."(136쪽)

> "나(이인화—인용자) 역시 누가 듣지나 않는가하고"(137쪽)

감시당하면서 발화한다는 두려움은 검열을 의식하면서 창작한다는 억압과 상동적이다. 헌병보조원이 점점 다가올 때 이인화는, 갓장수와 나란히 앉아있었는데, 자신의 존재 자체 즉 '조선인임' 자체에 대한 불안을 이렇게 언표한다.[40] "나는 가슴이 뜨끔하며 (…중략…) 나의 가슴에서는 목이 메이게 꿀떡 삼키었던 토란 같은 것이 쑥 내려가는 것 같았다"(142쪽) 그 직후에 갓장수는 체포되어 끌려 나간다. 조선인임 자체가 체포의 원인으로 작동할 수 있다는, 함부로 속생각을 말하다가는 처벌받을 수 있다는 이인화의 불안은, 저술자가 일본인인지 조선인인지에 따라 달리 적용되었던 검열제도에서도 그대로 반복되는,[41] 조선인임의 불안, 조선인으로서 발화하는 행위의 불안이다.

특히 주목할 대목은 이인화의 불안을 한결 덜어주는 것은 아이러니컬

---

40 그 두려움은 갓장수한테서 이인화로 옮아간 것임도 함께 주목할 만하다. 이인화는 조선에서는, 그리고 자신의 가문을 벗어난 공간에서 감시를 맞닥뜨릴 때에는, 갓장수와 똑같은 '요보'에 불과했다. 갓장수는 '요보로서의 조선인'의 상징 같은 인물이었는데, 이는 이인화가 유학기간에 잊고 지냈던 자신의 정체성 중 중요한 일부였다. 그는 감시를 통해, 두려움을 통해 자신 역시 '요보'임을 자각하는 것이다.

41 같은 법역인 조선에서도 일본인에게는 납본검열이, 조선인에게는 원고검열이 각각 적용되었다.

하게도 미행자의 존재였다는 점이다. "(헌병보조원의 검문을 받으면서—인용자) 나는 공연히 가슴이 선뜻하였으나 이 차간에는 나를 미행하는 사람이 있으리라는 생각을 하니까 안심이 되었다."(141쪽) 검문자는 불특정다수의 '요보'를 대상으로 삼지만, 미행자는 특정인을 대상으로 삼으므로 이인화가 어떤 사람인지 잘 알고 있다. 그러니 혹여 검문에서 문제가 생기면 미행자가 자신의 신원을 보증해줄 것으로 믿는다는 것이다. 이 미행자는 김천에서도 따라 내려서 이인화의 '샤벨 찬 형님'을 확인했던바, 이인화의 안도는 김천형님의 존재를 전제로 성립되는 것이었다. 이런 의미에서라면 이 미행자는 김천형님의 분신으로서 아우를 서울까지 배웅하고 있는 셈이다.[42]

한걸음 더 나아가자면, 이 미행자가 이인화의 신원을 보증할 수 있는 것은 단지 헌병보조원에 대해서만이 아닐 터이다. 이 작품에서 국가의 감시망은 미행자→헌병보조원→검열관으로 이어지는 바, 지금 염상섭은 마지막 관문(즉 검열)을 통과해야 할 위치에 서있다. 이인화가 미행자를 믿고 안심하게 된 이후, 이 감시망은 미행자로부터 시작되는 '신뢰의 네트워크'로 기능할 수 있다. 즉 감시자들(미행자-헌병보조원)에 의해 '결백'을 인정받는 일은, 물론 그 감시자들이란 염상섭이 텍스트를 통해 재현한 존재에 불과하더라도, 지금 검열을 위해 「만세전」 원고를 읽고 있는 검열관들에게 무언의 방향성을 제시해줄 수 있었을 것이다. 아무 이유 없이 감시당하고 차별받는 자, 자신을 미행하는 경찰관을 오히려 신원보증인으로 믿는 자, 이렇게 '착한 작자'가 쓴 글에서 불온성을 지적하고 삭제하는 일이란

42 경찰기구의 하수인을 자신의 신원보증인으로 인식하는 이런 전도된 인식은 물론 이인화의 이중정체성(민족정체성과 계급정체성)에 기인한다. 이인화는 '요보'이면서도 단순한 '요보'만은 아닌 자이며, 어떤 경우에는 지배권력과 이해관계를 함께하기도 한다는 점을 상징적으로 보여준다. 이런 이중성이 그의 분열적 내면을 만든 사회경제적 관계의 복잡성일 터이다.

그다지 내키는 일은 아니었을 터이다.[43]

3·1운동 이후에 훨씬 강화되었던(염상섭 개인적 체험으로 보더라도 만세'후'에 겪었던) 미행이, 만세'전'의 미행으로 환치됨으로써 얻게 되는 또 하나의 효과는 바로 이런 것이었다. 실제의 미행이란 요시찰대상에 국한했던 것이었음에도, 불온성이 없는 이인화에게 집요하게 따라붙는 것으로 변형시킨 효과 역시 이런 것이었다. 이런 '왜곡'을 통해서 미행자는, 검문이라는 현실적 층위에서는 이인화에 대한 신원보증인이 되는 동시에, 검열이라는 텍스트의 층위에서는 염상섭의 「만세전」에 대한 사상보증인이 될 수 있었다. 염상섭은 미행하고 검문하는 형사와 헌병보조원들을 작중인물로 등장시켰다. 그들은 이인화를 의심하기도 했지만, 결국 그 의심은 당치 않은 것으로 판명되었으며 오히려 이인화를 보증하는 역할을 떠맡게 되었다. 형사와 헌병보조원은 결국 자신의 작품을 읽게 될 검열관의 동료라는 점에서 그들의 '신원보증'은 꽤 효과가 있지 않았을까.

이런 의미에서 「만세전」이 일인칭 화자를 채택한 것도 검열우회를 위해서 유리했을 것이다. 즉 주인공 겸 화자는 '나'로 설정됨으로써, 검열관으로 하여금 피검문자 이인화와 피검열자 염상섭을 동일시하도록 유도하고 있는데, 그래야만 이인화에 대한 검문자의 신원보증이 염상섭 (및 그가 검열 신청한 텍스트)에 대한 보증으로 이어질 수 있는 것이다.[44]

지금까지 보았듯이 「만세전」에서 검열의 영향이란 비단 단어나 문장

---

43 부산에서의 검문에서 열쇠까지 내어주자 아무 조사도 없이 웃으면서 방면해주었다는 서술(이 책 359쪽, '감시 3') 역시 암암리에 검열관을 청자로 상정하고 있다고 볼 수 있다. 염상섭이 건네고 싶던 말은 결국 이런 말이 아니었을까. "나는 불온분자가 아니오. 검열해봐야 별 것 없을 것이외다. 웬만큼 해두십시다."

44 앞서 살핀 대로 체포당한 이유는 알 수 없는 것으로 처리해야 했다는 점 역시 일인칭 주인공 시점의 필요성과 관련된다. 체포당한 이유를 말할 수 없었으므로 주인공-화자는 모르는 것으로 처리해야 했고, 그러기 위해서는 전지적 시점은 효율적일 수 없었다.

차원에 그치지 않고, 시대적 배경의 설정, 시점이나 화자 등 작품 전체를 통어하는 구조에까지 크건 작건 관련되는 것이었다. 이 진술은 비단 염상섭이나 「만세전」에만 국한되는 것이 아님은 물론이다. 식민지시기 작가들은 늘 검열을 의식하면서 창작할 수밖에 없었으므로, 작가와 작품과 시기에 따라 정도의 차이는 있을지라도, 검열은 많건 적건 작품의 처음부터 끝까지를 규제하는 장치였다. 작가들은 갖가지 방식으로 검열관의 '결재'를 얻기 위해 노력했으며, 그에 실패한 작품들은 오늘날 거의 남아있지 않다. 오늘 우리가 읽고 있는 작품들은 오직 검열을 우회할 수 있었던 것에 국한된다는 점을 늘 염두에 두지 않는 한, 이 시기 작품에 대한 이해는 제한적인 것이 될 수밖에 없다.

5. 나오며

지금까지 필자는 「만세전」의 주요한 특징 중 하나라 할 수 있는, 12회에 걸친 감시와 처벌에 대한 묘사를 집중적으로 점검했다. 그 묘사들은 단지 식민통치에 대한 비판에만 그치는 것이 아니라, 검열을 우회하여 비판해야만 했던 염상섭의 교묘한 전략이기도 했다고 주장했다. 「만세전」은 '쓸 수 있었던 것'이며, 나아가 '써야만 했던 것'조차 그 안에는 존재한다. 작가가 '쓰고자 했던 것'은 검열과 길항하여, '쓸 수 있었던 것'으로서 현전하는 텍스트를 만들었는데, 그 속에는 '써야만 했던 것'까지 포함되어 있다. 그렇다면 이는 「만세전」에 대한 근대성론 계열의 연구들이 강조하는 바 '내면의 분열'

을 조장하는 중요한 원인이기도 했을 터이다.[45] 이런 맥락에서 이 글은 다음과 같은 몇 가지 연구사적 의미가 있을 것으로 기대한다.

서두에 살핀 대로 이 작품에 대한 기왕의 해석을 리얼리즘론과 근대성론으로 대별할 수 있다면, 리얼리즘론은 민족성과 계급성이 뒤섞여 있음을 파악하는 데 한계가 있다. 이 작품에서 감시행위의 성격은, 앞서 살폈듯이, 시공간에 따라서 민족성과 계급성 중 어느 하나가 더 우월해지면서 지속적으로 바뀌지만 둘 중 어느 하나가 압도하는 것은 아니다.

한편 근대성론, 즉 근대적 개인으로서의 각성과 분열적 내면을 묘파한 걸작이라는 식의 해석은, 이런 상호침투에 주목한다는 점에서는 민족에만 방점을 찍는 인식보다 진전되었다고 할 수 있겠다. 하지만 근대성론에서 강조하는 분열적 내면, 근대적 개인의 각성, 합리성의 감각 등을 산출하는 중요한 힘은 어디에서 오는가에 대한 숙고가 부족하다. 필자가 이 글을 통해 살펴본바, 이인화의 이중정체성, 감시와 검열을 늘 의식해야 했던 상황, 그리고 이를 돌파하려는 검열우회 노력 등은 이런 분열적 내면에 대한 발생론적 이해를 위해 도움을 줄 수 있으리라.

예컨대 앞서 확인했던바, 미행자를 신원보증인으로 인식해야 하는 이인화의 슬픈 아이러니를 떠올려보자. 그 미행자가 신원보증인의 성격을 획득한 것은, 이인화가 제법 날카롭게 대립하고 비판했던 김천형님 덕분이었다. 이인화의 김천형님에 대한 비판은 물론 양심에 의존한 것이었지만 그 양심이란 김천형님의 품안이라는 안전지대 안에서만 작동될 수 있을 뿐, 열차에 오르면 곧바로 그는 감시당하는 '요보'에 불과했다. 텍스트 속에

45 단일작품으로서는 매우 예외적이라 할 수 있을 만큼 수많은 연구들이 「만세전」에 집중되어 있는 것은 이 작품이 지닌 중층성 때문이라고 한다면, 그 중층성을 산출한 주요 원인 중 하나는 바로 이런 검열을 매우 예민하게 인식한 텍스트이기 때문이라는 점에도 있다고 본다.

나타나는 이인화의 이런 분열적 내면에 대한 묘사는 물론 매우 적실하고 가치 있는 것이지만, 검열을 의식하면서 창작한다는 염상섭의 존재론적 불안 속에서, 즉 식민지 작가된 자의 불안 속에서 만들어지는 것임에 주목할 필요가 있다. 감시와 처벌 속에 놓인 이인화란 검열당하는 작가의 불안을 공유하는 '아바타'였다. 근대성론자들이 지적하는 '내면의 분열'이란 이런 감시와 검열의 병치에서도 확인할 수 있지 않은가. 아니 그 분열을 만들어낸 좀 더 근본적인 요인 중 하나가 아니겠는가. 현상을 밝히는 작업 못지않게 그 원인을 찾는 노력도 중요하다고 판단한다.

끝으로 여기서 본격적으로 다룬 내용은 아니지만, 근대성이라는 인식틀에서는 이 작품에 나타나는 계급과 민족, 식민지성과 자본주의성의 중층성이 유의미하게 인식되기 어렵다는 점에 대한 불만을 덧붙여둔다. 근대성이라는 이름이 붙여지는 순간, 계급성 특히 자본주의적 성격이 잘 보이지 않게 되며,[46] 더군다나 근대문학으로의 이행을 대체로 진보라고 인식하여 자동적으로 긍정성을 부여하는 통상의 문학사적 인식을 강화할 우려도 없지 않다.

46 예컨대 근대성론의 선편을 잡은 김윤식은 식민지 현실에 대한 묘사는 「만세전」의 '가장 졸렬한 부분'이라고까지 말하며(김윤식, 「염상섭의 소설구조」, 『염상섭』, 문학과지성사, 1981, 48쪽), 이 작품에서는 산업혁명과 자본주의, 합리주의만 발견되고 마르크시즘은 「삼대」에 이르러야 나타난다고 말한다(김윤식, 『염상섭 연구』, 189~218쪽). 그러나 「만세전」에도, 「삼대」에 비해 두드러지지 않는 것은 사실이지만, 마르크시즘에 대한 인식은 곳곳에서 엿보이고 있다. 또한, 작가의 계급적 한계가 현실인식의 한계를 초래하는 경향도 분명히 존재한다. 「만세전」의 계급적 한계에 대해서는 한만수, 「「만세전」과 공동묘지령, 선산과 북망산」, 한국문학연구소, 『한국문학연구』 39, 동국대 한국문학연구소, 2010.12 참조.

5부

검열된 텍스트의 복원과 연구방법론

텍스트에 나타난 여러 검열우회의 양상들을 4부에서 검토했다면, 5부에서는 '쓸 수 있었던 것'으로서의 식민지시기 문학을 어떻게 연구해야 할 것인가를, 연구대상과 연구방법으로 나눠 기술한다. 검열의 영향을 가장 객관적으로 보여줄 수 있는 것은 복자이므로, 먼저 이를 주로 다루면서 연구대상을 어떻게 확정할 것인지를 검토한 뒤에 연구방법에 대한 제언을 덧붙인다.

근대 들어 구술문학에서 문자문학으로 이행하면서 텍스트가 고정된다는 일반적인 인식과는 달리, 식민지시기 문학은 매우 다양한 판본이 존재하는데 특히 검열 때문에 생기는 판본 차이에 주목할 필요가 있다. 따라서 어떤 판본을 연구대상으로 삼아야 할 것인가의 문제가 생겨난다. 물론 작가가 이리저리 작품을 수정하는 경우나 오탈자 때문에 생기는 경우도 있으므로, 온전히 검열 때문에 다양한 판본이 생겨나는 것은 아니지만, 이런 문제는 개별 작가론의 차원에서 접근해나갈 수 있다. 그러나 검열이라는 공통적 원인 때문에 생겨나는 문제들에 대해서는 뭔가 공통적인 해결방법이 모색되어야 마땅하다.

먼저 세 장에 걸쳐 복자를 다룬다. 1장에서 검열복자의 유형을 정리하고 복자를 통해 부분적으로라도 의사소통이 가능하였음을 밝힌 뒤, 2장을 통해 복원의 방법들을 제시하고, 3장에서는 검열 복자들의 실제 복원을 시도한다. 이렇게 현존 텍스트에서 검열 때문에 왜곡된 부분들을 점검한 뒤에야, 이 여러 판본들 중에서 우리의 연구대상을 어떻게 확정할 것인가를 논의할 수 있게 된다. 4장은 연구대상의 확정을 중심으로 연구방법론에 대한 제언이다.

검열 복자(覆字)의 유형

1. 들어가는 말

식민지시기 텍스트를 읽다 보면 복자(覆字)를 자주 만나게 된다. '벽돌' 자국들, '××'표시, '○○'표시가 길게는 한두 페이지에 걸쳐 이어지기도 하고, 아예 "이하 ○행 략"이라는 표시로도 나타난다. 물론 검열 때문에 생긴 현상이다. 이 복자 문제를 해결하지 못한다면, 우리는 원본의 확정조차 하지 못한 상태로 당시 텍스트를 연구하는 셈이 된다. 그러나 이 문제에 대한 본격적 연구는 거의 찾아볼 수 없다.

이렇게 복자 연구가 부진한 까닭은 현실적으로 쉽지 않기 때문이다. 이미 저작자들은 거의 작고했고, 검열 전후의 육필원고도 거의 찾아볼 길이 없다. 더군다나 당시 저작자들은 검열을 의식하여 아예 집필단계에서부터 논조와 표현을 조절하기도 했던 바, 이런 경우를 실증적으로 연구하기란 더욱 어려울 터이다.

그렇다고 복자 연구가 불가능한 것은 아니다. 첫째, 복자 중에는 여러 방식을 동원하여 복원할 수 있는 것이 적지 않다. 복자를 유형화하고, 그 유형 별로 독자와의 의사소통이 어떻게 달라지는가를 점검할 수 있다. 둘째, 객관적으로 복원 가능한 방법들을 고안하며, 복원을 실제로 시행하여야 한다. 셋째, 복원된 복자들을 실마리로 삼아서, '복자의 문법'을 추출함으로써 객관적 복원이 어려운 다른 복자를 추정할 수 있을 것이다. 넷째 당대 문인과 출판인은 다양한 방식의 복자를 활용하여 제한된 상황 속에서나마 독자와의 의사소통을 시도하기도 했다. 당연히 그 의사소통 시도의 메커니즘을 파악해야 할 것이다. 다섯째, 검열 때문에 왜곡된 다양한 판본 중에서 어느 단계의 것을 원본으로 인정해야 하는가, 더 나아가 단 하나의 원본만을 인정하여야 할 것인가 등을 검토하여야 한다.

먼저 이 장에서는 식민시대에 쓰였던 다양한 복자들을 유형화하고, 그것이 독자와의 의사소통 수단으로서 기능했을 가능성과 한계에 대해 점검한다. 대상 자료는 심훈의 시집 『그날이 오면』, 강경애의 전 작품, 그리고 잡지 『신생활』과 『동광』에 수록된 글을 중심으로 살피기로 한다. 1920년대와 1930년대, 그리고 시·소설과 문학 외의 글을 고루 포함시키려는 표본적 선택이다. 물론 훨씬 광범한 자료들을 살펴야 하겠지만, 일단 이런 정도만으로도 큰 문제가 생기지는 않으리라 판단한다. 복자의 유형을 분류하는 기준으로는 집필 편집 인쇄라는 모든 인쇄물이 거치게 마련인 공정을 채택한다. 이런 보편적 기준을 채택함으로써, 대상 자료가 협소하기 때문에 발생할 수 있는 문제를 최소화할 수 있을 것이다.

2. 검열복자의 유형과 전달 가능성

복자란 말 그대로 활자가 뒤집혀 인쇄된 것을 말하지만, 일반적으로는 특정 활자를 '××', '○○' 등 다른 활자로 바꾼 경우까지 포괄한다. 하지만 이 둘 모두가 식민지시기 검열 문제를 다루기에는 지나치게 좁은 개념이다. 앞서 살폈듯이 붓질, 연판깎기, 따붙이기 등 다양한 것들이 더 있기 때문이다. 따라서 복자의 개념을 좀 넓힐 필요가 있다.[1] 복자란 '인쇄물의 집필 인쇄 유통과정에서 검열 때문에 발생하는, 수신자가 이해하기 어렵게 만드는 모든 시각적 장애요인들'이라고 정의한다.[2]

식민지시기 검열복자(이하 '복자')는 작가의 개성, 시대에 따른 검열수위의 변화, 출판 환경, 글의 장르, 주제 등 많은 요인에 따라서 매우 다양한 방식으로 이뤄지고 그 경우마다 의사소통의 가능성도 달라진다. 그러므로 그 다양한 경우를 유형화하는 일은 세부를 놓치게 될 우려가 큰데다 쉽지도 않지만, 동시에 꼭 필요한 작업이기도 하다.

발생 단계에 따라서 분류한다면 복자는 집필단계의 것, 편집단계의 것,

---

1 복자의 사전적 의미는 다음과 같은 두 가지이다. ① 식자(植字)에서 필요한 활자가 없는 곳에 임시로 활자를 뒤집어서 넣어 둔 것. ② 인쇄물에서, 밝히기를 꺼려 '○'이나 '×' 등으로 대신 나타낸 것. 첫 번째 뜻은 활판인쇄 공정의 필요 때문에 생긴 것이지만 두 번째 뜻에서는 검열과 연관된다. 하지만 이 사전적 의미는 식민지시기 검열문제를 다루기에 적절치 않다. 앞서 살폈듯이 이런 경우 말고도 다양한 것들이 존재하며, 첫 번째 의미는 이 연구를 위해서는 불필요하기 때문이다.

2 물론 '시각적 장애'로만 한정하는 것이 정당한가 하는 의문도 가능하다. 예컨대 검열이 금지한 특정 단어 대신에 다른 단어를 사용했을 경우를 포함할 수 없는 것이다. 4부에서 살핀 여러 금지어를 대체했던 단어들이 이에 해당하며, 심지어 검열이 플롯이나 인물 차원에까지 영향을 끼쳤음도 넓은 의미에서라면 복자라고 볼 수도 있겠다. 그러나 용어의 외연이 지나치게 넓어질 우려가 있으므로, 이런 문제들은 좀 더 넓은 개념인 검열우회에서 다루는 것으로 하고, 복자의 정의는 일단 이런 정도로 한정한다.

인쇄단계의 것으로 나누어 볼 수 있다. 또 발생주체에 따라서 분류한다면, 저작자의 것, 편집자의 것, 검열자의 것, 출판자의 것으로 나눠 생각할 수 있다.[3] 이밖에도 식민통치의 정치적 환경의 변화나 출판관계 법령 등의 변화에 따라서, 또는 글의 장르나 주제에 따라서도 각각 분류할 수 있을 것이다. 여기에서는 발생단계에 따라 분류하되, 주체에 따라 복자의 의미가 달라지는 경우라면 주체에 따른 분류를 부분적으로 사용하기로 한다. 발생단계에 의한 분류방식은 모든 출판물이 거칠 수밖에 없는 생산유통 공정을 기준으로 삼는 것이므로 가장 일반적인 것이라는 점, 또한 원고검열, 교정쇄 검열, 인쇄본 검열의 세 단계로 실행되었던 당시의 검열제도 역시 이에 의존하고 있다는 점 등을 종합적으로 고려한 선택이다.

1) 집필단계의 복자

복자는 검열과정에서만 생겨나는 것이 아니라, 저자가 스스로 검열 이전에 삽입하는 경우도 적지 않다. 물론 검열을 통과하기 위한 선제적 자기검열이다. 예컨대 검열에서 삭제지시를 받은 부분을 연판에서 깎아내면서 '○○'표시만은 삭제치 않고 그대로 둔 경우가 있는바,[4] 이는 검열에 넣기 이전에 이미 (아마도 저자가) 복자를 만들었음을 실증하는 것이다. 또한 이상경은 『강경애전집』을 펴내면서 저작자에 의한 복자와 검열에 의한

---

3 검열당국의 지시에 의해 출판자가 복자를 만들게 되므로 검열자의 복자와 출판자의 것은 원칙적으로는 동일하다. 그러나 뒤에 보는 대로 삭제지시를 출판자가 얼마나 충실하게 이행하는가에 따라서 복자의 의사소통 가능성이 달라지므로 구분할 필요가 있다.

4 신상우, 「춘원의 민족개조론을 독(讀)하고 그 일단을 논함」, 『신생활』 임시호, 1922.6, 73쪽. 24행을 모두 연판에서 깎아내었지만, '○○○○'로 표기된 4개 글자만은 그대로 살리고 있다.

복자를 구분하여 표기하고 있기도 하다.[5]

물론 검열 신청 이전의 복자라 하더라도, 저작자가 아닌 편집자가 만든 것일 수도 있으며 이를 지금에 와서 확증하기는 매우 어렵다. 하지만, 앞질러 결론부터 말하자면, 한두 단어에만 그치는 복자들은 거의 대부분 저자가 만든 것이라고 간주할 수 있다. 검열을 우회하면서 전달가능성을 높이기 위해서 이런 전략을 사용했을 터이다. 예컨대 천태산인(김태준)은 일제시대의 동요를 소개하면서 다음과 같은 방식으로 복자를 사용한다.

> 또 어린 아희들의 ××사람을 辱說한 노래에
>
> 一에 ××놈의
>
> 二×××이란놈이
>
> ×千××× 집어 삼키랴다가
>
> 四신에게 발각되어
>
> 五사할놈이
>
> 六혈포에 맞어서
>
> 七十도 못된놈이
>
> 八字가 긔박하야
>
> 九치 못하고
>
> 十字架에 걸렷다.
>
> 이는 ××의 某重大臣이 朝鮮人에게 被殺된뒤에 생긴 노래인 만큼 不過 數十年의 歷史를 가젓을뿐이나 確然히 傑作이다.[6]

---

5 그 둘을 어떻게 판별했는지에 대해 구체적으로 밝히지는 않고 있지만, 아마도 뒤에 설명할 붓질이나 연판 깎기 등을 통하여 삭제된 글자들을 검열에 의한 것으로 추정하였을 터이다. 또한 이상경은 작가의 복자와 편집자의 것을 구분하지 않았는데, 현재로써 이를 구분하기는 매우 어려운 일이지만, 그렇다고 해서 모두 작가의 복자로 간주할 수는 없을 터이다.

여기에서 사용한 복자는 아주 손쉽게 독자에게 전달될 수가 있었으리라. 즉 첫 번째와 두 번째 ××는 '일본'이다. 첫 번째 복자만으로는 눈치채지 못한 독자라 해도 두 번째 복자를 보면 금세 '일본'을 떠올릴 수 있다. 즉 '일에 ××놈'이라는 어구는, 바로 앞에 숫자 '일'이 있고, 또 '일본놈'이라는 연어법(連語法)에 기대게 되므로 아무런 장애 없이 전달되는 것이다. 세 번째 복자는 '이등박문(伊藤博文)'이고, 그 다음은 '삼천리강산'이다. 역시 연어법이나 문맥에 의존하면 자연히 그렇게 읽게 된다. 그러니 이 노래는 거의 완벽하게 전달된다. 숫자 놀이를 활용하고 있는 데다가, 노래 앞에 "또 어린 아희들의 ××사람을 욕설한 노래에"라고 친절하게 그 맥락을 설명하고 있기 때문이다. 이 인용문의 '××'는 물론 불충분한 의미자질만을 가지는 기표이지만, 그 앞뒤의 역시 불충분한 '××'들과 서로 지시하면서 그 불충분성을 서로 보충한다. 더군다나 이 노래는 구전되고 있었으므로, 노래를 아는 당시의 독자들이라면 아무 어려움 없이 해독했을 터이다.

결국 복자를 사용하면서도 전달의 가능성은 거의 훼손시키지 않을 수 있었다. 이 경우라면 복자는 의미를 감추기는커녕 더 적극적 의미를 생산해낸다. 텍스트의 '빈 틈'을 메우려는 적극적이고 참여적인 독서를 유도한다. 게다가 복자를 사용함으로써 언론탄압의 존재를 시각적으로 보여주기까지 한다.

그렇다면 검열관은 어째서 이런 작품을 통과시켰을까. 다분히 추정에 불과할 수밖에 없는대로 설명을 시도해보기로 하자. 김태준의 글은 조선의 것만이 아니라 오키나와(琉球), 일본 본토 등 일본제국 전반의 민요들을 두루 다루고 있다는 점을 고려하지 않았을까. 일본과 식민지의 민요를 한

---

6 「조선시가의 수(數)노름」, 『동광』 29, 1932.1, 14쪽.

눈에 살피는 연구방식은 일본에서 1900년대 말부터 시작되었던 바, 민요를 통한 제국통합의 시도와 밀접한 관련을 맺고 있다. 즉 일본 자신을 중심/보편으로 설정하기 위해 식민지를 주변/특수로 설정해나가고자 했던 일본적 오리엔탈리즘과 유관한 것이었다.[7] 이 경우 조선이란 국가성을 지니지 못하는 제국의 한 지방으로 인식되었다. 즉 지방의 작은 차이는 제국의 단일성으로 회귀되고 그 단일성을 보완하는 다양성이 되는 것이다. 그렇다면 김태준의 글은, 그 자체의 의미는 따로 따져봐야 할 노릇이겠거니와 적어도 검열관이 보기에는, 당시의 '국책적' 담론에 가까운 것이라고 판단했을 가능성이 있다. 당연히 검열 수위의 완화에 기여할 수 있다.

숫자 유희의 재미 역시 차마 난도질하지 못하도록 만드는 중요한 힘이 되었을 터이다. 예컨대 검열지침대로 '일본'을 '내지'로 바꿔 쓴다면 '일에 일본놈'이라는 숫자유희는 실종될 수밖에 없는 것이다. 그러니 검열관으로서도 복자 처리를 용인하는 정도로 타협하지 않았을까 짐작한다. 물론 검열자는 이 동요에 대해 통째로 삭제지시를 내릴 수도 있었을 터이다. 부분삭제는 별 의미가 없이 혼란만 가져오는 것이다. 하지만 전문삭제냐 아니면 통과냐 하는 기로에서 그는 통과를 선택한 듯하다. 김태준의 입장에서는 전문을 그대로 싣는 것은 도저히 기대할 수 없었고, 그렇다고 아무 복자도 없이 검열신청을 해서는 어디가 어떻게 바뀔지 또는 전문삭제를 당할지 알 수 없는 상황이었다. 김태준은 선제적 복자를 통해 타협을 요청한 셈이고, 이것이 받아들여진 결과이리라.

김태준의 보기는 일제의 검열이란 것이 통념처럼 완벽한 것은 아니었음을 말해준다. 그것도 역시 사람이 하는 일이라 기계적 일관성을 기대하기

7 츠보이 히데토[坪井秀人], 「근대일본의 민요운동」, '연세대 사이포럼 강연'(2002.10.8) 초록 참조.

는 불가능했던 것이다. 모든 검열우회 전략의 운명처럼, 김태준의 숫자놀이를 통한 '틈새 공략'의 시도 역시 어떤 검열관을 만나게 되는가에 그 통과 여부를 맡길 수밖에 없었다. 또한 검열관이 부분적 자구보다는 글 전반의 전체적 문맥을 중시한 결과일 가능성도 있다. 하지만 검열우회 노력이란 이처럼 검열제도와 당대 식민담론의 문맥 내부에서 작동할 수밖에 없고 상당부분 우연성에 기댈 수밖에 없다는 한계를 인정하더라도, 결코 무의미한 것은 아니다. 앞서 살핀 대로 통과가능성이 높아지는 것만은 분명한데, 더욱이 적극적으로 의미를 생산해내는 복자이니까.

복자를 통해 비교적 성공적으로 검열을 우회한 사례를 하나 더 살펴보자.

> 심훈의 시 「박군의 얼굴」
>
> 오냐 朴君아
> 눈은 눈을쌔여서 ××
> 니는 니를 쌥아서 ××주마!
> 너의가티 모든× 을 니즐쌔까지—
> 우리들의 心臟의××이 ×××까지[8]

이 시가 수록된 시집 『그날이 오면』은 검열에서 지나치게 많은 삭제지시를 받자 출판을 포기했으며 그 덕분에 육필원고가 유족들에게 남아 있었으므로 해방 뒤에 영인 출판될 수 있었다. 특히 이 작품은 이미 검열을 거쳐 발표했던 지면을 그대로 오려 다시 단행본 검열을 들여보낸 것이었

8 심훈, 「박군의 얼굴」, 심훈기념사업회, 『그날이 오면』(육필원고의 천연색 영인 및 활판인쇄), 차림출판사, 2000, 54쪽.

는데 이미 첫 발표 때도 위의 부분이 복자로 처리되어 있다. 하지만 심훈의 것으로 보이는 필적에 의해[9] 위의 복자들을 거의 모두 복원해놓았다. 복자가 원래 어떤 글자였는지를 작가 스스로가 그것도 식민지시기에 알려주는, 매우 보기 드문 경우이므로 주목할 가치가 있다.

심훈이 고쳐 놓은 대로 복자를 없애 보면 다음과 같다.

오냐 朴君아
눈은 눈을ᄲᅢ여서 갚고
니는 니를 ᄲᅩᆸ아서 갚아주마!
너의가티 모든X 을 니즐쌔까지—
우리들의 心臟의鼓動이 ᄭᅳᆺ칠쌔까지

마지막 행을 제외한 나머지 복자들은, 보통 수준의 독해력을 지닌 독자들이라면, 그리 어렵지 않게 원래의 단어를 추정해서 시를 읽을 수 있을 것이다.[10] 앞에서 살폈던 김태준의 숫자놀이 시처럼 쉽지는 않지만, 그래도 상당히 용이하게 복자를 해독할 수 있다. 만일 복자를 몇 글자만 늘렸더라면 전달가능성은 매우 낮아졌을 터이다.[11] 역시 김태준의 경우에서

---

9 일부 다른 사람의 글씨임에 틀림없는 대목도 없지 않지만(내용으로 미루어 퇴고를 위해 조언을 부탁한 누군가의 필적으로 짐작된다) 거의 대부분은 심훈의 손질로 보인다.

10 단지 "우리들의 心臟의 XX이 XXX까지"를 "鼓動이 ᄭᅳᆺ칠쌔까지"로 읽기는 매우 어렵다. '때'라는 글자 하나만이라도 살리고 나머지만을 복자로 했으면 더욱 해독가능성은 높아졌을 것이다.

11 이 시의 복자와 그 복원 과정에 대해서는 아직 이해되지 않는 대목이 남는다. 복자를 복원하는 것이 출판을 포기했기 때문이라면 왜 '모든 X'는 그대로 남겨두었을까. 'X' 바로 뒤의 한 글자 공백은 어떤 과정에서 나온 것일까. 또한 5연 제1행 "朴아 朴君아 XX아!"에서는 어째서 복원하지 않았을까 등이다. '박군'은 박헌영을 가리키는 것이라고 하니(임경석, 『박헌영의 생애—박헌영 연보(1900~1956)』, 여강출판사, 2003; 『중앙일보』 2003.7.7, 보도 참조), 'XX아!'는 '憲永아'였을 것이다. 그렇다면 공산주의를 집중적으로 검열했던 당시의 경향

본 것과 같은 적극적 의미생산의 복자이다.

강경애의 경우, 작가가 만들었을 복자는 세 작품에서 발견할 수 있다.[12] 먼저 『인간문제』(1934)에는 '요즘 일본에서도 ××당의 거두들이 전향한 것도 잘 알터이지'[13] 라는 구절. 문맥으로 미루어 '공산'이었을 것임을 쉽게 짐작할 수 있었을 터이다. 또 「파금」(1931)의 마지막 대목은 이렇게 되어 있다. "그 후 형철이는 작년 여름 ××에서 총살을 당하였고, 혜경이는 ××사건으로 지금 ××감옥에서 수감중이다."[14] 여기서 복자를 복원하기란 쉽지 않은 일이다. 하지만 이 복자들은 한결 같이 고유명사들이라는 점에 주목할 필요가 있다. 그 고유명사가 무엇인지는 그다지 중요하지 않다. 총살당하고 수감 중이라는 동사들이야말로 이 문장의 핵심이다. 따라서 복자를 동원해서 덜 중요한 것을 숨기면서 요체를 전달하려는 강경애의 전략은 성공적이라고 할 것이다. 또한 「축구전」(1933)에서도 단체 이름을 '××회'라고 숨기거나 '온갖 ×'이라는 표현을 하고 있다.[15] '온갖 놈'은 쉽게 복원해

으로 미루어 복자로 남겨둔 것은 재검열 통과를 위해서였다고 해석할 수 있다. '모든 ×'의 복자를 복원하지 않은 까닭도 마찬가지이다.

그렇다면 심훈은 어떤 기준에 의해 복자를 복원하거나 그대로 두거나를 결정하였을까. 우선 시집을 내려고 검열에 넣을 때는 복자를 일정수준 복원했지만, 검열결과가 실망스럽게 되자 포기했을 가능성을 상정해볼 수 있다. 하지만 이미 복자를 사용하여 검열에 통과된 상태에서 단행본을 위해 재검열을 넣으면서 기왕의 복자를 되살리는 일은 무모하다. 더군다나 단행본 검열을 신청한 시점은 작품 첫 발표 때보다 검열이 강화된 시점이었다. 결국 복자 복원은 시집출판을 포기한 이후에 이뤄졌을 가능성이 높다. 처음에는 검열의 요구에 맞추어 출판하기 위해 노력했지만 나중에는 이를 포기하고 육필로라도 온전히 남기기 위해 복자를 되살렸고, 그 복자 복원 작업이 미진한 상태로 사망한 것으로 추정할 수 있다. 어떤 곳에서는 검열을 의식하고 어떤 곳에서는 무시한 모순적 손질은 이래서 나오게 되었으리라. 물론 이는 추정일 뿐이며, 이 육필원고에 대해서는 따로 정밀한 연구가 필요하다.

12 이상경 편, 『강경애 전집』(소명출판, 1999)에서 복자는 이 세 군데였다.

13 위의 책, 401쪽.

14 위의 책, 429쪽. 조명희도 유사하게 「낙동강」에서 "무슨 「동맹」 무슨 「회」 무슨 「조합」 무슨 「사」"라고 표기했다(황동민 편, 『포석 조명희선집』, 소련과학원 동방도서출판사, 1959, 318쪽).

15 이상경 편, 앞의 책, 475쪽.

낼 수 있는 복자이며, 단체 이름을 복자로 만드는 것은 앞서 설명한 바와 마찬가지 전략이라고 보겠다. 강경애의 복자들 중에서는 복원이 그다지 절실하지 않은 것들의 존재가 이색적이다. 즉 대부분의 복자는 능동적 독서에 의한 복자 자체의 복원을 기대하면서 적절한 힌트를 제공하는 '자기 지시적' 복자이지만, 이 경우는 그 옆에 있는 다른 언어자질들에 더 주목하도록 만드는 '주변 지시적' 복자이다.

김태준의 글은 1932년 발표되었다. 심훈의 위 작품은 1927년 이미 발표되었으며 시집을 내기 위해 재검열을 받은 1932년에도 그대로 통과되었으나 발간을 포기한 뒤에 복자를 복원했다. 또 강경애는 1938년까지 작품 발표를 하지만 작가의 복자는 위의 1931~1934년 작품에서만 발견된다. 1920년대 말 1930년대 초는 앞서 살핀 것처럼 은폐적 검열로 이행하면서 복자까지 억압하던 때였다. 하지만 작가가 미리 만든 복자는 부분적으로 허용되었으며, 따라서 앞뒤의 문맥을 고려한다면 상당한 정도로 의사소통이 가능했던 경우도 적지 않았음을 확인한 셈이다. 앞서 살핀 대로 늦어도 1932년부터는 검열로 삭제된 부분의 복자를 금지하였지만, 이 경우들은 미리 복자를 만든 경우이어서 부분적으로 용인된 것이 아닌가 한다.[16]

이밖에도 문맥에 따라서 달라지긴 하지만, 당대 문헌에서 한 음절로 된 복자는 대체로 '적(敵)', '당(黨)' '놈' 등일 가능성이 높고, 두 음절 복자는 '공산'이나 '계급' '무산' '투쟁' '조국' 등의 뜻으로 대체로 통용되었음은 널리 아는 바와 같다. 지금의 관련학자들이 잘 아는 바라면 당대에는 더욱 널리

16 참고로 일본의 은폐적 검열이란 마쓰우라 소죠[松浦總三]에 따르면 "삭제를 독자가 알 수 없도록, 문장 앞뒤를 연결시키라"고 편집자에게 명령하는 식이었다(『占領下の言論彈壓』, 現代ジャーナリスム出版會, 1969, 46~57쪽 참조). 만일 이 지시가 엄격하게 이행되었다면, 일본의 은폐적 검열이 조선보다 더 늦게 시작했지만(1936) 더 강력하게 시행되었음을 뜻할 수 있다. 그러나 이 무렵에는 조선에서도 복자가 현격하게 줄어들었던 것 같으니, 더 많은 자료를 검토해야 확실해질 문제이다.

통용되었을 터이니, 이런 경우라면 복자는 검열우회를 위한 일종의 대체 기호로 굳어졌을 가능성이 높다.[17]

지금까지 살폈듯이 작가가 만든 복자의 경우는, 대체로 의사소통의 가능성이 상당히 높았으리라. 한 단어나 심지어는 한 음절 수준의 복자를 사용하는 경우가 많았기 때문이다. 검열을 피하면서도 독자에게는 전달할 수 있는 가능성이 높다고 작가 스스로가 판단하지 않는다면, 이런 복자를 선제적으로 만들 이유가 없는 것이다. 김태준, 강경애, 심훈 등에서 보듯이, 집필단계의(필자가 만든) 복자는 검열을 우회하는 유효한 수단으로 상당기간 활용되었다.

2) 편집단계의 복자

편집자가 복자를 만들어서 검열에 넣은 경우도 있었던 듯하다. 아무래도 저작자보다는 편집자들이 출판실무에 밝게 마련이니 검열 통과 가능성에 대한 감각 역시 뛰어나므로 이런 일을 맡게 된다. 저작자와 상의를 거치기도 했겠지만, 편집자가 혼자 판단해서 만들어 넣었을 가능성도 높다. 통신수단도 발달하지 못했고, 창작물에 타인이 손을 댈 수 없다는 감각도 그리 일반화되지 않았으며, 한두 사람이 잡지 편집을 도맡아하는 것이 대부분이어서 일손도 부족했다는 점 등을 감안한다면, 편집자가 단독으로 복자를 만들었을 개연성은 결코 적지 않다.

---

17 실제로 1917년생인 시인 이기형은 필자와 인터뷰(2003.12.22. 경기도 용인시 자택)에서, 두 글자로 된 복자는 대개 '공산', '계급', '투쟁'이었다고 기억했다. 또한 당시 인쇄물에서 복자를 만나면 무슨 글자인가를 짐작하려는 노력을 많이 기울였으며, 상당부분은 실제로 해독할 수 있었다고 증언했다.

일본문학에서 실제의 사례가 보고되어 있음을 감안하면 더욱 그렇다. 예컨대 고바야시 다키지[小林多喜二]의 「게잡이 배[蟹工船]」가 『전기(戰旗)』 1929년 5, 6월호에 발표될 때 183곳에 복자가 있었다. 편집자 타테노 노부유키[立野信之]는 그 복자를 자신이 만들었다고 회고한다. 고바야시의 원고에는 원래 단 한 글자도 복자가 없었다는 것이다. 이 복자 덕분에 「게잡이 배」를 실은 『전기』는 아무 문제없이 발매되었다. 그러나 1929년 9월 단행본으로 출판할 때는 복자를 거의 모두 없애버렸고, 아마도 그 때문에, 발행한 바로 그날로 발매금지를 당했다.[18]

편집자의 복자는 알아내기 어렵다. 남아있는 인쇄물만 보아서는 저작자가 만든 복자와 구분할 수 없는 것이다. 그러니 관련자의 증언이 있거나, 출판사로 넘기기 이전의 원고가 현전해야만 확증할 수 있다. 이런 자료들이 워낙 희귀한 탓에 필자는 아직 식민시대 한국문학 작품에서 편집자 복자로 확증할만한 것을 찾아내지 못했다. 그렇지만 상당수 있었을 것으로 추정한다.

저작자와 상의를 거치건 그렇지 않건 편집자에 의한 복자는, 인쇄자본에 의한 검열의 성격과 검열우회 시도의 성격을 동시에 지닌다. 그러므로 언젠가 편집자에 의한 복자임을 확증할 자료가 발견된다면, 이를 저작자의 복자와 대비해서 살피는 작업, 또한 그 복자들을 일본의 경우와 비교해 보는[19] 작업은 제법 흥미로운 과제가 될 것이다.

---

18 황봉모, 「코바야시 타키지[小林多喜二] 「게잡이 공선[蟹工船]」의 복자(伏字)(1)」, 『일어일문학연구』 37권, 한국일어일문학회, 2000.12 참조. 이밖에도 「게잡이 배」는 여러 판본으로 나오는데 그때마다 복자의 수는 달라졌다. 시대상황과 인쇄자본의 성격 등에 따라서 복자가 어떻게 달라지는지, 또 그에 대한 검열당국의 대응은 어떠했는지를 연구하는데 중요한 자료가 될 터이다.

19 일본의 경우 납본검열제였으므로, 저작자나 편집자가 만드는 복자의 중요성은 조선의 경우보다 더 컸을 터이다. 검열 수위를 감안하여 복자를 사용하는 전략이 고도화되지 않으면 아

3) 인쇄단계의 복자

인쇄단계의 복자라면 활자를 뒤집어 놓거나 다른 활자로 바꾸는 경우만을 생각하기 쉽다. 하지만 연판 깎기, 붓으로 지우기 등도 있으며, 어떤 방식으로 복자를 만들었는가에 따라서 전달의 가능성은 크게 달라진다. 컴퓨터 인쇄가 도입되기 이전의 재래식 활자(연판)인쇄 공정을 모르면 이런 진술을 이해하기 어려우므로 잠깐 그 공정을 설명해두기로 하자.

활판 인쇄는 문선, 조판, 교정, 지형 뜨기, 연판 굽기, 인쇄의 순서로 공정이 이뤄진다. 먼저 문선은 원고에 맞는 활자들을 뽑아서 한데 모으는 작업이다. 여러 문선공이 동시에 활자들을 채자(採字)하는데, 서로 비슷한 분량을 나눠 맡아야 일이 효율적이니까 원고지를 비슷한 분량으로 찢어 나눈다.[20] 문선이 끝나면 그 채자된 것들을 모아서 한 페이지 분량씩 판을

예 판매금지를 당하니, 인쇄자본의 경제적 타격은 조선에서보다 훨씬 극대화되는 것이다.

20 이렇게 문선과정을 거치면서 누더기가 된 원고를 필자가 찾아가거나 하는 일은 거의 없었고, 출판사나 신문사에서도 그것을 보관하는 전통은 없었으므로, 일단 출판이 되면 육필원고는 없어지는 것이 상례이다. 현재까지 남아있는 검열본 육필원고들은 너무 많이 삭제를 당했거나 해서 출판을 포기한, 그래서 필자나 관계자들이 보관한 것들이다. 이렇게 검열연구에서 육필원고에 의존하는 일은 자료의 한계에 부딪힐 수밖에 없으니, 비교적 자료가 풍부한 편인 복자연구의 중요성은 더 부각된다.
또한 원고를 찢는 과정에서도 원문의 왜곡이 나타난다. 문선 작업을 효율적으로 진행하기 위해서는 문선공들에게 균등하게 문선 분량을 배분해야 하는데, 문단은 균등하게 나눠지질 않는 속성이 있기 때문이다. 문단이 나뉘지 않는 곳에서 적당히 문단을 나누어 문선 분량을 비슷하게 맞추기도 하고, 또 원고지를 찢은 부분이 이리 저리 손상되는 수도 있다. 그런 오류들을 교정자가 바로잡지 못한다면 오탈자들이 생길 수밖에 없다. 게다가 신문연재본이 단행본으로 인쇄되는 과정에서도, 원고는 없으니 인쇄된 신문을 원고지 삼아 다시 문선 작업을 진행했는데, 비슷한 이유에서 오탈자들이 생기게 된다. 나중에 단행본이 다른 출판사에서 나오게 될 때도 사정은 비슷했다. 옛 신문(첫 발표지면)을 원고로 삼는 일은 상당히 번거로운 일이니 앞서 출간된 단행본을 찢어 문선작업을 하는 것이 일반적이었으므로 오탈자는 또 생겨난다. 이렇게 판을 거듭할수록 원본에서 멀어지게 되는 것은 활판인쇄 시기 한국 인쇄물들의 공통된 운명이었다. 정해렴은 주로 이런 과정을 통해 오탈자들이 상당히 생겨났음을 케이스스터디를 통해 실증하고 바로잡은 바 있다(「「삼대」와 「임꺽정」 원본의 허실」, 『민족문학사연구』 4, 민족문학사연구소, 1993).

만드는데 이것이 조판이다. 교정을 거쳐서 그 조판된 활자들 위에 특수종이를 올려놓고 지형을 뜬다. 그 지형에 뜨거운 납물을 부어서 연판을 만든 뒤(연판 굽기) 거기에 잉크를 묻혀 인쇄하는 것이다.

검열결과가 나오면, 그때그때 인쇄공정의 진척상황, 그리고 검열결과를 어느 정도 충실히 수용할 것인가 등을 복합적으로 고려하면서 복자 작업이 이뤄진다. 아직 지형 뜨기가 끝나지 않았다면 활자로 복자를 만들게 되며, 연판까지 구운 상태에서 삭제지시를 받으면 연판을 깎아내는 것이 일반적이었다. 인쇄까지 마친 상태에서 검열지시를 받으면 먹으로 일일이 지우거나, 예외적으로는 손해를 무릅쓰고 재인쇄를 했다. 이런 활판인쇄의 각 공정에서 어떻게 검열삭제가 이뤄졌는지, 또 각각의 경우에 따라서 의사소통의 가능성은 어떻게 달라지는지를 살펴보자.

(1) 활자를 사용하는 방식

먼저 활자를 사용하는 경우를 보면, 해당 활자를 뽑아내서 뒤집어 놓는 방법(말뜻 그대로의 복자), 삭제된 활자의 숫자만큼을 다른 활자로 대체하는 대체활자 사용, 그리고 삭제 분량 밝히기 등 세 가지로 나눠 볼 수 있다.

다른 활자('××', '○○', '……' 등)로 대체하는 방식은 아직 문선작업이 끝나기 전에, 또는 제한된 활자만 바꾸면 되는 소규모 삭제지시를 받았을 경우에 적용했을 것이다. 이 경우라면 저자나 편집자가 검열을 들여보내기 이전에 복자로 처리한 경우와 구별이 매우 어렵다. 인쇄된 상태로는 구분이 되지 않으니, 육필원고가 없다면, 복자의 숫자나 문맥, 당시의 검열수위 등을 종합해서 추정해보는 수밖에 없는 것이다. 단지 '××' 등 대체 활자로 인쇄된 분량이 많아서 무슨 뜻인지 알기 어려운 경우라면, 저자나 편집자의 복자는 대부분 한두 단어 이내에서 처리되게 마련이므로, 거의 모두가 검열관의 지시에 따른 복자라고 추정할 수 있다.

다른 두 방식에 의한 인쇄단계의 복자들은 모두 검열관의 지시에 따른 것임이 분명하다. 활자를 뽑아 뒤집어 놓는 복자는 조판작업이 모두 끝난 상태에서 이뤄지게 된다. 일일이 다른 활자로 바꾸기는 번거로우니까 한꺼번에 뒤집어 놓는 것이다. 물론 주로 삭제지시가 많이 내려왔을 때 선택하는 방식이며, 신문에서는 '벽돌'로 나타난다.

위의 두 가지 유형은 원래의 활자 수와 복자의 수가 똑같지만, 삭제 분량 밝히기는 복자보다 훨씬 적은 분량이 된다. 예컨대 '이하 4쪽 삭제'같은 표현은 3개 단어로 4쪽 분량의 복자를 대신한다. 이는 은폐적 검열시기라면 검열당국의 지시에 따른 것이고, 그 이전에는 제작비와 관련된 것이리라. 이렇게 되면 활자 뒤집기나 대체기호 사용과는 달리 복자 추정노력은 거의 무산되며, 또한 검열의 존재를 선명한 시각적 이미지로 독자에게 전달하기도 어렵게 된다. 예컨대 식민지시기의 '벽돌'이나 1970년대 『동아일보』 백지광고 사건 때, 백지 자체만으로도 전달할 수 있었던 탄압의 흔적 자체가 거의 소멸되어 버리는 것이다.

(2) 연판 깎기

연판에서 삭제하는 경우도 있었다. 이 경우 역시 글자를 알아볼 수 없을 만큼 연판을 깎아내는 것이 일반적이지만 교묘하게 일부만 깎아서 일부를 해독할 수 있도록 하는 경우도 종종 있다. 예컨대 조우(趙宇)의 「노농노국(勞農露國)의 노동법규」는 첫 페이지 모두 삭제지시를 받고 연판을 깎아내어 인쇄했다. 비교적 철저하게 지워서 거의 알아볼 수 없다. 그렇지만 글자를 반쯤만 깎아서 그다지 어렵지 않게 알아볼 수 있는 대목이 두 군데 있다. 장(章) 제목인 "노농노국의 노동법", 그리고 3행 뒤에 있는 "유년노동자 보호의 법령을 포고하여"라는 15글자이다(〈사진 1〉 참조).[21] 그런데 장 제목은 글 자체의 제목과 거의 같으니 더욱 쉽게 알아볼 수 있으며, 또한 본문의 15자와도 일정 부분 중복된다. 그러니 반쯤만 남아있는 글씨들을 알아보는 일에 좀 둔한 사람이라도 이 세 부분을 겹쳐 생각하면서 문맥을 고려하면, 연판 삭제된 글씨들을 더 쉽게 알아볼 수 있게 된다. 게다가 본문의 15자는 삭제된 대목의 핵심적 단어라고 추정된다. 따라서 이 15자를 읽을 수 없을 때보다 수월하게, 삭제되지 않은 다음 대목을 읽어갈 수 있게 되는 것이다. 이런 점들을 종합해보건대 이렇게 연판을 불완전하게 깎아낸 것은 우연이라고는 보기 어려운, 검열우회 시도의 흔적이라고 하겠다.

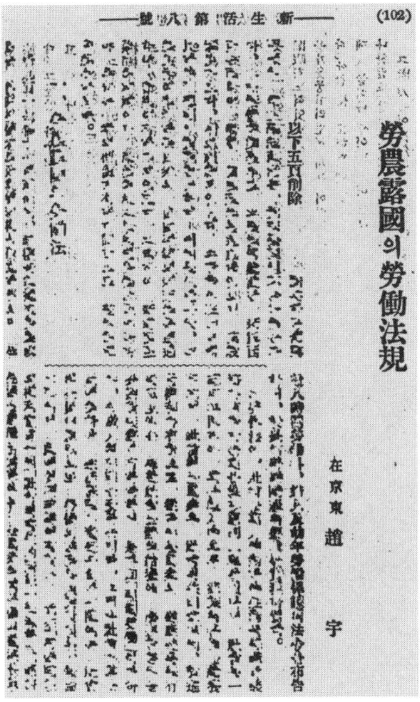
新生活 第八號 (102)

勞農露國의勞働法規

在京東 趙 宇

以下五頁削除

〈사진 1〉『신생활』 8호 검열본의 102쪽. 맨 앞에 "이하 삭제"로 인쇄되어있어 앞부분을 모두 삭제당했음이 확실하지만 제목과 필자는 또렷하고, 또한 중간제목도 어렴풋이 알아볼 수 있다.

약 200자의 글자 거의 전부를 해독 가능한 경우도 있다. 『신생활』 8호에 실린 김명식의 「교육의 원리를 논평함」이다. 이 글은 16쪽에서 "이하 4쪽 삭제"로 표기하였으며 그 표시대로 17～20쪽은 아예 지면 자체가 없어져 21쪽으로 건너뛴다(〈사진 2〉 참조). 16쪽의 "이하 4쪽 삭제" 표기 바로 뒤

21 『신생활』 8, 1922.8, 102쪽. 한편 편집자 후기에서는 이 삭제지시에 대해 '사립검사국'란을 통하여 야유를 덧붙이고 있다. "우리 동정 많은 검열관은 유세차(維世次) 임무지성하칠월초(壬戌之盛夏七月初)에 벽돌집 하나를 본 검사국에 기부하였다. 그 이유는 비밀이므로 (…하략…)"(「검열관의 벽돌집 기부」, 같은 책, 113쪽). '벽돌집'이란 물론 '벽돌신문'의 변형이면서 감옥을 '벽돌집'이라 부르기도 했던 은어에 기대기도 하는 중의법이다.

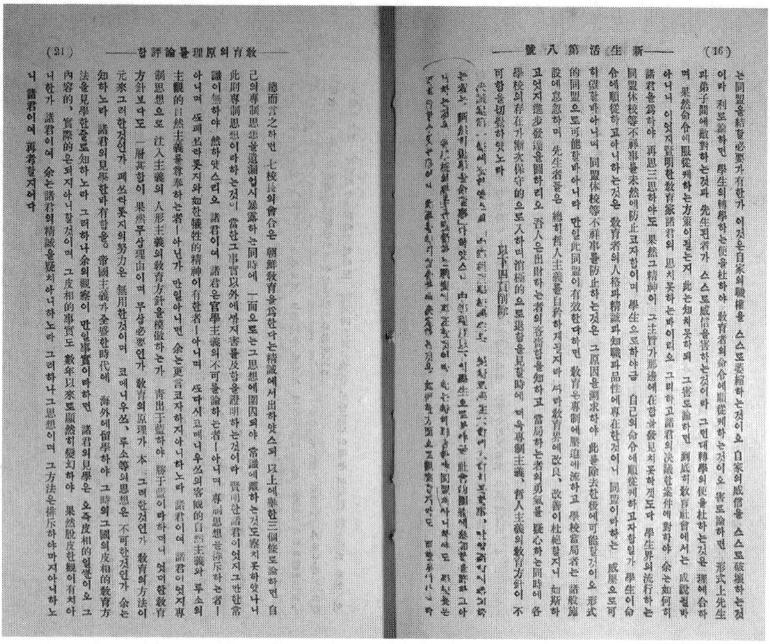

〈사진 2〉『신생활』 8호 검열본 16쪽. 김명식의 글의 마지막 4행을 연판에서 깎아 삭제지시를 이행했지만, 일부를 알아볼 수 있다.

에 있는 4행은 연판 깎기로 지우고 있다. 그런데 이 4행 192자 중에서 174자는 조금만 신경을 쓰면 읽어낼 수 있다.[22] 역시 검열우회 시도가 아니고서는 설명하기 어렵다.

---

22 이 부분을 필자 나름대로 재구한 결과는 다음과 같다.
"결의안 제1조에 ○하였으되 「중등정도 학교 학생은 절대로 000회에 입회치 못할 것, 만약 ○○○하는 자는 단연히 퇴학을 명할 것」이라 하였으니 중등 정도 이하의 학생으로 하여금 사회적 단체에 참가함을 허하고 아니하는 것은 각 학교의 학생을 감독하는 직권에 00할 것이라. 차(此)는 특히 연합하여 동맹치 아니○○도 학교장은 ○○명(命)할 수 있는 것이니 차(此) ○○ 특히 ○○○○결정하는 것은 여하한 방면으로 관찰할지라도 가한 일이 아니○"(000는 원문의 복자. ○○는 해독 불가). 물론 그 뒤로 이어지는 4페이지 분량의 삭제지시는 그대로 이행하면서 이 4행쯤을 읽을 수 있도록 한 것에 불과하지만, 의미 있는 검열우회 노력이다.

지금까지 잡지에서 보기를 들었지만 연판 깎기는 오히려 신문에서 더 일반적으로 사용하던 방식이었다. 신문은 속보성 때문에 공정을 늦추기 어려우니 교정쇄검열을 유지했고, 따라서 대부분의 삭제지시는 이미 인쇄를 시작한 뒤에 내려오게 되기 때문이다. 그래서 활자를 뒤집어놓거나 연판을 깎는 수밖에 없으니 그 흔적이 바로 '벽돌신문'이다. 그렇지만 삭제지시를 받은 뒤에도 그대로 인쇄하다가 나중에 납본할 몇 장만을 삭제해 발행하는 경우도 잦았다고 한다.[23]

삭제지시가 내려오기 이전에 이미 인쇄된 신문에 대해서는 어떻게 하는가. 조용만 등은 인쇄된 신문을 붓질로 지워야 했다고 회고하지만,[24] 실제로 그렇게 한 경우는 그리 많지 않았으리라고 본다. 그 근거는 크게 세 가지이다. 첫째, 앞서 살핀 증언대로 삭제지시를 받고도 묵살하는 경우가 많았다면 당연히 이미 인쇄된 신문에도 붓질할 이유가 없다. 둘째, 신문의 속보성과 정시성(定時性) 때문이다. 신문이란 전국 방방곡곡으로 매일 제 시간에 배달되어야 하니, 각 지방행 열차시각 등 운송 소요시간을 기준으로 역산하여 각 공정 별 마감시간을 정해놓고 있다. 그러니 그 많은 부수의 인쇄물에 일일이 붓질을 할 시간적 여유는 없었을 터이다. 셋째, 재인쇄에 드는 경비와도 관련 있다. 물론 붓질을 하지 않고 재인쇄를 한다면 적지 않은 돈이 들게 된다. 이래저래 신문이 삭제지시를 실제로 이행하는 것은 쉬운 일이 아니었으며, 검열당국에서도 웬만한 것은 실제로 삭제가 되지 않았더라도 묵인하는 경향이 있었던 듯하다. 정치적 저항이 아니라 경제논리에 의해 어쩔 수 없노라고 항변할 때, 문화정책을 내건 총독부로

---

23 츠네 미도리, 「朝鮮に於ける出版物の考察」, 『경무휘보』, 1930.9~10 참조.

24 조용만, 『30년대의 문화예술인들』, 범양사 출판부, 1988, 15쪽; 홍효민, 「한국문단측면사」, 김동인 외, 『한국문단이면사』, 깊은샘, 1983 참조.

서도 마냥 외면만 하기는 어려웠으리라는 점이다. 신문이 경제난에 의해 문을 닫게 된다거나, 또는 정상배달이 되지 못했을 때의 사회적 파장 등을 고려한다면 삭제 정도의 작은 사안을 어기는 일쯤은 묵인하고 넘어가는 쪽을 택했으리라는 추측이다.

요컨대 삭제지시는 법적 근거가 없는, 행정편의적 검열수단으로 검열의 수위를 많이 위반하지 않은 기사에 대한 비교적 가벼운 제재이므로,[25] 신문사에서 묵살하더라도 총독부는 엄격하게 제재하지 않았던 것이라고 본다. 물론 정도가 심한 경우는 압수(차압) 정간 폐간 등 좀더 무거운 처벌을 받게 된다. 삭제지시를 받는 빈도가 잦아질수록 더 무거운 행정 규제와 사법처리를 받게 될 가능성은 높아지므로, 신문사 쪽에서는 이런 식으로 삭제를 묵살하는 경우라도 심리적 압박은 적지 않게 받았을 터이다.

1920년대 후반 일제의 검열이 강화되기 전의 신문들은 삭제지시 중에서 일부는 활자 뒤집기나 연판 깎기 등을 통해 반영하고, 일부 사소한 것들은 대충 넘어가 버리는 식이었던 듯하다. 검열이행과 검열거부를 절충적으로 사용했던 것이다. 이 경우라면 복자는 눈에 띄지 않는, 그렇지만 실제로는 있었던 복자이다. 검열당국은 삭제지시를 내렸지만 실제로는 복자가 되지 아니한, 검열 당국 역시 그 사정을 짐작하면서도 눈감아준 복자이다. 삭제와 삭제 아닌 것 사이의 중간 어름에 놓인 이 복자들은 지금까지도 적지 않게 남아있다.[26]

---

25 경무국 도서과, 『조선출판경찰개요』, 조선총독부, 1939; 정진석, 『일제시대 민족지 압수기사 모음』 1권, LG상남언론재단, 1998 해제 참조.

26 문학 쪽에서는 『언문신문의 시가』(총독부 조사자료 20집, 1930)가 대표적인 보기이다. 이 책은 해방 뒤에 다음의 두 권의 책으로 다시 출판되었다. 「30년대 무명 저항시 89선집」, 『문학사상』, 1980.3; 단국대 출판부, 『빼앗긴 책—1930년대 무명 항일시선집』, 1981. 또한 삭제지시에도 불구하고 실제로는 삭제되지 않은 것들은 다음의 두 권의 책에 집중적으로 실려 있는데, 문학작품도 적지 않다(정진석, 앞의 책; 김근수, 『개벽 압수원본선집』, 영신아카데미, 1973).

(3) 붓질 방식

인쇄를 마친 뒤에 삭제지시를 받았을 경우라면, 원칙적으로는 지면에서 해당 부분을 찾아 일일이 붓질을 해야 한다. 신문에서는 이 같은 붓질이 실제로는 이뤄지지 않은 경우가 많았으리라는 점은 살펴본 바와 같거니와, 잡지의 경우는 신문보다 충실하게 붓질을 했던 것 같다. 특히 납본검열을 적용받은 신문지법잡지들은 대부분 붓질을 통해 삭제지시를 반영하였을 터이다.

붓질방식은 아무래도 사람의 손으로 하는 작업이므로, 기계적으로 삭제한 복자보다는 훨씬 가변성이 많다. 따라서 여러 판본에서 서로 달리 붓질된 부분들을 대조한다거나 하는 방식으로 복자를 복원해볼 수 있는 가능성이 높은 편이다. 따라서 복자복원을 시도한다면 이 유형의 복자를 우선적인 대상으로 삼아 마땅하다.

4) 복자 사용의 금지

지금까지 살핀 대로 복자를 통한 검열우회 시도는 다양한 단계에서 시도되었고 적지 않은 의사소통의 효과를 얻을 수 있었다. 하지만 한두 글자 차원의 삭제에나 적용될 수 있는 의사소통이었으니 제한적이었다. 문화통치기가 끝나고 검열이 엄격해지면서, 저자 역시 '선제적 복자'의 숫자를 늘려갈 수밖에 없었을 것이며, 그럴수록 문맥에 의한 해독가능성은 낮아지게 된다. 또한 1920년대 중반 이후 검열이 점차 엄격해지고 현시적 검열에서 은폐적 검열로 이행하면서 아예 복자 사용을 금지하기에 이른다.

당시의 검열지침에서 복자 금지는 현재로서는 두 가지가 확인된다. 첫째, 1930년의 「조선문 간행물 처분례」에서는, "복자 ○자 ×자를 사용했다 하여도 본 표준의 각 항에 해당한다고 인정되는 기사"는 금지한다고 명문화했다.[27] 물론 선제적 복자, 즉 저자 및 편집자의 복자를 겨냥한 것이다. 둘째, 1932년에는 검열로 삭제된 부분에 복자를 사용하지 말라는 지시가 있었음이 확인된다. 검열을 마친 원고의 맨 앞 쪽에 통과조건의 성격으로 명기되어 있다.[28] 검열 이후 인쇄단계에서의 복자를 불허한다는 뜻이다.

결국 이 두 규정은 모든 단계의 복자를 포괄적으로 금지하는 것이니, 복자를 통한 검열우회를 무산시키겠다는 의도였다. 이에 따라 인쇄단계의 복자 중에서 활자 대체는 사라질 수밖에 없었고, 붓질이나 연판 깎기에서 보이던 태업 역시 크게 제약되었을 터이다. 하지만 집필 및 편집단계의 복자만은 일부 살아남았다. 1930년과 1932년의 복자금지 조치 이후에도, 앞서 살핀 대로 김태준, 강경애가 집필단계 복자를 활용하였음은 그 단적인 증거이다. 인쇄단계의 복자는 검열지시에 대한 이행을 다루는 것이니 기계적인 단속이 가능했지만, 집필 및 편집단계의 복자는 문맥에 의존하는 것이고 검열 이전에 만들어지는 것인 만큼, 당분간은 완전히 금지되지 않았던 듯하다. 결국 1930년대 이후 검열우회 수단으로서의 복자는 전반

27 「조선문간행물행정처분례」(제18조), 경무국, 『朝鮮に於ける出版物概要』, 조선총독부, 1930(계훈모 편, 『한국언론연표(1881~1945)』, 관훈클럽 신영연구기금, 1979, 1293쪽에서 재인용). 한편 정근식은 이보다 조금 이른 1929년 6월에도 비슷한 규정이 있었음을 찾아냈다. 즉 『昭和4年朝鮮に於ける出版物概要』(조선총독부 경무국), 129쪽에는 "복자와 그림(圖畫)를 사용하더라도 이것이 본 표준의 각 항에 해당되는 것으로 인정되는 경우" 금지했다는 것이다(정근식, 「식민지검열과 "검열표준"－일본 및 대만과의 비교를 통하여」, 『대동문화연구』 79, 성균관대 대동문화연구원, 2012.9, 18쪽 참조).

28 "삭제된 부분에 복자, ○자 등을 사용하지 말 것. 삭제된 부분을 공란으로 두지 말 것, 삭제된 부분의 요지를 기록하지 말 것"(번역은 저자)의 3개항으로 되어 있다. 아마도 고무도장을 파놓고 찍은 듯하다(심훈기념사업회, 앞의 책, 1쪽). 지금까지 알려진 것 중에서는 최초이지만 워낙 이런 자료가 희소하니 이 조치가 1932년부터 시작되었다고 믿기는 어려우며, 대체로 위의 『昭和4年朝鮮に於ける出版物概要』 규정과 비슷한 시기 즉 1929년부터라고 보아야 할 듯하다.

적으로 위축되는 가운데 집필 및 편집단계의 것만이 산발적으로 살아남았던 셈이다.

하지만 검열당국이 복자를 금지한다는 일 자체가, 당시 문학을 통한 의사소통을 담당한 민간주체들이 복자를 적극적으로 활용하여 검열을 우회하는 현상이 있었음을 반증한다는 점만은 기억해둘 만하다. 특히 '××'의 형태로 텍스트에 나타나는, 주로 저작자와 편집자가 만든, 복자들을 주목할 가치가 있다. 물론 그 자체만으로는 아무 의미도 지니지 못하는 기호이다. 하지만 검열상황 속에 독자들이 이런 텍스트들을 자주 접하게 되면 '××'는 단순한 읽을 수 없음에 그치지 않고 훨씬 더 생산적인 의미를 지니게 된다. '××'란 뭔가 발화할 수는 없되 긍정적 가치를 지니는 것, 또는 긍정적 가치를 지니기에 발화할 수 없는 것의 상징으로서 당대에는 통용되었던 것이다. 긍정성이 금지의 표식과 동행했음은 한국 근대정신사의 비극이겠거니와, '××'는 그 핵심적 상징이라고 할 수 있다.

3. 나오며

복자는 전달을 차단하는 방식이지만 경우에 따라서는 매우 불완전하게만 차단되는 경우도 적지 않았다. 특히 저자가 만든 복자의 경우는 거의 완벽하게 의미를 전달하면서도 동시에 권력의 부당한 담론개입과 이를 회피하려는 노력을 시각적으로 확인하도록 만드는 부수적 효과까지 줄 수 있었다. 이 경우라면 복자는 검열권력의 의도와는 정반대의 효과를 불러오게 되는 것이다.

복자를 통한 의사소통의 가능성은 대체로 집필 및 편집단계의 복자가 인쇄단계의 복자보다 더 높을 것이지만 경우에 따라서 다르다. 즉 집필단계에서는 단어 바꾸기 및 대체기호 사용이 소통가능성이 높은 방식이며, 인쇄단계에서는 붓질하기와 연판 깎기 등이 그러하다. 이에 비해 활자 뒤집기, 인쇄단계의 활자 대체 등은 소통가능성이 매우 낮을 수밖에 없었다. 물론 개별 글의 성격과 시대상황에 따라 소통가능성은 달라지게 마련이기는 하다.

이렇게 다양한 방식의 복자를 통한 검열우회 시도는 저자, 인쇄자본, 독자라는 세 주체가 같은 목적과 의지를 지녔을 때 실제로 성공한다. 이 경우 검열권력은 사실상 자신의 실효적 권능을 적지않게 상실하게 된다. 이 장을 통해 식민지시기 복자에는 실제로 이런 경우가 적지 않음을 확인할 수 있었으니, 현시적 검열의 '부작용'이었던 셈이다.

덧붙이자면 이미 판매금지된 책자를 서점에서 몰래 판매하는 일도 적지 않았다. 당시 총독부는 "사흘이 멀다 하고 발매금지시킨 책명을 적은 유인물을 각 서점으로 배부하곤 하였"[29]다고 한다. 그렇지만 서점 주인들은 경제적 동기에서라도 판금서적을 파는 일에 나설 수밖에 없었다.[30] 물론 적발되면 벌금이나 징역형을 받게 되지만, 당장 생계를 위해서라도 그리했다는 것이다.

이들이 판금서적을 몰래 판매했던 일은 물론 주로 경제적 동기에서였겠다. 그러나 동기야 어쨌건 간에 당시 출판유통체계 속에서 검열우회의 한 중요한 구실을 맡았다. '판매금지 도서 목록이 바로 베스트셀러 목록'

29 이겸로, 『통문관 책방비화』, 민학회, 1986, 70쪽.
30 위의 책, 70~73쪽; 독립운동사 편찬위원회, 『독립운동사 자료집』 12, 독립유공자 사업기금 운용위원회, 1977, 1089~1097쪽 참조.

이라는 역설은 이미 식민지시기에도 존재했던 현실인 것이다. 지하출판이 아니라 자본주의적 출판유통의 '합법'공간을 빌려온다는 당대 문인들의 선택은 많은 한계를 지니지만, 동시에 이런 다양한 민간주체의 참여를 조직해내는 효과도 있었던 셈이다.

복자는 의미를 지우는 일이다. 그러나 언어가 불완전한 것이라면, 그래서 늘 현실적 맥락과의 조응을 통해서만 그 불완전성을 보완할 수 있다면, 언어를 통제하려는 검열권력의 시도 역시 불완전한 성과만을 거둘 수밖에 없었다. 언어는 삭제할 수 있지만 수용자들의 현실을 삭제할 수는 없었으므로.

그러니 민간주체들의 지배체제에 대한 동의가 확고하지 않은 한, 복자는 '지움'이 아니라 '비움'에 더 가까웠다. 복자를 적절히 사용한다면, 글자는 지워져도 의미는 사라지지 않는 경우가 적지 않았고, 독자들은 그 빈 곳을 채워 넣을 수 있었다. 오히려 독자들의 능동적인 독서를 유발하므로, 지움은 오히려 더 효율적인 드러냄일 수 있었다. 식민지시기 검열기구가 복자 자체를 금지하게 되는 사정은 바로 이러한 노력을 원천 차단하고자 하는 것이었지만, 여전히 김태준 강경애의 사례에서 보듯이 빈틈은 남아있었다.

하지만 만주침공 등을 계기로 총독부의 검열이 점차 강화되고, 또한 식민담론이 조선 내부에서 힘을 얻어감에 따라서 민간주체들의 검열우회 의지는 점차 약화되었다. 검열은 점점 효율화 되었으며, 1930년대 초반을 전환점으로 조선의 민간주체들은 저항담론의 담지자로서 성격이 약화되거나 심지어는 '국가'-자본검열의 소주체로 변신해갔다(3부 참조). 복자란 검열주체로서 총독부 기구의 담론금지와, 검열의 대상인 조선의 저작자, 인쇄자본, 독자들의 대응이 어떤 길항관계를 이루면서 변화해갔는가를 보여준다. 복자는 일종의 화석(化石)이다.

검열 복자의 복원 방법

1. 들어가며

검열 복자의 복원은 과연 어떤 방식으로 가능할 것인가. 그동안 복자복원은 개별 작가론이나 작품론에서 그 작가의 복자들을 문맥에 의해 추정해보는 정도에 그쳐 왔다. 문맥에 의한 추정은 비교적 쉽긴 하지만 객관적 증거를 제시할 수 없다. 하지만 복자 중에서 일부는 객관적인 방식에 의해 복원해낼 수 있다. 이 글에서는 복자 복원을 위한 객관적 방법들을 유형화하여 제시하고자 한다. 특히 과학적 복원방식은 아마 세계적으로 유례가 없는 시도였으리라 생각한다.

물론 복자 복원을 통해서 우리가 확인할 수 있는 최대한의 것은 검열에 의한 텍스트의 물리적 변화에 국한된다. 검열 이전에 작가가 미리 조정한 것들, 또는 작가 스스로도 의식하지 못할 만큼 내면화된 것들에 대해서는 알 수 없다. 그러나 검열연구가 충분히 진척된다면 이런 문제에 대하여도 진전된 이해에 도달할 수 있을 것이며, 복자 복원은 그 진전에 필수적인 작업 중 하나이다. 복원을 기다리는 복자들은 매우 많고 필자의 능력은 턱없이 부족하다. 복자 복원의 구체적인 방법들을 유형화하여 제시하는 것은 그런 까닭에서이다. 부족하나마 이 부분에 대한 필자의 경험과 생각을 널리 공유함으로써 협업할 수 있는 가능성을 확대했으면 한다.

2. 복자의 복원 방법과 사례

복자는 집필단계의 것, 편집단계의 것, 인쇄단계의 것으로 나눌 수 있다(5부 1장 참조). 이 세 유형 중에서 객관적 복원의 가능성이 가장 높은 것은 인쇄단계의 복자, 즉, 붓질 복자, 연판 깎이 복자, 따붙이기 복자[1]이다.

---

1 오자가 발견되었을 때 이를 바로잡은 별도의 인쇄물을 만들어 이를 오려 오자 위에 덮어 씌워 교정하는 방식을 인쇄업계에서는 '따 붙인다'고 표현한다. 교정된 인쇄물을 칼로 잘라서('따서') 붙인다는 뜻이다. 이 용법을 차용하여 '따붙이기 복자'라고 부르고자 한다. 예컨대 『개벽』 9호 64쪽 · 25호 59쪽에서 발견된다. 뒷면을 밝은 불에 비춰보면 어렵지 않게 원래의 글자를 확인할 수 있으니, 더 많은 보기를 찾아내고 원래의 글자를 해독해야 검열과의 관련성을 판단할 수 있을 것이다. 붓질을 하지 않고 굳이 손이 더 가는 따붙이기를 선택한 이유 역시 불명확하다. 단, 삭제가 아닌 수정지시를 받았을 경우, 또는 표현의 수위를 다소 조정해서라도 그 부분을 꼭 활자화하고 싶어서 재검열을 받아 고쳤을 경우 등을 상정할 수 있다. 따붙이기 복자는 동국대 이종호 박사가 발견했다(그의 용어로는 '종이 덧붙이기'. 이종호, 「『개벽』의 원본 분석을 통한 1920년대 검열 제도 연구」, 동국대 석사논문, 2005, 각주24 참조). 책을 눈으로만 읽지 않고 손으로 쓰다듬어 본 뒤에 읽는 그의 독특한 버릇 덕분에 이 유형의 복자를 발견한 것이다. 물론 영인본만 보아서는 따붙이기 복자를 확인할 수 없다.

기계적인 것이 아니라 인간의 손으로 덧칠하거나 덧붙인 것이기 때문에 아무래도 완벽하게 지우기 어려우며, 원래의 글자가 어떤 형태로건 남아 있는 유형이기 때문이다. 앞서 살핀 대로 연판 깎이 복자와 따붙이기 복자는 과학전문가의 도움을 받건 안 받건 별 차이가 없지만, 붓질복자는 과학전문가의 도움을 받으면 훨씬 정확한 복원이 가능하다. 붓질복자의 복원에 대해서는 뒤(2-(2)-③)에 자세히 살피기로 한다.

1) 복자 복원의 다섯 가지 방식

복자를 복원하는 방식은 문맥에 의한 방식, 검열본 원고에 의한 방식, 교정쇄(또는 납본) 검열본에 의한 방식, 판본 대조에 의한 방식, 과학적 재처리 방식(이하 '과학적 방식') 등 다섯 가지로 나눠볼 수 있다. 차례로 살펴보자.

(1) 문맥에 의한 방식

문맥에 의한 방식은 주로 한두 단어에 그치는 복자의 경우에 적용할 수 있는 복원방식이다. 예컨대 식민지시기 작품에서 한 글자의 복자는 놈, 적(敵), 왜(倭), 당(黨) 등이고 두 글자의 복자는 계급, 투쟁, 민족, 혁명, 조국, 해방 등이 가장 많은 빈도수를 차지할 터이다. 이 방식은 지금까지 복자복원을 위해 널리 사용하던 것으로 비교적 쉽게 원래의 글자를 추정할 수 있는 데다가 거의 모든 유형의 복자에 적용 가능하다는 장점이 있다. 하지만, 음절이 많아질수록 정확도가 떨어지게 마련이고, 객관적 증거를 제시할 수 없으므로 원본확정을 하기는 불가능하다. 요컨대 추정의 차원에 머물 뿐, 확증은 불가능하다.

(2) 검열본 원고에 의한 방식

원고검열제를 적용받았던 단행본이나 출판법잡지는 검열당국에 2부의 원고를 제출해야 했는데 당국은 검열을 마친 뒤에 한 부는 보관하고 한 부는 되돌려준다. 검열당국의 보관본은 나중에 출판된 책이 검열결과를 충실히 반영했는가를 납본검열 때 점검하기 위한 것이었으며, 영구보존 문서는 아니었을 터이니 검열본원고가 남아있기를 기대하기는 어렵다. 저자는 되돌려 받은 검열본원고대로 인쇄를 하여 납본검열에 제출하게 되니, 이것이 그나마 현전 가능성이 높지만 실상은 그렇지 못하다. 그 원고를 이용해서 출판을 하게 되면, 활판인쇄 과정에서 원고를 이리저리 찢게 되기 때문이다(5부 1장 참조). 따라서 실제로 출판된 작품들은 거의 예외 없이 육필원고가 없어지게 마련이니, 검열의 흔적 또한 추적할 수 없다.

물론 몇몇 검열본 원고가 남아있으니(1부 2장 참조), 이 경우는 쉽게 복자를 복원할 수 있다. 또한 이렇게 객관적인 자료가 있는 것들부터 연구를 축적해가야 한다. 하지만, 검열본 육필원고가 남아있는 몇몇 경우조차 본격적인 연구는 아직 나오지 않았다.

(3) 교정쇄(또는 납본) 검열본에 의한 방식

검열당국은 육필원고뿐만 아니라 납본 또는 교정쇄로도 검열을 행하였으므로, 검열흔적이 남아있는 납본이나 교정쇄를 찾아내면 복자를 복원할 수 있다(2부 3장 참조). 검열흔적이 있는 자료인데다가 육필원고보다 훨씬 많이 보존되어 있으므로 중요한 자료이다. 단지 납본검열본은, 신문지법 잡지를 제외하고는, 원고검열을 거친 경우이므로 두 번째 검열의 흔적만이 있을 뿐임을 주의해야 한다. 또한 교정쇄검열본은 해당 판본이 교정쇄검열을 받은 것인지 꼼꼼히 확증해야 하며, 납본검열을 통해 추가 검열되었을 가능성을 염두에 두어야 한다.

이 자료들을 실제로 시중에 유통된 판본과 대조한다면, 실제로 검열 지시대로 삭제된 것인지를 확증할 수 있으니, 검열 복자임을 확증하고 복원할 수 있게 된다. 설혹 검열본 납본이나 교정쇄만이 남아있어 시중유통본과 대조할 수 없는 경우라 하더라도, 적어도 검열당국에서는 삭제를 지시했음을 확증할 수는 있으며, 또한 실제로 그 검열지시에 따라 복자가 되어 시중에 유통되었을 것으로 추정해도 별 무리는 없다.

(4) 판본 대조에 의한 방식

검열흔적이 있는 육필원고나 교정쇄, 납본 등의 직접적 증거가 없는 경우에는 판본 대조 방식을 활용할 수 있다. 여러 판본을 가능한대로 모두 구해서 대조하면서 복자를 복원해내는 작업이다. 이 방식은, 삭제지시 불이행의 경우(제도적 요인), 법역(法域)이 다른 경우(공간적 요인), 출판 시기가 다른 경우(시간적 요인), 서로 삭제결과가 다른 경우(인간적 요인) 등 네 가지로 나누어 생각할 수 있다. 첫 번째 경우는 삭제지시와 인쇄 결과를 비교하는 방식이며, 다른 세 경우는 인쇄된 판본들을 대조하는 방식이다. 각각에 대해 간략하게 살펴보기로 하자.

먼저 삭제지시 불이행의 경우. 총독부에서는 조선의 담론상황들을 정리하여 통치에 참고하기 위해서 '불온'하다고 판단한 각종 문서들을 대상으로 다양한 분석자료를 출판했다. 이 자료집에서는 삭제지시를 내린 것으로 되어 있지만 실제로는 삭제하지 않은 채로 시중에 유포되거나 신문사 등에 보관되어 있던 판본이 적지 않다.[2] 따라서 검열당국이 삭제 지시

2 물론 '불온'의 정도가 심한 것은 바로 차압 등 좀더 강력한 제재를 가하며, 삭제지시는 행정적 지침에 불과하므로 이런 정도의 위반은 눈감아 주어도 된다고 판단한 듯하다. 따라서 제

를 내린 문건들을 토대로, 실제 출판물에서 그 지시가 이행되지 아니한 부분을 찾아내면 그 부분에 대한 복원은 가능하다. 삭제지시가 실제로 이행되지 아니한 분량은 생각보다 많은 편이다. 정진석의 노작 『일제시대 압수기사모음』(LG상남언론재단, 1998)은 이런 과정을 통해서 삭제된 것들을 복원해낸 대표적인 작업이다.[3] 문학작품도 적지 않지만, 막상 그에 대한 연구는 거의 없다.

다음으로 공간적 요인. 법역이 다른 곳에서는 검열기준이 달랐기 때문에 복자도 달라졌다. 따라서 동일한 출판물이 다른 법역에서 어떻게 다른 삭제결과로 나타나는가를 대조하는 일을 통해서 복자를 복원해낼 수 있게 된다. 예컨대 조선과는 법역이 다른 일본, 만주 등에서 출판된 것들과의 대조를 통해 복원할 수 있는 것이 있다. 뒤에 자세히 살필 『조선의 언론과 세상』 역시 한국과 일본에 남아있는 판본은 서로 삭제한 곳이 달랐다. 대체로 조선의 검열이 일본이나 만주보다 더 엄격했으므로, 해외 판본들을 통해 국내의 복자를 복원할 수 있는 경우가 많다.

세 번째, 시간적 요인. 검열기준이 시간의 경과에 따라서 변화했으므로 복자도 바뀌었다. 정치사회적 분위기의 변화에 따라서 삭제했던 것을 완화하기도 했지만, 훨씬 더 많은 경우는 그냥 두었던 것을 추가로 검열하여 삭제했으므로, 대체로 일찍 나온 것을 통해 뒤에 나온 판본의 복자를 해독할 수 있다. 예컨대 단행본의 경우 재판이나 3판에 복자로 되어 있더라도 초판에는 제대로 활자화되어 있을 수 있다. 또한 신문의 경우는 조간이냐 석간이냐, 지방판이냐 서울판이냐에 따라 조금씩 내용이 다른 경우도 있

도적 요인에 의한 것이라고 판단한다.

3 정진석의 작업은 송두리째 삭제된 것을 대상으로 복원해낸 것이 대부분이므로 복자 복원이라기에는 그 분량이 매우 큰 편이다. 하지만 복원의 메커니즘은 마찬가지이다.

다. 먼저 인쇄해서 발송한 지방판에서는 멀쩡하던 것이, 몇 시간 뒤에 인쇄한 서울판에서는 사라지기도 한다.[4] 잡지의 경우는 조금 다른데, 검열 기준이 바뀌어서라기보다는 본호의 압수 삭제에 따라 호외를 내게 되므로, 본호와 호외를 대조하는 작업이 필요하다. 최수일은 이런 작업을 통해 『개벽』 삭제기사 149개를 찾아냈다.[5] 특히 한국의 장편소설 중에는 신문이나 잡지에 연재된 뒤에 단행본으로 나온 경우가 많은 바, 석간과 조간, 잡지 초판과 호외, 단행본 초판과 재판들을 모두 대조하는 작업이 필요하다. 단지 복자 복원에만 그치는 것이 아니라, 정치적 상황의 변화에 따라서 검열과 텍스트가 어떻게 변화했는지를 실증적으로 점검해볼 수 있게 된다.

마지막으로 법역과 시기가 같은 출판물이라도 인간적 요인에 의해 복자가 달라지기도 했다. 이 글의 주제와 관련지어 말한다면 붓질 복자의 경우가 대표적이다.[6] 다음 절에서 자세히 살피기로 한다.

판본대조는 발품을 열심히 팔면 성과를 기대할 수 있다. 하지만 남아 있는 판본 자체가 얼마 되지 않으므로 복본이나 중판본 또한 흔치 않다는 점, 또한 여러 군데에 소장된 귀중본을 열람하기가 만만치 않다는 점 등이 한계이다. 이 방식에 의한 복자복원이 거의 없는 까닭 역시 이런 현실적인 제한 때문이기도 할 터이다. 그러나 신문연재본과 단행본의 대조처럼, 아직도 자료가 상당수 남아 있는 영역에서도 이런 작업은 부진하니 큰 문제이다. 판본 대조란 물론 매우 지루한 작업이지만 그것을 생략한다면 제대로

4 실제로 강경애의 『인간문제』 연재 106호의 경우, 『동아일보』 석간에서는 검열로 인해 삭제되었지만 조간판에는 남아있었다. 심진경은 「강경애 장편소설 연구」(서강대 석사논문, 1993)에서 이를 찾아내어 복원한 바 있다.

5 최수일, 『『개벽』 연구』, 소명출판, 2008, 45~48쪽.

6 인간적 요인에 의해 삭제지시가 불충실하게 이행되는 사례는 이밖에도 여러 유형에서 찾아볼 수 있다(4부 1장 참조).

연구할 수 없음도 분명하다. 그럼에도 원본확정의 감각이 부족한 데에는, 다른 여러 요인과 함께, 논문의 양산을 요구하는 '학진 체제' 탓도 크다.

(5) 과학적 방식

이 방식은 주로 붓질복자(인쇄된 이후 먹으로 붓질을 하여 만들어진 복자)에 적용할 수 있다. 과학적 확증을 얻을 수 있다는 것이 무엇보다도 큰 장점이지만, 붓질이 짙은 경우는 아직 해독률이 만족스럽지 못하므로 더 발전시켜야 한다. 또한 현전하는 붓질복자의 수량이 그다지 많지 않으므로 적용범위가 넓지 못하다는 점도 한계이다. 필자는 과학적 방식으로 복자를 복원할 수 있는 가능성을 시험하고자 국립과학수사연구소에 의뢰하여 적지 않은 성과를 거두었다. 이에 대해서는 다음 절에 자세히 적는다.

(6) 소결

이같이 다양한 방식으로 복자 복원이 가능한 것은 주로 복자의 발생과정이 복잡했기(즉 검열이 여러 번 실시되었기) 때문이다. 즉 원고 검열(또는 교정쇄 검열), 납본 검열로 2중의 제재장치를 마련했으며, 재판(再版)을 낼 적에도 동일한 절차를 밟아 검열을 하였고, 재판 발행 등 출판적 계기가 없더라도 정치적 상황에 따라서 수시로 판매금지를 내리곤 했으므로 그때마다 복자가 발생할 수밖에 없었던 것이다. 또한 법역의 차이에 따라서도 검열의 기준과 실제는 달라졌다. 이렇게 여러 단계에 걸쳐 검열하고, 한번 검열이 끝났다 해도 수시로 검열한 것은 물론 철저한 통제를 위함이다.

하지만 아이러니컬하게도 이런 복잡한 체계 덕분에 복자를 복원할 가능성도 얻게 된다. 예컨대 끝없이 변화하는 검열기준 덕분에 우리는 어떤 작품의 어떤 표현이 언제는 통과되었다가 언제는 삭제지시를 받는가를 추적할 수 있다. 또한 법역이나 매체나 위반사안의 경중 등에 따라서 검열 결과가 달라진 덕분에, 그 편차를 이용한 복자 복원도 시도할 수 있다.

위에서 필자는 복자복원의 다섯 가지 방식을 제시했다. 뒤에 자세히 보겠지만 이런 방식들은 각각 독립적으로도 사용할 수 있으며, 몇 가지를 조합하여 사용한다면 복원의 효과는 더 향상될 수 있을 것이다. 또한 이렇게 객관적으로 복원 가능한 것들을 가능한 대로 많이 모아두고, 거기에 검열 당국에서 마련한 다양한 검열기준들을 겹쳐 놓고 살핀다면 복자 형성 및 복원의 일반적 문법을 추출할 수 있을 것이다.

2) '붓질복자'와 그 복원

(1) 붓질복자의 발생

붓질복자는 앞서 잠깐 살폈듯이 인쇄를 마친 뒤에 삭제지시를 받은 경우에 발생한다. 원칙적으로는 재인쇄를 하거나 지면에서 해당 부분을 찾아 일일이 고쳐야 한다. 그러나 재인쇄는 경비가 많이 드니 회피하고 싶은 선택이었으며, 전체 압수나 이에 준하는 분량의 삭제를 받았을 경우에만 그렇게 했다(호외 등). 따라서 붓질하는 경우가 대부분이었다. 신문에서는 붓질(또는 연판 깎기)이 실제로는 이뤄지지 않은 경우가 많았으리라는 점은 살펴본 바와 같거니와, 잡지들은 신문보다 충실하게 붓질을 했던 것 같다.

상식적으로라면 출판법잡지들은 붓질복자가 적고 신문지법잡지들에는 붓질복자가 비교적 많을 것이라 추정할 수 있다. 원칙적으로 납본검열을 적용 받은 신문지법잡지들은 원고검열에서 걸러내는 과정이 없는 데 비해, 출판법잡지들의 경우 원고검열을 통과한 뒤에 납본검열을 받기 때문이다. 그러나 신문지법잡지들이 미리 교정쇄검열을 받기도 했음을 염두에 넣으면(2부 3장 참조) 꼭 그렇지는 않을 수 있다.

(2) 붓질 복자의 복원 가능성

붓질복자는, 복원 가능성이 비교적 높다. 이미 인쇄가 끝난 상태에서 붓질을 하게 되므로, 이런저런 이유로 인해 붓질이 없는 인쇄물이 유통될 가능성이 항상 존재하는 것이다. 그 까닭을 유형화해서 살피면 다음의 몇 가지가 된다.

① 붓질 없이 유통시킨 경우

『개벽』의 경우는 검열 결과가 나오기 전에 잡지를 외부로 발송하는 일이 잦았다고 한다. 이상화의 「빼앗긴 들에도 봄은 오는가」 등 삭제지시를 받은 작품들을 오늘날 손상 없이 읽을 수 있게 되는 것은 이런 검열우회 노력 덕분이다(3부 2장 참조). 이런 방식으로 널리 유포된 작품들의 경우는, 그것이 검열로 삭제되었어야 했던 텍스트라는 사실을 인식하기 어렵다. 따라서 복자 복원이 문제라기보다는, 기실은 복자였음을 확인하는 작업이 필요하다. 100년 전 사람들의 노력에 의해 이미 복원은 되어 있는 셈이니, 우리는 그것이 복자로 처리했어야 했던 작품임을 인식하는 일만 하면 된다. 이런 유형의 텍스트를 조사, 정리하는 작업이 시급하다.

② 실수로 붓질이 되지 않은 경우

『개벽』의 경우가 적극적으로 검열을 회피하고자 하는 노력의 소산이라면, 우연히 붓질 없는 인쇄물이 남게 되는 경우도 있다. 사람의 손으로 하는 일이니까 아무래도 실수가 있을 수 있게 된다. 엉뚱한 곳에 붓질을 할 수도 있고, 붓질이 엉성해서 활자의 일부가 보일 수도 있으며, 더러는 붓질해야 할 곳을 놓치는 경우도 있다.

예컨대 총독부가 조선통치에 참고로 삼기 위해 조사자료 21집으로 펴낸 『조선의 언론과 세상』[7]은 1927년 초판의 경우는 붓질을 3~4군데 했고, 압수된 기사임을 표시하는 푸른색 '압(押)'자 도장이 40여 곳에 찍혀 있다.[8] 이 책의 초판본은 현재 국내에 두 권이 남아 있는 듯하다.[9] 동국대 도서관과 서울대 도서관. 이 두 책은 같은 초판이지만 붓질은 다소 다르다. 동국대 소장본에는 붓질이 세 군데인데 비해 서울대 소장본은 네 군데이다. '간(肝)을 빼어 먹는 사람 등'이라는 제하의 기사는 동국대본에는 '압'자가 찍혔지만 붓질은 없는데, 서울대본은 '압'자가 없는 대신 글의 출처를

---

7 조선총독부, 『조선의 언론과 세상』(조사자료21집), 조선총독부 관방문서과, 1927.

8 『조선의 언론과 세상』은 서문에서 밝히고 있는 대로 "신문 잡지나 기타 인쇄물에 실린 (…중략…) 현실생활에 직면한" 문건들을 유형화하고 예시하여 "조선의 실상을 이해하는 참고자료"로 삼기 위해 관방문서과 조사계에서 펴낸 것이었다. 검열 주무부서인 도서과의 협조를 받았을 것이며, 책의 성격상 시중에 판매하지는 않고 각급 행정관서에 보급하면서 일부를 도서관에 보관용으로 배부했을 터이다. 그럼에도 출판 이후에 여러 문제점을 발견하게 되자 사후에 따로 공문을 내어 각급 도서관에 붓질로 삭제하고 '압'자 도장을 찍도록 지시를 내린 것이다. 구체적으로 무슨 문제가 있었을까. 이 책은 "조선인이 조선문으로 발표하거나 발표하려고 했던 것을 수집"한 것이지만, 책의 체재는 '발표한 것'과 '발표하려고 했던 것'(즉 압수된 것)을 구분하지 않고 있다. 따라서 이 책을 받아본 일선 기관에서는 구체적으로 어떤 기사가 압수된 것인지를 확인하고 싶었을 터이고 그 요구를 반영하여 추후에 공문을 보내서 '압'자 도장을 찍도록 하였을 것이라 추정한다.
또한 아예 붓질로 삭제하도록 한 것은 세 곳인데, 필자의 주소와 인명을 적시한 부분이 2곳이고 삭제 이유를 밝히는 내용이 1곳이다. 다른 부분에서도 필명은 그대로 살아 있지만, 주소와 함께 병기한 곳은 이곳들뿐이다. 왜 주소와 함께 들어간 인명은 삭제했을까에 대해서는 필자로서는 아직 설명하기 어렵다. 출판 이전에 이런 문제들을 충분히 검토하지 못하고 이토록 번거로운 일이 벌어지게 된 것은 기관 사이에 협조체계가 사전에 제대로 작동하지 않은 결과였겠지만, 총독부 자체 출판물에 대해서까지 이렇게 철저하게 사후관리를 했음은 시사적이다. 즉 식민지시기 검열이 단지 사전통제에만 집중된 것이 아니라 사후통제에도 소홀하지 않았다는 증거가 되는 것이다.

9 국내도서관에 대한 인터넷 검색 결과에 따르면 2권뿐이다. 하지만 아직 목록화와 전산화가 이뤄지지 않은 곳에 소장되어 있을 가능성은 물론 있다.

밝힌 서지사항에 붓질만 되어 있는 것이다.[10] 따라서 서울대 소장본에서 볼 수 없는 한 군데의 글씨를 동국대 소장본에서는 아무 어려움이 없이 읽어 낼 수 있다.

같은 삭제지시를 이행하면서 이런 차이가 발생한 까닭은 아마도 착오 때문일 것이다. 따라서 동국대 소장본이 복자를 복원할 실마리를 주는 것인지, 아니면 서울대본이 그저 실수로 붓질을 한 번 더 한 것에 불과한 것인지 불명확하다. 이 경우 문맥을 참조해야 할 것이다. 즉 동국대본과 서울대본에 공통되게 발견되는 세 군데의 붓질은 일단 검열지침대로 수행한 것이라고 간주할 수 있으므로, 그 붓질된 내용을, 문제가 되는 다른 한 곳의 내용과 비교해야 하는 것이다. 이를 위해서는 붓질로 삭제한 세 곳이 원래 무슨 글자였는지를 알아야 한다. 그러므로 다른 판본을 더 구해서 대조 확인할 필요가 생긴다. 해외의 판본들이 도움이 된다.

③ 법역이 다르기 때문에 붓질이 없는 경우

『조선의 언론과 세상』은 해방 뒤 일본에서 영인 출판되었다.[11] 그런데 이 영인본에는 붓질이 전혀 없다.[12] 따라서 동국대본과 서울대본에 공통

---

10 먹칠된 부분은 "『신인간』 제2권 제6호, 소화2년 6일 경성 이학인"(조선총독부, 앞의 책, 254쪽)이다.

11 『朝鮮の言論と世相』, 소화2년 10월 5일(1쇄) · 소화44년 7월 20일(2쇄), 소화47년 2월 15일(3쇄), 정가 2,000엔, 편집 : 조선총독부, 발행자 : 西塚定雄, 발행소 : 千代田區神田神保町 2-2 (有)巖南堂書店, 인쇄소 : (株)山西印刷.

12 일본 영인본에 붓질이나 압수 도장이 없음은, 그 영인본의 원본이 된 (아마도 일본에 소장되어 있을) 어떤 책에는 붓질이 없었다는 뜻이다. 필자는 이를 확인하기 위해 노력했지만 암남당서점에서는 너무 오래전의 일이어서 구체적으로 알지 못한다고 답변해왔다. 일본의 다른 판본을 추적한 결과 나고야 현립 도서관 등 여러 곳에 초판본이 남아있음을 확인하였다. 총독부의 공식문서로 발간된 책이니만큼, 행정체계에 따라서 일본의 국공립 도서관에까지 배포된 것으로 추정된다. 이 판본들 역시 붓질도 '압'자도 전혀 없었다. 어째서 조선의 초판본들은 모두 붓질과 압수 도장이 있는데 일본 초판본은 깨끗한 것일까. 아직 불명확하지만, 법역이 다르기 때문이라 추정할 수 있다.

된 세 곳의 붓질 복자를 복원할 수 있게 된다. 그 내용은 구체적인 글쓴이의 주소 및 필명이 2곳, 나머지 1곳은 검열 삭제 사유였다.

동국대본에는 살아 있고, 서울대본에는 붓질로 삭제한 문제의 부분은 글쓴이의 주소 및 인명이었다. 따라서 이 부분은 삭제지시가 있었던 것으로 보아야 할 것이다. 우연한 실수가 이토록 공교롭기는 어려울 것이기 때문이다.[13] 이 부분은 동국대 도서관의 사서가 아마도 착각 때문에 지우지 않은 것으로 추정할 수 있게 된다. 국내외의 판본대조 작업은 이처럼 붓질복자를 복원하는 유력한 수단임은 물론이고, 또한 텍스트가 검열에 의해 바뀌었을 가능성을 점검하는 유력한 방식이다. 지금은 일일이 사람의 육안을 거쳐야 하지만, 컴퓨터를 통한 문자인식 및 대조 프로그램의 정확도가 향상된다면 광범위한 자료를 대상으로 시도해볼 가치가 있겠다.

④ 엉성하게 붓질한 경우

붓질을 엉성하게 하였기 때문에 일부를 알아볼 수 있는 경우도 있다. 아무래도 사람의 손으로 붓질하여 지우는 과정에서 그 먹칠자국이 서로 다를 수밖에 없다. 더욱이 지루한 반복노동이고 동의할 수 없는 노동이기 때문에 먹칠하는 손은 동요한다. 이 노동자의 심리적 동요에 기대어 복원 가능성을 찾을 수 있는 방식이다. 대표적 보기는 강경애의 「소금」에 남아 있는 붓질이다. 『신가정』 1934년 10월호에 실린 이 작품은 10행 정도를 붓으로 먹칠했다. 그러나 그 중에서 40자는 붓질 사이로 알아볼 수 있으며, 『강경애전집』의 편자 이상경은 실제로 이 40자를 복원했다[14]. 약 500

13 만일 실수가 생긴다면 바로 317 · 318쪽에 잇달아 붓질을 하도록 되어 있는 부분에서 생기는 것이 더 자연스러울 것이지만, 이곳의 붓질은 동국대본과 서울대본이 일치한다.
14 이상경 편, 『강경애 전집』, 소명출판, 1999, 537쪽.

자 정도 되는 삭제지시 중에서 40자에 불과하지만, 결코 작다고만 할 수도 없는 규모이다.

특히 『조선의 언론과 세상』의 (아마도 총독부 관료가 했을)붓질이 매우 치밀해서 한 글자도 보이지 않는 것과는 매우 대조적이다. 이렇게 무성의한 「소금」의 붓질은 아마도 검열지시에 대한 '태업'적 성격을 띤 것이었으리라고 추정한다. 붓질을 다소 허술하게 하더라도 검열당국에서 일일이 검증하기는 거의 불가능하다는 점, 혹시 발각되더라도 손으로 하는 작업이니 부정확성이 있을 수밖에 없다는 식으로 변명할 수 있다는 점 등도 종합적으로 고려한 추정이다.

⑤ 붓질이 있지만 과학적 분석이 가능한 경우

지시대로 충실하게 먹칠이 된다 하더라도, 물리적인 이유 때문에 복원 가능성은 있다. 필자는 국립과학수사연구소(이하 국과수)의 도움을 받아 복원을 시도하여 거의 완벽하게 성공했다. 자세히 이야기해야 할 필요가 있으므로 절을 달리해서 살핀다.

(3) 붓질복자의 과학적 복원

2004년 필자는 붓질복자 3군데가 있는 『조선의 언론과 세상』(동국대본)을 국과수에 복원 의뢰하였다. 이 복자를 표본으로 확정한 까닭은 다음과 같은 몇 가지이다. 첫째, 판본비교에 의해서 붓질 전의 글자를 정확하게 아는 상태이니 국과수 복원의 정확성 여부를 검증할 수 있다. 둘째, 먹칠의 짙고 옅음이 골고루 분포되어 있어서 대표성도 있다. 셋째, 먹칠된 글자가 대부분 주소라든가 널리 알려지지 않은 사람의 이름이므로, 문맥에 거의 의존하지 않고 과학적인 판단에만 의존하는 해독의 정확성을 가름할 수 있

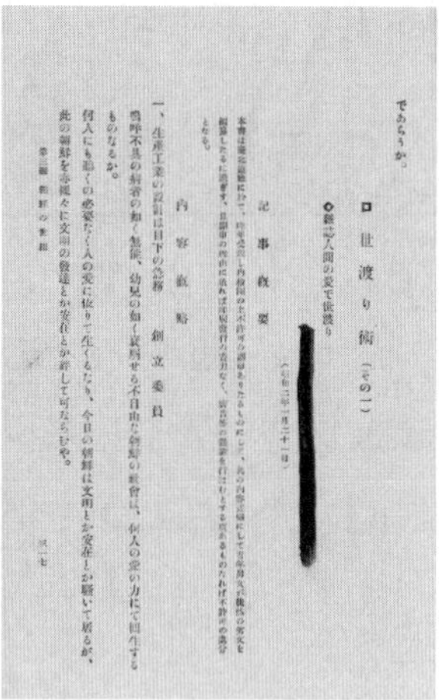

であらうか。

□世渡り術（その一）

◇新[illegible]人間の愛で世渡り

[redacted]

（昭和二年一月二十一日）

記事[illegible]要

[illegible]

内容概略

一、生産工業の設計は目下の急務　創立委員

嗚呼不具の病者の如く無能、幼兒の如く衰弱せる不自由な朝鮮の社會は、何人の愛の力にて回生するものなるか。

何人にも[illegible]の必要なく人の愛に依りて生くるなり、今日の朝鮮は文明とか安在とか騒いで居るが、此の朝鮮を[illegible]に文明の發達とか安在とか許して可ならむや。

第三編　朝鮮の事相　三一七

〈사진 3〉『조선의 언론과 세상』 317쪽의 먹칠부분

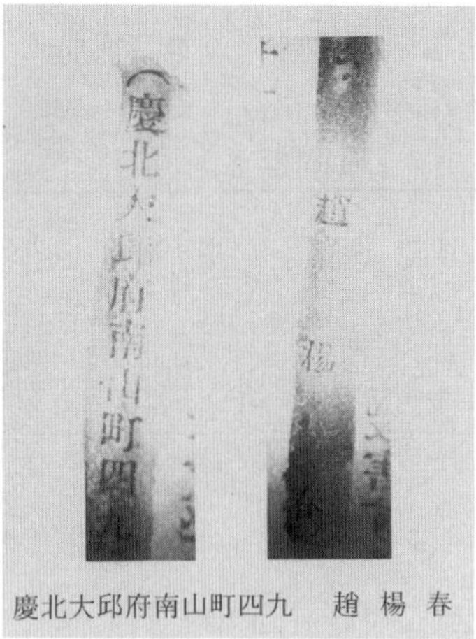

〈사진 4〉 317쪽 먹칠부분의 국과수 해독본

다. 이밖에도 현실적인 이유로는, 붓질된 식민시대 자료가 귀중본이어서 관외대출이 어려운바, 이 자료는 필자가 재직 중인 동국대 도서관에서 소장한 것이므로 대출이 비교적 쉬웠다는 점, 또한 공식적 자료감정 요청이 아니라 개인적 인연에 의해 부탁해야 하는 상황에서 너무 많은 샘플을 의뢰할 수 없다는 제한 역시 고려할 수밖에 없었다.

2004년 2월 12일 국과수를 방문하여 의뢰하였고, 11일 뒤인 2월 23일에 역시 국과수를 방문하여 결과를 통보 받았다. 그 결과 세 곳에 대해 다음과 같은 해독결과를 보였다. 먼저 317쪽.

> 국과수 해독 결과=慶北大邱府南山町四九 趙 楊 春
>
> 일본 판본에 인쇄된 글자=慶北大邱府南山町四九 趙 楊 春

13자를 모두 정확하게 해독하였으므로 해독률(국과수에서 맞건 틀리건 해독결과를 제시한 비율), 정확도(국과수 해독 결과가 원본과 일치하는 비율), 해독성공률(전체 먹칠된 글자에서 정확하게 해독해낸 비율) 모두 100%였다. 먹칠이 다소 약하게 된 부분의 경우 과학적 방식에 의해 완전히 해독할 수 있음을 확증할 수 있었다. 다음 318쪽.

> 국과수 해독결과=東(또는 朿)成 三河(?)洞(?) 一三五 鄭𡍼
>
> (…1행은 해독 불가…)
>
> 일본 판본에 인쇄된 글자=京城府 三淸洞一三五 鄭𡍼
>
> 茶屋町九八 李覺鍾[15]

총 20자 중 11자를 해독했으므로 해독률은 55%였다. 그 11자 중에서 8자만 정확하므로 정확도는 73%였다. 전체 복자 중에서 정확하게 해독해낸 해독성공률은 40%였다. 주소나 인명이었으므로 문맥에 의한 복원을 보충적으로 시행할 여지는 없었다. 마지막으로 393쪽.

> 국과수 해독결과=右內鮮○和お坊○する小(또는 は) 託(또는 證)○言(?)す
>
> 일본 판본에 인쇄된 글자=右內鮮融和お 坊害する 小說と 認め 削除す

---

15 이각종은 잡지 『신민』의 발행인이었으며 단행본 『장릉사보(莊陵史補)』가 문제가 되었다. 『장릉사보』란 단종의 억울한 죽음과 복권을 다룬 책이라고 『조선의 언론과 세상』은 소개하고 있다. 그런데 319쪽에 짤막하게 부기된 검열당국의 유의사항을 주목할 만하다. 이각종이 이런 책을 펴낸 속셈은 '충신열사의 자손을 가장하여 무리하게 큰 돈을 갈취하고자 하는 데 있으며, 사회에 폐해와 분쟁을 일으킬 우려가 많다'고 지적하고 있는 것이다. 조선민중의 폭넓은 심정적 동정과 지지를 받고 있던 단종이라는 인물을 둘러싸고 이를 식민통치에 유비시키려는 이각종의 의도와 그것을 금전편취로 몰아가려는 총독부의 의도가 맞서있는 형국이다. 봉건적 관념을 동원해서라도 민중적 반제 감정을 자극하고자 하는 시도와 근대/자본주의적 가치관에 의해 이를 억압하려는 시도의 충돌이라는 점에서 유의할만하다.

18자 중에서 12자를 해독했으며(해독률 66.7%), 그 중 9자만 정확했으므로 정확도는 75%, 전체 복자 중 해독성공률은 50%였다. 단지 과학적 방식만으로는 해독이 불가능했던 '妨◯する'의 '◯'는 문맥적 해독을 곁들일 경우는 손쉽게 "妨害する"였음을 복원할 수 있을 것이다. 또한 앞에 게재된 작품이 소설임을 감안한다면 '小◯' 역시 '小說'임을, 그리고 삭제 사유를 적고 있는 문장임을 아는 사람이라면 그리 어렵지 않게 "認め"와 "削除す" 역시 해독해낼 수 있을 것으로 판단한다. 결국 문맥적 해독을 병행할 수 있었다면 이 부분에 대한 해독성공률은 100%가 될 것이다.

세 경우를 합산하면 결국 전체 51자 중에서 36자를 해독할 수 있었는데, 해독결과가 정확했던 것은 30자였다. 70.6%의 해독률에 83.3%의 정확도, 해독성공률은 59%로 집계되었다.

(4) 복원 시도의 의미와 한계

국과수 문서감식실 양후열 실장(현재 정년퇴직)은 해독작업을 마친 뒤 필자와 가진 면담에서 다음과 같은 의견을 밝혔다.

① 인쇄 잉크와 덧씌운 필기구의 잉크의 화학적 성분이 서로 다른 경우는 간단한 조작을 통해 완벽하게 원래의 글씨를 해독할 수 있다. 실제로 이런 방식을 통해 범인을 검거한 사례도 있다. 그러나 이 책의 경우는 다르다. 인쇄 잉크와 덧씌운 먹은 카본 블랙(Carbon Black)으로 화학적 성분이 매우 유사하여 분석에 많은 어려움이 있었다. 물론 이번에 많은 시행착오를 통해 처리방식을 발견했으므로 앞으로의 작업은 비교적 용이할 것이다.

② 이번 해독시도는 비화학적 방식, 즉 적외선과 자외선을 사용하는 방식으로, 종이에 남아 있는 연판의 압흔(壓痕)을 추적하는 방식으로 실시하였다.[16]

③ 그 결과 먹칠이 옅은 경우는 완벽하게, 그리고 덧칠이 진한 경우는 부분적으로 해독에 성공했다.

④ 화학적 처리를 할 경우 복원이 더 용이해질 가능성이 있지만 귀중본을 훼손할 우려가 있어서 시도하지 않았다. 단, 귀중본이 아닌 책을 대상으로 여러 실험을 거쳐 적절한 해독방식을 개발해낸다면 훼손 없이 해독해낼 수도 있을 것으로 기대한다.

양후열 실장은 또한, 과학적 방식만으로는 판정내리기 어려운 경우라 하더라도 국과수와 문맥적 해독력을 지닌 인력이 공동작업을 한다면, 해독정확도는 상당히 높아질 수 있으리라는 필자의 판단에 전적으로 동의했다. 이번 붓질복자는 주소와 널리 알려지지 않은 인명이 대부분이니만큼 문맥에 의존한 복원은 매우 어려웠던바,[17] 문맥복원을 병행할 수 있는 텍스트라면 성공률은 크게 높아질 것이다. 실제로 앞의 3개 쪽의 붓질복자 중에서 문맥적 방식을 적용할 수 있었던 393쪽의 경우 문맥 해독방식을 함께 적용한다면 해독정확도가 50%에서 100%로, 또한 전체 복자에 대한 해독성공률은 84.3%로 각각 크게 높아졌음은 매우 시사적이다. 앞으로 해독정확도가 높아질 수 있다고 기대하는 데에는 몇 가지 근거가 더 있다.

첫째, 이번 붓질복자는 본문이 아니라 부기문이었으므로 활자가 작아서 해독에 어려움이 더 큰 편이었다.

---

16 활자에 의해 지형을 뜨고 다시 그 지형에 납물을 부어 연판을 구운 다음, 그 연판에 잉크를 묻혀서 종이에 인쇄하는 것이 활판인쇄 방식인바, 바로 그 연판의 요철(凹凸)에 의해 종이가 눌린 자국이 압흔이다. 물론 현대의 잉크분사식 인쇄에서는 나타나지 않으며, 재래식 활판인쇄 과정 때문에 생겨난다. 압흔 부분에는 원래 인쇄 때 찍힌 잉크만 묻어 있으며, 나중에 붓칠한 먹은 압흔 이외의 다른 부분에도 골고루 묻게 된다. 따라서 인쇄잉크와 먹은 화학적 성분이 같지만 물리적으로는 미세하게나마 다른 형태로 종이에 남아 있게 되며, 자외선, 적외선 등의 다양한 빛을 조사(照査)하면서 판독할 수 있다.

17 필자는 붓질된 부분이 주소와 사람 이름일 것이라는 정보를 국과수에 미리 알리지 않았다. 순수하게 그들의 힘만으로 복원할 수 있는 가능성을 확인해보고 싶었기 때문이다.

둘째, 이번 표본은 거의 전부가 한자이며 부분적으로 일본어가 섞여 있었다. 한자의 경우 획이 많기 때문에 해독이 어려운 편이며 국과수 인력은 일본어를 거의 몰랐다. 일본어나 한문 전문가의 도움 없이 자연과학 전공인력만의 힘으로 진행했음에도 이런 정도의 성과를 거뒀으므로, 해당 분야 전문가들의 협업이 이뤄진다면 더 큰 성과를 기대할 수 있다.

셋째, 판본대조에 의하여 확증할 수 있는 복자의 복원 작업이 지속적으로 진행된다면, 숙련성에 의해 성공률과 정확도 역시 향상될 것이다.

국과수의 복원이란, 현 단계로서는 국내에서 시도할 수 있는 최첨단의 과학적인 방식이다. 그럼에도 해독정확도 59%란 아무래도 기대에 못 미치는 것이었다. 그렇지만 이 작업은 계속 시도할만한 가치가 충분하다. 이 정도의 정확도만으로도 결코 의미 없지 않고, 더 향상될 것으로 기대할 수 있기 때문이다. 일본어와 한자에 대한 소양이 충분하며 당대 문학과 검열제도에 대한 전반적 이해를 지녀서 문맥적 해독이 가능한 인력과 국과수 인력이 협력해서 해독작업에 나선다면 그 해독률과 정확성은 훨씬 높아지리라고 기대한다. 게다가 이 팀은 협업을 진행해가는 과정을 통해 숙련되어 갈 것이니, 복자 복원율은 계속 향상되리라고 본다.

강경애 「소금」의 붓질복자 복원과 '나눠 쓰기'

사례연구 3

『조선의 언론과 세상』의 붓질복자 복원은 국과수 문서감식실 팀의 복원 가능성과 성공률을 시험한 것이었다. 과학적 복원기법의 복원성공률을 확인하기 위한 것일 뿐, 실제로 새로 해독해낸 복자는 없었으니, 실질적 발견은 없는 '방법의 발견'이었던 셈이다. 이번에는 강경애의 「소금」에 있는 붓질복자에 대한 복원을 시도한다. 「소금」은 붓질되지 않은 판본이 현재로서는 발견되지 않았으니, 과학적 방식에 의존하는 사실상 첫 복원이다.

복원 작업은 2005년 10월 21일 오전 10시부터 오후 4시까지, 「소금」이 게재된 『신가정』 1934년 10월호가 소장된 고려대 중앙도서관에서 실시하였다. 국과수 문서감식실의 양후열 실장과 나기현 연구원, 그리고 필자와 오세란(당시 고려대 석사과정), 김지혜(당시 동국대 석사과정) 등 국문학 전공자가 함께했다. 과학적 복원은 국과수 팀이, 문맥적 복원은 국문학 팀이 각각 주도하였으며, 상호 토론을 거쳐 확정하였다. 주로 과학적 방식에 의존하되, 토씨라거나 중간에 불명확한 한두 글자 등에 대해서만 문맥적 방식을 보충적으로 사용하였다. 이 장에서는 복자 복원의 구체적 과정을 설명하고, 그 결과를 해석한다.

1. 「소금」의 붓질복자와 그 복원

1) 「소금」의 붓질 복자

「소금」은 『신가정』 1934년 10월호에 발표되었으며, 필자가 복원대상으로 삼은 것은 현재 고려대 중앙도서관에 소장되어 있는 판본이다. 강경애의 「소금」은 두 쪽에 걸쳐 약 240자가 붓질로 지워졌다.

다음 쪽의 사진에서 보듯이 『신가정』 고려대본의 붓질은 치밀하게 지운 것이 아니어서 붓질 사이로 일부 글자들을 판독할 수 있다. 실제로 이상경은 『강경애전집』[1]을 내면서 이렇게 붓질 사이로 보이는 몇 글자들을 다음과 같이 복원해두었다.

> "공산당들 (이하 14자 복자)"(『전집, 535쪽)
>
> "어젯밤 (이하 3자 복자)에서 (이하 3자 복자)아니 얄밉게 들었던 그들의 말 (이

1 이상경 편, 『강경애 전집』, 소명출판, 1999. 독자의 편의를 위하여 이하 「소금」 인용은 별도의 표기가 없는 한 이 책에서 인용한다.

하 74자 복자) 캄캄한 어둠 속에 (이하 56자 복자)도와 싸울 것 같다. 아니 (이하 69자 복자)올랐다. 그는 벌떡 일어났다."(『전집』, 537쪽)

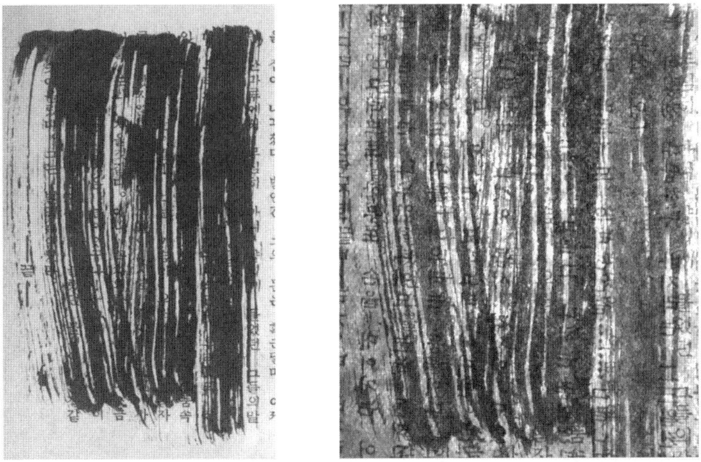

〈사진 5〉『신가정』 고려대본 207쪽의 붓질복자(왼쪽)와 투과광 이미지(오른쪽)

붓질 사이로 몇 글자를 읽을 수는 있지만, 전체 내용은 짐작하기 어렵다. 이번 복원은 바로 이 보이지 않는 부분의 복원시도였다. 그러나 고려대 판본에 대한 과학적 방식을 통해서도 도저히 판독할 수 없었던 부분은 "공산당들"의 네 글자였다. 이상경은 이렇게 복원한 근거를 『전집』에서 밝히지 않았지만, 필자와의 전화통화(2006년 1월 2일)에서 "문제의 네 글자는 『신가정』의 영인본에서 판독할 수 있었던 것"이라고 밝혔다. 실제로 국학자료원의 영인본에서는 이를 육안으로도 확인할 수 있었다.[2] 붓질복자란 인쇄 이후에 사람의 손으로 붓질을 하여 지우는 것이니 아무래도 책

2 이 영인본을 펴낸 국학자료원 측에서는 오래 전의 일이어서 저본이 어떤 것이었는지, 심지어 제공자가 누구인지도 기억하지 못한다 했지만, 혹 자료제공자를 밝히기 꺼리는 것일지도 모른다.

마다 붓질 자국이 조금씩 다르게 됨을 재확인했다. 복자들은 판본대조를 통해 복원이 가능한 경우가 적지 않으며 여러 방법을 겹쳐 사용했을 때 복원성공률이 높아짐을 입증하는 사례이기도 하다.[3]

'공산당'이라는 네 글자의 판독과는 별도로, 고려대본 마지막 부분의 280여 자 중에서 44자[4]를 붓질 사이로 읽어낼 수 있다는 점도 주목할 만하다. 검열당국의 삭제지시를 받은 280여 자 중에서 약 16% 정도를 실제로는 이행하지 않은 것이다.[5] 붓질자국의 빈틈을 통해서도 알아볼 수 없는 것들을 추적해 보자.

2) 복자의 과학적 복원

귀중본의 손상 우려가 있으므로 역시 화학적 방식을 포기하고 물리적 방식을 택했다. 먼저 『조선의 언론과 세상』을 복원할 때 사용했던 방식대로 압흔 추적에 의한 복원을 시도하였다.

그러나 『신가정』의 경우는 압흔에 대한 자외선 및 적외선 조사에서도

3 이 네 글자는 국과수의 과학적 복원을 통해서도 판독이 불가능했던 것이고 보면, 여러 방식의 종합적 적용을 통해 복원율을 높일 수 있다는 필자의 주장 또한 실제로 확인된 셈이다.

4 실제로는 44자가 아니라 46자일 가능성이 더 높다. 뒤에 보겠지만 붓질된 부분은 '밤'이라는 어절로 시작되는데, 이는 바로 앞 행의 마지막 부분 '어제'에 이어지는 문장이다. 삭제지시를 내린다면 문장 중간에서 시작할 리는 없고 '어제'라는 두 글자를 포함하였을 것이지만, 실제의 붓질은 두 글자를 제외하고 있다. 따라서 '어제'라는 두 글자 역시 삭제지시를 이행하지 않은 글자 수에 포함하는 것이 좋겠지만, 삭제지시가 있었음을 확증할 수 없으므로 엄격하게 해석하여 일단 제외한다.

5 이상경은 복자의 개수를 확정적으로 표기하였지만, 필자는 확정지을 수 없다고 보아 유동적으로 표기하였다. 이에 대해서는 뒤에서 자세히 설명한다. 또한 10%에 달하는 삭제지시 불이행이란 단지 사람의 손으로 하는 작업이니 편차가 있을 수밖에 없다는 정도로는 설명하기 어렵다.

만족스럽지 못한 성과만을 거두었다. 압흔이 미약하게만 남아 있었기 때문이다. 압흔은 인쇄상태가 좋은 경우(종이와 잉크, 특히 종이의 질과 관련된다)에는 70여 년이 지난 현재까지도 비교적 뚜렷하게 남아있게 되지만 그렇지 않은 경우는 점점 약해져서 판독하기 어렵게 된다. 『조선의 언론과 세상』은 총독부에서 펴낸 것이니 인쇄에 상당한 예산을 투입할 수 있어서 좋은 질의 종이를 사용했던 데 비해, 『신가정』은 예산이 충분치 못해서 지질이 나쁜 용지를 사용한 까닭에 압흔이 더욱 미약해진 것이라고 추정한다.

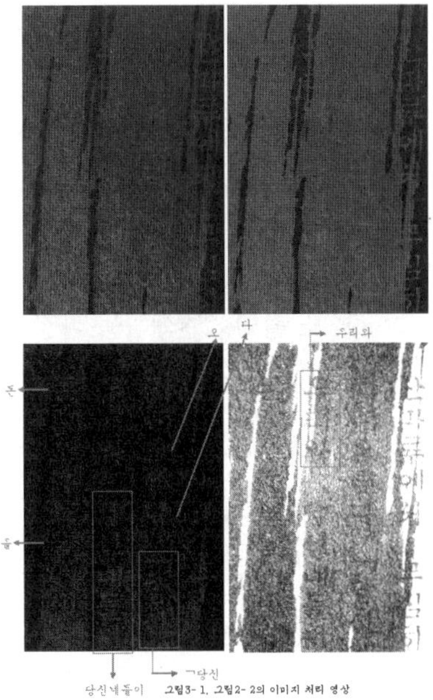

〈사진 6〉「소금」 붓질복자의 복원 결과(207쪽)

이번엔 사광(射光)을 이용한 육안적 관찰을 시도하였다. 사광에 사용된 장비는 Nikon Fiber Optic Source로 좌우 약 5도를 중심으로 다양한 각도로 지면에 쐬었으며, 종이 뒷면에서 빛을 비치면서 살피는 투과광 조사도 일부 병용하였다. 그 결과 다음에 보이는 것과 같이 상당히 많은 붓질 복자를 복원할 수 있었다. 제시하는 사진은 붓질 위에 다양한 방식으로 빛을 쐬어 촬영한 결과를 시각적으로 분명하게 알아 볼 수 있도록 이미지 처리한 결과이다. 지면의 한계 때문에 대표적인 것들만 싣는다.

〈사진 6〉에서 화살표로 표시한 글자들은 위 작업의 결과 비교적 명확하게 판독되는 것들만 고른 것이다. 오른쪽은 사광을 비추면서 촬영한 것이며 왼쪽은 그 결과를 더 명확하게 볼 수 있도록 자외선 및 적외선으로

처리한 결과이다. 육안으로 보았을 때는 이 지면의 사진보다 훨씬 명확하게 판독된다. 이렇게 사진을 통하여 명확하게 전달되지 않는 까닭은 촬영 및 인쇄과정에서의 한계 때문이다. 빛의 각도와 조사량에 따라서 압흔의 잉크이미지는 미세하게 달라지는데 이 다양한 이미지들을 종합하여 판독하게 된다. 그러나 이 책의 지면에서는 대표적인 것만 제시할 수밖에 없고, 또 촬영・인쇄하는 과정에서 이미지들은 변형되므로 한계가 있을 수밖에 없다. 다시 말해서 실제 육안으로는 판독할 수 있되, 이 흑백의 지면에 인쇄된 이미지로는 명확하지 않을 수 있다. 이 작업의 결과 「소금」 206, 207쪽의 붓질복자는 다음과 같이 해독되었다.

① 공산당들[6]○야 ○○○(3~4자 불명)만은 바른 사람들이지하고(고려대본 206쪽)

① 밤 산마루에서 무심히 아니 얄밉게 들었던 그들의 말
② 이 ○○떡오른다.[7] 「당신네들은 우리의 동무입니다! 언제
③ 나 우리와 당신네들이 합심하는데서만이 우리들의 적
④ 인 돈많은놈들을 대○할수 있읍니다!」 ○○한 어둠속
⑤ 에서 ○어지던이말! 그는 가슴이 으적하였다. 소금자
⑥ 루를 빽지않던 그들 ○○(2~3자 불명) 그들이 지금 곁에 있으면 자
⑦ 긔를 도와 싸울것같다. 아니 꼭 싸워줄것이고 ○○○(3~4자 불명)내소금

6 "공산당들"은 앞서 설명했듯이 과학적 방식으로는 복원할 수 없었으며, 영인본을 근거로 한 이상경의 복원에 따른다.

7 문맥으로 보아 '떠오른다'가 맞겠지만, 아무리 보아도 '떡오른다'로 판독된다. 아마도 오자가 아닌가 하지만, 과학적 복원결과를 중시하여 이렇게 표기한다. 문맥으로 보아 '○○'는 '말이'일 것이 거의 확실하지만, 과학적 방법에 의한 복원성공률을 엄밀하게 측정하기 위해 일단 미해독으로 처리한다.

⑧ 을 빼앗은 것은 돈많은 놈이었구나!」 그는 부지중에 이

⑨ 렇게 고○○○(3~4자 불명) 이때까지 참고 눌렀던 불평이 불길같

⑩ 이 솟아올랐다. 그는 벌떡일어났다. (고려대본 207쪽)

위에서 강조 표시는 붓질 사이로 일부 또는 전부가 보여서 육안으로도 알아볼 수 있는 글자들이다. 이상경도 『전집』에서 이렇게 복원해두었는데 대체로 이번 복원팀의 의견과 일치하였다.[8] 앞서 살폈듯이 『전집』에서는 삭제된 글자 수를 확정적으로 밝혀두었는데(복자 수 202자, 삭제지시 글자 수 304자), 이번 해독 결과에 비추어 볼 때 이는 정확하다고 보기 어렵다. 필자의 복원 결과로는 붓질복자는 총 239~243자, 총 삭제지시 글자 수 283~287자로 유동적이다. 이렇게 유동적인 까닭은 복자가 모두 몇 개인지를 확정하기 어렵기 때문이다. 당시 띄어쓰기 규칙이 혼란스러웠던 데다가 워낙 많은 글자들이 연이어서 삭제된 탓에, 복원할 수 없는 공백이 띄어쓰기로 인한 공백인지 아니면 글자는 있는데 확인할 수 없는 것인지 확정하기 어려운 것이다.

과학적 복원 결과 고려대본 206쪽의 붓질복자는 전체 20~21자 중에서 12자를, 그리고 고려대본 207쪽은 219~222자 중에서 205자를 해독할 수 있었다(복원률 84.4~85.8%).[9] 이상경이 이미 육안적 방식으로 복원해낸 42자[10]를 제외한다면 미해독의 붓질복자 중에서 과학적 방식에 의해 확정적으로 복원된 것은 총 164자로서(206쪽 16~17자 중에서 12자, 207쪽 172~175자 중에서 152자 복원), 85.4~87.2%의 복원률(총 188~192자 중에서 164자 복원)을 보였다.

8 단지 ④행에서 이상경이 '캄캄한'으로 복원해 둔 부분은 '캄캄한'인지 '컴컴한'인지 불명확하므로 이번 복원에서는 미해독으로 남겨두었다.

9 글자 수는 문장 부호를 포함한 통계이다.

10 이상경은 44자를 복원했지만 ④ 행의 '캄캄한'은 확정되지 않은 것으로 보아 제외한다.

과학적 분석결과로는 판독이 어려운 부분들 중에는 문맥적 분석을 통해 어렵지 않게 보완되는 경우가 있다. 그 구체적 내용은 다음과 같다.

①행의 "공산당들◯야"는 대체로 "공산당들이야"라고 추정할 수 있을 듯하다.

②행의 "이 ◯◯(떡)오른다"는 문맥에 의존하더라도 판독이 어렵다. 복자가 한 음절일 경우는 "떠오른다"로 복원해도 되겠지만, 두 음절인데다가, 두 번째 음절이 '떠'보다는 '떡'으로 판독되기 때문에 판정을 유보하는 수밖에 없다.

④행의 "인 돈많은놈들을 대◯할수 있읍니다!"의 경우는 "대적할 수 있습니다"로 추정함이 타당할 것이다. "◯◯한"에서 두 음절의 어두자음은 분명히 'ㅋ'으로 판독되는바, '컴컴한' 또는 '캄캄한'으로 추정할 수 있다.

⑤행 "◯어지던이말!"에서 한 음절의 복자는 "이어지던"으로 판독해야 할 것이다.

⑥행의 "루를 뺏지않던 그들 ◯◯(2~3자 불명) 그들이 지금 곁에 있으면"은, 복자가 3자 일 경우는 "이었다"로, 복자가 2자일 경우는 "이다"로 추정할 수 있다.

⑨행의 "렇게 고◯◯◯(3~4글자) 이때까지 참고 눌렀던 불평이 불길같"에서는 "고함쳤다"일 가능성이 높다.

이렇게 문맥적 복원방식에 의해 추정적으로 복원되는 8~10자를 합산할 경우 전체 복원 성공률은 90.6~92.6%가 되며, 거의 의심할 여지가 없는 ①과 ⑤의 2자 만을 복원 확정으로 포함한다고 치더라도 86.5~88.3%가 된다. 물론 완벽한 복원이라고는 볼 수 없지만 적지 않은 의미를 지닌다고 판단한다.

2. 북한 '복원본'과의 비교

지금까지 남한에서 「소금」의 판본은 『신가정』 연재본을 원본으로 삼아왔다. 이상경의 『전집』 역시 마찬가지였으며, 필자의 작업은 그 원본에서 해독 불가능한 부분들을 복원해낸 것이다. 그러나 북한에서는 나름의 '복원'을 거쳐 다른 판본을 사용하고 있다. 필자의 복원 결과는 북한의 '복원본'과 상당히 다르므로 이에 대해 살펴보자.

북한에서 간행된 『인간문제』에서는 「소금」의 206쪽에 대해 별도의 복원을 진행하지 않고 "복자된 부분 일제의 검열로 1행 삭제 됨"이라고 밝히고 있다. 한편 207쪽은 다음과 같이 '복원'하고 있다.

> 봉염 어머니는 순사에게 끌려가며 밤의 산마루에서 무심히 듣던 말, "여러분, 당신네들이 웨 이 밤중에 단잠을 못 자고 이 소금짐을 지게 되였는지 알으십니까" 하던 그 말이 문득 떠오르면서 비로소 세상일을 깨달은것 같았다. 그리하여 이제는 공산당이 나쁘다는 왜놈들의 선전이 거짓 선전이며, 봉식이 아버지가 공산당의 손에 죽었다는 말도 새빨간 거짓말이라는 것을 똑똑히 알았다. 그리고 봉식이가 경비대에 잡혀가 사형을 당했다는 팡둥의 말 역시 믿을 수 없는 수작이며 봉식이는 틀림없이 공산당에 들어가 그 산사람들과 같이 싸우고있을것이라고 생각되였다. 왜냐면 봉식이는 똑똑하고 씩씩한 젊은이이기 때문에! 봉염 어머니는 벌써 슬픔도 두려움도 없이 순사들의 앞에 서서 고개를 들고 성큼성큼 걸어갔다.[11]

11 『인간문제』, 북한 문예출판사, 1986, 290쪽. 북한에서 『인간문제』는 1949년에 처음 출간되었지만, 이 판본을 구하지 못하여 1986년 본으로 대신한다.

북한에서의 이 '복원'은 필자의 복원결과와 유사성도 일부 있지만 크게 다르다. 무엇보다도 글자 수가 크게 늘었다. 필자 복원본의 삭제 글자 수는 275자 내외인데, 북한본은 386자 내외이다. 북한본은 100자 넘게 늘어났으니, 복원이라기보다는 수정에 가깝다. 또한 내용상의 차이로는 다음 두 가지 점을 주목할 만하다.

① 앞부분에 제시된 공산당원의 대사가 다르다. 과학적 복원본에서는 답변의 형식인데 비해 북한본은 물음의 형식(작품의 앞부분에서 이미 제시되었던 물음을 그대로 반복하는 내용이다)이다. 이 물음은 작품의 앞부분에서 이미 세 번에 걸쳐 제기되었고, 그때마다 답변은 유예되었던 것이라는 점(뒤에 자세히 살핀다)을 감안한다면 이번 복원본과 북한본의 차이는 자못 큰 것이라고 할 수 있다. 북한본대로 복원된다면 물음은 답변을 얻지 못한 채 계속 유예될 수밖에 없기 때문이다.

② 마지막 부분 역시 눈여겨 볼만한 차이를 보인다. "이때까지 참고 눌렀던 불평이 불길같이 솟아올랐다. 그는 벌떡일어났다"가 북한본에서는 "벌써 슬픔도 두려움도 없이 순사들의 앞에 서서 고개를 들고 성큼성큼 걸어갔다"로 바뀌어 있는 것이다. 물론 단속반에 대해서 '봉염 어머니'가 보이는 반응을 비슷하게 '복원'해두지만, 전혀 다른 문장이며 투쟁성을 강화하는 방향으로 고쳐져 있다.

결국 북한의 '복원'은 작품의 전체적 얼개에 기반하면서 투쟁성을 더 강화하는 방향이며, 그 내용은 원본과는 많이 달라졌다. 북한 '복원'본을 신뢰하기 어려움은 이미 알려져 있었지만[12] 이번 과학적 복원의 결과로 분명하게 입증된 셈이다. 그렇다면 이 '복원'은 누가 한 것이었을까.

---

12 북한의 「소금」 '복원' 부분에 대해 이상경은 "적당히 메워두었다"고 표현했다(이상경 편, 앞의 책, 538쪽).

과학적 복원본과 북한본의 두 가지 차이는 강경애의 복원이 아닐 가능성을 강력히 시사한다. 무엇보다도 위의 ②에서 지적했듯이 북한본은 투쟁적 성격을 강화하는 방향으로 이뤄졌음에도, 위의 ①에서는 답변이 사라짐으로써 오히려 원작보다 투쟁성이 약화된다는 점이다. 강경애가 '언젠가 검열 없는 상황이 오면 출판해내기 위해' 스크랩을 만들어 원래의 작품대로 복원해둔 것이었고, 그 스크랩을 토대로 출판한 것이라면 이렇게 앞뒤가 맞지 않는 현상이 일어나기는 어렵다. 그러나 누군가 다른 사람이 했다면 이 현상은 더 잘 설명할 수 있다. 투쟁성을 강화하는 ②는 누구라도 비교적 손쉽게 써넣을 수 있는 내용이지만, 물음에 대한 답변이 제시되는 ①부분은 작품의 구상과 맥락을 잘 꿰뚫고 있는 사람(예컨대 작가)이라야 제대로 복원할 수 있는 내용인 것이다.

작가가 아니라면 누가 '복원'한 것일까. 검열을 받아 삭제되기 이전의 「소금」을 꼼꼼히 읽어본 기억이 있는 사람일 가능성이 매우 높다. 북한 '복원'본은 과학적 복원본과 대조할 때, 차이도 있지만 유사성도 상당하기 때문이다. 꼼꼼히 읽어본 기억은 있지만, 구체적인 부분까지 기억해내지는 못한 결과 이런 식으로 복원된 것이리라. 붓질 이전의 작품이 어떤 것이었는지 알 수 있는 사람은 매우 제한적이다. 작가 또는 원고 상태로 읽었던 주변사람들 정도이다. 이와 관련하여 소련파로서 북한 문부성 부상을 지냈던 정률(본명 정상진)은 강경애의 『인간문제』 '복원'에 대해 다음과 같이 증언한다.

> 강경애의 『인간문제』는 강경애의 남편 장하일(당시 노동신문사 부주필 – 인용자 주)과 내가 논의하여 검열에 의해 훼손된 부분을 채워 넣기로 결정했습니다. 구체적으로 채워 넣는 작업은 장하일이 했지요. 『인간문제』는 해방 직후 모든 물

자들이 부족하던 시기에 출간했습니다. 이 시기에 작품집을 출판해내기 위해서는 강력한 사상성을 담는 대목이 필요했는데, 작가는 작고하였으니 어쩔 수 없이 이런 식으로 채워 넣게 된 것입니다.[13]

장하일은 검열 삭제 이전의 작품 내용을 읽었을 사람이며, 복원에 필요한 문학적 식견이 있는데다가 「소금」이 수록된 작품집 『인간문제』를 펴낸 노동신문사의 부주필이었다. 게다가 『인간문제』를 장하일이 손질하였다는 증언까지 있으니,[14] 같은 작품집에 실린 「소금」의 붓질복자 부분을 새

---

13 필자의 정률 인터뷰(2002년 7월 28일 12시~오후 8시, 용인 수지 숙소 및 음식점). 필자는 당시 방한 중이던 정 옹을 이명재(당시 중앙대) 교수와 함께 인터뷰했다. 정 옹은 1918년 5월 5일 러시아 연해주 블라디보스토크에서 태어났다. 중학을 졸업한 이후에 중앙아시아로 강제 이주를 당하여 1940년에 카자흐스탄 크솔오르다 사범대학 어문학부를 졸업했다. 1941년 『레닌기치』에 시를 발표하여 등단한 뒤, 「시인과 현실」, 「로만찌슴에 대하여」 등 평론을 발표했다. 소련이 일본에 선전포고를 하자 1945년에는 소련군 해병대 소속 장교로서 나진 웅기 지역의 해방전선에 참전한 뒤 북한의 요직을 두루 거쳤다. 소련 군정의 일원으로 원산시 인민위원회 교육부 차장이 되었으며 1946년 '응향(凝響)사건'으로 유명한 시집 『응향』(원산 문예총 발간)의 발행인을 맡기도 했다. 두루 알다시피 이 사건은 문예총 원산지부 명의로 출판된 『응향』을 퇴폐적이고 반동적인 것으로 규정하여 발매금지하고 관련자를 문책했던 사건이다. 이를 계기로 북한에서 문학에 대한 관료의 제재와 검열이 본격화되었으며, 주도자 중 한 사람이었던 시인 구상은 월남하게 된다. 발행인이었던 정률 역시 문책 받아야 마땅했겠지만 무사했다. 정률에 따르면 소련파라는 정치적 배경이 작용했으며, 또한 시집 내용을 자세히 모르고 단순히 발행인으로 이름만 올려있었던 사정이 참작되었다고 한다. 정률은 오히려 그 직후 평양으로 올라와 승승장구한다. 문예총 부위원장(1945~1948), 김일성 종합대학 외국문학부장(1948~1950)을 거쳐 문화선전부 부상(1952~1955)을 역임했다. 그러나 종파 투쟁에 휘말려 1957년 10월 소련으로 귀환한 뒤 카자흐스탄공화국에서 생활하고 있다(정상진, 「도강(渡江)―잊을 수 없는 순간들」, 『통일문학』 창간호, 2002.7, 139쪽 및 필자의 인터뷰 참조). 해방 직후부터 1957년까지, 북한문학 형성기에 그 핵심적인 위치에 있던 그는 그 시기 북한문학에 대해 증언해줄 수 있는 거의 유일한 생존자라고 할 수 있을 것이다.

14 정률은 나이가 믿어지지 않게 50여 년 전의 일을 연도까지 기억하고 있었으며 인터뷰 이후 확인해본 결과 그 연도들은 거의 정확했다. 단지 1946년 정률은 원산에 거주하고 있었으므로, 직접 장하일과 이 문제를 상의할 수 있었겠느냐는 의문은 남는다. 하지만, 소련파의 핵심 중 한 사람으로서 평양(특히 노동신문사 주필이면서 같은 소련파이던 기석복)과 긴밀한 연계를 가지고 있었으므로, 그렇게 했을 개연성은 없지 않다. 또한 설혹 정률이 직접 장하일과 상의한 바는 없음에도 과장을 섞어 회고한 것일 수도 있겠지만, 장하일이 개작했다는 사실 정도는 나중에라도 기석복 등에게 들어서 알 수 있었으리라 추정한다.

로 채워 넣은 사람 역시 장하일이라고 추정하는 것이 합리적이다. 결국 북한본 「소금」은 장하일 판의 또 다른 「소금」이라고 추정한다.[15]

마찬가지 맥락에서, 장편 『인간문제』의 정본을 북한판으로 삼는 것에 동의하기 어렵다. 같은 작품집에 실린 『인간문제』도 적지 않게 손질이 되어 있는데,[16] 이상경은 그 첨삭이 작가의 솜씨일 것이라고 추정하여 『인간문제』의 정본을 노동신문사 본으로 삼고 있다(『전집』, 5쪽). 1944년 사망한 강경애가 언젠가 단행본으로 출간할 것에 대비하여 연재물을 스크랩하고 손질해두었으며, 이것을 해방 뒤에 출간했을 것이라는 추정이다. 이상경이 인용하는 안수길의 회고에 따르면, 단편집 출간을 위해 스크랩을 검열에 넣었지만 "내용이 불온하다고 출판 허가는 고사하고 스크랩까지 송두리째 뺏겼다"(『전집』, 3쪽)고 하니, 이 추정은 강경애가 손질한 제2의 스크랩이 있어야 성립한다. 이상경은 제2의 스크랩을 장하일이 가지고 있었다고 추정한다. 스크랩을 두 개나 만들었을 가능성은 높지 않을 듯하지만 다른 증거가 없다면 그리 추정할 수도 있겠다. 하지만 『인간문제』가 장하일의 손질이라는 정률의 증언이 나왔으니 재고할 필요가 있다. 게다가 이번 과학적 복원 결과에 비추어 「소금」의 북한 '복원본'이 해방 이후 장하일의 손질일 가능성이 높다는 점도 감안해야 한다. 북한판 『인간문제』가

15 정률과의 인터뷰 때 이 문제에 대한 진술이 너무 갑작스럽게 나온 탓에, 그리고 그때 필자는 「소금」 복원을 염두에 두고 있지 않았을 때였으므로, 유감스럽게도 「소금」의 복자는 누가 '복원'했는지를 추가로 묻지는 못했다. 추후 주(駐)카자흐스탄 대사관 등을 통해 문의했으나 현지의 통신사정이 원활치 않아 정률의 답변을 얻지는 못했다.

16 이와 관련하여 오오무라는 『인간문제』의 다양한 판본비교를 통해 북한본이 연재본과 많은 차이를 보인다는 점을 실증한 바 있다. 또한 북한의 『현대조선문학선집』 제30권 해설에는 "종전의 낡은 수법인 자연주의적 표현을 보게 된다. 이와 같은 개소는 대체로 본 편집부에서 생략하였으나 아직도 본 작품에 약소하게나마 남아있다는 것을 부언한다"고 하여 원본에 대한 변형을 공언하고 있다고 한다(大村益夫, 「강경애의 『인간문제』 판본비교」, 『'조선문화연구회' 정기 발표회 발표자료』(2006.7.23, 도쿄 와세다대학), 조선문화연구회, 2006, 1~12쪽 참조).

만일 강경애의 손질이라면, 제2의 스크랩이 있었다는 전제, 또 그 스크랩에는 『인간문제』만 있고 「소금」은 없었다는(또는 『인간문제』만 손질하고 「소금」은 손질하지 않았다는) 전제가 모두 성립해야 할 것이다. 아무래도 무리가 아닐까 한다. 반면 두 작품 모두 장하일의 손질이라고 하면 무리가 훨씬 줄어든다.[17]

강경애의 작품을 출판하기 위해 정치적 사정을 고려하여 채워 넣었다는 정률의 증언이 시사하는 바는 적지 않다. 식민지시기에 발표했던 작품들을 해방 이후에 다시 손을 보아 발표한 경우, 이런 식의 정치적 고려에 의한 재수정 작업이 있었을 가능성을 염두에 두어야 한다. 만일 작가 자신이 손질을 했다 하더라도 사정은 크게 달라지지 않을 것이다. 이런 다양한 판본들이 존재하는 경우[18] 작가론의 좋은 연구대상이기는 하지만, '식민지시기 검열에 의해 훼손되지 않았더라면 바로 이런 작품이었다'는 식으로 판단해서는 곤란할 것이다.

---

17 이상경은 『인간문제』가 강경애의 손질이라는 판단의 또 다른 근거로, 복자 부분뿐만 아니라 다른 곳에도 첨삭이 적지 않다는 점을 들고 있다. 즉 손질이 일관되고 자연스러우며 투쟁성이 강화되고 있다는 것이다. 하지만 투쟁성 강화는 앞서 살핀 대로 해방 직후의 출판을 위해서 필요했다면 누가 했는지를 말해주기 어렵다. 손질이 자연스럽다지만 장하일에게도 역시 그런 정도의 능력은 있었을 것이다. 또한 문학작품이란 개인의 창작물이어서 함부로 손댈 수 없다는 인식이 사회주의권에서는 그다지 강하지 않으며, 앞서 살핀 『조명희선집』이나 『현대조선문학선집』의 경우처럼 실제로 작가 아닌 사람이 손질한 경우들이 실제로 확인된다는 점도 감안해야 할 것이다.

18 소련에서 출판된 『포석 조명희선집』(소련과학원 동방도서출판사, 1959)은 조명희가 검열 복자들을 대부분 채워 넣은 것을 정본으로 삼았다. 또한 식민지시기 주요작가들이 해방 이후 대거 월북했으므로 북한에서는 이런 식으로 식민지시기 작품을 개작하여 검열훼손 이전의 작품이라고 정본화하는 경우가 적지 않았다고 한다. 남한에서도 비슷한 사례들이 있다. 유치진의 「소」는 모두 6차례 개작되었음은 널리 알려진 사례이다. 또한 박화성은 '검열 삭제 부분이 너무 많아서 출판하지 않던 단편집을 해방 이후에 출판하게 되었다'고 말하고 있다(「『고향 없는 사람들』 자서(自序)」, 서정자 편, 『박화성문학전집』 제18권, 푸른사상사, 2004, 348~349쪽). 그러나 검열 전의 상태대로 '복원'하여 펴냈다는 작가의 해방 이후 진술을 그대로만 믿기는 어렵다.

3. 검열우회로서의 '나눠쓰기'

지금까지 살핀 대로 필자는 과학적 방식과 문맥적 방식을 종합하여 「소금」의 복자를 거의 복원하는 데 성공하였다. 그 결과 기존의 복원 결과는 원본과는 매우 다른 것이거나(북한판), 매우 제한적이었음(이상경)을 확인할 수 있었다. 그렇다면 이번 복원 결과는 「소금」에 대한 이해에 어떤 면에서 기여할 수 있는가. 본격적인 검토는 강경애에 대해 관심을 가진 다른 연구자들의 후속 연구를 기대하면서, 검열과 유관한 문제에 한정하여 생각을 정리해둔다.

복원된 마지막 대목이 주목되는 것은, 세 번에 걸쳐서 공개가 유예되던 정보, 즉 '공산당원/선생님'의 발언이 무엇이었는지가 드디어 제공된다는 점에서이다. 세 번에 걸친 정보 공개의 유예란 다음과 같은 부분에서 나타난다.

> 정보 유예 1
>
> "왜 돈 없어요. 왜 오빠 공부 못 시켜요!"
>
> 그 순간 봉염의 머리에는 선생님이 하던 말이 번개같이 떠오른다. 그리고 그의 가슴이 터질 듯이 끓어오르는 불평을 어머니이게 토할 것이 아님을 깨달았다. 그러나 아무것도 모르고 딸만 그르게 생각하고 덤비는 그의 어머니가 너무도 가엾었다. 그의 어머니는 하도 어이가 없어서 멍하니 봉염이를 바라보았다. 동시에 '없으면 딴 남은 그만두고라도 제 속으로 나온 자식들한테까지라도 저런 모욕을 받누나'하는 노여운 생각이 들며 이때까지 가난에 들복이던 불평이 눈등이 뜨겁도록 치밀어 올라온다.

"왜 돈 없는지 내가 아니. 우리 같은 거지들에게 왜 태어났니. 돈 많은 사람들에게 태어나지. 자식! 흥 자식이 다 뭐야"(『전집』, 497~498쪽)

'선생님이 하던 말'은 그저 봉염의 머릿속에만 '떠오를' 뿐 독자에게는 전달되지 않는다. 문맥으로 보아 당연히 제공되어야 할 정보이지만 생략되는 것이다. 물론 그 선생님이 하던 말은 검열을 통해 삭제될만한 내용이었을 것이다. 이 '선생님의 말'은 곧이어 또 한 번 거론되지만 역시 무슨 말인지는 밝히지 않는다.

정보 유예 2

"어머이, 왜 돈 없는 것을 알아야 해요. 운동화는 왜 못 사줘요. 오빠는 왜 공부 못 시켜요!"

그는 이렇게 말해가는 사이에 그가 운동화를 신고 싶어한 것이 잘못이 아니라는 것을 깨달았다. 그리고 무심하게 들어두었던 선생님의 말이 한 가지 두 가지 무뚝 무뚝 생각났다.

"이애, 이년의 계집애. 왜 돈 없어. 밑천 없어 남의 땅 부치니 없지. 내 땅만 있으면……"

여기까지 말했을 때 그는 가슴이 뜨끔해지며 말문이 꾹 막혔다.(『전집』, 498쪽)

역시 '선생님'이 무슨 말을 했는지는 독자에게 알리지 않는다. 그 대신 봉염어머니의 답변이 좀더 구체화된다. 앞에서는 "왜 돈 없는지 내가 아니"하는 퉁명스러운 대꾸에 불과했지만, 이번에는 좀더 구체적으로 "땅이 없으니 돈이 없지"라는 답변이 나오는 것이다. 물론 두 답변 사이에 인물의 인식 변화가 있었다고 보기는 어렵다. 그런 변화를 보일만 한 시간적 경과나 사건도 없었으며, 내용 역시 두 답변 모두가 무산대중들이 흔히 보일 수 있는 인식과 말투에 불과하다. 그러나 두 번째 대꾸는 딸의 물음에 대해 좀 진지한 답변을 하고 있다는 점에서는 진전이다. 이제 '봉염 어머니'는 '봉염'을 통해서 전달되는 '선생님'의 '계몽'의 메시지(공개되지는 않고 계속 유예되는 정보)를 좀더 진지하게 수용할 준비를 갖추게 되는 것이다.

세 번째 정보유예는 좀 변주된다. 앞의 두 유예가 거의 비슷한 시간대에 일어난 사건인데 비해, 세 번째는 일단 시간적으로도 상당히 거리가 있는 시기에 발생하며, 문제의 발언을 한 사람의 신분 역시 변화되는 것이다. 즉 '봉염의 선생님'이 하는 말이 아니라, 소금 짐을 지고 오던 한밤중 산마루턱에서 만난 '공산당원'이 하는 말로 설정된다.

> 정보 유예 3
>
> 그때 어둠 속에서는,
>
> "여러분! 당신네들이 왜 이 밤중에 단잠을 못 자고 이 소금짐을 지게 되었는지 알으십니까!"
>
> 쇳소리 같은 웅장한 음성이 바람결을 타고 높았다 떨어진다. 그들은 '옳다! 공산당이구나! 소금은 빼앗기지 않겠구나. 저들에게 뭐라구 사정하면 될까.'하고 두루 생각하였다. 저편의 음성은 여전히 흘러나왔다. 그들의 말하는 시간이 지날수록 어서 말을 그치고 놓아보냈으면 하였다. 그리고 이 산 아래나 혹은 이 산 저편에 경비대가 숨어 있어 우리들이 공산당의 연설을 듣고 있는 것을 들으면 어쩌나 하는 불안이 자꾸 일어난다. (『전집』, 534~535쪽)

역시 물음이 제시된다. 이 물음은 "왜 돈이 없느냐"는 앞서 제시되었던 두 번의 물음이 좀더 구체적인 형식으로 변주된 것이다. 또한 앞서 제시된

두 번의 물음이 '봉염'이 '선생'에게 들은 말을 떠올리는 간접화법인데 비해, 이번에는 작중화자인 '봉염 어머니'가 직접 듣는 것으로 되어 있다. 그 물음에 대한 나름의 답변을 물론 '공산당원'은 제시하였을 것이지만, 그 내용은 이번에도 공개되지 않는다.

이렇게 세 차례에 걸쳐서 생략되면서 조금씩 변용되고 구체화되던 문제의 발언내용이 드디어 밝혀지는 것이 바로 붓질로 삭제된 마지막 대목이었다. 마지막 대목이 이 작품에서 핵심적 기능을 하고 있음은 이로써 명확해졌다고 할 수 있다. 그러나 그 핵심은 검열에 의해 삭제되어 전달될 수 없었다. '선생님'의 말은 '공산당'의 말과 다르지 않은 문맥에 있었을 것이다. 그렇지 않다면 계속 '선생님'의 말을 침묵 속에 두었다가 마지막에서 밝힐 이유가 없다. 게다가 다음 인용문에서 보듯이, '선생님'과 '공산당원'은 동일 인물임을 강력하게 시사하고 있기도 하다.

> 봉염이 어머니는 저편의 연설을 듣는 사이에 싼더거우 있을 때 봉염이를 따라 학교에 가서 선생의 연설 듣던 것이 얼핏 생각키우며 흡사히도 그 선생의 음성 같았다. 그는 머리를 번쩍 들며 저편을 주의해보았다. 다만 칠흑 같은 어둠만이 가로막힌 그 속으로 음성만 들릴 뿐이다. (『전집』, 535쪽)

'선생님'은 바로 '공산당원'이었다. 물음이 거의 동일한 데다가 답변하는 인물이 동일한 것으로 강력하게 시사되어 있으므로, 생략되고 유예된 답변 역시 거의 비슷한 내용이었을 것이다. 특히 '돈 많은 사람들'(정보유예 1)이라는 비교적 가치중립적이었던 용어가 '돈많은 놈들'이라는 적대적 용어로 변화되고 있음이 이번 복원 결과로 확인되었다. 이 '돈많은 놈들'이라는 용어는 먼저 '공산당'의 직접인용에서 사용된(복원 ④행) 뒤에 '봉염 어머니'의 심경을 설명하는 지문(복원 ⑧행)에서 반복된다. '돈많은 놈들'이라는 용어를 따라 배우게 되는 구조, 곧 선생과 제자의 구조가 바로 이 복원 부분에서 명확하게 드러나는 것이다. '봉염'의 물음에 대한 '봉염 어머니'의 대응이 통명스러움에서 진지함으로 진전되는 과정이나(정보유예1에서 정보유예2로), '봉염이'를 거치는 간접적 전언에서 '공산당원'에게 직접 들어 설득력을 획득하는 것으로 진전되는 과정(정보유예2에서 정보유예3으로) 역시 이 배움의 구조와 유관하다.[19] 게다가 '선생님'을 이 작품의 마지막까지 계속 침묵하게 만드는 대신 '공산당원'에게 발언시키면서 '선생님'이 곧 '공산당원'이라는 점을 강력하게 암시한다. 이를 통하여 '봉염 어머니'의 인식 속에서 '공산당원'은 '흉악한 살인자'가 아니라 '선생님'의 위치로 극적으로 반전된다.

삭제되었다가 이번에 복원된 마지막 부분은 바로 그 답변이 제시되는 대목이다. '봉염 어머니'가 '공산당원'에게 들었던 말을 회상하는 형식으로 제시되는 이 대목은 '선생님'이 했던 말의 요지를 그대로 전달하는 것이다. 물론 이 역시 검열을 의식해서 완곡하게 표현되어 있긴 하지만, 이 작품을 통틀어 가장 직설적이다. 검열자는 바로 이 대목을 삭제했다.[20] 그는 강경애의 서사전략을 눈치 챘던 것이며, 마지막 부분만을 삭제함으로써 검열의 효과는 달성될 수 있다고 판단했으리라.

그러나 검열관의 기대와는 달리 검열의 효과는 부분적으로만 달성되었을 뿐이다. 세 번에 걸친 정보 제공의 유예는 아무래도 자연스럽거나 효율적인 소설작법이라고 보기는 어렵다는 점에 주목해보자. 물론 이렇게

---

19 이렇게 본다면 '봉염 어머니'가 따로 자신의 이름으로 호칭되지 않고 딸의 이름을 통해 호칭되는 것 또한 당대의 관행이라고만 보기 어렵다. 새로운 세대를 통해 구세대가 각성의 계기를 얻는 것을 효율적으로 드러낼 수 있게 된다는 점이다.

20 당시 검열은 주로 사회주의에 집중되었으므로 이 대목을 삭제한 것은 당연하다.

중요한 정보를 상당기간 숨기는 것은 독자들의 호기심을 극대화시키는 낯익은 서사전략이다. 하지만 핵심적 정보를 마지막까지 유예해야 할 탐정소설도 아니고, 더군다나 문제의 발언이 작품의 긴장을 유지하는 데 필수적인 것도 아님에도, 세 번이나 유예하는 것은 아무래도 이례적이다. 이렇게 작품 내적 논리로만은 설명하기 어려운 현상이라면 뭔가 다른 요인에 의해서 설명해야 할 것이다.

이 세 번에 걸친 물음의 제시와 답변의 유예는 검열우회를 위한 '나눠쓰기'라고 판단한다. 검열에서 삭제당할 우려가 있는 부분들을 이곳저곳에 나눠 배분함으로써, 한두 군데가 삭제당하더라도 살아남는 부분이 있게 될 가능성을 높이기 위한 시도였으리라. 이렇게 본다면 세 번에 걸친 정보제공 유예는 좀 더 합리적으로 설명할 수 있다. '선생님'의 답변을 직접 전달하지 않음으로써 물음 부분이 검열에 저촉될 가능성은 거의 없어진다. '왜 우리는 가난한가' 라는 물음 자체를 삭제할 명분은 거의 없는 것이다. 게다가 세 번에 걸쳐 변주·반복되므로 그 중 한 두 군데가 삭제되더라도 최소한의 전달가능성은 남게 된다. 물론 "왜 우리는 가난한가"에 대한 답변은 검열에 저촉될 가능성이 높고 실제로도 삭제지시를 받았다. 하지만 설혹 삭제된다 하더라도 세 번에 걸쳐서 제시되는 물음 자체만으로도 독자에게 일정한 메시지를 전달할 수는 있다. '선생님'과 '공산당원'을 동일시하는 대목 역시 이 물음 3회나 답변 1회의 위치와는 먼 곳에 분산 배치되어 있다. 역시 마찬가지의 '나눠쓰기'라고 본다. 가르치는 자에 대한 전통적인 존경심이 공산당원과 동일시되는 현상 자체에 강경애는 의미를 두었던 것인바, 이 대목 역시 그 둘의 목소리가 비슷했다는 식으로 완곡하게 제시함으로써, 또한 문제의 답변과 나눠쓰기를 함으로써, 검열삭제의 가능성을 최소화하였다.

마지막에야 비로소 그 답변이 제시된다. 물론 그 답변도 완곡어법이지만 이 작품을 통틀어 가장 직설적이라는 점만은 분명하며 실제로 삭제 당했다. 다소 상상력을 발휘해 이야기하자면, 강경애는 이 답변을 맨 마지막에 제시하면서 "이 대목은 삭제되어도 어쩔 수 없다, 앞의 것들만이라도 살아남는다면 최소한의 전달은 가능하다"는 판단을 했던 것이 아닐까.[21]

'선생님'은 침묵하고 있다. 단지 '공산당원'이 발언할 뿐이다. 이 붓질복자가 복원되지 않았더라면 그 침묵은 현재까지 지속될 것이며, 강경애가 일시 유예했던 정보는 영원히 유예되었을 것이다. 하지만 이제 거의 복원되었다. '선생님'은 바로 '공산당원'이었다. '돈 없는 자'들은 단결을 통해 '돈 많은 놈들'과 맞서야 한다는 메시지를 주고 있으며, 무학(無學)의 구세대인 '봉염 어머니'에게 자신을 위해 싸워줄 사람은 바로 그들이라는 신뢰를 획득하는 것으로 작품을 매듭짓는다.

지금까지의 논의를 종합해보면 세 번에 걸친 정보제공 유예는 검열을 우회하기 위한 '나눠 쓰기' 전략이었다고 추정할 수 있으며, 그 전략은 적어도 절반의 성공은 거두고 있다고 판단한다. 물론 이런 서사적 특징이 강경애의 검열우회 전략이었는지를 확증하기는 어렵다. 그러나 텍스트 자체의 문맥과 검열에 관한 당대 작가들의 회고 등을 종합적으로 고려하여 판단한다면 「소금」의 정보제공 유예는 서사전략을 통해 검열우회에 성공한 경우라고 판단할 근거는 충분하다.[22] 좀더 많은 작품에서 이런 보

---

21 검열관과 작가의 기묘한 심리적 대립과정에 대해서는 다른 나라의 작품들에도 생생하게 묘사되어 있어 좋은 참조가 된다. 칠레작가 아리엘 도르프만의 소설 「독자」(한기욱 역, 『우리 집에 불났어』, 창작과비평사, 1998), 일본 영화 〈웃음의 제국〉, 독일 영화 〈타인의 삶〉 등.

22 더 적극적으로 해석한다면, 마지막 부분은 일종의 미끼라고도 볼 수 있다. 검열관 역시 한 사람의 독자로서 작품을 읽게 되는 것이므로, 지속적으로 제기된 물음이 해결되는 순간에 그 부분이야말로 핵심이며 나머지는 그대로 두어도 된다고 판단하기 쉽다는 점이다. 그럴 경우라면 세 차례에 걸친 물음만은 살아남게 될 것이며, 그것만으로도 일정한 메시지 전달

기를 찾아낼 수 있다면, 이런 '나눠 쓰기' 전략은 식민지시기 검열우회 전략의 한 유형으로, 또한 검열이 문학의 형식에 영향을 준 새로운 사례로서, 인정할 수 있게 될 것이다.

게다가 고려대본의 경우 불성실한 붓질 때문에 독자들이 삭제된 대목의 윤곽 정도는 짐작할 수 있음에서 보듯이, 검열당국의 검열관련 각종 지시가 여러 민간주체(저작자, 편집자, 인쇄자본, 서적 판매상, 독자 등)들의 태업적 행위에 의해 느슨하게만 이행된 경우도 없지 않았다. 저작자와 잡지 종사자, 그리고 수용자 사이의, 사전에 공모하지는 않았지만 결과적으로 상당부분 성취해 낸 교묘한 협업에 의해서, 발신자의 메시지는 상당부분 손상없이 전달될 수 있었던 것이다.[23]

4. 나오며

붓질복자는 비단 「소금」에만 국한된 것이 아니다. 현재까지 남아있는 붓질 판본들도 적지 않을 것이니 붓질 복자의 복원은 의미 있고도 시급한

에는 성공하는 셈이다. 거짓 중심을 제시하여 이에 주목하도록 만들었지만, 사실은 이 작품에서 중심은 그 한 군데에만 있는 것은 아니다. 이렇게 해석할 수 있다면 마지막 부분은 강경애가 검열관에게 던져준 미끼라고 볼 수 있겠다.

23 이에 대해서는 박노갑의 다음 회고가 실감난다. 그의 회고는, 다소 과장의 기미는 있는 대로, 검열을 우회하려는 여러 민간주체의 노력들을 짐작케 해주는 자료이다. "가다가 혹 발매금지가 되었을 때, 신문은 이미 독자의 손에 들어가기도 하였다. 편집, 식자, 제판, 윤전기, 배달, 어느 것이 척척 손맞지 않는 것이 없었다. 이것은 전 민족의 의사였다. 독자는 나온 글자보다 안 나온 복자에 더욱 흥미를 느끼었고, 발매금지를 당한 신문 한 장을 몰래 갖다 주는 배달부에게 특별한 치하를 하였다"(박노갑, 「40년」, 『박노갑전집』 1, 깊은샘, 1989, 114쪽).

과제이다. 붓질복자는 이런 일련의 작업에서 '실제로 삭제된 것'이 무엇인지 알 수 있는 중요한 자료이다. 그러므로 붓질복자의 복원은 원본확정의 의미에 그치는 것이 아니라 원전에 대한 종합적 이해의 과정이며, 문학에만 국한되는 문제 또한 아닐 수밖에 없다. 이제 붓질복자를 복원할 길을 찾게 되었으니 실제로 복원작업에 나서야 할 것이다.

그러나 이는 연구자 개인의 힘으로 될 수 있는 일이 아니다. 전국 각지에 흩어져있는 식민지시기 출판물에 대한 전수(全數) 조사를 통하여 붓질복자를 발견하는 일, 대부분 귀중본으로 분류되어 있는 이 출판물들에 대한 접근 기회를 확보하는 일, 국과수의 적극적인 지원을 받는 일. 이 모두가 한 서생의 힘으로는 불가능하다. 따라서 현실적 추진력을 확보할 수 있는 협업과 지원이 절실하다.

검열텍스트의 복수성과 연구방법론

1. 들어가며

지금까지 복자의 유형을 분류하고 그 유형별 의사소통의 가능성과 한계, 그리고 복원방식을 모색하였으며 몇몇 경우의 복원을 실제로 시도하였다. 이제 검열의 존재를 감안했을 때 문학연구의 대상을 어떻게 확정할 것인가 하는 문제를 검토할 최소한의 준비는 마친 셈이다.

상식적으로는 검열 때문에 발생한 것이 복자이니 그것을 제거한 상태를 원본으로 보면 된다. 하지만 복자 복원이 곧 원본확정은 아니다. 이미 살핀 대로 복자는 매우 다양한 방식으로 발생하기 때문이다. 저작자가 처음부터 복자를 넣은 경우, 검열통과가 어려울 단어들을 미리 다른 단어로 대체한 경우, 편집자가 복자를 넣거나 다른 단어로 바꾼 경우, 인쇄 이후 삭제지시를 받아 삭제한 경우, 처음엔 그냥 검열에 넣었다가 삭제지시를 받고 복자 처리한 경우 등 다양한 방식으로 당대 텍스트는 변형되었다. 게다가 기획단계에서 목차와 저자를 사전점검 받는 내열제도가 있었고, 복자가 많을수록 저항적 의지가 강렬한 것으로 인식되는 풍조까지 있었던 듯하니 '과시적 복자'도 상정할 수 있다.[1] 이렇게 다양한 경우가 있으므로, 이 중에서 어떤 것을 원본으로 확정해야 하는가는 간단한 문제가 아니다. 예컨대 검열이 없었을 경우에 제출되었을 작품, 즉 작가가 검열을 의식하여 미리 조정한 것들까지 제거한 상태를 상정하여야 하는가. 아니면 삭제지시 이전의 것만을 원본으로 상정해야 하는가. 또 편집자가 넣었을 가능성이 높지만 확증할 수 없을 경우는 어떻게 해야 하는가. 붓이나 다른 도구로 삭제하여서 어느 정도 알아볼 수는 있지만 분명치 않은 경우는 또 어떻게 판단해야 할 것인가.

물론 혼란스럽다. 하지만 '쓰고자 했던 것'에 접근해가고자 했을 때라면, 시기와 매체와 작자에 따라 다양한 검열기준이 적용된 탓에 다양한 판본이 존재함은 오히려 다행스럽다. 귀납적 작업에 주로 의존하는 셈이니, 귀납의 자료 즉 검열 대응의 이형태(異形態)들이 풍부할수록 결론의 타당성은 높아지기 때문이다. 이렇게 본다면 식민지시기 문학 연구자들의 판본에 대한 의식은 충분하다고 보기 어렵다. 작품의 개작을 살피는 일부 논문

---

1 원로 극작가 차범석은 필자와의 인터뷰(2003년 2월 14일 오후 3시~4시, 서울 서초동 예술원 회장실)에서 그럴 가능성이 충분하다고 말했다. 또한 김두용은 「정치적 시각에서 본 예술투쟁」에서 다음과 같이 말하고 있어 이런 추정의 방증이 된다. "시험삼아서 신문, 잡지를 보아라. 거기에 얼마나 훌륭한 이론이 전개되었는가? 무어라 말할 수 없는 격렬한 이론이란 말이다! 그리고 '내야말로 프롤레타리아 예술가다'는 절규만 하면- 그리고 그 절규성이 미친놈의 것처럼 함부로 마음대로 크고 격렬만 하면- 가장 훌륭한 프롤레타리아의 동지인 듯할 만큼- 이렇게까지 보인다!"(『무산자』, 1929.5(김재용, 『카프비평의 이해』, 풀빛, 1989, 211쪽에서 재인용)).

을 제외하고는 판본비판이 소홀한 편이며, 부정확한 자료인 영인본이나 전집에 지나치게 의존하는 경우도 적지 않다. 현재의 현대문학 연구관행으로 본다면 다양한 판본의 존재는 연구의 가치를 높여준다기보다는, 오히려 연구의 신뢰성을 떨어뜨리는 데 기여하는 것이 아닌가 싶기까지 하다.[2] 그렇다면 이 다양한 판본 중에서 어떤 것을 연구대상으로 삼아야 할 것인가.

판본확정은 식민지시기 텍스트 연구를 위해 가장 기본적인 작업 중 하나이지만 아직 사치스러운 고민이라고까지 해야 할지도 모른다. 입수하기 손쉬운 영인본만을 활용하는 연구들이 적지 않은 바, 이 영인본들은 검열의 흔적을 말끔히 지워버린 것이기 때문이다.

2. 삭제된 검열흔적–영인본을 통한 연구의 문제

영인본을 믿을 수 없는 까닭은 다음의 세 가지이다. 첫째, 어떤 판본을 영인한 것인지를 밝히지 않는 것이 대부분이다. 따라서 영인본은, 자신이 읽고 있는 판본이 믿을만한 것인지, 어떤 성격의 것인지 인식할 수 없도록 강제한다. 특히 식민지시기의 경우 검열과 관련지어 여러 판본이 산출되었으므로 더욱 심각하다. 납본검열본인지 교정쇄검열본인지 시중 유통본인지에 따라서 편차가 있으며, 같은 시중 유통본이라 하더라도 『개벽』의 경우처

2 이런 관행은 현실적 여건에 주로 기인하지만, '논문 양산주의'(필자도 물론 자유롭지 않다)와도 관련될 터이다.

辯護士論

〈사진 7〉『신생활』 영인본(9호, 68~69쪽)

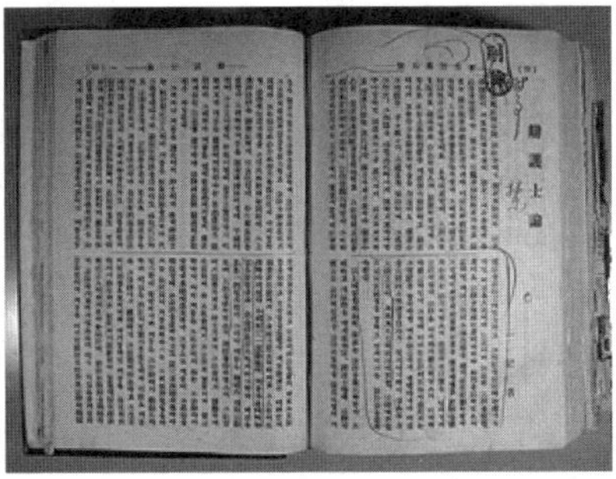

〈사진 8〉『신생활』 국립중앙도서관본(같은 호, 같은 쪽)

럼 검열을 무시하고 사전(事前) 발송되어 유통된 것과 공식적으로 검열을 통과한 판본은 그 내용이 꽤 다르다. 그러므로 이 시기 텍스트 연구에서는 검열 삭제 이전의 것과 삭제 이후의 것, 그리고 실제로 당대 독자들이 읽었던 텍스트가 어떤 것이었는지를 확인하고 대조하는 일이 필요하다. 물론 현재 자료들이 많이 남아있지 않으므로 이 세 경우를 모두 확인할 수 있는 경우는 많지 않지만, 내가 지금 읽고 있는 판본이 어떤 성격인가를 인식하는 일은 필수적이다. 영인본에만 의존한다면 이런 일은 불가능하다.

둘째, 영인본만 읽어서는 복자인지 아닌지를 알아볼 수 없는 경우가 많다. 유감스럽게도 그 영인본들은 검열흔적들을 말끔히 지운 채로 영인해냈기 때문이다. 한 보기로 『신생활』의 영인본(현대사 영인)과 그 저본인 국립중앙도서관본의 이미지를 비교해보자.

위 〈사진 7〉에서 보듯이 영인본에서는 '삭제' 도장도, 검열관이 써넣은 '금(禁)'자와 '시사(時事)'자도, 심지어는 붉은 삭제지시까지도 삭제해버렸다. 다른 부분도 마찬가지이다. 활자와 겹쳐서 지울 수 없는 경우를 제외하고는 거의 완벽하게, 마치 검열지시를 이행하듯이 지워버렸다.[3] 따라서 이 대목이 검열에서 삭제지시를 받았고, 당대 독자들은 읽을 수 없었음을 연구자들은 알 수 없다.

셋째, 같은 호의 잡지에 정상호와 호외, 임시호 등 여러 판본이 있을 경우라면, 거의 예외 없이 어느 한 판본만 영인한다. 단가를 낮추기 위해서이다. 그 과정에서도 물론 검열의 흔적은 증발된다.

영인본 업자들은 복본들 중에서 어떤 판본을 어떻게 영인해야 할 것인가에 대해 심각하게 고민하지 않은 채로 영인한다.[4] 손쉽게 구할 수 있는가, 어느 정도로 단가를 책정해야 잘 팔릴 것인가만을 염두에 두며, 또한 깨끗하게 정리하여 가독성을 높임으로써 상품가치를 높이고자 하는 것이다. 이런 자본의 논리 때문에 위의 세 가지 결함은 발생한다. 식민권력에 의해 삭제된 텍스트들은, 해방이후 한국학의 흥성에 힘입어 활발하게 영인되지만 이번에는 자본에 의한 삭제를 겪은 셈이다. 한편 연구자들은 여러 판본을 수집, 대조하는 작업에 소홀하면서 손쉽게 구할 수 있는 영인본으로 연구하는 경향이 없지 않다. 만일 연구자들의 판본의식이 높았다면 이런 영인본으로는 수지타산이 맞지 않게 될 것이니 좀 더 치밀한 것을 만들어내지 않았을까. 결국 우리가 '엉터리 영인본'을 읽고 있는 것은, 귀중본을 소장할 뿐 그 공개에 인색한 소장처들, 그리고 영인업자와 연구자의 공동책임이 아닐까 한다.

영인본은 여기저기 흩어져 있던 잡지들을 한데모아 펴냄으로써 자료접근성을 높여 연구의 활성화에 기여했음은 부인할 수 없다. 그러나 유감스

---

3 이렇게 철저하게 지워버리면서 저본의 소장처를 밝히지 않는 까닭에 대해 한 영인본업자는 이렇게 말한다. 즉 대부분의 소장처들은 귀중본 영인을 허가하지 않으니, 어쩔 수없이 음성적으로 영인할 수밖에 없기 때문이라는 것이다. 즉 소장처를 밝히지 못하는 것은 물론, 판본의 출처를 알 수 있는 특수한 지표(삭제 지시 등)들도 말끔히 지울 수밖에 없다는 이야기다.

4 영인본들은 어떤 판본을 저본으로 삼았는지조차 밝히지 않지만, 가장 손쉽게 구할 수 있는 국립중앙도서관 소장본을 저본으로 삼은 경우가 많을 것이며, 여기에 없는 판본만을 다른 곳에서 보완하였을 것이다.

럽게도 이런 커다란 문제점을 안고 있다. 최근 원본의 이미지를 촬영하여 PDF파일 형태로 제공하는 도서관이 늘고 있음은 이런 맥락에서 매우 긍정적이다. 가능하면 원본이나 PDF를 활용하되 그 자료들의 서지사항에 꼼꼼히 주의를 기울여야 연구대상 확정의 오류를 가능한대로 줄일 수 있다. 그렇다면 이런 상황에서 우리는 식민시대 잡지들을 어떻게 읽어야 할 것인가. 현재 우리가 접할 수 있는 식민지시기 잡지의 판본을 유형화하고, 각각에 대해 살펴보자.

① 검열본 잡지. 국립중앙도서관에 집중적으로 소장되어 있으며 교정쇄검열 또는 납본검열을 거친 흔적들이 그대로 남아있으므로 가장 기본적인 자료가 된다.[5] 검열보조관들이 붓으로 그은 붉은 선들, 또는 검열해야 하는 이유에 대한 의견들과 함께 검열관들이 이를 토대로 삭제 지시를 내린 "삭제" 도장 등이 선명하게 남아있다. 그러나 실제로 독자들이 읽었던 잡지와 동일한 것인지는 불분명하다.

② 시중 유통본. 당대 독자들은 거의 대부분 이 판본을 읽었을 것이지만, 검열 이전의 상태를 알 수 없다.

③ 영인본. 저본의 한계를 그대로 떠안을 수밖에 없다. 게다가 저본이 무엇인지를 알 수 없는 것이 대부분이고 검열흔적을 삭제한 경우가 많으며, 다양한 판본 중에서 하나만을 영인하였으므로, 판본의 차이를 대조할 수 없다. 연구대상으로 삼기에는 매우 문제가 많다.

④ 해외본. 일본과 조선, 만주 등은 법역(法域)이 다르고 검열기준도 달

---

5 국립중앙도서관에 소장된 식민지시기 잡지들은 매우 소중하지만 마이크로필름의 경우 영인상태가 불량한 경우도 있고 흑백이어서 검열흔적을 제대로 실감하기 어려운 데다가 따붙이기 복자는 확인할 수 없다. 따라서 원본 잡지를 직접 읽는 일이 필요한데 얼마 전부터 국립중앙도서관은 귀중본 관리를 강화하여, 마이크로필름 열람을 원칙으로 하면서 원본 열람은 매우 제한적으로만 허용하고 있다.

랐으므로, 해외 잡지를 들여오는 경우 수이입물 검열을 거쳐야 했다. 따라서 해외본을 국내본과 대조하면 수이입물 검열에서 삭제된 부분을 확인해볼 수 있다. 일본, 만주 등의 검열수위가 비교적 느슨한 편이었으므로 그쪽의 자료에 살아남은 것이 많겠다.

위에서 보듯이 가장 믿을 수 없는 판본은, 가장 많은 연구자들이 활용하고 있는, 영인본이다. 반면 국립중앙도서관본의 가치는 더욱 두드러져 보인다. 국립중앙도서관본을 중시해야 할 이유는 더 있다. 이 검열본에는 군데군데 삭제 이유를 밝힌 것들도 적지 않으므로 삭제 이유까지도 명확해진다.[6] 게다가 검열 보조관들이 붉은 색으로 표시해둔 것과, 검열관이 실제로 삭제하기로 결정하여 삭제 도장을 찍은 것들을 한눈에 살필 수 있으므로, 이 또한 일제 검열의 실제 작동에 대해 좋은 시사가 될 터이다. 즉 '주의' 수위(검열보조관의 주기(朱記))와 '삭제' 수위(실제 삭제부분을 알 수 있는 검열관의 '삭제' 도장)를 구분하여 살펴볼 수 있다. 이밖에도 필자 이름에 붉은 글씨를 해놓은 것도 있어서[7] 검열권력이 유심히 관찰했던 필자가 누구인지도 알려준다. 이렇게 풍부한 내용들을 담고 있으므로 국립중앙도서관의 검열본은 가장 중요한 자료이다.

그렇다면 이 판본만을 충실하게 살피면 될 것인가. 그렇지는 않다. 시중 유통본이 오히려 검열 이전의 상황을 더 잘 알 수 있게 해주는 경우도 있고(사전발송한 『개벽』지의 경우), 해외 소장본이 더 유리한 경우도(『조선의 언론과 세상』의 경우) 있기 때문이다. 게다가 삭제지시를 받은 대목들이 실제로 삭제되었는가(『일제시대 민족지 압수기사모음』의 경우), 또는 삭제 및 수정지

6 총독부의 각종 검열자료는 거의 예외 없이 '치안방해', '풍속괴란' 등 2가지로 분류한 피상적이고 공식적인 검열사유만을 밝히고 있을 뿐이다.

7 국립중앙도서관 소장 『신생활』 9호 21쪽에는 '신일용(辛日鎔)'의 이름에 붉은 글씨로 표시해두었다.

시에 대해 저자들은 어떻게 대응하는가(심훈 시집 『그날이 오면』의 경우) 등의 문제는 국립중앙도서관본만을 검토해서는 알 수 없다.

결국 이 시대 문학작품의 원전확정을 위해서는 영인본을 제외한 세 유형의 판본들을 모두 수집해서 꼼꼼하게 대조하는 작업이 필수적이다.[8] 물론 세 유형의 판본이 모두 남아있는 행복한 경우를 기대하기는 거의 불가능하다. 하지만 가능한 것들을 모두 수집해 겹쳐보려는 노력은 필수적이다. 그 중에서도 핵심적인 것은 국립중앙도서관본과 시중유통본의 대조작업이다. 시중유통본만 본다면 그 복자들이 원래 무슨 글자였는지, 또는 실제로 삭제된 것인지 여부를 알 수 없으며, 한편 국립중앙도서관본 만을 읽은 사람이라면 그것이 실제로 복자로 처리되었는지, 얼마나 많은 당대 독자들이 읽었는지 확인할 수 없기 때문이다. 국립중앙도서관본과 시중유통본을 대조해서 읽을 때에만 어떤 글자들이 삭제되어 복자로 된 것인지를 확인할 수 있는 것이다. 발품만 많이 들고 성과는 쉽게 나지 않는 원본확정 작업이란 특히 현대문학 연구에서 부족했지만, 모든 식민시기 텍스트에 대해 절실하게 요구된다.

물론 이는 연구자에게 너무 많은 노력을 요구하며 또 여러 사람이 중복적 작업에 나서게 만드는 것이니 매우 비효율적이다. 귀중본의 관리체계를 공적 차원에서 재검토할 필요가 있다. 현재 귀중본은 여러 곳에 산재되어 있고 공개를 꺼리는 경향도 아직 강력하다. 마이크로필름으로만 되어 있어 외부에서 열람이 불가능한 경우도 있고, PDF파일 등으로 제공하더

8 최수일의 『『개벽』연구』(소명출판, 2008)는 이런 측면에서 모범적인 작업이다. 그는 『개벽』의 판본들을 거의 모두 수집하여 비교하였으며, 심지어는 일반 연구자들이 영인본을 참조하는 경향이 많음을 감안하여 영인본과 저본의 차이까지 대조하였다. 하지만 모든 연구자들에게 이런 노력을 기대하기 어렵고, 가장 중요한 연구기반이지만 모든 텍스트에 대해 이런 작업을 한다는 일은 개별 연구자로서 감당할 수 없기도 하다. 좀 더 큰 연구단위에서 책임지고 수행할 수 있게 되길 바란다.

라도 그 질이 만족스럽지 못한 경우, 다운로드를 불허하는 경우, 아예 외부열람을 제한하는 경우 등이 적지 않다. 또 여러 곳의 그 많은 자료들을 찾는 데 시간도 꽤 걸린다. 물론 한국역사정보통합시스템 구축은 이런 폐단을 상당히 줄이는 획기적 사업이었지만, 아직도 한계가 많다.[9] 그러다 보니 여러 곳의 PDF파일을 서로 분담하여 다운로드받고 이를 공유하는 연구자 그룹까지 생겨났다.

귀중본은 소장처의 자산이라기보다는 공동체 전체의 자산이므로, 많은 사람이 편리하게 접근할 수 있는 시스템을 만들어야 한다. 현재는 많은 사람들이 공통된 어려움을 겪고 있으니 공공적 시각에서 접근할 필요가 있다. 곳곳에 산재된 자료들을 한데 모아 가독성 높은 PDF파일로 만들고, 치밀한 원본 검토를 통해 마이크로필름의 저본이 된 판본의 정보를 꼼꼼하게 제공하며, 또한 인터넷을 통해 관외에서도 검색 · 저장할 수 있도록 만들어야 한다. 이런 귀중본의 통합적 관리 · 제공시스템의 구축은, 자본의 논리에 구속될 수밖에 없는 민간 영인업자들에게만 맡겨두어서는 안 될, 아마도 한국역사정보통합시스템(국사편찬위원회)에서 떠맡아야 할, 공공기관의 책무라고 하겠다. 이런 작업이 완료되기 전까지 연구자들은 앞서 살핀 연구대상의 확정을 개별적으로 또는 몇몇이 힘을 합쳐 해나갈 수밖에 없다. 물론 피곤한 일이지만 그렇다고 회피할 수도 없는 의무이다.

---

9 몇 가지만 들어보자. 잡지의 경우 목차만 제공되는 것이 많이 있고, 본문이 제공되더라도 원문이미지가 아니라 입력텍스트가 많은데 입력 오류까지 적지 않으니 다시 확인해야 한다. 검색기능은 반가운 일이지만, 검색어 설정이나 검색시스템에 문제가 있어 정보를 왜곡할 우려가 크다. 또 잡지의 각 호를 하나씩만 제공하니 판본대조도 어렵고, 저본이 된 판본의 서지사항에 대한 정보도 충분치 못하다. 신문의 경우도 제한적으로만 제공될 뿐이다. 적은 예산 탓에 작업자들의 노동력을 착취하는 구조였던 데다 짧은 시간 안에 해냈던 작업이었으니 이런 불완전성은 당연한 것이기도 했다. 이처럼 누락된 정보도 많고, 있는 정보도 그대로 믿기도 어려우니, 이 시스템은 아쉽게도 단지 참고자료로서만 의미 있을 뿐이다.

3. 어떻게 연구할 것인가

이 절에서는 좀 더 구체적으로 검열연구를 위해서 해결해야 할 실제적인 문제를 연구대상과 연구방법으로 나눠 살핀다. 계속 달라지는 검열행위 때문에 그 결과로서의 텍스트 또한 다양해지므로 어떤 텍스트를 연구할 것인가의 문제가 제기되는바, '차선본'의 확정을 통해 이를 해결하자고 제안한다. 문학을 중심으로 살피지만, 검열을 겪은 다른 텍스트들에도 적용할 수 있으리라 기대한다. 한편 연구방법은 연구분야와 목적, 대상 등에 따라서 많이 달라질 수 있는 문제이므로, 여기서는 한국문학연구에 국한하여 하나의 제안 형식으로만 다룬다. 즉 고식적인 국어학·고전문학·현대문학의 삼분법을 벗어나는 일은 그 자체로서도 충분한 의의가 있겠지만, 문학검열연구를 위해서도 절실한 일임을 몇몇 사례를 통해 주장하고자 한다.

1) 연구대상—영인본에서 '차선본'으로

근대문학은 물론 문자문학이 중심을 이룬다. 그런데 문자문학으로 이행하면서 판본이 고정된다는 일반적인 인식과는 달리 식민지시기 문학은 판본이 매우 다양하다. 따라서 어떤 텍스트를 연구대상으로 삼아야 할 것인가의 문제가 생겨난다. 하지만 구비문학 연구에서 각편(各篇) 또는 이본(異本) 문제에 대해 높은 관심을 기울이는 데 비해, 현대문학 연구자들은 판본에 대한 의식이 대체로 미약하다. 아마도 인쇄된 문자텍스트의 시각적 이미지 때문에, 그리고 원본확정 작업에 소홀한 연구관행 때문에 그러할 것이다.

이런 텍스트의 다양성은 앞서 살핀 것처럼, 주로 검열 때문에 생긴다. 매체에 따라서 시기에 따라서 검열의 기준이 달랐으므로 검열결과로서의 작품 역시 달라지는 것이다. 같은 작품이라도 신문이나 잡지 등에 첫 발표한 판본과 나중에 작품집으로 묶일 때의 판본은 적지 않은 변화를 가져오는 경우가 많다. 게다가 동일한 날짜의 신문이라도 석간과 조간의 내용이 다른 경우가 있으며, 같은 발행일자의 잡지라도 원고 검열을 거친 판본, 교정쇄 검열을 거친 판본, 납본검열 전 유통본, 납본검열 후 유통본, 호외 등의 내용이 각각 다르기도 하다. 또 최경희가 인상적으로 주장했듯이, 인쇄되지 않은 육필 정보 역시 중요하다.[10] 즉 검열본에 남아있는 검열관의 갖가지 육필들(국립중앙도서관에 소장된 검열본 잡지의 경우), 검열에 대비하여 작가 스스로 작품을 이리저리 고친 흔적들(심훈의 육필원고 『그날이 오면』의 경우) 또한 중요한 연구의 대상이다. 검열관의 육필은 '쓸 수 없었던 것'에 대한 세부적 정보를, 그리고 작가의 다양한 육필은 그 결과로서 작품이 어떻게 조정되는가에 대한 정보를 각각 제공한다. 따라서 이 시기 작품의 다양한 판본(육필을 포함하여)을 확인하는 일은 검열연구에, 나아가 이 시기 모든 문자텍스트의 연구를 위해 중요한 토대가 된다.

이 다양한 판본 중에서 어떤 것을 연구대상으로 삼아야 할 것인가. 최경희는 이 모든 판본을 복수의 정본으로 삼아야 식민시기 문학의 특성을 제대로 파악할 수 있다고 주장한다.[11] 식민지시기 텍스트는 다양한 검열

---

10 최경희, 「출판물로서의 근대문학과 텍스트의 불확정성」, 『'식민지 검열체제의 역사적 성격' 학술대회 자료집』, 성균관대 동아시아학술원, 2004.12 참조.

11 위의 글 참조. 같은 날 발표에서 필자 역시 여러 사례를 통해 비슷한 주장을 했다(「일제 식민지시기 문학검열과 원본확정」, 위의 책).

상황 속에서의 다양한 작가적 대응이므로, 하나의 텍스트로 연구대상을 확정짓는 것 자체가 불가능하며 오히려 그 다양한 판본의 대조를 통해 의미를 찾아내야 마땅하다는 것이다.[12] 식민지시기 한국문학의 경우 서구문학과는 달리 원본확정에 어려움이 많다는, 아니 불가능하기까지 하며, 단일한 정전이라는 서구적 개념을 한국문학에서도 수용할 것인가 하는 훨씬 근본적인 문제까지 고려해야 한다는 지적은 매우 중요한 의미를 지닌다. 사정이 이러함에도 이 시기 작품들은 판본비교를 제대로 거치지 않은 경우가 많고, 따라서 외국어 번역본도 저본이 불충실한 경우가 많으며, 그 때문에 외국에서의 한국문학 연구와 교육에 어려움이 많다는 지적 역시 아프게 받아들여야 할 대목이다.[13] 또한 '텍스트의 불확정성(또는 복수성)'이야말로 식민지시기 한국문학의 특성이라고 설명함으로써 더 적극적이고도 효율적으로 한국문학에 대한 이해를 높이는 효과도 있을 것이다.

그러나 다양한 판본들은 그저 아무 중심이 없는 다양성에 그치는 것이 아니며 그 중에서 '쓰고자했던 것'에 더 가까운 텍스트는 분명히 존재한다. 비교적 검열이 느슨했을 때 출판된 작품을 검열이 강화된 시점에 손질해 다시 발표했을 때, 또는 「소금」 복자 복원의 경우처럼(5부 3장 참조) 검

12 문학검열연구는 '아직 원본이 아닌' 다량의 텍스트를 고려해야 한다는 이혜령의 지적 또한 같은 맥락이라고 할 수 있다(이혜령, 「감옥 혹은 부재의 시간들–식민지 조선에서 사회주의자를 재현한다는 것, 그 가능성의 조건」, 『대동문화연구』 64, 성균관대 동아시아학술원, 2008.12 참조).

13 앞서 살핀 바와 같이 최경희는 한국의 문화적 맥락에 어두운 외국인 독자들의 경우 이런 식으로 검열에 의해 일부분이 왜곡된 텍스트를 아무런 판본의식 없이 번역한 작품들을 읽으면서 당혹한다고 전한다. 또한 오오무라 마스오[大村益夫]는 강경애의 『인간문제』 번역을 위해 저본을 확정하고자 했으나 국내 연구에서 원본확정 작업이 없음을 발견하고 어쩔 수 없이 스스로 원본확정 작업에 나섰다고 한다(大村益夫, 「강경애의 『인간문제』 판본비교」, 『'조선문화연구회' 정기발표회 발표자료』(2006.7.23, 도쿄 와세다대학), 조선문화연구회, 2006, 1~12쪽 참조). 실증주의적 연구에 대한 과잉비판에서 초래된, 실증적 작업에 대한 과소평가와 관련되는 것이겠다.

열로 삭제되어 알아볼 수 없었던 작품을 나중에 복원했을 때, 두 판본 사이에는 불확정성 못지않게 중심성도 존재하는 것이다. 그러니 복수성과 동시에 '갸우뚱한 중심'을 인정할 필요가 있다. 게다가 텍스트의 불확정성을 너무 강조할 경우 한 작품에도 매우 많은 이본들이 존재하게 된다는 현실적인 어려움도 함께 고려해야 한다. 물론 연구자들이나 대학 이상의 고등교육에서는 불확정성을 십분 감안해야 마땅하다. 그러나 비전문인을 위한 텍스트(즉 교육용, 대중보급용, 해외번역용 텍스트)도 그렇게 할 수 있을까. 물론 최경희가 이런 점을 간과하는 것은 아니겠지만, 좀더 현실적인 대안을 제시할 필요는 있다.

필자는 이런 문제를 해결하기 위해, '쓸 수 있었던 것'으로서의 다양한 판본들을 대조하는 작업을 거쳐, '쓰고자했던 것'에 더 가까운 텍스트를 선별하고, 그 중심성을 인정하면서도 각주 등을 통해서 다른 판본의 유의미한 정보(인쇄된 내용 뿐만아니라 육필, 붓질 등 다양한 이미지)들을 선별적으로 제공하는 방식을 제안한다. 이럴 경우 다양한 텍스트 중에서 어떤 하나를 선별하는 전통적인 원본확정과는 달리, 어떤 판본의 중심성을 고려하면서도 좀 더 다양한 정보를 보완한 텍스트를 제공할 수 있을 것이다. 이를 차선본[14]이라고 부를 수 있겠는데, 이를 통하여 식민지시기 문학텍스트의 다양성과 중심성을 동시에 고려할 수 있을 것이라고 판단한다. 전문가들이 연구할 때는 불확정성을 더 강조하고, 대중적 텍스트에서는 중심성을 더 강조하는 방식으로 이 차선본을 활용할 수도 있을 것이다. 이렇게 차선본을 확정하는 일은, 비단 문학연구 뿐만아니라 문학 교육이나 대중적 문학수용을 위해서도, 또한 한국문학의 해외 번역을 위해서도 절실한 과제

14 고전문학의 '선본(善本)'이라는 용어 대신에 '차선본'을 제안하는 까닭은, 텍스트의 불확정성을 함께 강조할 필요성 때문이다.

가 아닐 수 없다. 이렇게 될 경우 검열 받은 작품의 경우는 말끔한 텍스트로서 제공되는 것이 아니라, '각주가 달린 문학작품', 또는 검열관의 '삭제' 지시 필적이나 붓질삭제 흔적이 스캔되어 부록으로 함께 실린 문학작품이라는 좀 낯선 형태로 제공될 것이다. 이런 낯선 모습의 텍스트를 읽으면서, 독자들은 '쓸 수 있었던 것'으로서의 문학, 원본확정이 단지 잠정적으로만 가능한 식민지시기 한국문학 텍스트의 특성을 뚜렷하게 확인할 수 있게 될 것이다.

요컨대 식민지시기 문학연구는 연구대상의 확정부터가 미흡한 상태이며 특히 검열의 존재를 염두에 둔다면 이 문제는 더 심각해지는바, 이를 해결하기 위해서 차선본의 확정이 필요하다. 이를 위해서는 복원할 수 있는 복자를 가능한대로 많이 복원하고, 여러 판본을 체계적으로 수집 정리하여 판본비판을 거치는 과정이 필수적임은 물론이다. 이렇게 영인본에서 차선본으로, 연구대상을 바꿔야만 식민지시기 문학에 대한 연구와 교육은 제대로 진행될 수 있으리라 믿는다.

차선본을 확정하는 작업은 만만치 않은 노고가 필요하며, 결코 연구자 개인의 차원에서 해낼 수 있는 일이 못된다. 많은 인력과 자원이 투입되어도 길고 긴 작업이 필요하고 그 이익은 공동체 모두에 돌아가니 공공기관에서 해야 한다. 앞서 살핀 대로 한국역사정보통합시스템의 신뢰성과 접근성을 획기적으로 높이는 사업이 절실하다. 그리된다면, 이는 한국문학 연구는 물론 식민지시기 텍스트를 다루는 모든 학문분야에서 연구대상의 확정이라는 가장 기본적인 작업을 해내는 셈이 될 것이다.

2) 연구방법 — 국어학·고전문학·현대문학의 협동 연구 필요성

검열이란 문학에 국한되는 현상이 아니며, 식민지시기에 국한되는 것도, 조선에서만 있던 것도 아니다. 따라서 이에 대한 연구 역시 현재의 분과학문체계에서 벗어난 다각적인 협동연구가 절실하게 필요하다. 국어국문학의 영역에서 말하자면 특히 학제적 연구, 통시기적 연구, 그리고 일국적 차원을 벗어난 비교연구가 필수적이다. 앞서(1부 3장) 비교연구에 대해서는 개략적으로나마 정리한 바 있으므로, 여기서는 나머지 둘을 살피기로 한다.

먼저 통시기적 연구의 필요성을 간략하게 밝혀둔다. 식민지시기 검열은 그 이후의 문학의 생산과 연구에 결코 적지 않은 영향을 끼쳤다. 예컨대 검열이 대폭 강화되었던 1930년대에 조선문학 전집이 대거 발간되면서 한국 근대문학의 정전이 형성된다는 점만 보더라도,[15] 식민지시기 검열의 영향력은 확인된다. 주로 시간적 분절('식민지시기/해방 후' 식의 분절, 또는 더 세분화된 '00년대' 식의 분절)에 의해 특정 시기만을 자신의 연구대상으로 삼는 현행의 연구관행으로는 제대로 접근할 수 없다. 또한 통시적 연구의 축적이 부족하다면, 문학사 서술 또한 충실해지기 어렵다.[16]

다음으로 한국어문학 각 세부전공 사이의 협동연구에 대해서는 좀 자세히 살필 필요가 있다. 조선총독부의 검열기준이 부분주의와 맥락주의의 상보적 작동을 염두에 두고 구성되었다면(2부 2장 참조), 다소 도식적으

15 심선옥, 「근대시의 초기 정전화 과정」, 박헌호 외, 『작가의 탄생과 근대문학의 재생산제도』, 소명출판, 2008, 323~360쪽 참조.

16 대부분의 문학사가 편년체 방식에 의존하면서 작가론과 작품론의 연속처럼 서술되고 있는 현상의 주요한 원인도 여기에 있다고 판단한다. 주제 중심의 문학사 서술을 보완해야 할 것이며, 검열이란 그 중요한 주제 중 하나가 될 자격이 충분하다.

로 말하자면, 부분주의 검열을 해석하기 위해서 국어학과 현대문학의 협력이, 그리고 맥락주의 검열을 해석하기 위해서는 고전문학과 현대문학의 협력이 중요하다.

① 국어학과 현대문학의 협력

앞서 살폈듯이 부분주의는 금지어와 강제어(또는 권장어)를 나열하고 이를 기준으로 검열하는 방식을 말한다. 이 부분주의에 의한 검열결과를 해석하기 위해서는 언어학(특히 사회언어학)과의 협력이 필수적이다. 왜 특정 단어를 금지했으며, 어떤 단어로 이를 우회하고자 했던가. 그런 식의 우회어법이나 완곡어법은 한국어와 한국인의 내면에 어떤 영향을 주었던가. 앞서 '고국' 대신에 '고향'이 사용되었음을 보았거니와(4부 2장), 다른 보기를 하나 더 들어보자.

검열기준에서는 '일본' 대신에 '내지'라는 단어를 쓰라고 요구했는데, 이는 조선이 식민지임을 공식적으로는 부정하면서 '외지'라고 부르던 용법과 짝이 된다. 즉 공식적 포섭과 비공식적 배제를 동시에 진행해야 했던 식민정책의 모순적 요구가 내지/외지라는 '은밀한 차별'의 언어로 표현되는 방식이다.[17] 이에 대해 당시 저작자나 언론인들은 다양한 방식으

17 '내지/외지'라는 일본적 용어는, 조선이 식민지임을 공식적으로는 부정하고 '내선일체'로 대표되는 동화주의적 식민정책을 채택하면서도 실질적으로는 차별을 실행해야 했기 때문에 생겨났을 것이다. 즉 명백하게 차별적이어서는 곤란하므로(실제로 '요보' 같은 경멸의 뜻이 명백한 단어를 써서는 안 된다고 검열관들은 일본인들에게 당부하고 있다. 新庄祐治郎, 「序」, 西村真太郎, 『朝鮮の俤』, 警察協會, 1923, 12쪽; 도키오 토우호우[釋尾東邦], 「時事數題」, 『朝鮮及滿洲』 390, 朝鮮及滿洲社, 1940.5 등) 만들어낸 은밀한 차별적 언어일 터이다. 대체로 일본의 홋카이도나 오키나와 점령과정에서, 중화주의의 화이론(華夷論)을 변용하여 만들어낸 단어로 추정된다. '내지/외지'라는 명칭에 대해서는 이재봉의 선구적 논문(「'내지(內地)'의 논리와 근대 초기 조선의 글쓰기」, 『한국민족문화』 37, 부산대 한국민족문화연구소, 2010.7)이 있지만 더 규명해야 할 대목들이 적지 않다.

로 대응하였다. 대체로 1937년 이전까지 '내지'는 단지 권장어였을 뿐 '일본'을 금지하지는 않았던 바,[18] 이 과도기에는 '내지'로 아예 '조선'을 가리키는가하면, '조선내지'[19] '일본내지' '중국내지' '몽골내지' 등의 다양한 복합어를 사용하기도 했다.[20]

'은밀한 차별'의 언어들이 어떤 방식으로 만들어지고 유포되며, 그에 대해 문인과 언중은 어떻게 대응했는가는 자못 흥미로운 주제이다. 전통적인 지명 명명법에서 내부는 중심성을 외부는 주변성을 각각 갖는 것이었다면(예컨대 '문안'과 '문밖', '안골'과 '밖골'), 일본을 '내지'라고 부르라는 검열기준의 요구는 이를 정반대로 역전시키라는 뜻이었다. 이렇게 중심과 주변이 전도되는 지명재편은 종래의 지명체계와 어떤 길항관계 속에서 받아들여졌을까. 또한 요즘 일상화된 '미국 들어간다'는 식의 용례에서 보이는 바, 안과 밖, 중심과 주변이 전도된 어법의 기원은 여기에 있는 것으로 볼 수 있다면, 이러한 안/밖의 가치전도는 그 지명체계를 사용하는 언중들에게 어떤 심상지리(또는 세계관)의 변화를 초래하는 것일까. 한국인들의 근대적 개인주체 성립에, 또 한국 특유의 수직적 인간관계와 정치사회구조를 만드는 데 어떤 영향을 끼쳤을까. 이런 문제들을 해명하기 위해서라도 국어학(내지/외지의 경우라면 특히 지명학(地名學))과의 협동연구는 절실하다.

---

18 '일본'이라는 단어를 금지하고 '내지'를 사용하라는 명시적 규정을 확인할 수 있는 문건 중 제일 이른 것은 1939년(「편집에 관한 희망 및 그 지시사항」, 『조광』, 1939.9)이지만, 유봉영의 회고에 따르면 1937년부터 강제되었다고 한다(「독립운동 초지 굽혀 몸담은 「조선 36년」」, 『언론비화 50편—원로기자들의 직필수기』, 한국신문연구소, 1978, 56쪽).

19 심지어는 검열주무부서인 경무국 도서과장 다나카 다케오[田中武雄]가 공식석상에서 '조선내지'라는 단어를 사용하기도 했다(『朝鮮事情』, 재단법인 경찰협회 후쿠오카 지부, 1926.3).

20 식민 말기에 이르면 '내지'는 '일본'을 가리키는 뜻으로만 정착되는데, 같은 시기에 '일본군'은 '황군' '아군'으로 표기되기에 이른다.

현대문학과 국어학의 공동연구가 필요한 까닭은 비단 금지어 및 강제어(또는 권장어) 목록에 국한되지 않을 것이다. 현재로서 필자의 생각을 간략하게라도 정리해두자면 다음과 같다.

첫째, 검열관 연구에 국어학의 도움이 필요하다. 일제는 본격적 침략 이전부터 조선어인력을 양성하였고 이들은 식민통치에 적지 않은 기여를 했다.[21] 그러므로 이들에 대한 조선어 교육이란 단지 국어(교육)학의 과제만은 아니다. 검열관 연구가 제법 진척되고 있지만 막상 그들의 내면에 대한 입체적 접근은 미흡하다는 점을 감안하면 더욱 그렇다. 특히 한국문학과 어학 전반에 대해 상당한 관심을 보이면서 총독부의 조선어 교육에도 적지 않게 기여했던 니시무라 신타로 같은 검열관 연구에는 국어학분야의 연구가 절실하다. 검열관들은 분과학문체제 속에서 교육받은 것도 아니고, 그 속에서 사유하지도 검열하지도 않았다.

둘째, 총독부가 초창기에는 하급 관료들에게 조선어 배우기를 장려하는 등 피식민어(조선어)를 사용한 의사소통에도 상당한 노력을 경주하였음에 주목할 필요가 있다. 조선어교육 자료로는 당연히 문학작품도 활용하였을 것이니 이것들을 찾아내고 연구할 필요가 있다. 그러나 국어학분야의 텍스트라는 이유로 현대문학전공자들은 별 관심을 기울이지 않는다.[22]

셋째, 식민시기를 통틀어 대체로 유지되었던 이중언어 상황에 대한 연구는, 이 시기 문학연구 전반에 좋은 참조가 되겠지만, 검열연구에도 그러하다. 예컨대, 문학검열의 측면에서는 일본인/일본어 작품과 조선인/조

---

21 정근식, 「구한말 일본인의 조선어교육과 통역경찰의 형성」, 『한국문학연구』 32, 동국대 한국문학연구소, 2007.6, 7~56쪽 참조.

22 비슷한 사례로 이미 언론학자 정진석이 검열 때문에 삭제된 문학작품을 적지 않게 찾아냈지만(정진석, 『일제시대 민족지 압수기사 모음』 1권, LG상남언론재단, 1998), 아직 현대문학의 연구대상이 되지는 못했다. 역시 언론학 영역의 저서라는 인식 때문일 것이다.

선어작품의 차별적 검열정책을 통해서 야기되는 효과 중의 하나 역시 '차별의 자연화'에 있을 터인데, 이 문제에서도 국어학 영역의 이중언어 정책에 관한 연구는 좋은 참조가 될 것이다.

②고전문학과 현대문학의 협동

부분주의는 금지어와 강제어를 명확하게 제시하여 검열행정의 효율성을 높일 수 있지만, 피검열자 쪽에서도 교묘한 우회적 언어들을 곧바로 마련해갔으므로 이것만으로는 불충분하였다. 따라서 검열당국은 맥락주의를 통해 이를 보완하고자 했으니, 검열을 우회하여 출판하기 위해서는 맥락주의 검열기준마저 통과해야 했다. 이를 위해 당대의 작가가 동원한 방식 중 하나는 상호텍스트성을 활용하는 방식이었는데, 고전의 인용을 활용한 경우가 많았다(4부 4장에서 이태준의 「패강랭」을 통해 입증한 바 있다). 따라서 이를 이해하기 위해서는 고전문학과 현대문학의 협력이 필요하다. 고전문학과 현대문학의 분화가 본격화되기 이전 작가들의 작품을 현대문학 전공자만의 힘으로는 제대로 평가하기 어려울 터이니 마땅히 고전문학과의 협력이 필요하다.

이밖에도 고전-현대문학 협동연구의 필요성은 많다. 첫째, 텍스트에 이본이 많으니, 판본대조에 풍부한 경험을 지니고 있는 고전문학 쪽의 도움 또한 절실하다. 둘째, 근대적 검열제도의 작동이 텍스트의 문자 정착을 전제로 이뤄졌었다면, 그 이전의 구술문학에서의 검열과 구체적으로 어떻게 같고 다른지 대조가 필요하다. 셋째, 근대문학이 환금성을 가짐으로써 자본에 의한 검열이 제도적으로 보장되었다면, 환금성을 갖기 이전과 그 이후의 문학을 대조하면서 문사(文士)의식과 '매문(賣文)'이 당연시되는 상황을 비교하는 작업, 또 자본과 권력이 결합되지 않은 상태의 검열과 그 이후를 비교 검토하는 작업이 필요하다.

검열연구를 떠나 좀 더 근본적인 시야에서 보더라도 마찬가지이다. 근대화 과정에서 한국어문학의 창작・연구・교육이 겪은 커다란 변화의 의미를 식민권력과의 관련 양상 속에서 탐색하기 위해서는 국어국문학의 3개 세부전공은 물론 훨씬 광범위한 학문영역의 협동 연구는 절실하다. 물론 이를 가로막는 것은 분과학문체제, 한국어문학 내부의 강고한 삼분법이라고 할 수 있다. 물론 분업을 통한 연구의 깊이를 포기할 수는 없으므로, "따로 또 같이"의 자세가 필요하다.

3) 국가-자본 검열과 연구자의 대응

검열연구를 위해서는 국제적 협동연구가 필수적임을 지속적으로 주장했다. 또한 학제적 연구가 필요한데, 예컨대 문학검열 연구에서라면 특히 국어학 고전문학 현대문학이라는 한국어문학의 세 분과 사이의 협업부터 시작되어야 한다고 주장했다. 그러나 오늘날 인문학의 연구 및 교육체제는 일국적 차원, 분과학문적 차원에서 거의 벗어나지 못하고 있다. 게다가 연구자들 역시 그 체제 안에서, 아니 훨씬 더 협소한 자신의 전문적 연구주제에만 골몰하는 현상이 강하다.

모든 연구를 실적으로 평가하는 효율성의 신화는 이런 추세를 가속한다. 논문 양산을 강요함으로써 끝없이 더 미세한 주제에 골몰하도록 강제하는 '학진 체제'(이젠 연구재단 체제라 불러야 하겠지만) 말이다. 이를 연구자에 대한 국가-자본검열이라 부를 수도 있겠으니 '검열연구를 가로막는 검열'인 셈이다. 이 학진체제는 검열연구의 국제적 학제적 협동을 가로막는 중요한 원인 중 하나이지만, 비단 검열연구 만을 저해하는 것은 물론 아니다. 대학까지 점령해버린 개인별 평가 및 경쟁시스템은 끝없이 더 많은 (논문)실적만을 요구하는 양적 성장 지상주의로 인문학자들을 내몬다. 신자유주의 이데올로기에 기반한 것이면서 다시 그것의 확대재생산을 강제한다. 신자유주의를 비판하는 연구를 제출하더라도, 그 성과는 오로지 양적으로 평가될 뿐이며 다양한 방식의 보상으로 되돌아오는 기계적 장치이다.

물론 지식의 전문화는 필요하며, 이를 위해 자신의 주제에 집중하는 일은 당연하다. 하지만 자칫하면 자신의 연구노동이 지니는 근본적 의미에 대해 몰각할 가능성도 상존한다. 끝없이 나사 두 개만 조이던 〈모던 타임즈〉의 채플린처럼, 모든 사물을 그저 나사로 인식하던 그 키작은 사나이처럼, 자신이 돌리는 나사가 자전거의 그것인지 원자폭탄의 그것인지 알기 어렵게 된다. 100년 전에 자신의 연구 주제에서 어떤 일이 있었는지는 잘 알고 좋은 논문도 써낼 수 있지만, 오늘 우리의 삶에 그것이 어떤 의미가 있는 지에 대해서는 잘 알지 못하고 별 관심도 없는 연구자들이 양산된다. 그들에게는 '제대로' 연구할 시간이 없다. 왜? 논문을 써야 하니까. 특히 인문학의 경우 이는 재앙이 아닐 수 없다.

전문성에의 추구와 보편성에의 탐문을 동시에 진행하기 위해서 협업과 공동연구는 매우 유력한 방식이다. 그러나 학진체제가 강요하는 양적 효율성은 이를 가로막는다. 효율성의 신화는 인문학자의 연구노동을 환금화하고, '돈의 힘'은 우리를 이 제도 속에 강력하게 포박한다. 인문학자들을 단자화하여 끝없이 왜소하게 만들며, '오늘-여기'의 문제를 외면하도록 한다. 우주와 생명과 인간을 숙고하기보다 자질구레한 세목들에만 코를 들이박고 있으라, '가만히 있으라' 압박한다.

검열 받아야 텍스트를 발표할 수 있었던 식민지시기 저작자들의 고민은 오늘 우리에게도 변형・반복되고 있는 셈이다. 우리 연구자들은 이 국가-자본검열에 어떻게 대응할 것인가. 수용인가 우회인가, 아니면 거부인가.

초출일람

이 책의 상당부분은 이미 발표한 필자의 논문을 토대로 삼고 있다. 그 논문의 초출(初出) 서지는 다음과 같다.

1부 1·2장	「일제시대 문학검열 연구를 위하여」, 『배달말』 27, 배달말학회, 2000.12.
1부 3장	「식민지 시기 문학 검열과 비교 연구의 필요성」, 『비교문학』 41, 한국비교문학회, 2007.2.
2부 1·2장	「근대적 문학 검열제도에 대하여」, 『한국어문학연구』 39, 한국어문학연구학회, 2002.8.
2부 3장	「식민지 시기 교정쇄 검열제도에 대하여」, 『한국문학연구』 28, 동국대 한국문학연구소, 2005.6.
2부 4장	「식민지 시기 근대 기술(철도·통신)과 인쇄물 검열」, 『한국문학연구』 32, 동국대 한국문학연구소, 2007.6.
3부 1장	「식민지시대 출판 자본을 통한 문학 검열에 대하여」, 『국어국문학』 131, 국어국문학회, 2002.9.
3부 2장	「식민시대 문학의 검열 대응 방식에 대하여」, 『현대문학이론연구』 15, 현대문학이론학회, 2001.6.

3부 3장 「식민지시기 검열의 드러냄과 숨김」, 『배달말』 41, 배달말학회, 2007.12.

3부 4장 「만주 침공 이후의 검열과 민간신문 문예면의 증면, 1929~1936」, 『한국문학연구』 37, 동국대 한국문학연구소, 2009.12.

4부 1장 「1930년대 문인들의 검열우회 유형」, 『한국문화』 39, 서울대 규장각한국학연구원, 2007.6.

4부 2장 「1930년대 '향토'의 발견과 검열우회」, 『한국문학이론과비평』 30, 한국문학이론과비평학회, 2006.3.

4부 3장 「식민지 시기 검열과 1930년대 장애우 인물 소설」, 『한국문학연구』 29, 동국대 한국문학연구소, 2005.12.

4부 4장 「이태준의 「패강냉」에 나타난 검열우회에 대하여」, 『상허학보』 19, 상허학회, 2007.2.

4부 5장 「「만세전」에 나타난 감시와 검열」, 『한국문학연구』 40, 동국대 한국문학연구소, 2011.6.

5부 1장 「식민시대 문학검열로 나타난 복자의 유형에 대하여」, 『국어국문학』 136, 국어국문학회, 2004.5.

5부 2장 「식민시대 문학검열에 의한 복자의 복원에 대하여」, 『상허학보』 14, 상허학회, 2005.2.

5부 3장 「강경애 「소금」의 복자복원과 검열우회로서의 '나눠쓰기'」, 『한국문학연구』 31, 동국대 한국문학연구소, 2006.12.

5부 4장 「일제 식민지시기 문학 검열과 원본확정」, 『대동문화연구』 51, 성균관대 동아시아학술원 대동문화연구원, 2005.9; 「식민지시기 검열과 오늘의 한국문학연구」, 『한민족어문학』 53, 한민족어문학회, 2008.12.

초출 서지는 대략 위와 같이 정리될 수 있을 듯하지만, 각 절 별로 정확하게 밝히는 것은 쉽지 않다. 여기저기 발표했던 것들을 책의 체재에 맞춰 한데 묶기도 하였고, 분리하기도 했기 때문이다. 수정 · 보완하거나 거의 새로 쓴 대목들이 적지 않기 때문이기도 하다. 어쩔 수없이 각 절 별로 대표적인 초출논문 하나씩 밝히는 것을 원칙으로 하였지만, 초출논문과의 관련성은 꽤 들쭉날쭉할 수밖에 없음을 밝혀둔다.

저자 후기

1979년 나는 대학 3학년으로서 『동대신문』 편집부장이었다. 10・26 이후 계엄령이 선포되자 언론 검열이 실시되었고, 대학 학보 역시 예외는 아니었다. 인쇄소에서 초교 대장(臺帳)이 나오면 두 장을 들고 서울시청에 있던 계엄사령부 언론검열단으로 가서, 시퍼런 군복을 입은 소위 또는 하사관들 앞에 섰다. 기사를 쓸 때마다 그 군인들, 또 내부검열자로서 주간 교수의 얼굴이 먼저 떠올랐다. 검열단에 갈 때마다, 혹시 내가 검열우회를 노리면서 썼던 기사가 적발되고 어딘가로 끌려가는 것 아닌가 두려웠다. 두들겨 맞는 장면, 흐느끼시는 부모님들의 얼굴이 지레 상상되었다.

후배기자들과의 관계에서는 일정부분 역전되었다. 후배들의 기사를 검토하는 데스크로서 기사를 읽으면 나는 어느새 내부검열자가 되었다. 쓰고 읽고 고치고 검열을 받으면서, 검열에 통과할 수 있는 여러 기법들에 대한 '감'을 익혀갔다. 검열단에 갈 때는 예쁜 후배 여기자에게 동행을 부탁한다거나 음료수라도 챙겨가곤 했다. 어쩌다가 내가 숨긴 우회적 비판이 무사통과되면 마치 무슨 큰일이라도 해낸 사람처럼 통쾌했고, 학생기자들끼리 모여 검열관의 '무지함'을 까발리며 술잔을 기울였다. 검열이란 사람을 얼마나 왜소하게 만드는지 절감했다.

1980년대 말에는 『경향신문』 기자로서 다시 검열을 경험했다. 그때 『경향신문』은 어용지였으니, 내부검열이 강력했고 읽지 않아도 뻔한 내용들뿐이었다. 1987년 시민항쟁 때 서울역에서 시위대는 『경향신문』 등을 불태웠고, 이에 충격을 받은 젊은 기자들은 노동조합을 조직하여 언론민주화투쟁에 나섰다. 경향신문 노조 1기 집행부를 맡았던 선배기자 다섯 사람(고 이성수 조합장과, 강기석, 조성환, 고영신, 박인규 씨)은 치열하게 투쟁했지만, 나는 그저 겁먹은 표정을 애써 감추며 그 꽁무니를 따라다닐 뿐이었다. 그 다섯 분은 1989년 실제로 해직되어 많은 어려움을 겪었으니(2년쯤 뒤 김영삼정권 때 복직), 독립언론으로 환골탈태한 현재 『경향신문』의 밑거름은 이들의 헌신과 열정이었다.

1996년 순천대 교수로 임용되어 곧 학보사 주간을 맡았다. 피검열자에서 '검열관'으로 '코페르니쿠스적 전환'을 겪은 셈이었다. 당시 총장은 '민주화를 위한 교수협의회' 출신이어서 학내 언론에 거의 개입하지 않았으며 그러리라 믿고 주간을 맡은 것이기는 했지만, 그래도 완벽한 언론자유는 있을 수 없었다. 민주화 이후였으니 정권 비판보다는 오히려 학내 비판에 조금은 신경을 썼다. 지금 생각하면, 명백히 요구되지도 않은 검열을 실시한 느낌이다. 검열을 당하면서 성장한 세대의 한계가 아닐까 생각하면서 슬픈 반성을 하게 된다.

이렇듯 대학시절부터 독재정권 시기의 '언론 밥'을 먹으며 살아왔으니, 검열이란 나를 따라다니는 족쇄 같은 것이었다. 그러나 이를 내 학문적 주제로 삼겠다는 생각은 하지 못했으며, 그저 애써 억누르고 싶은 비겁과 굴종의 기억일 뿐이었다. 그러던 어느 날 임성운 교수가 술자리에서 한국문학에서 검열연구가 매우 시급하다는 말을 던졌다. 충격이었다. 삶과 앎을 일치시켜야 한다고 믿어오면서도, 막상 내 학문적 주제는 내 삶과 큰 관련이 없는 곳에서만 찾고 있었던 것이다. 피검열자로서의 경험도 검열자로서의 경험도 있으니 내가 잘 할 수 있는 일이리라는 기대도 있었다. 어차피 문학평론에도 매력을 잃어가던 판이었다. 나에게 평론이란 청탁받은 주제에 맞추는 '주문생산'이었다면, 검열연구는 나 자신의 글쓰기가 될 수 있을 것이었다. 그렇게 내 검열연구는 시작되었다.

곧 벽에 부딪혔다. 선행연구라고는 근대언론사 분야에서만 몇몇 이뤄져있을 뿐 문학검열 연구는 거의 황무지였으니 자료 모으기부터 어려웠다. 정진석 교수를 찾아가 귀중한 자료도 얻고 시시콜콜 물어 배우기도 했고, 피천득·이기형·이겸로·백린·차범석·정률(정상진) 선생 등 식민지시기를 겪은 문화인들이나 일반 독자였던 노인들을 찾아다니며 인터뷰도 했으며 이를 실마리로 여기저기 자료를 찾아 헤맸다.

그렇게 쌓인 자료를 토대로 검열관련 논문을 써서 학술지에 투고했으나, '게재 불가' 판정을 받았다. '문학' 논문이 아니라는 취지였다. 그 논문이 발표되지 않으면 교수 재임용에서 탈락할 위기였으니 난감했다. 고민 끝에 정공법을 택했다. 왜 검열연구는 문학연구가 아니란 말인가. 도저히 동의할 수 없다, 공개토론이라도 해보자는 취지로 편집위원회에 재심요청서를 보냈다. 우여곡절 끝에 '수정후 게재'로 조정되었고, 재임용 탈락을 면할 수 있었다. 몇 년 뒤 검열연구회가 조직되었으며, 이를 계기로 검열연구는 크게 활성화되었다. 국내외 학술대회가 지속적으로 개최되었고 심심치 않게 논문이 나오는가하면 단행본과 석박사학위 논문까지 제출되고 있으니, 그야말로 상전벽해의 느낌이다.

이쯤해서 검열연구회에 대해 부언해둘 필요를 느낀다(개인적 기억에 의존한 것이니 연구회의 한 부분만을 다루는 것일 수밖에 없고, 혹 착오가 있을 지도 모른다. 혹여 폐가 되지 않길 바랄 뿐이다). 최경희 교수(시카고대)와 나는 거의 비슷한 시기에(1997, 1998년 무렵) 검열연구를 시작하였고 역시 비슷한 시기에 자신의 첫 검열관련 논문을 발표했지만(2000, 2001년 무렵), 태평양을 사이에 두고 따로따로였으니만큼 서로를 알 수 없었다.

2002년 정근식(현 서울대) 교수는 일본 교토대[京都大] 사회학과에서 연구년을 보내게 되었는데, 마침 최경희 교수도 식민지조선사 및 일제경찰연구의 권위자인 미즈노 나오키[水野直樹] 교수와의 교류를 위해 같은 대학 인문학연구소의 방문펠로우가 되었으니, 미즈노 교수 연구실은 검열자료 수집과 토론의 거점이 되었다고 한다. 각각 한국과 미국으로 돌아간 두 분에게, 미즈노 교수는 자신이 갓 발견한 『조선출판경찰월보』의 존재를 알려왔다. 귀중한 자료를 공유하게 된 두 분의 공동연구는 이후 몇 편의 공동명의 논문으로 나타났다. 공동논문, 특히 다른 나라에서 활동하며 전공까지 다른 학자끼리의 공동논문은 한국의 학계에서 보기 드물게 모범적인 협업이었지만, 한국, 미국, 일본 등 먼 거리를 사이에 두고 진행되는 것이라 여의치 않은 부분도 있었으리라. 한편 나는 박헌호(현 고려대) 교수와 공동연구에 합의하고, 당시 일본에서 유학하던 박광현(현 동국대) 교수의 도움으로 자료를 수집하고 토론과 연구를 시작했지만, 역시 멀리 떨어져 있으니 활발하게 진행할 수 없었다.

2002년 겨울 최경희 교수가 연세대의 '사이' 포럼에서 검열을 주제로 강연한다는 소식이 들려왔다. 학자들 사이의 소통을 '중매'하는 데 늘 놀랄만한 성실성과 부지런함을 보여주는 와타나베 나오키(渡邊直紀, 도쿄 무사시[武藏]대) 교수의 전언이었다. 금요일 수업을 마친 나는 비행기로 올라왔지만 아쉽게도 강연은 들을 수 없었고 뒤풀이 자리에서야 만났다. 태평양의 거리가 일거에 없어지는 저녁이었다. 이튿날 다시 만나 국립중앙도서관을 찾아 검열 자료를 조사하고 토론했으며, 최경희 교수가 미국으로 돌아간 이후에도 전자메일을 통해 자료와 의견을 공유했다. 한편 식민지시기 매체연구를 정력적으로 해오면서 매체연구를 위해서 검열연구를 착수하기로 결심한 한기형(성균관대) 교수는, 박헌호 교수의 중개에 따라 나와 인연을 맺고 공동연구에 합의했다.

이렇게 해서 만난 다섯 사람은 검열연구회를 조직했다. 2003년 4월 22일 '검동이'('검열동지'라는 뜻; 검열연구가 척박했던 당시로서는 '동지'라는 표현이 과잉수사라고만 보기는 어렵다)라는 인터넷 카페를 다음(daum)사이트에 만들고 이곳을 통해 의견을 조율하기 시작한다. 한국의 검열연구회원들이 몸담고 있는 대학에서 번갈아가면서 학술대회를 열기로 결정하였고, 그 첫 결실로 성균관대 동아시아학술원 학술대회 「식민지 검열체제의 역사적 성격」(2004.12)이 개최된다. 이후 동국대 한국문화연구단 학술대회 「식민지시기 검열과 한국문화」(2005.11), 서울대 한국학연구원 국제워크샵 「일제하 한국과 동아시아에서의 검열에 관한 새로운 접근」(2006.12)이 잇달아 열렸다. 첫 해는 회원 5명만이 발표했지만, 이듬해에는 7명, 그 다음해는 13명으로 점차 규모가 확대되었고, 해외 학자들의 발표도 늘어났다. 이후 정근식 교수의 연구년 등 여러 사정이 겹쳐 2년의 공백기를 거쳤지만, 2009년 2월 다시 성균관대에서 「식민지시기 검열과 텍스트」를 주제로 학술대회를 재개했다.

해외 학술대회로는 도쿄대[東京大] 동양문화연구소-성균관대 동아시아학술원 공동 학술대회 '근대 동아시아의 검열 출판 문학'(2005.1.29, 도쿄대)이 개최되어, 한국의 회원 네 명과 일본에서 야마무로 신이치[山室信一]와 카와하라 이사오[河原功]가 발표하였다. 또한 AAS(Association of Asian Studies; 2005.4.2, 시카고)에서 "Japanese Censorship System and Korean Responses in Colonial Korea"라는 제목으로 역시 한국 회원 네 명이 발표했다. AAS는 패널이 4명으로 제한되었으므로 최경희 교수는 발표를 양보하고 질의자로 나섰으나, '발표에 준하는 질의'를 통해 미국 청중들에게 한국의 검열연구를 상세히 소개했다. 해외 한국학연구자들이 제법 많이 찾아와 좌석이 모자라는 진풍경이 연출되기도 했다.

검열연구회를 함께 했던 다섯 사람이 검열연구에 투신하게 된 계기와 학문적 지향은 비슷하면서도 조금씩 다르며 그런 탓에 서로의 연구도 차이를 보인다. 하지만, 검열연구의 필요성에 대한 확신, 그리고 서로의 모자람을 서로 보충해줄 수 있다는 믿음만은 공유해 왔으며 이것이 검열연구회를 지속시킨 동인이었다. 처음 하는 일이어서 서로가 잘 모르는 것투성이니까 서로 도우면서 해보자는, '소박한 진정성'을 공유하고 있었다. 특히 나로서는 언론사에 오래 근무하다가 뒤늦게 학계에 들어섰으므로, 학문의 외길을 걸으며 괄목할 업적을 쌓아오던 다른 네 분에게 도움 받은 바 컸다. 깊이 감사드린다.

검열연구회는 약 9년간의 작업을 한 권의 책(『식민지검열, 제도 · 텍스트 · 실천』, 소명출판사, 2011)으로 묶어낸 뒤 해산했다. 하지만 연구기금도 없고 학연도 다르고 전공도 같지 않은 다섯 명의 학자가, 오로지 학문적 관심과 열정만을 공통분모로 거의 10년을 함께 활동했다는 점만은 특기해두고 싶다. 학술대회를 개최할 때마다 회원들은 각자 알아서 경비를 조달해야 했다. 연구기금의 눈치를 보지 않으면서 스스로 가치를 인정한 주제에 대해서 회원들의 가용자원을 총동원해 연구하고 학술대회를 열어 이를 확산시켰던 사례는(물론 회원들이 대학에 재직 중이어서 가능한 일이긴 했지만) 단지 회원들 사이의 소중한 추억으로만 남을 일은 아니라고 생각한다. 최근에는 거의 모든 연구가 외부 기금의 획득을 염두에 두거나, 아니면 이미 획득한 기금에 의존하여 움직이고 있는 현상과 제법 거리가 있기 때문이다.

개인 연구서에 굳이 이런 기록을 시시콜콜 남기는 까닭은 여기에도 있다.

이렇게 사연도 적지 않고 거의 20년을 붙잡고 있던 화두이지만, 막상 책으로 묶으려니 성취는 도통 보잘것없어 자괴스러울 뿐이다. 특히 1980년대 내가 겪었던 검열에 대한 궁금증에서 시작했지만 막상 식민지시기에서 한 치도 나아가지 못한 것이 아쉽다. 기원을 찾아가는 작업이 생각 밖으로 지체되었으니 능력과 열성이 두루 부족함을 탓할 뿐이다. 다만 다른 연구자들이 식민지시기 이후 검열문제에 대해 활발한 성과를 내고 있음을 다행으로 여긴다.

앞으로 몇 년이나 연구자로서 더 활동할 수 있을지 모르겠지만, 그 기간에는 문학과 자본의 관련양상을 살피고 싶다. 물론 국가검열이 점차 자본검열로 이행해갔다는 판단과도 관련되지만, 그보다는 이 야만의 신자유주의를 어떻게 살아내야 할 것인가, 또 문학은 어떻게 대응해야 할 것인가 하는 문제의식에서이다. 작년부터 인문학협동조합에서 일하고 있는 것도, 또 그 안에서 젊은 벗들과 함께 '도농(都農) 인문학' 모임 및 '화폐 스터디'를 진행하고 있는 것도 이와 관련되며, 또한 현재적 검열을 다루지 못한 아쉬움을 이를 통해 달랠 수 있게 되기를 기대한다.

보잘것없는 책이지만 많은 사람들에게 빚진 바 크다. 가장 먼저 『경향신문』 노조의 '해직5인'. 이 모자란 책으로나마, 뒤늦게나마, 그들이 분투할 때 제대로 거들지 못한 미안함을 덜고 싶다. 홍기삼 선생을 비롯한 모교의 여러 은사님, 귀중한 자료를 아낌없이 제공해주신 정진석 교수, 바쁜 시간을 쪼개어 인터뷰에 응해주신 고 피천득, 고 이겸로, 정률(정상진), 백린, 이기형, 차범석, 백락청, 김병익 선생 등 여러 원로 선생님, 몇몇 글의 초고를 읽고 조언해주신 임성운·오성호 교수, 동국대 검열자료 토대연구팀의 박광현 교수를 비롯한 김재영·손지연·김인수·박용재·조은

애 선생, 희곡검열 자료를 알려주신 이종대 교수와 이승희 선생, 식민지시기 자료 해석을 도와주신 사학자 장신, 이승희 선생, 고전문학 작품의 해석에 도움을 주신 정환국 교수, 「소금」 복자 복원을 도와주신 고려대의 최호철 교수와 중앙도서관 관계자, 국립과학수사연구소의 양후열·나기열 씨, 고려대 대학원의 오세란 씨, 그리고 자료수집과 정리를 도와준 동국대 대학원의 김지혜·박재은·조정현 씨에게 두루 감사드린다. 특히 '자료정리의 둔재'가 어려움을 호소할 때마다 기꺼이 도와준 '정리의 귀재' 이종호 박사, 책 초고 전체를 첫 독자로서 꼼꼼하게 읽고 교정까지 거들어준 동국대 대학원 서인숙 씨에게 고맙다. 학술출판의 고행 길을 '소명'으로 걷고 있는 소명출판 박성모 사장과 관계자 여러분께도 감사의 뜻을 전한다. 끝으로 논문을 쓰고 책으로 묶는다는 핑계로 남편과 아비의 구실을 게을리 했음에도 화목한 공동체로 나를 감싸주는 아내 김영숙과 딸 상완, 아들 상우에게 고맙다. 이 모든 분들과의 만남은 경쟁이 아니라 우애와 협동과 사랑이었다. 그것이야말로 우리를 살게 하는 힘이고 행복의 원천임을 믿는다.

2015년 5월 동악의 연구실에서

지은이